话本小说叙论
文本诠释与历史构建

刘勇强 著

北京大学出版社

图书在版编目(CIP)数据

话本小说叙论:文本诠释与历史构建/刘勇强著. —北京:北京大学出版社,2015.4
ISBN 978-7-301-23922-3

Ⅰ.①话… Ⅱ.①刘… Ⅲ.①话本小说—小说研究—中国 Ⅳ.①I207.41

中国版本图书馆 CIP 数据核字(2014)第 022569 号

书　　　名	话本小说叙论:文本诠释与历史构建
著作责任者	刘勇强　著
责 任 编 辑	艾　英
标 准 书 号	ISBN 978-7-301-23922-3
出 版 发 行	北京大学出版社
地　　　址	北京市海淀区成府路 205 号　100871
网　　　址	http://www.pup.cn　新浪微博:@北京大学出版社
电 子 信 箱	pkuwsz@126.com
电　　　话	邮购部 62752015　发行部 62750672　编辑部 62756467
印 刷 者	北京中科印刷有限公司
经 销 者	新华书店
	965 毫米 × 1300 毫米　16 开本　23.75 印张　400 千字
	2015 年 4 月第 1 版　2015 年 4 月第 1 次印刷
定　　　价	48.00 元

未经许可,不得以任何方式复制或抄袭本书之部分或全部内容。
版权所有,侵权必究
举报电话: 010-62752024　电子信箱: fd@pup.pku.edu.cn
图书如有印装质量问题,请与出版部联系,电话: 010-62756370

目录

叙 引 /1

上编 文体源流敷演

入 话 /7

一、话本小说中的"东京" /9
 （一）"话说东京汴梁城开封府"：都市特性与
   话本小说的产生 /9
 （二）"东京"在话本小说叙事中的时空意义 /14
 （三）话本小说与文言小说中"东京"
   描写的异同 /20
 （四）"东京"与小说中其他城市异同 /24
 （五）不完整的都市面相 /27

二、话本的"可拟性"与文人性：关于明代文人话本
 小说的创作形态 /30
 （一）话本"可拟性"的三个方面 /30
 （二）文人性的多重表现 /34

三、明代话本小说地域色彩的凸显 /39
 （一）话本小说家的空间想象 /39
 （二）作为文学语言的方言 /46
 （三）超越南北：近代化的一个表征 /51

四、话本小说与文言小说的关系：以"三言""二拍"
 对《夷坚志》的继承与改造为中心 /58
 （一）《夷坚志》影响"三言""二拍"概述 /58
 （二）语言-语境 /61
 （三）叙述方式 /65
 （四）故事的价值 /69

目录

　　附　论　关于文言小说的新变化/73
五、话本小说的"韵散结合"：以"三言"署名
　　诗词为中心/83
　　（一）"三言"诗词的分类与署名诗词的界定/83
　　（二）署名诗词的呈现方式、特点及艺术功能/90
　　（三）古代诗词传播中的特殊版本/96
六、话本小说文本的"互文性"/103
　　（一）话本小说叙事传统的互文性/104
　　（二）话本小说与戏曲的互文性/110
　　（三）话本小说与诗词的互文性/115
七、话本小说版本问题的特殊性/121
　　（一）话本小说编刊的特殊性使其版本研究
　　　　需兼顾表演与文本两个方面的因素/121
　　（二）话本小说版本数量相对较少，校勘、考证
　　　　存在一定的局限/129
　　（三）话本小说在演变与传播过程中的版本
　　　　变异、改篡和修订/133
　　小　结/138

中编　小说专集讲论

入　话/143
一、影响或被影响：《青琐高议》《绿窗新话》
　　《醉翁谈录》/144
　　（一）《青琐高议》和《绿窗新话》/144
　　（二）《醉翁谈录》的价值/148
　　（三）从若干文本的演变看上述三部小说集在
　　　　话本小说史上的地位/154
二、嘉惠里耳："三言"的经典品格/160
　　（一）由"清平山堂话本"与"三言"同题材作品
　　　　推论冯梦龙对话本小说的选择与加工/161
　　（二）冯梦龙的经典意识/167

（三）由"三言"所选作品略谈文学经典的接受
  基础与阐释空间/171
三、无奇之奇：凌濛初的艺术追求/178
  （一）小说"奇"史/178
  （二）凌濛初对"奇"的理解与表现/181
  （三）"二拍"说"奇"/191
四、清浊之间：《石点头》中的复杂人性/200
  （一）《石点头》成书片议/200
  （二）《石点头》中的复杂人性及其
    小说史意义/205
五、《西湖二集》：话本小说的地域性标本/212
  （一）"西湖小说"产生的文化背景与文学基础/212
  （二）《西湖二集》的世俗文化特点/218
  （三）周清源的文人气质与批判意识/222
  （四）作为小说场景的西湖/231
六、风土·人情·历史：《豆棚闲话》中的江南文化
  因子及生成背景/239
  （一）解惑豆棚/239
  （二）数落苏州/249
  （三）唐突西施/256

下编　名篇佳作说微

入　话/265
一、话本小说情节艺术的范本
　　——谈《计押番金鳗产祸》/268
二、情感与道德的张力
　　——谈《杨思温燕山逢故人》/273
三、天长地久的信义之交
　　——谈《范巨卿鸡黍死生交》/278
四、为市井细民写心
　　——谈《蒋兴哥重会珍珠衫》/284

目录

五、平中见奇的为官之旅
　　——谈《杨谦之客舫遇侠僧》/290

六、千年怨气一朝伸
　　——谈《闹阴司司马貌断狱》/296

七、虚拟的历史公共空间
　　——谈《拗相公饮恨半山堂》/302

八、衣冠暂解人间累
　　——谈《薛录事鱼服证仙》/308

九、生死两难的屈辱与抉择
　　——谈《蔡瑞虹忍辱报仇》/313

十、宁知钟爱缘何许
　　——谈《叠居奇程客得助　三救厄海神显灵》/319

十一、心上人
　　——谈《心坚金石传》及其流变/325

十二、且寻且哭甘酸楚
　　——谈描写王原寻父的三篇话本小说及
　　"万里寻亲型"在清代的流变/331

十三、从才子佳人到风尘知己
　　——谈《七松园弄假成真》/338

十四、一队夷齐下首阳
　　——谈《首阳山叔齐变节》/344

十五、戏梦人生
　　——谈《谭楚玉戏里传情　刘藐姑曲终死节》/350

十六、因果报应的柔性化
　　——谈《狭路逢》/356

十七、"掘藏"的梦想与现实
　　——谈《桂员外途穷忏悔》和《正交情》/362

参考书目/368
后　记/373

叙 引

中国古代小说体多性殊,如果要从中选一种最具代表性的文体的话,则非话本小说莫属。这是因为话本小说既与文言小说在文体、情节上多有渊源关系;又与白话小说系统中的章回小说同源异派,有很大的相似性,其本身也存在分回讲述的情形,后期更有一些话本小说章回化了;同时,它经历了从书场表演到书面读物的变迁,而由于这一变迁折射着中国古代小说在艺术上的全面成熟,因此话本小说又从一个侧面反映了古代小说近代化的进程。

作为中国古代小说史上的一个代表性文体与重要环节,话本小说的研究,也一向受到学界的重视,成果累累。1980年出版的胡士莹《话本小说概论》奠定了话本小说文体与文本的历史叙述格局。此后,随着话本小说文献的大规模整理以及一些稀见文本的发现,加上新的研究方法不断引入,话本小说研究全方位展开,近三十年来,在书目文献方面,有孙楷第《小说旁证》、陈桂声《话本叙录》等;小说史方面,涌现了程毅中《宋元小说研究》、萧相恺《宋元小说史》、欧阳代发《话本小说史》、石麟《话本小说通论》、朱海燕《明清易代与话本小说的变迁》、宋若云《逡巡于雅俗之间——明末清初拟话本研究》等;有关文体与叙事特点的则有王昕《话本小说的历史与叙事》、罗小东《话本小说叙事研究》、张勇《中国近世白话短篇小说叙事发展研究》、王庆华《话本小说文体研究》等;至于话本小说作家与专集研究,有温孟孚《"三言"话本与拟话本研究》《三言二拍传播研究》、罗小东《"三言""二拍"叙事艺术研究》、谭耀炬《三言二拍语言研究》、聂付生《冯梦龙研究》《凌濛初研究》、徐永斌《凌濛初考证》等。这些只是一部分专著,单篇论文更是不计其数。

中国港台地区及国外也出版过不少话本小说方面的论著,例如在台湾就先后出版了庄因《话本楔子汇说》、乐蘅军《宋代话本研究》《明代话本小说》、王鸿泰《"三言二拍"的精神史研究》、胡万川《冯梦龙生平及其对小说之贡献》、徐志平《晚明话本小说石点头研究》《清初前期话本小说之研究》

《清初前期话本小说之研究》等。国外方面,日本学者小野四平的《近世中国短篇白话小说研究》,美国学者韩南的李渔研究和《中国白话小说史》,韩国学者金明求的《宋元话本小说空间探讨》,等等,也都是富有创见的著作。

在资料方面,上海古籍出版社的"古本小说集成"、中华书局的"古本小说丛刊"等大型古代小说影印丛书的出版以及江苏古籍出版社的"中国话本大系"之类小说丛书的出版,乃至《型世言》等话本小说的发现,使得话本小说文本的"易得性"大大提高,极大地方便了研究者。文本的丰富正是重新构建话本小说史的基础。

尽管话本小说研究在各个方面都取得了很大的成绩,但从整个小说史的角度来看,还有很多不足之处。从理论上说,要想更准确地把握古代小说的特点,有赖于对特定的小说文体作深入、细致的考察,而话本小说正是这样一个个案意义丰富的文体,它与说唱文学的密切关系、由书场向案头的演变、以文言小说为本事出处的创作规律等,都使它的文体特点折射着古代小说发展的轨迹。然而,长期以来,在中国古代小说的研究当中,明清小说长篇名著的研究与话本小说的研究却存在着畸重畸轻的现象,这种不平衡已经成为制约小说史研究深入发展的一个瓶颈。换言之,对话本小说的重新审视,有可能成为中国古代小说研究的一个突破口。不过,目前话本小说研究在这方面的潜力远没有被发掘出来。

关键在于,就话本小说本身的研究而言,无论在历史发展上,还是在文体特点上,或是具体作品上,都存在许多有待深入研究的问题。纵观以往的话本小说研究,主要是建立在对基本文献的整理与考辨上,因而更多的是话本体制的抽象分析与历史的概论式描述,在一定程度上与话本小说文本有所疏离。这导致了两个问题,一是由于文本之外的资料欠缺,使得有些问题的探讨无法深入。最典型的是所谓"说话有四家",言人人殊,迄无定论。二是受制于传统意识形态的思维惯性,对话本小说作品的论述主要集中在若干名篇的鉴赏式分析上,作品的解读未能真正纳入小说史的考察中。因此,一些看上去简单的问题,常常得不到有效的解决,而一些本来很复杂的问题,又可能被简单化了。比如话本小说为什么在清中叶以后衰落了?一般认为是由于道德劝惩的加强,但实际情况却可能不那么简单。要认识这一问题,至少需要认真研读清初以来话本小说的重要作品,考察它们在内容与形式上的新变化,并将这种变化置于清代小说发展的总体格局下来分析,如此等等,都不能只凭印象,而脱离具体的文本。我们高兴地看到,话本小说研究与文本疏离的状况正在得到改善。现在更值得我们思考的可能是,如何从理论上将文本研究与文体研究、历史研究有效地结合起来。

笔者相信,充分利用文本这一重要的学术资源,有助于我们更为清晰地认识话本小说的创作与传播,从而为构建话本小说的历史提供更为切实的线索。为此,本书最基本的思路就在于更为自觉地将文本诠释与话本小说的历史构建联系起来,一方面,在继承前辈学者研究成果的基础上,对话本小说文本加以全面的考察,以便重建话本小说的坐标体系;另一方面,从文本诠释切入话本小说史的分析,为话本小说的文体特点和发展演变寻求切实的印证,并在此基础上探讨审视小说史的新维度,进而为建立符合中国古代小说特色的小说理论提供借鉴。

显然,如何运用新的理论方法对话本小说文本进行具有历史意义的诠释,并有效地将其整合为全方位的小说史研究的有机组成部分,是一种新的尝试,也有相当的难度。本书分为上、中、下三编,尝试从不同的层面,对话本小说的文本与历史构建问题进行深入的探索。

上编"文体源流敷演"就话本小说发展过程中的一些普遍性问题作综合性研讨。比如话本小说源于说唱文学,韵散结合的文体特点表现得更为突出。以往的研究对此多集中在文体的表面特征上,而实际上韵散结合无论从韵文还是从散文的角度看,都是极为复杂的,其相互结合的形态与功能也丰富多彩、富于变化,本书将对此展开进一步的分析。又比如话本小说有很强的地域性,甚至形成了"东京小说""西湖小说"等地域色彩鲜明的小说,本书将致力于探讨话本小说中地域因素的文学化过程,通过小说中的地域描写透视小说家的空间想象,进而分析与此相关的作为文学语言的方言问题以及地域色彩的凸显与商品经济的发展和新的生活观念的联系等,使地域文化与小说创作、传播和接受的关系进一步细化,以利于揭示话本小说消长昭示的文学发展的趋势。

中编"小说专集讲论"将选择若干在话本小说史上有代表性的小说集加以分析。由于明中叶以后,话本小说集数量众多,本书不同于一般的话本小说史,势难面面俱到,因此拟挑选若干具有不同代表性的小说集加以分析,以反映话本小说集在不同阶段的基本特点。例如"三言""二拍"、《石点头》《豆棚闲话》等,虽然都出现于文人开始大量参与话本小说创作后,但在思想、艺术方面并不相同。分析它们的差异,应该有助于深化对话本小说演进的认识。

下编"名篇佳作说微"则选择一部分有代表性的文本,从小说史角度透视其文体价值与历史内涵。这可以说是话本小说史研究更进一步的细化。

比如囿于现有材料,上面提到的"说话有四家"问题,恐难以形成定论,而实际问题却又可能比"四家"说更复杂。通过文本细读我们可以发现,在"四家"中的所谓"小说"类里,也有不少涉史题材的作品,它们与"讲史"类的作品有何区别,前人鲜有论及。如联系有关文本,比较异同,应该有助于认识它们各自的特点。同样,在讨论上面提到的话本小说在清代走向了衰落时,如果我们结合文本来看,也会发现,清代话本小说的道德教训是一个很复杂的现象,其中确有一些作品训诫连篇,不堪卒读;但也有不少作品的道德教训较之以前的话本小说非但没有加重,反而减弱了、变调了。即使是所谓道德教训,内涵上也往往有所不同。作为道德教训思想基础之一的因果报应观念,在清代话本小说中的柔性化处理就是一个十分明显的现象。而这种变化也只有深入文本才可能看出来。由此,我们也可能得出对清代话本小说衰落原因的新认识。至于情节类型、叙事方式等等的变化,也只有通过文本分析才能得到更清晰的揭示。所以,本书下编对作品的选择与解析,不同于一般的鉴赏,着眼点在话本小说史的构建,理想的目标是在传统的话本小说经典化基础上,探寻一些新的坐标。

从方法上说,上述三个部分是互为补充的,文本诠释引出的普遍现象将在综合研讨中得到理论化的说明,而综合研讨的分析又处处与文本诠释相印证。也就是在微观考察中引申出宏观的把握,而宏观把握又依托微观考察展开。如果这一研究初衷能够有效实现,或许可以使本书显示出与以往概论式、陈述式不同的话本小说及其历史的论述形态。

本书标题所采用的"叙引""敷演""讲论""说微"诸词,皆取自《醉翁谈录·舌耕叙引》,以求贴近话本小说。

上 编
文体源流敷演

入　话

　　话本小说是在由来已久的说唱文学基础上逐渐产生的。说唱艺术的源头是多元的，但是由于说唱艺术自身的特性以及古代社会记录条件的限制，现在在文献中可以考察的渊源主要有两个系统，一是从"俳优小说"到"市人小说"的发展，一是从佛教"唱导"到"俗讲"的发展。

　　早期说唱艺术的记载比较零散简陋，择其要者，一是具有娱乐性，如《淮南子·缪称》所谓"侏儒瞽师，人之困慰者也，人主以备乐"①；二是至迟在汉魏时，说唱艺术已达到了一定的规模，如《三国志》卷二一《王粲传》叙及邯郸淳时注引《魏略》，称曹植"诵俳优小说数千言"②；三是这些说唱艺术的记载虽多与宫廷表演伎艺有关，但根源还在民间，如《后汉书》卷六〇《蔡邕传》记载汉灵帝时："侍中祭酒乐松、贾护，多引无行趣势之徒，并待制鸿都门下，熹陈方俗闾里小事，帝甚悦之，待以不次之位。"③

　　到了唐代，随着城市繁荣，商业经济日渐发达，面向广大市井民众的通俗文艺形式开始形成并取得了迅速的发展，出现了段成式《酉阳杂俎》续集卷四《贬误》所明确提到的"市人小说"④。与此同时，由佛教的口头宣教形成的"唱导"等方式，产生了"俗讲"这一种连说带唱、绘声绘色的讲经方式。值得注意的是，佛教的讲经活动，内容并不单一，从出家僧众、君王长者及普通百姓等的身份、修养出发，因人而异，其间很可能包含了历史与市井故事，从而不仅在形式上，也在内容上影响了后世的说唱艺术。

　　唐代说唱艺术对后世的古代小说的文体也有多方面的影响，例如唐代说唱艺术在韵散结合的叙事方式上有所拓展；大量使用浅近文言和早期白话，为形成一种不同于传统文言的新的文学语言，进行了初步的尝试；在篇章结构上也有一定的程式，其中后世话本小说体制的特点已初见端倪。

　　正是因为有如此悠久、丰厚的文学传统，宋元说话艺术在城市格局发生重大变化，商品飞速发展的背景下，迅速走向繁荣与成熟，并在明清时期持续演进，构成了宋以后最为重要的文体之一。

---

① 张双棣《淮南子校释》（增订本），北京大学出版社，2013年，第1066页。
② 陈寿撰，裴松之注《三国志》，中华书局，1999年，第449页。
③ 《后汉书》，中华书局，1999年，第1346页。
④ 王汝涛编校《全唐小说》第二册，山东文艺出版社，1996年，第1167页。

宋元以后话本小说的发展有一些值得重视的普遍性问题,包括话本小说的"家数"或题材类别、话本小说与不同地域文化的结合、话本小说与文言小说的关系、话本小说中的韵散结合、话本小说中艺人创作与文人创作的关系、话本小说在不同阶段的区别、话本小说版本的特殊性等等,这些问题前人或多或少都有论及,本书不准备面面俱到地加以研讨,而将努力通过具体文本,略作进一步的辨析与申论。如有关话本小说与文言小说的关系,本书即不泛论两者的一般影响与借鉴,而围绕"三言""二拍"对《夷坚志》的继承与改造这一有代表性的案例作深度的分析。

需要说明的是,话本小说发展的普遍性问题,远不止本编所探讨的若干问题,甚至其中任何一个问题所包含的复杂现象,也是难以穷尽的。例如话本小说的地域性问题,无论是"东京小说"还是"西湖小说",或是"扬州小说",作品的数量都很多,而且不止话本小说,往往还牵连着一个更为庞大的文学-文化群,这里只能作一些由点及面、窥斑见豹的透视。

一、话本小说中的"东京"

"东京"是宋元话本小说产生的社会基础,也是第一个在中国古代小说中完整呈现都市风貌的城市。作为话本小说产生的社会基础,东京的作用与其特定的历史地位及都市特性联系在一起;而其都市风貌在话本小说中的演化,则从一个侧面折射出宋元时期文学变迁的进程。在宋元话本小说中,以东京为背景或有关的作品自成系列,其中如《张生彩鸾灯记》《红白蜘蛛》《三现身包龙图断冤》《宋四公大闹禁魂张》《简帖和尚》《燕山逢故人郑意娘传》《金鳗记》《勘靴儿》《张主管志诚脱奇祸》《闹樊楼多情周胜仙》等,均为话本小说名篇,颇受学界关注。有关东京的研究论著其多,如周宝珠《宋代东京研究》[①]、刘春迎《北宋东京城研究》等[②];涉及话本小说与东京的论著也时有刊布,如庞德渐《从话本及拟话本所见之宋代两京市民生活》[③]、葛永海《古代小说与城市文化研究》[④],皆多精见卓识。但就小说所反映的东京都市文化面貌与地域文化特征及其在小说史上的意义而言,仍可以申论的空间,本文即以宋元话本为主,兼与其他时期和体式小说中的同类描写比较,梳理"东京小说"的基本特点与价值。

(一)"话说东京汴梁城开封府":都市特性与话本小说的产生

今天的开封是一座古城,历史上有过很多称谓,孟元老在《东京梦华录》的序中,反复突出的是其"京师"的意义,也就是作为国家的象征。而对于普通人来说,他们的日常生活是受"开封府"支配的。《醒世恒言》卷三一

---

① 周宝珠《宋代东京研究》,河南大学出版社,1992年。
② 刘春迎《北宋东京城研究》,科学出版社,2004年。
③ 庞德渐《从话本及拟话本所见之宋代两京市民生活》,香港龙门书局,1974年。
④ 葛永海《古代小说与城市文化研究》,复旦大学出版社,2004年。

《郑节使立功神臂弓》开篇道:"话说东京汴梁城开封府……"①这里包括了"东京""汴梁""开封府"三种地名,表明了"东京"不同层面的政治含义②。类似这样的叙述在其他的话本小说中也有,后世的小说也继承了这种写法,如《三遂平妖传》第一回:

> 话说大宋仁宗皇帝朝间,东京开封府汴州花锦也似城池,城中有三十六里御街,二十八座城门;有三十六花柳巷,七十二座管弦楼,若还有答闲田地,不是栽花蹴气球。③

说话艺人笼而统之使用"东京""汴梁""开封府",正揭示出"东京"作为一个都城与区域并不单一的意义。

对话本小说的产生与传播来说,东京首先是一个有着发达商品经济的都市,正是在繁荣的商业背景下,说话艺术蓬勃发展起来,也注定了话本小说商业化的文学品格。

《东京梦华录》卷二《东角楼街巷》有关勾栏瓦子的记述为研究宋代俗文学的人所熟知:

> 街南桑家瓦子,近北则中瓦,次里瓦。其中大小勾栏五十余座。内中瓦子、莲花棚、牡丹棚、里瓦子、夜叉棚、象棚最大,可容数千人。自丁先现、王团子、张七圣辈,后来可有人于此作场。瓦中多有货药、卖卦、喝故衣、探搏、饮食、剃剪、纸画、令曲之类。终日居此,不觉抵暮。④

据《史弘肇传》(《喻世明言》卷一五题《史弘肇龙虎君臣会》)所叙,后周太祖郭威"因在东京不如意,曾扑了潘八娘子钗子。潘八娘子看见他异相,认做兄弟,不教解去官司,倒养在家中。自好了,因去瓦里看,杀了勾栏里的弟子,连夜逃走"。这或许是将宋以后兴盛的勾栏瓦子移植于五代时,或者五代时东京已有这样的场所。而《闹樊楼多情周胜仙》中叙包大尹差人捉盗

---

① 《郑节使立功神臂弓》为宋元话本《红白蜘蛛》"增订本",参见程毅中《宋元小说家话本集》上册,齐鲁书社,2000 年,第 1 页。本章所引宋元话本小说,除另行注明者外,皆据此书,为省篇幅,以下仅注篇名。

② 关于"东京"的名称之异与变化,参见周宝珠《宋代东京研究》第六章第六节"关于北宋东京的几个名称",河南大学出版社,1992 年,第 25—27 页。

③ 《三遂平妖传》,北京大学出版社,1983 年,第 1 页。《三遂平妖传》的渊源可以追溯至宋元,《醉翁谈录》记南宋话本名目就有"贝州王则",《三遂平妖传》中吸纳了话本内容,并非没有可能。

④ 伊永文《东京梦华录笺注》,中华书局,2006 年,第 144—145 页。

墓贼朱真,"当时搜捉朱真不见,却在桑家瓦里看耍"。《宋四公大闹禁魂张》叙赵正"再入城里,去桑家瓦里,闲走一回,买酒买点心吃了,走出瓦子外面来"。这些描写都表明勾栏瓦子与市民生活关系的密切。

话本小说就是在勾栏瓦子中发展起来的,这是一个完全不同于传统文学的生成与传播的环境。我们在早期的话本小说中,还经常可以见到这样的说法:"这话本是京师老郎留传"(前引《史弘肇传》)、"原系京师老郎传流,至今编入野史"(《勘靴儿》,《醒世恒言》卷一三题《勘皮靴单证二郎神》)、"京师老郎流传至今"(《拍案惊奇》卷二一《袁尚宝相术动名卿 郑舍人阴功叨世爵》入话《阴骘积善》)、"这一回书,乃京师老郎传留,原名为《灵狐三束草》"(《拍案惊奇》卷二九《赠芝麻识破假形 撷草药巧谐真偶》)。这里所谓的"京师老郎"指的就是活跃于勾栏瓦子的说话艺人。而产生于上述环境的话本小说具有如下特点:它是一种商品化、表演性、娱乐性的文学活动;题材与人物往往为普通市民所熟悉,思想情感往往也为他们所认同;在艺术表现手法与风格上,迎合普通市民的欣赏习惯。

最简单而鲜明的事实是,东京作为一个人口众多、社会阶层复杂的特大城市,不但造成了大批的文化消费群体,也为话本小说提供了大量的素材。大量的市民开始成为文学作品的主人公。所谓市民,是一个以工商业者为主的庞杂的社会群体。由于古代城市的多重特性,它还包括在城市里长期居住的普通官员、文人、军人以及游民等。而话本小说描写了各色人等,构成了中国古代文学在书写角度与情感倾向上的重大突破。

《杨温拦路虎传》被认为是"现存宋代小说家话本中最接近原貌的一个标本"[①],作品描写的是将门之后、"东京人"杨温的故事。他因去东岳烧香,病在客店中,无盘缠回京。"明日是岳帝生辰,你每是东京人,何不去做些杂手艺?明日也去朝神,也叫我那相识们大家周全你,撰二三十贯钱归去。"可见在一般人看来,东京人谋生本领强,精通各种"杂手艺"。

《错斩崔宁》入话中讲述了进京赶考的少年举子魏鹏举的故事。例行的科举考试吸了大量外地读书人到东京来,他们是东京十分活跃的流动人口,也是最"有故事"的一个群体,屡为说话艺人称道。

《金鳗记》(《警世通言》卷二〇题《计押番金鳗产祸》)的主人公计安在"北司官厅下做个押番",属于禁军中略高于普通士兵的军士("班长")。《东京梦华录》卷二《东角楼街巷》记载:

[①] 程毅中辑注《宋元小说家话本集》上册,齐鲁书社,2000年,第111页。

> 南通一巷,谓之"界身",并是金银彩帛交易之所,屋宇雄壮,门面广阔,望之森然,每一交易,动即千万,骇人闻见。①

显然,"界身"是一以金银和高档品为主的市场。而《张主管志诚脱奇祸》所写正是"话说东京汴州开封府界身于里,一个开线铺的员外张士廉"。

话本小说中还描写了东京的各种女性,如《快嘴李翠莲记》的主人公李翠莲是东京李员外的独生女。《闹樊楼多情周胜仙》中女孩儿高声自称:"我是曹门里周大郎的女儿,我的小名叫作胜仙小娘子,年一十八岁,不曾吃人暗算。你今却来算我!我是不曾嫁的女孩儿。"一派市井女孩无拘无束的态度。《勘靴儿》描写了宫妃与贵夫人。

《皂角林大王假形》叙东京人赵再理,授得广州新会县知县。在任期间,其东京家室却为"皂角林大王"所霸占。

《简帖和尚》描写了一个"淫僧"骗占外出公差官员之妻的故事。从性质上与《皂角林大王假形》有相似之处,而从人物身份上看,此种"淫僧",也另有现实背景。如《清异录》卷上记载:

> 相国寺星辰院比丘澄晖,以艳倡为妻,每醉点胸曰:"二四阿罗,烟粉释迦。"又:"没头发浪子,有房室如来。"快活风流,光前绝后。②

如此等等,东京不同阶层、特别是普通市民在话本小说中都有所描写,构成了中国古代文学新的人物画廊。而这些生活在都市里的人们,有着自己的生活方式,如《郑节使立功神臂弓》里有这样的描写:

> 只听得街上锣声响,一个小节级同个茶酒保,把着团书来请张员外团社。原来大张员外在日,起这个社会,朋友十人,近来死了一两人,不成社会。如今这几位小员外,学前辈做作,约十个朋友起社。却是二月半,便来团社。

市民们结成各种性质的社团,即是都市人际关系的一个新特点。

东京不仅是一个商业都会,更是国家的政治中心,这一特殊的政治地位,也为上层与下层的文化交流提供了可能。

宋施德操《北窗炙輠录》卷下曾载仁宗一事:

> 又一夜,在官中闻丝竹歌笑之声,问曰:"此何处作乐?"官人曰:

---

① 伊永文《东京梦华录笺注》,中华书局,2006年,第144页。
② 陶毅《清异录》卷上,《宋元笔记小说大观》本,上海古籍出版社,2007年,第一册第28页。

"此民间酒楼作乐处。"宫人因曰:"官家且听,外间如此快活,都不似我宫中如此冷冷落落也。"仁宗曰:"汝知否?因我如此冷落,故得渠如此快活。我若为渠,渠便冷落矣。"呜呼,此真千古盛德之君也!①

且不说事之真伪,但它形象地显示出皇室与市井酒楼同处一个城市的情形。明人郎瑛《七修类稿·辨证类》中说:"小说起于仁宗朝,盖时太平日久,国家闲暇,日欲选一奇怪之事以娱之。"虽然这一说法还有待考证,但皇室与市井有可能产生某种联系,自是情理之中的事②。仁宗曾率后妃、百官驾御宣德门看民间伎艺表演戏,司马光犯颜直书《论上元令妇人相扑状》(嘉祐七年正月二十八日上)称:

> 臣窃闻今月十八日,圣驾御宣德门,召诸色艺人,各进技艺,赐与银绢,内有妇人相扑者,亦被赏赉。臣愚,窃以宣德门者,国家之象魏,所以垂宪度,布号令也。今上有天子之尊,下有万民之众,后妃侍旁,命妇纵观,而使妇人裸戏于前,殆非所以隆礼法,示四方也。陛下圣德温恭,动遵仪典,而所司巧佞,妄献奇技,以污渎聪明。窃恐取讥四远。愚臣区区,实所重惜,若旧例所有,伏望陛下因此斥去,仍诏有司,严加禁约,令妇人不得于街市以此聚众为戏。若今次上元,始预百戏之列,即乞取勘管勾臣僚,因何致在籍中,或有臣僚援引奏闻,因此宣召者,并重行谴责,庶使巧佞之臣,有所戒惧,不为导上为非礼也。③

这从反面印证了上层与下层的"文化交流"。

从话本小说看,帝王包括本朝帝王,也是小说家热衷讲述的。而他们在讲述帝王的故事时,有时也有意识地将其与东京的都市背景联系在一起,这不但使得话本小说带有了一定的政治性,也使得话本小说中的帝王形象更加具有一种亲和性,有时则反映出底层市民对皇权的一种戏谑。

由于宋元话本小说从本质上说是一种源于下层社会也主要在下层社会

---

① 施德操《北窗炙輠录》卷下,《宋元笔记小说大观》本,上海古籍出版社,2007年,第三册第3330页。
② 有关北宋时期说话艺人与皇宫的关系,缺乏证据。南宋时期,据周密《武林旧事》卷七载:"是岁太上圣寿七十有五……宣押棋待诏并小说人孙奇等十四人下棋两局,各赐银绢。"则宫中有宣招"小说人"供娱乐之事。冯梦龙《古今小说叙》说得更明确:"按南宋供奉局,有说话人,如今说书之流。其文必通俗。其作者莫可考。泥马倦勤,以太上享天下之养,仁寿清暇,喜阅话本,命内珰日进一帙,当意,则以金钱厚酬。于是内珰辈广求先代奇迹及闾里新闻,倩人敷演进御,以怡天颜。然一览辄置,卒多浮沉内庭,其传布民间者,什不一二耳。"但此史实也有待考证。
③ 司马光《传家集》卷二五,《景印文渊阁四库全书》本。

传播的通俗文学,其中的描写也以普通民众熟悉的背景为主,有关朝廷的描写是有限的,如我们在宋代士大夫诗词中常看到的"御街行"书写,在话本小说中就不多见。《东京梦华录》卷二《御街》记载:

> 坊巷御街,自宣德楼一直南去,约阔二百余步,两边乃御廊,旧许市人买卖于其间,自政和间官司禁止,各安立黑漆杈子,路心又安朱漆杈子两行,中心御道不得人马行往,行人皆在廊下朱杈子之外。①

这表明御街对普通人的活动、通行是有所限制的,这样的场所很少作为小说的场景被描写就不足为奇了。

总之,东京的多重特性,为话本小说的发展创造了各种有利条件,也使话本小说在吸纳不同方面的营养后,成为一种很有包容性、也很有前途的文体。

(二)"东京"在话本小说叙事中的时空意义

在话本小说中,东京是具体情节展开的背景。不言而喻,作为背景的东京必然与一个个特定的时空相联系,而这种联系是建立在此一时空背景有助于小说情节的安排与人物的描写基础上的。

与乡村小桥流水的田园风光不同,城市的住所、街坊是都市的日常生活场景,因而在话本小说中有许多描写。比如《简帖和尚》这样描写:

> 去枣槊巷口,一个小小底茶坊,开茶坊人唤做王二。当日茶市方罢,相是日中,只见一个官人入来。……
>
> 入来茶坊里坐下。开茶坊的王二拿着茶盏,进前唱喏奉茶。那官人接茶吃罢,看着王二道:"少借这里等个人。"王二道:"不妨。"……
>
> 那官人指着枣槊巷里第四家,问僧儿:"认得这人家么?"僧儿道:"认得,那里是皇甫殿直家里。殿直押衣袄上边,方才回家。"

巷口茶坊、巷里人家,正是本篇故事展开的特殊场景。有了这样的场景,简帖和尚才可能近距离地窥探良家妇女,并借助行走市井的小商贩,实现其阴谋。

实际上,客栈、茶肆、酒楼等人来人往的场所,有利于小说家安排人物的

---

① 伊永文《东京梦华录笺注》,中华书局,2006年,第78页。

交流,而这些场所便成为引发情节冲突的常见空间。《赵旭遇仁宗传》(《喻世明言》卷——题《赵伯升茶肆遇仁宗》)叙成都书生赵旭来到东京:

> 遂入城中观看景致。只见楼台锦绣,人物繁华,正是龙虎风云之地。行到状元坊,寻个客店安歇,守待试期。……店对过有座茶坊,与店中朋友同会茶之间,赵旭见案上有诗牌,遂取笔去那粉壁上写下词一首。词云:
> 足蹑云梯,手攀仙桂,姓名已在登科内。马前喝道状元来,金鞍玉勒成行队。
> 宴罢归来,醉游街市,此时方显男儿志。修书急报凤楼人,这回好个风流婿。

后因狂傲,赵旭为仁宗黜落;失意时,店小二建议:"秀才,你今如此穷窘,何不去街市上茶坊酒店中吹笛? 觅讨些钱物,也可度日。""茶坊酒店"既是他谋生之所,也是他时来运转的关键。仁宗偶然也到状元坊茶肆吃茶,看到了赵旭的题词,怜才提掇,使其得以衣锦还乡。让皇帝与一个普通书生有缘相会的场所,只有茶坊这种空间才有一定的可能性,也比较贴近普通市民的想象。

在东京市民聚集的场所中,最具地标性、最热闹的是樊楼、相国寺和金明池,这些地方更是小说家热衷描写的重要场景,也构成了"东京小说"鲜明的地域性特征。

先看樊楼。樊楼又名丰乐楼,有关东京的文献中多有叙及,如《东京梦华录》卷二《酒楼》:

> 白矾楼后改为丰乐楼。宣和间,更修三层相高,五楼相向,各有飞桥栏槛,明暗相通。珠帘绣额,灯烛晃耀。初开数日,每先到者赏金旗。……内西楼后来禁人登眺,以第一层下视禁中。[①]

而小说中,《赵旭遇仁宗传》里有一首《鹧鸪天》词,也是咏赞樊楼的:

> 城中酒楼高入天,烹龙煮凤味肥鲜。公孙下马闻香醉,一饮不惜费万钱。　招贵客,引高贤,楼上笙歌列管弦。百般美物珍羞味,四面栏杆彩画檐。

这样一个富丽堂皇的酒店,写入话本小说,自然易被当时的接受者所熟悉而

[①] 伊永文《东京梦华录笺注》,中华书局,2006年,第174—176页。

乐闻。《闹樊楼多情周胜仙》更将其作为全篇最重要的场景:周胜仙与范二郎的初会在樊楼,她死而复生后来找范二郎,也是在樊楼。

不但如此,樊楼也与帝王联系在了一起。《宣和遗事》后集曰:

> 故宣和数年之间,朝廷荡无纲纪。刘屏山有诗云,诗曰:"梁园歌舞足风流,美酒如刀解断愁。忆得少年多乐事,夜深灯火上樊楼。"樊楼乃是丰乐楼之异名,上有御座,徽宗时与师师宴饮于此,士民皆不敢登楼。①

樊楼中居然有"御座",不知出于民间传说,还是确有实情。前引《赵伯茶肆遇仁宗》也描写了仁宗出入于樊楼,同样说明了这种联系。

正是由于樊楼商业地位的重要以及在民间叙事中与帝王联在一起,它理所当然地成为东京的一个符号。《燕山逢故人郑意娘传》(《喻世明言》卷二四题《杨思温燕山逢故人》))便将故国之思与东京、与樊楼紧密联系起来。这一点应该是话本小说家的有意安排和渲染。在这篇小说的本事《夷坚丁志》卷九的《太原意娘》中,就没有这方面的描写。

再看相国寺。这同样是东京的一个重要场所。自唐代以来,就是开封地区最具影响力的寺庙,至北宋,更成为东京的一个盛大的商业中心。宋王林《燕翼诒谋录》卷二载:"东京相国寺乃瓦市也,僧房散处,而中庭两庑可容万人,凡商旅交易,皆萃其中,四方趋京师以货物求售转售他物者,必由于此。"②宋王得臣《麈史》卷下也记载:"都城相国寺最据冲会,每月朔望、三八日即开,伎巧百工列肆,罔有不集,四方珍异之物悉萃其间,因号相国寺为'破赃所'。"③《东京梦华录》卷三《相国寺内万姓交易》云:"相国寺每月五次开放,万姓交易。"无论民俗信仰活动,还是商贸、娱乐,东京市民都经常光顾相国寺,因而它也就成为小说情节展开的天然场景④。《简帖和尚》在淫僧使阴险手段离间皇甫夫妻并如愿占有皇甫妻后写道:

> 逡巡过了一年,当是正月初一日,皇甫殿直自从休了浑家,在家中无好况……自思量道:"每年正月初一日,夫妻两人,双双地上本州大相国寺里烧香。我今年却独自一个,不知我浑家那里去。"簌地两行泪

---

① 《新刊大宋宣和遗事》,中国古典文学出版社,1954 年,第 85 页。
② 《默记 燕翼诒谋录》合刊本,中华书局,1981 年,第 20 页。
③ 王得臣《麈史》,《宋元笔记小说大观》第二册,上海古籍出版社,2007 年,第 1374 页。
④ 有关相国寺的兴废沿革,可参看刘春迎《北宋东京城研究》的论述,科学出版社,2004 年,第 228—237 页。

下,冈冈不已,只得勉强着一领紫罗衫,手里把着银香盒,来大相国寺里烧香。到寺中烧香了恰待出寺门,只见一个官人领着一个妇女。看那官人时,粗眉毛、大眼睛、蹶鼻子、略绰口,领着的妇女,却便是他浑家。当时丈夫看着浑家,浑家又觑着丈夫,两个四目相视,只是不敢言语。

一般而言,在一个拥有百万人口的大城市①,身份地位不同,生活方式有别,人生轨迹并不易交汇重叠,而相国寺却提供了这样一种可能,因此,《简帖和尚》便合情合理地将相国寺作为了绾结情节、收束头绪的绝佳场景。

又如《张生彩鸾灯传》张生偶拾一红绡帕子,上有细字一行云:"有情者拾得此帕,不可相忘,请待来年正月十五夜于相篮后门一会,车前有鸳鸯灯是也。"此"相篮"即相国寺,次年,张生"将近元宵,思赴去年之约。乃于十四日晚,候于相篮后门,果见车一辆,灯挂只鸳鸯,呵卫甚众。生惊喜无措,无因问答"。相国寺既是一个容易找到的地方,又是一个人山人海、不易被他人发现的地方,将其作为幽会地点,是十分合适的。

写到相国寺的宋元话本小说还有《宋四公大闹禁魂张》《燕山逢故人郑意娘传》等,后世与宋代东京有关的话本小说如"三言"中的《王安石三难苏学士》《明悟禅师赶五戒》《佛印师四调琴娘》,"二拍"中的《小道人一着饶天下 女棋童两局注终身》《沈将仕三千买笑钱 王朝议一夜迷魂阵》《任君用恣乐深闺 杨大尉戏宫馆客》等,也都涉及了相国寺。

复看金明池。这是一处位于东京城外的自然景观②,据《东京梦华录》卷七《三月一日开金明池琼林苑》记载:

> 池在顺天门外街北,周围约九里三十步,池西直径七里许。入池门内南岸,西去百余步,有面北临水殿,车驾临幸,观争标、锡宴于此。往日旋以彩幄,政和间用土木工造成矣。又西去数百步,乃仙桥……桥尽处,五殿正在池之中心,四岸石磴向背大殿中坐,各设御幄,朱漆明金龙床,河间云水戏龙屏风,不禁游人。殿上下回廊,皆关扑钱物、饮食、伎艺人作场,勾肆罗列左右。桥上两边,用瓦盆内掷头钱,关扑钱物、衣

---

① 据《开封市志》(第一册),东京城人口应不少于150万(中州古籍出版社,1996年,第396页)。另据漆侠《中国经济通史·宋代经济卷》,宋真宗天禧五年,开封府新旧八厢总计97750户,至北宋末年已达26万户,人口超过100万(经济日报出版社,1999年,第1066页)。

② 有关金明池的兴废沿革,可参看刘春迎《北宋东京城研究》的论述,科学出版社,2004年,第265—280页。

服、动使。游人还往,荷盖相望。①

话本小说中也有类似描写,如《闹樊楼多情周胜仙》的入话:"从来天子建都之处,人杰地灵,自然名山胜水,凑着赏心乐事。如唐朝便有个曲江池,宋朝便有个金明池,都有四时美景,倾城士女王孙,佳人才子,往来游玩。天子也不时驾临,与民同乐。"这样一个游人如织的场所,理所当然地也成为小说家场景安排的绝佳选择。如《金鳗记》的开篇描写计押番钓得一条金明池"池掌"金鳗并招致灭门惨祸,《闹樊楼多情周胜仙》开篇叙"金明池游人赏玩作乐。那范二郎因去游赏,见佳人才子如蚁。行到了茶坊里来,看见一个女孩儿",《张主管志诚脱奇祸》开篇叙"当时清明节候……满城人都出去金明池游玩。张小员外也出去游玩",都是由金明池展开情节的。而《警世通言》卷三〇《金明池吴清逢爱爱》更是将金明池作为爱情故事的大背景。《金明池吴清逢爱爱》的创作时间虽无法确定,但它依据的本事为《夷坚甲志》卷四《吴小员外》,很可能也有早期说话艺术的基础。

一个地区的民俗生活还具有时间性。东京系列的话本小说与时间相关的描写,主要围绕元宵、清明、中秋等节庆活动展开,因为节庆活动也是人物交流最密切的时候,为情节冲突的展开提供了一种可能。

李清照的名词《永遇乐》有"中州盛日,闺门多暇,记得偏重三五"句,说明北宋东京元宵节最为隆重。《大宋宣和遗事》中从徽宗的喜乐描写了东京元宵的盛况:

> 且说世人遇这四季,尚能及时行乐;何况徽宗是个风流快活的官家,目见帝都景致,怎不追欢取乐皇都最贵,帝里偏雄:皇都最贵,三年一度拜南郊;帝里偏雄,一年正月十五夜。州里底唤做山棚,内前的唤做鳌山;从腊月初一日直点灯到宣和六年正月十五日夜……
>
> 东京大内前,有五座门:曰东华门,曰西华门,曰景龙门,曰神徽门,曰宣德门。自冬至日,下手架造鳌山高灯,长一十六丈,阔二百六十五步;中间有两条鳌柱,长二十四丈;两下用金龙缠柱,每一个龙口里,点一盏灯,谓之"双龙衔照"。中间着一个牌,长三丈六尺,阔二丈四尺,金书八个大字,写道:"宣和彩山,与民同乐。"彩山极是华丽:那采岭直趋禁阙春台,仰捧端门。梨园奏和乐之音,乐府进婆娑之舞。绛绡楼

---

① 伊永文《东京梦华录笺注》,中华书局,2006年,第643页。

上,三千仙子捧宸京;红玉栏中,百万都民瞻圣表。①

《清平山堂话本》中的《戒指儿记》也铺陈了东京元宵的热闹景观:

> 光阴似箭,日月如梭,不觉时值正和二年上元令节,国家有旨赏庆元宵。鳌山架起,满地华灯。笙箫社火,罗鼓喧天。禁门不闭,内外往来。人人都到五凤楼前,端门之下,插金花,赏御酒,国家与民同乐。自正月初五日起,至二十日止,万姓歌欢,军民同乐,便是至穷至苦的人家,也是欢娱取乐。怎见得?有只词儿,名《瑞鹤仙》,单道着上元佳景:

> 瑞烟浮禁苑。正绛阙春回,新正方半。冰轮桂华满,溢花衢歌市,芙蓉开遍。龙楼两观,见银烛,星球灿烂。卷珠帘,尽日笙歌,盛集宝钗金钏。　　堪羡,绮罗丛里,兰麝香中,正宜游玩。风柔夜暖。花影乱,笑声喧。闹蛾儿满地,成团打块,簇着冠儿斗转。喜皇都,旧日风光,太平再见。②

正是由于元宵灯节的重要,小说家热衷于将这种年节风俗与情节安排、人物刻画结合起来。如《张主管志诚脱奇祸》中有这样的描写:

> 当日时遇元宵,张胜道:"今日元宵夜,端门下放灯。"便问娘道:"儿子欲去看灯则个。"娘道:"孩儿,你许多时不行这条路,如今去端门看灯,从张员外门前过,又去惹是招非。"张胜道:"是人都去看灯,说道今年好灯,儿子去去便归,不从张员外门前过便了。"娘道:"要去看灯不妨,则是你自去看不得,同一个相识做伴去才好。"张胜道:"我与王二哥同去。"娘道:"你两个去看不妨,第一莫得吃酒,第二同去同回!"分付了,两个来端门下看灯。正撞着当时赐御酒,撒金钱,好热闹,王二哥道:"这里难看灯,一来我们身小力怯,着甚来由吃挨吃搅?不如去一处看,那里也抓缚着一座鳌山。"张胜问道:"在那里?"王二哥道:"你到不知,王招宣府里抓缚着小鳌山,今夜也放灯。"③

作品开始的这一叙述,其实就是小说家为情节发展埋下的伏笔。

由于节庆活动往往在特定的场所进行,所以,东京小说中的时间因素与空间因素也常相互关联。如前引《张生彩鸾灯记》的情节,时间上是元宵佳

---

① 《新刊大宋宣和遗事》,第71—72页。
② 洪楩辑,程毅中校注《清平山堂话本校注》,中华书局,2012年,第383—384页。
③ 程毅中辑注《宋元小说家话本集》下册,齐鲁书社,2000年,第732页。

节,空间上则在相国寺。

时空背景对于小说家来说并不是固定不变的,因此,与东京有关的时空背景有时也成为作品的一种结构性要素。《清平山堂话本》中的《陈巡检梅岭失妻记》开篇叙东京秀才陈从善得授南雄巡检之职,满怀恐惧凄惶地离了东京。在经历了许多波折后,终于又"回到东京故乡"。在这篇作品中,东京是作品的一个叙事框架。依靠这一框架,作者将陈从善人生、为官的起点和终点完整地展现出来了。而《错认尸》(《警世通言》卷三三题《乔彦杰一妾破家》)叙主人公往来于杭州、东京之间,则显示出了各地之间的经济联系,也造成了叙事空间的流动。

(三)话本小说与文言小说中"东京"描写的异同

东京在话本小说中,是具体情节展开的背景。反过来,诸多作品也构成了东京的整体形象。前两节所论话本小说中的人物与时空背景就是东京整体形象的反映。需要进一步说明的是,由于不同体式的小说关注的角度有所不同,即使同样以东京为背景的小说,文言小说与话本小说的区别还是很明显的。通过比较,我们可以更真切地把握话本小说的特点。

相对于娱乐化、商业化更强的话本小说,文言小说更接近史书传统,也就是所谓"野史"。而说话艺人也把熟悉文言小说如《太平广记》《夷坚志》等,当成必备的修养。与此同时,文言小说也成为话本小说重要的题材来源。

应当说明的是,文言小说之所以能成为话本小说的题材来源,与文言小说本身的发展也是分不开的。宋代文言小说尽管颇受非议,但有一点还是值得肯定的,即在题材上,文言小说的作者与时俱进,也描写了宋代城市生活。这种描写使得文言小说与话本小说具有了某种同步性。虽然唐代文言小说也较多地描写了当时的大都会[①],但由于作者身份与趣味的文人化,相关描写也带有这样的特点或局限性。而宋代文言小说有所不同,在市井社会发展的事实面前,文言小说家们表现出了更开放的态度与眼光。

在宋代文言小说中,有关东京的故事不少。其中有些为话本小说采为本事,还有不少没有被袭用。如《李师师外传》对东京的描写,颇具现实性和政治性:

---

① 参见葛永海《古代小说与城市文化研究》第一章,复旦大学出版社,2004年,第23—89页。

> 李师师者,汴京东二厢永庆坊染局匠王寅之女也。……比长,色艺绝伦,遂名冠诸坊曲。
>
> 徽宗既即位,好事奢华,而蔡京、章惇、王黼之徒,遂假绍述为名,劝帝复行青苗诸法,长安中粉饰为饶乐气象,市肆酒税,日计万缗;金玉缯帛,充溢府库。于是童贯、朱勔辈,复导以声色狗马宫室园囿之乐。凡海内奇花异石,搜采殆偏。筑离宫于汴城之北,名曰艮岳,帝般乐其中,久而厌之,更思微行为狭邪游……
>
> 暮夜,帝易服,杂内侍四十余人中,出东华门二里许,至镇安坊。镇安坊者,李姥所居之里也。帝麾止余人,独与迪翔步而入。①

又如《夷坚志补》卷八《京师浴堂》:

> 宣和初,有官人参选,将诣吏部陈状,而起时太早,道上行人尚希,省门未开,姑往茶邸少憩。邸之中则浴堂也,厮役两三人,见其来失期,度其必村野官员乍游京华者。时方冬月,此客着褐裘,容体肥腴,遂设计图之。密掷皮条套其项,曳之入帘里,顿于地,气息垂绝,群恶夸指曰:"休论衣服,只这身肉,直几文钱。"以去晓尚遥,未即杀。少定,客以皮缚稍缓顿苏,欲窜,恐致迷路,迟疑间,忽闻大尹传呼,乃急趋而出,连称杀人。群恶出不意,殊荒窘,然犹矫情自若,曰:"官人害心风耶!"俄而大尹至,诉于马前,立遣贼曹收执,且悉发浴室之板验视,得三尸,犹未冷,盖昨夕所戕者。于是尽捕一家置于法,其脍人之肉,皆恶少年买去云。②

外地人"乍游京华",不知深浅,有时直如羊入狼群。《京师浴堂》就展示了东京极为凶险的一面。

《夷坚甲志》卷八《京师异妇人》则化实为虚,为现实生活涂抹上怪异的色彩:

> 宣和中,京师士人元夕出游,至美美楼下,观者阗咽不可前。少驻步,见美妇人举措张皇,若有所失。问之,曰:"我逐队观灯,适遇人极隘,遂迷失侣,今无所归矣。"以言诱之,欣然曰:"我在此稍久,必为他人掠卖,不若与子归。"士人喜,即携手还舍。如是半年,嬖宠殊甚,亦

---

① 出自《琳琅秘室丛书》,作者不详。收入鲁迅校录的《唐宋传奇集》、程毅中编《古体小说钞》(宋元卷)、李剑国编《宋代传奇集》等。兹据《宋代传奇集》,中华书局,2001年,第911页。
② 洪迈《夷坚志》第四册,中华书局,1981年,第1625—1626页。

无有人踪迹之者。①

这一段描写,与上节所论话本小说中的东京元宵场景如出一辙。而接下来的描写,则颇类传统志怪小说。士人之友认定此女"非人类",而葆真宫王文卿法师也看出士人身上"妖气极浓",并以朱书二符授之,降伏此妖。虽然情节有类一般志怪,但描写此女"张灯制衣,将旦不息"和开封府初以为法师用妖术取民女,遭狱吏逮王师下狱等细节,仍具有现实性。

刘斧《青琐高议》后集卷四《龚球记》叙京师无赖龚球遭报应的故事:

> 时元夜灯火,车骑沸腾。球闲随一青毡车走。车中有一女人,自车后下,手把青囊,其去甚速。球逐之暗所。女人告曰:"我李太保家青衣也。售身之年,已过其期,彼不舍吾,又加苦焉。今夕吾伺其便走耳。若能容吾于室,愿为侍妾。"球喜,许之。②

但龚球却卷其财物而去,此女被拷打致死,而其鬼魂则向龚索命。

与宋元话本一样,涉及东京的文言小说有不少也把情节的时间节点放在了元宵,上面两篇是如此,其他如《夷坚志补》卷八《真珠族姬》叙真珠族姬被拐,也在"宣和六年正月望日,京师宣德门张灯"之际,正因为"贵近家皆设幄于门外,两庑观者亿万",歹人才便于乘乱下手。又有《夷坚乙志》卷一五《京师酒肆》、《夷坚乙志》卷一六《赵令族》、《夷坚志补》卷一四《郭伦观灯》等,都在东京元夕的时空背景下展开世俗生活的描写。

由于有的文言小说为话本小说所袭用,两相对比,更可见彼此的相互关系。如洪迈《夷坚支景》卷三《王武功妻》,叙一僧人施展诡计,谋夺去某官员妻。《简帖和尚》故事与此颇相类,或即据此改编而成。在《王武功妻》中,背景描写十分简单:

> 京师人王武功,居鞔鞦巷。妻有美色。化缘僧过门,见而悦之。阴设挑致之策,而未得便。会王生将赴官淮上,与妻坐帘内,一外仆顶盒至前,云:"聪大师传信县君,相别有日,无以表意,漫奉此送路。"语讫即去。王夫妇亟启盒,乃肉茧百枚。剖其中,藏小金牌饼,重一钱,以为误也,复剖其他尽然。王作声叱妻曰:"我疑此秃朝夕往来于门,必有故,今果尔。"③

---

① 洪迈《夷坚志》第一册,中华书局,1981年,第65页。
② 刘斧《青琐高议》,上海古籍出版社,1985年,第143页。
③ 洪迈《夷坚志》第二册,中华书局,1981年,第902页。

其中仅"京师""鞔鞦巷"略示地域背景。而正如前文所引,《简帖和尚》中的描写,充分展现了东京市坊特殊的背景与人物,给读者的印象是,只有在这样的背景下,情节的展开才有充分的合理性。且看其中僧儿传书一段:

……等多时,只见一个男女托个盘儿,口中叫:"卖鹌鹑、馉饳儿!"官人把手打招,叫:"买馉饳儿。"僧儿见叫,托盘儿入茶坊内,放在桌上,将条篾篁穿那馉饳儿,捏些盐,放在官人面前,道:"官人吃馉饳儿。"官人道:"我吃。先烦你一件事。"僧儿道:"不知要做甚么?"那官人指着枣槊巷里第四家,问僧儿:"认得这人家么?"僧儿道:"认得,那里是皇甫殿直家里。殿直押衣袄上边,方才回家。"官人问道:"他家有几口?"僧儿道:"只是殿直一个小娘子,一个小养娘。"官人道:"你认得那小娘子也不?"僧儿道:"小娘子寻常不出帘儿外面,有时叫僧儿买馉饳儿,常去,认得。问他做甚么?"

官人去腰里取下版金线篋儿,抖下五十来钱,安在僧儿盘子里。僧儿见了,可煞喜欢,叉手不离方寸:"告官人,有何使令?"官人道:"我相烦你则个。"袖中取出一张白纸,包着一对落索环儿,两只短金钗子,一个简帖儿,付与僧儿道:"这三件物事,烦你送去适间问的小娘子。你见殿直,不要送与他。见小娘子时,你只道官人再三传语,将这三件物来与小娘子,万望笑留。你便去,我只在这里等你回报。"

在《王武功妻》中,只是很突兀地写了"一外仆"的传信。而《简帖和尚》却极为细致地描写了僧儿的身份:"卖馉饳儿"的。这种身份为他走街串巷,熟悉居民提供了方便。至于他卖馉饳儿时"将条篾篁穿那馉饳儿,捏些盐,放在官人面前",见到赏钱"可煞喜欢,叉手不离方寸"等情态,都活画出一个油滑的小商贩的性格和心理。尽管这只是一个过场人物,但正是在这些细节上,东京的市井气息得到切实的加强。

宋代文言小说有关东京的描写是一个宝库,有的还为后世的话本小说所继承,如《夷坚志补》卷八《王朝议》记录了一个发生在东京的骗局故事,《二刻拍案惊奇》卷八《沈将仕三千买笑钱 王朝议一夜迷魂阵》就是据以敷演的。

总体而言,由于文言小说数量巨大,在有关东京社会生活的广度方面,远远超过了宋元话本小说,不少题材内容与人物都未见于话本小说。当然,受到语体的限制,文言小说的描写相对较为简单,在对东京市民生活细节的描写与人物精神世界的刻画方面,都稍逊于话本小说。

(四)"东京"与小说中其他城市异同

宋元时期的其他城市在小说中也多有描写,这种描写与东京的都市形象既有关联,也存在异同。《郑节使立功神臂弓》的开篇是这样的:

> 话说东京汴梁城开封府,有个万万贯的财主员外,姓张,排行第一,双名俊卿。这个员外,冬眠红锦帐,夏卧碧纱厨;两行珠翠引,一对美人扶。家中有赤金白银、斑点玳瑁、鹘轮珍珠、犀牛头上角、大象口中牙。门首一壁开个金银铺,一壁开所质库……①

再看《警世通言》中的《万秀娘仇报山亭儿》②开篇:

> 话说山东襄阳府,唐时唤做山南东道。这襄阳府城中,一个员外姓万,人叫做万员外。这个员外,排行第三,人叫做万三官人。在襄阳府市心里住,一壁开着干茶铺,一壁开着茶坊……

这两篇作品,一写东京开封府,一写山东襄阳府。我们无法确认这两篇作品产生的先后,但从二者叙述格局的相似可以看出,当年的小说家在描述城市时,确实存在着趋同甚至因袭的特点,如同小说家对人物外貌的描述。实际上,《万秀娘仇报山亭儿》中,有如下一段描写:

> 万员外在布帘底下,张见陶铁僧这厮栾四十五见钱在手里。万员外道:"且看如何?"元来茶博士市语,唤做"走州府",且如道市语说:"今日走到余杭县",这钱,一日只稍得四十五钱,余杭是四十五里;若说一声"走到平江府",早一日稍三百六十足。若还信脚走到西川成都府,一日却是多少里田地!③

所谓"市语",指的某一行业的行话或隐语。此处所说的走到余杭县四十五里等距离,是以临安而不是襄阳府为起点计算,也就是说,这篇小说真正的产生地点可能是杭州④,其中的背景描写可能也是以杭州为想象基础的。

---

① 冯梦龙《醒世恒言》,北京十月文艺出版社,1994 年,第 724 页。
② 本篇篇末有"话名只唤做《山亭儿》,亦名'十条龙陶铁僧孝义尹宗事迹'"的说法,其本当即《宝文堂书目》所著录之宋元话本旧篇《山亭儿》。另外,《醉翁谈录·小说开辟》中提及"十条龙""陶铁僧"二目。诸篇作品间的关系有待考证。
③ 冯梦龙《警世通言》,北京十月文艺出版社,1994 年,第 591 页。
④ 程毅中辑注《宋元小说家话本集》上册,齐鲁书社,2000 年,第 101 页。

同理,东京也可能成为某些小说家书写其他城市的想象基础。

事实上,临安受东京影响巨大。对此,很多文献都有记载。例如吴自牧《梦粱录》卷二《清明节》:

> 此日又有龙舟可观,都人不论贫富,倾城而出,笙歌鼎沸,鼓吹喧天,虽东京金明池未必如此之佳。

卷四《七夕》载:

> 市井儿童,手执新荷叶,效"摩睺罗"之状。此东都流传,至今不改,不知出何文记也。

卷一四《东都随朝祠》:

> 惠应庙,即东都皮场庙,自南渡时,有直庙人商立者,携其神像随朝至杭,遂于吴山至德观右立祖庙,又于万松岭侍郎桥巷元贞桥立行祠者三。

卷一六《茶肆》:

> 汴京熟食店,张挂名画,所以勾引观者,留连食客。今杭城茶肆亦如之,插四时花,挂名人画,装点店面。

同卷《酒肆》:

> 曩者东京杨楼、白矾、八仙楼等处酒楼,盛于今日,其富贵又可知矣。

卷一八《民俗》:

> 杭城风俗,凡百货卖饮食之人,多是装饰车盖担儿,盘盒器皿新洁精巧,以炫耀人耳目,盖效学汴京气象,及因高宗南渡后,常宣唤买市,所以不敢苟简,食味亦不敢草率也。

卷一九《瓦舍》:

> 瓦舍者,谓其"来时瓦合,去时瓦解"之义,易聚易散也。不知起于何时。顷者京师甚为士庶放荡不羁之所,亦为子弟流连破坏之门。杭城绍兴间驻跸于此,殿岩杨和王因军士多西北人,是以城内外创立瓦舍,招集妓乐,以为军卒暇日娱戏之地。今贵家子弟郎君,因此荡游,破坏尤甚于汴都也。

卷二〇《妓乐》：

> 今街市与宅院，往往效京师叫声，以市井诸色歌叫卖物之声，采合官商成其词也。①

民俗、信仰、娱乐，如此等等，无一不可见东京对杭州的影响。这种影响是否深入到了话本小说对杭州的描写中，则有待进一步考察。

如果与杭州相比，东京小说与西湖小说在都市与地域文化的表现方面，有同有异。同的方面主要是市井社会日常生活以及风俗的描写，其中可能又微有差别，如以"时间"论，东京小说中元宵十分突出，而西湖小说似乎更重清明。在自然场景方面，东京虽然也有金明池，但它远远无法与西湖相比，更缺少后者的文化底蕴。因此，相对于杭州城而言，西湖小说更侧重于以"西湖"而非市井为场景，而东京小说即使描写金明池，也与市井社会联系更密切。在东京小说中，对酒楼、茶肆等的描写更为具体细致。换言之，东京小说的鲜明特点是都市而不是自然、文化。

至于宋元话本中的其他城市，如《万秀娘仇报山亭儿》中的"襄阳府"等，在描写上与东京的市井其实并无差异，但缺少东京小说中那种因屡被描写而给人印象深刻的地标性场景与时序因素，也不构成自成格局的小说系列。

对于小说家来说，城市的异同同样可以作为情节安排的一种空间要素，《宋四公大闹禁魂张》在这一点上表现得极为突出。小说中，主人公有这样一段对话：

> 赵正道："师父，我要上东京闲走一遭，一道赏玩则个，归平江府去做话说。"宋四公道："二哥，你去不得！"赵正道："我如何上东京不得？"宋四公道："有三件事，你去不得。第一，你是浙右人，不知东京事，行院少有认得你的，你去投奔阿谁？第二，东京百八十里罗城，唤做'卧牛城'。我们只是草寇，常言：'草入牛口，其命不久。'第三，是东京有五千个眼明手快做公的人，有三都捉事使臣。"赵正道："这三件事，都不妨！师父你只放心，赵正也不到得胡乱吃输。"宋四公道："二哥，你不信我口，要去东京时，我觅得禁魂张员外的一包儿细软，我将归客店

---

① 以上《梦粱录》引文均据《东京梦华录（外四种）》，中国商业出版社，1982年，分见第10、23、119、130、132、149、166、179页。

里去,安在头边,枕着头,你觅得我的时,你便去上东京。"①

显然,这里是将东京与东京以外的地方作对比描写的,作品前半部分人物在东京以外地方的活动,成为他们进入东京的一种铺垫和预演。"这一班贼盗,公然在东京做歹事,饮美酒,宿名娼,没人奈何得他。那时节东京扰乱,家家户户,不得太平。直待包龙图相公做了府尹,这一班贼盗,方才惧怕,各散去讫,地方始得宁静。""闲汉入京都"不但是情节发展的空间线索,也是国家太平与否的象征。

随着北宋政权的南迁,东京的政治地位一落千丈,经济发展也逊色于东南其他城市,其都市形象才逐渐淡出了小说的艺术世界。

(五)不完整的都市面相

《东京梦华录·序》描写北宋末期的东京时说:

> 太平日久,人物繁阜。垂髫之童,但习鼓舞,班(斑)白之老,不识干戈。时节相次,各有观赏。灯宵月夕,雪际花时,乞巧登高,教池游苑。举目则青楼画阁,绣户珠帘。雕车竞驻于天街,宝马争驰于御路,金翠耀日,罗绮飘香。新声巧笑于柳陌花衢,按管调弦于茶坊酒肆。八荒争凑,万国咸通。集四海之珍奇,皆归市易;会寰区之异味,悉在庖厨。花光满路,何限春游,箫鼓喧空,几家夜宴。伎巧则惊人耳目,侈奢则长人精神。②

这一概括性的描写,展示了东京的一个整体形象。这一完整形象又经《东京梦华录》诸多细节的补充,构成了东京丰富多彩的面相。比较而言,话本小说在描写东京都市整体形象方面,与《东京梦华录》及其他同类著作相比,可以说还多有欠缺。

虽然话本小说中已经可以看到东京不同行业和不同阶层,但较之东京各行各业兴旺发达以及不同阶层同时并存的局面,还有很大距离。如《水浒传》中多处描写了东京相扑,这是东京广受欢迎的一项竞技活动,在话本小说中就没有这样的描写。

又如话本小说中涉及客栈的描写并不少,但与当时客栈的兴盛情况相

---

① 程毅中辑注《宋元小说家话本集》上册,齐鲁书社,2000年,第153—154页。
② 伊永文《东京梦华录笺注》,中华书局,2006年,第1页。

比,犹有不足。如宋彭乘《墨客挥犀》卷七载:

> 参政赵侍郎宅,在东京丽景门内,后致政归睢阳旧第,东门之宅,更以为客邸。而材植雄壮,非他可比,时谓之无比店。①

这种官员退休后用自家豪宅开设客邸的情形(或被他人改造为客邸),反映了宋代商品经济活跃的程度。

在东京,出行有马、驴、牛等交通工具供租用。如宋王得臣《麈史》卷上载:"京师赁驴,途之人相逢,无非驴也。熙宁以来,皆乘马也。"②

除了繁华热闹的一面外,东京也有阴暗的一面,嘉祐四年,时任开封知府的欧阳修曾上书道:

> 今自立春以来,阴寒雨雪,小民失业,坊市寂寥,寒冻之人,死损不少。薪炭食物,其价倍增,民忧冻饿,何暇遨游?臣本府日阅公事内,有投井、投河不死之人,皆称因为贫寒,自求死所。今日有一妇人冻死,其夫寻亦自缢。窃惟里巷之中,失所之人,何可胜数?③

在《夷坚志》甲志卷一八《天津乞丐》中,就记述了东京乞丐的居住之所。

此外,都市的发展,在管理方面也出现了一些问题,比如城市的卫生状况以及由此产生的较为严重的疫疾问题,史料多有记载④。

诸如此类事例,举不胜举,而话本小说中少有相关描写。当然,有一个因素是我们必须考虑到的,那就是现存的宋元话本与《醉翁谈录》等书所记载的说话艺术的兴盛局面有很大距离,也就是说,我们今天所看到的话本小说中的东京,可能与当时小说家们的描写也有很大的距离。比如妓女的故事本来是小说家们津津乐道的,在不少文言小说中我们也可以看到这方面的描写,如王明清《挥麈余话》卷二载"康倬"事,《青琐高议》后集卷四载《李云娘》等,均事涉东京妓女,情节生动,形象鲜明;但在现存话本小说中,此类形象不多见,应当不是小说家的疏漏,多半是作品失传所致。

总之,与史料及文言小说相比,话本小说对东京的描写还有所不足,但这并不意味着宋元话本中的东京就是残缺不全的。毕竟,小说不同于史书,

---

① 《侯鲭录　墨客挥犀　续墨客挥犀》合刊本,中华书局,2002年,第358页。
② 王得臣《麈史》第二册,《宋元笔记小说大观》本,上海古籍出版社,2007年,第1376页。
③ 李焘《续资治通鉴长编》卷一八九,中华书局,1985年,第4547页。
④ 参见包伟民《试论宋代城市发展中的新问题》,韩国《中国史研究》第40辑(2006年2月,第235—266页)。兹据网络检索(http://www.ihp.sinica.edu.tw/~wensi/active/download/active01/BaoWemin.pdf)。

面面俱到也不代表着描写的深入。无论如何,宋元话本小说共同构成的东京形象,超越了此前小说对任何城市的描写,随着城镇商品经济的发展,成为文学与时俱进的典型例证。

二、话本的"可拟性"与文人性:关于明代文人话本小说的创作形态

在宋元说话艺术蓬勃发展之后,话本小说的市场逐渐从勾栏瓦舍向书面读物延伸,话本小说的创作形态也由"书会才人"与艺人的结合,向文人的独立写作过渡。当文人运用这种已经成形的小说文体进行创作时,为了适应接受者的欣赏习惯,必然遵循业已形成的文体规范。当然,文人写作的特点也会不同程度地表现出来,从而构成了话本小说新的发展趋势。

(一)话本"可拟性"的三个方面

"三言"中的小说时间跨度很大,其中既有宋元旧作,也有明代新编。对于后者,鲁迅在《中国小说史略》中曾经用"拟话本"来概括。从文体上说,"话本"与"拟话本"有时并不易区分,但"拟"字作为一种创作特点,却是值得深究的:话本是否可以"拟"?如果可以,哪些方面是可"拟"的,哪些方面是不可"拟"的?可以"拟"的方面又如何"拟"?

在上一章,我们已经讨论了宋元时期说话艺术及话本小说的特点,作为一种表演伎艺,说话艺术中的"小说"当然也带有表演的特点,除了语言,还可能要辅以演唱、手势等等。而这些表演性的要素,显然不是书面化的"拟话本"所能"拟"出来的。尽管其中语言性较强的部分,如说话艺术中的一些套语仍然可能在"拟话本"中有所保留,但即使是这方面的内容,话本小说在书面化后,也会出现相应的改变。从话本小说的演变看,《六十家小说》中的一些作品应该比"三言"中的同题材作品更接近早期的话本小说原貌。两相对比,就可以发现其中的变化。例如《西湖三塔记》中,有这样一段描写:

> 奚宣赞在门楼下,看见:
> 金钉珠户,碧瓦盈檐。四边红粉泥墙,两下雕栏玉砌。即如神仙洞府,王者之宫。

婆婆引着吴宣赞到里面,只见里面一个着白的妇人,出来迎着宣赞。宣赞着眼看那妇人,真个生得:

绿云堆发,白雪凝肤。眼横秋水之波,眉插春山之黛。桃萼淡妆红脸,樱珠轻点绛唇。步鞋衬小小全莲,玉指露纤纤春笋。①

而在《洛阳三怪记》中,有几乎完全相同的描写:

青衣女童上下手一挽,挽住小员外,即时摄将去,到一个去处。只见:

金钉朱户,碧瓦盈檐。四边红粉泥墙,两下雕栏玉砌。宛若神仙之府,有如王者之宫。

那婆婆引入去,只见一个着白的妇人,出来迎接。小员外着眼看那人生得:

绿云堆鬓,白雪凝肤。眼描秋月之明,眉拂青山之黛。桃萼淡妆红脸,樱珠轻点绛唇。步鞋衬小小金莲,十指露尖尖春笋。若非洛浦神仙女,必是蓬莱阆苑人。②

这种情况应该是早期的话本小说家或表演艺人相互因袭的残留。如果在表演时,在其他手段的辅助下,这种因袭也许并不显眼,甚至可能是必需的。但在书面化以后,仍然如此,则不仅可能使小说家个性化的创作水平无从发挥,也容易令读者有千篇一律的感觉。因此,虽然此类骈文还时有陈陈相因的,但在书面化的话本小说中,其运用已明显减少,即使需要,有出息的小说家也更愿意结合特定作品的实际来创作这类文字。

由于现存的所谓宋元话本小说大都是明代刊行,因此,我们无从用可以确认的原貌来与明代的话本小说相比较,但即使通过先后刊行的话本小说的不同,也多少可以清楚地看到其中的差别。最典型的例证是《喻世明言》中《众名姬春风吊柳七》对《清平山堂话本》中《柳耆卿诗酒玩江楼》的修改。被冯梦龙在《喻世明言》的序中明确批评的《玩江楼记》叙宋代词人柳永为了占有妓女周月仙,竟叫船夫奸污了月仙,败坏其名声,使其不得不顺从自己的摆布。作品称"到今风月江湖上,千古渔樵作话文",足见它是以"风月"为旨趣的,而形式上也驳杂不纯,将李煜著名的《虞美人》词附会到柳永身上,也表明作者的随意或修养不同。经冯梦龙改编后,买通船夫污辱

---

① 洪楩辑,程毅中校注《清平山堂话本校注》,中华书局,2012 年,第 61 页。
② 同上书,第 139 页。

周月仙的是刘二员外,而作为地方官的柳永则主持正义,巧妙地惩罚了刘二员外,成全了黄秀才与周月仙的恋情。修改后的小说思想境界提高了,从单纯的风流韵事转变为对柳永艺术才能的肯定,在"可笑纷纷缙绅辈,怜才不及众红裙"的感慨中,表现了对世俗社会漠视、压抑人才的不满。小说的情节线索更为集中,文笔也更加优美顺畅。

但是,从文体上看,早期的话本小说对"三言""二拍"等作品仍然是有决定性的影响的。也就是说,话本小说还是有可拟性的,这主要表现在以下三个方面。

首先,适应表演的体制进一步固化为文体结构。在上编第五章,我们曾介绍过话本小说的体制特点,这种原本适应现场表演的体制特点在"三言二拍"等作品中得到了继承与发扬。例如,入话、头回的形式,在说话艺人表现时,除了能显示说话人的知识见闻广博,衬托正话的内涵,更主要的是还能起到静场的作用。对于书面化的读物来说,后一种作用是不存在的,也就是说,小说家完全可以如同文言小说那样,直接进入"正话"的叙述。但话本小说的二元结构,确实有助于接受者丰富对小说情节的感悟,所以明中叶以后的小说家普遍继承了这一形式。陈大康在《明代小说史》中曾列表统计明代中后期的短篇白话小说集中入话及头回的出现情况,说明"含有入话或头回是拟话本模拟话本的主要表现之一"①。

除了基本的结构外,话本小说在叙述中还有很多叙述套语,也为"三言""二拍"等作品吸收,如"分开八块顶阳骨,倾下半桶冰雪来""猪羊送屠户之家,一脚脚来寻死路",等等。这些套语具有结构上的作用,也有叙述模式上的意义,明代中后期小说家的继承,正是从总体上模拟话本体制的另一表现。

其次,表演现场的交流转化为虚拟的对话。由于说话艺术是现场表演的,叙述者与接受者同时在场,这必然使得二者的交流具有一定的平等性、适时性,而叙述者会利用这种交流增强情节的感染力。在"三言""二拍"中,我们就可以看到很多拟想的交流。如《拍案惊奇》之《转运汉遇巧洞庭红》中,写到文若虚与吉零国人做生意时占了便宜,作品插入如下的虚拟对话:

> 说话的,你说错了!那国里银子这样不值钱,如此做买卖,那久惯

---

① 陈大康《明代小说史》,上海文艺出版社,2000年,第598页。

漂洋的带去多是绫罗缎匹,何不多卖了些银钱回来,一发百倍了?看官有所不知,那国里见了绫罗等物,都是以货交兑。我这里人也只是要他货物,才有利钱。若是卖他银钱时,他都把龙凤、人物的来交易,作了好价钱,分两也只得如此,反不便宜。如今是买吃口东西,他只认做把低钱交易,我却只管分两,所以得利了。

  说话的,你又说错了!依你说来,那航海的,何不只买吃口东西,只换他低钱,岂不有利?反着重本钱,置他货物怎地?看官,又不是这话。也是此人偶然有此横财,带去着了手。若是有心第二遭再带去,三五日不遇巧,等得希烂。那文若虚运未通时卖扇子就是榜样。扇子还是放得起的,尚且如此,何况果品?是这样执一论不得的。①

这里的对话是小说作者想象说话表演现象的情形而拟写出来的。虽然是"闲话",但有助于小说叙述的展开,因此,虚拟对话的运用在"三言""二拍"等作品中经常可以看到。

  再次,思想与艺术趣味的世俗化上,"三言""二拍"等作品也沿袭了宋元话本小说的传统。这一点虽然比较笼统,但也在小说体制中有所体现。因此,尽管"三言""二拍"等作品的文人化特点越来越明显,体制上的世俗化倾向还是清晰可见的。例如同样在历史题材的写作上,"三言"中不少作品的着眼点不是人物在历史上的作用,而是那些趣闻异事,这构成了涉史小说(而非讲史)叙述历史的独特角度。在《喻世明言》的《赴伯升茶肆遇仁宗》中,构成小说关键性情节的是"唯"的偏旁究竟是"口",还是也可写作"厶";在《警世通言》的《王安石三难苏学士》中,王安石与苏轼的文字之争,也构成了小说主体情节,而这种文字之争,说到底也不过是表面知识的一种较量;同书的另一篇《李谪仙醉草吓蛮书》也没有将这位大诗人的真正杰作引用出来,而是用一篇虚拟的作品,极夸张地显示李白的才华。如此等等,都是迎合一般读者趣味的描写角度。

  不言而喻,"三言""二拍"在"拟"话本的同时,也有一些新的变化。我们在介绍宋元话本时提到,宋元话本小说在题材上有类型化的特点,也就是所谓烟粉、灵怪、公案之类,这反映了说话艺人陈陈相因的创作特点,如《洛阳三怪记》等"三怪"系列的作品即是如此。从小说创作的角度说,这也是可拟的。但在"三言""二拍"中,虽然也有相近的题材,却往往无法简单归

---

① 凌濛初《拍案惊奇》,齐鲁书社,1995年,第12页。

类。也就是说,"三言""二拍"在题材的丰富性与表现的灵活性上也开始打破了宋元话本小说的叙事传统。

与此相关,虽然宋元话本小说有时也以文言小说为依据,但并不如"三言""二拍"中的明代作品更为直接,这又表明这些所谓拟话本并不是单纯地拟"话本",它们同样在借用文言小说时,进一步充实着短篇白话小说的艺术体系。

总之,对于明代中后期的小说家来说,他们已不是处处"拟"话本了,因为话本小说已经具备了成熟的文体形态,他们可以驾轻就熟地运用这一文体表现新的时代生活。事实上,这也是最值得我们重视的地方,毕竟一种文体的价值是在创作实践中体现的。

(二)文人性的多重表现

明代话本小说集由于多出于文人小说家独立编撰,因此文人特性也逐渐加强。与之前的话本小说相比,主要有以下几点较为突出。

一、文人小说家更乐意从事规范化的写作,因此,对话本小说体制的遵循,或者说将话本小说体制定型,是明代文人话本小说创作的一个突出特点。

实际上,单篇的宋元话本小说,不考虑其中可能还经过了明人修改完善的因素,真正符合标准的、完整的话本小说体制的作品并不多,例如有一些作品并没有头回之类,而"三言""二拍"以后的话本小说,具备这种标准的、完整的话本小说体制的作品却相当普遍。包括篇题、篇首诗词(入话)、头回、篇尾诗词等,虽然各部小说集的情况不尽相同,但总体上较宋元话本使用得更普遍,与作品主题联系密切的功能也更为明晰。

二、在创作中,文人小说家依靠对文学传统的熟悉,同时也为了在短时间内创作大量作品的出版需要,更积极地采用既有的文言小说作为话本小说情节的本事出处。

与宋元说话艺术一样,明代文人话本小说创作也带有商业化的倾向,但商业化实现的形式有所不同,前者主要依托的是商业化的表演,而后者主要通过书坊组织书稿、版刻营销来获利。关于这一点,宜有专论。从小说家的角度来看,他们要在有限的时间内创作形式相近的作品,除了激发自己对生活的感悟以外,对现有的文言小说加以改编也是一条高效率的途径。所以,"三言"中的明代作品、"二拍"以及《西湖二集》《型世言》等,有可考的本事出处明显增多,有的甚至篇篇皆有出处。而在宋元话本中,如《金鳗记》《快嘴李翠莲记》等重要作品,未查出直接的故事来源。这种本事出处的大量采用,当然不只是为了创作的便利,本事与话本小说之间的复杂关系,从一个侧面体现了话本小说独特的文学性。

三、由于文人话本小说更多是一种个性化写作,因此,话本小说的个性特征也逐渐凸显。

虽然我们无法确认"三言"中哪些作品出自冯梦龙的手笔,但"三言"在编排上的统一风格(如两两相对的篇题等)以及部分明代作品,还是显示出文人独立创作的风格。而"二拍"则基本上是凌濛初的个人创作。这一点在话本小说的发展中具有重要的意义。因为前此的话本小说大多是说话艺人集体创作的产物,又历经数百年的演变,在一定程度上代表了市民的群体意识。如果将现场接受者的影响也考虑在内,这种群体意识就更强。冯梦龙的编撰活动使这种群体共生性的伎艺开始带有了个性化的烙印。而对凌濛初来说,群体意识有时只是个人感受的外壳。因为在创作活动中,真正制约他的不仅有数百年形成的话本小说接受传统,更有他自己对现实生活的认识。相比之下,《西湖二集》的作家主体意识又进了一步。就总体而言,《西湖二集》叙事较为单纯,其小说史意义主要表现在尽管仍然因袭了说话人的套语,但从总体上已疏离了说话艺术的传统,而更多地表现出文人创作的特点。话本小说原本主要是市民的一种娱乐形式,对它的社会功用的重视是文人大量投入小说创作之后的事。在《西湖二集》中,我们甚至看到《戚将军水兵法》《海防图式》《救荒良法》之类,都附于相关的小说之后。这种对话本小说体裁大破其"格"的做法,正反映了作者的别有用心。事实上,周清源(亦作"周清原",本书从浙江人民版《西湖二集》署名)在小说中表现了强烈的文人主体性,在《西湖二集》中有大量基于怀才不遇的士子立场的议论,其实就是他的心声的表现。

四、从观念上说,文人小说家对正统思想的宣传更为积极主动,话本小说的道德劝惩意义也得到了强化。

与早期话本小说相比,"三言""二拍"更重视道德教训。如"三言"的命名就突出了"喻世""警世""醒世"的意味。但冯梦龙思想观念中的教训范围较广,并不限于儒家的伦理观念,而是包括生活的方方面面,如《一文钱小隙造奇冤》描写一文钱引起的冲突,导致十三人为此丧生,传达了"劝汝舍财兼忍气,一生无事得安然"的道理。因此,这些作品中的教训还是生活化的。实际上,即使是对儒家伦理观念的解释,也总是与现实生活联系在一起的。

五、文人小说家继承了传统话本小说的艺术手段,但在运用过程中又有所变化。比如在传统话本小说中也存在说话艺人的评论,但文人小说无论在议论使用的频率还是篇幅上,都有所加强,更重要的是,他们利用这种议论,阐发自己多方面的思想观念。

在"三言""二拍"中,议论明显增多。尤其是"二拍"中的议论,几乎是每篇必有的叙述特征。这些议论成了作品时代性与作者个性的最显著标志。如《拍案惊奇》卷八《乌将军一饭必酬　陈大郎三人重会》开篇的议论:

> 话说世人最怕的是个"强盗"二字,做个骂人恶语。不知这也只见得一边。若论起来,天下那一处没有强盗?假如有一等做官的,误国欺君,侵剥百姓,虽然官高禄厚,难道不是大盗?有一等做公子的,倚靠父兄势力,张牙舞爪,诈害乡民,受投献,窝赃私,无所不为,百姓不敢声冤,官司不敢盘问,难道不是大盗?有一等做举人秀才的,呼朋引类,把持官府,起灭词讼,每有将良善人家拆得烟飞星散的,难道不是大盗?只论衣冠中,尚且如此,何况做经纪客商、做公门人役?三百六十行中人尽有狼心狗行,狠似强盗之人在内,自不必说。①

这一议论直接揭露现实黑暗,社会批判意味极强。

又如《二刻拍案惊奇》卷一《进香客莽看金刚经　出狱僧巧完法会分》的开篇,凌濛初写道:

> 话说上古苍颉制字,有鬼夜哭,盖因造化秘密,从此发泄尽了。只这一哭,有好些个来因。假如孔子作《春秋》,把二百四十二年间乱臣贼子心事阐发,凛如斧钺,遂为万古纲常之鉴,那些奸邪的鬼岂能不哭!又如子产铸刑书,只是禁人犯法,流到后来,好胥舞文,酷吏锻罪,只这笔尖上边几个字断送了多多少少人?那些屈陷的鬼,岂能不哭!至于后世以诗文取士,凭着暗中朱衣神,不论好歹,只看点头。他肯点点头的,便差池些,也会发高科,做高官;不肯点头的,遮莫你怎样高才,没处叫撞天的屈。那些呕心抽肠的鬼,更不知哭到几时,才是住手。可见这字的关系,非同小可。况且圣贤传经讲道,齐家治国平天下,多用着他不消说;即是道家青牛骑出去,佛家白马驮将来,也只是靠这几个字,致得三教流传,同于三光。那字是何等之物,岂可不贵重他!……②

---

① 凌濛初《拍案惊奇》,齐鲁书社,1995年,第136页。
② 凌濛初《二刻拍案惊奇》,齐鲁书社,1995年,第1页。

这一番议论实际上是将社会批判寓于文化反思中,是十分典型的文人口吻。

虽然议论化是文人力图利用小说传述自己心声的表现,但时代不同,似乎也有变化。明末小说家的心声是饱受市井社会感染的,而清初一些小说家更热衷于"代圣贤立言"或自说自话。李渔的《连城璧》《十二楼》和艾衲居士的《豆棚闲话》等作品中,也时常可见大段的议论,如《十二楼》之《三与楼》的入话是这样的:

> 诗云:
> 茅庵改姓属朱门,抱取琴书过别村。
> 自起危楼还自卖,不将荡产累儿孙。
> 又云:
> 百年难免属他人,卖旧何如自卖新。
> 松竹梅花都入券,琴书鸡犬尚随身。
> 壁间诗句休言值,槛外云衣不算缗。
> 他日或来闲眺望,好呼旧主作嘉宾。
> 这首绝句与这首律诗,乃明朝一位高人为卖楼别产而作。卖楼是桩苦事,正该嗟叹不已,有什么快乐倒反形诸歌咏?要晓得世间的产业都是此传舍蘧庐,没有千年不变的江山,没有百年不卖的楼屋。与其到儿孙手里烂贱的送与别人,不若自寻售主,还不十分亏折。即使卖不得价,也还落个慷慨之名,说他明知费重,故意卖轻,与施恩仗义一般,不是被人欺骗。若使儿孙贱卖,就有许多议论出来,说他废祖父之遗业不孝,割前人之所爱不仁,昧创业之艰难不智。这三个恶名都是创家立业的祖父带挈他受的。倒不如片瓦不留、卓锥无地之人,反使后代儿孙白手创起家来,还得个不阶尺土的美号。所以为人祖父者,到了桑榆暮景之时,也要回转头来,把后面之人看一看,若还规模举动不像个守成之子,倒不如预先出脱,省得做败子封翁,受人讥诮。①

在作品中,李渔更具体地描写了主人公虞素臣被迫卖楼的情节。李渔自许置造园亭为生平的一项绝技,也有过将自己惨淡经营的园林卖给别人的经历,两首假托明朝"高人"的篇首诗就见于他的《一家言》中,很明显,上面有关"卖楼"的议论,也是他自己的肺腑之言。把自己的经历与思想感情融入

---

① 李渔《十二楼》,上海古籍出版社,1995年,第25页。

情节,发之议论,可以说也是小说家主体性越来越突出的一个表现。①

在艺术观念上,明代文人话本小说注重从个人感悟的角度去真实地表现现实生活。他们对于真实的理解没有停留在事实的真伪上。冯梦龙的《警世通言》序中就提出了"事真而理不赝,即事赝而理亦真"的命题。这里的"理"固然与理学家所说的天理、伦理有相通之处,但又是与"情"及作品的感染力联系在一起的。凌濛初则从"奇"与"常"的角度发挥了自己对真伪的看法。他在《拍案惊奇序》中提出:"今之空,但知耳目之外,牛鬼蛇神之为奇,而不知耳目之内,日用起居,其为谲诡幻怪非可以常理测者固多也。"因此,在"三言""二拍"中,较少荒诞的描写。如《白娘子永镇雷峰塔》,从题材上看,是传统志怪小说的翻版,但它却没有《西湖三塔记》那样的离奇,一切都出以平常,即使运用非现实形象构成的手段,也是从现实出发的。"二拍"中的《叠居奇程客得助》描写了海神,这个美丽多情的海神钟情于一个商人,本身就是具有象征意味的,反映了商人以正面角色步入人生舞台的自诩姿态。

《欢喜冤家》二十四回中除了一回的故事发生在宋代,其余背景均为明代,有些更与作品产生的时代贴近。由于取材年代较近,作品中可能也就更多地融入了作者的生活体验与现实感受。在这部小说集中,约半数的回目描写了商人的追金逐利,同时情欲的表现也更为放肆和粗俗。如第一回中的花二娘、第三回中的李月仙、第五回中的元娘、第十回中的蔡玉奴、第十一回中的马玉贞,都曾与人私通,虽然其中也略带批判意味,但从其津津乐道的态度可以看出作者对世俗趣味的迎合。由于作者从现实出发,描写中也能展现人物真实的心理。如第十八回《王有道疑心弃妻子》叙孟月华与一书生避雨花园的描写,细致地写出二人的心理,尤其是孟月华的恐惧。

总之,明代文人话本小说一方面继承了宋元话本小说的优良传统,另一方面又在形式、内容、艺术观念等多角度推进了话本小说的发展,使话本小说作为一种小说文体的价值得到了全面的发挥。

---

① 参见沈新林《李渔新论》,苏州大学出版社,1997年,第320页。

三、明代话本小说地域色彩的凸显

明代白话小说的一个重要特点就是地域性的加强,这在话本小说中表现得更为突出,也更为丰富。① 因为话本小说题材多样,涉及地域广泛,而话本小说家在处理地域问题时,不像以前的文言小说家、包括一些宋元说书人那样,常常只是把地域当成故事发生的一个无关紧要的地点或者说"场所"来处理,而是将其作为一个具有文学—文化意义的"场景"来运用。尽管在宋元小说中,我们已经可以感受到地域开始比它在文言小说中有了更重要的位置,甚至开始形成"东京小说""西湖小说"的雏形②,但地域的文学—文化意义得到自觉的、充分的挖掘与利用,还是在明代、特别是明代后期的话本小说中。这里所说的地域性主要包括特定的自然条件、经济形态、生活习惯、文化心理、方言土语等等,而地域色彩的凸显在明代文学的发展中是具有普遍意义的现象,因而与其他方面的改变,例如与思想观念的改变等一起,构成了或者说标志了话本小说发展的新阶段。

(一)话本小说家的空间想象

"三言"的明刊本上,附有一些眉批。如天许斋刊《喻世明言》中就有"绿天馆主人"的序和评点,学界一般认为"绿天馆主人"就是冯梦龙

---

① 明代短篇通俗小说自鲁迅《中国小说史略》另立"拟话本"之目后,学界沿用已久,但所谓话本与拟话本之间,性质类似,殊难辨析,本书谨依周兆新师《"话本"释义》(《国学研究》第二卷,北京大学出版社,1994年)的意见,将明代短篇通俗小说统称"话本小说"。
② 有关"东京小说""西湖小说"及小说"场景"问题,请参阅拙作《西湖小说:城市个性与小说场景》(《文学遗产》2000年第6期)、《晚明"西湖小说"之源流与背景》(《晚明与晚清:历史传承与文化创新》,湖北教育出版社,2002年)、《醋葫芦:自虐的戏谑与说教》(《中国古代小说研究》第一辑,人民文学出版社,2005年)。

本人。① 如果这种看法不错的话,那么书中那些看似简略的评语也颇有值得玩味的地方。如卷九《吴保安弃家赎友》中,在"酒肉弟兄千个有,落难之中无一人"处,有一眉批:"苏州人尤甚,可恨可笑。"这一批语是借题发挥的,与作品所述人物的籍贯及活动范围并无关系。而我们知道,冯梦龙生于苏州(苏州府吴县籍长洲县人),天许斋本又是在苏州刊印的。如果这一批语确实出于冯梦龙之笔,显然是有感而发的,下笔之际似乎也是针对当地的读者群的。这从一个侧面表明了话本小说的编创与传播是与特定的地域联系在一起的。至于眉批中多处对古地名加注,说明今地名,也显示出作者对地域的重视。"三言"的序、评、校者时而冠以"茂苑",时而又冠以"陇西""豫章",尚无确解,似乎也暗示出编刊者地域意识的开阔。

与文言小说对比,话本小说对地域性的重视则更为凸显。众所周知,明代话本小说大多以文言小说为本事出处。两相对比,有的原来没有具体地点的,话本小说明确了。如《二刻拍案惊奇》卷二二《痴公子狠使噪脾钱》的本事只笼统地提到故事发生在"浙东",且特别声明"不必指其里氏",而凌濛初将其落实为"温州府"。有的话本小说在交代故事地点时甚至不厌其烦。如《石点头》卷一〇《王孺人离合团鱼梦》叙及王从古新选衢州府西安知县,乘船望三衢进发,作者写道:

> 为甚叫做三衢?因洪水暴出,分为三道,故名三衢。这衢州地方,上属牛女分野,春秋为越西鄙姑蔑地,秦时名太末,东汉名新安,隋时名三衢,唐时名衢州,至宋朝相因为衢州府。负郭的便是西安首县。②

而在本篇所依据的《夷坚丁志》卷一一《王从事妻》中,只提到王"为衢州教授"一职,没有上面那种对地方的介绍。至于有的本事出处原来就有具体地点,但没有相关的地域性描写,话本小说则融入了丰富的地域性风俗、场景,下文将详加讨论。

话本小说地域色彩的凸显与其他文体相比,也很突出。姑以《欢喜冤家》第十八回《王有道疑心弃妻子》为例,这篇很有特色的小说叙述少妇孟

---

① 胡万川《三言叙及眉批的作者问题》(《中国古典小说研究专集》2,台湾静宜文理学院中国古典小说研究中心编,联经出版社事业公司,1980 年)认为"三言"的编、叙、评、校均系冯梦龙。袁行云《冯梦龙"三言"新证》(《社会科学战线》1980 年第 1 期)和陆树伦《冯梦龙研究》(复旦大学出版社,1987 年)等也认定"三言"所署评校者"绿天馆主人""可一居士""无碍居士""墨浪主人"都是冯梦龙的化名。但也有不同的意见,杨晓东《〈古今小说〉序作者考辨》(《文学遗产》1991 年第 1 期)就认为"绿天馆主人"应是江南名士叶有声。

② 天然痴叟《石点头》,吉林文史出版社,1986 年,第 206 页。

月华独自从城外娘家返杭州城内的家,因避暴雨,耽误了入城时间。由于城门天亮始开,她不得不在郊外一间亭子等了一夜,而与她处境相同的还有一个年青书生。这个书生虽有所动心,但颇能克制,两人相安无事到天明。少妇的丈夫一度怀疑妻子不贞,将其休弃。后得知真相,才重新迎妻回家。作品最重要的场景是凉亭避雨。作者在叙及这一情节时,特意提到"竟像《拜月亭·旷野奇逢》"。《拜月亭》中这一出戏描写金末番兵南侵,蒋世隆与妹妹瑞莲和王镇妻、女(瑞兰)在逃难中各各惊散。世隆在旷野中呼唤瑞莲,躲藏在丛林中的瑞兰以为呼唤自己,闻声答应,两人都与亲人失散,处境相同,遂假作夫妻同行。不过,剧中的旷野并没有突出的地域特征,它可以是任何一处荒无人烟的地方,这与《王有道疑心弃妻子》有明显的区别。作者详细地描写了她往玉泉上坟祭扫以及游岳庙、在昭庆寺与丈夫道别、由松木场回娘家经过,又叙述了她娘家可以很方便租船进城的情景,包括城门的启闭时间,这一切都决定了情节特定的场景。也就是说,如果离开了这一由众多地理、社会因素构成的特定地域化场景,小说的情节就缺少了展开的可能与推进的动力。

从创作的角度看,话本小说地域色彩的凸显首先与作者生活与创作的地域有关。《西湖二集》卷二一《假邻女诞生真子》,作者在最后称"此系杭城老郎流传",就表明了话本小说与当地说书艺人的关系。当话本小说逐渐成为文人独立从事创作的小说文体,这种地域性同样很突出。也许正是因为冯梦龙出生在苏州,所以我们在"三言"中就不难看到有关苏州及其周边的作品较为突出。同样,凌濛初是浙江乌程(今浙江湖州)人,又曾游历苏州、定居南京等地,对江浙极为熟悉,在"二拍"中,看起来对这一带的描写也最为具体。兹举一例,《转运汉遇巧洞庭红》正话的本事原来是写所谓"闽广奸商"的[①],但在本篇中,凌濛初却将主人公文若虚的籍贯改成了"苏州府长洲县"。在本事中商人苏和带到海外的是"福橘",在凌濛初的作品中也改成了"洞庭红"。作者还特意描写了太湖洞庭山的土质、"洞庭红"的特性及其与"福橘"的性价比。这种比较与小说情节无直接关系,显见作者对当地物产的偏爱。实际上,小说家叙述立场的地域性在叙述中也隐约可见。本篇结尾处,作者说:"从此文若虚做了闽中一个富商,就在那里,取了妻小,立起家业。"所谓"那里",很明显是与作者的叙述立场及假想的读者阅读立场"这里"即苏州对应的。又如《拍案惊奇》卷二七《顾阿秀喜舍檀那

[①] 《泾林续记》,引自谭正璧《三言两拍资料》下册,上海古籍出版社,1980年,第573页。

物》中有这样一段话:"那苏州左近太湖,有的是大河大洋,官塘路上,还有不测。若是傍港中去,多是贼的家里。俊臣是江北人,只晓得扬子江有强盗,道是内地港道小了,境界不同,岂知这些就里?"显然,作者摆出的叙述姿态也是对苏州的熟悉。而基于此所作的描写当然是带感情色彩的,最突出的是《西湖二集》对西湖的表彰,就与作者对西湖的倾情热爱联系在一起。

此外,话本小说地域色彩的凸显与作品刊刻、传播及接受的地域也有关。现今所见的明代话本小说绝大部分是在江南刊刻的,就是一个不容忽视的现象。① 在一些作品中,我们还可以看到特定地域对故事情节及其倾向的决定性意义。如《醒世恒言》卷八《乔太守乱点鸳鸯谱》描写乔太守成全了一对私相悦慕的恋人,作者称:"此事闹动了杭州府,都说好个行方便的太守。人人诵德,个个称贤","街坊上当做一件美事传说"。作品所描写的冲喜易亲之事,宋代以来颇有流传②,作者突出实际上是虚构的故事在故事发生地引起了强烈的反应,意在加强真实性,并争取读者认同。同书卷七《钱秀才错占凤凰俦》结尾说太湖西山"一山之人闻知此事,皆当新闻传说",《二刻拍案惊奇》卷三九《神偷寄兴一枝梅》结尾说"至今苏州人还说他狡狯耍笑事体不尽",等等,都属此类。

这里,我还想举一个较为特殊的旁证,明代话本小说传到日本、韩国后有所变化,这种变化在地域性的描写中也有体现。如若干年前在韩国汉城国立中央图书馆发现的抄本《唊蔗》,是朝鲜李朝时期的文人据中国明代《今古奇观》部分作品缩写改作而成的,总体上忠实于原著的思想内容、故事情节、人物关系,但在文字、细节上作了较多的删节,其中涉及地域性的描写就有不少删节。以原为《醒世恒言》卷七的《钱秀才错占凤凰俦》为例,在开篇,作者用了约500字详细介绍太湖地区及洞庭两山的地理状况,由于这篇小说的情节与这一特殊的地理状况有直接的关系,因此在情节正式开始之前对故事的地理背景作一个全面的介绍是很有必要的。从篇中多次描写到湖上船行的时间等情况来看,作者对这一带的交通也很熟悉,从而使之成为情节演进的必要条件。但这些描写在《唊蔗》的《错占凤俦记》中或者完全删除了,或者被淡化了。③ 又如此书的《花魁娘传》也是根据原出于《醒世

---

① 参见王清原等编《小说书坊录》,北京图书馆出版社,2002年,第10—16页。
② 参见谭正璧《三言两拍资料》下册,上海古籍出版社,1980年,第424—427页。
③ 兹据中国大百科全书出版社1997年校点排印出版的《唊蔗》。

恒言》卷三的《卖油郎独占花魁》改编的,原作中穿插了四首"西湖上子弟"编的《挂枝儿》,使情节的进展不断得到地域性的印证,增强了故事的可信度,也调节了叙述的节奏。这几首《挂枝儿》,连同作品中其他一些较为具体的地域性描写,也在改编中被删掉了。这不仅是《喇蔗》的体制由话本向传奇改变造成的,恐怕也与异域的读者对上述地域性描写不感兴趣有关。①

如前所述,由于话本小说多有本事出处,本事的地域设定当然会制约作者的描写。作者加工有两种表现。一种情形是对本事所提的地点加以改动。由于本事往往只有一个简单的故事地点,并没有充分文学化,也就是说在描写上此地点与彼地点没有本质的区别,改易并不影响情节,有时更有利于情节的展开。如《拍案惊奇》卷二一《袁尚宝相术动名卿》情节与《庚巳编》卷三《还金童子》类似,但后者所写故事发生在袁尚宝居乡时(袁为浙江鄞县人),而凌濛初则将地点改在"京师"。这一细小的改动,使得让主人公的身份由仆人向"金带武职官"转变更为合理,由此牵连出官场上以钱谋职的描写也更有社会意义。

更多的情形是,作者在本事的基础上,对地域因素深入挖掘、大肆利用与描写。《二刻拍案惊奇》卷一三《鹿胎庵客人作寺主》的本事出自《夷坚志补》卷一六《嵊县山庵》,其中只提到故事发生在"会稽嵊县某山"。而《鹿胎庵客人作寺主》则明确为鹿胎山,并引用了一个民间传说,详细说明鹿胎山得名的原委:

> 话说会稽嵊县有一座山,叫做鹿胎山。为何叫得鹿胎山?当时有一个陈惠度,专以射猎营生,到此山中,见一带胎鹿鹿,在面前走过。惠度腰袋内取出箭来,搭上了一箭射去,叫声"着",不偏不侧,正中了鹿的头上。那只鹿带了箭,急急跑到林中,跳上两跳,早把个小鹿生了出来。老鹿既产,便把小鹿身上血舐个干净了,然后倒地身死。陈惠度见了,好生不忍,深悔前业,抛弓弃失,投寺为僧。后来鹿死之后,生出一样草来,就名"鹿胎草"。这个山原叫得剡山,为此就改做鹿胎山。②

这一传说并非凌濛初虚构,据查,宋代高似孙撰《剡录》卷八《僧庐》在"惠安

---

① 据说还有些中国小说传入韩国,背景也被改换成朝鲜,并附上新的地方特色。参见闵宽东《中国古典小说在韩国之传播》,学林出版社,1998年,第376页。
② 凌濛初《二刻拍案惊奇》,齐鲁书社,1995年,第271页。

三、明代话本小说地域色彩的凸显

寺"下就叙及了"鹿胎草"的故事,与凌濛初所述完全相同;明嘉靖四十年刊《浙江通志》卷九《地理志》之九在介绍嵊县剡山时,也提到了这一故事。①这表明凌濛初对当地风物传说十分熟悉。而他在主干情节之外添加这一故事也使得故事的背景给人更加真切的感觉。

更重要的是,在话本小说家笔下的空间想象不只是地点而已,当作者将地点作为一篇小说的构成要素加以运用时,地点的地域文化特点往往得到了有效的挖掘。同时,作者还充分利用地域文化的特点为小说的情节设置与人物描写服务,从而使地域真正文学化。有关这一点,我在讨论西湖小说时,曾指出西湖的场景化描写就是显著的例证。实际上,这样的例子不胜枚举。《二刻拍案惊奇》卷一七《同窗友认假作真》在正话开始前例举历史上蜀中才女及女扮男装者后说:"可见蜀女多才,自古为然。至今两川风俗,女人自小从师上学,与男人一般读书。还有考试进庠做青衿弟子,若在别处,岂非大段奇事。"有了这样的交代,作者称小说的女主人公闻蜚娥"一向妆做男子,到学堂读书","这也是蜀中做惯的事",并由此展开她在两个男同学中自主择偶的故事,就显得极其自然。不但如此,作者还从闻氏家乡绵竹岩开一笔,写到成都府,引出另一个才女景小姐别出心裁的择偶故事。两个故事相互补充、映衬,奇中见奇。作者在最后进一步强调:"这是蜀多才女,有如此奇奇怪怪的妙话。"很明显,作者这里不断突出地域文化的特性,是为了更好地表现尊重女性、婚姻自主的新思想,所谓"世上夸称女丈夫","婚姻也只自商量"。

正是由于话本小说家善于运用与特定地域相联系的空间想象,使小说的艺术容量与效果得到了提升。本来,话本小说大多篇幅不长、容量有限,所以情节展开的空间也不是太大;即便有较大的空间范围,早期的作者也往往不会在空间描写上花费太多的笔墨,如宋元话本小说《金鳗记》空间跨度较大,从汴京到临安,又兼及高邮及客栈,但作者并没有将空间本身的地域性作为一个充分的文学要素加以运用,除了空间上的距离,故事的地点并非不可移易的。而明代的话本小说家似乎更注意在有限的篇幅里发挥尽可能大的空间想象。如《拍案惊奇》卷一《转运汉遇巧洞庭红》从苏州到北京,再从海外到福建,叙事空间非常之大,足以展开长篇的叙事。作者还充分将空间作为情节设计不可或缺的因素加以利用。《喻世明言》卷一《蒋兴哥重会

---

① 《剡录》有"中国方志丛书"影清道光八年刊本(华中地方,第533号),《浙江通志》也有"中国方志丛书"影明嘉靖四十年(1561)刊本(华中地方,第532号),台北成文出版社,1983年。

珍珠衫》的空间安排就非常巧妙。作品以襄阳府枣阳县为情节展开的基本空间,但又在前面隐含着另一空间背景,也就是蒋家世代经商之地广东。而来自徽州新安县的商人陈大郎则代表了又一个空间的切入。薛婆用"异乡人有情怀"挑逗王三巧,说明地域性在这里确实被作者有意地加以利用了;这种利用还表现在陈三郎与王三巧的分别中,地域的距离成为两人情感的印证。如果同居一地,自不会出现如此难舍难分的场面;而陈三郎归而复返,又进一步表明他不同于一般的寻花问柳之辈。特别是蒋兴哥与陈大郎在苏州的邂逅相遇,为小说又增加了一个富于情感张力的空间背景。在这里,不仅陈大郎再次吐露了心声,更为突出的是蒋兴哥的反应。作者让蒋兴哥在外地得知妻子有外遇的事,使他的感情表现显然比在当地听说可能导致的骤然暴发要更有深度。请看作品中的描写:

(蒋兴哥)回到下处,想了又恼,恼了又想,恨不得学个缩地法儿,顷刻到家。

连夜收拾,次早便上船要行。……催促开船,急急的赶到家乡,望见了自家门首,不觉堕下泪来。……在路上性急,巴不得赶回。及至到了,心中又苦味又恨,行一步,懒一步。①

这可以说是中国古代小说中最具心理深度的空间描写。至于陈大郎远在家乡的原配平氏赶到襄阳探望丈夫,最后嫁给了蒋兴哥,以及蒋兴哥与王三巧在广东的破镜重圆,也都是依托灵活多变的空间背景展开的出人意料而又合乎情理的描写。

需要进一步说明的是,话本小说所涉及的地域是相当广泛的,小说家也得以由此展开了更为开阔的空间想象。就一部小说集而言,除了《西湖二集》这样的专集外,故事的背景都不限于一地。例如在"三言""二拍"中,就既有对江浙一带的细腻描写,也有不少篇章涉及其他地区。而对一篇小说来说,作者也时常采用跨地域的叙述,将情节的流变置于宏大的空间中展开。如《二刻拍案惊奇》卷三二《张福娘一心贞守》事本《夷坚志》,描写苏州人朱逊已聘妻室范氏,随父任到四川,未娶妻而先纳妾张福娘。后来范氏也来到四川,朱逊不得不遣妾与之完婚。不久,朱家人尽返故里,而张福娘已有孕在身,生下一子,独自抚养。朱逊回苏州两年后病故。朱家无后,得知张福娘消息,遂将其母子接来。整个情节并无重大矛盾,朱逊

---

① 冯梦龙编刊,陈曦钟校注《喻世明言》,北京十月文艺出版社,1994年,第22页。

"妻未成婚,妾已入室",唯一的原因就是"客居数千里之外"。至于遣妾而返,也因吴蜀杳隔,各不关心。小说围绕四川和苏州制造了两个叙事中心,使空间距离成为矛盾形成与发展不可或缺因素,对张福娘来说,这更造成了她一生的悲欢离合。虽然这一空间想象是小说的本事所赋予的,但凌濛初还是作了深入的挖掘。他让范氏也随其父入川,就是颇具匠心的一笔,不但让两个叙事中心交汇一处,也强化了单纯的空间描写所难以形成的冲突。

(二)作为文学语言的方言

话本小说的语言主要是白话,而白话与口语的密切关系,使它必然带有方言的特点。事实上,话本小说家对方言是很关心的,并且可能具有这方面较丰富的知识。如《石点头》第十四回在提到"男色"时写道:"读书人的总题,叫做翰林风月;若各处乡语,又是不同,北方人叫炒茹茹,南方人叫打篷篷,徽州人叫塌豆腐,江西人叫铸火盆,宁波人叫善善,龙游人叫弄苦葱,慈溪人叫戏吓蟆,苏州人叫竭先生。话虽不同,光景则一。"虽然这只是一个词汇,却可以看出作者对方言的留意。如果说上述不同地方的词汇还属于道听途说的话,那么,作者对自己熟悉的方言的掌握就更加精细。如《西湖二集》卷一一《寄梅花鬼闹西阁》在叙及杭州酒店业的发达时,特别介绍几处酒楼最盛:

> ……每处各有私名妓数十人,时装艳服,夏月茉莉盈头,香满绮陌,凭槛招邀,叫做"卖客";又有小环,不呼自至,歌吟强聒,以求支分,叫做"擦坐";又有吹箫、弹阮、息气、锣板、歌唱、散耍等人,叫做"赶趁",又有老姬以小炉炷香为供,叫做"香婆"……①

此外,还有"家风""醒酒口味"等等,这些说法都是杭州流行的特定词语,作者不惮其烦地写下来,既使当地读者感到亲切,也使外地读者闻所未闻。

在小说研究中,方言经常被作为考察作者情况的依据。话本小说取材丰富,涉及地域广泛,特别是早期作者的生平情况不太清楚,所用方言也较复杂。如有关"三言"的方言问题,就不但有学者分析其中的吴方言及苏州

---

① 周清源著,刘耀林等校注《西湖二集》上册,浙江文艺出版社,1981年,第202页。

方言,还有人论证其中存在着秦方言词语。① 稍后的一些话本小说集,方言特点或者说作者的语言特点表现得更明显些。例如凌濛初是浙江人,上世纪 50 年代古典文学出版社出版的王古鲁校注本《初刻拍案惊奇》和《二刻拍案惊奇》中,就注明了其中大量存在的吴语词汇。尽管有的吴语词汇也可能在其他地区流传,但"二拍"以吴语为主的方言特点还是不争的事实。因此,我们不但可以在这两部小说集中看到当时其他白话作品中未见的独特的、只残存于吴语系方言中的语汇,还能看到"二拍"在语序方面的若干吴语现象。例如,王力、吕叔湘都指出吴方言"……快"与普通话(官话)"快……",语序不同。在"二拍"中就有这样的句子:

> 陈秀才风花雪月了七八年,将家私弄得干净快了。(《拍案惊奇》卷一五)
> 这里金员外晓得外甥归来快了。(《二刻拍案惊奇》卷九)

这些大体可以看作反映了凌濛初的口语特征。② 有趣的是,凌濛初所用的吴语不仅在他的叙述语言及作品中所写到的江浙一带人口中出现,甚至在一些外地人口中也有流露。如《拍案惊奇》卷二六《夺风情村妇捐躯》写的是四川乡间的故事,但人物对话中还是出现了诸如"厌世"(指"现世""出丑"之意)、"我是替('向''对')你说过了"之类吴语词汇与说法。③

但这些还远不足以说明方言的意义。方言在话本小说中的出现,是白话文学语言的一个组成部分。因此,我们对它的分析,应该与话本小说的整体特点联系起来。简单地说,方言作为一种文学语言,至少有如下作用:

首先,作为写实性描写的一部分,复现原生态的语言情景及其对人物关系的影响。虽然上面提到话本小说家有将自己的方言当作人物语言的

---

① 有关"三言"方言问题的论文可参看张家茂《"三言"中苏州方言词语汇释》(《方言》1981 年第 3 期)、周志峰《"三言"词语札记》(《宁波师院学报》1992 年第 3 期)、郭芹纳《"三言"中所见的秦方言词语》(《西安教育学院学报》1995 年第 4 期)。另外,日本学者佐藤晴彦曾撰写过从语言特征考察"三言"中冯梦龙作品的系列论文,先后发表于《神户外大论丛》第 35-2、37-4、39-6、41-4、43-2 等卷号,其中若干篇已译为中文,刊于《云南教育学院学报》1988 年第 1 期、《河北师院学报》1992 年第 2 期及《近代汉语研究》(商务印书馆)等书刊,可参看。

② 参见〔日〕香坂顺一《白话语汇研究》中译本,中华书局,1997 年,第 19 页。另外,袁宾《近代汉语概论》(上海教育出版社,1992 年)等书,也从语音、词汇、语法等方面指出了"二拍"的吴语特征。

③ 参见王古鲁校注《拍案惊奇》本卷注释,古典文学出版社,1957 年。

情况,但他们同样也注意到将人物自身口语的方言特征,并将其作为小说情节的一个要素来加以运用。如《拍案惊奇》卷三四《闻人生野战翠浮庵》中有这样的描写:母亲见媳妇生得标致,心下喜欢。又见他是湖州声口,问道:

> "既是杭州娶来,如何说这里的话?"闻人生方把杨家女儿错出了家,从头至尾的事,说了一遍,母亲方才明白。①

凌濛初是湖州人,本篇主人公也是湖州人,作者对湖州方言特点自然十分熟悉。尽管在文字表达上,凌濛初不便区分湖州方言与杭州方言的细微差别,即使作了区分读者也未必能明白,但作者显然注意到,人们所持方言的不同是与他们在现实生活中的经历有关联的,这也是他特意提到一笔的原因。又如《二刻拍案惊奇》卷二四《庵内看恶鬼善神》写的是山东人到福建的故事,由于主人公说的是"山东土音",引起了同乡的防范。因为这个同乡曾向主人公借过钱,却又无意偿还,所以"最怕乡里来缠"。假设主人公说的不是"土音",至少这个同乡在开始就无法因此避而不见。再如《石点头》卷六《乞丐妇重配鸾俦》描写淮安府盐城县民女长寿求乞于市,沿门叫唱莲花落,出口成章。一日唱罢几首"六言歌",又有人命唱"各安生理"之曲,长寿随口唱道:

> 大小个生涯没虽弗子个同,只弗要朝朝困到日头红。有个没弗来顾你个无个苦,啊呀,各人自己巴个镬底热烘烘。②

这几首吴语歌曲,就真实地再现出一个乞丐生活在底层的情景。又如同书卷一一《江都市孝妇屠身》事涉残忍,不足为训。但其中有一个细节,却反映了孝妇被屠的真实情景。由于战乱,扬州城内无以为食,杀人充饥,已成寻常事,孝妇为筹路费,助丈夫回洪州奉养婆婆,主动卖身市上,被屠前自读祭文。作者写道:"她念的是江右土音,人都听她不出,全不知为甚缘故。"对于读者来说,由于作者完整引出了祭文,当然明白其中意思。作者强调她用的是"江右土音",是揭示现场情景,这不仅符合孝妇流落外地的处境,也表现了在场者的麻木,因为当时他们已完全不去理会孝妇说的是什么了。这种兼顾读者与现场的叙述手法,是颇为成功的。

其次,通过个性化的语言,展现人物的身份、性格等特征。如《喻世明

---

① 凌濛初《拍案惊奇》,齐鲁书社,1995年,第679页。
② 天然痴叟《石点头》,吉林文史出版社,1986年,第122页。

言》卷二一《临安里钱婆留发迹》描写钱镠发迹的故事,当他终于进封吴王,衣锦还乡,与里中父老欢饮,作者写道,钱镠送酒毕,自起歌曰:

> 三节还乡挂锦衣,吴越一王驷马归。
> 天明明兮爱日挥,百岁荏兮会时稀。

但父老皆是村民,不解其意。钱镠觉察众人意不欢畅,乃改为吴音再歌,歌曰:

> 你辈见侬底欢喜,别是一般滋味子。
> 长在我侬心子里,我侬断不忘记你。①

歌罢,举座欢笑,都拍手齐和。尽管钱镠的身份已有根本改变,但在家乡父老面前,他还是当年那个钱婆留;而他也能不忘旧情,一曲吴歌,拉近了与父老的距离。在这里,方言的运用恰到好处地突出了钱镠的亲民性格。② 又如《二刻拍案惊奇》卷九《莽儿郎惊散新莺燕》叙杭州秀才与当地才女素梅的婚恋故事,作者拟写了两人的三通书简和两首情词,运用的自然是高雅的书面语。但就在两人幽会时,有外人闯入,素梅低声道:"撒脱些!我要回去。这事做得不好了,怎么处!""撒脱"即为吴语,意谓将事办得爽快些、隐秘些。这情急之下的口语,活现了当事人焦急的心态。至于篇中丫环龙香口口声声"不耐烦与你缠帐""被我抢白了一场""要我替你淘气""姐姐不像意不要看他""何苦把这个书生哄得他不上不落",等等,就充斥着吴语词汇,十分贴近她低贱的身份。③ 再如《西湖二集》卷二〇《巧妓佐夫成名》中妓女曹妙哥用一套"歪理邪说"教诲吴尔知去与那些财主子弟、贪官污吏赌博,因为他们的钱都来路不正。"定生好嫖好赌的子孙,败荡家私,如汤浇雪一般费用,空里得来巧里去,就是我们不赢他的,少不得有人赢他的。杭州俗语道:'落得拾蛮子的用。'"④这里,曹妙哥的"妙论"及所引杭州俗语就很符合她的身份和性格。

再次,经过不断的尝试与提炼,充实小说的文学语汇。事实上,方言俗

---

① 冯梦龙编刊,陈曦钟校注《喻世明言》,北京十月文艺出版社,1994年,第360页。
② 《西湖二集》卷一《吴越王再世索江山》在写钱镠还乡时,也有换唱吴歌的细节。此一故事又见于《湘山野录》《西湖游览志余》等书,虽非话本小说作者独创,但不约而同恰当引用,亦值得称道。
③ 此处吴语词汇的认定依据前揭王古鲁校注本《二刻拍案惊奇》本卷注释,古典文学出版社,1957年。
④ 周清源著,刘耀林等校注《西湖二集》下册,浙江文艺出版社,1981年,第385页。

语不仅表现在人物语言上,同时也大量融入了作者的叙述语言。如《西湖二集》卷一六《月下老错配本属前缘》中描写了一个诨名"皮气球"的人,在朱淑真父母面前摇唇鼓舌:

> 那皮气球的嘴,好不伶俐找绝,说的话滴溜溜使圆的滚将过去……若是朱淑真的父母是个有针线的人,一去访问,便知细的,也不致屈屈断送了如花似玉的女儿,只因他的父母又是蠢愚之人,杭州俗语道:"飞来峰的老鸦,专一啄石头的东西。"听了皮气球之言,信以为真,并不疑心皮气球是惯一要说谎之人,即时应允。①

关于"皮气球",作品还有一首诗写道:"八片尖皮砌作球,水中浸了火中揉。原来此物成何用,惹踢招拳卒未休。"它实际上就是宋时流行的"鞠","皮气球"应当是杭州流行的俗称,作者借此为人物命名,讥讽之意是很明显的。更巧妙的是,作者将他的谎话说成"滴溜溜使圆的滚将过去",极为形象生动,而所谓"有针线的人"比喻为头脑清楚的人,大约也得之于方言;特别是作者还引杭州俗语形容朱淑真父母,也颇贴切。

同书卷一九《侠女散财殉节》有这样一首诗:

> 两脚鏖糟拖破鞋,罗乖象甚细娘家?手中托饭沿街吃,背上驮拿着处捱。间壁借盐常讨碟,对门兜火不带柴。除灰换粪常拖拽,扯住油瓶撮撮筛。②

作者解释说:"这首诗是嘲人家鏖糟丫环之作,乃是常熟顾成章俚语,都用吴音凑合而成,句句形容酷笑。"姑且不说其中对丫环的偏见以及在叙述中先抑后扬的作用(本篇颂扬的侠女正是丫环),作者在开篇引用方言诗,也与作者所写的特定地域有关。

如上所述,方言作为一种文学语言,并没有得到足够的重视,在古代小说的研究中尤其如此。事实上,将方言引入话本小说的创作中,是很值得注意的一件事。有关小说中用方言的问题,吴组缃先生曾经写过一篇极有见地的论文,在文章中,吴先生充分肯定了方言的表现力,如方言能经千变万化的语气,表达出千变万化的感情;能用一两个简单的字眼儿,极丰富极精当地表达出一种可意会而无法明言的意思;表达情意多用具体的描写,不作概念的叙述;善于取譬;掺用韵语,使句法活泼生色;等等。吴先生结合自己

---

① 周清源著,刘耀林等校注《西湖二集》上册,浙江文艺出版社,1981年,第303页。
② 同上书,第362页。

的创作经验发现,在小说中运用方言有种种困难,因为方言口语各有其严格的窄狭的地方性,非本土的人万不能懂,甚至找不着相当的汉字写下来;各地因其特殊的用物与人物及特殊的生活习惯而创造出的某些特殊的词语,尤其是助足语气的所谓语助词和表达情感的叹唷词之类以及一些习惯用语等,都难以用文字来表达。因此,他得出了一个看似消极却符合实际的结论:文字永远追不上语言,"我手写我口",根本无此可能。吴先生还特别提到《金瓶梅》《海上花列传》等运用了吴、鲁方言的作品,说这些小说的作者"想来他们的运用土语也曾经过选择,并且受了文字的限制,未必能够纯粹,更未必与其口语符合一致,但我们读者已经感觉许多地方不能懂"[①]。

吴先生的观点对我们审视话本小说中的方言有很大的启发意义。虽然在小说中运用方言是整个白话小说乃至其他文体如戏曲、说唱文学等的共有特点,不独话本小说为然,但话本小说作者众多,涉及地域广泛,所用方言也可能更为丰富,因而在白话文学语言发展的进程中占有极为重要的位置。而考虑作品的接受,话本小说家也不可能随意使用方言。如果拿也是冯梦龙搜集整理的《山歌》与"三言"对比,我们很容易发现,前者的语言可能由于音乐方面的原因,更接近原生态的吴方言口语,较之"三言"里面用到的吴语更难懂些。换言之,冯梦龙在编创"三言"时,对方言的选择与使用更为慎重。其他话本小说也多是如此。这就提示我们,话本小说家在运用方言增强地域色彩、丰富语言的表现力同时又兼顾更广大的读者群方面,是作过一些推敲也积累了一些经验的。清代后期出现的一些方言小说,在阅读上对非本地读者而言是有相当大的困难的,而明代话本小说却能广为流传,它们方言运用方面的经验确实值得称道。

(三)超越南北:近代化的一个表征

中国古代文学的风格通常被认为是与南、北方自然条件联系在一起的,各体文学的实践及其历史发展都往往因南北差异而有所不同。虽然历史上也出现过一些以地域命名的文学流派,如江西诗派,但实际上这一流派的创作与江西的地域文化并没有太大关系。明代以地域名派的情况更加普遍,如"茶陵派""公安派""竟陵派"等,不过,就其特点而言,与其说与地域有

[①] 参见吴组缃《文字永远追不上语言》,《苑外集》,北京大学出版社,1988年,第42—47页。

关,不如说与某种创作观念有关更明显些。所以,从总体上说,明代以前的文学,尤其是传统的诗文,地域性还是在南北之别上表现得更为突出。①

通俗小说也同样存在南北方的差异,明叶盛《水东日记》卷二一在提及书坊刊刻小说营利时,曾说到:"南人喜谈如汉小王、蔡伯喈、杨六使,北人喜谈如继母大贤等事甚多。"显示出南北流行的小说在题材上即有所不同。在小说中,我们也经常可以看到南北方人情物性差异的描写。如《拍案惊奇》卷一四《酒谋财于郊肆恶　鬼对案杨化借尸》描写山东即墨人于大郊趁杨化醉酒时,要图谋他所携银子,作者以批判的口吻说,若是心软之人,也许只取财而已:

> 谁知北人手辣心硬,一不做,二不休,叫得先打后商量,不论银钱多少,只是那断路抢衣帽的小小强人,也必了了性命,然后动手的。风俗如此,心性如此,看着一个人性命,只当掐个虱子,不在心上。②

又如《型世言》第十四回"千秋盟友谊　双璧返他乡"中描写杭州少女沦落在北方(滦州)为奴,作者充满同情地写道:

> 苦是南边一媚柔小姐,却做了北房粗使丫鬟。南边烧的是柴,北边烧的煤,先是去弄不着。南边食物精致,北边食物粗粝,整治又不对络。……南边妆扮是三柳梳头,那奶奶道:"咱见不得这怪样。"定要把来分做十来路,打细细辫儿披在头上。③

再如《石点头》卷三《王本立天涯求父》叙及北直隶文安县王珣家境艰难,只有祖传田地百十亩:

> 这百亩田地若在南方,自耕自种,也算做温饱之家了。那北方地高土瘠,雨水又少,田中栽不得稻禾,只好种些茹茹、小米、豆麦之类。④

---

① 有关中国古代文学的南北分野,历代学者多有论及。袁行霈《中国文学概论》(高等教育出版社,1990年)第三章对此有精当的概括。另外,陶礼天《北风与南骚》(华文出版社,1997年)也对这一问题作了较系统的梳理。
② 此处引文据上海古籍出版社1984年影印本《拍案惊奇》。章培恒在《影印〈拍案惊奇〉序》中说明影印本底本为尚友堂本原版,而尚友堂本为《拍案惊奇》原刊本。另外,古典文学出版社1957年出版的王古鲁编注《拍案惊奇》,系以覆尚友堂本为底本。有趣的是,在这一排印本中,"北人"写作"恶人",如非手民之误而别有所据,则此一改动,也隐约表现出地域描写在传播中具有一定的敏感性。
③ 陆人龙著,陈庆浩校点,王锳、吴书荫注释《型世言》上册,新华出版社,1999年,第248页。
④ 天然痴叟《石点头》,吉林文史出版社,1986年,第46页。

这些出自江南小说家笔下的南北比较在话本小说中随处可见,其中时常夹杂着扬南抑北的偏见,显示出这些话本小说的南方文化特质。

但是,话本小说由于题材来源复杂,作者也不限于一地,描写的人物又来自四面八方,使用的语言也不可避免地带有方言色彩,加上话本小说源于书场,表演的现场性决定了它与特定地域的人群有直接的关系,即使演化成书面读物,这一特点也明显存在,如此等等,使得话本小说的地域性从初始阶段就与特定的地域联系在一起,从而超越了笼统的南北区分。

例如从人物描写的角度看,这本是小说创作的一个中心,人物的性格往往与他所生长的环境有很大的关系。关于这一点,很早就有人总结过,如唐代李筌曾说:"秦人劲,晋人刚,吴人怯,蜀人懦,楚人轻,齐人多诈,越人浇薄,海岱之人壮,崆峒之人武,燕赵之人锐,凉陇之人勇,韩魏之人厚。"①不过,这种"地势所生,人气所受"的性格差别,只有在小说中才可能得到鲜明的表现,如上面所引"北人手辣心硬"之类。重要的是,地域性不仅与特定区域的自然风貌有关,也与当地的人文景观、社会风尚、文化心理有关。如《石点头》之《潘文子契合鸳鸯冢》原型出自南朝《三吴记》,叙潘章、王仲先"情若夫妇"。② 原作除了提到楚国、罗浮山等地名外,完全没有对地域的具体描写。而《石点头》则明确将地点放在杭州,并由此展开了相关描写。作者这样明确地域并非凭空杜撰。明代中后期,江浙一带男风之颇盛,杭州似乎是一个中心。《金瓶梅》第三十六回叙及安进士眷恋娈童时称:"原来安进士杭州人,喜尚男风。"崇祯初年的小说《龙阳逸史》第七回、第十一回也都提到"那杭州正是作兴小官时节""近日杭州大老,都是好小官的"。可见,对同性恋作正面表现,并将其置于杭州,可以说与当地的社会风尚是息息相关的。

超越南北不只是表面的、地理上的扩展或细化,事实上,即使是在宋以前,文化的地域性差别也不仅仅是南北间的不同。所谓地域性还与某一区域的社会发展、经济形态紧密相联。因而地域文化不仅具有稳定性的特征,同时也是变化的、流动的。这一点在宋明以后表现得日益突出,可以说也是

---

① 《太白阴经》卷一,据《景印文渊阁四库全书》本。
② 见《太平广记》卷三八九《潘章》,此书未标出处。据宋曾慥编《类说》卷四〇《稽神异苑》引《三吴记》称"潘章夫妇死葬,冢木交枝,号并枕木"。但仅从此十余字,看不出同性恋意味。

促成话本小说地域色彩凸显的根本原因。① 也就是说,对它的产生与传播有影响的不只是特定地域的自然特点,也不只是当地的政治地位或风俗特点,毋宁说,更重要的是这一地域的社会经济、文化的发展。因此,在话本小说的传播过程中,有几个地域很值得重视。我在有关"西湖小说"的论文中,曾经分析过话本小说与杭州及西湖的关系。实际上,正是明代以来江南经济的蓬勃发展为话本小说的创作和传播提供了广阔的天地。《醒世恒言》卷一八《施润泽滩阙遇友》对盛泽镇的描写就是一个著名的例证。因为冯梦龙是苏州人,对苏州府吴江县盛泽镇的情况估计比较熟悉(《警世通言》卷三四《王娇鸾百年长恨》中有"苏州哏尺是吴江"的诗句)。他通过机户施复的发家过程,反映了盛泽镇作为一个以丝织业为代表的经济性城镇的兴旺。

明代话本小说中,徽商的形象就大量出现,足成系列。即以"二拍"为例,其中就有多篇写到"徽州风俗"与徽人观念,颇为具体。如《拍案惊奇》中的《程元玉店肆代偿钱》《韩秀才乘乱聘娇妻》《卫朝奉狠心盘贵产》《姚滴珠避羞惹羞》等篇;《二刻拍案惊奇》中的《韩侍郎婢作夫人》《程朝奉单遇无头妇》《叠居奇程客得助》等篇。没有证据表明凌濛初到过徽州,他对徽州风俗的描写,应该与徽商遍布各地并将祖籍的风俗广泛传播有关。实际上,凌濛初的描写相当细致,如《程朝奉单遇无头妇》的本事虽然说明故事发生在徽州,但他更具体落实到"岩子街"。而当徽商作为小说的中心人物时,作者的相关描写更为具体,如《叠居奇程客得助》将徽商的生活与观念置于一个阔大辽远的背景下展开,曲尽人情,与时代风尚丝丝入扣。

显而易见,杭州、苏州、南京、徽州等地大量出现在作品中,是与上述地区商品经济的蓬勃发展联系在一起的。而经济发展的不平衡,也使得一些相对来说较为落后的地区不太作为故事的背景出现,例如东北、西北、西南等地区,就较少在话本小说中得到正面的描写;有之,也往往是渲染其蛮荒落后。如《喻世明言》卷一九《杨谦之客舫遇侠僧》叙杨谦之得授贵州安庄县令时,作者写道:"安庄县地接岭表,南通巴蜀,蛮獠错杂,人好蛊毒战斗,不知礼义文字,事鬼信神,俗尚妖法,产多金银珠翠珍宝。"除了最后一句有

---

① 李浩的《唐代三大地域文学士族研究》(中华书局,2002年)针对谈唐代地域文化侧重南北比较,指出不应忽略地域因素的多元并存,并列举了关中文化、陇右文化、齐鲁文化、吴越文化等十余项(参见此书第7页)。但他主要运用"地域—家族"相结合的研究方法,则是从唐代文学与文化的实际出发的恰当选择。如果唐代地域文化更多的是与政治、宗族相关联的话,宋明以后与经济的关联就更为重要了。

可能作为当官的补偿,其他可以说一无足取。这一半是实情,一半恐怕也是受制于小说家的生活视野。清初的话本小说《照世杯》中有一篇《走安南玉马换猩绒》就十分难得地描写了中越边境兴旺的商贸活动。而这大约是冯梦龙、凌濛初、周清源辈所不熟悉的。事实上,虽然广州(广里)经常在他们的作品中被提到,但也多一笔带过,如前面提到过的《蒋兴哥重会珍珠衫》、《二刻拍案惊奇》卷一四《赵县君乔送黄柑》、《型世言》第二十六回《吴郎妄意院中花》等都是如此,广州在白话小说中成为如话本小说中苏、杭那样的故事背景,是在清中叶以后的事,而这同样是与其经济地位更趋重要联系在一起的。

不言而喻,即使是同一个地域的作品,由于出自不同的作者之手,在思想观念上也是有差异的。例如《型世言》作者陆人龙也是杭州人,但与冯梦龙、凌濛初相比,他似乎更热衷描写传统的乡村而不是市井社会,至少前者是他的长处。而写及市井社会时,更多地是以一种批评的笔调进行的。所以,在他的笔下,我们很难得看到如"三言""二拍"那样对市民的同情与肯定。如《吴郎妄意院中花》是《型世言》中为数不多的正面描写商人生活的作品。作者在一开始介绍故事的发生地杭州时,就说它"做了个富庶之地,却也是狡狯之场",而主人公徽商吴尔辉更是作者极力嘲讽的人物,称他"极臭极吝"。虽然吝啬鬼的形象自有其特殊性,但作品的思想倾向与《蒋兴哥重会珍珠衫》《转运汉遇巧洞庭红》之类大异其趣还是一望可知的。即使偶尔对商人有所表彰,陆人龙强调的也是道德的层面。如此书第三回《悍妇计去孀姑》描写苏州商人周于伦,肯定的就是他的孝道。

从文学史来看,话本小说的地域色彩与古代诗歌创作中涉及的地域也有不同的表现和指向。在传统诗文中,有不少与地域有关的创作,但受文体特点的限制,诗歌对特定地域的颂扬主要是通过地域的外部形态加以表现,很难与具体的人物生活联系起来,因而多少有点流于表面化,即使是像柳永《望海潮》这样的名篇佳作,描摹杭州也只能着眼于自然形胜与市井繁荣的外在表现,不可能如"西湖小说"那样,深入到杭州人的日常生活中去。这一点,在一些话本小说的入话及引用诗词与正话的对比中可以看得十分清楚。如《警世通言》卷二三《乐小舍拚生觅偶》开篇引用了一首题杭州钱塘江潮的诗,篇中也引用了若干首前人咏钱塘江潮的诗词。这些作品都是一般性地描写潮水的声势,可以用于任何一篇与钱塘江潮或杭州有关的小说中,也就是说与具体的人物性格和命运没有关系,而小说的命脉正在于揭示这种性格与命运。所以在这篇小说中,钱塘江潮被作者当作阻碍乐和与喜顺美好感情的世俗力量的象征。"少负情痴长更狂,却将情字感潮王。钟情若到真深处,生死风波总不妨。"这首篇尾诗,画龙点睛,使人物刻画与特定的地域性达到了完美的结合。

　　古代诗歌涉及地域的描写还有两个较为突出的题材类型,一个是对名胜古迹的咏叹,一个是对田园风光的赞美。而前者的历史化与后者的人文化,都在一定程度上淡化了地域文化的特质。与此相关,城市则往往成为与乡村对应的文化符号,恰如辛弃疾在一首《鹧鸪天》词中所写的"城中桃李愁风雨,春在溪头野荠花"。即便是在晚明,很多文人热衷于纸醉金迷的生活,他们的深层心理仍不能排除对世俗社会的鄙夷,而最能寄托他们高雅情怀的也依然是山水田园。话本小说则不然,它本身就是源于城市的一种大众消费文化,其地域性首先表现为对特定城市生活的认同。不但如此,一些作品甚至还流露出对乡民的轻蔑与歧视。而我们知道,中国古代社会是以农业为本,农业的特点就是安土重迁。话本小说所体现出来的城市文化特点,在一定程度上改变了人们的这种观念。

　　如果从更开阔的视野看,话本小说地域色彩的加强,也使得小说在实际描写上与小说家为了提高小说的文化地位而不得不攀附的正史有了明显的区别,因而小说的文体独立性得到了真正的提高。正史当中自然也会涉及一些地域性的描写,但是,这种描写与历史叙述的兴奋点往往没有直接的关系,因此也总是被简化到最简单的程度。如有关钱镠的小说,无论是《临安里钱婆留发迹》还是《吴越王再世索江山》,都有浓郁的江浙地方特色。前者描写了钱镠幼年时在临安石镜山上显示异相,称王后又曾指挥强弩射潮。后者更描写他亲自取铁箭射退钱塘江潮,又建六和塔镇,且"至今有铁箭巷";除此之外,还提到"广义乡""勋贵里""衣锦营"等许多与钱镠有关杭州地名的由来。这些既构成了小说鲜明的地域背景,也与人物的经历联系在一起,从而成为情节的有机组成部分。而这方面的内容在《旧五代史》卷一三三《世袭列传第二》的钱镠传中几乎看不出来,《新五代史》卷六七《吴越世家》的钱镠传与《旧五代史》的记述相比,欧阳修吸收了一些民间传说。但与小说相比,还是微不足道的。如传记提到了钱镠"善射",可是却完全没有钱镠射潮这一著名故事;欧阳修也描写了钱镠的衣锦还乡,但他只引述了钱镠所作《还乡歌》,对上文论及的那个为小说家津津乐道的吴歌却只字不提。而缺少或删汰了这些内容,钱镠也就与一般的帝王将相了无区别。显然,这与话本小说家致力的方向不同,小说家总是力图使人物更贴近普通人的生活,他们当然不会轻易放过那些有着鲜明地域色彩,因而也更容易为读者接受的神奇传说。

地域性的更替、消长是中国文学史上的一个规律现象,往往昭示着文学发展的趋势性的变化。就明代话本小说而言,它在地域文化表现上的重点突出、分布广泛以及跨地域叙述的普遍运用,是对传统的南北二元结构的消解。更为重要的是,超越南北还意味着地域文化在文学创作中的影响进一步深入,即它不再只是文学风格与自然特点的简单比附,而是通过文学语言、人物性格、叙事方式等全方位展示出来的时代特征。换句话说,它也代表了中国古代文学尤其是叙事文学发展的新阶段。

总而言之,明代话本小说地域色彩的凸显是一个非常值得关注的文学现象。作为叙事性文学,地域文化极大地开拓了小说家的空间想象,而充分文学化了的地域描写使环境成为情节发展及人物性格形成与变化过程中不可忽视的要素;同时,与之相关的方言运用也有效地丰富了文学语汇及其表现力。更重要的是,地域色彩凸显所呈现出的全方位与重点突出相互映衬的局面,使得话本小说的风格既超越了中国古代文学传统的南北之分,也超越了单纯的地理意义,获得了更为丰富的文化内涵。由于后一点又是与新的思想观念联系在一起的,因此,它实际上是中国古代文学近代化历程在话本小说中的一个反映或表征。①

---

① 有关中国古代文学的近代化问题,请参阅黄霖《关于明中叶文学"走向近代化变革"的问题》,《文学遗产》2002 年第 6 期。

四、话本小说与文言小说的关系:以"三言""二拍"对《夷坚志》的继承与改造为中心

话本小说与文言小说有着密不可分的联系:一方面,宋元以来,话本小说常以文言小说为素材,这构成了话本小说创作上的一个重要规律与现象;另一方面,话本小说与文言小说在文体上也不是截然对立的,有的话本小说在语体上文言程度较高,而宋元以来有的文言小说也吸收了话本小说的特点,在话本小说与文言小说之间,甚至出现了所谓"文言话本"。因此,研究话本小说,不可忽视其与文言小说的关系,而这种关系当然也只有落实到具体文本才有可能得到恰当的说明。

有关话本小说与文言小说关系的研究,不少论著仅仅将文言小说作为话本小说的本事来对待,遂不免抑扬失度,造成机械进化之假象。其实,文各有体,得体为佳。在文言小说与话本小说间,本不当以此律彼,枉论高下的。这里,仅以"三言""二拍"对《夷坚志》的继承与改造为中心,探讨话本小说在创作过程中是如何利用文言小说的,为文言小说与话本小说不同文体特点及复杂关系提供一个例证。

(一)《夷坚志》影响"三言""二拍"概述

《夷坚志》卷帙浩繁,褒之者誉为说部冠冕、小说渊海。影响之大,洪迈曾自诩"家有其书"(洪迈《夷坚乙志序》),宋元说话艺人也标榜"幼习《太平广记》","《夷坚志》无有不览"(罗烨《醉翁谈录·舌耕叙引》)。今据谭正璧编《三言两拍资料》,五部小说集取材最多的总集当推《太平广记》,个人著作则应数《夷坚志》,后者至少有 36 篇[①],几占五部小说集总篇目的五分之一,这正与宋元艺人的传统一脉相承。宋代文运昌隆,名家辈出,《喻

---

① 有关"三言""二拍"与《夷坚志》关系篇目之数字,主要依据谭正璧编《三言两拍资料》(上海古籍出版社,1980 年)统计,同时也参考了赵景深、胡士莹等诸家考证。

世明言》之《史弘肇龙虎君臣会》独将洪迈与苏轼相提并论,称其"珠玑满腹,锦乡盈肠","有一代之史才",也足见话本小说家的偏爱。

从实际影响来看,有直接、间接之分。直接影响就是"三言""二拍"径据《夷坚志》加以改编;间接影响唯人物情节大体相近,因循沿袭之迹则或深或浅,不甚了然。如《夷坚支庚》卷七《周氏子》与《警世通言》之《假神仙大闹华光庙》情节类似,虽无继承关系,但相同故事的间接影响,并非绝无可能。又如《二刻拍案惊奇》卷一二《硬勘案大儒争闲气　甘受刑侠女著芳名》叙朱熹判案事,《夷坚志》对此亦有记载。前者虽不必直接依据后者,然同属一事,两相参照,也是有可能的。综合分析,在上述36篇作品中,直接影响的为29篇,间接影响的为7篇。

相当数量的话本小说在结构上包括头回和正话两个故事性段落("三言""二拍"199篇作品中,含头回的有119篇,约点60％)。而"三言""二拍"取材《夷坚志》的,头回和正话皆有。在直接影响的29篇中,头回占13篇,正话占11篇,头回和正话都取自《夷坚志》的占5篇。有时,头回和正话不只一个故事,如《拍案惊奇》卷四《程元玉店肆代偿钱　十一娘云冈纵谭侠》袭自《夷坚志》的"解洵娶妇"只是头回九个故事之一;《二刻拍案惊奇》卷五《襄敏公元宵失子　十三郎五岁朝天》正话也是在一事之中插入《夷坚志》中"真珠族姬"事的。通常,头回对原作改动不大,而正话多有发挥增益。

洪迈去世不久,即有《夷坚志》选本出现。这些选本常以类相从。另外,明代还产生了一些其他小说类编,亦多采录《夷坚志》。而话本之头回、正话颇多近似故事,那么,"三言""二拍"作者利用选本采撷素材,实为捷径。如《二刻拍案惊奇》卷一一《满少卿饥附饱飏　焦文姬生仇死报》头回和正话分别用《夷坚志》中的《陆氏负约》和《满少卿》,经查《情史》卷一六《情报类》同时收录这两条,凌濛初大可就势取材敷演,不必直接翻检《夷坚志》。

值得注意的还有,《夷坚志》在文言小说系统内也有发展。而"三言""二拍"所依据的间或为此种发展了的文本。如《拍案惊奇》卷三二《乔兑换胡子宣淫　显报施卧师入定》头回本事出自《夷坚志》之《刘尧举》,然《刘尧举》又经扩充,编入了《情史》。比较文字、细节,《乔兑换胡子宣淫　显报施卧师入定》与《情史》本条更接近。换言之,凌氏很有可能也是近据《情史》而非远依《夷坚志》的。

《夷坚志》之所以能给"三言""二拍"以重大影响,与编创者审美趣味的相通密不可分。无论洪迈还是冯梦龙、凌濛初,都对奇情异事兴趣浓厚。而所谓奇异,在洪迈,非必出于上层人士,来自社会底层的异闻,亦为其所欣然受之;在冯梦龙、凌濛初,更强调出于庸常乃为真奇,二者自有一致之处。① 另外,谈到《夷坚志》,人们常感于作者"颛以鸿异崇怪"(洪迈《夷坚支乙序》)的声明,直以"志怪"目之。其实,《夷坚志》诸志所载鬼事,洪迈自称五分之一强而已(洪迈《夷坚三志壬序》),大多并无怪异。且其所谓怪异,亦非徒矜奇尚怪,往往关涉人事,又"远不过一甲子"(洪迈《夷坚乙志序》),颇能体现当代文化发展的特点,尤其是市民的生活与思想,这也是话本小说家对它情有独钟的原因。

在前举36篇与《夷坚志》有关的"三言""二拍"作品中,因为有的取材不只一篇,实际涉及《夷坚志》47篇。在这47篇作品中,故事发生在城市或以市民为主要描写对象的占绝大多数。从题材上看,涉及财产问题的占16篇,涉及男女私情与婚姻问题的占28篇,而这两类题材正是市民最感兴趣的。相反,正面展现重大政治斗争的则绝无仅有。有之,则或淡化为背景,如《夷坚丁志》卷九《太原意娘》写了宋金冲突,但强调的是普通市民的命运或渲染市民兴趣所在,如《夷坚支乙》卷五《杨戬馆客》讥弹权奸,偏从男女情事着眼。应当说,市民生活与思想只是《夷坚志》驳杂内容的一部分,却是最具时代特色的一部分。而"三言""二拍"从瑕瑜互见的大量作品中披沙求金,挹其精华,正是出于同样的甚至更强烈的社会心理与时代精神的感召。

遗憾的是,人们在比较《夷坚志》与"三言""二拍"时,往往并未重视二者的精神联系,而更关心后者有了怎样的"提高",以至于置不同文体的特点于不顾。这正如沃尔夫冈·凯塞尔谈到欧洲文学来源研究时批评的那样,人们喜欢鄙视地谈论素材,却忽视了它们"完全是已经具有形式的材料"②。就《夷坚志》而言,它虽不能逃芜杂之讥,但也不乏优秀之作。这些作品既不同于魏晋志怪"粗陈梗概"的"残丛小语",也有别于唐人传奇的铺张华美。它们委曲周至,又不温不火,在文言小说中自备一体。因此,若要准确把握《夷坚志》在"三言""二拍"创作中的作用,不但要看到它的素材性质,还应看到其自身所具有的创作性质。事实上,不同的文体即使在同一

---

① 参见洪迈《夷坚丁志序》、笑花主人《今古奇观序》,后者虽非出于冯梦龙、凌濛初之手,但据"三言""二拍"编选,可谓得其真谛。

② 沃尔夫冈·凯塞尔《语言的艺术作品》,上海译文出版社,1984年,第63页。

题材的处理上,也会有不同的要求和特点。

(二)语言-语境

文言的笔记小说①与话本小说在文体上最明显、最基本的区别是语言。笔记小说采用的是文言,而话本小说则以白话为主。笔记小说因其用文言而显得简洁凝练,话本小说则因其用白话而显得铺张扬厉。这原是两种不同的语言特点,不能简单类比。然而,常有论者以笔记小说之简洁为简陋,对话本小说的繁富则随意赞扬,褒贬之间殊失公允。其实,换一角度看,话本小说亦自有逊色处。如《夷坚甲志》卷四《吴小员外》叙赵应之等:

> 春时,至金明池上,行小径,得酒肆,花竹扶疏,器用罗陈,极萧洒可爱,寂无人声,当垆女甚艾。②

此段描写,文不求长,句必求精。"花竹"句写其外,"器用"句状其内,"萧洒"二句为总的感觉,就中突出当垆女,雍容淡雅,无一语蹈空。《警世通言》之《金明池吴清逢爱爱》则不然,它将此三十余字翻作二百余字,变信步所至为有意寻访,神趣顿失;而具体描写,实不出原作范围,风格于舒展中稍嫌拖沓紊乱。又如《夷坚丁志》卷一八《刘尧举》有一句谓尧举"悦舟人女美",至《情史》则发挥为:

> [刘尧举]及抵中流,见执挥者一美少艾,可二八,虽荆布淡妆,而姿态过人,真若"海棠一枝斜映水"也。③

依然用文言叙述。而《拍案惊奇》之《乔兑换胡子宣淫 显报施卧师入定》改成白话:

> 开了船,唐卿举目向梢头一看,见那持挥的,吃了一惊,元来是十六七岁一个美貌女子,鬟鬟嬛媚,眉眼含娇,虽是荆布淡妆,种种绰约之态,殊异寻常女子。当梢而立,俨然如海棠一枝,斜映水面。④

相互比较,《夷坚志》固然言简意乏,而《情史》图貌写意,神情自足,《乔兑换

---

① 因文言小说包括不同体式,如下文附论所及的文言话本,从语言上说,也属文言小说,为示区别,以下论《夷坚志》,概以"笔记小说"相称。
② 洪迈《夷坚志》第一册,中华书局,1981年,第29页。
③ 詹詹外史评辑《情史》上册,春风文艺出版社,1986年,第87页。
④ 凌濛初《拍案惊奇》,齐鲁书社,1995年,第619页。

胡子宣淫　显报施卧师入定》则既因袭《情史》又不免冗赘。其实,它增加的"斖媚""绰约"等词,仍属文言,意味平淡,纯属蛇足。有人说"凌濛初不注意视觉效果,他小说中的视觉效果有时比作为材料来源的文言小说的还要差"①。这或许是一个旁证。要之,文言非不能描写,当视有无必要而运用。既加乎描写,则自有笔力强弱之分,不待取证白话以权衡抑扬。同样,白话虽便于描写,而作手高低、篇章优劣,也无一定之规。

当然,文言与白话的区别还是不争的事实。粗略地说,文言具有鲜明的稳定性、规范性,白话则更趋于变动性、地方性乃至个性化。因此,在笔记小说中我们往往不太容易看到作家的语言特点,在话本小说中却可以很方便地把语言作为考察作家创作风格的标志。尽管文言与白话的特点经常被夸大了,我们还是应当承认,在反映现实生活,特别是表现市民思想感情方面,文言要比白话更窘迫。就《夷坚志》而言,它以书面语文言文记录时代发展,较之"三言""二拍"用日常口语之贴近生活,隔阂在所难免。举一个简单的例子,《夷坚志补》卷八《临安武将》有这样一句"呼寺隶两人相随,——俗所谓院长者也",洪迈宁可加注释,也不径用俗语。而《二刻拍案惊奇》之《赵县君乔送黄柑》承袭本篇,于此处就只取俗的称谓"院长"了。可见,文言的叙述基本上是一种转述,而白话则能达到对原生态生活和语言的再现。这一点在人物语言上表现得尤为明显。

众所周知,人物语言是小说刻画人物性格的重要手段。在笔记中,由于人物的语言与叙述者的语言一样,采用的也是文言,所以,它通常只能借助人物说什么来表现人物的性格。而在话本中,人各有其声口,不仅说什么依然重要,怎么说同样鲜明地体现着人物的特点。这样的例子可以说俯拾皆是。《夷坚志补》卷五《楚将亡金》被《二刻拍案惊奇》卷二一《许蔡院感梦擒僧　王氏子因风获盗》袭用为头回,原作是这样的:

> 前一日,市人王林者素无赖,其妻治容年少,当垆于肆,与邻恶子通。适争言相詈,林妻持杖击其七岁儿。儿曰:"尔家昨日拆灶修治,必是偷官银埋窖耳。"逻卒闻之,相议曰:"小儿忽有此言,出于无意,而王生固穿窬之雄也。盍往察之?"乃率五六辈往肆沽酒,且乞鱼肉。妻曰:"无有。"群卒佯醉,突入厨推灶砖落……②

---

① 韩南《中国白话小说史》,浙江古籍出版社,1989年,第144页。
② 洪迈《夷坚志》第四册,中华书局,1981年,第1595页。

《许蔡院感梦擒僧　王氏子因风获盗》是这样的：

> 这一日，王林出去了，正与邻居一个少年在房中调情，搂着要干那话。怎当得七岁的一个儿子在房中顽耍，不肯出去，王妻骂道："小业种，还不走了出去？"那儿子顽到兴头上，那里肯走？年纪虽小，也到晓得些光景，便苦毒道："你们自要入辰，干我甚事？只管来碍着我！"王妻见说着病痛，自觉没趣，起来赶去一顿栗暴，又将出去……小孩子一头喊一头跑，急急奔出街心，已被他头上捞了一下。小孩子护着痛，口里嚷道："你家干得甚么好事？到来打我！好端端的灶头拆开了，偷别人家许多银子放在里头遮好了，不要讨我说出来！"呜哩呜喇的正在嚷处，王妻见说出海底眼，急走出街心，拉了进去。
>
> 早有做公的听见这话，走去告诉与伙计道："小孩子这句话，造不出来的，必有缘故。目令袁将官失了银四百锭，冤着盛统领劫了，早晚处决，不见赃物。这个王林乃是惯家，莫不有些来历么？我们且去察听个消息。"约了五六个伙伴，到王林店中来买酒吃。吃得半阑，大叫道："店主人！有鱼肉回些我们下酒。"王妻应道："我店里只是腐酒，没有荤菜。"做公的道："又不白吃了你们的，为何不肯？"王妻道："家里不曾有得，变不出来，谁说白吃！"一个做公的，便倚着酒势，要来寻非，走起来道："不信没有，待我去搜看！"望着内里便走。①

在原作中，当逻卒闻知市人王林拆灶修治，有藏银之嫌，即往其家侦察，假以沽酒，并乞鱼肉，王妻答曰："无有。"只是一口回绝。而在后者中，王妻应道"我店里只是腐酒，没有荤菜"，却是先自解释一番。当公卒道："又不白吃了你们的，为何不肯？"王妻又道："家里不曾有得，变不出来，谁说白吃！"语意中就有些强硬了。原来，王妻正为偷情不遂而怒气冲冲，又见邻家幼子无知，说出藏银事，不免焦躁而少回旋。仔细品味，特殊语气，微妙心理，全从三言两语中自然流露，较之"无有"二字，内涵大为丰富。

不仅如此，与文言的拘谨、保守相反，白话往往多方面采纳了文言的有效成分，因而在话本小说中，文白相兼是普遍的特点。它可以在同一篇作品中，用不同的语体来表现不同的人物与事项，例如用文言状景拟物，用白话记录对话，有身份、有教养的人物则可用文言，用文白相兼的语言叙述、议论，这当然较之笔记小说纯用文言更富于表现力。

---

① 凌濛初《二刻拍案惊奇》，齐鲁书社，1995年，第441—442页。

但是，上述一切都只是就文言与白话的一般特征而言的，具体到文学创作中，情况并不这么简单。从语言学的角度看，笔记与话本这两种文体实际上代表了两种不同的语境。所谓语境，指的是语言运用过程中各种主客观环境因素，包括语体、用词惯例、上下文、身份修养、思想观念、创作动机乃至整个社会历史背景等，简单地说，也就是"叙事作品赖以完成的全部规定"①。这些都会制约着语言的运用。而无论笔记还是话本，总要循体成势，因势措辞，适应特殊的语境，才能各臻其妙。因此，对文学作品来说，语言实际上是整体叙述风格的体现，用罗兰·巴尔特的话说，"叙事作品是一个大句子"②。我们应该从这样的高度来看待笔记小说与话本小说的语言区别。笔记小说大抵如金圣叹所谓"以文运事"，力求醒目。话本小说原为演出而设，可以说是"因文生事"（参见金圣叹《读第五才子书法》），不仅叙述详尽，更有临场发挥。所以，一篇不太复杂的故事，可以变作十数回。"三言""二拍"自然不尽为说书人之底本，但文人拟作，亦多承其风格，极力铺张。曾见一文，盛赞《二刻拍案惊奇》之《小道人一着饶天下》，以为较《夷坚志》原作《蔡州小道人》的"简陋"，大有改进。③ 这样的比较从情节内容上说，也许无妨，从文体上说，就不一定恰当了。从笔记的角度看《蔡州小道人》，以寥寥数百字，勾勒人物神情，传达时代心曲，蕴蓄无穷，堪称精品。再看《小道人一着饶天下》，前有千余字入话，然后才进入棋童故事。而在故事推进中，又插入许多闲言碎语，如详述围棋三十二法等，完全游离于人物与情节之外。既然我们能在话本体制的范围内容忍甚至欣赏这种繁琐，又何必超越笔记的文体特点，挑剔《蔡州小道人》的简要呢？须知，笔记的简要并非被动的局促，乃是有意的净化、提纯。洪迈说："文贵于达而已，繁与省各有当也。"④

按照文化语言学的理论，语言不只是一种符号系统，从本质上看，它还是一套价值系统和意义系统。《尚书正义》上说"言以道接"，就是这个意思。在笔记与话本的语言风格中，也折射出作者的审美趣味。《二刻拍案惊奇》卷三四《任君用恣乐深闺　杨大尉戏宫馆客》正话是据《杨戬馆客》发

---

① 罗兰·巴尔特《叙事作品结构分析导论》，《美学文艺学方法论》下册，文化艺术出版社，1985年，第535页。
② 同上。
③ 参见《古典文学知识》1990年第3期。
④ 洪迈《容斋随笔》卷一，岳麓书社，1994年，第5页。洪氏此误为罗大经《鹤林玉露》卷三《文繁简有当》所称引。

挥而成。与原作相比,增饰甚多。最突出的是将原作一笔带过的男女蜡合,渲染成极具感官刺激的色情描写,以致一些通行的排印本在出版时不得不删去此篇。显然,《任君用恣乐深闺　杨大尉戏宫馆客》这样露骨的描写与《夷坚志》体现出的作者沉稳持重的个人品格修养绝不相侔,它是明中叶以后人欲横流的时代风气的反映。那么,当我们谈论笔记小说的简略与话本的铺张时,又岂能单从语言本身着眼。总之,笔记小说与话本小说在语言上的区别远不止文雅与俗白而已。一旦我们把适应不同文体的叙述风格及其内涵、背景作为考察这种区别的坐标,就会发现,简单的扬此抑彼实际上是放弃了把握两者本质特点与深层关系的机会。这或许是前辈学者辛勤考索出来的话本小说本事资料没有得到充分利用的原因之一。

(三)叙述方式

叙述方式在"三言""二拍"对《夷坚志》的继承与改造上具有更重要的意义。所谓叙述方式,简言之,就是叙述故事的角度、方式和习惯。这大致可以从两个层面来分析。

首先,我们讨论的是叙事范型。关于古代小说的叙事范型,我曾在《幻想的魅力》一书中有所描述,其间多涉话本小说对笔记小说的继承。从"三言""二拍"与《夷坚志》的关系来看,题材的因袭,往往同时也是叙事范型的传承,它反映出市民审美情趣由纷乱渐趋凝定的过程。如《喻世明言》之《简帖僧巧骗皇甫妻》与《夷坚支景》卷三《王武功妻》及《夷坚志再补·义妇复仇》情节相类,大都是说一淫僧阴设挑致之策,离间夫妻,进而奸占其妻。但在具体描写中时有差异,而以《简帖僧巧骗皇甫妻》最为完整细腻,显示出此类传说久被社会,由《夷坚志》发端而逐渐稳定为一内涵丰富的故事。又如《醒世恒言》之《闹樊楼多情周胜仙》与《清尊录》中《大桶张家女》情节近似,而《夷坚支庚》卷一《鄂州南市女》亦与《大桶张家女》微相类。后二者均叙男女婚恋不果,女忧愤而卒,死后为人发冢而复苏,且被占为妻。因旧情难忘,寻至故所。男子误为鬼物,击杀之。《闹樊楼多情周胜仙》的情节主干也是如此。此叙事范型虽不具广泛性,但生不能如愿,死亦遭猜忌,确实道出当时众多青年男女的幽情隐衷。而包含普遍人生经验与哲理,正是叙事范型存在的真谛。

相比之下,爱情题材中的负心型情节,自唐传奇《霍小玉传》后,层出不穷。宋代最出名的有王魁的故事,重出互见于笔记小说、话本小说和戏曲。

《夷坚志补》卷一一《满少卿》也是典型的负心型故事,谓满少卿在落拓中得焦氏相助,娶其女后至京赴试得官,竟置焦氏女不顾,另结秦晋。二十年后,焦氏鬼魂前来索命。其结构正如洪迈自供"略类王魁",而《二刻拍案惊奇》之《满少卿饥附饱飏　焦文姬生仇死报》完整敷演这一故事,雷同中又有所升华,其为妇女鸣不平的议论,尤为后人称道,可以说是负心型故事发展至明末的典型版本。

　　仅仅从叙事范型的构成特点看,上述作品中的"可变因素"是要比其"恒定因素"①更突出和重要的。不过,考虑到话本小说家似乎比笔记小说家更重视叙述的成规惯例,在众多作品中,尤其在题材的因袭中,寻找共同的情节场面,还是可以为分析具体作品提供一个可资比较的参照系。而叙事范型本来也就应该理解为可以包含不同变异的故事系统的组织形式。事实上,叙事范型从来不以牺牲创作个性为代价。毋宁说,将叙事范型的形成放在特定的时代背景和小说家的意图中考察,更易获得完整的解释。这也是使我们走出虚假进化论怪圈的良策。例如,《夷坚志》还有两类题材多为"三言""二拍"所继承。一为离乱失妻,一为卖情扎囤。前者多写夫妻失散于动乱中,后来偶然相会的故事,《夷坚丁志》卷九《太原意娘》之于《喻世明言》的《杨思温燕山逢故人》、卷一一《王从事妻》之于《拍案惊奇》卷二七《顾阿秀喜舍檀那物　崔俊臣巧会芙蓉屏》,《夷坚志补》卷一一《徐信妻》之于《警世通言》的《范鳅儿双镜重圆》、卷一四《解洵娶妇》之于《拍案惊奇》的《程元玉店肆代偿钱　十一娘云冈纵谭侠》等均属此类。所谓卖情扎囤,则是一种诈取金钱的美人计,通常为奸人设局诱骗无知青年,然后百般敲诈,《夷坚志补》卷八就有《王朝议》《临安武将》《李将仕》《吴约知县》等,分别为《二刻拍案惊奇》的卷八《沈将仕三千买笑钱　王朝议一夜迷魂阵》、卷一四《赵县君乔送黄柑　吴宣教干偿白镪》所取材。洪迈所处年代,战乱频仍,干戈扰攘,人民备尝颠沛流离之苦,他本人亦曾出使金国,遭受身羁异地的痛苦,因而对妻离子散的人间悲剧倾注了无限同情,往往形诸笔墨,编成一段段事类情同的故事。至于奸人卖情扎囤,实属城市犯罪新形式。阴谋轻易得手,效法者必多。洪迈多方搜集,反复描写,既可充新闻报道,又能警醒世人,免蹈覆辙。而"三言""二拍"对上述两类题材多所吸取,主要是着眼于其中巨大的悲欢离合情感容量和变幻莫测的诡诈人心。与原作的直

---

① 这里借用的是弗·普罗普《神奇故事的转化》中的两个概念,此文见《俄国形式主义文论选》,中国社会科学出版社,1989年。

面人生、凸现主题相比,它们更注重情节跌宕起伏的观赏性。因此,"三言""二拍"之于《夷坚志》,并非仅仅抽引出一系列叙事范型。在情节趋于模式化的同时,它又增加了细节描写的密度,从而充实了叙述的时空背景,扩展了主题,使得相似的情节常听常新。这也表明,叙事范型其实是一个有待实现的基本意念。

作为叙述方式另一层含义的结构布局,就是实现上述意念的重要手段。决定笔记小说与话本小说采用不同叙述方式的关键因素是它们不同的接受方式。笔记小说是书面文学,只供阅读;话本虽然也能印行为读物,尤其是"三言""二拍",可以说就是为了阅读而编印的,但与说书艺术的联系及"看官"的听讲习惯,却使它有别于纯粹的书面文学。

表面上看,笔记小说与话本小说在叙述时间的处理上并无二致。它们通常都以概述开篇,对现实时间作了极大的紧缩,一旦进入当前故事或核心情节,则放慢叙述速度。区别也逐渐明显,突出的标志是篇幅。笔记的篇幅一般很短,"三言""二拍"所用《夷坚志》,长者如《杨抽马》《王朝议》等,也不过千余字。相反,话本小说都长达数千或万余字。在基本情节大体相同的情况下,笔记小说的叙述速度显然要比话本小说快得多。即使是人物对话,笔记小说依然要加以缩写,话本小说则不然,对人物语言的完整"记录",几与现实时间吻合。更有一些细节,"说时迟,那时快"。因此,笔记小说的叙述时间从总体上讲是小于现实时间的,而话本小说却常常有等于或大于现实时间的叙述。重要的是,叙述时间与接受时间相关联,必然会引发叙述方式的变化。笔记小说精简,能在短时间内一览无余。略有不解,还可以反复检读。而话本小说篇幅既长,要首尾兼顾,必须条理清楚。尤其在书场上,作为一次性表演艺术,说书人虽然会适时重复已过情节,但为了抓住听众,叙述的主次分明、先后有序,还是基本条件。所以,《夷坚丙志》卷三《杨抽马》罗列杨的多件奇术异事,到了《二刻拍案惊奇》中,就只强调其中之二如篇目所示——《杨抽马甘请杖　富家郎浪受惊》。而《夷坚志》中的一些倒叙,在"三言""二拍"中也往往被理顺为依次讲述的正叙。如《徐信妻》叙徐信携妻少憩茶肆,旁一人窃视其妻。原来,徐妻正是此人值金戎之乱失散之妻。徐固慷慨义士,同意此人会见其妻。殊料此人别娶之妻,又正是徐遭乱所失之妻。于是,四人相对凄婉,各复其故。在这里,叙述是以邂逅相会为起点的,两人的失妻皆出于当事人回忆,相当于倒叙。《范鳅儿双镜重圆》却是先详叙徐信失妻再娶,再写邂逅相会,使故事主干围绕徐信呈正叙状态。又如《解洵娶妇》叙解洵因战乱身陷北地,后间关得归。见其兄,言及另娶妻及赖以回归事,是人物倒叙经历。而《程元玉店肆代偿钱》,也将这一倒叙理顺为正叙,由其妾助归依次叙及兄弟相会。相比之下,《夷坚志》的叙述集中紧凑,"三言""二拍"的叙述清晰舒展。显然,后者更便于听众把握。

需要说明的是,笔记小说中的倒叙,并不是叙述者有意错乱时序的结果,它通常通过人物的回忆来展开,实际上还处于整体正叙的框架包容下。这就难免造成叙述角度的矛盾,一个人物的自叙,往往不知不觉中变成了第三人称全知角度的介绍,如《临安武将》中院长的讲述作为情节主体就超越了他自己的闻见,进而超越了叙述者"向士肃"的双重束缚。如果这种不自觉变为自觉,无疑会是小说叙述上的革新。可惜这一革新在当时还不可能发生。而即便是这种不纯粹的倒叙,也往往被话本理顺,鲜明地体现出古代小说与现代小说的差别。

另一点需要说明的是,并不是笔记中所有的倒叙都被话本改为正叙,前揭《顾阿秀喜舍檀那物 崔俊臣巧会芙蓉屏》就移植了《王从事妻》的倒叙。有趣的是,明末另一话本小说集《石点头》之《王孺人离合团鱼梦》在采用此篇时,因篇幅大加扩展,就改为正叙了。甚至偶尔还有话本将笔记的正叙改为倒叙的。如《拍案惊奇》之《恶船家计赚假尸银 狠仆人误投真命状》正话据《夷坚志补》卷五《湖州姜客》改写。原作叙卖妻小贩因与王生争执,被殴几死。王生恐惧,待其复苏,礼送之。小贩与舟子道及此事,舟子遂生心骗得小贩东西,谎称其已死,敲诈王生。而话本略去小贩与船家相遇一段,径述船家前来敲诈,直到最后小贩再次行商过此,真相才大白。不过,话本将小贩与船家相遇的真实情况从容补叙,主要似乎还不是为了改变叙述时间,而是为了获得诡秘的审美效果悬念。

事实上,是否有意设置悬念,也是笔记小说与话本小说叙述上的区别。笔记小说的叙述风格不疾不徐,虽也追求神龙见首不见尾的韵味,但更重视的是整个事件的奇特怪异。如果它有引逗读者急于阅读下去的悬念,完全是自然呈现的结果,至少不像话本那样,把悬念作为整个结构的关键,如《王朝议》叙奸人诱骗,完全按照事态发展,层层递进,人们读至结尾,才知通篇所写,都是骗局。而《沈将仕三千买笑钱》袭用此篇时却预先就声明有一个骗局,读者充沛的接受兴趣正贯穿在悬念设置与解开的过程中。

在叙述中,洪迈尽量隐匿了作者的态度,除少数作品在结尾处偶加议论外,一般只是不动声色地交代一个故事。因为笔记小说的读者主要是文人学士,无需作者饶舌而能自会其意。话本小说的接受对象多为世俗群众,作者就不免夹叙夹议。在"三言""二拍"中,作者不但在开头、结尾阐明自己的观点,叙述过程中也常常跳出来发一通评论。《恶船家计赚假尸银 狠仆人误投真命状》叙及王生被船家以假尸敲诈后,作者就站出来提醒看官,王生该焚尸灭迹:

> 看官听说,王生到底是个书生,没甚见识。当日既然买嘱船家,将尸首载到坟上,只该聚起干柴,一把火焚了,无影无踪,却不干净?只为一时没有主意,将来埋在地中,这便是斩草不除根,萌芽春再发。①

这种议论在《夷坚志》中是断乎没有的,它缩短了叙述者与接受者的距离,使接受者了无障碍地去体会故事的真义。

当然,不可能有完全超然的叙述态度。作者情感的介入只是程度上的差异,更准确地说,只是表现形态的差异。但无可否认,这种差异隐含了诸多技巧。从现代叙述学角度看,《夷坚志》是展示性的,"三言""二拍"是讲述性的。前者是客观叙述,后者更多主观色彩。相当多的小说理论家认为展示比讲述更可取②。笔者无意借此抬高《夷坚志》的叙述方式,只是想指出,那种把《夷坚志》仅视为一堆材料或故事汇编的观点③是值得商榷的,它抹杀了《夷坚志》固有的艺术性。在牵涉文体比较时,这样的偏见尤其应避免。

(四)故事的价值

进一步比较《夷坚志》与"三言""二拍",会发现一个有趣的现象,"三言""二拍"对原作虽多所增益,却极少添加新的人物和情节线索。换言之,它并没有大幅度扩展原作的社会冲突,这就使我们有必要重新审视故事的价值。因为它们的编撰成书相距数百年,却能通过相同的故事表现不同时代的精神风貌,确实是令人深思的。

造成上述现象的原因很复杂。首先,宋以后中国社会有着更为鲜明的连贯性、一致性。发生在宋代世俗社会的故事完全可能在明代重演。至少在"三言""二拍"编撰者心目中,故事的年代并不重要。如凌氏在《恶船家计赚假尸银》中,顺手就将时间确定在"国朝成化年间",表明他在改编《夷

---

① 凌濛初《拍案惊奇》,齐鲁书社,1995年,第194页。
② 参见韦恩布斯《小说修辞学》,广西人民出版社,1987年,第25页。
③ 参见李剑国《宋人小说巅峰下的徘徊》,《南开学报》1992年第5期。

坚志》时,不是把它作为历史题材来处理,而有意将其当成现实题材来表现。

其次,民族心理的连贯性与一致性也是故事传承中的稳定剂。《杨思温燕山逢故人》继承《太原意娘》中蕴含的民族感情,颇受论者称赞。不过,在我看来,大动乱年代,人们所承受的精神痛苦和道德压力,是更具历史普遍性的主题,也是这一伤感故事历久弥新的根本原因。如果我们把小说中的故事看成社会生活与民族心理的载体,看成"经过精心组织而成为完整的一系列相互关联的情感体验",《夷坚志》的首创之功就不应低估。如前举《蔡州小道人》叙棋童不甘卑微,挟艺出游,在辽京巧胜女国手,得娶佳偶,既表现了市民的心高气胜,又寓含着特定的民族思想。《拍案惊奇》卷二《小道人一着饶天下　女棋童两局注终身》对前者大加弘扬,对后者略有淡化,竟至让棋童留居辽国,享尽荣华。这实因时过境迁,宋代民族创伤不复记忆,无烦苛求。但变原作主人公的放诞疏狂为油滑鄙俗,则殊不足道。倒是当今一些影视作品,感叹晚清贫弱,战场输于洋人,乃在拳坛武林,大显威风,寻求心理平衡,不失棋童风格。唯同类情节,一用再用,徒令人以为东施复活、阿Q还魂。而反观《蔡州小道人》,创意在先,设想自奇,实非效颦者可同日而语。

对于故事在小说中的地位,小说理论家一向给予高度的重视。佛斯特甚至认为"故事是小说的基本面,没有故事就没有小说。这是所有小说都具有的最高因素"[①]。至少对古代小说来说,故事确实是创作的核心。因此,我们完全有理由把故事当作一个相对独立的文学本体范畴来分析。小说家正是通过对故事的采撷和编织,创造出与众不同的艺术世界。例如《夷坚丙志》卷一四《王八郎》的故事就很有深度:

> 唐州比阳富人王八郎,岁至江淮为大贾。因与一倡绸缪,每归家,必憎恶其妻,锐欲逐之。妻,智人也。生四女,已嫁三人。幼者甫数岁,度未可去。则巽辞答曰:"与尔为妇二十余岁,女嫁有孙矣。今逐我安归?"王生又出行,遂携倡来。寓近巷客馆,妻在家稍质卖器物,悉所有藏箧中,屋内空空如窭人。王复归见之,愈怒,曰:"吾与汝不可复合,今日当决之。"妻始奋然曰:"果如是,非告于官不可。"即执夫袂走诣县。县听仳离,而中分其赀产。王欲取幼女,妻诉曰:"夫无状,弃妇婴

---

① E.M.福斯特《小说面面观》,花城出版社,1981年,第21页。

倡。此女若随之,必流落矣。"县宰义之,遂得女而出居于别村。买瓶罂之属,列门首,若贩鬻者。故夫它日过门,犹以旧恩意,与之语曰:"此物获利几何,胡不改图?"妻叱逐之,曰:"既已决绝,便如路人。安得预我家事。"自是不复相闻。女年及笄,以嫁方城田氏,时所蓄积已盈十万缗,田氏尽得之,王生但与倡处,既而客死于淮南。后数年,妻亦死,既殡将改葬。女念其父之未归骨,遣人迎丧。欲与母合祔,各洗涤衣敛,共卧一榻上。守视者稍息,则两骸已东西相背矣。以为偶然尔,泣而移置元处,少顷又如前。乃知夫妇之情,死生契阔,犹为怨偶如此,然竟同穴焉。①

整个故事曲尽人情,尤其突出的是塑造了一个颇具智慧的中年妇女形象,为古代小说所罕见。不过,《二刻拍案惊奇》卷六《李将军错认舅　刘氏女诡从夫》用此篇为头回,却仅从夫妇失和着眼,开掘尚浅。其正话乃据《剪灯新话》卷三《翠翠传》敷演离散夫妻精灵还归一处事,恰如《情史》卷一四所评"似涉小说家套数",了无新意。因思凌氏若能将此两篇颠倒用之,以《翠翠传》为头回,以《王八郎》为正话,打破大团圆心理蔽障,或许是可以翻成一篇有新意的小说。这并非苛求,如他在《顾阿秀喜舍植那物》采用《王从事妻》为头回时,就声称"那王夫人虽是所遭不幸,却与人为妾,已失了身,又不曾查得奸人跟脚出,报得冤仇"。所以,他才将"又全了节操,又报了冤仇,又重了夫妻"的崔俊臣巧会芙蓉屏故事作为正话。他容不得一点所谓"美中不足"。然而,明末天然痴叟的《石点头》却把《王从事妻》扩展为题为《王孺人离合团鱼梦》的完整话本。天然痴叟虽也批评王夫人的失节,甚至让其至死为此自责,但有关描写仍细腻生动地表现了女主人公的心理矛盾,并从其寻死不得和为报仇忍辱苟活两方面,称其"被掠从权,未为不足"。这样的思想,自然比凌濛初的观点通达些。可见,素材运用的水平高低,与作者的思想水平是成正比的。

从总体上说,"三言""二拍"是极大地发掘了《夷坚志》的积极意义的,使之与话本小说形成了一种互文性的关系。如前所述,它们的编撰者在《夷坚志》众多作品中,特重与市井社会有关的题材,就显示了一种新的识见。而在对具体故事的改造中,亦多有发明。如《满少卿饥附饱飏　焦文姬生仇死报》头回据《夷坚甲志》卷二《陆氏负约》,虽然沿袭了原作陆氏改

---

① 洪迈《夷坚志》第二册,中华书局,1981 年,第 484 页。

嫁所遭报应,但凌氏又宕开一笔,发了一通关于男女不平等的议论,足资读者深思。又如《二刻拍案惊奇》的《王渔翁舍镜崇三宝　白水僧盗物丧双生》正话采用《夷坚支戊》卷九《嘉州江中镜》,将原作固有情节充分展开,使各色人等争夺宝镜的描写极富象征性,堪称佳作。

由于笔记小说与话本小说有不同的审美追求,对故事意义的揭示也不尽相同。笔记小说常直录其事,少有议论,其底蕴深邃专一,却只求读者意会,并不强加于人。话本小说则不然,其故事结构往往体现出明确的、顽强的目的性,所有描写都被纳入劝诫的框架中,以致因果报应故事连篇累牍。《夷坚志补》卷一六《嵊县山庵》和《夷坚支丁》卷六《证果寺习业》故事相类,而《二刻拍案惊奇》之《鹿胎庵客人作寺主　判溪里旧鬼借新尸》特取前者,很重要的原因就是它能显明鬼魂报应。当然,在具体叙述中,因为作者随时介入,又不免使话本逸出单一主题的限制。如《二刻拍案惊奇》之《张福娘一心贞守》正话用《夷坚志补》卷一〇《朱天锡》,原作只突出万里之遥的巧合,而凌氏将巧合强调为定数,又不时插入"人生莫作妇人身""不孝有三无后大"等议论,使故事具有多方面的借鉴意义。这是从好的方面说的。从不好的方面说,如洪迈的《杨戬馆客》终究还以讥刺权贵为宗旨,到了《任君用恣乐深闺》中,就专注于男女媾合。其立言倡论,固亦道貌岸然,而具体描写,不啻为荡检逾闲者张目。思想混乱,真不可收拾。

笔记小说与话本小说不同的审美追求还表现在对故事真实性的处理上。洪迈并不反对虚构,但他的小说观大抵如清代纪昀所说,"小说既述见闻,即属叙事,不比戏场关目、随意装点"①。所以,为了表明故事的有根有据,他常在篇末写明故事的讲述者,其中有的就是讲述者的亲身经历(参阅《朱天锡》《丁提科名》《嘉中江中镜》诸条)。他将故事置于一个讲述者之下,减弱了全知视角的假定性,使得铺叙既不可能也无必要。这与话本形成鲜明对比,如《朱天锡》既从"景先说"叙述开来,对景先不熟知的福娘留蜀经历,就未加展开,令人感到作者的诚实不欺。而《张福娘一心贞守》则未受这一叙述角度的限制,补足了女主人公这一段曲折经历。这并不是说话本就不讲究真实了。事实上,冯、凌二氏都很强调故事的真实。只是为了劝戒和娱乐的双重目的,他们会对"真"进行加工。因此,大团圆的结局在"三言""二拍"中反复出现。《吴小员外》中当垆女抑郁而死,留给读者的只是遗憾,《金明池吴清逢爱爱》却让她成就了一桩美满姻缘;《恶船家计赚假尸

---

① 纪昀《阅微草堂笔记》卷一八,凤凰出版社,2007 年,第 375 页。

银》也把原作王生之死改为昭雪出狱,闭户读书,终成进士的幸福结局。如此等等,不一而足。姑置这种改动的思想性不论,单就真实性而言,似不如《夷坚志》切实可信。

笔记小说是我国古代文学特有的一个包罗广泛的文体总称,其中的叙事写人之作,一向是被视为小说的。但从现代文体观来看,笔记小说既以"记"为主,铺张虚构,固非所长,而有闻即录,长短随宜,却近乎散文。也许可以说,笔记小说是两栖于散文与小说之间的一种独立文体。相比之下,话本小说更接近现代小说。把两种不同文体的作品混为一谈,甚至强分轩轾,实在是两不相宜的。只有充分考虑了笔记小说与话本小说的文体特点,它们的比较研究才会更科学,也更有意义。这就是"三言""二拍"对《夷坚志》的继承与改造所给予我们的启发。

附论 关于文言小说的新变化

1. 传奇的演进与"新体传奇"

宋元以后,传奇小说发生了新变化。这种变化主要表现为篇幅加长、诗歌增加等。如《娇红记》就是另一篇值得重视的传奇小说,在《娇红记》之前,还没有哪一篇文言小说以两万余字的篇幅,细致地展现了一对恋人的爱情悲剧。这当然不只是字数的多寡问题,而是与对人物复杂性格的表现、曲折情节的展开、生动细节的描写联系在一起的。在娓娓道来的叙述语调中,悬念的设置、情境的烘托都得以从容安排,因而它实质上反映了小说艺术水平的飞跃,这就是《娇红记》在后世产生了广泛影响的重要原因。受其影响,明初的文言小说集《剪灯新话》及稍后的《剪灯余话》,无论从遣词谋篇到内容风格,都有《娇红记》的影子,《剪灯余话》中的《贾云华还魂记》可看作《娇红记》的翻案作品。另外,明代出现了一批中篇传奇,如《天缘奇遇》《三妙传》等,也是从《娇红记》发展下来的。《娇红记》中才子佳子互相倾慕、诗词传情、私订终身、中遭小人播弄的情节,是才子佳人模式的定型,更为许多小说所模仿。

宋元以后的传奇小说与通俗小说的关系也很密切,出现了一些通俗传奇集,如刘斧《青琐高议》、皇都风月主人《绿窗新话》、罗烨《醉翁谈录》等。与以往的传奇小说有所不同,这些传奇集与说话艺术可能多多少少有些关联,在题材与表现方式上也接近通俗小说,可以称之为"通俗传奇"。关于这几部小说集,本书在中编再作论述。简而言之,宋代传奇小说在唐代传奇的基础上,确实是有所发展的,这种发展既表现在文体上,也表现在内容上。不过前者可能更多地偏于雅的方面(如诗歌运用更多),而后者则更多地偏于俗的方面,这暴露了文言小说自身难以解决的矛盾。但这种矛盾还没有发展到顶点,毋宁说,它还有一定的发展空间,明代的新体传奇小说就是它进一步发展的成果。

明代初期出现的《剪灯新话》实际上继承了宋元以来传奇小说的新变。而在它影响下,又直接产生了《剪灯余话》《觅灯因话》这两部小说集。"三灯"的出现,表明文言小说在白话小说蓬勃发展的形势下,仍然在努力寻找自己的出路,尽管这种努力最终可能只不过证明了文言小说确实难以与白话小说相抗衡,但我们还是不应忽视它们的存在,这是因为,"三灯"及稍后出现的传奇小说,一方面自身受白话小说影响而日益世俗化,另一方面也多少影响了同时的白话小说。换言之,这些新体传奇小说也是完整的小说发展生态的有机组成部分。

《剪灯新话》从一个独特的角度昭示了小说发展进入了新的阶段。凌云翰在为《剪灯新话》所作序中说:"昔陈鸿作《长恨传》并《东城父老传》,时人称其史才,咸推许之。及观牛僧孺之《幽怪录》,刘斧之《青琐集》,则又述奇纪异,其事之有无不必论,而其制作之体,则亦工矣。乡友瞿宗吉氏著《剪灯新话》,无乃类是乎?"指出了《剪灯新话》与唐宋传奇的关系。他称赞"宗吉之志确而勤,故其学也博;其才充而敏,故其文也赡","矧夫造意之奇,措词之妙,粲然自成一家言,读之使人喜而手舞足蹈,悲而掩卷堕泪者,盖亦有之",则正面肯定了瞿佑在小说创作中的贡献。不过,瞿佑的贡献不只是体现在他的才情上。更重要的是,他的创作从某种意义上也成了小说史的一个标志性事件。从创作心态看,他有矛盾的一面,在《剪灯新话》自序中,他说自己热衷于小说创作,"蓄积于中,日新月盛,习气所溺,欲罢不能,乃援笔为文以纪之",但书"既成,又自以为涉于语怪,近于诲淫,藏之书笥,不欲传出",而"客闻而求观者众,不能尽却之"。① 这种矛盾心理在后来的小说家中间也是相当普遍存在的。从《剪灯新话》的具体作品来看,与同时的白话小说在趣味上也有相通之处,如书中的《申阳洞记》描写了一个猴精的形象,在精怪形象的塑造方面,可以说与话本小说《陈巡检梅岭失妻记》处于同一水平上。《剪灯新话》还有不少爱情题材的作品,写得缠绵悱

---

① 凌云翰序和瞿佑自序俱见前引《剪灯新话》,上海古籍出版社,1981年,第3—4页。

侧,有多篇作品为后世的话本小说家看中,加以改编,如《翠翠传》被凌濛初改写入《二刻拍案惊奇》卷六,《金凤钗记》改写入《拍案惊奇》卷二三,《三山福地志》改写入《二刻拍案惊奇》卷二四,《寄梅记》被周清源改写为《西湖二集》卷一一《寄梅花鬼闹西阁》。这些都显示了文言小说与白话小说日益密切的关系。

从宋元开始的传奇新变,经《剪灯新话》等传奇集的推波助澜,加上白话小说的影响,明代中叶新体传奇小说可以说已经成型,涌现了一批作品。新体传奇小说的特点是:一、篇幅加长,少则数千言,多则万余字。二、篇中夹杂了大量的诗词韵文,孙楷第《日本东京所见小说书目》说:"凡此等文字皆演以文言,多羼入诗词,其甚者连篇累牍,触目皆是,几若以诗为骨干,而第以散文联络之者。"故孙氏称之为"诗文小说"。三、题材多以恋爱为主,间有艳情描写。

《钟情丽集》《怀春雅集》《寻芳雅集》《天缘奇遇》《辽阳海神传》《花神三妙传》《刘生觅莲记》《金兰四友传》《李生六一天缘》《传奇雅集》《双双传》《五金鱼传》《龙会兰池录》等都是新体传奇小说的代表作。这些作品大都以描写爱情为主。《钟情丽集》叙琼州辜辂奉父母之命,至表叔家探亲,与表妹黎瑜情投意合,遂相幽会。后经祖姑提媒,订立婚约。但生父逝后,女家复将黎瑜改许富家符氏。黎瑜不从,以死抗争。辜生闻讯,与瑜相约私奔,自行合卺之礼。符家告官,官判黎瑜随父回家。辜生在祖姑帮助下,再次出逃。最终征得表叔同意,喜结良缘。《刘生觅莲记》叙书生刘一春与碧莲私相爱恋,其间有小人拨乱,但最后与《钟情丽集》一样,也是有情人终成眷属的大团圆。

在艺术上,新体传奇小说较旧的传奇小说也有发展。由于篇幅加长,这些小说一般情节都较为曲折,在叙述方法上受到了白话小说的影响。如《刘生觅莲记》一开始写刘生从精于术数的知微翁,求今岁之数。老人书以二句"觅莲得新偶,折桂获灵苗"。刘生初不解其意,后负笈远游,于落石村金维贤家得识碧莲,意谓与知微翁所说不差。这种预示笔法,在白话小说中相当多见,本篇学而习之,使篇幅有所增长、情节相应曲折的传奇小说,在结构上可以更加紧密,并造成吸引读者的悬念。在人物语言上也是如此,《刘生觅莲记》叙刘生、碧莲历经波折,终于成婚。

暨晚,生谓莲曰:"相会周年,今偿此志,想前度刘郎今又来矣。今晚比觅莲亭上之夜更又何如?"莲曰:"又觉胜之。盖假山之会面矣,而未心也,琴箫之会心矣而未真也;荷亭之会真矣,而未亲也。至今合卺之会,则……"莲笑而不竟其言。生曰:"何故?"莲曰:"自君子别后,肠一日而九断,心一夜而九飞,引领成劳,破粉成痕,立影对孤躯,含啼私自怜耳。别久而有今日,思久而有今宵,何谓不乐也?"莲又指自身曰:"此无足贵,但虽与君子幽会多时,而此身仍为处子,亦足以少盖前愆。使前日惟欲是从,则今宵之愧心愧容,无由释矣。"①

其中碧莲欲言又止与刘生的追问,就是文言小说中不多见的对话情景。

从描写上看,新体传奇小说也更为细腻了。如《刘生觅莲记》对作为人物活动场景的花园就有详细的描写:

……奇花异卉,怪石丛林,种种咸具,人羡之曰"小洛阳"。而其中有迎春轩。……窗外有修竹数竿,竹外有花坛一座,其侧有二亭,一曰晴晖,一曰万绿。亭畔有碧桃、红杏数十株。转南界一小粉墙,墙启一门,虽设而不闭者。墙之后,垒石为假山,构一堂,匾曰"闲闲"。旁有小楼,八窗玲珑,天光云影,交纳无碍。过茶藨架而西,有隔浦池。池之左,群木繁茂,中有茅亭,匾曰"无暑"。池之右,有玉兰数株,筑一室曰"兰堂"。斜辟一径,达于池之前,跃鱼破萍,鸣禽奏管,凡可玩之物,无不夺目惬情。尽园四围,环以高墙,凡至园者,必由迎春轩后一门而入,匾其门则"清闲僻静",极乐世界也。②

此种笔墨,美轮美奂,颇具《红楼梦》描写大观园的神韵风致。

在小说创作全面繁荣的局面下,传奇小说的传播也蔚然成风,《国色天香》《绣谷春容》等通俗类书都收录了不少新体传奇小说,而据认为是冯梦龙所编《情史》以及王世贞所编《艳异编》等,则新旧并陈,收罗宏富,也反映了当时的阅读时尚。

新体传奇小说虽然在明代盛极一时,但很快就沉寂下去了。究其原因,恐怕还在于游移于雅、俗之间的特性,导致其两不相宜。一方面,它继承和发展了传奇小说固有的文体特点,有些方面如在文词华美、韵散结合上,有过之而无不及,这可能使得它不如白话小说更容易亲近一般大众。另一方

---

① 此据《万锦情林》,《中国古代孤本小说》第 4 册,春风文艺出版社,1995 年,第 321 页。按,《万锦情林》之《刘生觅莲记》题《觅莲记传》,《绣谷春容》题《刘熙寰觅莲记》。《万锦情林》与《绣谷春容》在文字上多有出入,另外,《国色天香》也收有此作。按陈益源说,《国色天香》最为完整,《万锦情林》和《绣谷春容》各有删节。见其《元明中篇传奇小说研究》,华艺出版社,2002 年,第 233—234 页。

② 据《万锦情林》,《中国古代孤本小说》第 4 册,春风文艺出版社,1995 年,第 246—247 页。

面,它们又受话本小说影响极大,甚至其作者有时就视此类小说为话本的,如《国色天香》中的《刘生觅莲记》:

> 素梅亦悉莲之情,恐蹈他故,再四以言语而试之。莲笑曰:"汝欲以绛桃碧桃、三春三红之事待我,如伤风败欲诸话本乎?"
>
> ……因至书坊,觅得话本,特持与生观之。见《天缘奇遇》,鄙之曰:"兽心狗行,丧尽天真,为此话本,其无后乎?"见《荔枝奇逢》及《怀春雅集》,留之。私曰:"男情女欲,何人无之? 不意今者近出吾身,苟得遂此志,则风月谈中增一本传奇,可笑也。"送友胜出,愈醉不可及,复隐几而卧。
>
> 莲失色曰:"如是哉,如是哉! 只此可作一番话本。非一心一口,何由一词一意? 得君子如此,不负平生。今当以二词为一阕,名曰《同心结》。"①

而作为"话本",它们又与传统文言小说的读者趣味相背离。它们的爱情描写虽努力符合礼教,但终究不登大雅之堂。与此相关,狭窄的取材范围,也使得它们无法展现出更广阔的社会容量。虽然在当时的传奇小说创作中,也有像宋懋澄的《负情侬传》《珍珠衫》这样反映社会现实、描写市井生活的作品,但这类作品不是主流。而在白话小说公案、历史、神魔等种种题材争奇斗艳的局面下,新体传奇小说拘守才子佳人一类题材,势必脱离了对小说来说必不可少的市场。而对新体传奇小说而言,恐怕也是非不为也,是不能也。很难想象那种优雅的文体如何适应千变万化的世俗生活。所以,新体传奇小说最终还是不敌白话小说,在后者的蓬勃发展中逐渐黯然失色。

2."文言话本小说"

在文言小说(传奇小说)与话本小说之间,还有一种中间形态的存在,即从语言的角度看,采用的是文言;从小说的体制上看,采用的又是话本小说的体制。

在《清平山堂话本》中,有一篇《蓝桥记》,全文一千余字,为明其体制特点,移录于下:

入话:

---

① 据《万锦情林》,《中国古代孤本小说》第4册,春风文艺出版社,1995年,第270、278、296页。

洛阳三月里,回首渡襄川。

忽遇神仙侣,翩翩入洞天。

裴航下第,游于鄂渚,买舟归襄汉。同舟有樊夫人者,国色也。虽闻其言语,而无计一面,因赂侍婢袅烟,而求达诗一章。曰:

同舟胡越犹怀思,况遇天妃隔锦屏?

倘若玉京朝会去,愿随鸾鹤入青冥!

诗久不答,航数诘问。袅烟曰:"娘子见诗若不闻,如何?"航无计,因自求美醖、珍果献之。夫人乃使袅烟召航相识。及帷,但见月眉云鬟,玉莹花明,举止即烟霞外人。

航拜揖。夫人曰:"妾有夫在汉南,幸无谐谑为意!然亦与郎君有小小姻缘,他日必得为姻懿。"后使袅烟持诗一章答航。曰:

一饮琼浆百感生,玄霜捣尽见云英。

蓝桥便是神仙宅,何必崎岖上玉京?

航览诗毕,不晓其意。后便不复见。

航遂饰装归辇下,道经蓝桥驿,偶渴甚,遂下马求浆而饮。见一茅舍,低而隘,有老妪缉缀麻苎,航揖之,求浆。妪呼曰:"云英,擎一瓯浆来,郎君要饮!"航讶之,因忆夫人"云英"之句。俄于苇箔之中,出双玉手,授瓷瓯。航接饮之,真玉液也,觉异香透于户外。因还瓯,遽揭箔,睹一女子,华容艳质,芳丽无比,娇羞掩面蔽身,航凝视不知移步,因谓妪曰:"果愿略憩于此!"妪曰:"取郎君自便。"航谓妪曰:"小娘子艳丽惊人,愿纳厚礼娶之,可乎?"妪曰:"渠已许嫁一人,但未就耳。我今老而且病,只有此女孙。昨日神仙遗药一刀圭,但须得玉杵白捣之百日,方可就吞。君若的欲要娶此女,但要得玉杵白,吾即与之,亦不顾其前时许人也,其余金帛无用。"航谢曰:"愿以百日为期,待我取杵白至。莫更许他人!"妪曰:"然。"

航遂怅恨而去。及抵京师,但以杵白为念。若于喧哄处,高声访问玉杵白,皆无影响。众号为"风狂"。如此月余,忽遇一货玉老翁,曰:"近得虢州药铺卞老书,言他有玉杵白要货。闻郎君恳求甚切,吾当为书而荐导之。"航愧谢,珍重持书而去,果获玉杵白,遂持归,至蓝桥昔日妪家。

妪大笑曰:"有如此之信上,吾岂爱惜一女子,而不酬其劳哉!"女微笑曰:"虽付如此,然更用捣药百日,方可结姻。"妪于襟带解药,令航捣之。航昼捣而夜息,夜则妪收杵白于内室。航又闻杵声,因窥之,有玉兔持杵,雪光耀室,可鉴毫芒。于是,航之意愈坚。

> 百日足，姬吞药，曰："吾入洞，为裴郎具帷帐。"遂挈女行，谓航曰："但少留此。"须臾，车盖来迎。俄见大第，锦绣帷帐，珠翠耀目。仙童、侍女引航入帐就礼讫，航拜姬感谢。乃引见诸亲宾，皆神仙中人，后有一女子，鬟髻，衣霓裳，称是妻之姊。航拜讫，女曰："裴郎不忆鄂渚同舟而抵襄汉乎？"航问左右，言："是小娘子之姊云翘夫人，刘纲天师之妻，已是高真，为玉皇女史。"
>
> 姬遂遣航将妻入玉峰洞中，琼楼珠室而居之，饵以绛雪瑶英之丹，逍遥自在，超为上仙。正是：
>
> 玉室丹书著姓，长生不老人家。①

很明显，它的结构与一般的话本小说相似：前面标称了"入话"，篇末也以话本小说常采用的"正是"结尾。

但是，如果我们拿这篇小说与裴铏《传奇》中的《裴航》对比，可以看出，前者的文字几乎都是从后者搬用过来的，情节也未见发展，篇幅反而略有缩减。不过，《传奇》中《裴航》的开头、结尾是：

> 唐长庆中，有裴航秀才，因下第游于鄂渚，谒故旧友人崔相国。……姬遂遣航将妻入玉峰洞中，琼楼殊室而居之。饵以绛雪琼英之丹。体性清虚，毛发绀绿，神化自在，趋为上仙。至太和中，友人卢颢，遇之于蓝桥驿之西，因说得道之事。遂赠蓝田美玉十斤，紫府云丹一粒，叙语永日，使达书于亲爱。卢颢稽颡曰："兄既得道，如何乞一言而教授。"航曰："老子曰，'虚其心，实其腹。'今之人，心愈实，何由得道之理。"卢子憟然，而语之曰："心多妄想，腹漏精溢，即虚实可知矣。凡人自有不死之术，还丹之方，但子未便可教。异日言之。"卢子知不可请，但终宴而去。后世人莫有遇者。②

这种结构完全是文言传奇常见的形式。特别是结尾，还有一个裴航成仙后见卢颢事，游离于爱情主题之外，是话本小说一般不会采用的描写方式。由此可见，文言传奇小说与话本小说的差别可大可小，而体制是一个不可忽视的判断标志。类似的作品并不只此一篇，《清平山堂话本》中的《风月相思》等也属此类。

---

① 洪楩辑，程毅中校注《清平山堂话本校注》，中华书局，2012 年，第 101—103 页。程毅中在本篇校注中认为"说话人提纲式之简本，可以此为例"。
② 裴铏著，周楞伽辑注《裴铏传奇》，上海古籍出版社，1980 年，第 56 页。

需要说明的是,有的学者提出了所谓"文言话本小说"的观点,如林辰、苗壮主编过一套《孤本善本小说影印校点合刊——文言话本小说》(线装书局2003年,2函12册。上半部是校点,下半部是影印)。这部"文言话本小说"包括《浙湖三传奇》《三妙传锦》《双卿笔记》《双双传》《觅莲记传》《天缘奇遇》《娇红双美》《龙会兰池录》《贾云华还魂记》《钟情丽集》《金谷怀春》共11篇作品。该书序言称"文言话本体小说的诞生,是一种创新,是小说史的进步","是文言小说走出大雅之堂的一个长期的俗化过程"。不过,这些我们在前面称之为"新体传奇小说"的作品,是不是"文言话本小说",还值得进一步研究。

3. 融入话本小说中的文言小说

话本小说大量采用文言小说作本事出处,对于原作改动的幅度有大有小,有时文言程度较高,如《警世通言》中的《钱舍人题诗燕子楼》《宿香亭张浩遇莺莺》都是依托文言小说进行改编的,对原作语言风格保留较多。但也有些作品,在改编过程中,因具体的改编力度不同,造成同一篇话本小说文本中白话与文言成分同时并存。

《熊龙峰刊行小说四种》中有一篇《张生彩鸾灯传》,其中有一段描写女子垂青张生:

> 车中女子闻生吟讽,默念昔日遗香囊之事谐矣。遂启帘窥生,见生容貌皎洁,仪度闲雅,愈觉动情。遂令侍女金花者,通达情款,生亦会意。须臾,香车远去,已失所在。①

后面又有一段描写张生思念女子的:

> 说那女娘子被舜美撩弄,禁持不住。眼也花了,心也乱了,腿也苏了,脚也麻了,痴呆了半晌,四目相睐,面面有情。那女娘子走得紧,舜美也跟得紧,走得慢,也跟得慢,但不能交接一语。不觉又到众安桥,桥上做卖做买,东来西去的,挨挤不过,过得众安桥,失却了女手所在,只得闷闷而回。开了房门,风儿又吹,灯儿又暗,枕儿又寒,被儿又冷,怎生睡得。心里丢不下那个女娘子,思量再得与他一会也好。你看,世间有这等的痴心汉子,实是好笑。②

---

① 《熊龙峰刊行小说四种》,江苏古籍出版社,1990年,第2页。
② 同上书,第7页。

前一段文字较为文雅,后一段文字则极为白俗。这种前后不同的语言风格,与作品依据的文言小说原作有关。北宋无名氏有《鸳鸯灯传》,原文未见传本,仅《蕙亩拾英集》存有梗概。南宋陈元靓《岁时广记》卷一二《约宠姬》引《蕙亩拾英集》云:

> 近世有《鸳鸯灯传》,事意可取,第缀缉繁冗,出于闾阎,读之使人绝倒。今一切略去,掇其大概而载之云。
>
> 天圣二年元夕,有贵家出游,停车慈孝寺侧。顷而有一美妇人,降车登殿。抽怀袖间,取红绡帕裹一香囊,持于香上,默祝久之。出门登车,掷之于地。时有张生者,美丈夫贵公子也,因游偶得之,持归玩。见红帕上有细字,书三章。其一曰:"囊香著郎衣,轻绡著郎手。此意不及绡,共郎永长久。"其二曰:"囊里真香谁见窃,丝纹滴血染成红。殷勤遗下轻绡意,好付才郎怀袖中。"其三曰:"金珠富贵吾家事,常渴佳期乃寂寥。偶用至诚求雅合,良媒未必胜红绡。"又章后细书云:"有情者得此物,如不相忘,愿与妾面,请来年上元夜于相蓝后门相待,车前有鸳鸯灯者是也。"生咏叹久之,作诗继之。其一曰:"香来著吾怀,先想纤纤手。果遇赠香人,经年何恨久。"其二曰:"浓麝应同谅体腻,轻绡料比杏腮红。虽然未近来春约,也胜襄王魂梦中。"其三曰:"自得佳人遗赠物,书窗终日独无寥。未能得会真仙面,时赏囊香与绛绡。"翌年元宵,生如所约,认鸳鸯灯,果得之。因获遇乾明寺。妇人乃贵人李公偏室,故皆不详载其名也。①

《醉翁谈录》卷一"负心类"《红绡密约张生负李氏娘》前半部分与此大体相同而稍详,语言也为浅近文言。我们拿这一篇作品与《张生彩鸾灯传》对比,可以发现,《张生彩鸾灯传》中的文雅叙述,实与此相似,甚至有可能直接采自文言小说;而白俗部分,则应该是艺人或后世话本小说家添加改动的结果。

"三言"中的名篇《杜十娘怒沉百宝箱》语言风格似乎也略有不统一。前半部分有一段描写,叙述鸨母欲驱赶李甲,后与杜十娘商定十日为限,让李甲交三百两银子带杜十娘走。两人的对话,极为通俗,尤其是老鸨的话,粗鄙至极。而《杜十娘怒沉百宝箱》所依据的《负情侬传》中相应的部分,则相当简单。对比两段文字可以看出,《杜十娘怒沉百宝箱》对原作进行了较

---

① 兹据谭正璧编《三言两拍资料》上册,上海古籍出版社,1980年,第135页。

大的发挥,可以看得出改编者(也许就是冯梦龙)对妓院的熟悉,故对老鸨口吻的把握极为准确,令人如闻其声。而在后半部写杜十娘得知孙富阴谋时,《杜十娘怒沉百宝箱》与《负情侬传》同一处改动不大,相关文字的语言差别不大。事实上,与前半部分相比,《杜十娘怒沉百宝箱》的后半部分,尤其是结尾部分,文言成分略有增加,包括人称代词的使用("我"—"仆"、"你"—"汝")也微有区别。这或许是改编者在写作过程中,不自觉地又流露出了其文人化的语言风格。

五、话本小说的"韵散结合":以"三言"署名诗词为中心

"韵散结合"是中国古代小说,尤其是白话小说在叙事上的一个重要特点。对此,前修时贤多有论及,足资借鉴。然而,依笔者浅见,所谓韵散结合只是一个总体的表征,什么样的韵、散以及如何结合,尚应仔细区分。由于"三言"作品创作时间长,题材甚广,在话本小说的发展中具有一定的代表性,姑以其中署名诗词的运用为例,说明韵散结合其实涵盖着一个复杂的现象群,唯有逐一剖析,方能揭示其全部意义。

(一)"三言"诗词的分类与署名诗词的界定

"三言"中韵文并非只有诗词,还有骈赋、铭、赞、曲之类。它们见诸"三言",亦各有特点。如以功能论,骈赋主要用于背景烘托、形貌场面描写,比较单一。若以作品题材及创作先后论,与宋代有关的作品,颇多词作;曲则主要见于若干明代作品;诗却没有明显的时代特征,甚至让五、七言诗尚未成形的先秦时代的人物出口成章,动辄吟诵近体诗,也不足为奇,如《警世通言》之《俞伯牙摔琴谢知音》《庄子休鼓盆成大道》等(后来,毛宗岗在《三国志演义凡例》中批评"俗本"捏造汉人七律,"悉依古本削去,以存其真"①,表明了另一种态度。"三言"中的小说家似无此顾虑)。通观"三言"中的韵文,诗词蔚为大观,所以本章以诗词为重点,当不失韵散结合之概貌。

对"三言"中诗词做综合研究的专文似不多见,日本学者胜山稔《关于中国短篇白话小说的插入句》一文②非常细致地考察了《清平山堂话本》和

---

① 毛宗岗《三国志演义凡例》,丁锡根编《中国历代小说序跋集》中册,人民文学出版社,1996年,第917页。
② 胜山稔《中國短篇白話小說の插入句について》,日本《中央大学大学院论究》第27号,1995年3月25日发行。

"三言"文人创作诸篇"插入句"的形态与内容,很有参考价值。但是,如前所述,韵散结合涵盖了一个复杂的现象群,所谓"插入句"也是一个总体的、模糊的概念,即是说还有进一步区分研究的必要。

在笔者看来,如果把话本小说作为一种叙述文体来分析,其中的诗词实际上可以分为体制内的和插入的两种情形。

体制内的是指诗词与散体叙述相伴而生,互为补充,构成了一个不可分割的有机体。这又可从形式和内容两方面来分析。从形式上说,有些诗词其实是话本小说整体叙述方式的一部分,如加以删削,必损害文体的完整性。如《警世通言》之《蒋淑真刎颈鸳鸯会》有这样的叙述:

> ……因成商调《醋葫芦》小令十篇,系于事后,少述斯女始末之情。奉劳歌伴,先听格律,后听芜词……①

在这里,贯穿全篇的十首《醋葫芦》就不可删削。它们之于整个故事情节与人物描写,不是外在的、可有可无的点缀,而是说书人叙述方式的一部分。另外,在有些作品中,人物采用韵文道白的形式,与散体叙述相辅相成,这也是体制上的需要,如欲删削或更改,必然在文体上造成混乱甚至面目全非。宋人话本《快嘴李翠莲记》最为明显。"三言"中虽然没有这样典型的作品,但人物韵白仍随处可见。如《警世通言》之《玉堂春落难逢夫》中玉堂春忽用诗体语言痛斥亡八鸨子,略显突兀:

> 玉姐说:"列位,你既劝我不要到官,也得我骂他几句,出这口气。"众人说:"凭你骂罢!"玉姐骂道:
>
> 你这亡八是喂不饱的狗,鸨子是填不满的坑。不肯思量做生理,只是排局骗别人。奉承尽是天罗网,说话皆是陷人坑。只图你家长兴旺,那管他人贫不贫。八百好钱买了我,与你挣了多少银。我父叫做周彦亨,大同城里有名人。买良为贱该甚罪?兴贩人口问充军。哄诱良家子弟犹自可,图财杀命罪非轻!你一家万分无天理,我且说你两三分。
>
> 众人说:"玉姐,骂得勾了。"②

这一段痛斥采用韵文形式,效果极强,而在文体上,也与篇中其他"有诗为证"之类的韵文不同,后者删削,对文意无大碍,而此段韵白如加删削,上下文叙述无法连贯,人物的性格表现也会受到一些影响。

---

① 冯梦龙《警世通言》,北京十月文艺出版社,1994年,第609页。
② 同上书,第366—367页。

因此，从内容上看，作品中人物诗词也应视为体制内的作品，它们是故事本体的一部分。如《喻世明言》之《沈小霞相会出师表》中有几首主人公沈炼的诗，其中《塞下吟》之一被奸臣杨顺改窜，致使沈炼更遭严世蕃忌恨陷害。显而易见，此诗不同于篇首、篇尾及"有诗为证"等插入诗，它与沈炼的命运即故事本体完全是不可分割的。又如《警世通言》之《玉娇鸾百年长恨》，人物诗多达24首，且有一百余句的《长恨歌》。作者用心于此，当不下于杜撰情节。若删去这些诗歌，则此篇只能算粗陈梗概而已，观赏性将大大降低。还有些人物诗词虽与其命运联系不那么紧密，如《警世通言》之《白娘子永镇雷峰塔》中许仙两次作诗，即不甚符合其身份、修养、性格，纯系作者游戏之笔。但无论如何，只要系于人物名下，就与外在于故事本体的纯叙述层面的诗词不同。它们之于人物，一如其嬉笑怒骂，是其一种语言表现行为，而不是作者或叙述者的叙述行为，所以不能混为一谈。

真正的插入诗词应当指那些与故事本体只有松散联系的诗词，它们固然也程度不同地与作品构成一个整体，但并非完全不可分割的部分。比如一些篇首、篇尾诗词，一些作为评论、烘托性的"有诗为证"诗词等，当然也有着各自特殊的意义与功能，然而对它们进行增删改易，并不会从总体上影响该话本小说的情节，一般也不会影响主题。例如，《喻世明言》之《陈从善梅岭失浑家》应是承袭《清平山堂话本》之《陈巡检梅岭失妻记》而来，但其编者却对后者诗词大加改动，后者开篇诗原为七律，《喻世明言》仅节取后四句。类似的节取在全篇还有多首。另外，后者"天高寂没声""世路山河险"等诗则被完全删去，而结尾又增加了一首七绝"三年辛苦在申阳"。《喻世明言》之所以能对这些诗词加以改动而无损基本情节，原因就在于这些诗词与故事本体缺乏直接的、内在的联系，纯属插入之作。这样的插入诗词可能是就故事情境发挥而来，也可能与之毫无关系，或者带有一定的偶然性。如《警世通言》之《苏知县罗衫再合》开篇诗用白居易咏钱塘江潮七绝"早潮才罢晚潮来"①，同书《乐小舍拼生觅偶》开篇诗也是咏钱塘江潮的"怒气雄声出海门"，这两首诗互换位置，恐怕没有什么不可以的。《乐小舍拼生觅偶》中又引用了一首苏轼的看潮诗"吴儿生长狎涛渊"②，与内容有关，倒是不宜调换的。但此诗即使不用，也无大碍，因为仍属插入之作。

把话本小说中诗词分为体制内的与插入的两大类并非没有意义。因为

---

① 《白居易集》第二册，中华书局，1979年，第511页。原诗作"早潮才落晚潮来"。
② 《苏轼诗集》第二册，中华书局，1982年，第485页。《警世通言》"狎"作"押"，当为形误。

两类诗词的艺术功能不同,在创作上就必然存在不同的要求。如果笼统地评论它们形式和内容上的特点,势必掩盖上述不同。而这个问题在有关研究中带有一定的普遍性,不可忽视。

以上是就叙述层面作的划分。实际上,一般话本小说的诗词来源也不一样,"三言"正是如此。所谓来源,主要指的是创作与引用的区别。这同样是分析小说中诗词形式和内容特点应首先考虑到的。

创作诗词指的是小说作者依据作品情境同步写作的诗词,如《喻世明言》之《蒋兴哥重会珍珠衫》中有一首诗曰:

> 天理昭昭不可欺,两妻交易孰便宜?
> 分明欠债偿他利,百岁姻缘暂换时。①

此诗完全是对人物关系变化的阐发,无疑是作者特意为小说情节创作的。

又如《醒世恒言》之《薛录事鱼服证仙》,开篇词有"借问白龙缘底事?蒙他鱼服区区""庄周曾作蝶,薛伟亦为鱼"等句,皆关合下文故事,当然也是小说作者的创作。

不仅此类议论性的诗词,许多人物,尤其虚构人物的题咏,也多为作者代笔。如《醒世恒言》之《杜子春三入长安》,以唐传奇《续玄怪录》中《杜子春》为本事,其中有这样一段描写:

> 杜子春到明日绝早,就去买了一匹骏马,一付鞍辔,又做了几件时新衣服,便去夸耀众亲眷,说道:"据着你们待我,我已饿死多时了。谁想天无绝人之路,却又有做方便的送我好几万银子。我如今依旧往扬州去做盐商,特来相别。有一首《感怀诗》在此请政。诗云:
> 九叩高门十不应,耐他凌辱耐他憎。
> 如今骑鹤扬州去,莫问腰缠有几星。"
> 那些亲眷们一向讪笑杜子春这个败子,岂知还有发迹之日,这些时见了那首《感怀诗》,老大的好没颜色。②

杜子春虽历史上实有其人,但未见有诗流传,这里的《感怀诗》不见于本事材料中,应是话本小说作者据人物处境创作的。篇中杜子春的"骤兴骤败人皆笑"和小曲"我生来是富家",也是如此。

不言而喻,由于作者水平不一,创作诗词在受制于特定情境和人物个性

---

① 冯梦龙《喻世明言》,北京十月文艺出版社,1994 年,第 29 页。
② 冯梦龙《醒世恒言》,北京十月文艺出版社,1994 年,第 860 页。

外,仍可看出其高下优劣。一般来说,小说中创作诗词与小说文体一道常遭旧时论者歧视。其实,在有些作品中,实不乏情辞俱佳之作,如《喻世明言》之《杨思温燕山逢故人》,其中的《御街行》诸词,词艺极高,颇堪玩味。

创作诗词之外的诗词,就都属于引用诗词了。但引用的诗词也有不同性质。一种属于说书人常用的陈词滥调,或可称为俗套诗,如《喻世明言》之《新桥市韩五卖春情》引诗曰:

> 二八佳人体似酥,腰司仗剑斩愚夫。
> 虽然不见人头落,暗里教君骨髓枯。①

《全唐诗》卷八五八将此诗列在吕岩(吕洞宾)名下,恐不足为凭,因其屡见于其他小说中,当系俗套。又如《警世通言》之《万秀娘仇报山亭儿》篇首诗:

> 春浓花艳佳人胆,月黑风高壮士心。
> 讲论只凭三寸舌,秤评天下浅和深。②

此诗出自《醉翁谈录·舌耕叙引·小说引子》,也是宋元以来流传的说书艺人的套语。与此类似的还有《警世通言》之《范鳅儿双镜重圆》所引"吴歌""月子弯弯照几州",是广为流传的民歌。

有一些诗词虽未演成俗套,却见于不同作品中。这可能有两种情况,一是它们共同引用了同一篇作品;二是其中之一属于创作,另一则加以套用。例如《喻世明言》之《赵伯升茶肆遇仁宗》有一首词曰:

> 足蹑云梯,手攀仙桂,姓名已在登科内。马前喝道状元来,金鞍玉勒成行队。宴罢归来,醉游街市,此时方显男儿志。修书急报凤楼人,这回好个风流婿。③

按本篇内容,并未涉及赵旭妻子,所谓"凤楼人""风流婿",都不着边际。而此词又见同书《简帖僧巧骗皇甫妻》中(文字小有差异)。在这一作品中,此词的作者宇文绶是有妻室的,且词的意境颇与其心情及故事吻合。所以,很有可能是《简帖僧巧骗皇甫妻》(即《清平山堂话本》之《简帖和尚》)首创或首用此词,因其能表现士子中试常态,遂为《赵伯升茶肆遇仁宗》套用,只是

---

① 冯梦龙《喻世明言》,北京十月文艺出版社,1994年,第74页。
② 冯梦龙《警世通言》,北京十月文艺出版社,1994年,第173页。
③ 冯梦龙《喻世明言》,北京十月文艺出版社,1994年,第173页。

它有些"泥古不化"罢了。

《赵伯升茶肆遇仁宗》中还有一首《鹧鸪天》"黄草遮寒最不宜",也列在赵旭名下,倒是与其经历正相符。但此词又见《警世通言》之《万秀娘仇报山亭儿》中(文字亦小有差异),后者称此词为"建康府申二官人"作。可见,这两篇小说是引用前人之作。不过,《万秀娘仇报山亭儿》可能是直接引用,而《赵伯升茶肆遇仁宗》也许是从《万秀娘仇报山亭儿》间接引用,辗转相依,几成套词。

更多的引用诗词属于与小说情节有关或虽无关却有助于提高小说整体接受效果的前人题咏。与情节有关的通常见于话本所依据的本事资料中。由于"三言"作品多有出处,其诗词亦自然如此。如《警世通言》之《拗相公饮恨半山堂》中"五叶明良致太平""初知鄞邑未升时""文章谩说自天成""祖宗制度至详明""富韩司马总孤忠""高谈道德口悬河"等诗,俱见于《效颦集》中卷《钟离叟妪传》。作者据事敷演,连带引用而已。类似的情形十分普遍。《醒世恒言》之《隋炀帝逸游召谴》托名隋炀帝的许多诗词虽为虚构,却也不是话本小说作者的编造,多见于《隋遗录》《海山记》等传奇小说。有的作品本事散见群籍各处,作者广泛采撷,引用诗词亦一一可考。如《喻世明言》之《木棉庵郑虎臣报冤》中,陆景思《八声甘州》词见于《齐东野语》卷一二《贾相寿词》;"收拾乾坤一担担""三分天下二亡""昨夜江头长碧波"、《沁园春》"道过江南"等词,汇集在《西湖游览志余》卷五《佞倖盘荒》中;篇尾二律"深院无人草已荒""事到穷时计亦穷"则见于《山房随笔》。①

除了这些与情节有关的诗词以外,还有不少引用诗词是话本小说作者兴之所至地选择,或阐发义理,或烘托气氛,或仅供欣赏,本章例证多有此类,兹不一一列举。

话本小说在引用前人诗词时,又有署名与未署名之分。未署名的多写作"前人有诗云""后人有诗云""古人有诗赞道""前朝史官""故宋一个学士"之类,无可查证。想必其中有很多是小说作者的伪托。如《喻世明言》之《范巨卿鸡黍死生交》篇尾称:"至今山阳古迹犹存,题咏极多。惟有无名氏[踏莎行]一词最好。"这首《踏莎行》处处关合小说情节,显然是作者的借题发挥,所谓"无名氏",纯属乌有。

但未署名的也不一定都是伪托。《喻世明言》之《单符郎全州佳偶》、《警世通言》之《白娘子永镇雷峰塔》、《醒世恒言》之《陆五汉硬留合色鞋》

---

① 参见谭正璧编《三言两拍资料》,上海古籍出版社,1980年,第113—121页。

引林升"山外青山楼外楼",《白娘子永镇雷峰塔》引杜牧"清明时节雨纷纷"以及《警世通言》之《宋小官团圆破毡笠》引张继"月落乌啼霜满天"、《醒世恒言》之《黄秀才徼灵玉马坠》引王安石"爆竹声中一岁除"等等,都未署名,但因皆系名诗,作者为一般读者所熟悉。即使非名作,若有所本,便不当以创作视之,唯材料缺乏,原作者往往佚名,如前揭《木棉庵郑虎臣报冤》中屡称"太学生有诗云",此"太学生"或即篇中提到的"郑隆",或别有其人,惜不可考,而不可考不等于没有此人。

同样,署名诗词也不单纯,其中有许多确凿无疑,如《醒世恒言》之《钱秀才错占凤凰俦》引范成大诗"白雾漫空白浪深",经查原诗题为《十一月大雾中自胥口渡太湖》,载《范石湖集》诗集卷二〇①。即使是一些并不太著名的诗作,有时也有案可查,如《醒世恒言》之《陈多寿生死夫妻》头回引明曾棨应制咏棋诗"两君相敌立双营"和洪熙皇帝御制诗"二国争强各用兵"就非伪托。陈田《明诗纪事》甲签卷一引尹直《謇斋琐缀录》即提到了这两首诗②,可见非小说家编造。又如《李玉英狱中讼冤》中描写的李玉英,虽然只是一个普通女子,但作品中她的《别燕》《送春》二诗,却见诸《名媛诗归》《国色天香》《静志居诗话》等记载,亦非小说家凭空杜撰。

但伪托的署名诗也不在少数,如前揭《赵伯升茶肆遇仁宗》,故事既为虚构,所引仁宗诗自然查无实据。作伪作到君王身上,则何人不可伪托?有时,同一作品中,真诗伪作并陈,不可不辨。如《警世通言》之《李谪仙醉草吓蛮书》中引李白诗《清平调》三章、《还山别金门知己诗》等,确出自李白手笔;但"供状锦州人"一诗,明显是话本小说的伪托之作。

比较麻烦的是,有一些署名诗词所署为前人别号,考察起来十分困难。如《喻世明言》之《闹阴司司马貌断狱》篇首引晦庵和尚《满江红》词一首,因朱熹号晦庵,或传此词为朱熹所作。但朱熹本人否定此说③,现在我们只知晦庵和尚是南宋僧人,真实姓名及生平皆不得而知。类似的情况在"三言"中还有不少,如《喻世明言》卷一五之"骆解元",《警世通言》卷一六之"戴花刘使君"、卷三〇之"陶毂学士"、卷四〇之"东明子",《醒世恒言》卷一五之"性如子"等等,究属何人,皆无从查考,亦有真伪两种可能。

至此,我们可以得出"三言"诗词的总体印象了,以下就是它的分类示

---

① 《范石湖集》上册,上海古籍出版社,1981年,第281页。
② 参见陈田《明诗纪事》第一册,上海古籍出版社,1993年,第10页。
③ 参见罗大经《鹤林玉露》卷四,中华书局,1983年,第62页。

意图：

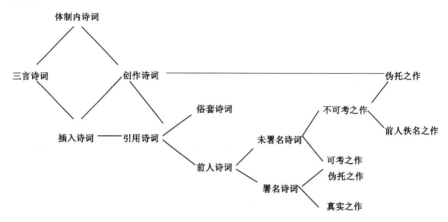

通过这份示意图，可以一目了然地看到，一般所说的韵散结合中，就诗词而言，确实包括了一个复杂的系统，如果不分青红皂白地讨论其形式、功能等，是不科学的。我们应该一个一个子系统去分析，才能在此基础上整合出总的规律。

以下即以署名诗词为中心作进一步的探讨。如上所述，每一子系统都有模糊不清的地方，因此，本章对一些尚不可考的署名诗词，暂不论列。相反，对可考的未署名诗词，因其作者人所共知，也纳入论述范围。

（二）署名诗词的呈现方式、特点及艺术功能

署名诗词在小说中有不同的呈现方式，最常见的是单独引用，如《醒世恒言》之《佛印师四调琴娘》篇首引刘克庄诗"文章落处天须泣"、同书《金海陵纵欲亡身》篇首引司空图诗"昨日流莺今日蝉"等，都与下文故事无涉。也有成系列出现的，如《警世通言》之《崔待诏生死冤家》《一窟鬼癞道人除怪》各连引与春天有关的诗词十余首作为入话。

前面说过，"三言"作品多有本事出处，所以，不少引用诗词的呈现又是与本身情节联系在一起的。如《喻世明言》之《明悟禅师赶五戒》入话据《甘泽谣·圆观》展开，其中"三生石上旧精魂""身前身后事茫茫"二诗，原文即有，话本小说连带引用，极其自然。又如《警世通言》之《金明池吴清逢爱爱》引用了崔护的诗"去年今日此门中"，而此诗也非孤立引用，它是作为崔护与城南村女爱情故事的一部分呈现给读者的。还有的虽本事无考，但诗

词的引用却明显与故事联成一体,如《乐小舍拼生觅偶》中间有一段叙述金国使臣高景山和翰林范学士观潮填词,游离于小说情节主干之外,自成格局。指出这一点是为了说明,这些诗词既不具有独立于故事的特性,也往往不单属于文言小说或话本小说某一文体,有关它们的艺术功能只能在其赖以呈现的故事中去讨论,而这有时为一些研究者所忽视。

署名诗词多半以完整的形式呈现,但间或也有节选的。如《拗相公饮恨半山堂》开篇引唐诗四句:

> 周公恐惧流言日,王莽谦恭下士时。
> 假使当年身便死,一生真伪有谁知!①

这原是白居易《放言》五首之一的后四句(文字小有差异)。又如《李谪仙醉草吓蛮书》中引杜甫诗"昔年有狂客"八句,原诗题《寄李十二白二十韵》,话本小说仅截取了前八句。

只截取二句的更为常见,如《警世通言》之《唐解元一笑姻缘》提到唐寅做秀才时,曾效连珠体,做《花月吟》十余首,如"长空影动花迎月,深院人归月伴花""云破月窥花好处,夜深花睡月明中"等句。按,《唐伯虎全集》(大道书局1925年排印本)卷二有《花月吟效连珠体》十一首,"长空"二句取自第三首颈联,"云破"二句取自第九首颈联。通常这样的截句是作为叙述套句使用的。如《新桥市韩五卖春情》中有"渔阳鼙鼓动地来,惊破霓裳羽衣曲"(白居易《长恨歌》)、《醒世恒言》之《卖油郎独占花魁》中有"曾经沧海难为水,除却巫山不是云"(元稹《离思》之三)、同书《勘皮靴单证二郎神》中有"映阶碧草自春色,隔叶黄鹂空好音"(杜甫《蜀相》)等。但是,与一般常套句不同,这些名诗截句往往切合小说情节,在使用上又具有特殊性,如上面提到的"渔阳"二句,正是叙述唐明皇宠幸杨贵妃,招致安禄山反叛时插入的,自然贴切,不可替换。而常套句则具有相当的普遍性,可以插入任何有一定相关性的情节叙述中。②

无论哪一种呈现方式,署名诗词在话本小说中的出现都不是单纯的诗体语言形式的运用。因为它们本身是早已完成的、独立的文学文本,所以,其被引用必然唤起读者对原诗词背景的记忆,从而拓展文学创作与接受的思维空间,丰富小说作品的文学内涵。如《警世通言》之《钱舍人题诗燕子

---

① 冯梦龙《警世通言》,北京十月文艺出版社,1994年,第40页。
② 有关常套句,可参阅荒木猛氏《話本中の「常套句」について》,《函館大学論究》第16辑。

楼》是一篇结构极为特殊的作品,它的情节虽简单,时间跨度却达数百年。篇中先叙白居易与妓女关盼盼唱和事,各引诗多首。此事见诸《白氏长庆集》,当非小说伪造。接下来,又叙钱希白与盼盼鬼魂会晤事,这当然是虚构,其诗词也属创作而非引用。然而引用与创作在本篇上带下联,一脉相承,于真伪莫辨中,使一位沦落风尘的才女幽怨的灵魂获得了富于诗意和历史感的展现。

把"三言"署名诗词作为一个整体来考察,并与其他白话小说相比较,我们可以发现几个有趣的现象。

首先,"三言"引用诗词中,以唐以后作品为主,尤以宋代为多,明人作品也有所征引。这与话本题材的时代特征吻合。唐以前的作品如不算伪托的,只有诸葛亮《梁甫吟》(见《喻世明言》之《晏平仲二桃杀三士》)等数首。《诗经》《楚辞》则几乎没有。其实,如"琴瑟""摽梅"之类出自《诗经》的词语典故,"三言"中是随处可见的。《醒世恒言》之《李玉英狱中诉冤》结尾处,李玉英辨冤奏章中,提到"《凯风》有诗,臣当自责",这指的是《诗经·凯风》。此诗毛传解作赞美孝子之作,用在这里,恰如其分。这至少说明有的话本小说作者对《诗经》还是熟悉的。虽然如此,唐以前诗作却不多见于话本小说,除了情境不易相合外,先秦两汉诗歌比唐以后诗词在语言上较难懂可能也是一个原因吧?换言之,署名诗词更多地引用唐以后的作品,与话本小说本身的通俗性是密切相关的。与此相对应,清代文人创作话本小说,这方面的考虑就少些,李渔《十二楼》中引用其他署名诗词甚少,然而却三处用了《诗经》截句。

"三言"中署名诗词较晚出的有嘉靖年间唐寅、卢楠等人的诗,且多为实有。如《醒世恒言》之《卢太学诗酒傲王侯》开篇引卢楠七律"卫河东岸浮后高"即见其《蠛蠓集》卷五,原题《浮丘精舍》。篇中又引五古"逸翮奋霄汉"也见此集卷四。此外,明代诗人高启、瞿佑、张以宁等的作品也曾被引用,似乎话本小说作者并不鄙薄明诗。清代话本小说中署名诗词少了,明代诗词更罕见,是否也反映出诗学观念的转变?

其次,在"三言"中,被认定为宋元话本的作品,署名诗词的引用方面比明代话本小说(即所谓"拟话本")要多,进而言之,"三言"从总体上又较稍后、特别是清代话本小说中明显下降。《拍案惊奇·凡例》中有这样一段话:

> 小说中诗词等类,谓之蒜酪。强半出自新构,间有采用旧者,取一

时切景而及之,亦小说家旧例,勿嫌剽窃。①

这显然是文人小说家创作心态。其中提到"强半出自新构,间有采用旧者"颇符合"二拍"实际。"二拍"引用署名诗词的数量无暇统计,但较"三言"少却是显而易见的。在为数不多的署名诗词中,也表现出与清代话本相似的特点,如多集中于篇首等。

清代话本小说中署名诗词更呈下降趋势。我随手翻阅了几部清初话本小说集,李渔的《十二楼》只引元明人诗三首,且未署名,另有《诗经》、唐诗截句若干;其《连城璧》无一署名诗词;东鲁古狂生《醉醒石》十五回,只第一回引了一首王安石的《金陵怀古》词,其余全无署名诗词;酌元亭主人《照世杯》四卷无一署名诗词;笔炼阁主人《五色石》诗词所在多有,也没有署名诗词;五色石主人《八洞天》八卷,仅各篇篇首引前人诗(其中有署名的,也有无名氏的);艾衲居士《豆棚闲话》开篇引徐菊潭诗一首,第五则引陶渊明诗一首,第七则引曹植诗一首,亦屈指可数;草亭老人《娱目醒心编》唯卷六引米元章诗一首。由此可见,随着文人创作话本小说的普遍化,署名诗词的引用呈递减趋势,几近于无。

再次,与长篇小说相比,"三言"等话本小说署名诗词的引用也明显多于前者。在长篇小说中,历史演义类是引用署名诗词较多的一类,但也有一定的特点,那就是采诗相对集中。如《三国演义》《东周列国志》用胡曾、周静轩诗很多(前揭《新桥市韩五卖春情》《晏平仲二桃杀三士》讲述历史故事时,也引用了胡曾《咏史》诗,表现出它们的一致性)。而其他题材的小说,署名诗词的引用就比较少见了。《西游记》中诗词甚多,却几乎没有署名诗词。袁无涯刊《忠义水浒传全书·发凡》有一条说明:

> 旧本去诗词之烦芜,一虑事绪之断,一虑眼路之迷,颇直截清明……②

所谓"虑事绪之断""虑眼路之迷",是长篇小说韵散结合必当考虑的问题,一些作者因此严于用诗,实属自然。清代长篇小说中署名诗词更为少见,最极端的例子是《荡寇志》,几乎没有任何诗词。

造成上述现象的原因是多方面的,与小说体制、题材性质、作者文化水平与旨趣等有关,从诗词本身的艺术功能上,也可以找到答案。关于话本小

---

① 凌濛初《拍案惊奇》,齐鲁书社,1995年,第1页。
② 马蹄疾《水浒资料汇编》,中华书局,1980年,第13页。

说中诗词的功能,胜山稔氏在前揭论文中作了详细的概括,包括登场人物的题咏、韵白,故事前景的暗示,情景的描写,程度的表现,状况的说明,心理的刻画,评论的增加及其他。应当说这是相当全面的。但是,由于署名诗词不同于一般诗词,所以具体考察其功能,则略有不同。也就是说,署名诗词在上述功能中,有的可能比较突出,有的则几乎没有,而相同的也有细微差别。当然,可能还有一些一般诗词不具备的功能。例如,作为人物的题咏,署名诗词是较常见的,而用于表现程度、说明状况、暗示前景等,则很少见到署名诗词。至于同样作为评论,署名诗词与一般创作诗词在效果上显然不同,出自前人,特别是名人的评论,当然比一般评论更具权威性。毛宗岗《三国志演义·凡例》就说过:

> 叙事之中,夹带诗词,本是文章极妙处。而俗本每至"后人有诗叹曰",便处处是周静轩先生,而其诗又甚俚鄙可笑。今此编悉取唐、宋名人作以实之,与俗本大不相同。①

其实,无论是"唐宋名人"也好,"周静轩"也好,引用的目的都是相同的。不但如此,如果我们把一篇小说作为一个叙述整体,署名诗词显然代表了一种外来话语,与小说基本叙述话语即说书人的话语相呼应,形成更广泛、更深刻的叙述背景,拓展艺术思维的空间。由于一般的诗词也属于说书人话语系统,就无法取得这样的效果。

诗词的运用在小说中还有显扬才学的一面。清代以后小说多出于有一定文化修养的作家之手,他们宁可自制诗词,也不愿轻易引用前人作品,因为这正是表现自己才学的机会。如前面提到的李渔《十二楼》中很少署名诗词,却多有他自作的诗词,而且往往特意点明,其中《夏宜楼》开篇有六首绝句,作者称"乃不肖儿时所作",《萃雅楼》篇首诗"乃觉世稗官二十年前所作"(《十二楼》题署"觉世稗官编次"),《闻过楼》开篇更引其自写诗十余首,虽无炫耀之意,却难免搭售之嫌。更突出的例子就是《红楼梦》开篇借"石兄"之口对才子佳人小说的批评:

> 不过作者要写出自己的那两首情诗艳赋来,故假拟出男女二人名姓,又必旁出一小人其间拨乱……

虽然这种批评未必符合小说创作的规律,但由于在一些才子佳人小说中,诗

---

① 丁锡根编《中国历代小说序跋集》中册,人民文学出版社,1996年,第917页。

词运用得过于突出,确实无法排除作者的炫才心理,而以此种心理创作小说,当然无须借光前人。

相反,早期民间艺人的文化水平有限,自制诗词也许不如引用前人现成作品来得方便。不过,他们也不是消极引用而已,因为这对他们来说,同样也是显扬才学的一个手段,只不过他们要显扬的不是自己的诗才,而是广博的学识。《醉翁谈录》卷一《小说开辟》即称:

> 夫小说者,虽为末学,尤务多闻。非庸常浅识之流,有博览该通之理。

而引用前人诗词正是"博览该通"一个表现。所以,说书人又宣称:

> 论才词有欧、苏、黄、陈佳句;说古诗是李、杜、韩、柳篇章。吐谈万卷曲和诗。①

这段话不仅说明了署名诗词的特殊作用,也可为前面提到的署名诗词多唐人以后作品的旁证。可以想见,当小说家提到春天时,一连举出十余首名家名作(如前揭《崔待诏生死冤家》《一窟鬼癞道人除怪》,姑不论其真伪);提到雪,也是诗、词、曲一起引用(如《喻世明言》之《张古老种瓜娶文女》);提到太湖,有名无名的诗人同时出现(《醒世恒言》之《钱秀才错占凤凰俦》),如此等等,那些普通市民会以怎样羡慕的心情去聆听:既赞叹前代诗人的才情,又钦佩说书人的广博。难怪明代人会说:"此等闲话是宋元人胜过今人处。"(见明金陵兼善堂本《警世通言》之《崔待诏生死冤家》篇评点)

与此相关的是,署名诗词的引用还具有赏玩的性质。也就是说不单把诗词作为叙述的一部分或人物的抒情言志来看待,同时也把它们当作、有时甚至仅仅当作名诗佳句来欣赏。如《喻世明言》之《史弘肇龙虎君臣会》先引了一首刘季孙的七律,又引了一首熊元素的回文诗,都是与小说内容无关的赏玩性作品。接下来的洪迈《虞美人》词(《全宋词》视为伪作),众人方夸羡不已,有位孔通判却又说出此词八句偷了古人作杂诗词各一句,并一一引证(宋人确有作集句词的雅好,如朱希真有类似作品传世),使众人更加称叹,之后,孔通判乃作《龙笛》词一首。这十余首署名诗词构成一个以诗词赏玩为中心、相对独立的《八难龙笛词》单元。而赏玩功能可以说是署名诗词所特有的。固然,一般诗词也可供赏玩,但是,第一,它们的制作往往不

---

① 罗烨《新编醉翁谈录》,辽宁教育出版社,1998年,第3页。

如署名诗词精美;第二,往往不能脱离故事与人物而单独欣赏。

(三)古代诗词传播中的特殊版本

"三言"中的署名诗词与通行的诗词集中的同一作品或多或少都有文字上的差异,间或还有作者归属上的不同。按照传统文献学的观点,小说,尤其是通俗小说,多出于文化水平较低的民间艺人,没有版本上的价值。

确实,"三言"署名诗词中有不少错误,如《喻世明言》之《众名姬春风吊柳七》篇首引孟浩然《岁暮归南山》诗曰:"北阙休上诗,南山归敝庐。"按,孟浩然原诗作"北阙休上书",意为不求做官。北阙,本指古代宫殿北面的门楼,是臣子等候朝见或上书奏事的地方,后用作帝王宫禁和朝廷的别称。"上书"改作"上诗",虽一字之异,亦有失本意。又如同书《杨思温燕山逢故人》中有韩师厚《御街行》词,其中"无言倚定小门儿"一句,《花草粹编》卷八录此词"小门"作"马门"。"马门"为船舱之门,正与上一句"料只在、船儿上"相呼应,可知《喻世明言》改作"小门"是不恰当的。作者的张冠李戴也时有发生,如前揭《崔待诏生死冤家》引了一首七绝"雨前初见花间蕊",列在苏东坡名下。按,此诗是晚唐诗人王驾的作品,文字略有不同,诗见《全唐诗》卷六九〇。如果把鲁鱼亥豕式的手民之误也算在内,错讹更不胜枚举。如《史弘肇龙虎君臣会》篇首诗中"赪尾"一词原作"颍尾",同书《木棉庵郑虎臣报冤》篇首诗题"张志远"作,实际上却是"张志道"的作品,这都可能是形近而产生的讹误。①

而且,小说毕竟是小说,为了特定的情境改篡署名诗词及相关史实也是情理之中的事。如《简帖僧巧骗皇甫妻》中,有"良人得意负奇才""长安此去无多地"二诗。据《太平广记》卷二七一引《玉泉子》、《唐诗纪事》卷七八《刘氏》等记载,原系杜羔妻刘氏所作,《简帖僧巧骗皇甫妻》移植到宇文绶妻王氏身上,也可谓巧于编排。又如《警世通言》之《王安石三难苏学士》描写王安石有《咏菊》诗,苏轼以为不合事理,续诗二句以嘲讽。据一些笔记记载,续诗者为欧阳修,与苏轼无涉。② 不过,小说却将此事放在苏轼名下(元杂剧《东坡梦》也是如此),并进而与苏轼贬官黄州相联,增强了矛盾的情趣性。《警世通言》此处有批语指出:"此诗乃欧阳公所作,以讥刺荆公

---

① 参见曦钟《喻世明言校注札记》,《国学研究》第二卷,北京大学出版社,1994年。
② 参见谭正璧《三言两拍资料》上册,上海古籍出版社,1981年,第239—240页。

者,小说家不过借以成书,原非坡仙实事也。"所以,我们也不必苛责其失实。《一窟鬼癞道人除怪》则引欧阳修《蝶恋花》词,称篇首词"而今无奈,寸肠千恨堆积"乃是由欧词中"而今无奈寸肠思,堆积千愁空懊恼"脱化而来。今查吴昌绶双照楼影宋本《欧阳忠公近体乐府》,欧词原作无此二句,原作同处作"红蜡枝头双燕小,金刀剪彩吴纤巧"。其他不同尚多。这有两种可能,一是欧词别有传本,二是话本小说迁就所谓集句而篡改欧词。两相比较,后者可能性更大。《警世通言》之《俞仲举题诗遇上皇》改鲜于枢《鹊桥仙》为俞良作,也有类似的变动。

尽管如此,我们也并不能把"三言"与通行本在署名诗词上的差异都归结于说书人的文化水平低下或随意编造。例如"三言"中有一些词的作者与现今流行的看法有出入,就不一定是由于说书人的无知造成的。宋词互见现象本来就极为普遍①,说书人采用一说,无可非议。如《喻世明言》之《张舜美元宵得丽女》引《生查子》"去年元夜时",说是秦观所作,多以为误。但历史上此词作者原有四说:1. 欧阳修(影宋本《欧阳忠公近体乐府》、曾慥《乐府雅词》等);2. 朱淑真(《断肠词》、杨升庵《词品》卷二等);3. 李清照(方回《瀛奎律髓》卷一六等);4. 秦观(熊龙峰刊《张生彩鸾灯传》、毛晋辑《六一词》等)。实际上,此词作者至今未达成共识,《喻世明言》所写亦是当时一家之言,并不足诟病。类似的还有《杨思温燕山逢故人》篇胡浩然《传言玉女》词的归属问题。

就词的真伪而言,似与它们见用于小的不同情况有关。一般地说,与故事联系密切的署名诗词往往搀杂伪作,而纯粹的插入之作,伪托的情况就少一些。如《警世通言》之《唐解元一笑姻缘》引用唐寅诗词六首,其中与"一笑姻缘"有关的三首查无实据,因为这个故事本来就与唐寅无涉。但是,另外三首插入之作,却非话本小说捏造。开篇诗"三通鼓角四更鸡",见《唐伯虎全集》卷二;篇尾诗《焚香默坐歌》见此集卷一;而《言志诗》"不炼金丹不坐禅",虽不见于集中,但集中卷二有《感怀》诗,首句与此相同。又,《唐伯虎全集》附《唐伯虎轶事》卷二引《尧山堂外纪》,提到唐寅有《言志诗》,与话本小说略同,可见这也不是话本小说作者的杜撰。(又按,《全唐诗》卷八五八引吕岩诗"不事王侯不种田",尾句"不使人间作业钱",与唐寅《言志诗》一致,不知是何人化用。)值得注意的是,这种情况并非偶然。《喻世明言》之《张道陵七试赵升》开篇所引唐寅诗"但闻白日升天去"也不见于其

---

① 参见唐圭璋《宋词互见考》,《宋词四考》,江苏古籍出版社,1985年,第207—373页。

集,而《唐伯虎轶事》引《风流逸晌》却有记载。其至一些明显为人附会的诗,也不尽出自"三言"伪托。如《醒世恒言》之《赫大卿遗恨鸳鸯绦》《吕洞宾飞剑斩黄龙》《一文钱小隙造奇冤》都引用了吕洞宾的诗。众所周知,吕洞宾的诗多出于后世枉拟,但"三言"却未必是这些诗的始作俑者,因为它们又多见于《全唐诗》中(卷八五七、八五八吕岩),而《全唐诗》别有所本。这一事实提醒我们,不能简单排斥"三言"中的署名诗词。

实际上,"三言"刊于明末,其中一些作品的创作更早在宋元,仅以时间论,并不比现存诗词集版本晚多少,有的可能还更早些。至少,当时的话本小说作者看到古本的可能性比今人要大。例如宋人话本引用的宋人诗词,必然是宋本,这当然是很古老的。仅仅因为是通俗小说,就加以轻视、否定,无疑是一种偏见。依笔者拙见,通俗小说中的署名诗词,不妨当作古代诗词传播中的一个特殊版本来看待。只要我们持一种较为开放的态度,"三言"署名诗词在文献上也确有参考价值。

首先,"三言"署名诗词可能保存了一些不为人所熟知的诗人。"三言"中有不少引用诗词的作者声誉不隆,这有两种可能,一是出于小说家虚构,一是实有其人。从署名诗词的全部情况看,张冠李戴或名字有误,间或有之;完全虚构的并不十分多。因此,名不见经传,未必就是子虚乌有。如《俞仲举题诗遇上皇》引张舆诗"朵朵峰峦拥翠华"四句,《中国人名大词典》《中国文学家大辞典》等书均未见张舆其人。此诗纯属插入诗,而张舆既非作品中人物,又非著名诗人,作者似无捏造的必要。今见田汝成《西湖游览志》中引元代张舆诗数首,其中卷一○中便有这首诗(唯首字作"小"),表明《俞仲举题诗遇上皇》的引用并非没有根据。

其次,"三言"署名诗词中可能保存了前人的一些散佚作品,如《喻世明言》之《陈希夷四辞朝命》引陈抟诗数首,这些诗有若干首见于今人所编《全宋诗》。不过,《全宋诗》是据《青琐高议》采录的(奇怪的是,有一首"雪为肌肤玉为腮",既见于《喻世明言》,又见于《青琐高议》,却未被《全宋诗》采录)。其实,《青琐高议》也是小说,设使此书无存,不知今人肯信从《喻世明言》否?我很赞赏唐圭璋编《全宋词》的态度和处理办法,他在此书后单列三类:《宋话本小说中人物词》《宋人依托神仙鬼怪词》《元明小说话本中依托宋人词》,不阙不滥,足资考证。另外,《全宋词》还据《西山一窟鬼》(即前揭《一窟鬼癞道人除怪》)著录了黄庭坚的一首《捣练子》"梅凋粉"。此词又见陈耀文编《花草粹编》卷一。《花草粹编》颇重考证,编次不苟(参见《四库总目提要》四十集部词典类二此书提要中的评价),但唐圭璋不以小说废言,先取话本,参以《花草粹编》,眼光宏通,令人钦佩(唐圭璋把《张古老种瓜娶文女》中黄庭坚词断为伪托,又表明其精审严谨)。

《警世通言》之《计押番金鳗产祸》也是早期话本小说(或谓宋人话本,但我怀疑经元人修改),其中插入了两首与情节完全无关的诗,均未署名。但其中"终日错错醉梦间"实系唐李涉《题鹤林寺僧》,脍炙人口,毋庸深辨。另一首诗曰:

> 安乐窝中好使乖,中堂有客寄书来。
> 多应只是名和利,撇在床头不拆开。①

按,"安乐窝"是宋代诗人邵尧夫的斋名。查《伊川击壤集》,卷九有《安乐窝中好打乖吟》,又有《自和好打乖吟》,首句皆与本诗同,而且本诗思想情调也与邵尧夫观念一致。宋以来小说家特重其人,前揭《崔待诏生死冤家》中即有署名邵尧夫的诗,《水浒传》《西游记》开篇也是邵尧夫的诗或学说。那么,本诗是否就是邵尧夫的佚诗呢?笔者孤陋寡闻,不敢确认。不过,大致可以肯定的是,这是一首引用诗,而非话本小说家的创作诗,则其作为前人佚诗的价值还是存在的,甚至不妨编入《全宋诗》或《全元诗》。

再次,"三言"署名诗词对一些诗词的文字考订也许有参考作用。如前所述,署名诗词与通行本大多有文字上的差异,有的差异还很大,如苏轼《洗儿》诗,《喻世明言》之《明悟禅师赶五戒》所引用的,与通行的《东坡集》中此诗,相差十余字,几占这首七绝的一半。这种差异当然可能有流传之误或话本小说家的改动。但是,话本小说也绝非一无是处。如前列《陈希夷四辞朝命》引陈抟诗"草泽吾皇诏",《全宋诗》据干辟之《渑水燕谈录》采录了此诗。《五代史补》中也有此诗,唯后二句作"超然居物外,何必使为臣"似嫌简慢。而《明悟禅师赶五戒》和《渑水燕谈录》都作"乞全獐鹿性,何处不称臣",颇为婉转,更符合呈诗辞去之意。这至少可以说明话本小说家也能择善而从。

事实上,有不少诗词本身就存在各种版本的区别。如《喻世明言》之《临安里钱婆留发迹》引晚唐贯休"贵逼身来不自由"七律一首,与《全唐诗》中所收此诗有很大的差异。但这种差异并不仅仅见于《喻世明言》与《全唐诗》,《全唐诗话》《七修类稿》等亦互有异同。这表明此诗流传过程中,确有不同版本,且多有与《喻世明言》一致之处。《喻世明言》不当轻视,

---

① 冯梦龙《警世通言》,北京十月文艺出版社,1995年,第286页。

应在情理之中。又如《醒世恒言》之《金海陵纵欲亡身》开篇引司空图"昨日流莺今日蝉"七绝,据《全唐诗》,此诗末句作"更忍乘危自著鞭"或"何忍临歧更著鞭",《金海陵纵欲亡身》却作"何忍乘危更著鞭",在两者之间,兼而有之,当别是一种版本。又如前引《唐解元一笑姻缘》篇首诗曰:

> 三通鼓角四更鸡,日色高升月色低。
> 时序秋冬又春夏,舟车南北复东西。
> 镜中次第人颜老,世上参差事不齐。
> 若向其间寻稳便,一壶浊酒一餐饘。①

这首诗在《唐伯虎全集》中作:

> 三通鼓角四更鸡,天渐黎明月渐低。
> 时序秋冬复孟夏,舟车南北与东西。
> 眼前次第人都老,世上参差事不齐。
> 若要自家求稳便,一壶浊酒一餐饘。②

我无缘遍查唐寅诗集,据《唐伯虎全集》,此诗确有如《唐解元一笑姻缘》的传本。换言之,上述差异并非《警世通言》编作者枉改所致。一般说来,"三言"引明人作品可信性相对较高,如前面提到的卢柟诗,《醒世恒言》与《蠛蠓集》就无一字之异。就唐寅此诗而言,平仄大体一致,诗律上无甚区别。但在诗意上,却互有高下。《唐伯虎全集》本中"孟夏"便不如《唐解元一笑姻缘》中的"春夏",因为对句言南北东西,上联作秋冬春夏才好成对,若作"孟夏",声调虽切,意思却不完整了。另外,《唐伯虎全集》本"眼前"二句,都着眼于外界,自然也说得通。但《唐解元一笑姻缘》中"镜中"二句,先言自己,再推及社会,由小而大,堪称佳对。

即使暂时没有其他版本参证,"三言"署名诗词与通行版本的差异也不应简单排斥,如《醒世恒言》之《苏小妹三难新郎》引朱淑真诗曰:

> 哭损双眸断尽肠,怕黄昏到又昏黄。
> 那堪细雨新秋夜,一点残灯伴夜长。③

按,《朱淑真集》(上海古籍出版社1986年校点本)第二句作"怕黄昏后到昏

---

① 冯梦龙《警世通言》,北京十月文艺出版社,1995年,第415页。
② 《唐伯虎全集》,中国书店1985年影印大道书局1925年排印本,第22页。
③ 冯梦龙《醒世恒言》,北京十月文艺出版社,1995年,第228页。

黄",第三句"那堪"作"更堪",差异虽不甚大,但恐怕也不是手民之误。而此诗算不上名诗,话本小说作者未必能记诵,想来还是依据某一《断肠集》版本过录的吧?

另外,"三言"中还有一些署名诗词,可能确实有违原作,但自有其合理处,不妨也看作古代诗词传播中的一个特殊版本。如《警世通言》之《杜十娘怒沉百宝箱》有一首诗曰:

> 千山云树灭,万径人踪绝。
> 扁舟蓑笠翁,独钓寒江雪。①

这很容易使人联想到柳宗元的《江雪》,有的注本就说它是柳诗的改作。问题是,作者为什么要对此名诗作改动?引用署名诗词在"三言"中习以为常,根本不必行此掩耳盗铃之术。如果作者不是别有所据,一定是认为这样的改动有其好处。细按原诗,确有合理的地方。原诗"千山鸟飞绝,万径人踪灭"中"鸟飞绝"当然没有问题,"人踪灭"就多少有点别扭,相反,改为"人踪绝"倒更平常些。所以,唐汝询《唐诗解》卷二三评此诗说:"人绝、鸟稀,而披蓑之翁傲然独钓,非奇士耶?"言"人绝"而不言"人灭"就很自然。反观"云树灭",其实也不下于"鸟飞绝",且"云树"连用,南朝梁刘孝威《和皇太子春林晚雨》曰:

> 云树交为密,雨日共成虹。

王维《送崔兴宗》曰:

> 塞迥山河净,天长云树微。

可见,"云树"已结成一个传统的诗歌意象。雪压山林,云树不见,诗意雄浑,与"鸟飞绝"的凄清略有不同。至于"孤舟"之"孤",实与"独钓"之"独"在意思上有重复,在二十字的小诗中还是避免为好。改为"扁舟",却另有深意。《史记》卷一二九《货殖传》中说:"范蠡既雪会稽之耻……乃乘扁舟浮于江湖",确立了"扁舟"有隐逸之意,遂成为诗歌中屡见不鲜的意象,如李白的名句"明朝散发弄扁舟"之类。《警世通言》之《李谪仙草醉吓蛮书》引李白诗也有"扁舟寻钓翁"。如此看来,《杜十娘怒沉百宝箱》中此诗所据未必是柳宗元原作,但变动也有可圈可点的佳处,殊非枉改。

又比如《苏小妹三难新郎》引李清照名词《声声慢》,文字上也有多处与

---

① 冯梦龙《醒世恒言》,北京十月文艺出版社,1995年,第516页。

通行本不同。最值得注意的是,通行本"乍暖还寒时候",《苏小妹三难新郎》中作"乍暖乍寒时候"。按,"乍"与"还"对举,此"乍"当作刚、初解,如柳永《满朝欢》"巷陌乍晴,香尘染惹,垂杨芳草"之"乍"。所谓"乍暖还寒"则是初春气候的特征,如张先[青门引]"乍暖还轻冷"就是写清明的。而李词原是悲秋之作,这就有点矛盾了,因为秋天是更宜说成"乍寒还暖"的。"乍暖乍寒"之"乍"却可作忽然解,《鬼谷子·飞钳》中即有"其说辞也,乍同乍异"的说法。在词中则有冯延巳《谒金门》的"风乍起,吹皱一池春水"、沈端节《如梦令》"乍报一番秋,晚簟秋凉如水"等,其中的"乍"都是忽然的意思,"乍暖乍寒"即忽冷忽热,这正好扣合秋景。唯依词谱,此句应为"仄仄平平平仄",也许李清照是为迁就词律而不惜造成歧义?另外,通行本"如今有谁堪摘"在《苏小妹三难新郎》中作"有谁忺摘",此"忺"字有高兴、适意的意思,较"堪"字更鲜明。所以,明叶敬池刊《醒世恒言》于此处有一条眉批说:"忺摘词意好",看来也不是无根之言。

  与一般诗词集版本相比,话本小说中的署名诗词接受对象更广泛,而且还有阶层性的特点,多集中在普通市民中。从古代诗词的实际流传来说,这一特殊版本至少有着文化史上的意义,这倒是话本小说作者引用署名诗词时始料未及的吧?

六、话本小说文本的"互文性"

我在《中国古代小说的叙事学研究反思》一文中谈到,叙事学在中国古代小说研究中的理论意义并没有穷尽,还存在展开的空间,其中包括适当地引入其他相关的理论方法,丰富叙事学探讨的命题,突破叙事学在文本阐释方面过分形式化的局限。"互文性"("文本间性""文本互涉")就是一个较为重要的命题。[①] 这一命题究竟有多重要?英国小说家戴维·洛奇曾说过:"互文性是英语小说的根基。"[②]那么,对中国古代小说来说,互文性是否也是一个重要的命题呢?

为了便于讨论,我们首先应明确"互文性"指的是什么。与很多理论术语一样,"互文性"也有不同的解释。它是20世纪60年代由法国的朱丽娅·克里斯蒂娃最早在《符号学》一书中提出的,她说:"互文性通常被用来指示两个或两个以上文本间发生的互文关系。它包括(1)两个具体或特殊文本之间的关系(一般称为 transtextuality);(2)某一文本通过记忆、重复、修正,向其他文本产生的扩散性影响(一般称作 intertextuality)。"[③]按照这一观点,"任何作品的文本都像许多引文的镶嵌品那样构成的,任何文本都是其它文本的吸收和转化"[④]。"一篇文本不是单独存在,它总是包含着有意无意中取之于人的词和思想,我们能感到文本隐含的潜移默化的影响,我们总能从中发掘出一篇文下之文。"[⑤]

如果我们不将"互文性"绝对化,不用它取代文本的现实性与作者的主

---

① 热拉尔·热奈特《热奈特论文集》,百花文艺出版社,2000年,第71—73页。实际上,已有研究者将互文性理论用于中国古代小说的研究,如安如恋《从互文性看〈儒林外史〉的讽刺手法》(《明清小说研究》1997年第1期)、周建渝《多重视野中的〈三国志通俗演义〉》(中国社会科学出版社,2009年)第一章也有相关论述。
② 戴维·洛奇《小说的艺术》(王峻岩等译),作家出版社,1998年,第110页。
③ 赵一凡主编《西方文论关键词》,外语教学与研究出版社,2006年,第211页。
④ 布洛克曼《结构主义:莫斯科—布拉格—巴黎》(李幼蒸译),商务印书馆,1987年,第162页。
⑤ 蒂费纳·萨莫瓦约《互文性研究》(邵炜译),天津人民出版社,2003年,第31页。

观性,那么,这一观点对透视文本的传承性,并分析由此形成的叙事特征,确实有着重要的启发意义。在古代小说中,特别是话本小说中,"互文性"的现象就普遍地、多层次地存在着。对这一现象的审视,可以成为我们把握话本小说的某些文本特点,阐释其叙事策略的一个新角度。

(一)话本小说叙事传统的互文性

在话本小说产生之前,文言小说已经经历了漫长的发展演变,在形象构成、叙述方式、题材类型等多方面都形成了富有表现力的艺术传统。这种传统自然成为说话艺人以及后来的话本小说家创作的背景。不但如此,相当多的话本小说的编撰往往有本事出处,这些本事出处多半是独立成形的文言小说,有的依据的还不只一篇文言小说,其间可能也存在因袭、改编的情况。因此,它们被话本小说家利用,便与话本小说形成了一种内涵丰富的互文关系。

我们可以先看一个实例,在《二刻拍案惊奇》卷三七《叠居奇程客得助 三救厄海神显灵》篇首,凌濛初写了这样一段话:

> 话说世间稗官野史中,多有纪载那遇神遇仙、遇鬼遇怪情欲相感之事。其间多有偶因所感撰造出来的……后来宋太宗好文,太平兴国年间,命史官编集从来小说,以类分载,名为《太平广记》,不论真的假的,一总收拾在内。议论的道:"上自神祇仙子,下及昆虫草木,无不受了淫亵污点。"道是其中之事,大略是不可信的。不知天下的事,才有假,便有真。那神仙鬼怪,固然有假托的,也原自有真实的。未可执了一个见识,道总是虚妄的事。只看《太平广记》以后许多记载之书,中间尽多遇神遇鬼的,说得的的确确,难道尽是假托出来不成?
>
> 只是我朝嘉靖年间,蔡林屋所记《辽阳海神》一节,乃是千真万真的。盖是林屋先在京师,京师与辽阳相近,就闻得人说有个商人遇着海神的说话,半疑半信。后见辽东一个佥宪、一个总兵到京师来,两人一样说话,说得详细,方信其实。也还只晓得在辽的事,以后的事不明白。直到林屋做了南京翰林院孔目,撞着这人来游雨花台。林屋知道了,着人邀请他来相会,特问这话,方说得始末根由,备备细细。林屋叙述他觌面自己说的话,作成此传,无一句不真的。方知从古来有这样事的,不尽是虚诞了。说话的,毕竟那个人是甚么人?那个事怎么样起?看

官听小子据着传文,敷演出来。①

这一段话涉及了大量的小说文本,作者明确提及的有《周秦行纪》《后土夫人传》乃至《太平广记》等,这些文本只是《叠居奇程客得助　三救厄海神显灵》艺术形象构成的一种背景,意在为其虚构张本,从本质上说,与后者并不构成严格意义上的互文性。或许,我们也可以用广义的互文性来看待它们之间的关系。而凌氏在后半段提到的《辽阳海神传》则与《叠居奇程客得助　三救厄海神显灵》有着密不可分的关系,他明确说"小子据着传文,敷演出来",揭示了《辽阳海神传》正是他这篇话本小说赖以生成的前文本(pre-text)。

虽然很多时候,接受者可能并不一定、也没有必要熟悉话本小说依据的本事,但编创者却必须假设接受者熟悉,因为确实有些读者可能有机会接触过那些作品;更重要的是,编创者必然要面对对原作的继承与改造问题,让原作的艺术底蕴得到最大化的发挥而又不为原作所拘束,是话本小说家创作的一个着力方向。因此,本事的存在,就成为话本小说文本的一个潜在的参照物。

有关话本小说与作为其相关本事的文言小说,已有许多学者做过探源性研究。具体作品的高下比较,也是学者们热衷分析的。但是,两种乃至更多种文本间的关系,不只是来源与改编这么简单;或者说,在来源与改编的直接关联中,还包含着后续作品对前生作品思想艺术更为复杂的容纳、激活、更新等能动反应,而这正是"互文性"研究的用武之地。

从形式与技术层面看,话本小说与作为其相关本事的文言小说之间的不同或改变是显而易见的,首先,话本小说的作者是隐藏在叙述者即"说话人"之后的,而文言小说的作者即叙述者,即便作者声称只是记录者或转述者,其叙述方式仍然是简单、明朗的。这种作者—叙述者的转变,给文本的主题表达带来了某种变化。

《拍案惊奇》卷四〇《华阴道独逢异客　江陵郡三拆仙书》是据《太平广记》卷一五七《李君》改编,篇尾又提到"这回书叫做《三拆仙书》"。如果《三拆仙书》是宋元旧篇,则此作可能历经了三个阶段。与原作相比,凌濛初的改作带有明显的个人印记。在作品的开篇,作者就用了大段文字抒发对科举不公的批判:

---

① 凌濛初《二刻拍案惊奇》,齐鲁书社,1995年,第739—740页。

  话说人生只有科第一事,最是黑暗,没有甚定准的。自古道"文齐福不齐",随你胸中锦绣,笔下龙蛇,若是命运不对,到不如乳臭小儿、卖菜佣早登科甲去了。就如唐时以诗取士,那李、杜、王、孟不是万世推尊的诗祖?却是李、杜俱不得成进士,孟浩然连官都没有,止有王摩诘一人有科第,又还亏得岐王帮衬,把郁轮袍打了九公主夫节,才夺得解头。若不会夤缘钻刺,也是不稳的。只这四大家尚且如此,何况他人?及至诗不成诗,而今世上不传一首的,当时登第的元不少。看官,你道有什么清头在那里?①

我们知道,凌濛初本人在科举道路上就是屡试屡败的,心灰意冷时,甚至写下《绝交举子书》②,以表达对功名仕途之路的绝望,上述议论正是他内心不平的写照。原作《李君》虽然确立了命定论的思想,但这种命定论是比较单纯的,社会批判的意味不强,而凌氏改作突出了命定论的两个思想维度,一个是对社会的批判,如在篇尾,凌氏通过主人公之口说:"我今思之:一生应举,真才却不能一第,直待时节到来,还要遇巧,假手于人,方得成名,可不是数已前定?"其中"真才却不能一第"即是对科举不公的讽喻。另一个则是强化"认命"的意识,不但主人公认定了"前数分明""天下事大约强求不得的",作者也以叙述者的口吻,"奉劝世人看取:数皆前定如此,不必多生妄想。那有才不遇时之人,也只索引命自安,不必郁郁不快了"。在这里,主人公、叙述者的话,其实都代表了作者的声音,与文言小说相比,话本小说在主题的表达方面,更为鲜明,手法也更为多样。

  其次,话本小说体制中的"头回"与"正话",也构成了一种互文关系。仍以《华阴道独逢异客　江陵郡三拆仙书》为例,这篇小说用了多篇头回,这在早期的话本小说中是少见的,而在"二拍"却不是绝无仅有的。凌濛初利用多个头回故事与正话的主体情节构成一种多角度的互文关系。《华阴道独逢异客　江陵郡三拆仙书》的头回连续讲述了七个故事,内容都与科举考试的中与不中有关,按照凌濛初的提示,它们分别表现了如下观念:

  (1)有个该中了,撞着人来帮衬的。
  (2)有个该中了,撞着鬼来帮衬的。

---

① 凌濛初《拍案惊奇》,齐鲁书社,1995年,第764页。
② 《学林漫录》第五集(中华书局,1982年)载周绍良《曲目丛拾》之《红拂妓》,以及周氏从《凌氏宗谱》中抄录的《别驾初成公墓志铭》。

(3) 有个该中了,撞着神借人来帮衬的。
(4) 有个该中了,自己精灵现出帮衬的。
(5) 有个该中了,人与鬼神两相凑巧帮衬的。
(6) 有一个不该中,鬼神反来要他的。
(7) 有一个不该中强中了,鬼神来摆布他的。

这七个故事从当时读者可能设想到的各种特殊情形,强化了"功高定数,毫不可强"的思想。换言之,它们体现了七个小主题,共同构成了一个大主题,而这个大主题就是这篇小说的总主题,也就是前引"数皆前定如此,不必多生妄想"(明刊本此处有评点曰:"本旨")。

又如《石点头》第二回《卢梦仙江上寻妻》是一篇描写夫妻离合故事的小说,在"头回",作者写道:

> 如今先把两桩极著名的来略言其概。一个是陈朝乐昌公主,下嫁太子舍人徐德言,夫妻正是一双两好。那知后主陈叔宝荒淫无道,被隋朝攻入金陵,国破家亡。乐昌夫妻,各自逃生,临别之时,破镜各执,希冀异日再合。到后天下平静,德言于正月十五元宵之夜,卖破镜为由,寻访妻子下落;这乐昌已落在越公杨素府中,深得爱宠。乐昌不忘旧日恩情,冒死禀知越公,也差人体访德言,恰他相值。越公召入府中,与乐昌公主相会。亏杨素不是重色之徒,将乐昌还与德言,重为夫妻。还有个余姚人黄昌,官也不小,曾为蜀郡太守。当年为书佐之时,妻子被山贼劫去,流落到四川地方,嫁个酾酒之人,已生下儿子。及黄昌到四川做太守时,其子犯事,娘儿两个同到公堂审问。黄昌听见这妇人口气,不像四川人。问其缘故,乃知当初被山贼劫去的妻子即是此人,从此再合。
>
> 看官,这两桩故事,人都晓得,你道为何又宣他一番?此因女子家是个玻璃盏,磕着些儿便碎;又像一匹素白练,染着皂媒便黑。这两个女人,虽则复合,却都是失节之人,分明是已破的玻璃盏,染皂媒的青白练,虽非点破海棠红,却也是风前杨柳,雨后桃花,许多袅娜胭脂,早已被人摇摆多时,冷淡了许多颜色,所以不足为奇。如今只把个已嫁人家,甘为下贱,守定这朵朝天莲、夜舒荷,交还当日的种花人,这方是精金烈火,百炼不折,才为希罕。①

---

① 天然痴叟《石点头》,吉林文史出版社,1986年,第20—21页。

从"先把两桩极著名的来略言其概""这两桩故事,人都晓得"的说法,我们可以知道,作者对这两个故事极其熟悉,也认定读者很熟悉。正因为有了这种熟悉,它们成为"正话"恰当的衬托。

再次,话本小说继承与改造文言小说时,在因袭文言小说的核心人物与主体情节的同时,有时还会活化原作中虽提及却并无描写的次要人物,或者直接增添一些陪衬人物。与此相关,主体情节也会在细节上有所改动或充实。不言而喻,上述变化是通过将文言改为白话实现的。因此,话本小说与文言小说的互文关系是包含在多层次的变化中的。这里,我们只举语言上的一个例子。如《警世通言》之《杜十娘怒沉百宝箱》是据文言小说《负情侬传》改编的,其中前半部分叙述杜十娘在妓院,特别是十娘与鸨儿的对谈,十分俚俗。这本是原作缺乏描写的部分,《杜十娘怒沉百宝箱》作了较多的发挥,符合人物的身份与当时的处境。而后半部分,原作描写较充分,《杜十娘怒沉百宝箱》因袭的更多一些。

《负情侬传》	《杜十娘怒沉百宝箱》
[母]乃载掌诟女曰:"汝能怂郎君措三百金畀老身,东西南北唯汝所之。"女郎慨然曰:"李郎落魄旅邸,办三百金不难。顾金不易聚,倘金聚而母负约,奈何?"母策李郎穷途,侮之,指烛中花笑曰:"李郎若携金以入,婢子可随郎君而出。烛之生花,谶郎之得女也。"遂相与要言而散。	妈妈道:"若是别人,千把银子也讨了。可怜那穷汉出不起,只要他三百两,我自去讨一个粉头代替。只一件,须是三日内交付与我,左手交银,右手交人。若三日没有银时,老身也不管三十二十一,公子不公子,一顿孤拐,打那光棍出去。那时莫怪老身!"十娘道:"公子虽在客边乏钞,谅三百金还措办得来。只是三日忒近,限他十日便好。"妈妈想道:"这穷汉一双赤手,便限他一百日,他那里来银子?没有银子,便铁皮包脸,料也无颜上门。那时重整家风,嫩儿也没得话讲。"答应道:"看你面,便宽到十日。第十日没有银子,不干老娘之事。"十娘道:"若十日内无银,料他也无颜再见了。只怕有了三百两银子,妈妈又翻悔起来。"妈妈道:"老身年五十一岁了,又奉十斋,怎敢说谎?不信时与你拍掌为定。若翻悔时,做猪做狗!"

（续　表）

《负情侬传》	《杜十娘怒沉百宝箱》
……女始解抱，谓李生曰："谁为足下画此策者？乃大英雄也！郎得千金，可觐二亲；妾得从人，无累行李。发乎情，止乎礼义。贤哉！其两得之矣。顾金安在？"生对以："未审卿意云何，金尚在是人箧内。"女曰："明早亟过诺之。然千金重事也，须金入足下箧中，妾始至是人舟内。"时夜已过半，即请起，为艳装。曰："今日之妆，迎新送旧者也，不可不工。"计妆毕，而天亦就曙矣。	……十娘放开两手，冷笑一声道："为郎君画此计者，此人乃大英雄也！郎君千金之资，既得恢复，而妾归他姓，又不致为行李之累，发乎情，止乎礼，诚两便之策也。那千金在那里？"公子收泪道："未得恩卿之诺，金尚留彼处，未曾过手。"十娘道："明早快快应承了他，不可挫过机会。但千金重事，须得兑足交付郎君之手，妾始过舟，勿为贾竖子所欺。"时已四鼓，十娘即起身挑灯梳洗道："今日之妆，乃迎新送旧，非比寻常。"于是脂粉香泽，用意修饰，花钿绣袄，极其华艳，香风拂拂，光采照人。装束方完，天色已晓。

　　上面两个例证①，前面一个，《杜十娘怒沉百宝箱》几乎完全改写了人物对话；后面一个，虽然也有一些变化，但格局未变，词句多有相同，即使是增加的部分，文言成分也相对较高，在此一叙述板块中，保持了语言风格的大体一致，而与前面的例证形成区别。这也说明，即使是在同一篇作品中，与相关文本的互文关系，也并非固定的。后一个例子的对应度高，部分原因可能与"怒沉百宝箱"的情节设计更多地带有作者的主观意图有关。也就是说，我们在结尾部分，可以更多地看到作者对杜十娘所托非人的感慨。在《负情侬传》中，叙杜十娘沉江的一句是："女郎已持明珠赴江水不起矣"，其中的"明珠"即具有象征意义；而《杜十娘怒沉百宝箱》中，这一句是"十娘抱持宝匣，向江心一跳"，突出了实实在在的"宝匣"，似乎较为世俗一些。但在后面的议论中，同样保留了"明珠美玉，投于盲人"的感慨。"明珠暗投"之典的象征性，不但赋予了杜十娘美好的品质，也让这一悲剧的普遍性得以揭示。

　　总之，头回内部各相对独立故事的互文、头回与正话之间的互文，话本小说与作为本事的文言小说之间的互文，构成了话本小说的小说叙事传统的互文性。以往我们对话本小说与其所依据的文言小说的关系研究，多着

---

① 《负情侬传》据宋懋澄《九籥集》征引（中国社会科学出版社，1984年，第112、116页）；《杜十娘怒沉百宝箱》据《警世通言》征引（北京十月文艺出版社，1995年，第509、519页）。

眼于具体的继承与改编,这当然有助于认识话本小说的成就。但是,如果从互文性的角度来看,话本小说对文言小说内容的吸纳、手法的借鉴、观念的回应等,也是一种小说叙事传统的联系,这种联系使一个文本有可能获得更为丰富、复杂的艺术内涵。也许,能够更充分地建立、发挥这种联系,是一篇作品杰出的一个前提与表现。

(二)话本小说与戏曲的互文性

古代小说、特别是通俗小说,与戏曲等叙事文学有着同源、伴生或递生关系,对话本小说而言,这也是形成一种跨文体的互文性的文学背景。

早期的说话艺人在借鉴戏曲方面,也许还不是那么明显的。对后来的文人小说家来说,让话本小说与戏曲作品产生互文性关联,便是一种艺术的自觉。李渔就是将小说与戏曲融合的一个杰出代表。他的小说常常参照戏曲角色的设置,让小说人物也带有生、旦、净、丑等戏曲角色的类型化特征与功能。在《谭楚玉戏里传情》中,他就引入了丰富的戏曲因素,巧妙地将戏曲角色融入人物的性格刻画中。不但如此,在这篇小说中,他还巧妙地创建了戏曲传统与小说情节的同构关系,强化了作品的戏剧效果。李渔两次在情节叙述中引入了《荆钗记》的演出,一次是富翁图谋占有刘藐姑,提出要最后演一出戏:

> 藐姑自己拿了戏单,拣来拣去,指定一本道:"做了《荆钗记》罢。"富翁想了一想,就笑起来道:"你要做《荆钗》,难道把我比做孙汝权不成?也罢,只要你肯嫁我,我就暂做一会孙汝权,也不叫做有屈。这等大家快请上台。"……
>
> ……前面几出虽好,还不觉得十分动情,直做到遭嫁以后,触着他心上的苦楚,方才渐入佳境,就不觉把精神命脉都透露出来,真是一字一金,一字一泪。做到那伤心的去处,不但自己的眼泪有如泉涌,连那看戏的一二千人,没有一个不痛哭流涕。再做到抱石投江一出,分外觉得奇惨,不但看戏之人堕泪,连天地日月都替他伤感起来。忽然红日收藏,阴云密布,竟像要混沌的一般。
>
> 往常这出戏不过是钱玉莲自诉其苦,不曾怨怅别人;偏是他的做法不同,竟在那将要投江、未曾抱石的时节,添出一段新文字来,夹在说白之中,指名道姓咒骂着孙汝权。
>
> 恰好那位富翁坐在台前看戏,藐姑的身子正对着他,骂一句"欺心

的贼子",把手指他一指;咒一句"遭刑的强盗",把眼相他一相。

那富翁明晓得教训自己,当不得他良心发动,也会公道起来,不但不怒,还点头称赞,说他骂得有理。藐姑咒骂一顿,方才抱了石块走去投江。

别人投江是往戏场后面一跳,跳入戏房之中名为赴水,其实是就陆;他这投江之法,也与别人不同,又做出一段新文字来,比咒骂孙汝权的文法更加奇特。

那座神庙原是对着大溪的,戏台就搭在庙门之外,后半截还在岸上,前半截竟在水里。藐姑抱了石块,也不向左,也不几右,正正的对台前,唱完了曲子,就狠命一跳,恰好跳在水中。果然合着前言,做出一本真戏。把那满场的人,几乎吓死,就一齐呐喊起来,教人捞救。

谁想一个不曾救得起,又有一个跳下去,与他凑对双。这是甚私原故?只因藐姑临跳的时节,忽然掉转头来,对着戏房里面道:"我那王十朋的夫阿!你妻子被人凌逼不过,要投水死了,你难道好独自一个活在世上不成?"谭楚玉坐在戏箱上面,听见这一句,就慌忙走上台来,看见藐姑下水,唯恐追不及,就如飞似箭的跳下去,要寻着藐姑,与他相抱而死,究竟不知寻得着寻不着。

满场的人到了些时,才晓得他要做《荆钗》全是为此……①

在小说的后半部,李渔再次借演《荆钗记》激发人物的感情。我不惮词费地引述这一大段文字,是因为它充分地显示出了《谭楚玉戏里传情》与《荆钗记》的互文关系。对于当时的读者来说,《荆钗记》是一部家喻户晓的戏曲,而在这篇作品中,《荆钗记》的演出,不但符合人物的身份,符合人物关系与命运,更符合李渔的情节构思,他需要以"投江"作为情节逆转的关节点,这一情节与读者熟悉的《荆钗记》中的"投江"相呼应,丰富了情节的戏剧性和感染力,也提升了读者对它的认同。不但如此,由于《荆钗记》的"投江"有悲剧意味,李渔的目的却是喜剧,利用前者的悲剧性,无疑为后来的喜剧结局作了一个强有力的铺垫,并最终收到出人意表的艺术效果。

在小说与戏曲的互文中,最容易为小说家"摄入"文本的戏曲当然是那些著名的作品,因为这样的作品才有可能最便捷、最充分地产生互文性的艺术效果,上述李渔小说中的《荆钗记》就是如此。在诸多戏曲作品中,《西厢

---

① 李渔《连城璧》,上海古籍出版社,1995年,第10页。

记》无疑是最为读者所熟知的经典之一。它的场景设置、人物关系、情节模式等,都早已成为"才子佳人"文学的范本,为后世小说、戏曲所借鉴、效法或摄入。在话本小说中,就有不少这样的作品。值得注意的是,话本小说"摄入"《西厢记》模式时,并不是刻板地仿制同样的情景,而是有意从不同角度对"西厢模式"进行一种可以辨识却又有所改变甚至颠覆式的摄入。

《照世杯》卷一《七松园弄假成真》是一个很有趣的例证。这篇小说描写了才子阮江兰满怀憧憬和激情到西施故里山阴寻访佳人,受到"佳人"奚落后,转而向青楼寻访风尘知己。在七松园——阮江兰的"普救寺",他为畹娘的美貌所打动,这与《西厢记》中张生初见崔莺莺即惊为天人一样。所不同的是,人物关系有了一些变化,而情节也相应地发生了似是而非的改变:

> 阮江兰自此之后,时常在竹篱边偷望……公子算计道:"这个馋眼饿胚,且叫我受他一场屈气。"忙叫小厮研墨,自家取了一张红叶笺,杜撰几句偷情话儿,用上一颗鲜红的小图印,钤封好了,命一个后生小厮,叫他:"送与竹阁上的阮相公。只说娘娘约到夜静相会,切不可露我的机关。"小厮笑了一笑,竟自持去。才走出竹篱门,只见阮江兰背剪着手,望着竹篱内叹气。小厮在他身后,轻轻拽了拽衣袖。阮江兰回头一看,只是应家的人,恐怕又惹他辱骂,慌忙跑回竹阁去。小厮跟到阁里,低低叫:"阮相公,我来作成你好事的。"阮江兰还道是取笑。反严声厉色道:"胡说!我阮相公是正经人,你辄敢来取笑么?"小厮叹道:"好心认做驴肝肺,干折我娘娘一片雅情。"故意向袖中取出情书来,在阮江兰面前略晃一晃,依旧走了出去。阮江兰一时认真,上前扯住道:"好兄弟,你向我说知就里,我买酒酬谢。"小厮道:"相公既然疑心,扯我做甚么?"阮江兰道:"好兄弟,你不要怪我,快快取出书来。"小厮道:"我这带柄的红娘,初次传书递柬,不是轻易打发的哩。"阮江兰忙在头上拔下一根金簪子来送他。小厮接在手里,将书交付阮江兰。又道:"娘娘约你夜静相会,须放悄密些。"说罢,打阁外去了。阮江兰取书在鼻头上嗅了一阵,就如嗅出许多美人香来。拆开一看,书内写道:
>
> 妾幽如剑衽拜,具书阮郎台下:素知足下钟情妾身,奈无缘相见。今夜乘拙夫他出,足下可于月明人静之后,跳墙而来。妾在花阴深处,专候张生也。
>
> 阮江兰手舞足蹈,狂喜起来。……将次更阑,挨身到竹篱边,推一推门,那门是虚掩上的。阮江兰道:"美人用意,何等周致!你看他先

把门儿开在这里了。"跨进门槛,靠着花架走去。阮江兰原是熟路,便直达卧室。但第一次偷婆娘,未免有些胆怯,心欲前而足不前,趔趔趄趄,早一块砖头绊倒。众家人齐喊道:"甚么响?"走过来不问是贼不是贼,先打上一顿……①

从小厮"我这带柄的红娘"以及书信中"足下可于月明人静之后,跳墙而来。妾在花阴深处,专候张生也"等语,处处可见《西厢记》的影子。然而,作者的高明在于,他只是对《西厢记》所创造的经典爱情模式进行了一个"戏拟性摄入",当阮江兰兴高采烈地去赴约,得到的不是"莺莺"的投怀送抱,而是被当成盗贼毒打了一顿。这一与《西厢记》同构异质的情节,令读者在与"西厢"模式的联想对比中,更充分地体会阮江兰被戏弄的心酸,进而领略小说作者依托传统而又别出心裁的艺术匠心与思想水平。

《石点头》第五回《莽书生强图鸳侣》是对《西厢记》的另一种"戏拟性摄入"。这篇小说的主人公是举人莫谁何,这个莫谁何天生颖异,乖巧过人,"十来岁时,男女情欲之事,便都晓得"。长大以后,更喜寻花问街柳,一身轻薄。但也小有才华,"十九岁上,挣得一名遗才科举入场,高高中了第二名经魁"。后来去京师,途经扬州,到琼花观观音殿上香还愿。小说写道:

……[莫谁何]刚出庙门,方待回寓,只见一个美貌女子,后边随着一个丫鬟,入庙来烧香。举目一觑,不觉神魂飘荡,暗道:"撞了这几日,才得遇个出色女子,真好侥幸也!"②

这一情景显然袭自《西厢记》中张生初见崔莺莺,作者特意点明,这是"莫谁何的佛殿奇逢"。不过,莫谁何却不同于张生,接下来莫谁何与斯紫英小姐的恋情也不是那么优雅动人。品行不端的莫谁何用了近乎无赖的手段,逼迫紫英就范。显然,作者很清楚,如果只是描写一个"西厢"模式翻版的才子佳人爱情,在同类公式化作品层出不穷的文学背景下,是没有出息的,不符合冯梦龙在为《石点头》作叙时称道他(浪仙)的"游戏神通"。所以,接下来他叙述的是一个虽不完美却也曲尽人情的莫、斯婚恋,表现出作者将诗情画意与真正人性相对接的艺术理念。

梁辰鱼的《浣纱记》也是一出名剧,剧本叙述越王勾践被吴王夫差打败

---

① 酌元亭主人《照世杯》,上海古籍出版社,1985年,第10—11页。
② 天然痴叟《石点头》,吉林文史出版社,1986年,第97页。

后,忍辱负重,奋发图强,听从范蠡的建议,将范蠡的恋人浣纱女西施进献给吴王,以取得其信任,并消磨其意志,离间其君臣。吴王为西施的美貌所惑,废弛国政,杀害忠良,而越国君臣经苦心经营,终于伺机反攻,战胜吴国。范蠡则功成身退,携西施泛舟归隐而去。此剧流传甚广,影响巨大。而《豆棚闲话》中的《范少伯水葬西施》却大做翻案文章,描写了一个完全不同的范蠡、西施故事。作者首先通过少年之口,概述了人们对《浣纱记》的一般认识:

  ……昨日前村中做戏,我看了一本《浣纱记》,做出西施住居苎萝山下,范大夫前访后访,内中唱出一句,说"江东百姓,全是赖卿卿"。可见越国复得兴霸,那些文官、武将全然无用,那西施倒是第一个功臣。后来看到同范大夫两个泛湖而去,人都说他俱成了神仙。这个却不是才色俱备、又成功业、又有好好结果的么?①

对于这种流俗之见,作者借老者之口加以反驳。他否定了西施的美貌,声称"我在一本野史上看见的却又不同。说这西子住居若耶溪畔,本是一个村庄女子。那范大夫看见富贵家女人打扮,调脂弄粉,高髻宫妆,委实平时看得厌了。一日山行,忽然遇着淡雅新妆波俏女子,就道标致之极。其实也只平常。又见他小门深巷,许多丑头怪脑的东施围聚左右,独有他年纪不大不小,举止闲雅,又晓得几句在行说话,怎么范大夫不就动心?"同时,他彻底否定了所谓功成身退、俱成神仙的说法,认为那不过是"戏文"为了"打动天地间富贵功名的人,处在盛满之地,做个急流勇退的样子"。在这篇小说中,范蠡、西施的美满结局完全改观:

  那知范大夫一腔心事,也是微悻成功……到那吴国残破之日,范大夫年纪也有限了,恐怕西子回国,又拖旧日套子断送越国,又恐怕越王复兴霸业,猛然想起平日勾当有些不光不明,被人笑话。……故此陡然发了个念头,寻了一个船只,只说飘然物外,扁舟五湖游玩去了……平日做官的时节,处处藏下些金银宝贝,到后来假名隐姓,叫做陶朱公。"陶朱"者,逃其诛也。不几年间成了许多家赀,都是当年这些积蓄,难道他有甚么指石为金手段,那财帛就跟他发迹起来?许多暧昧心肠,只有西子知道。西子未免妆妖作势,逞吴国娘娘旧时气质,笼络着他,那范大夫心肠却又与向日不同了,与其日后泄露,被越王追寻起来,不若

---

① 艾衲居士《豆棚闲话》,人民文学出版社,2006年,第16页。

依旧放出那谋国的手段,只说请西子起观月色。西子晚妆才罢,正待出来举杯问月,凭吊千秋,不料范大夫有心算计,觑者冷处,出其不意,当胸一推,扑的一声,直往水晶宫里去了。①

欣赏与理解《豆棚闲话》这一翻案文章的用意,离不开历史上有关范蠡、西施的传说,特别是离不开《浣纱记》所最终确立的范蠡、西施爱情模式。打破固有认识与僵化思维,正是艾衲居士努力的方向,也正是《豆棚闲话》与《浣纱记》互文性的价值所在。

(三)话本小说与诗词的互文性

米克·巴尔《叙述学:叙事理论导论》在讨论叙述文本的插入文本时指出:"插入本文的绝大多数是非叙述性的。"②在话本小说中,非叙述性的文本插入也相当普遍,其中主要是诗文之类。这里着重讨论一下话本小说诗歌插入的互文性问题。

在诗歌领域,所谓偷语、偷意、偷势即语词、主题、结构三方面的摹仿,是诗歌中互文关系发生的主要层面。③ 在话本小说中,对前人诗歌的利用相当普遍,甚至不拘于暗自的摹仿,如在"入话"中,小说家有时就极力张扬对前人诗歌的利用,既显示自己的才华,又提升小说的品位,同时也可能为小说的叙事作一种背景性的铺垫或渲染。如《碾玉观音》(《警世通言》卷八《崔待诏生死冤家》)的入话,连用了十一首有关春天的诗词。虽然这样的连用,在说话艺术阶段可能是说话艺人为了显扬才学及起到静场的作用,但对小说正文的叙事,也多多少少会有照应。《碾玉观音》在入话之后,便解释道:

> 说话的,因甚说这春归词?绍兴年间,行在有个关西延州延安府人,本身是三镇节度使咸安郡王。当时怕春归去,将带着许多钧眷游春。④

尽管这样的联系可有可无,但对入话与正文连为一体而言,还是有必要的。

---

① 艾衲居士《豆棚闲话》,人民文学出版社,2006年,第18页。
② 米克·巴尔《叙述学:叙事理论导论》,中国社会科学出版社,2003年,第70页。
③ 参见蒋寅《拟与避:古典诗歌文本的互文性问题》,《文史哲》2012年第1期。
④ 《碾玉观音》,程毅中辑注《宋元小说家话本集》,齐鲁书社,2000年,第187页。

在接下来的叙述中,当女主人公出场时,小说描写她的外貌:

> 云鬓轻笼蝉翼,蛾眉淡拂春山,朱唇绽一颗樱桃,皓齿排两行碎玉。莲步半折小弓弓,莺啭一声娇滴滴。①

随后又用一首《眼儿媚》词,写她有一件本事来:

> 深闺小院日初长,娇女绮罗裳。不做东君造化,金针刺绣群芳。
> 斜枝嫩叶包开蕊,唯只欠馨香。曾向园林深处,引教蝶乱蜂狂。②

在这里,我们分明可以看到,作者对女主人公的形容也都是与春天联系在一起的。所以,入话的咏春诗词,与正文"时遇春天"的故事情节以及作者对女主人公的描写,也存在一种映衬性的互文关系。入话中"山色晴岚景物佳""无限园林转首空""庭院日长空悄悄"与描写女主人公的"蛾眉淡拂春山""深闺小院日初长""曾向园林深处"在词句、意象上的重叠,很难说是作者的有意设置,因为在中国古典诗歌中,这种词句、意象实在太平常了。不过,如果读者由这种词句、意象上的相通,产生某种联想,乃至由入话的感叹"春归"诗词,联想到有着春天般姿容的女主人公最后的香消玉殒,同样是合乎情理的,至少是合乎文本修辞的。

不过,上述照应相对来说还比较简单。对于话本小说而言,还有一些特殊的互文更为重要。我指的是话本小说内部的互文,最为突出的是小说家将诗歌与散体叙事结合,共同营造一种完整的艺术情景,完成对生活经验的揭示。

《清平山堂话本》中的《风月瑞仙亭》,开篇有两句诗:"朱弦慢促相思调,不是知音不与弹。"这两句诗具有鲜明的提示性,表明这篇小说的内容与爱情相关,其中有一个核心情节便是"琴挑"。在篇中,我们就看到了这样一幕:

> 话中且说相如自思道:"文君小姐貌美聪慧,甚知音律。今夜月明下,交琴童焚香一炷,小生弹曲瑶琴以挑之。"文君正行数步,只听得琴声清亮,移步将近瑞仙亭,转过花阴下,听得所弹琴音曰:
> 凤兮凤兮思故乡,遨游四海兮求其凰。时未遇兮无所将,何悟今夕兮升斯堂?有艳淑女在闺房,室迩人遐在我傍。何缘交颈为鸳鸯?胡

---

① 《碾玉观音》,程毅中辑注《宋元小说家话本集》,齐鲁书社,2000 年,第 187 页。
② 同上书,第 188 页。

颉颃乎共翱翔。

凤兮凤兮从我栖,得托孳尾永为妃。交情通体心和谐,中夜相从知者谁?双翼俱起翻高飞,无感我思使余悲!①

《史记·司马相如列传》中有一句"以琴心挑之",为后世文学作品敷演其事提供了极大的想象空间。在中国古代小说和戏曲中,"琴挑"逐渐演变成爱情题材作品中一个惯用的象征性和画面感极强的场景。而本篇月下弹琴的优雅意境和传说为司马相如所作《凤求凰》曲词的插入②,将主人公司马相如的内心情感直接宣泄出来,使得司马相如和卓文君并不特别复杂的爱情经历,在情节发展的叙述中,带有了一种感情的波澜。其中的互文性,既上承《史记》的简洁记载,又让《凤求凰》与"琴挑"情节融为一体,同时也与其他戏曲的同类情节相映成趣。

在接下来的叙述中,《风月瑞仙亭》还有一首诗曰:

含羞无语自沉吟,咫尺相思万里心。
抱布贸丝君亦误,知音尽付七弦琴。③

这首诗同样与主人公的经历相呼应。虽然《风月瑞仙亭》为一残篇,但我们有理由相信,小说家在篇尾可能还会以一首与弹琴和"知音"相关的诗来总结他们的爱情,从而形成散体叙述与诗歌抒情的整体对应式互文。

话本小说中有不少引自前人的署名诗词。署名诗词在话本小说中的出现都不是单纯的诗体语言形式的运用。因为本身已是早已完成的、独立的文学文本,所以,它们被纳入话本小说中,与小说文本构成了内部的跨文本,形成"互文性",必然唤起读者对原诗词背景的记忆,从而拓展文学创作与接受的思维空间,丰富小说作品的文学内涵。如《警世通言》之《钱舍人题诗燕子楼》先叙白居易与妓女关盼盼唱和事,各引诗多首。此事见诸《白氏长庆集》,不是话本小说家杜撰。正话则虚构钱希白与盼盼鬼魂会晤事,其中也有诗词数篇。这些诗作,伴随着头回、正话情节的相互映衬,在情绪上也形成了一种呼应性的互文。

在话本小说创作文人化以后,话本小说与诗歌的互文性更为自觉。以

---

① 洪楩辑,程毅中校注《清平山堂话本校注》,中华书局,2012年,第89页。
② 《史记·司马相如列传》未载《凤求凰》,南朝陈徐陵编《玉台新咏》始见收录,并加序说明,唐《艺文类聚》、宋《乐府诗集》等书亦收载,近人或疑乃两汉琴工假托司马相如所作。
③ 洪楩辑,程毅中校注《清平山堂话本校注》,中华书局,2012年,第91页。

李渔的《十二楼》为例。在这部小说集中,李渔引用了不少自己的作品——这些作品最初并非为了小说而作,但由于作者的同一、旨趣的相近,经李渔的有意安排,便构成了一种互文性的关系。如在《夏宜楼》的开篇,李渔引了六首诗,然后写道:"这六首绝句,名为《采莲歌》,乃不肖儿时所作。共得十首,今去其四。凡作采莲诗者,都是借花以咏闺情,再没有一首说着男子。又是借题以咏美人,并没有一句说着丑妇。可见荷花不比别样,只该是妇人采,不该用男子摘;只该入美人之手,不该近丑妇之身。"而这也正是这篇小说的立意,所以,诗中的"岸上有人闲处立,看花更看采花儿""从中悟得勾郎法,只许郎看不近郎",都在小说中得到了巧妙的敷演。

又如《闻过楼》,这篇小说作为《十二楼》的最后一篇,在全书的构思中占有特殊的位置。李渔在结尾的议论中既强调了"独此一楼"有别于书中其他"楼"的地方,又指出了"觉世稗官(李渔之号)之小说,大率类此"的共性。换言之,这篇小说具有鲜明的创作主体性。而这种主体性同样在与李渔自创诗歌的互文中得到了突出的体现。与《十二楼》其他作品相比,《闻过楼》开篇所引用的自创诗歌及议论都更多。篇首诗据李渔说"乃予未乱之先避地居乡而作",表现了归隐乡间,做所谓"山中宰相"的愿望。为此,李渔继续写道:

> 诸公若再不信,但取我乡居避乱之际信口吟来的诗,略摘几句,略拈几首念一念,不必论其工拙,但看所居者何地,所与者何人,所行者何事,就知道他受用不受用,神仙不神仙,这山中宰相的说话僭妄不僭妄也。如五言律诗里面有"田耕新买犊,檐盖旋诛茅。花绕村为县,林周屋是巢","绿买田三亩,青赊水一湾。妻孥容我傲,骚酒放春闲"之句。七言律诗里面有"自酿不沽村市酒,客来旋摘野棚瓜。枯藤架拥诙谐史,乱竹篱编隐逸花","栽遍竹梅风冷淡,浇肥蔬蕨饭家常。窗临水曲琴书润,人读花间字句香"之句。此乃即景赋成,不是有因而作。还有《山斋十便》的绝句,更足令人神往。[①]

《山斋十便》及小序颇长,兹不具引。其意则在"要使方以外的现任司马、山以内的当权宰相,不可不知天爵之荣,反寻乐事于蔬水曲肱之外也"。将这些诗歌及观念与小说情节、人物言行对看,可以明显感受到李渔写作态度与观念上的一致性。换言之,李渔将自己诗歌写作的理念,通过小说情节安排

---

① 李渔《十二楼》,上海古籍出版社,1995年,第171—172页。

与人物描写进一步展开,又用后者呼应了前者。戴维·洛奇曾结合自己的小说创作经验说:"文本互涉不是,或不一定只是作为文体的装饰性补充,相反,它有时是构思和写作中的一个决定性因素。"①李渔这样的"自我互文",在构思和写作中的决定性意义可能更突出,当然,这并不排除它们同时又与前代文学作品互文。

如果是描写文人的小说,话本小说诗词运用的互文性更不鲜见。比如作为话本小说在清初的变体,《西湖佳话》的文人化特点十分明显,如卷二《白堤政迹》、卷三《六桥才迹》分别叙述白居易、苏轼在西湖的故事,其中便穿插了大量白、苏二人的诗作。这些诗作使《西湖佳话》甚至具有了某种诗话的特点。《六桥才迹》有这样一段描写:

> 侍妾朝云,当时有一个相好的妓女,叫做琴操,前番东坡见他时,才只得十三岁,便性情聪慧,喜看佛书。东坡这番来,琴操已是二十九岁了。东坡怜他有些佛性,恐怕他坠落风尘,迷而下悟,思量要点化他,因招他到湖中饮酒。饮到半酣,因对琴操说道:"你既喜看佛书,定明佛理,我今权当作一个老和尚,你试来参禅,何如?"琴操道:"甚好。"
>
> 东坡因问他道:"怎么是湖中景?"琴操答道:"落霞与孤鹜齐飞,秋水共长天一色。"
>
> 东坡又问道:"怎么是景中人?"琴操答道:"裙拖六幅湘江水,髻绾巫山一段云。"
>
> 东坡又问:"怎么是人中景?"琴操答道:"随他扬学士,鳖杀鲍参军。"
>
> 东坡听罢,因把桌子一拍道:"门前冷落车马稀,老大嫁作商人妇。"
>
> 琴操大悟,到次日即削去头发,做了尼姑,参访佛印禅师,后来也成了正果。这叫做"东坡三化琴操"。②

这一段情节的本事见于宋代吴曾《能改斋词话》卷一《杭妓琴操》:

> [东坡闻妓琴操而称赏之]后因东坡在西湖,戏琴曰:"我作长老,尔试来问。"琴云:"何谓湖中景?"东坡答曰:"秋水共长天一色,落霞与孤鹜齐飞。"琴又云:"何谓景中人?"东坡云:"裙拖六幅潇湘水,鬓鬌巫

---

① 戴维·洛奇《小说的艺术》,作家出版社,1998年,第114页。
② 古吴墨浪子辑《西湖佳话》,上海古籍出版社,1980年,第52页。

山一段云。"琴又云:"何谓人中意?"东坡云:"惜他杨学士,憨杀鲍参军。"琴又云:"如此究竟如何?"东坡云:"门前冷落车马稀,老大嫁作商人妇。"琴大悟,即削发为尼。①

很明显,《六桥才迹》完全移植了这一段对话,大概为了突出琴操的才情,改原作中琴问苏答为苏问琴答。但原作的诗句基本未改动,其对话功能或指向也是一致的。而这些诗句多出自名诗,为一般读者所熟悉,具有一种灵巧善多变的互文效果。

德国学者沃尔夫冈·伊瑟尔(Wolfgang Iser)认为互文性包含不同层次,其中包括在文本中选择文本外的传统、价值、引喻、引语等进行联系的过程。② 如上所述,话本小说的互文性也是一个复杂的过程。互文性使一篇话本小说有可能在多层次的文本交融中,兼容各种文本印证、补充主体文本的艺术空间,从而超越特定文本的局限,构成一个或隐或显的开放性艺术系统。

---

① 吴曾《能改斋词话》,唐圭璋编《词话丛编》第一册,中华书局,1986年,第138页。
② 参见王逢振《今日西方文学批评理论》,漓江出版社,1988年,第86页。

七、话本小说版本问题的特殊性

郭英德先生在《中国古代通俗小说版本研究刍议》中指出:"与传统的经、史、子、集等文献相比较,中国古代通俗小说的著述背景、制作背景与流传背景有着明显的不同特征,从而为版本学的理论与实践提出了许多亟须深思、有待解决的课题。"[①]推而广之,在通俗小说内部,不同的小说类型,版本问题其实也不可一概而论。实际上,在古代小说的版本研究方面,话本小说的版本研究成果比章回小说、尤其是章回小说名著的少得多。在动笔写作本文时,我在期刊网上检索了一下十余部话本小说的研究论文,其中有关《石点头》的记录有10条,无一涉及版本的问题;《西湖二集》《豆棚闲话》各有15条记录,也无一涉及版本问题;李渔的《十二楼》有29条记录,均无关版本,《无声戏》有18条记录,仅有2条与版本有关;其他如《型世言》《照世杯》等,率多如此。即使是"三言""二拍",讨论其版本问题的论文也极少;唯一的例外是《京本通俗小说》,相关论文基本上都是针对其版本(以上信息为2009年6月12日检索)。这种情况除了研究工作本身的失衡外,可能还有一个很重要的原因,就是话本小说的版本问题存在着一些特殊性。反思这些特殊性,也许有利于我们确立相应的研究思路,深化话本小说的版本研究。

(一)话本小说编刊的特殊性使其版本研究需兼顾表演与文本两个方面的因素

话本小说与其他通俗小说一样,在流传过程中,也会因传抄、刻板等原因出现不同的版本,这些版本存在着诸如增删、改动以及误字、脱文、衍文等差异或错误。但是,话本小说的编刊还有几个突出的特点,它们在一定程度上造成了话本小说的版本特殊性。

---

① 郭英德《中国古代通俗小说版本研究刍议》,《文学遗产》2005年第2期。

话本小说编刊的特点主要有以下三方面,首先,早期话本小说大多在勾栏瓦舍及其他场合以说话的形式传播,其文本形态与表演活动有关;其次,相当数量的话本小说在创作时,依据文言小说作为本事出处,其文本形态不同程度地保留了原作的某些痕迹;再次,话本小说一般篇幅较短,单篇传播,不易保存。编为一集,则可能使成于众手的作品风格上既具有不同之处,又带有编者加工的一致特点。以下就这三方面分别申论之。

1. 话本小说的版本与表演伎艺

　　众所周知,话本小说源自说话艺术,说话艺术的表演性及其在艺人间的传承,都使得话本小说的传播不同于单纯的文本传播,至少早期的话本小说主要是在勾栏瓦舍中以"听—说"形式流传的,在后来刊行的话本小说中,仍保留着这方面的痕迹,在一些小说中提到其作品来自于"书会才人""京师老郎",如:

> 《喻世明言》卷一五《史弘肇龙虎君臣会》:"这话本是京师老郎流传"。
> 《喻世明言》卷二《陈御史巧勘金钗钿》:"闻得老郎们相传的说话"。
> 《醒世恒言》卷一七《张孝基陈留认舅》:"尝闻得老郎们传说"。
> 《醒世恒言》卷一三《勘皮靴单证二郎神》:"原系京师老郎传流,至今编入野史。"
> 《拍案惊奇》卷二一《袁尚宝相术动名卿　郑舍人阴功叨世爵》:"此本话文,叫做《积善阴骘》,乃是京师老郎传留至今。"
> 《二刻拍案惊奇》卷二九《赠芝麻识破假形　撷草药巧谐真偶》:"这一回书,乃京师老郎传留,原名为《灵狐三束草》。"
> 《西湖二集》卷二一《假邻女诞生真子》:"此系杭城老郎流传。"

早期说话艺术以口头表演为主,包括说话艺人间的传承,很可能也是以口口相传为主,可供阅读的话本小说文本出现较晚,《清平山堂话本》是现存较早的话本小说集,刊刻于明嘉靖年间;《熊龙峰四种小说》刊刻于明万历年间;"三言"则刊刻于明泰昌、天启年间。这些小说集保存了一些宋元话本,但从时间上说,已大大晚于它们产生的时间。而在产生之后到刊刻于世的二三百年间,很难想象它们的文本与宋元时期可能出现过的文本一模一样。程毅中先生曾敏锐地注意到,明兼善堂本《警世通言》第十九卷《崔衙内白鹞招妖》有三处"恒山"的"恒"字缺笔,应该是避宋真宗的名讳,这是根据宋本翻刻时"依样画葫芦"。① 不过,这样的"依样画葫芦"式翻刻即便存在,也不会太多。从总体上看,虽然冯梦龙编"三言"时,有若干篇特别声明为"宋人小说""宋本""古本",他对这些作品进行过程度不同的加工却是肯定的。

话本小说的表演性在文本上的反映还表现在叙述套语的使用与语言风格上。其中有些套语的使用也见于其他通俗小说,但也有些是话本小说所特有或较多见的,如叙述人自称"说话的",而将接受者(听众)称为"看官"等。《清平山堂话本》中的《刎颈鸳鸯会》,通篇分布着这样的提示语:

> 如今则管说这"情""色"二字则甚?
> 且说个临淮武公业,于咸通中任河南府功曹参军……
> ……权做个笑耍头回。
> 说话的,你道这妇人住居何处?姓甚名谁?……
> ……因成商调《醋葫芦》小令十篇,系于事后,少述斯女始末之情。奉劳歌伴,先听格律,后听芜词……
> 在座看官,要备细,请看叙大略,漫听秋山一本《刎颈鸳鸯会》……②

这些提示语在在显示出说话艺术的表演性特点。尽管"说话的""看官"之类称谓,后来文人创作的"拟话本"也会袭用,但"在座看官"这种现场性很强的称谓却不多见。另外,早期话本中,还时有"话本说彻,权作散场"的结束语,《清平山堂话本》的《简帖和尚》《合同文字记》,《熊龙峰四种小说》的《张生彩鸾灯传》等,都有这样的结束语。这一现场表演性很强的套语,在后来的"拟话本"中也不多见,似乎只《二刻拍案惊奇》的《田舍翁时时经理牧童儿夜夜尊荣》袭用了。

理论上,有这些套语的作品应属于早期的或经历过说话阶段的。这当然不能作为唯一的判断标识,《醒世恒言》卷三五《徐老仆义愤成家》有这样一段:

> 说话的,这杜亮爱才恋主,果是千古奇人。然看起来,毕竟还带些腐气,未为全美。若有别桩希奇故事,异样话文,再讲回出来。列位看官稳坐着,莫要性急,适来小子道这段小故事,原是入话,还未曾说到正

---

① 《〈宋元小说家话本集〉前言》,《程毅中文存》,中华书局,2006年,第244页。
② 洪楩辑,程毅中校注《清平山堂话本校注》,中华书局,2012年,第246页。

传。那正传却也是个仆人,他比杜亮更是不同……①

从口气上看,这应是说话人的口吻。不过,没有证据表明它与上述那些可能在书场表演过的话本属于同一类创作。而李渔的小说在叙述套语的运用上,就明显文人化了,如《十二楼》之《合影楼》第二回结尾处:

> 看官们看到此处,也要略停慧眼,稍搦愁眉,替他存想存想。且看这番孽障,后来如何结果。②

《夏宜楼》第一回结尾处:

> 看官们看到此处,别样的事都且丢开,单想詹家的事情,吉人如何知道?是人是鬼?是梦是真?大家请猜一猜。且等猜不着时,再取下回来看。③

《闻过楼》第一回结尾:

> 暂抑谈锋,以停倦目。④

这些提示与早期话本小说中的提示语不同,显示出由"听"向"看"的过渡。

所以,粗略地说,话本小说与表演的关系在文本上的体现大致有三种类型,一是确有表演套语的记录,二是对表演套语的袭用,三是出现了转变为书面读物的套语。

2. 话本小说与文言小说

依据文言小说作为本事出处,是话本小说不同于其他小说文体的一个重要创作特点与规律。虽然长篇小说如讲史之类,也可能有史书的基础,但相对来说,那是一种以史实为中心、跨越文史的传承,而话本小说对文言小说的敷演,则是一种以情节和人物为中心的文学传承,后者可以包含更为自由的发挥。尽管如此,文言小说还是在话本小说的文本上打下了深深的烙印,也就是说,话本小说的版本考察有必要借助于相关的文言小说。

《警世通言》中有一篇《拗相公饮恨半山堂》,叙王安石性格执拗,人称"拗相公"。他告病辞职,改判江宁府,一路上遇见许多人说他变法害民。

---

① 冯梦龙《醒世恒言》,北京十月文艺出版社,1995 年,第 811 页。
② 李渔《十二楼》,上海古籍出版社,1992 年,第 9 页。
③ 同上书,第 44 页。
④ 同上书,第 174 页。

于是气愤成疾,呕血而死。赵弼《效颦集》有宣德戊申(1428)后序,其中有一篇《钟离叟妪传》,与话本小说情节大体相同,极有可能是其依傍的本事。两篇作品所引述诋毁王安石的诗篇次序不尽相同,字句微有区别,如《拗相公饮恨半山堂》有诗曰:

祖宗制度至详明,百载 余黎 乐太平。
白眼无端偏固执,纷纷变乱拂人情。

五叶明良致太平,相君何事苦纷更?
既言尧舜宜为法,当效伊周辅圣明。
排尽 旧臣居散地,尽为新法误苍生。
翻思安乐窝中老,先讽天津杜宇声。

初知鄞邑未升时, 为负 虚名众所推。
苏老辨奸先有识,李丞劾奏已前知。
斥除贤正专威柄,引进虚浮起祸基。
最恨邪言三不足,千年流毒臭声遗。①

查《效颦集》,"余黎"作"黔黎","排尽"作"排逐","为负"作"伪行"。② 黔黎即黔首黎民,习指百姓;"余黎"则不明所以,大约"余"是"黔"形误。"排尽"虽也可通,但下句也有一"尽"字,作"排逐"更好些。同样,"为负"也不如"伪行"与"辨奸"照应得更贴切。这些地方,也许就可以据文言小说对话本小说作一点校勘。

由于文言小说本身也有因袭,查考相关作品的文本差异,也有助于确认话本小说的真正依据,从而了解其创作过程。如《初刻拍案惊奇》之《刘东山夸技顺城门 十八兄奇踪村酒肆》本事见宋懋澄《九籥别集》卷二《刘东山》和潘之恒《亘史·外纪》卷四《刘东山遇侠事》。宋懋澄(1570—1622)与潘之恒(1556—1621)大体同时,《九籥别集》与《亘史·外纪》编撰的具体时间不详。两相对比,二者文字大同小异,其异处如《刘东山》"于跗注中藏

---

① 冯梦龙《警世通言》,北京十月文艺出版社,1995 年,第 45—46 页。
② 赵弼撰《效颦集》有《续修四库全书》影印南京图书馆藏明宣德王静刻本(子部第 1266 册,三卷,《钟离叟妪传》在中卷),《四库存目丛书》影印嘉靖二十七年赵子伯重刻本(子部第 246 册,此本为二卷,《钟离叟妪传》在上卷)。

矢二十簇",《刘东山遇侠事》作"于两膝下藏矢二十簇";《刘东山》"东山晓事人,腰间骤马钱一借",《刘东山遇侠事》"一借"作"快送"。这些细微差别,《初刻拍案惊奇》都与《刘东山遇侠事》相同,可见《初刻拍案惊奇》直接依据的是后者。

话本小说与文言小说的同题材作品,大多数情况下是前者依循后者改编而成,但也有相反的情况,例如《情史》中的某些作品,就有可能是据话本小说缩写的。如《情史》卷七《乐和》条,情节与《警世通言》中的《乐小舍拚生觅偶》雷同,文字也有一致处,结尾还有"事见小说"四字,很有可能是据后者缩写的,或者与后者有共同的祖本。不管哪种情况,《乐和》都有助于《乐小舍拚生觅偶》的版本研究。比如《乐和》中写乐和与顺娘清明相会:

……然一揖之外,不能通语。惟彼此相视,微微送笑而已。

《乐小舍拚生觅偶》同处作:

虽然分桌而坐,四目不时观看,相爱之意,彼此尽知。只恨众人属目,不能叙情。

《乐和》中乐和请一老叟测算姻缘,老叟引其至八角井边看,井中有一女子:

细辨,乃顺娘也。喜极,往就,不觉坠井,惊觉乃梦耳。

《乐小舍拚生觅偶》同处作:

仔细认之,正是顺娘,心下又惊又喜。却被老者望背后一推,刚刚的跌在那女子身上,大叫一声,猛然惊觉,乃是一梦。[①]

两处细节,微有不同,前一处《乐小舍拚生觅偶》无"送笑";后一处《乐小舍拚生觅偶》中乐和是被老者推下井的,而《乐和》中乐和是自己"往就"而"坠井"的。这种差别可能出现于改写过程中,也可能是祖本差异所致。

在谈到话本小说与文言小说的关系时,还有一个问题值得关注,即所谓"文言话本"。在《清平山堂话本》中,有几篇作品是用文言写成的。但在文体上则与一般话本相差无几,如《蓝桥记》:

入话:
洛阳三月里,回首渡襄川。

[①] 《乐和》原文参见谭正璧编《三言两拍资料》上册,上海古籍出版社,1980年,第311—313页;《乐小舍拚生觅偶》参见前引《警世通言》,北京十月文艺出版社,1995年,第340—349页。

忽遇神仙侣,翩翩入洞天。
　　裴航下第,游于鄂渚,买舟归襄汉。同舟有樊夫人者,国色也。虽闻其言语,而无计一面,因赂侍婢袅烟,而求达诗一章。……
　　姬遂遣航将妻入玉峰洞中,琼楼珠室而居之,饵以绛雪瑶英之丹,逍遥自在,超为上仙。正是:
　　玉室丹书著姓,长生不老人家。①

在这里,话本小说体制中的"入话""篇尾诗"等,《蓝桥记》都有,然而,其文本则一如裴铏《传奇》之《裴航》。而在《国色天香》等中,也有若干新体传奇小说如《刘生觅莲记》《天缘奇遇》等,以"话本"为名。这些小说与表演的关系也许是考察其文本性质的一个重要因素。

3. 单篇与结集

　　话本小说在结集刊行前,很可能有过单篇刻印的过程。这有目录上的根据,如《也是园书目》的"宋人词话"类录有《西湖三塔》(当即《清平山堂话本》之《西湖三塔记》)、《种瓜张老》(当即《喻世明言》之《张古老种瓜娶文女》);《宝文堂书目》有《玉观音》(当即《警世通言》之《崔待诏生死冤家》)、《金鳗记》(当即《警世通言》之《计押番金鳗产祸》)等等。它们以篇名著录,很可能就是单行本。只不过由于一篇话本刻印出来较为单薄,不易保存,所以流传至今的单篇话本极为罕见,《红白蜘蛛记》残本可能是硕果仅存的实物。

　　至迟在明代中期,话本小说开始结集出版。《六十家小说》中的所谓《清平山堂话本》可能是单篇到结集的过渡形态,阿英曾根据版框大小、字体粗糙、参差不一等特点,推测它们当初可能是单篇刊印,后来才汇合成集的。②

　　就小说集而言,差异最大处可能还是在单篇作品上,这表现在两方面。首先,早期结集话本小说不同于创作,编者当然也会有统一的改编,但非成于一时一手的文本特点仍在小说集中保存。因此,作为一部书的

---

① 洪楩辑,程毅中校注《清平山堂话本校注》,中华书局,2012年,第101、103页。
② 中里见敬《从清平山堂〈六十家小说〉版面特征探讨话本小说及白话文的渊源》(原载《山形大学纪要[人文科学]》第13卷第2号,又见中里见氏《中国小说物语论的研究》第七章,汲古书院,1996年)不同意郑振铎、胡士莹等人关于《六十家小说》没有统一的版式,是由原来的单篇汇合成一个总集的观点,认为《六十家小说》基本上有共同的版式,其中有几篇来历不一样,所以不同于标准版式。

行款、字体等版本特点固然一致,但在文本的内涵上,有时不能与一部章回小说相提并论。比如"三言"中,既有宋元作品,也有明人创作,其间的语言风格、叙述口吻、制度风俗、地名朝代等有助于进行版本推断的信息,就不尽相同。①

其次,同一部小说集的不同版本,也可能存在具体作品的差异。如现藏日本佐伯文库的清初刊本《警世通言》与现藏日本蓬佐文库的明代金陵兼善堂刊《警世通言》正文的行款等都相同,但卷四〇的《旌阳宫铁树镇妖》却变成了《叶法师符石镇妖》。兼善堂刊《警世通言》卷二四的《玉堂春落难逢故夫》也在三桂堂本《警世通言》中被换成了《卓文君慧眼识相如》。② 所以,话本小说集的版本问题,既是小说集的整体问题,也是单篇作品的问题。也就是说,单篇作品是小说集的一部分,有其独立性。

另外,不同的小说集在编选时存在着的因袭现象,也折射着小说史发展及相关版本的信息。例如在《六十家小说》已知的29篇作品即今题《清平山堂话本》者,有10篇又见于冯梦龙所编"三言"中。这其中就有耐人寻味的地方,一个问题是,冯梦龙在编选"三言"时,是否看到了《六十家小说》?如果看到了,为什么他选中了那十余篇作品,而没有选择《快嘴李翠莲记》等同样也很优秀的作品?凌濛初《拍案惊奇序》中声称宋元话本的佳作精品都为冯梦龙编选殆尽,但他的"二拍"中仍有一篇的"头回"见于《六十家小说》未被冯梦龙选中的《阴骘积善》。而《喻世明言》的绿天馆主人《叙》提到了《双鱼坠记》,即熊龙峰刊《孔淑芳双鱼坠传》,冯梦龙是看到了而未选用。这些事例也许可以作为旁证,说明冯梦龙是有可能看到了更多的《六十家小说》中的作品的。另一个问题是,为什么"三言"对《六十家小说》中的作品,有的改动大,有的几乎未加修改?简单地说,当然有原作与编者旨趣是否吻合的问题,但实际可能要复杂些。因为我们不能肯定是否"三言"中的所有改动都出于冯梦龙,不能排除冯梦龙在《六十家小说》之外另有所本的可能。《六十家小说》本身也是编辑之作,比如其中的《风月相思》,熊龙峰刊小说中也有与之相同的《冯伯玉风月相思》,而两者文字略有

---

① 日本学者荒木猛曾尝试通过"三言"中的"固有名词"(如地名、制度等),对小说的时代特点加以分析,参见荒木氏《通过短篇白话小说辨别其新旧表征》,《集刊东洋学》第三十九号,1978年。

② 大塚秀高《关于〈警世通言〉的版本——以佐伯文库本和都立中央图书馆本为中心》,日本《中国——社会与文化》第一号,1986年6月。

不同。这样看来,话本小说集的版本研究,还必须面对具体作品的流传。①

(二)话本小说版本数量相对较少,校勘、考证存在一定的局限

很难简单地说究竟是长篇的章回小说还是短篇的话本小说更受读者欢迎,但从小说的刊刻角度看,章回小说、至少那些章回小说的名著显然更受书商青睐,传播得更广泛,版本也因而复杂得多。相对而言,话本小说的版本数量较少,有不少甚至只有一两种版本。据大塚秀高《增补中国通俗小说总目》,版本最多的话本小说集大概是《今古奇观》,有五十余种,但这样的话本小说集凤毛麟角。至于书商在刊刻章回小说时所热衷标榜的所谓"全本""京本""古本""音释""评点"等,在话本小说中也没那么热闹。

版本少使得话本小说的版本问题相对来说简单些,但是也使得话本小说的版本研究有一些局限。《京本通俗小说》是一个突出的例子。缪荃孙为此书所作跋语称,"闻亲串妆奁中有旧抄本书,类乎平话,假而得之……搜得四册,破烂磨灭,的是影元人写本。首行'京本通俗小说第几卷',通体皆减笔小写",其中《碾玉观音》《菩萨蛮》《西山一窟鬼》《志诚张主管》《拗相公》《冯玉梅团圆》6篇见于《警世通言》,《错斩崔宁》见于《醒世恒言》。而《碾玉观音》《西山一窟鬼》《错斩崔宁》3篇,冯梦龙曾说是宋人小说。另外,缪荃孙还声称《定山三怪》一回"破碎太甚",《金主亮荒淫》两卷"过于秽亵",因此未刻。

对于缪荃孙的表白,多有争议,有人相信,也有人斥其作伪。概而言之,《京本通俗小说》的性质存在三种可能:一、确系元人写本或部分系元人写本;二、明人所编(可能在"三言"前,也可能在"三言"后,但即使在"三言"后,也未必是"三言"改本,而可能另有祖本);三、缪荃孙或他人根据"三言"抄写伪辑。

要在上述三种可能性中确定一个共识是很困难的,原因就在于版本数量有限,只能在《京本通俗小说》文本中寻找内证以及与"三言"进行比较,缺少更多的、必要的参照,难免见仁见智。比如,《京本通俗小说》有几个常

---

① 在第四届中国古代小说国际研讨会上,台湾嘉义大学徐志平先生与笔者讨论时,提到话本小说集编刊中另一个独特的现象,即话本小说可以有优选本,如李渔的小说集。附记于此,以俟进一步思考。

被提及的疑点,一是所有作品均见于《警世通言》《醒世恒言》,过于巧合。但反过来理解,这也有可能说明《警世通言》《醒世恒言》依据的恰是《京本通俗小说》或其祖本。二是《京本通俗小说》一些地方将"故宋"改为"我宋"等语,显系自我作古的伪造。这种可能当然是存在的,但也无旁证指实一定是作伪。三是《冯玉梅团圆》一篇与《警世通言》中的《范鳅儿双镜重圆》相同,唯女主角的姓名有冯玉梅与吕顺哥之异。马幼垣、马泰来指出:"大概《京本通俗小说》的编者知悉有《冯玉梅团圆》这一话本,但在当时已不可得,便故意将《双镜重圆》中重要角色的名字更改,企图托古。"①这一可能性同样是存在的,但也只是"大概",并不能完全排除确系原作的可能性。所以,如果没有其他旁证,仅就《京本通俗小说》本身分析,是难以得出毫无疑义的结论的。即使我们在其中发现了瞿佑的词(孙楷第)、明人抄写时使用的俗字(李家瑞)等,也只能说明它可能是明人的创作,却不能完全排除它是宋元旧作的可能。对此,我赞同徐朔方的观点,简单地将《京本通俗小说》斥为"伪书",未免论证不足,言之过早。②

事实上,这样的遗憾在话本小说的研究中并不少见。《鸳鸯针》是清初的一部重要的话本小说集,存写刻本一卷,另有《拾珥楼新镌绣像小说一枕奇》二卷,题署、行款与上述《鸳鸯针》全同,据专家考证,实书贾将《鸳鸯针》析而为二行世者,由于残缺过甚,严重影响了对此小说的评价。③ 例如第三卷《真文章从来波折　假面目占尽风骚》刻画了一个假名士卜享的形象,堪称《儒林外史》中同类形象的"先驱"。遗憾的是,这一作品不完整,第二回《横口谈题目忌记四书　满腹奇文章单注六等》开篇即缺了两页:

[缺]《孟子》揭了又揭,寻不见一个难的。想了一会,手指一行道:"这句到难,出这个罢。"宋连玉忙忙去看,见他手指着"吾不忍其觳觫"那句,连玉道:"如何出这样一个题。"那晓得,卜享不认得觳觫两个字,他就说是难的了。这正是:

生来只读水浒传,
到底莫怨南华经。

---

① 马幼垣、马泰来《京本通俗小说各篇的年代及其真伪问题》,《中国小说史集稿》,台湾时报出版公司,1983年,第26—27页。
② 徐朔方《小说考信录》,上海古籍出版社,1997年,第411页。
③ 陈汝衡说:"这一《鸳鸯针》话本小说,虽然它接触到《外史》的主要内容,但此书既不曾广泛流传,我们只好存而不论。"(《吴敬梓传》,上海人民出版社,1981年,第126页)

  那宋连玉老大惊疑,心下暗道:卜文倩这等鹘突,要出这种题目可笑得紧,前头那两个又错了句读,这样看来,莫不是果然不通。又想道,到是我差了,他是财主习气,或者风风耍耍,作戏取笑,也未可知。①

  这一节描写正是卜享露出马脚的段落,可惜回目所示"横口谈题目忌记四书"一段几乎完全缺失,他如何错了句读等,不仅关乎人物性格,也是作者讽刺笔法出彩之处。由于文字的脱落,我们无法据以作出进一步的分析与判断。除非有朝一日发现一个完整的版本,否则这样的缺憾是永远无法弥补的。

  由于话本小说集版本少,有的只有一种传世,版本研究有时主要靠内证,如《醉醒石》,今存初刊本,孙楷第、郑振铎认为是明末刊本,而戴不凡、胡士莹则认为是清初刊本。前者除了原刻本绝佳、附有精美插图外,并没有提出可信的证据。而后者认为,顺治时刻本图式、版型、字体等仍保留崇祯时特点,更重要的是作品中有"清人口气"。② 这些问题,在单一的版本范围内是不易解决的。

  《豆棚闲话》的作者究竟是谁也是话本小说中的一个谜,学界迄无确证。③ 另有一部话本小说《跨天虹》,孙楷第《中国通俗小说书目》未著录,《中国通俗小说总目提要》据胡士莹《话本小说概论》著录,但标明"未见",直到《古本小说集成》影印出来,人们才得以一窥此书清初刊残本的真面目。值得注意的是,此书题"鹭林斗山学者初编,圣水艾衲老人漫订","鹭林斗山学者"不知何许人也,而"圣水艾衲老人"当即《豆棚闲话》的作者。不过,《豆棚闲话》与《跨天虹》文体略有区别,行文风格也有差异,现存版本特点也不同。比较而言,《豆棚闲话》的版本相当精致,其插图版画义雅清爽,而《跨天虹》则较为粗陋。也就是说,《跨天虹》版本反映的信息,不足以为解决《豆棚闲话》的问题提供更有利的旁证。

  不过,在版本较少的情况下,参照其他话本小说的版本,仍不失为探讨相关问题的一个有益途径。如《石点头》,现存最早的版本是卷一四的叶敬池梓本,关于此书成书时间,有崇祯年间刊刻、万历末年到崇祯初、与《型世

---

① 华阳散人编辑《鸳鸯针》,春风文艺出版社,1985年,第131页。
② 诸家观点见孙楷第《中国通俗小说书目》(人民文学出版社,1982年)第113页、郑振铎《中国文学研究》(人民文学出版社,2000年)第398页、戴不凡《小说见闻录》(浙江人民出版社,1980年)第253页、胡士莹《话本小说概论》(中华书局,1980年)第634页。
③ 参见本书中编《〈豆棚闲话〉中的江南文化因子及生成背景》。

言》年代相去不远等不同说法。① 在论证刊刻年代时,避讳曾被作为一个证据提及,有论者认为,此书在避讳时,刻印者有时避"照"字,有时却不避,但"由"字却一直是避的,说明当时应该已经到了崇祯后期,避万历、天启的讳已经要求得不是很严格,可是避崇祯皇帝的讳却很谨严。②

  关于这个问题,我以为可以从三方面着眼,一是明代对避讳的规定。朱元璋曾下令:"令表笺及一应文字,若有御名庙讳,合依古二名不偏讳,嫌名不讳,若有二字相连者,必须回避。写字之际,不必缺其点画。"③"凡上书,若奏事误犯御名及庙讳者,杖八十。余文书误犯者,笞四十。若为名字触犯者,杖一百。其所犯御名及庙讳,声音相似,字样分别,及有二字止犯一字者,皆不坐罪。"④明讳之严,实起于天启崇祯之世。其时,光宗讳常洛,熹宗讳由校,崇祯讳由检,皆当避讳,如"洛"改为"雒"、"常"改为"尝"、"由"改为"繇"等,《日知录》卷二三《已祧不讳》指出:"崇祯三年,礼部奉旨,颁行天下,避太祖、成祖及孝、武、世、穆、神、光、熹七宗庙讳,正依唐人之式。唯今上御名亦须回避,盖唐宋亦皆如此,然只避下一字,而上一字天子与亲王所同,则不讳。"总起来说,明代对避讳的要求与前代比是相对较宽松的。

  二是版本的实际情况。据查《石点头》,"照"或作"炤",但也有仍刻为"照"的。"由"也如此,其中有刻成"繇"的,但也并不是完全避讳的,如第二回"奈何行止不由人"、第十四回"没来由被你"等处,都作"由"。

  三是同时期的小说。"金阊叶敬池"不只刊刻过《石点头》,也刊刻过《醒世恒言》,取与对比,发现两者的避讳情况相似,如《醒世恒言》卷一《两县令竞义婚孤女》有如下句:

    ……心下好生不乐,没奈何,只得 由 他……

卷四《灌园叟晚逢仙女》有如下句:

    ……我明日就将落花上枝为 由 ,教张霸到府,首他以妖术惑人……大尹正在缉访妖人,听说此事,合村男女都见的,不 繇 不信……

---

① 诸家观点参见陈大康《明代小说史》,上海文艺出版社,2000 年;王磊《〈石点头〉考论》,《求索》2004 年第 9 期;胡莲玉《话本小说结构体制演进之考察》,《江海学刊》2004 年第 6 期。
② 前揭王磊《〈石点头〉考论》。
③ 《明会典》卷七四,《文渊阁四库全书》本。
④ 《大明律·上书奏事犯讳》,法律出版社,1999 年,第 38 页。

众人口口声声,骂做妖人反贼,不 䆶 分诉,拥出门来。①

其中"将落花上枝为由""不䆶不信"同在一页,可见避讳极不严格。《醒世恒言》有"天启丁卯(七年,1627)中秋陇西可一居士"叙,则《石点头》有可能也刻于这前后。②

类似这样由同一书坊刻印的不同话本小说集还有一些,如啸花轩刊刻过《人中画》《一片情》等众多小说,其中或有可资比较之处。

(三)话本小说在演变与传播过程中的版本变异、改纂和修订

虽然话本小说的演变过程相对来说简单些,但与其他通俗小说一样,在演变与传播过程中也存在版本的变异、修订和改窜。对此,我们同样有必要梳理话本小说的独特性。概而言之,有以下几点值得关注。

第一,与章回小说一样,宋元话本也经历了演变,在演变过程中也存在着变异。不过,由于篇幅有限,变异的幅度不像长篇小说那么大。而后世的话本小说的传播更为简单,版本方面发生的变异也更小,有时只是字句上的不同。就总体而言,如果说章回小说的变异主要是人物的增加、情节的繁富,话本小说的变异则主要表现在局部的调整上。

在话本小说的演变中,经常被比较的作品是《清平山堂话本》与"三言"的同题材作品,如《清平山堂话本》中的《柳耆卿诗酒玩江楼记》,与冯梦龙收入《喻世明言》并更名为《众名姬春风吊柳七》的一篇,存在着重大的差异。原作叙歌妓周月仙与黄员外相恋,拒绝了县宰柳耆卿的追求,柳命舟人强奸周月仙,顺势占有了周。其情节有违情理,正如冯梦龙所批评的那样,"鄙俚浅薄、齿牙弗馨"(《喻世明言序》)。因此,冯梦龙将强奸情节移到富人刘二员外身上,并特加批语曰"此条与《玩江楼记》所载不同,《玩江楼记》谓柳县宰欲通周月仙,使舟人用计,殊伤雅致,当以此说为正"。不但如此,冯梦龙还增加了柳耆卿出八千身价,为周月仙除乐籍,使其与黄秀才团圆的情节。同时,另外增加了柳耆卿与谢玉英的恋爱故事。这种改写显然是为

---

① 此处《醒世恒言》均据上海古籍出版社《古本小说集成》影印本,以下《警世通言》《西湖拾遗》等也据《古本小说集成》影印本,不另注明。

② 有的研究者还认为《醒世恒言》中部分作品与《石点头》的作者都是"席浪仙",参见韩南《中国白话小说史》六《浪仙》,浙江古籍出版社,1989年,第118页。

了维护"风流首领"(《众名姬春风吊柳七》)柳耆卿的形象。类似这样的改动还有不少,如《清平山堂话本》的《五戒禅师私红莲记》与《喻世明言》的《明悟禅师赶五戒》等。不过,并不是所有的作品都有大幅度的改动,更多的可能只是字句上的增删改易、套诗的删节等。

第二,话本小说的因袭是话本小说编刊过程中常见的一种现象,这种因袭不是整部小说集的翻版,而是部分作品的袭用。在袭用时,编刊者可能会围绕新的小说集的编撰要求,对原作进行少量的改窜。

因袭的情形很多,有时几乎没有任何改动。例如《今古奇观》对"三言""二拍"等作品的编选。还有一些小说不是遍选,而是直接的挪用,如《人中画》卷四《村子中识破雌雄　女秀才移花接木》直接袭用《二刻拍案惊奇》卷一七《同窗友认假作真　女秀才移花接木》。

有时,同一话本小说会被不同的小说编选者选用,如《西湖佳话》卷一五《雷峰怪迹》是将《警世通言》卷二八《白娘子永镇雷峰塔》删改而成,后者约一万八千字,前者只一万余字,但人物情节无大变化。而《西湖拾遗》卷二四《镇妖七层建宝塔》则是对《雷峰怪迹》的继承。《白娘子永镇雷峰塔》(据兼善堂本)小说最后叙禅师自镇压之时,留下偈语四句道:

  西湖水干,江湖不起,
  雷峰塔倒,白蛇出世。

而《雷峰怪迹》(据金陵王衙本)、《镇妖七层建宝塔》(据白愧轩本)中,这四句偈语的顺序是:

  雷峰塔倒,西湖水干。
  江潮不起,白蛇出世。

其中《白娘子永镇雷峰塔》中的"江湖",在后二本中改作"江潮",可纠正《警世通言》的误刻。

然而,《镇妖七层建宝塔》也不是简单因袭《雷峰怪迹》,在文字上也有一些增改。它前面有一小段关于雷峰塔的考辨,最后有一首篇尾诗,都是《雷峰怪迹》所没有的。在《白娘子永镇雷峰塔》中,写许宣寂寞,有一首诗曰:

  独上高楼望故乡,愁看斜日照纱窗。
  平生自是真诚士,谁料相逢妖媚娘。
  白白不知归甚处?青青那识在何方?

> 抛离骨肉来苏地,思想家中寸断肠!

这首诗《雷峰怪迹》作了一点改动:

> 独上高楼望故乡,愁看斜日照纱窗。
> 自怜本是真诚士,谁料相逢狐媚娘。
> 白白不知归甚处,青青岂识在何方。
> 只身孤影流吴地,回首家园寸断肠。

而在《镇妖七层建宝塔》中,这首诗除首句相同外,其他七句完全不同。

> 独上高楼望故乡,寻思旧事转凄凉。
> 湖边乍见心难定,雨后重逢情更长。
> 方盼鸳帱将结好,岂知狴犴忽罹殃。
> 一番梦境浑难解,恩怨相因费揣量。

比较而言,《镇妖七层建宝塔》的改作水平更高,也更符合人物心境,折射出话本小说文人化的加强。

还有些改动更简单,如某种《二刻拍案惊奇》是由几种版片拼凑起来的,其中有一些空板,主要是有意漏刻或挖去旧版中的性描写文字,所作改动也时见塞陋。[①] 这样的改动纯系书商所为,若非可能保留较少流传的小说,版本价值极低。

第三,话本小说在刊刻中,时间相距不远的版本有时也存在一些明显的差异。在话本小说中,《人中画》并不是一部特别著名的小说,版本也不多,其中比较重要的有乾隆十年(1745)植桂堂刊本、乾隆四十五年泉州尚志堂刊本和刊刻时间不详的啸花轩刊本。[②]《古本小说丛刊》《古本小说集成》所影印的都是尚志堂刊本,两本文字各偶有漫漶不清者,可互校。如第三卷的标题《李天造有心托友　傅友魁无意还金》,《古本小说丛刊》影印内阁文库藏本下句为墨色所污,无法辨识,正文中两本都漏刻了这一句,但《古本

---

① 参见萧相恺《稗海访书录》,中州古籍出版社,1998年,第442—443页。另外,井玉贵《陆人龙、陆云龙小说创作研究》(中国社会科学出版社,2008年)第三章第三节对别本《二刻拍案惊奇》与《型世言》之关系,作了更精细的考辨和分析。

② 有关《人中画》的版本,可参见孙楷第《中国通俗小说书目》(人民文学出版社,1980年,第119页)、大塚秀高编著《增补中国通俗小说总目》(汲古书院,1987年,第29页)及萧相恺为《古本小说集成》影印本《人中画》所撰《前言》等。其中啸花轩刊本,路工称:"玄字不缺笔,可以肯定顺治年间(约1650)所刊。"(路工《访书闻见录》,上海古籍出版社,1984年,第160页)

小说集成》影印本目录页有此题下句。①

从诸家著录介绍可知,上述三种版本标题、篇目略有不同,植桂楼本共三卷,为:

(1)《唐季龙传奇》
(2)《李天造传奇》
(3)《柳春荫传奇》

尚志堂刊本共四卷,为:

(1)《唐季龙》
(2)《柳春荫》
(3)《李天造》
(4)《女秀才》

啸花轩刊本十六卷十六回,为:

(1)《风流配》四卷四回
(2)《自作孽》二卷二回
(3)《狭路逢》三卷三回(即《唐季龙传奇》)
(4)《终有报》四卷四回(即《李天造传奇》)
(5)《寒彻骨》三卷三回(即《柳春荫传奇》)

从标题看,植桂楼本与尚志堂刊本差别不大,尚志堂刊本多出的《女秀才》实即《二刻拍案惊奇》中的《同窗友认假作真 女秀才移花接木》;但啸花轩刊本则与前两本有明显不同。啸花轩刊本见于路工《访书闻见录》记载,原刊未见,有路工校点本收录于人民文学出版社1984年出版的路工、谭天合编《古本平话小说集》上册中。② 兹将路工校点啸花轩本中的《狭路逢》与尚志堂本中的《李天造》略加对比,可以发现:

1. 尚志堂本与啸花轩本相比,文字略简,有删节痕迹,如:

---

① 春风文艺出版社1994年版《中国古代珍稀本小说》丛书排印《人中画》用内阁文库本作底本,第三卷下句作"傅文魁无意□□",后二字未据别本校补。唯"傅友魁"作"傅文魁",当是参校啸花轩刊本所改。傅星,字"文魁"而非"友魁",符合名、字对应习惯。但此本仅标题作了校订,正文仍作"傅友魁",又失于检查。

② 据赵伯陶《〈人中画〉版本演变及其他》,啸花轩刊本《人中画》上个世纪八十年代为中华书局资料室收藏。赵文刊于《徐州师范学院学报》1993年第1期,对《人中画》诸本作了仔细的考证,可参看。

> 话说湖广辰州府有一个人,姓李名天造,⬚他⬚为人⬚最是⬚朴直,⬚因祖业凋零⬚,自幼⬚就在江湖上⬚习了商贾之业,到三十余岁[以外],发有数千金⬚之财⬚,只恨不曾生得一个儿子。

在上述叙述中,方框内的文字都是啸花轩本有而尚志堂本无的(啸花轩本中"以外"二字尚志堂本作"余岁")。另外,啸花轩本中的插入性段落,尚志堂本中也没有,如前者描写港湾的一段"绿苇交加无处寻",就不见于尚志堂本。

2. 尚志堂本与啸花轩本相比,还有一些改动。如啸花轩本叙:

> 梢公泊定船,识得这里是乌江项王庙,有名的去处,因叫道:"老相公,可同小相公上岸去看看,等风定些好行。"

尚志堂本作:

> 梢公泊定船,就对李天造说道:"老相公,这里是乌江项王庙,有名的去处,你可同小相公上岸去看看,等风定些好行。"

两者意思上没有差别,但尚志堂本更符合人物语言的特点。另外,尚志堂本还订正了啸花轩本的某些错讹。

3. 最明显的不同是,啸花轩本分作三回,而尚志堂本没有分回的形式。其中啸花轩本分回处的过渡性文字,尚志堂本或者没有,或者变换了位置,如尚志堂本的篇首词"何事消磨君子心"在啸花轩本中是第二回的回前诗,而篇尾诗"奸谋诡计不须夸"在啸花轩本中却是篇首诗。

从上述不同看,尚志堂本对啸花轩本进行删改的可能性要大于啸花轩本对尚志堂本进行增改。其中尤其值得注意的是,两种版本一分出回目,另一未分回。我们知道,章回化是清代话本小说的一个特点,《人中画》在分与未分回之间的改动,反映出话本小说在体制变化中的过渡性质。

郭英德曾指出通俗小说传播中的"一书各本"现象:

> 版本指一部图书经由抄写、刊刻等方式而形成的各种不同的实物形态。一部图书问世以后,在流传过程中,由其著述背景、制作背景与流传背景所决定,往往产生文字内容或外观形式方面的差异,由此形成了各种不同的版本,这就是"一书各本"的现象。在"一书各本"之中,根据各本的书名、卷数、次要作者、文字内容、版式行款等方面是否具有

某种相同或相似的特征,往往可以划分为不同的版本系统。①

值得注意的是,话本小说有些作品因改编幅度较大,已成为两个作品,超出了"一书各本"的范围。如《跻春台》中有一篇《比目鱼》,是根据《无声戏》中的《谭楚玉戏里传情　刘藐姑曲终奏雅》改编的,但无论在内容上还是在文体上,都与原作有极大的出入,例如李渔由母及女,自以为"文法一新"的头回、正话结构被删去,改从男主人公谭楚玉写起,将其与刘藐姑写成早有"娃娃亲",并为谭楚玉增加了继母和同父异母的兄弟等角色,强化其实也是俗化了情节冲突。同时,《跻春台》的叙述中较为突出的韵文,在这篇改作中也大量使用,整体叙述风格迥异于原作。因此,《比目鱼》完全成为了另一作品,而不是同一作品的不同版本。《跻春台》中《节寿坊》对《娱目醒心编》中《马元美为儿求淑女　唐长姑聘妹嫁衰翁》的改写、《南乡井》对《拍案惊奇》中《东廊僧怠招魔　黑衣盗奸生杀》等的改写等,也都当作如是观。

在话本小说的发展过程中,还有的话本小说衍生出另一作品,如《二刻拍案惊奇》的《神偷寄兴一枝梅　侠盗惯行三昧戏》描写了神偷"一枝梅"的形象,《欢喜冤家》的《一枝梅空设鸳鸯计》因袭了这一形象,但情节与原作已无关系,这大约有点类似于章回小说的续书、仿作,可以存而不论。

小　结

话本小说的编创与传播有其自身的特点,这造成了版本的特殊性。但所谓特殊性是相对普遍性而言的,话本小说的版本研究应兼顾这种特殊性和普遍性。

从总体上说,古代小说的版本研究有"一个中心两个基本点",一个基本点是搞清楚作品的成书过程,另一个基本点是判定版本的正误优劣,而真正的中心却是比较不同文本的价值。正如刘世德先生所说:"古代小说版本研究的主要目标不在于追究哪一个字、哪一个词、哪一个句子的不同,也不在于寻找和恢复作品的'原貌'。它应该追求更高的境界。也就是说,有两个重要的方面是不可忽略的。通过古代小说版本研究,或者探索作者创作过程中的细节和构思的变化,或者阐释作品传播过程中的重大问题。这

---

① 郭英德《中国古代通俗小说版本研究刍议》,《文学遗产》2005年第2期。

样的研究,在我看来,才是更有意义的,更有价值的。"①

就实际研究来看,由于章回小说版本的丰富与复杂,其版本研究目前较多地偏向于作品的成书过程;而话本小说除去宋元时期的作品,演变过程相对简单些,因此,其版本研究可能主要是为了确定文本的优劣,从而直接讨论作品的思想与艺术特点。把握了话本小说版本问题的特殊性与研究的方向,话本小说的版本研究才可能取得更大的成绩。

---

① 刘世德《关于小说版本和古今贯通研究的随感》,《文学遗产》2006年第2期。

中 编
小说专集讲论

入 话

话本小说有两种基本的传播方式,一是在书场上的表演,二是通过刻印的书面传播。刻印可能有单篇的形式,更多的是以专集的形式。专集的出现,使话本小说逐渐从勾栏瓦舍向书面读物延伸。

现存最早的话本小说刻印品是《红白蜘蛛记》残页,无法断定它是单篇的,还是某一种小说集或其他书籍中的残余。目前所知话本小说最早的汇集,是明代嘉靖年间杭州人洪楩刊行的《六十家小说》,其残存的27篇(包括残本),习称《清平山堂话本》。《六十家小说》代表话本小说的创作进入了一个新的阶段,此后便有了"三言""二拍"的刊行,它们的成功,带动了明代后期话本小说编撰出版的热潮,这一热潮一直延续到清中叶。

在明后期至清中叶,一共刊行了多少话本小说集,难以确切统计,重要的有《六十家小说》《喻世明言》《警世通言》《醒世恒言》《拍案惊奇》《二刻拍案惊奇》《石点头》《型世言》《西湖二集》《今古奇观》《清夜钟》《鸳鸯针》《十二笑》《一片情》《宜春香质》《弁而钗》《鼓掌绝尘》《欢喜冤家》《醉醒石》《无声戏》《十二楼》《照世杯》《人中画》《豆棚闲话》《跨天虹》《五色石》《八洞天》《西湖佳话》《生绡剪》《娱目醒心编》《醒梦骈言》《雨花香》《通天乐》《跻春台》。

这些小说集,编撰特点各不相同,早期的《六十家小说》、"三言"等,与宋元以来的说话艺术有较密切的关系。从"二拍"开始,文人独立创作的形态开始成为话本小说创作的主流,因而小说家的主体意识开始凸显,而话本小说的文体、题材等也随之发生了一些变化。关于这些变化,本书上编有所论述。本编围绕若干小说专集的编撰再作进一步的分析,因时力所限,其中有些重要的话本小说集如《型世言》、李渔的小说集、石成金的小说集等,未能作专门论述,实有遗憾(有的则在下编以单篇作品分析略作弥补)。而已论及的话本小说集,大多篇幅巨大,其中的作品题材、风格等也各有不同,势难面面俱到。因此,对每部小说集,尽力突出其特点,裨使各部小说集的论述相互照应,以见证话本小说家的艺术追求,并从不同角度反映话本小说集编撰的总体特点。

一、影响或被影响：《青琐高议》《绿窗新话》《醉翁谈录》

在宋元说话艺术兴起、发展之时，文言小说的编撰也较为热络，其中有的小说集与说话艺术存在着引人注目的关系。除了上编论述过的《夷坚志》外，还有与说话艺术有着更为特殊关系的，如《青琐高议》《绿窗新话》《醉翁谈录》等。其中《青琐高议》《绿窗新话》等的一些作品，究竟是影响了话本小说，还是受话本小说的影响，迄无定论。可以肯定的是，无论它们与话本小说是影响还是被影响的关系，对它们进行探讨都有助于话本小说形成史的把握。

（一）《青琐高议》和《绿窗新话》

北宋刘斧所编《青琐高议》是一部比较驳杂的文言小说集，其中既有传统的志怪小说，也有传奇小说，这些作品并不都是刘斧的个人创作，相当一部分是从前人著作中抄录或据以改编的。在《青琐高议》卷首，有一篇署名"资政殿大学士孙副枢"的《青琐高议序》，序中说："刘斧秀才自京来杭谒予，吐论明白，有足称道。复出异事数百篇，予爱其文，求予为序。子之文，自可以动于高目，何必待予而后为光价？予嘉其志，勉为道百余字，叙其所以。"程毅中从孙序中称赞刘斧"吐论明白，有足称道"，推测其身份"似为说话人之流，与隋之侯白同科"。[①] 我们知道，北宋的京城"东京"即今之开封，而在"东京"与杭州之间，确实可能存在艺人的流动。也就是说，刘斧及其《青琐高议》与话本小说间的联系，是大可深究的。

刘斧所编《青琐高议》有两个特点：首先，集子中的一些作品不仅不是原创性的，还经过了一定的加工与改编。如此书前集卷五宋人张实的《流红记》记叙唐僖宗时，宫女韩夫人题诗于树叶上，置于御苑水渠中，随水流

---

① 程毅中编《古体小说钞》（宋元卷），中华书局，1989年，第147页。

出,为儒生于祐所得。祐复题两句,也书于叶上,置于上流水中,流入御苑,又为韩夫人所得。韩夫人为此更题了一首诗。其后僖宗遣放宫人,韩夫人得以出宫,经人介绍成婚,而其丈夫竟然就是于祐。据《云溪友议》载,唐宣宗时卢渥于京师御沟拾得一红叶,上有题诗"一入深宫里,年年不见春。聊题一片叶,寄与有情人",其后竟与题诗的宫人成婚。《本事诗·情感第一》则记载顾况曾拾得皇宫中流出的大梧叶,上有题诗。顾况于次日也题诗于叶上,置于流入皇宫的水中。其后又有人拾得宫中流出的题有诗句的梧叶,系答顾况诗而作。《流红记》实际是揉合这两篇而成的。其次,随之而来的问题是,既然这些作品是非原创性的,那么它们是为什么而改编的?这一点我们现在已不得而知,但从全书的编排,也许可以看出一些新的特点。这里不妨看一下此书的题名:

青琐高议前集
卷之一
李相　李丞相善人君子
东巡　真宗幸太岳异物远避
……
卷之二
群玉峰仙籍　牛益梦游群玉宫
慈云记　梦入巨瓮因悟道
……
卷之三
高言　杀友人走窜诸国
寇莱公　誓神插竹表忠烈
……
卷之四
王寂传　王寂因杀人悟道
王实传　孙立为王氏报冤
……
卷之五
名公诗话　本朝诸名公诗话
远烟记　戴敷窃归王氏骨
……
卷之六

骊山记　张俞游骊山作记
温泉记　西蜀张俞遇太真
……

在上述题名中,每篇作品都有两个题目。前一个题目比较接近传统的传奇命名,而后一个题目却更接近后来话本小说的命名。据《醉翁谈录》等书,见于著录的宋元话本小说题目很少像《青琐高议》这样的七言以上的标题,只有《快嘴李翠莲记》后面有"《新编小说快嘴媳妇李翠莲记》终"表明此篇的全名不计"新编小说"统称为八个字。此种题目与元杂剧的题目倒更类似,因此,《青琐高议》中的这些题目与包括杂剧在内的通俗文学命题风格有一致之处。这似乎透露了一点信息,即这部小说集很可能是为包括说话人在内的各种艺人参考而编撰的,至少可能受了民间表演伎艺的影响。所以《四库全书总目》之《青琐高议前集》提要称此书为"里巷俗书",又说此书"所纪皆宋时怪异事迹,及诸杂传记,多乖雅驯,每条下各为七字标目。如张乖崖明断分财,回处士磨镜题诗之类,尤近于传奇"。

关于《青琐高议》,程毅中还有一个基本判断:"《青琐高议》在当时总是一种通俗读物,则是无疑的。"①这个判断是准确的。《青琐高议》中的一些作品与传统的传奇小说也略有不同,接近我们在上编所论及的"新体传奇小说"。在叙述中,更多地运用骈文、韵文,与散体语言相辅相成。其文笔浅近易懂,颇受下层民众欢迎而为精英所讥刺,如《夷坚三志己》卷二《程喜真非人》载:"新淦人王生,虽为闾阎庶人,而稍知书,最喜观《灵怪集》《青琐高议》《神异志》等。"《郡斋读书志》批评其"辞意鄙浅",清人王士禛在跋中说:"如此鄙俚而能传后世,事固有不可解者。"《青琐高议》的文体对后来的《剪灯新话》之类作品很可能有所影响。而如前所述,新体传奇小说与话本小说实有不解之缘。

尤其值得注意的是,《青琐高议》内容复杂,有不少作品的思想情趣与下层社会的观念意识有相同之处。在此书的传奇类作品中,描写男女情爱、婚姻问题的占了多数,如《温琬》《书仙传》《谭意歌》《李云娘》等,都有不俗

---

① 程毅中《宋元小说研究》,江苏古籍出版社,1998年,第101页。在此书中,程毅中还推测"《青琐高议》可能就是刘斧用以说话的底本,它既编辑了别人的旧文,也收录了自己的新作,和前人先后记而成的传奇有所不同"。又说"青琐一词,在唐宋时代,已专用于宫门,如杜甫的《秋兴》'几回青琐点朝班',韦应物《送褚校书归旧山歌》'朝朝待诏青琐闼',都用以指宫廷。刘斧用'青琐'作书名也不免令人怀疑他曾是供奉内廷的说话人"。

的成就。

实际上,话本小说取材于《青琐高议》的并不少,以"三言"而论,便有如下作品与《青琐高议》有关:

《喻世明言》卷一四《陈希夷四辞朝命》——《青琐高议》前集卷八《希夷先生传(谢真宗召赴阙表)》

《喻世明言》卷三四《李公子救蛇获称心》——《青琐高议》后集卷九《朱蛇记(李百善救蛇登第)》(在《喻世明言》之前,《清平山堂话本》中的《李元吴江救朱蛇》亦为同题材作品)

《警世通言》卷九《李太白醉草吓蛮书》——《青琐高议》后集卷二《李太白(跨驴入华阴县内)》

《警世通言》卷一一《苏知县罗衫再合》——《青琐高议》后集卷四《卜起传(从弟害起谋其妻)》

《警世通言》卷一九《崔衙内白鹞招妖》之入话——《青琐高议》前集卷六《骊山记》

《警世通言》卷二九《宿香亭张浩遇莺莺》——《青琐高议》别集卷四《张浩(花下与李氏结婚)》

《警世通言》卷四○《旌阳宫铁树镇妖》——《青琐高议》前集卷一《许真君(斩蛟蛇白日飞升)》

《醒世恒言》卷一三《勘皮靴单证二郎神》——《青琐高议》前集卷五《流红记(红叶题诗娶韩氏)》

《醒世恒言》卷二四《隋炀帝逸游召谴》——《青琐高议》后集卷五《隋炀帝海山记上(记炀帝宫中花木)》《隋炀帝海山记下(记登极后事迹)》等。

皇都风月主人编《绿窗新话》今存二卷,性质与《青琐高议》有相似之处。风月主人的真实姓名无考,前署皇都,很有可能是南宋都城临安(今杭州)人。

与《青琐高议》一样,《绿窗新话》也是一部以汇编前人志怪和传奇小说为主的集子,且篇末大都予以注明。其中引用唐人小说较多,如《裴航遇蓝桥云英》《封陟拒上元夫人》《德璘娶洞庭韦女》等注出《传奇》。但也从《丽情集》《青琐高议》等宋人小说中采录了不少篇章,如《王仙客得到无双》《任生娶天上书仙》《杜牧之睹张好好》等注出《丽情集》。《曹县令朱氏夺权》《张俞骊山遇太真》《杨贵妃私安禄山》《周簿切脉娶孙氏》《王幼玉慕恋柳富》《谭意歌教张氏子》《越州女姿色冠代》等注出《青琐高议》。不过,作者在采用前人小说时,往往有所删节。

与《青琐高议》另一个相似之处是,《绿窗新话》各篇的题目也是七个字,而且更加统一。① 同时,上下篇多上下对偶,如《灼灼染泪寄裴质》《盼盼陈词媚涪翁》;《曹大家高才著史》《蔡文姬博学知音》;《刘阮遇天台仙女》《裴航遇蓝桥云英》;《崔生遇玉卮娘子》《星女配姚御史儿》;《五轩苎罗逢西子》《张俞骊山遇太真》;《韦生遇后土夫人》《刘卿遇康皇妙女》等。冯梦龙编"三言",也是采用了这种对偶标目的形式。

《绿窗新话》中的作品,相当一部分也属情爱题材,与话本小说中"烟粉""灵怪""传奇"等实有相通。而标题中屡见"私通""私犯""好色""重色"等字样,也表明立意之俗,这当然也与话本小说趣味相近。故《醉翁谈录》甲集卷一《小说开辟》曾记载当时的说话艺人:"《夷坚志》无有不览,《琇莹集》所载皆通。动哨、中哨,莫非《东山笑林》,引倬、底倬,须还《绿窗新话》。""引倬、底倬"的确切含义不可知②,但说话艺人重视《绿窗新话》却是事实。《醉翁谈录》卷首《舌耕叙引》所列小说名目见于《绿窗新话》的就有12篇③。周楞伽在《绿窗新话·前言》说:"虽然我们认为本书不是直接供说话人据以敷演讲述的底本,但编者既自署'风月主人',书名又取义于谈风月的《绿窗新话》,则编者纵使不是书会才人,也必和说话人有关,这本书也一定曾被说话人参考利用。原来宋代白话讲说故事的说话人,也曾借助于摘引前人用文言写的传奇笔记中的故事情节,这就沟通了两种不同形式小说的桥梁。"④而后世话本小说中,也多有与此书题材相同者,如《邢凤遇西湖水仙》之于《西湖二集》卷一〇《邢君瑞五载幽期》等。

(二)《醉翁谈录》的价值

《醉翁谈录》一般认为成书于宋元之际,编者为庐陵罗烨,生平不详。与《青琐高议》和《绿窗新话》相比,《醉翁谈录》与话本小说的关系更明确。虽然这部书的性质也无定论,但它与说话艺人的密切联系还是得到普遍认可的,刘世德主编的《中国古代小说百科全书》中此书条目称其为"笔记传

---

① 今本《青琐高议》是南宋人重编,不排除其七字标目后加的可能性。
② 有人怀疑"倬"为"掉"之误,指"掉文"的意思,"引倬、底倬"意谓开头和正文用故事。见黄霖、韩同文《中国历代小说论著选》上册,江西人民出版社,1982年,第92页。
③ 参见谭正璧《话本与古剧》,上海古籍出版社,1985年,第108页。
④ 皇都风月主人编,周楞伽笺注《绿窗新话》,上海古籍出版社,1991年,第3页。

奇话本小说集",即颇具代表性。①

《醉翁谈录》经常被称引的是卷一《舌耕叙引》中有关说话艺术的史料。这里,我们简单讨论一下其中的小说文本。正是这些文本,使《醉翁谈录》具有了某种小说集的性质。

《醉翁谈录》中的小说作品对前代小说多有继承,如己集卷二《郭翰感织女为妻》《封陟不从仙妹命》分别根据唐传奇《郭翰》《封陟》改编;辛集卷一《柳毅传书遇洞庭水仙女》《裴航遇云英于蓝桥》分别根据唐传奇《柳毅传》《裴航》改编;癸集卷一《无双王仙客终谐》《李亚仙不负郑元和》《翰翃柳氏远离再会》分别根据唐传奇《无双传》《李娃传》《柳氏传》改编。不过,《醉翁谈录》中的作品有时对原作做了删节,如《李亚仙不负郑元和》的文字就比《李娃传》减少了一些。《李娃传》的开头叙及李娃和郑生的早期经历:

> 汧国夫人李娃,长安之倡女也,节行瑰奇,有足称者,故监察御史白行简为传述。天宝中,有常州刺史荥阳公者,略其名氏,不书。时望甚崇,家徒甚殷。知命之年有一子,始弱冠矣,俊郎有词藻,迥然不群,深为时辈推伏。其父爱而器之,曰:"此吾家千里驹也。"应乡赋秀才举,将行,乃盛其服玩车马之饰,计其京师薪储之费,谓之曰:"吾观尔之才,当一战而霸。今备二载之用,且丰尔之给,将为其志也。"生亦自负,视上第如指掌。②

这部分内容被《李亚仙不负郑元和》简化为:

> 李娃,长安娼女也,字亚仙,旧名一枝花。有荥阳郑生,字元和者,应举之长安。③

《李娃传》最后还有一段:

> 嗟呼,倡荡之姬,节行如是,虽古先烈女,不能逾也。焉得不为之叹息哉!予伯祖尝牧晋州,转户部,为水陆运使。三任皆与生为代,故谙详其事。贞元中,予与陇西公佐话妇女人操烈之品格,因遂述汧国之事。公左拊掌竦听,命予为传。乃握管濡翰,疏而存之。时乙亥岁秋八月,太原白行简云。④

---

① 《中国古代小说百科全书》,中国大百科全书出版社,1998年,第784页。
② 王汝涛编校《全唐小说》第一卷,山东文艺出版社,1993年,第89页。
③ 罗烨《新编醉翁谈录》,辽宁教育出版社,1998年,第83页。
④ 王汝涛编校《全唐小说》第一卷,山东文艺出版社,1993年,第95—96页。

这一段话,《李亚仙不负郑元和》也删去了。这样的删减,可能有上述文字与话本小说文体不符的原因,但更大的可能是,《李亚仙不负郑元和》并不就是话本小说的"底本",也许只是供说话艺人取材之用。其意义可能只在于说明话本小说往往依托文言小说进行创作这一事实本身。

《醉翁谈录》对前述《绿窗新话》的吸收、改动,或许可以作为说话艺人"引倬、底倬,须还《绿窗新话》"的旁证。两书比较,有以下作品相关:

《醉翁谈录》	《绿窗新话》
乙集卷一[烟粉欢合]《静女私通陈彦臣》《宪台王刚中花判》	《杨生私通孙玉娘》
丁集卷二[嘲戏绮语]《妇人嫉妒》	《曹县令朱氏夺权》
庚集卷二[花判公案]《子瞻判和尚游娼》	《苏守判和尚犯奸》
庚集卷二[花判公案]《判楚娘悔嫁村夫》	《楚娘矜姿色悔嫁》
丙集卷一[宝窗妙语]《致妾不可不察》	《伴喜私犯张禅娘》
己集卷二[遇仙奇类]《封陟不从仙妹命》	《封陟拒上元夫人》
辛集卷一[神仙嘉会类]《裴航遇云英于蓝桥》	《裴航遇蓝桥云英》
癸集卷二[重圆故事]《翰翃柳氏远离再会》	《沙吒利夺韩翃妻》
癸集卷一[重圆故事]《李亚仙不负郑元和》	《李娃使郑子登科》

在这些相关作品中,《醉翁谈录》对《绿窗新话》多有所改动。如《绿窗新话》有一篇《杨生私通孙玉娘》:

> 玉娘,姓孙氏,随父守官姑苏。父不禄,遂居城中。年笄,议亲不成。东邻有杨曼卿,亦业儒,有为执柯者,而母氏不许。两情感动,眼约心期。时七夕,玉娘赂邻妇,以诗与曼卿曰:"**牛郎织女本天仙,阻隔银河路杳然。此夕犹能相会合,人间何事不团圆?**"曼卿得诗,喜不自胜,许以十五夜为约,因和诗曰:"玉质冰肌姑射仙,风流雅态自天然。天心若与人心合,等待月圆人亦圆。"玉娘欢惬不寐,待到十五夜,沐浴匀妆,候母氏就寝,乃潜启便门以候之。须臾,曼卿自西墙攀枝而下,慌忙迎入室,喜惧交集,解衣并枕,极其欢爱。后岁余,事觉,解送王提刑,判曰:"**佳人才子两相宜,置福端由祸所基。永作夫妻谐汝愿,不劳钻穴隙相窥。**"二人拜谢而退,遂偕老焉。①

---

① 皇都风月主人《绿窗新话》,古典文学出版社,1957年,第49页。

《醉翁谈录》与此相关的是《静女私通陈彦臣》和《宪台王刚中花判》两条，《静女私通陈彦臣》如下：

> 静女者，乃延平连氏簪缨之后，早孤，喜读书。母令入学。十岁，涉猎经史；及笄，议婚不成。邻居有陈彦臣，亦业儒，有执柯者，而母坚不许。自是两情感动，而彦臣往来，时复相挑，静女愈属意焉。因七夕乞巧之夜，静女辄以小红笺题诗一首，赂邻居之妇而通殷勤。诗曰："**牛郎织女本天仙，隔涉银河路杳然。此夕犹能相会合，人间何事不团圆？**"彦臣得诗，感念若不胜情，许以十五日夜来过。乃和诗一首，复托邻妇以达其意。诗曰："玉质冰肌姑射仙，风流雅态自天然。天心若与人心合，等待月圆人已圆。"静女接待，喜而不寐。待到十五夜，千方万计，欲妈妈之先睡，而候其来也。至一更许，挨门而入，欢意相通，自天而下，事谐云雨，何异神仙。静女乃复填一词以记。词云："朦胧月影，黯淡花阴，独立等多时。只恐冤家误约，又怕他侧近人知。千回作念，万般思忆，心下暗猜疑。蓦地偷来厮见，抱着郎语颤声低。轻移莲步，暗褪罗裳，携手过廊西。已是更阑人静，粉郎恣意怜伊。霎时云雨，半晌欢娱，依旧两分飞。去也回眸告道：'待等奴兜上鞋儿'。"
>
> 自后两意悬悬，匪朝伊夕。至八月十五夜中秋，月色澄澈，桂子飘香，赏月宴罢，静女忽忆彦臣月圆之语，俟妈妈熟睡后，挨门而出，潜身夜奔。适值彦臣与朋旧赏月方归，欲酣未酣，倚门独立，蓦地相通，情倍等美，非天作之合而何？携手相同归，虽生死不顾也。媾欢毕，静女索笔，题诗于寝房之右云云。诗曰："来时嫌杀月儿明，缓步潜身暗里行，到此衷肠多少恨，欲言犹怕有人听。"至夜分，彦臣执手送归。挨门而入，遂为妈妈觉之。自后禁制稍严，而静女含泪，亦不敢出入也。静女既为禁制，不许逾梱。忽一夕，彦臣伺其隙而潜往静女之家，遂讲好以叙前欢。彦臣问："夜来曾有梦否？"静女曰："无。"彦臣曰："何无情也？"静女乃口占一词，名《武陵春》："人道有情须有梦，无梦岂无情？夜夜相思直到明，有梦怎生成？伊若忽然来梦里，邻笛又还惊；笛里声声不忍听，浑是断肠声。"二人忘情，不觉语言为母氏所闻，遂亲捉获了，因解官囚之。①

《宪台王刚中花判》如下：

---

① 罗烨《新编醉翁谈录》，辽宁教育出版社，1998年，第10页。

王刚中,探花郎及第。不数年,出为福建宪台。出巡首到延平,撞狱引问彦臣、静女因依。一直招认,并无逃隐;两处合款,更无异辞,而又供状语言成文。王刚中遂问静女:"能吟此竹帘诗否?"静女遂口占一诗。诗曰:"绿筠擘破条条直,红线经开眼眼奇,为爱如花成片段,置令直节有参差。"王刚中见其诗,甚为称赏。时值蛛丝网一胡蝶于帘头,刚中指示彦臣云:"汝能吟此为诗乎?"彦臣遂便吟诗。诗曰:"只因赋性太猖狂,游遍名园切尽香,今日误投罗网里,脱身惟仗探花郎。"当时刚中拍手称赏。问:"汝愿为夫妻否?"答曰:"万死一生,全赖化笔。"刚中即判云:"**佳人才子两相宜,置福端由祸所基。永作夫妻谐汝愿,不劳钻穴隙相窥。**"①

可以看出,两者之间,情节大体相似,《杨生私通孙玉娘》在关键场合的两首诗,分别见于《静女私通陈彦臣》和《宪台王刚中花判》中,区别主要在主人公姓名不同,而《醉翁谈录》更为详细。这有两种可能,一是《醉翁谈录》记录的文本确实是对《绿窗新话》的改编(《杨生私通孙玉娘》尚未见于其他文献)。不过,《醉翁谈录》与《绿窗新话》的关系可能并不单纯,其间还存在着《太平广记》等文献。如《醉翁谈录》已集卷二《封陟不从仙妹命》和《绿窗新话》的《封陟拒上元夫人》都出自《太平广记》卷六八《封陟》,《绿窗新话》对原作韵文皆作删削,而《醉翁谈录》则原封不动。虽然罗烨可能看过《绿窗新话》,但不是简单因袭它,而是同时取资于《太平广记》。另一种可能是,《醉翁谈录》《绿窗新话》分别记录了两个类型化的故事,其中相同的诗歌有因袭的可能;也有艺人叙述相似情节时,采用了某些已演变成表演时公式化诗歌的可能。

事实上,《醉翁谈录》中也有一些作品与材料有助于推断话本小说的创作与文体特点。从大的方面看,《醉翁谈录》记录了很多诗词骈文,在有的作品中占了相当大的比重,如《张氏夜奔吕星哥》《静女私通陈彦臣》及《宪台王刚中花判》等,在有些类目中更是以诗词骈文为主,如"妇人题咏""烟花品藻""烟花诗集"等。如果说这些诗词骈文是编者为了说话艺人采撷、记诵之用,应该是比较好理解的。

从具体的方面看,《醉翁谈录》也提供了某些小说题材的独特文体样式,如"私情公案"与"花判公案"等多叙男女私情,被执见官府审判,其判文

---

① 罗烨《新编醉翁谈录》,辽宁教育出版社,1998年,第12页。

多用诗词骈赋,语带滑稽。特别值得注意的是,有些"花判"意在成人之美,谐谑中表现了较为通达的社会意识。如前述《宪台王刚中花判》,宪台王刚命男女主人公当堂作诗,吟咏竹帘和蝴蝶投蛛网,见二人各具才情,"拍手称赏",所作诗判诙谐通达,这种判案方式或情节类型即为后世的话本小说所继承,如《醒世恒言》卷八《乔太守乱点鸳鸯谱》,乔太守援笔判道:

> 弟代姊嫁,姑伴嫂眠。爱女爱子,情在理中。一雌一雄,变出意外。移干柴近烈火,无怪其燃;以美玉配明珠,适获其偶。孙氏子因姊而得妇,搂处子不用逾墙;刘氏女因嫂而得夫,怀吉士初非炫玉。相悦为婚,礼以义起。所厚者薄,事可权宜。使徐雅别婿裴九之儿,许裴改娶孙郎之配。夺人妇人亦夺其妇、两家恩怨,总息风波。独乐之不若与人乐,三对夫妻,各谐鱼水。人虽兑换,十六两原只一斤;亲是交门,五百年决非错配。以爱及爱,伊父母自作冰人;非亲是亲,我官府权为月老。已经明断,各赴良期。
>
> 乔太守写毕,教押司当堂朗诵与众人听了。众人无不心服,各各叩头称谢。①

乔太守的判案,正是上述"花判"的发展。

作为一部小说集或小说资料集,《醉翁谈录》还有一些问题值得思考。一是此书各卷大都有四字题目,如甲集卷二"私情公案"、乙集卷一和己集卷一"烟粉欢合"、丙集卷二和丁集卷一"花衢实录"、己集卷二"遇仙奇会"、庚集卷二"花判公案"、辛集卷一"神仙嘉会类"、辛集卷二和壬集卷一"负心类"、癸集卷一和卷二"重圆故事"等,还有"嘲戏绮语""妇人题咏""烟花品藻""闺房贤淑"等,共21类。这些分类与《小说开辟》中对"小说"的分类有所不同。后者中有"烟粉",大约与"烟粉欢合"相近。后者中的"神仙、方术"类,可能也与"神仙嘉会类"相似。另外,后者中有"公案","私情公案""花判公案"可能是其分支。但是,也有一些不便简单归类,如包括两卷的"花衢实录"和"重圆故事"。这说明,《小说开辟》中对"小说"的分类并不足以说明当时小说家演说的全部题材,很可能还存在或者可以作更细致的分类。

另一个值得思考的问题是,《醉翁谈录》中还有一些重要的作品未见有话本小说流传。如《柳毅传书遇洞庭水仙女》《无双王仙客终谐》等,作为小

---

① 冯梦龙《醒世恒言》,北京十月文艺出版社,1995年,第181页。

说,情节曲折,人物形象鲜明,文学基础良好,但在明人所刊行的话本小说中却未见它们的踪影。这有两种可能,一是它们并没有得到说话艺人的青睐,没有定型的话本小说;二是也许在已散佚的《六十家小说》之类刊本中原来有这些作品,后来又亡佚了。无论如何,《醉翁谈录》对它们的记载,还是很有意义的。

(三) 从若干文本的演变看上述三部小说集在话本小说史上的地位

由于《新编红白蜘蛛小说》残页是至今我们所能见到的唯一的元刻小说话本文本,因此,《青琐高议》《绿窗新话》《醉翁谈录》等相关文献就是我们推测早期话本形态及其演变的重要材料。①

1.《朱蛇记——李百善救蛇登第》与《李公子救蛇获称心》

《喻世明言》卷三四《李公子救蛇获称心》是由《青琐高议》后集卷九《朱蛇记——李百善救蛇登第》演变而来的。小说叙李元救护了一条小蛇,受蛇精报恩,与蛇女成亲,并因蛇女盗题,科举高中。这是一个宣扬佛教不杀生思想的动物报恩故事。对李元而言,报恩有两点,一是得与蛇女成亲,一是科举高中。《青琐高议》中的标题强调的是后者,《喻世明言》中的标题突出的是前者。由于"科举高中"是"与蛇女成亲"的一个结果,"称心"一词实有双关意,所以,《喻世明言》的标题更具涵盖性。

从文体上看,《朱蛇记——李百善救蛇登第》属传奇小说,故结尾作者有"议曰"称:"……未若元之事,近而详,因笔为传。"而《李公子救蛇获称心》已完全话本小说化了,表现在以下几方面。

首先,体制上与一般话本小说相同,除了增加篇首、尾诗外,前面还增加了一个头回小故事,讲述孙叔敖杀两头蛇事。叙述中的韵散结合也符合话本小说的惯例。

其次,与许多话本小说对文言小说加以改动一样,《李公子救蛇获称心》也在原作的基础上作了较大的发挥,表现为:1.增加原作所没有的内容。如原作没有正面叙述李元的父母,而在《李公子救蛇获称心》中,李元

---

① 笔者指导的博士生李时灿的论文《宋元小说家话本文献传承研究》2007年在北京大学通过答辩,此文对宋元小说家话本的"原貌"多有发明。

父母在主体情节"救助——报恩"前后都先后出场,丰富了小说的人物关系;另外,在李元救蛇前还增加了一段"高士祠"的描写,虽略嫌游离于主体情节外,但借以突出李元的高士品格,反映出文人话本小说的特点。2. 针对原作原有的描写进一步发挥想象。如原作描写"龙宫":

> 元乘肩舆既至,则朱扉高阙,侍卫甚严。修郎绳直,大殿云齐,紫阁临空,危亭枕水,宝饰虚檐,砌甃寒玉,穿珠落簾,磨壁成牖,虽世之王侯之居莫及也。①

而在《李公子救蛇获称心》中,整个描写在情节进展中展开,更具动感,也更为细致:

> 须臾之间,船已到岸,朱秀之请李元上岸。元见一带松柏,亭亭如盖,沙草滩头,摆列着紫衫银带约二十余人,两乘紫藤兜轿。李元问曰:"此公吏何府第之使也?"朱秀才曰:"此家尊之所使也,请上轿,咫尺便是。"李元惊惑之甚,不得已上轿,左右呵喝入松林。
>
> 行不一里,见一所官殿,背靠青山,面朝绿水。水上一桥,桥上列花石栏干,宫殿上盖琉璃瓦,两廊下皆捣红泥墙壁。朱门三座,上有金字牌,题曰"玉华之宫"。轿至宫门,请下轿。李元不敢那步,战栗不已。宫门内有两人出迎,皆头顶貂蝉冠,身披紫罗襕,腰系黄金带,手执花纹简,进前施礼,请曰:"王上有命,谨请解元。"李元半晌不能对答。朱秀才在侧曰:"吾父有请,慎勿惊疑。"李元曰:"此何处也?"
>
> 秀才曰:"先生到殿上便知也。"李元勉强随二臣宰行,从东廊历阶而进。上月台,见数十个人皆锦衣,簇拥一老者出殿上。其人蝉冠大袖,朱履长裙,手执玉圭,进前迎迓。李元慌忙下拜。……李元随王转玉屏,花砖之上,皆铺绣褥,两傍皆绷锦步障。出殿后,转行廊,至一偏殿。但见金碧交辉,内列龙灯凤烛,玉炉喷沉麝之香,绣幕飘流苏之带。中设二座,皆是蛟绡拥护,李元惊怕而不敢坐。王命左右扶李元上座。两边仙音缭绕,数十美女,各执乐器,依次而入。前面执宝杯盘进酒献果者,皆绝色美女。但闻异香馥郁,瑞气氤氲,李元不知手足所措,如醉如痴。王命二子进酒,二子皆捧觞再拜。
>
> 台上果卓,眙目观之,器皿皆是玻璃、水晶、琥珀、玛瑙为之,曲尽巧

---

① 刘斧《青琐高议》,上海古籍出版社,1983 年,第 188 页。

妙,非人间所有……①

从这些描写及李元在"龙宫"的反应看,《李公子救蛇获称心》在这方面很可能是借鉴了篇末所提到的《柳毅传》。

再次,强化因果报应的道德教训意味。如篇首诗:

> 劝人休诵经,念甚消灾咒。
> 经咒总慈悲,冤业如何救?
> 种麻还得麻,种豆还得豆。
> 报应本无私,作了还自受。②

篇尾诗:

> 昔时柳毅传书信,今日李元逢称心。
> 恻隐仁慈行善事,自然天降福星临。③

这首尾呼应的两首诗,将全篇故事置于一个因果报应的思想框架中,比原作最后的议论显得更为突出。实际上,从《朱蛇记——李百善救蛇登第》到《李公子救蛇获称心》的演变过程看,真正核心的问题就是因果报应思想的主导。

2."王魁"系列作品

与《朱蛇记——李百善救蛇登第》到《李公子救蛇获称心》的演变过程略有不同,"王魁"系列作品的演变,反映了所谓"负心型"故事的发展,也就是话本小说创作中情节类型的形成与变化。

"王魁"初见于北宋李宪民《云斋广录》卷六《丽情新说下》所载《王魁歌》。《王魁歌》引言提到"贤良夏噩尝传其事,余故作歌以伤悼之云尔",可见之前先有夏噩的《王魁传》。④ 南宋曾慥《类说》卷三四引述刘斧《摭异》的《王魁传》,可见此故事继续流传。元钟嗣成《录鬼簿》记尚仲贤有杂剧《负桂英》,题名正名为《海神活取命　王魁负桂英》;明徐渭《南词叙录·宋元旧篇》也著录了《王魁负桂英》。

---

① 冯梦龙《喻世明言》,北京十月文艺出版社,1994年,第576—578页。
② 同上书,第573页。
③ 同上书,第580页。
④ 李宪民《云斋广录》,中华书局,1997年,第41—42页。南宋周密《齐东野语》卷六《王魁传》考察了王魁人物的原型,中华书局,2004年,第105—107页。

在说话艺术中,《醉翁谈录·小说开辟》叙及小说篇目,"传奇"类有《王魁负心》,同书辛集卷二"负约类"也载有《王魁负心桂英死报》。这篇作品是这样开头的:

> 王魁者,魁非其名也,以其父兄皆名宦,故不书其名。①

这种为尊者讳的写法,即便是虚拟的,也给人一种距当事者时间未久的感觉;而"不书其名"的说法,也似乎表明此文本原为书面读物。但也有些段落描写有被发挥的可能,如:

> ……久之,谓侍儿曰:"今王魁负我盟誓,必杀之而后已,然我妇人,吾当以死报之。"遂同侍儿,乃往海神祠中,语其神曰:"我初来,与王魁结誓于此,魁今辜恩负约,神岂不知?既有灵通,神当与英决断此事,吾即自杀以助神。"乃归家,取一剃刀,将喉一挥,就死于地,侍儿救之不及。桂英既死,数日后,忽于屏间露半身,谓侍儿曰:"我今得报魁之怨恨矣。今以得神以兵助我,我令告汝而去。"侍儿见桂英跨一大马,手持一剑,执兵者数十人,隐隐望西而去。遂至魁所,家人见桂英仗剑,满身鲜血,自空而坠,左右四走。桂曰:"我与汝它辈无冤,要得无义汉负心王魁尔!"或告之曰:"魁见在南京为试官。"桂忽不见。魁正在试院中,夜深,方阅试卷,忽有人自空而来,乃见桂英披发仗剑,指骂:"王魁负义汉,我上穷碧落下黄泉,寻汝不见,汝却在此。"语言分辨,魁知理屈,乃叹之曰:"吾之罪也。我今为汝请僧,课经荐拔,多化纸钱可也。"桂曰:"我只要汝命,何用佛书纸钱!"左右皆闻之与桂言语,但不见桂之形。②

对此,胡士莹在《话本小说概论》中认为:"罗烨《醉翁谈录》的《王魁负心桂英死报》一篇,诗较多,其中桂英自杀后得海神之助向王魁索命一段,情节独详。大概就是当时说话人讲说《王魁负心》故事的蓝本。"③但既为"蓝本",则与话本小说本身还是有所不同的。

明代万历末年刊行的《小说传奇》,收入了题为《王魁》的话本,胡士莹的《话本小说概论》完整地抄录了这一作品,其中多有"话说""却说""看官"等说话艺术套语,语言风格也为白话。胡士莹指出:"看它的情节,与

---

① 罗烨《新编醉翁谈录》,辽宁教育出版社,1998 年,第 67 页。
② 同上书,第 69 页。
③ 胡士莹《话本小说概论》,中华书局,1980 年,第 333 页。

《醉翁谈录》所记大致相近,文字古朴简洁,可能是宋人作品。"[1]当然,我们也并不能排除它是明人改编的可能[2]。

如果拿《王魁》话本与《王魁负心桂英死报》比较,可以发现,两者的差别还是很大的,特别是有关王魁负心的描写,前者更充分,作者强化了王魁负心的冷漠,当然也就进一步突出了"桂英死报"的正当与情感力度。考虑到"王魁"系列小说戏曲的不断发展以及"负心型"情节类型的流行(如下面将论及的"张浩"故事),这种强化人物性格与冲突的情感力度的做法,实属必然。换言之,话本小说情节类型的形成与发展,既可能来源于某一文言小说的文本,更植根于民众的思想感情,并在历史的文学语境下,获得持久的艺术生命力和感染力。

3.《鸳鸯灯》的"繁"与"简"

《醉翁谈录》的《小说开辟》中,"传奇"类中提到了一篇《鸳鸯灯》。这篇作品初见于宋人陈元靓《岁时广记》卷一一《上元类》中《约宠姬》条引《蕙亩拾英集》所录"近世"《鸳鸯灯传》。此《鸳鸯灯传》或因转述,文字简略。《醉翁谈录》卷一壬集的《红绡密约张生负李氏娘》敷演此事,作了很大的发挥,在《醉翁谈录》中可能属于篇幅最长的作品,情节也十分曲折,其中对爱情的描写较为通达。当李氏与张生相悦成欢后,苦于不能再见,竟相约自杀。一个老尼姑加以劝阻,并为他们谋划出路,称"但不得以富贵为计、父母为心,远涉江湖,更名姓于千里之外,可得尽终世之欢矣"。而张生竟回答:"但愿与伊共处平生,此外皆不介意。"遂与李氏私奔。在写二人在外三年,难以为生时,小说有这样一段描写:

> 一日,生谓李氏曰:"我之父母,近闻知秀州,我欲一见,次第言之,迎尔归去,作成家之道。"李氏曰:"子奔出已久,得罪父母,恐不见容。"生曰:"父子之情,必不至绝我。"李氏曰:"我恐子归而绝我。"生曰:"你与我异体同心,况情义绵密,忍可相负?稍乖诚信,天地不容。但约半月,必得再回。"李氏曰:"子之身衣不盖形,何面见尊亲?"生曰:"事至

---

[1] 胡士莹《话本小说概论》,中华书局,1980年,第334页。
[2] 前引李时灿博士论文《宋元小说家话本文献传承研究》(2007,北京大学)曾对比南宋曾慥《类说》的《王魁传》、《醉翁谈录》的《王魁负心桂英死报》、明万历人梅鼎祚《青泥莲花记》卷五《桂英》、冯梦龙《情史》卷一六《王魁》及《王魁》话本的文字异同,认为明刻本《王魁》文本与冯梦龙《情史》存在直接的继承关系。

此,无奈何。"李氏发长委地,但之苦气,密地剪一缕,货于市,得衣数件与生。乃泣曰:"使子见父母,虽痛无恨。"生亦泣下,曰:"我痛入骨髓。将何以报?"李氏曰:"夫妻但愿偕老,何必言报?"①

夫妻间一层深于一层的对话,将二人情感与心理描写得细腻真切。尤其值得关注的是,李氏本为李公妾,而主人公还将爱情置于婚姻、富贵乃至父母之上,对此,作者基本上是予以正面描写的,这在古代小说中并不多见。

不过,张生因被张父斥拒,又为秀州行首梁越英看中,内心产生了变化,他想:"李氏虽有厚意,我往见,共受饥饿,死亡可待。不若负李氏为便。又况越英容貌聪慧,差胜李氏。"遂与越英同居。李氏无以为生,找到秀州,发现张生负心,怒斥之,越英也不满。三人共争,告于包公。包公断为张娶李氏为正室,越英为偏室。没有"王魁"负心作品的激烈报复,反而是一个团圆的结局。《醉翁谈录》将此篇也列在"负心类"中,可见"负心类"也有不同取向。

值得注意的是,明"熊龙峰刊行小说四种"中的《张生彩鸾灯传》和《喻世明言》卷二三《张舜美灯宵得丽女》大同小异,两篇作品的"头回"故事也都源自《鸳鸯灯传》。虽然它们是话本小说的一部分,文字却远较《红绡密约张生负李氏娘》简单。程毅中疑为《红绡密约张生负李氏娘》的简本,甚至可能在后者之前,惜无确证。② 但有一点或可作为旁证,即前述《鸳鸯灯传》并未提到张生"负心"事,而这两个"头回"也结束于"两情好合,谐老百年"。如果它们确为《红绡密约张生负李氏娘》之前的说话艺术的"简本",则占据了《红绡密约张生负李氏娘》一半篇幅的"负心"有可能就是在演变过程中加上去的。果如此,则在宋元话本小说或相关文献与明刊"宋元话本小说"之间,有时也许是不能以文字、情节的繁简定先后的。

---

① 罗烨《新编醉翁谈录》,辽宁教育出版社,1998年,第71页。
② 程毅中辑注《宋元小说家话本集》下册,齐鲁书社,2000年,第560页。

二、嘉惠里耳:"三言"的经典品格

"三言"是人们对冯梦龙所编《喻世明言》(《古今小说》)、《警世通言》《醒世恒言》这三部话本小说集的通称。这三部小说集收录的120篇作品,有宋元话本小说(当然可能经过明人、包括冯梦龙不同程度的修改),也有明人编写的作品。无论是宋元旧篇,还是明人新作,"三言"的总体水平在当时就得到了较高评价。如即空观主人(凌濛初)在《拍案惊奇叙》中就说:"独龙子犹氏所辑《喻世》等诸言,颇存雅道,时著良规,一破令时陋习。而宋元旧种,亦被搜括殆尽。肆中人见其行世颇捷,意余当别有秘本,图出而衡之。不知一二遗者,皆其沟中之断芜,略不足陈已。"从这样的角度看,我们可以并不夸张地说,"三言"不仅是冯梦龙所编选的畅销书,也是他对话本小说做的一次经典化工作,这包括两个方面:一是经典的筛选;二是对筛选的作品作精加工,使之成为名副其实的经典。

对于大众而言,经典也许只是一个必读书目,并没有实际的意义。但对于研究者而言,经典却是一个坐标系,具有无可替代的文学史意义。举一个最简单的例子,我们已经习惯于把《红楼梦》看成是中国最伟大的小说,那么,在文学史的叙述当中,它之前的一些小说很自然地被描述为它的铺垫,它之后的小说也很容易被看成是它的余波荡漾。当我们确认《红楼梦》打破了传统的思想与写法,是中国古代小说的高峰,依托这一判断所叙述的小说史必然是以《红楼梦》为中心的。但是郑振铎在《插图本中国文学史》中曾说过,《金瓶梅》的伟大更在《红楼梦》之上;俞平伯也在晚年很惋惜当年放弃了《红楼梦》应列二等的评价,把它抬成了一流作品。[①] 如果这种意见得到认可,小说史的格局自然会有所不同。因此,反思冯梦龙所做的话本小说经典化工作,是把握"三言"基本价值的一个重要方面。

---

① 俞平伯《旧时月色》,《文学评论》1986年第2期。

(一)由《清平山堂话本》与"三言"同题材作品推论冯梦龙对话本小说的选择与加工

《六十家小说》的编刊在话本小说史上有着不可忽视的意义①。虽然它未必是最早的话本小说专集,但其中所收录的作品多被认为是宋元旧篇,因此,对于考察话本小说的演变有着极为重要的作用。由于《六十家小说》没有完整保存下来,本书不对习称为《清平山堂话本》的小说集作专门论述。但《清平山堂话本》与"三言"有不少同题材作品,其间存在明显的因袭之迹,两相比较,有助于分析冯梦龙对话本小说的选择与加工,从而从一个侧面把握话本小说的经典化过程。

成书于明嘉靖年间的晁瑮《宝文堂书目》②著录了部分话本小说,这可能是继《醉翁谈录》之后又一份较丰富的话本小说书目,其主要作品如下:

> 李元吴江救朱蛇、李焕生五阵雨记、邢凤此君堂遇仙传、合同文字记、范张鸡黍死生交、卢爱儿传、羊角哀鬼战荆轲、霅川萧琛贬霸王、吴郡王夏纳凉亭、韩俊遗金、小金钱记、真宗慕道记、朱真希春闺有感、元霄编金盏、柳耆卿断兰芳菊、陈李卿悟道竹叶舟传、徐文秀尹州令记、新河坝妖怪录、杨温拦路虎传、侯宝盗甲记、崔淑卿海棠亭记、唐平黄巢、金鳗记、墓道杨元素逢妖传、刎颈鸳鸯会、合色鞋儿、张于湖误宿女观记、葫芦鬼、齐晏子二桃杀三学士、宿香亭记、玉观音、真珠箔儿、玉箫女两世姻缘、燕山逢故人郑意娘传、沈鸟儿眉画记、楚王云梦遇仁鹿、欧阳学赏海棠、冯唐直谏汉文帝、没缝靴儿记、白莺行孝、李广世号将军、风月相思、翡翠轩记、失记章台柳、燕山逢故人(一)、快嘴李翠莲、刘阮仙记、孙真人、蓝桥记、张子房慕道、西湖三塔记③

《宝文堂书目》对作品列单篇独立著录,不知这些小说是否都曾以单行本的方式刊行。其中有部分作品见于现存《清平山堂话本》中,如《合同文字记》《范张鸡黍死生交》《羊角哀鬼战荆轲》等,也有一些见于"三言"中。但是,

---

① 关于《六十家小说》的成书、价值等,最新研究可参看常金莲《六十家小说研究》,齐鲁书社,2008年。
② 据张剑、王义印《〈宝文堂书目〉作者晁瑮、晁东吴行年考》(《文史》2007年第3期)考证,晁瑮卒于嘉靖三十九年(1560)。
③ 《晁氏宝文堂书目 徐氏红雨楼书目》(合刊本),古典文学出版社,1957年,第117—119页。

还有一些不见于现存《清平山堂话本》(不排除《六十家小说》中收录了)，也不见于"三言"。这可以作为"三言"编选的一个背景材料，即冯梦龙有可能看到更多的话本小说，但并未尽行收录。

《清平山堂话本》的编刊是话本小说由书场表演走向文本阅读的一个重要标志。① 在一些作品中，还可以看出《清平山堂话本》保留了说话艺术表演的痕迹，如某些韵文的重复使用。在《西湖三塔记》中有这样的描写：

> 宣赞随着轿子，直至四圣观侧首一座小门楼。奚宣赞在门楼下，看见：
>
> 金钉珠户，碧瓦盈檐。四边红粉泥墙，两下雕栏玉砌。即如神仙洞府，王者之宫。
>
> 婆婆引着奚宣赞到里面，只见里面一个着白的妇人，出来迎着宣赞。宣赞着眼看那妇人，真个生得：
>
> 绿云堆发，白雪凝肤。眼横秋水之波，眉插春山之黛。桃萼淡妆红脸，樱珠轻点绛唇。步鞋衬小小金莲，玉指露纤纤春笋。②

而在《洛阳三怪记》中也有类似的文字：

> 青衣女童上下手一挽，挽住小员外，即时撮将去，到一个去处。只见：
>
> 金钉朱户，碧瓦盈檐。四边红粉泥墙，两下雕栏玉砌。宛若神仙之府，有如王者之宫。
>
> 那婆婆引入去，只见一个着白的妇人出来迎接。小员外着眼看，那人生得：
>
> 绿云堆鬓，白雪凝肤。眼描秋月之明，眉拂青山之黛。桃萼淡妆红脸，樱珠轻点绛唇。步鞋衬小小金莲，十指露尖尖春笋。若非洛浦神仙女，必是蓬莱阆苑人。③

这种雷同，其实就是说话艺人在讲述同类型故事或人物时所形成的套数。

另外，《清平山堂话本》还保留了某些较为独特的说唱艺术形式的痕

---

① 中里见敬《从清平山堂〈六十家小说〉版面特征探讨话本小说及白话文的渊源》考证了《宝文堂书目》所录的话本小说主要是明代小说，从目录学方面否定了宋元话本的存在。同时，通过对《六十家小说》版面的考察，指出《六十家小说》包括来历不同的版本，具有根据某种原本重刻的可能性。原文载日本《山形大学纪要（人文科学）》第13卷第2号。
② 洪楩辑，程毅中校注《清平山堂话本校注》，中华书局，2012年，第61页。
③ 同上书，第139页。

迹,如《刎颈鸳鸯会》中有这样的叙述:

> 未知此女几时得偶素愿?因成商调《醋葫芦》小令十篇,系于事后,少述斯女始末之情。奉劳歌伴,先听格律,后听芜词:
>
> 湛秋波,两剪明;露金莲,三寸小。弄春风,杨柳细身腰;比红儿,态度应更娇。他生的诸般齐妙,纵司空见惯也魂消!
>
> 况这蒋家女儿如此容貌,如此伶俐,缘何豪门巨族,王孙公子,文士富商,不求行聘?却这女儿心性有些跷蹊,描眉画眼,傅粉施朱,梳个纵鬏头儿,着件叩身衫子,做张做势,乔模乔样,或倚槛凝神,或临街献笑,因此闾里皆鄙之。所以迁延岁月,顿失光阴,不觉二十余岁。①

这里,且说且唱的叙述口吻与说话艺人和"歌伴"的相互配合,在其他话本小说中还未见过,应该是宋元说唱艺术的一种表演方式。

至于《清平山堂话本》的思想艺术价值,也很值得称道,如《快嘴李翠莲记》塑造了一个富有反抗精神的女性形象。按照当时社会对女性的要求,她各方面相当优秀,唯一与众不同的是,她心直口快,能说会道,又不肯逆来顺受,以致训斥丈夫,顶撞公婆,终于被休回娘家,又为父母兄嫂所不容,只能出家当尼姑。作品中写李翠莲的言语多用快板式的唱词,精彩地表现了她的性格特点。由于人物新颖,体裁独致,这篇小说深受现代读者的欣赏。

"三言"编刊在《清平山堂话本》之后,其中又有不少作品与后者重叠,因此,它们的区别有多方面的小说史意义。《清平山堂话本》与"三言"相关作品如下:

《清平山堂话本》	《喻世明言》	《警世通言》
《羊角哀死战荆轲》(原存三叶,四至六)	《羊角哀舍命全交》	
《柳耆卿诗酒玩江楼记》	《众名姬春风吊柳七》	
《死生交范张鸡黍》(原存四叶,四至七,余佚)	《范巨卿鸡黍死生交》	
《陈巡检梅岭失妻记》	《陈从善梅岭失浑家》	
《五戒禅师私红莲记》	《明悟禅师赶五戒》	
《李元吴江救朱蛇》(原存八叶,一至八)	《李公子救蛇获称心》	

---

① 洪楩辑,程毅中校注《清平山堂话本校注》,中华书局,2012年,第249—250页。

（续　表）

《清平山堂话本》	《喻世明言》	《警世通言》
《简帖和尚》	《简帖僧巧骗皇甫妻》	
《戒指儿记》（原存十三叶，一至十三）	《闲云庵阮三冤债》	
《风月瑞仙亭》		《俞仲举题诗遇上皇》
《错认尸》		《乔彦杰一妾破家》
《刎颈鸳鸯会》		《蒋淑真刎颈鸳鸯会》

在《喻世明言叙》中，冯梦龙在述及话本小说的流传时，特别提到"然如《玩江楼》《双鱼坠记》等类，又皆鄙俚浅薄，齿于弗馨焉"。此《玩江楼》应该与《柳耆卿诗酒玩江楼记》比较接近或竟是一篇，而冯梦龙显然不赞赏这篇小说的思想情趣与艺术格调，他的《众名姬春风吊柳七》在此基础上，对柳永的形象进行了全新塑造。原作写柳耆卿看上了歌妓周月仙，而周却恋着黄员外，不肯从柳。柳耆卿便利用县宰的地位，吩咐舟人在渡船上强奸了周月仙，设此毒计得到了周。冯梦龙将此情节移到富人刘二员外身上，并加上批语"此条与《玩江楼记》所载不同，《玩江楼记》谓柳县宰欲通周月仙，使舟人用计，殊伤雅致，当以此说为正"。同时，他还增加了柳耆卿出八千身价，为周月仙除乐籍，让她与黄秀才团圆的情节。小说的主要线索也相应地改为柳耆卿与谢玉英的爱情故事。这种改写显然是为了维护"风流首领"柳耆卿的形象。文字上，原作"谁家柔女胜嫦娥，行速香阶体态多"等"柳耆卿题美人诗"及其他浅薄之诗也被冯梦龙删除，随之增加了一些较为儒雅的诗词。经过这些修改，作品突出了柳永放浪形骸、纵情诗酒的精神品性，唾弃了原作与此不符的以占有、玩弄女性相夸耀的风流自赏，进而在才子遇与不遇、识与不识的反差中，抒写出失意文人的寂寞心理与对社会的批判。篇尾诗曰："乐游原上妓如云，尽上风流柳七坟。可笑纷纷缙绅辈，怜才不及众红裙。"这正是冯梦龙新作主题的一个表现。事实上，"三言"对《清平山堂话本》同题材作品大多有程度不同的改造。概而言之，有以下几方面。

1. 文字上的增删，其中对诗词韵文部分改动较多。如《刎颈鸳鸯会》入话：

> 眼意心期卒未休，暗中终拟约秦楼。光阴负我难相偶，情绪牵人不自由。遥夜定怜香蔽膝，闷时应弄玉搔头。樱桃花谢梨花发，肠断青春两处愁。

>　　丈夫只手把吴钩,欲斩万人头;如何铁石打成心性,却为花柔?君看项籍并刘季,一以使人愁;只因撞着虞姬戚氏,豪杰都休。
>
>　　上诗词各一首,单说着"情""色"二字。此二字,乃一体一用也。故色绚于目,情感于心;情色相生,心目相视。虽亘古迄今,仁人君子,弗能忘之。晋人有云:"情之所钟,正在我辈。"慧远曰:"顺觉如磁石遇针,不觉合为一处。无情之物尚尔,何况我终日在情里做活计那?"①

《蒋淑真刎颈鸳鸯会》只保留了前面一首诗,删去了"丈夫只手把吴钩"一词。从总体上说,"三言"的插入诗词比《清平山堂话本》的诗词水平有所提高。

2. 虽然只是增删、变易字句,但关乎人物心理、性格与情节。《简帖和尚》描写道:

>　　婆子道:"……小娘子,你如今在这里,老公又不要你,终不为了,不若姑姑说合你去嫁官人,不知你意如何?"小娘子沉吟半晌,不得已,只得依姑姑口,去这官人家里来。②

而《简帖僧巧骗皇甫妻》改作:

>　　婆子道:"……小娘子你如今在这里,老公又不要你,终不然罢了?不若听姑姑说合,你去嫁了这官人,你终身不致担误,挈带姑姑也有个倚靠,不知你意如何?"小娘子沉吟半晌,不得已,只得依允。婆子去回覆了。不一日,这官人娶小娘子来家,成其夫妇。③

虽然婆子的话只增加了"你终身不致担误,挈带姑姑也有个倚靠",却显得更入情入理。而"去这官人家里来"与"这官人娶小娘子来家,成其夫妇"也微有主动、被动之别。

3. 对细节、情节的改动。这一点上面提到的《众名姬春风吊柳七》对《玩江楼记》的修改十分典型。《明悟禅师赶五戒》也是冯梦龙改动较大的一篇,作品弱化了五戒与红莲私通、终被师兄明悟点破的前世描写的比重,而突出了五戒与明悟转世投胎为苏轼、佛印后,佛印劝化苏轼归心向佛的内容,使世俗的趣味向文人的思理靠拢。实际上,冯梦龙的改动正是随着主题思想的变化而进行的。《风月瑞仙亭》叙司马相如、卓文君故事,主题是婚

---

① 洪楩辑,程毅中校注《清平山堂话本校注》,中华书局,2012 年,第 246 页。
② 同上书,第 26 页。
③ 冯梦龙《喻世明言》,北京十月文艺出版社,1994 年,第 591 页。

恋;《俞仲举题诗遇上皇》用此故事作"头回",主题是机遇,所以,冯在原作篇首删旧诗、添新词,突出这一新主题,而在人物形象塑造与情节描写方面也稍加雅化,将所谓"倒凤颠鸾"之类改为"岂在一时欢爱"这样的句子,一笔带过。

4. 增加劝惩意义。如《错认尸》的结尾原来是这样的:

> 王将仕邀乔俊到家中坐定,道:"贤侄听老身说,你去后家中如此如此。"把从头之事一一说了,"只好笑一个皮匠妇人,因丈夫死在外边,到来错认了尸。却被王酒酒那厮首告,害了你夫妻、小妾、女儿并洪三到官,被打得好苦恼,受疼不过,都死在牢里,家产都抄扎入官了。你如今那里去好?"乔俊听罢,两泪如倾,辞别了王将仕,上南不是,落北又难,叹了一口气,道:"罢!罢!罢!我今年四十余岁,儿女又无,财产妻妾俱丧了,去投谁的是好?"一径走到西湖上第二桥,望着一湖清水便跳,投入水下而死。这乔俊一家人口,深可惜哉!至今风月江湖上,千古渔樵作话传。尸首不能入棺归土,这个便是贪淫好色下场头!
> 如花妻妾牢中死,似虎乔郎湖内亡。
> 只因做了亏心事,万贯家财属帝王。①

虽然也有一点劝惩的意味,但却漏掉了那个搬弄是非的王酒酒。《乔彦杰一妾破家》增加了一段:

> 却说王青这一日午后,同一般破落户在西湖上闲荡,刚到第二桥坐下,大家商量凑钱出来买碗酒吃。众人道:"还劳王大哥去买,有些便宜。"只见王酒酒接钱在手,向西湖里一撒,两眼睁得圆溜溜,口中大骂道:"王青!那董小二奸人妻女,自取其死,与你何干?你只为诈钱不遂,害得我乔俊好苦!一门亲丁四口,死无葬身之地。今日须偿还我命来!"众人知道是乔俊附体,替他磕头告饶。只见王青打自己把掌约有百余,骂不绝口,跳入湖中而死。众人传说此事,都道乔俊虽然好色贪淫,却不曾害人,今受此惨祸,九泉之下,怎放得王青过!这番索命,亦天理之必然也。后人有诗云:
> 乔俊贪淫害一门,王青毒害亦亡身。
> 从来好色亡家国,岂见诗书误了人。②

---

① 洪楩辑,程毅中校注《清平山堂话本校注》,中华书局,2012年,第356页。
② 冯梦龙《警世通言》,北京十月文艺出版社,1994年,第540页。

这样，不仅使因果报应的描写更为彻底，劝惩的意义也更为全面、明确。所以，明金陵兼善堂刊本《警世通言》此处特加一眉批："少此项报应不得"[①]。

5. 统一体例，如改订题目等。因各篇均有这样的调整改动，兹不赘述。

如前所述，《清平山堂话本》现存作品不及《六十家小说》一半，"三言"与之相同的就有十余篇，不可谓不多。但这里仍有耐人寻味的问题。首先，为什么"三言"选中了那十余篇作品，而没有选择其他？在其他作品中，同样有极为优秀的作品，如《快嘴李翠莲记》等。是冯梦龙没有看到这些作品，还是看到了未加选择？如前引凌濛初的《拍案惊奇叙》，称"三言"将宋元旧本"搜括殆尽"，"一二遗者，皆其沟中之断芜"，而他自己却选用了一篇未见于"三言"却见于《清平山堂话本》的《阴骘积善》作为"头回"，这说明《清平山堂话本》的其他作品还是在流传的。而冯梦龙有所选择也是可以肯定的。前面提到的绿天馆主人《喻世明言叙》提到《双鱼坠记》，见于《熊龙峰刊行小说四种》，题《孔淑芳双鱼坠传》，"三言"未收此篇，或许可以作为一个旁证。既如此，冯梦龙选择的眼光就值得进一步研究。其次，为什么"三言"对所选录作品有的改动大，有的改动小甚或基本不改？简单地说，当然有原作与冯梦龙观点吻合与否的问题，但实际上可能要复杂些。因为我们不能肯定是否所有的改动都出于冯梦龙之手。换言之，不能排除冯梦龙在《六十家小说》之外，另有依据的可能。因为《六十家小说》也是编辑之作，比如《风月相思》，《熊龙峰刊行小说四种》也有同题材作品《冯伯玉风月相思》，此篇虽没有为冯梦龙所选用，在他选用的作品中却可能有类似的情形。由此也可见，所谓话本小说的经典化过程，实际上是众多小说家共同参与的一个过程。

（二）冯梦龙的经典意识

按照通常的说法，所谓"经典化"(canonization)，就是经典的形成过程(canon formation)。原本普普通通的作品经过经典化就有可能跻身于经典作品的行列。因此，经典的产生有两个阶段，一是经典的孕育或创作阶段，一是经典的接受与确认阶段。

从话本小说整体来看，其经典化首先也是与创作和演变过程联系在一起的。话本小说大致上经历了说话人为主的编演阶段（宋元说话）、文人编

---

① 冯梦龙《警世通言》，北京十月文艺出版社，1994年，第540页。

刊阶段(明代)、文人独立创作阶段(清代),不同阶段有不同阶段的经典;同时,随着话本小说文体的成熟,话本小说文体趋于精致化,成为话本小说经典的新的标志。

同样,话本小说的经典化也是与接受联系在一起的,其认定大体经过了如下阶段:

1. 说话艺人的认识。如上一章所论,《醉翁谈录》列举了当时流行的百余篇说话名目,如果这一名目只是举例性质的,不是对当时所有说话名目的著录,那么,这种举例应该是有一定依据的,因而也可以说是最初的说话"经典"。

2. 后代小说家的认识。如上一节所论《清平山堂话本》的编选,冯梦龙在修改完善基础上对"三言"的编选等,都意味着对话本小说经典的认识。当然,"三言"以及后来的"二拍"还有不少有待认识的原创性作品,明末清初又出现过一部抱瓮老人编选的《今古奇观》,它是一部从"三言""二拍"里选出来的话本集。编选者真实姓名不详,成书于明末。这部选集共选了40篇,其中选自冯梦龙编纂的《喻世明言》8篇,即《滕大尹鬼断家私》《裴晋公义还原配》《吴保安弃家赎友》《羊角哀舍命全交》《沈小霞相会出师表》《蒋兴哥重会珍珠衫》《陈御史巧勘金钗钿》《金玉奴棒打薄情郎》;《警世通言》10篇,即《杜十娘怒沉百宝箱》《李谪仙醉草吓蛮书》《宋金郎团圆破毡笠》《俞伯牙摔琴谢知音》《庄子休鼓盆成大道》《老门生三世报恩》《钝秀才一朝交泰》《吕大郎还金完骨肉》《唐解元玩世出奇》《玉娇鸾百年长恨》;《醒世恒言》11篇,即《三孝廉让产立高名》《两县令竞义婚孤女》《卖油郎独占花魁》《灌园叟晚逢仙女》《卢太学诗酒傲公侯》《李汧公穷邸遇侠客》《苏小妹三难新郎》《徐老仆义愤成家》《蔡小姐忍辱报仇》《钱秀才错占凤凰俦》《乔太守乱点鸳鸯谱》。选自凌濛初编著的《拍案惊奇初刻》8篇,即《转运汉巧遇洞庭红》《看财奴刁买冤家主》《刘元普双生贵子》《怀私怨狠仆告主》《念亲恩孝女藏儿》《崔俊臣巧会芙蓉屏》《夸妙术丹客提金》《逞多才白丁横带》;《二刻拍案惊奇》3篇,即《女秀才移花接木》《十三郎五岁朝天》《赵县君乔送黄柑子》。这一选目代表了当时小说家对话本小说经典的新认识。

3. 当代小说史家的认识。随着社会观念的变化,这也是一个不断变化的过程。不过,从话本小说传播的角度来看,"三言"无疑传播最广泛,今人所编各种话本小说选本,"三言"都是入选编目最多的小说集。

因此,"三言"在话本小说的经典化过程中,占有举足轻重的位置。可以说,冯梦龙的编选意识,一定程度上影响或决定了当时与后世人对话本小说经典的认识。那么,冯梦龙的经典意识究竟是什么呢?

冯梦龙是一位有着广泛兴趣和多方面文化造诣的文学家,编选"三言"只是他诸多工作中的一项,这一点其实也表明了他的话本小说经典意识具有更为宽广的文化视野。至于具体的见解,我们不妨看一下"三言"的三篇叙文,尽管署名不一,但一般认为都出自冯梦龙的手笔。三篇叙文各自强调的重点有所不同,也反映了冯梦龙思想的连续性与逻辑性。

在《喻世明言叙》中,冯梦龙指出:

> 史统散而小说兴。始乎周季,盛于唐,而浸淫至于宋,韩非、列御寇诸人,小说之祖也。《吴越春秋》等书,虽出炎汉,然秦火之青,著述犹希。迨开元以降,而文人乏笔横矣。若通俗演义,不知何昉?按南宋供奉局,有说话人,如今说书之流。其文必通俗。其作者莫可专。泥马倦勤,以太上享天下之养,仁寿清暇,喜阅话本,命内珰日进一帙,当意,则以金钱厚酬。于是内珰辈广求先代奇迹及闾里新闻,倩人敷演进御,以怡天颜。然一览辄置,卒多浮沉内庭,其传布民间者,什不一二耳。然如《沅江楼》《双鱼坠记》等类,又皆鄙俚浅薄,齿于弗馨焉。暨施、罗两公,鼓吹胡天,而《三国志》《水浒》《平妖》诸传,遂成巨观。要以韫玉违时,销熔岁月,非龙见之日所暇也。
>
> 皇明文治既郁,靡流不波,即演义一斑,往往有远过宋人者。而或以为恨乏唐人风致,谬矣。食桃者不费杏,缔縠霓锦,唯时所适,以唐说律宋,将有以汉说律唐,以春秋战国说律汉,不至于尽扫羲圣之一画不止!可若何?大抵唐人选言,入于文心;宋人通俗,谐于里耳。天下之文心少而里耳多,则小说之资于选言者少,而多资于通俗者多。试今说话人当场描写,可喜可愕,可悲可涕,可歌可舞;再欲捉刀,再欲下拜,再欲决胆,再欲捐金。怯者勇,淫者贞,薄者敦,顽钝者汗下。虽小诵《孝经》《论语》,其感人未必如是之捷且深也。噫!不通俗而能之乎?茂苑野史氏,家藏古今通俗小说甚富,因贾人之请,抽其可以嘉惠里耳者,凡四十种,畀为一刻。①

在这篇叙文中,冯梦龙首先描述了中国古代小说发展的历史轨迹。在此之前,有冯梦龙这样融汇古今、兼及文白的小说史观的人并不多,而这也就构

---

① 冯梦龙《喻世明言》,北京十月文艺出版社,1994年,第1—2页。

成了他的话本小说经典意识的基础,也就是说,他对话本小说的编选是建立在宏通的历史文化背景之上的。当然,就小说而言,还有具体的标准。在这篇叙文中,冯梦龙所强调的是话本小说对大众的艺术感染力,而这样的感染力有一个重要的前提,即"通俗"。因此,他由宋代以来小说家的经验,提出了"谐于里耳"的重要命题。可以说,"谐于里耳"就是冯梦龙经典意识最重要的出发点。

《警世通言叙》则回答了有关话本小说的另一个重大问题,即真实性的问题:

> 野史尽真乎?曰:不必也。尽赝乎?曰:不必也。然则去其赝而存其真乎?曰:不必也。六经、《语》《孟》,谭者纷如,归于令人为忠臣、为孝子、为贤牧、为良友、为义夫、为节妇、为树德之士、为积善之家,如是而已矣。经书著其理,史传述其事,其揆一也。理著而世不皆切磋之彦,事述而世不皆博雅之儒。于是乎村夫稚子、里妇估儿,以甲为乙非为喜怒,以前因后果为劝惩,以道听途说为学问,而通俗演义一种遂足以佐经书史传之穷。而或者曰:"村醪市脯,不入宾筵,乌用是齐东娓娓者为?"呜呼!大人子虚,曲终奏雅,顾其旨何如耳?人不必有其事,事不必丽其人。其真者可以补金匮石室之遗,而赝者亦必有一番激扬劝诱、悲歌感慨之意。事真而理不赝,即事赝而理亦真,不害于风化,不谬于圣贤,不戾于诗书经史。若此者,其可废乎?里中儿代庖而创其指,不呼痛,或怪之,曰:"吾顷从玄妙观听说《三国志》来,关云长刮骨疗毒,且谈笑自若,我何痛为?"夫能使里中儿顿有刮骨疗毒之勇,推此说孝而孝,说忠而忠,说节义而节义,触性性通,导情情出。视彼切磋之彦,貌而不情;博雅之儒,文而丧质。所得竟未知孰赝而孰真也。①

实际上,真实性问题一直是困扰中国古代小说家的一个问题,通常的思路是指出小说可以"羽翼信史",具有"野史"的功能。这种依傍史官文化的观点在一定程度上增加了小说家的文体自信,但并没有从根本上减轻主流文化对小说的歧视。关键就在于,这样的说法没有从小说的实际特点出发。而冯梦龙明确地指出,小说创作"人不必有其事,事不必丽其人。其真者可以补金匮石室之遗,而赝者亦必有一番激扬劝诱、悲歌感慨之意。事真而理不赝,即事赝而理亦真"。用可以"触性性通,导情情出"的"理",而不是单

---

① 冯梦龙《警世通言》,北京十月文艺出版社,1994年,第1页。

的"真"作为标准,这是冯梦龙经典意识的又一个核心所在。

《醒世恒言叙》则带有总结性:

> 六经国史而外,凡著述皆小说也。而尚理或病于艰深,修词或伤于藻绘,则不足以触里耳而振恒心。此《醒世恒言》四十种,所以继《明言》《通言》而刻也。明者,取其可以导愚也;通者,取其可以适俗也;恒则习之而不厌,传之而可久。三刻殊名,其义一耳。……言恒而人恒,人恒而天亦得其垣。万世太平之福,其可量乎! 则兹刻者,虽与《康衢》《击壤》之歌并传不朽可矣。崇儒之代,不废二教,亦谓导愚适俗,或有藉焉。以二教为儒之辅可也,以《明言》《通言》《恒言》为六经国史之辅,不亦可乎? 若夫淫谈亵语,取快一时,贻秽百世,夫先自醉也,而又以狂药饮之,吾不知视此"三言"者得失何如也?①

我们看到,在这里,"触里耳而振恒心"仍然是冯梦龙编选"三言"的共同艺术追求与审美指向。在他看来,只有这样的作品才能传之久远。显然,这当中还有一个思想标准,那就是使话本小说"为六经国史之辅"。这种标准既是排除"淫谈亵语,取快一时"之类作品的道德底线,又是"导愚适俗"崇高目标的落实。这可以看成是冯梦龙经典意识的命脉。

通观以上三篇叙文,冯梦龙对话本小说的经典判断确有自觉、全面的主张。如上所述,冯梦龙有着宽广的文化视野,他在其他相关文献中所阐发的文艺思想,与他编选话本小说的观念也有可以参照的地方,如他在《叙山歌》中提出的"情真而不可废""借男女之真情,发名教之伪药"的著名观点,在"三言"中也有所体现。他在戏曲创作与评点中阐发的观点,也属同样性质,值得参考。

(三)由"三言"所选作品略谈文学经典的接受基础与阐释空间

从本质上说,文学创作与接受都是对经典的挑战。因为文学经典从来就不是一个封闭体系,而是构建——解构——再构建的过程,"是精选出来的一些著名作品,很有价值,用于教育,而且起到了为文学批评提供参照系

---

① 冯梦龙《警世通言》,北京十月文艺出版社,1994年,第1—2页。

的作用。……它是被动地建构起来的"①。就"三言"来说,这种精选的过程,既是前述冯梦龙经典意识的落实,也是这些话本小说客观价值的表现。

从文本的角度看,"三言"中的话本小说当然不可能篇篇都是经典,但其中的优秀作品总是在某些方面有着足称经典的特征。概括地说,这些特征主要包括如下几点。

第一,经典作品应能顺应时代发展,展示特定社会的现实特点,从而成为历史的见证。"三言"中有宋元旧篇,更有明代以来的新作,经过冯梦龙的汇编整理与创作,时代特色更鲜明,尤以直接反映明代商品经济所带来的新风尚最为突出。例如《蒋兴哥重会珍珠衫》就是一篇时代感很强的优秀作品,它描写商人的婚姻生活,表现了商人从现实和人性出发的眼光,突破了传统的道德观念的束缚。作品曲尽人情地刻画了王三巧的心理变化,她与陈大郎的私通没有被作者简单地斥为"淫"或不贞,而是将其细致地描写为一种现实生活中难以逆料却又合乎自然的感情需要。对此,作为丈夫的蒋兴哥也没有采取过激的行动,相反,他在痛苦的自责中,对妻子王三巧多多少少表现出一种理解与宽容,也显示出不同于旧礼教的新意识。

《施润泽滩阙遇友》则是新旧意识相结合的产物。篇中的机户施润泽凭着诚实本分和辛苦经营发家致富。有幸两次掘藏,既是对他拾金不昧的一种道德化"奖赏",又是商品经济发展中图谋意外发财梦想的表现。这篇小说对明代盛泽镇织造业发达状况的描写还经常被作为社会经济史的一个佐证。

《杜十娘怒沉百宝箱》从题材上看虽然仍是宋元以来小说戏曲常见的妓女从良故事,结构上也无非是"痴心女子负心汉"的老套,但由于作者深入地刻画了人物的心理,尤其是突出地描写了杜十娘在绝望后的沉箱自尽,使人物的精神追求得到了惊心动魄的表现,而这恰是以前同类题材作品所缺乏的。换言之,对人格的尊重,使这篇作品超乎一般的爱情之上,折射出新的社会意识。

第二,经典作品应能揭示某种具有普遍意义的人生经验,而这种人生经验超越特定时空的性质则是经典被不断接受与阐释的前提。实事求是地说,话本小说作为一种产生于市井社会,受商业化影响很深、面向大众的文学形式,并不热衷于进行富有哲理性的描写,因而对于所谓人生经验的提炼与表现,也往往以日常生活的得失为出发点。《错斩崔宁》这一题目昭示了

---

① 佛克马、蚁布思《文化研究与文化参与》,北京大学出版社,1996年,第62页。

社会批判意义,却被冯梦龙改题为《十五贯戏言成巧祸》,"谨言慎行"的行为方式便成为作者对读者的一个重要告诫。《一文钱小隙造奇冤》《沈小官一鸟害七命》也都具有同样的特点。韩南曾将此类话本小说概括为"愚行小说"①,是富有创见性的,它揭示出话本小说在表现人生经验中的一个类型特点。

尽管话本小说属于大众文学,但它与文言小说的深刻而普遍的联系,也使得它在因袭文人创作的同时,继承甚至发挥了其中某种更有深度的人生思考。《醒世恒言》的《薛录事鱼服证仙》就是如此,它来源于唐代传奇《续玄怪录》卷二的《薛伟》,通过人的变形这种反常的形式,在精神与现实两个世界如梦如幻的交错中,表达对社会与人生的独特认识(详见本书下编的分析)。

第三,经典作品还应具备富有底蕴的心理刻画和耐人寻味的细节描写。《喻世明言》的第一篇《蒋兴哥重会珍珠衫》就是这方面的成功范例(详见本书下编的分析)。而有着类似描写的作品,在"三言"中并不在少数。这里再举一个例子,在《施润泽滩阙遇友》中,如此描写施润泽捡到银子的情形:

> 行不上半箭之地,一眼觑见一家街沿之下,一个小小青布包儿。施复趱步向前,拾起袖过,走到一个空处,打开看时,却是两锭银子,又有三四件小块,兼着一文太平钱儿。把手撮一撮,约有六两多重。心中欢喜道:"今日好造化!拾得这些银子,正好将去凑做本钱。"连忙包好,也揣在兜肚里,望家中而回。一头走,一头想:"如今家中见开这张机,尽勾日用了。有了这银子,再添上一张机,一月出得多少绸,有许多利息。这项银子,譬如没得,再不要动他。积上一年,共该若干,到来年再添上一张,一年又有多少利息。算到十年之外,便有千金之富。那时造什么房子,买多少田产。"正算得熟滑,看看将近家中,忽地转过念头,想道:"这银两若是富人掉的,譬如牦牛身上拔根毫毛,打什么紧,落得将来受用;若是客商的,他抛妻弃子,宿水餐风,辛勤挣来之物,今失落了,好不烦恼!如若有本钱的,他拼这帐生意扯直,也还不在心上;倘然是个小经纪,只有这些本钱,或是与我一般样苦挣过日,或卖了绸,或脱了丝,这两锭银乃是养命之根,不争失了,就如绝了咽喉之气,一家良善,没甚过活,互相埋怨,必致鬻身卖子,倘是个执性的,气恼不过,肮脏

---

① 参见韩南《中国白话小说史》,浙江古籍出版社,1989年,第60页。

送了性命,也未可知。我虽是拾得的,不十分罪过,但日常动念,使得也不安稳。就是有了这银子,未必真个便营运发积起来。一向没这东西,依原将就过了日子。不如原往那所在,等失主来寻,还了他去,到得安乐。"随复转身而去。①

其中"拾起袖过""把手撅一撅""揣在兜肚里"等细节,都生动地刻画出施润泽捡到银子后欣喜、私密的微妙心理,而他翻来覆去的盘算、推测,则将他的思想斗争具体地揭示出来。正是这种微妙心理与思想斗争的描写,使施润泽作为一个小市民渴望发财又安守本分的朴实性格得到了令人信服的表现。

第四,作为通俗文学,经典作品还应有适应大众欣赏习惯的艺术表现方式。不言而喻,这样的艺术表现方式多种多样,其中语言的通俗化是至关紧要的一点。古代艺人都明白"话须通俗方传远"的道理(宋元话本《冯玉梅团圆》中有"话须通俗方传远,语必关风始动人";冯梦龙《警世通言》卷一二《苏揪儿双镜重圆》中也有这两句话),因此,在白话文学语言的提炼与运用方面,十分在意与在行。下面是《杜十娘怒沉百宝箱》中的一段对话:

> 妈妈没奈何,日逐只将十娘叱骂道:"我们行户人家,吃客穿客,前门送旧,后门迎新,门庭闹如火,钱帛堆成垛。自从那李甲在此,混帐一年有余,莫说新客,连旧主顾都断了。分明接了个钟馗老,连小鬼也没得上门,弄得老娘一家人家,有气无烟,成什么模样!"
>
> 杜十娘被骂,耐性不住,便回答道:"那李公子不是空手上门的,也曾费过大钱来。"妈妈道:"彼一时,此一时,你只教他今日费些小钱儿,把与老娘办些柴米,养你两口也好。别人家养的女儿便是摇钱树,千生万活,偏我家晦气,养了个退财白虎!开了大门七件事,般般都在老身心上。到替你这小贱人白白养着穷汉,教我衣食从何处来?你对那穷汉说,有本事出几两银子与我,到得你跟了他去,我别讨个丫头过活却不好?"十娘道:"妈妈,这话是真是假?"……妈妈道:"老身年五十一岁了,又奉十斋,怎敢说谎?不信时与你拍掌为定。若翻悔时,做猪做狗!"②

对话中,老鸨势利、粗鄙的口吻表现得活灵活现。再看《醒世恒言》中《一文

---

① 冯梦龙《醒世恒言》,北京十月文艺出版社,1994年,第374—375页。
② 冯梦龙《警世通言》,北京十月文艺出版社,1994年,第509页。

钱小隙造奇冤》的一段描写：

> 原来孙大娘最痛儿子，极是护短，又兼性暴，能言快语，是个揽事的女都头。若相骂起来，一连骂十来日，也不口干，有名叫做绰板婆。他与丘家只隔得三四个间壁居住，也晓得杨氏平日有些不三不四的毛病，只为从无口面，不好发挥出来。一闻再旺之语，太阳里爆出火来，立在街头，骂道："狗泼妇，狗淫妇。自己瞒着老公趁汉子，我不管你罢了，到来谤别人。老娘人便看不像，却替老公争气。前门不进师姑，后门不进和尚，拳头上立得人起，臂膊上走得马过，不像你那狗淫妇，人硬货不硬，表壮里不壮，作成老公带了绿帽儿，羞也不着。还亏你老着脸在街坊上骂人。便臊贱时，也不是怎般做作。我家小厮年小，连头带脑，也还不勾与你补空，你休得缠他。臊发时还去寻那旧汉子，是多寻几遭，多养了几个野贼种，大起来好做贼。"一声泼妇，一声淫妇，骂一个路绝人希。①

这一段骂詈语，也活现了市井女人的言语，令人如闻其声。这样的例子意义并不只在于某一篇作品中某个人物的语言如何的生活化，而在于从白话文学的发展来看，明中后期是一个关键的阶段，"三言"在这个过程中也发挥了不可替代的作用。

情节艺术也是话本小说征服读者的一个重要方面，诸如冲突的展开、悬念的设置、线索的贯穿、场景的安排等，无不与此有关。比如，话本小说家习惯运用一些小道具作为串联情节的线索，往往取得很好的艺术效果，《蒋兴哥重会珍珠衫》中的珍珠衫，《陈御史巧勘金钗钿》中的金钗钿，都被作者用得恰到好处。更值得称道的是《杜十娘怒沉百宝箱》中的"百宝箱"，这个"百宝箱"作者在杜十娘从良时隐约提到一笔：

> 临行之际，只见肩舆纷纷而至，乃谢月朗与徐素素拉众姊妹来送行。月朗道："十姊从郎君千里间关，囊中消索，吾等甚不能忘情。今合具薄赆，十姊可检收，或长途空乏，亦可少助。"说罢，命从人挈一描金文具至前，封锁甚固，正不知什么东西在里面。十娘也不开看，也不推辞，但殷勤作谢而已。②

当李甲出卖杜十娘后，神秘的百宝箱才彻底地展现在其他人物，也展现在读

---

① 冯梦龙《警世通言》，北京十月文艺出版社，1994年，第783—784页。
② 同上书，第514页。

者面前:

> 十娘取钥开锁,内皆抽替小箱。十娘叫公子抽第一层来看,只见翠羽明珰,瑶簪宝珥,充牣于中,约值数百金。十娘遽投之江中。李甲与孙富及两船之人,无不惊诧。又命公子再抽一箱,乃玉箫金管;又抽一箱,尽古玉紫金玩器,约值数千金。十娘尽投之于大江中。岸上之人,观者如堵。齐声道:"可惜,可惜!"正不知什么缘故。最后又抽一箱,箱中复有一匣。开匣视之,夜明之珠约有盈把。其他祖母绿、猫儿眼,诸般异宝,目所未睹,莫能定其价之多少。众人齐声喝采,喧声如雷……又对李甲道:"妾风尘数年,私有所积,本为终身之计。自遇郎君,山盟海誓,白首不渝。前出都之际,假托众姊妹相赠,箱中韫藏百宝,不下万金。将润色郎君之装,归见父母,或怜妾有心,收佐中馈,得终委托,生死无憾。谁知郎君相信不深,惑于浮议,中道见弃,负妾一片真心。今日当众目之前,开箱出视,使郎君知区区千金,未为难事。妾椟中有玉,恨郎眼内无珠。命之不辰,风尘困瘁,甫得脱离,又遭弃捐。今众人各有耳目,共作证明,妾不负郎君,郎君自负妾耳!"……十娘抱持宝匣,向江心一跳。众人急呼捞救,但见云暗江心,波涛滚滚,杳无踪影。①

这个"百宝箱"不仅具有叙事方面的意义,是连接故事的线索,更重要的是,它还是杜十娘悲剧意蕴的象征,既象征着她的痛苦生涯,也寄托着她的希望,同时,它又是社会和人性激烈冲突的象征。

如前所述,经典的认定与阐释会随着时代的发展而变化。在"三言"中,我们也可以看到历史上对有关作品的认识存在着广泛的分歧,有时正是这种分歧证明了经典作品丰富的内涵,或者说证明了经典存在的价值。《灌园叟晚逢仙女》叙灌园叟秋翁自幼爱花成癖,遇有好花,总要设法买下,有时甚至典衣买花。在他的苦心经营下,家中成为一个大花园。宦家子弟张委,发现秋翁家花枝艳丽,闯进去就乱采。秋翁上前阻止,张委就与众恶少将花园的花全部砸坏。当恶少走后,秋翁对着残花悲哭,感动了花神,使落花都重返枝头。张委得知此事,买通官府,诬告秋翁为妖人,致使他被抓捕入狱,自己则霸占了秋翁的花园。正当张委得意之时,花神令狂风大作,将张委和爪牙吹落粪窖而死。这篇作品当然描写了社会矛盾,但那种矛盾

---

① 冯梦龙《警世通言》,北京十月文艺出版社,1994年,第520页。

又带有传统文化的雅俗之争性质。不过,上个世纪50年代,这篇小说被改编为电影《秋翁遇仙记》,突出的就是社会矛盾即所谓"阶级斗争"的一面。也就是说,作品的某一部分内涵在新的意识形态下得到了新的诠释和发挥。

事实上,与其他文学经典一样,"三言"中的经典作品在当代也经常被改编。林语堂称《简帖和尚》(收入《喻世明言》,题为《简帖僧巧骗皇甫妻》)为"中国文学中最佳之犯罪小说",但在将其改编为《无名信》时,却对人物关系与故事结局作了调整。原作中简帖僧有卷逃的前科,又以匿名信的奸谋使皇甫休掉妻子以遂其心愿,因罪责难逃,最后被"重杖处死"。而在林语堂笔下,简帖僧摇身变作洪员外,在皇甫妻春梅眼中"又有风趣,又慷慨,又殷勤",他之写匿名信是出于真正的爱慕之情,所以在末尾,当三个人在相国寺邂逅相逢,皇甫痛心疾首地忏悔,春梅不为所动,与洪某携手昂然而去。这种改动与原作差别很大,完全是现代意识的体现,也有迎合海外读者的意图,但并非完全没有根据,至少原作中皇甫对妻子的毫不信任与专横,在妻子心中是不可能不产生一点怨恨的。

可以说,具有被不断再创造的潜力,也应该是经典作品的一个特点。《警世通言》中有一名篇《白娘子永镇雷峰塔》,就是一篇演变中的作品。其前因,可追溯到魏晋以来一些小说中有关蛇妖的描写,至"三言",白蛇故事可以说已经成熟。虽然这篇话本小说中还残存着一些怪诞的描写,但作者赋予了白娘子明显的人性特点,特别是女性的温柔多情,使小说的主题脱离了单纯志怪的范围而具有世俗爱情的意味。至少现代读者更乐于把它看成一个优美的爱情故事。如果说,在冯梦龙编撰"三言"时,这种由志怪到人情的转变还没有彻底完成的话,那么,在后世的改编与传播中,它已充分实现了。且不说清代的《雷峰塔奇传》等戏曲小说在此一题材上的演进,在现代,由《白娘子永镇雷峰塔》定型的白蛇故事可以说是被改编最多的古代文学作品之一。从刘以鬯的《蛇》,到李碧华的《青蛇》,再到不断翻拍的《新白娘子传奇》之类影视剧,随着社会意识与立场的改变,现代读者没有了古代通过蛇妖表现出来的性恐怖的观念,自然对白娘子主动追求爱情的行为更为欣赏。有趣的是,当代作家刘以鬯据《白娘子永镇雷峰塔》改编的《蛇》已收入《百年百篇经典短篇小说》(雷达主编,长江文艺出版社,2003年),本身也成为了一种经典。这一事实表明,"三言"的价值,绝不仅仅是简单的古代文学遗产,它也以其经典文学的品格,参与着当代文化的建设。

三、无奇之奇:凌濛初的艺术追求

凌濛初(1580—1644)编撰的《拍案惊奇》和《二刻拍案惊奇》即所谓"二拍",在话本小说的发展过程中具有里程碑的意义。虽然"三言"中也有一些作品是冯梦龙或别的文人小说家所创作的,但"二拍"才是从总体上属于文人创作的作品。它标志着话本小说已经真正开始从艺人的编创、表演性向文人的独立写作与书面阅读转化。显然,这种由文人小说家主导的转型,鲜明地表现在他们自觉的艺术追求上。而凌濛初最突出的审美理念便是所谓"无奇之奇"。

(一)小说"奇"史

"奇"的基本意思是稀罕少见、不同寻常、出人意料,等等。它是中国古代文论常用的一个概念,在《汉语大词典》中,相关的词汇就有"奇文""奇幻""奇秀""奇拔""奇恣""奇肆""奇诞""奇诡""奇趣""奇险""奇纵""奇警""奇丽""奇谲""奇靡"等二三十个之多。而作为叙事文学,小说之"奇"又有自己的特点。不言而喻,这种特点是随着小说的发展而变化的。

汉魏六朝时期的志怪小说是中国古代小说最重要的原初形态之一,它的题材特性奠定了中国古代小说对"奇"的基本表现。胡应麟曾指出,当时"小说以'异'名者甚众"[1]。如《神异记》《述异记》《异苑》等,这一"异"字,既是题材"异乎寻常"的客观表现,多少也是小说家追求"奇异"的主观意识的反映。所以,葛洪《神仙传序》认为此传"深妙奇异"[2],萧绮《拾遗记序》则指出《拾遗记》的作者王子年"爱广向奇"[3]。在当时的小说家看来,所谓的"异"并非荒诞不经,郭璞为了使《山海经》"逸文不坠于世,奇言不绝于

---

[1] 胡应麟《少室山房笔丛》卷三六,上海书店出版社,2001年,第364页。
[2] 丁锡根编《中国历代小说序跋集》上册,人民文学出版社,1996年,第54页。
[3] 同上书,第59页。

今",为之加注,并指出:

> 世之所谓异,未知其所以异,世之所谓不异,未知其所以不异。何者?物不自异,待我而后异,异果在我,非物异也。……夫玩所习见,而奇所希闻,此人情之常蔽也。今略举所以明者,阳火出于冰水,阴鼠生于炎山,而俗之论者,莫之或怪,及谈《山海经》所载而咸怪之,是不怪所可怪,而怪所不可怪也。①

这种不以"异"为"怪"的思想,其实与明末话本小说家强调"庸常"与"真奇"的辩证关系在思路上有一致之处。所以,鲁迅说汉魏六朝志怪小说家由于相信鬼神实有,"故其叙述异事,与记载人间常事,自视固无诚妄之别"②。唯其如此,小说家在叙事时,反而会更关注题材的特异性并加以突出的表现。

唐代传奇以"异"名集者依然很多见,如《卓异记》《摭异记》《博异记》,但对"奇"的追求更加自觉化和艺术化,其中有两点变化值得重视。一是对于非现实的鬼神之异,并不以实有真信为中心。胡应麟认为:"变异之谈,盛于六朝,然多是传录舛讹,未必尽幻设语,至唐人乃作意好奇,假小说以寄笔端。"③鲁迅也指出唐人"欲以构想之幻目见","时时示人以出于造作,不求见信"。④ 另一个变化则是小说家关心"语其世事之特异者"⑤,也就是现实生活中的奇闻异事。李翱《卓异记序》云:"皇唐帝功,瑰特奇伟,前古无可比伦。及臣下盛事,超绝殊常,挥昔而照今。"⑥从帝王到臣属,无不以"瑰特奇伟""超绝殊常"而成为记述的对象。

唐以后的文言小说,继续着"好奇尚异"的追求。洪迈编撰《夷坚志》,声称:"天下之怪怪奇奇尽萃于是矣!"⑦明代瞿佑编撰《剪灯新话》,也强调"皆可喜可悲、可惊可怪者"⑧。清代蒲松龄在《聊斋自志》中自称:"才非干宝,雅爱搜神;情类黄州,喜人谈鬼。闻则命笔,遂以成编。……甚者,人非

---

① 丁锡根编《中国历代小说序跋集》上册,人民文学出版社,1996年,第6页。
② 鲁迅《中国小说史略》,人民文学出版社,1975年,第29页。
③ 胡应麟《少室山房笔丛》卷三六,上海书店出版社,2001年,第371页。
④ 鲁迅《中国小说史略》,人民文学出版社,1975年,第71页。
⑤ 李浚《摭异记序》,《文渊阁四库全书》子部杂家类杂纂之属《说郛》卷五二引。
⑥ 程国赋编《隋唐五代小说研究资料》,上海古籍出版社,2005年,第162页。
⑦ 洪迈《夷坚乙志·序》,丁锡根编《中国历代小说序跋集》上册,人民文学出版社,1996年,第95页。
⑧ 瞿佑《剪灯新话·序》,《剪灯新话》,上海古籍出版社,1981年,第3页。

化外事或奇于断发之乡;睫在目前,怪有过于飞头之国。"概而言之,文言小说始终以怪异奇特为取材与描写的基本意向。

宋以后兴盛的通俗小说,同样以"奇"为目标。郑振铎指出:

> 说书家是惟恐其故事之不离奇,不激昂的;若一落于平庸,便不会耸动顾客的听闻。所以他们最喜欢取用奇异不测的故事,惊骇可喜的传说,且更故以危辞峻语来增高描叙的趣味。①

到了明清小说,对"奇"的追求更具理论化。我们在小说的序跋、评点中,经常可以看到有关"奇"的论述。明人徐如翰《云合奇踪序》:

> 天地间有奇人始有奇事,有奇事始有奇文。夫所谓奇者,非奇邪、奇怪、奇诡、奇僻之奇,正为奇正相生,足为英雄吐气豪杰壮谭,非若惊世骇俗,吹指而不可方物者。……遂忘其丑拙,僭弁简端,因一告后之好奇者,不必搜奇剔怪,即君臣会合间而奇踪即在于是。然则高皇帝千古奇造,英烈诸公振世奇猷,非文长奇笔奇思,又恶能阐发其快如是哉。②

金圣叹在他删改后的第二十五回总评中说:"不读《水浒》不知天下之奇,读《水浒》不读设祭,不知《水浒》之奇也。"③李渔为醉畊堂刊本《三国志演义》作序称:

> 昔弇州先生有宇宙四大奇书之目,曰《史记》也,《南华》也,《水浒》与《西厢》也。冯犹龙亦有四大奇书之目,曰《三国》也,《水浒》也,《西游》与《金瓶梅》也。两人之论各异。愚谓书之奇当从其类。《水浒》在小说家,与经史不类;《西厢》系词曲,与小说又不类。今将从其类以配其奇,则冯说为近是。然野史类多凿空,易于逞长,若《三国演义》则据实指陈,非属臆造,堪与经史相表里。由是观之,奇又莫奇于《三国》矣。或曰:凡自周、秦而上,汉、唐而下,依史以演义者,无不与《三国》相仿,何独奇乎《三国》?曰:三国者乃古今争天下之一大奇局;而演三国者,又古今为小说之一大奇手也。④

---

① 郑振铎《插图本中国文学史》,人民文学出版社,1982年,第701页。
② 丁锡根编《中国历代小说序跋集》中册,人民文学出版社,1996年,第1003—1004页。
③ 马蹄疾编《水浒资料汇编》,中华书局,1980年,第161页。
④ 丁锡根编《中国历代小说序跋集》中册,人民文学出版社,1996年,第899页。

清人何昌森说：

> 从来小说家言，要皆文人学士心有所触，意有所指，借端发挥，以写其磊落光明之概；其事不奇，其人不奇，其遇不奇，不足以传。①

在上述粗略的胪列中，我们可以看到，一部中国小说史，自始至终都贯穿着对"奇"的追求，它造成了中国小说在情节、形象等方面都迎合人们强烈的好奇心，往往具有独特、怪异、神秘等审美特征。"二拍"对"奇"的追求应当放在这样的背景下来认识。

（二）凌濛初对"奇"的理解与表现

一般认为，"二拍"前面的叙虽署"即空观主人"等号，实为凌濛初所为。在这几篇叙及凡例中，凌濛初充分表现了他对"奇"的理解。先看《拍案惊奇叙》：

> 语有之："少所见，多所怪。"今之人，但知耳目之外，牛鬼蛇神之为奇。而不知耳目之内，日用起居，其为谲诡幻怪非可以常理测者固多也。昔华人至异域，异域咤以牛粪金；随诘华之异者，则曰："有虫蠕蠕，而吐为彩缯锦绮，衣被天下。"彼舌抺而不信，乃华人未之或奇也。则所谓必向耳目之外，索谲诡幻怪以为奇。赘矣。
>
> ……因取古今来杂碎事可新听睹、佐谈谐者，演而畅之，得若干卷。其事之真与饰，名之实与赝，各参半。文不足征，意殊有属。凡耳目前怪怪奇奇，当亦无所不有，总以言之者无罪，闻之者足以为戒，则可谓云尔已矣。若谓此非今小史家所奇，则是舍吐丝蚕而问粪金牛，吾恶乎从罔象索之？②

在上面的叙文中，凌濛初为"怪怪奇奇"作了辩护，并提出了"耳目之内，日用起居，其为谲诡幻怪非可以常理测者固多也"的命题，从而将"奇"与现实对接。

编撰《二刻拍案惊奇》时，凌濛初延续了对"奇"的追求与思考。《二刻拍案惊奇小引》强调了"奇"的游戏性：

---

① 何昌森《水石缘序》，丁锡根编《中国历代小说序跋集》中册，人民文学出版社，1996年，第1295页。

② 凌濛初《拍案惊奇》，齐鲁书社，1995年，第1页。

> ……偶戏取古今所闻一二奇局可纪者,演而成说,聊舒胸中磊块。非日行之可远,姑以游戏为快意耳。同侪过从者索阅一篇竟,必拍案曰:"奇哉所闻乎!"①

而睡乡居士的《二刻拍案惊奇叙》则集中讨论了"奇"与"真实"的问题:

> 今小说之行世者,无虑百种,然而失真之病,起于好奇。知奇之为奇,而不知无奇之所以为奇。舍目前可纪之事,而驰骛于不论不议之乡,如画家之不图犬马而图鬼魅者,曰:"吾以骇听而止耳。"……至演义一家,幻易而真难,固不可相衡而论矣。即如《西游》一记,怪诞不经,读者皆知其谬。然据其所载,师弟四人,各一性情,各一动止,试摘取其一言一事,遂使暗中摹索,亦知其出自何人,则正以幻中有真,乃为传神阿堵。而已有不如《水浒》之讥。岂非真不真之关,固奇不奇之大较也哉?②

这种对于所谓"好奇失真"之病的批评,在凌濛初的戏曲评论中也有,他说:

> 旧戏无扭捏巧造之弊,稍有牵强,略附鬼神作用而已,故都大雅可观。今世愈造愈奇,假托寓言,明明看破无论,即真实一事,翻弄作乌有子虚。总之,人情所不近,人理所必无,世法既不自通,鬼谋亦所不料,兼以照管不来,动犯驳议,演者手忙脚乱,观者眼暗头昏,大可笑也。③

可见,这是凌濛初一贯的观点。而这也反映了一种时代的观念。李贽在《复耿侗老书》中就批评过:"世人厌平常而喜新奇,不知言天下之至新奇莫过于平常也。日月常,而千古常新;布帛菽粟常,而寒能暖、饥能饱,又何其奇也!是新奇正在于平常。世人不察,反于平常之外觅新奇,是岂得谓之新奇乎?"④我们无法肯定凌濛初受到了李贽的影响,但观点的相通还是昭然若揭的。稍后,抱瓮老人编《今古奇观》,选录"二拍"11篇小说,书前的笑花主人《今古奇观序》则显然受到凌濛初的影响,他提出:"夫蜃楼海市,焰山火井,观非不奇,然非耳目经见之事,未免为疑冰之虫。故夫天下之真奇,

---

① 凌濛初《二刻拍案惊奇》,齐鲁书社,1995年,第1页。
② 同上。
③ 凌濛初《谭曲杂劄》,《中国古典戏曲论著集成》第四册,中国戏剧出版社,1959年,第258页。
④ 李贽《焚书》卷二,中华书局,1975年,第60页。

在未免不出于庸常者也。"①这一认识对"三言""二拍"为代表的话本小说在"奇"方面的追求作了最为精确的理论概括。

因此,凌濛初有关"奇"的论述具有重要的文学史意义,它标志着中国古代小说对"奇"的追求具有了新的时代特点,也达到了新的理论高度。核心的意识有两个:一是将"奇"与现实生活相关联;二是将"奇"与真实性相关联。这两个意识在"二拍"中都有鲜明的体现。事实上,我们在"二拍"中也经常可以看到凌濛初对"奇"的理解与把握,主要表现在以下几个方面。

1. "二拍"之奇首先表现在题材方面。

"二拍"的题材确如上面的叙文中所说,大多为"古今奇局",即便事件本身并不特别出"奇",凌濛初也总是运用各种手段将题材之中"奇"的因素努力挖掘或刻意表现出来。读者不难发现,在小说入话、篇中、结尾等各个环节,凌濛初经常用"新闻""希奇""罕见"等词语对题材与人物作点评,或先声夺人,或反复渲染,不断唤起接受者的好奇心,增强作品引人入胜的艺术效果。如:

《拍案惊奇》卷一《转运汉遇巧洞庭红　波斯胡指破鼍龙壳》:"而今说一个人,在实地上行,步步不着,极贫极苦的,却在渺渺茫茫、做梦不到的去处,得了一主没头没脑钱财,变成巨富。从来希有,亘古新闻。"

卷二《姚滴珠避羞惹羞　郑月娥将错就错》:"今日再说一个容貌厮象,弄出好些奸巧希奇的一场官司来。"

卷五《感神媒张德容遇虎　凑吉日裴越客乘龙》叙及裴尚书夫人听说老虎为媒一事,又惊又喜,便道:"从来罕闻奇事。"尚书也道:"谁想有此神奇之事?"结尾处:人人说道:"从来无此奇事。""这话传出去,个个奇骇,道是新闻。"

卷六《酒下酒赵尼媪迷花　机中机贾秀才报怨》:"而今还有一个正经的妇人,中了尼姑毒计,到底不甘,与夫同心合计,弄得尼姑死无葬身之地,罕闻罕见。"

卷九《宣徽院仕女秋千会　清安寺夫妇笑啼缘》:"只因是夙世前缘,故此奇奇怪怪,颠之倒之,有此等异事。"

卷一四《酒谋对于郊肆恶　鬼对案杨化借尸》:"而今更有一个希

---

① 丁锡根编《中国历代小说序跋集》中册,人民文学出版社,1996年,第793页。

奇作怪的,乃是被人害命,附尸诉冤,竟做了活人活证,直到缠过多少时节,经过多少衙门,成狱方休,实为罕见。"

卷二三《大姊魂游完宿愿　小姨病起续前缘》:"小子今日再说一个不曾做亲过的,只为不忘前盟,阴中完了自己姻缘,又替妹子联成婚事,怪怪奇奇,真真假假,说来好听。"

卷三〇《王大使威行部下　李参军冤报生前》:"这两件事希奇些的说过……又有一个再世转来……事儿更为奇幻,听小子表白来。"

卷三五《诉穷汉暂掌别人　钱看财奴刁买冤家主》:"在下为何先说此一段因果,只因有个贫人,把富人的银子借了去,替他看守了几多年,一钱不破。后来不知不觉,双手交还了本主。这事更奇,听在下表白一遍。"

《二刻拍案惊奇》卷三《权学士权认远乡姑　白孺人白嫁亲生女》:"而今说一段因缘,隔着万千里路,也只为一件物事,凑合成了,深为奇巧。"

卷一七《同窗友认假作真　女秀才移花接木》:"而今说着一家子的事,委曲奇诧,最是好听。"

卷二〇《贾廉访赝行府牒　商功父阴摄江巡》:"小子如今说着宋朝时节一件事,也为至亲相骗,后来报得分明,还有好些稀奇古怪的事,做一回正话。"

卷二八《程朝奉单遇无头妇　王通判双雪不明冤》:"而今还有一个,因这一件事,露出那一件事来,两件不明不白的官司,一时显露。说着也古怪。"

卷二九《赠芝麻识破假形　撷草药巧谐真偶》:"而今说一个妖物,也与人相好了,留着些草药,不但医好了病,又弄出许多事体,成就他一生夫妇,更为奇怪。"

卷三三《杨抽马甘请杖　富家郎浪受惊》:"小子再说宋时一个奇人,也要求人杖责了前欠的,已有个榜样过了。这人却有好些奇处……且略述他几件怪异去处。"①

其实,如上一节所述,对"奇"的追求是中国古代小说的传统特点,而

---

① 以上各条均据齐鲁书社1995年版《拍案惊奇》《二刻拍案惊奇》,为省篇幅,不一一注明。

"二拍"这些文本中对"奇"的标识,更鲜明地揭示出"奇"从一开始就是作者对题材加以选择、加工的基本标准。

2. "二拍"之奇还表现在观念方面。

题材的新奇是表面的,观念上新奇才是关键。有了观念上的新奇,才可能发现题材的新奇,也才可能使题材的新奇性得到更充分、有深度的表现。而观念的新奇从本质上说,就是要向传统观念或习惯思维挑战。

我们看到,"二拍"中有很多描写商人生活的作品。与以往的同类题材与形象相比,"二拍"的描写要客观得多,其中既不乏商人的正面形象,也触及了商业活动的规律;凌濛初之所以能以客观、正面的态度处理这一题材,与他对商业本身的认识是分不开的。在《二刻拍案惊奇》卷一《进香客莽看金刚经　出狱僧巧完法会分》中,有这样一段议论:

> 元来大凡年荒米贵,官府只合静听民情,不去生事。少不得有一伙有本钱趋利的商人,贪那贵价,从外方贱处贩将米来;一伙有家当囤米的财主,贪那贵价,从家里廒中发出米去。米既渐渐辐辏,价自渐渐平减,这个道理也是极容易明白的。最是那不识时务执拗的腐儒做了官府,专一遇荒就行禁粜、闭粜、平价等事。他认道是不使外方粜了本地米去,不知一行禁止,就有棍徒诈害,遇见本地交易,便自声扬犯禁,拿到公庭,立受枷责。那有身家的怕惹事端,家中有米,只索闭仓高坐,又且官有定价,不许贵卖,无大利息,何苦出粜?那些贩米的客人,见官价不高,也无想头。就是小民私下愿增价暗粜,俱怕败露受责受罚。有本钱的人,不肯担这样干系,干这样没要紧的事。所以越弄得市上无米,米价转高。①

在这一段话中,我们可以看出,凌濛初对商业活动在社会生活中的作用是有比较清醒和正确的认识的,这种认识与传统的重农轻商观念相比,有明显的进步性。正是这种对待商业的先进意识,才使得凌濛初更为积极地发掘商人生活题材不同流俗亦即新奇的思想内涵。

在其他题材中,我们也可以看到凌濛初新的观念意识。例如在爱情婚姻及贞节问题上,他都发表过一些新奇的,在当时甚至是惊世骇俗的观点。例如在《满少卿饥腹饱飐　焦文姬生仇死报》中,作者就发表了一段著名的议论:

---

① 凌濛初《二刻拍案惊奇》,齐鲁书社,1995年,第3—4页。

>……天下事有好些不平的所在！假如男人死了,女人再嫁,便道是失了节,玷了名,污了身子,是个行不得的事,万口訾议；及至男人家丧了妻子,却又凭他续弦再娶,置妾买婢,作出若干的勾当,把死的丢在脑后不提起了,并没人道他薄幸负心,做一场说话。就是生前房室之中,女人少有外情,便是老大的丑事,人世羞言；及至男人家撇了妻子,贪淫好色,宿娼养妓,无所不为,总有议论不是的,不为十分大害。所以女子愈加可怜,男子愈加放肆。①

这一段议论,多少表明了一点在婚恋问题上男女平等的意识。由于具有这样的意识,尽管本篇的题材不出宋元以来的"负心型"叙事类型,但在描写上、特别是在故事的体认上,仍有了一点新意。

《酒下酒赵尼媪迷花　机中机贾秀才报怨》叙述巫娘子受骗失身,她的丈夫并没有因此责怪妻子,而是与巫娘子同心合力,报仇雪恨。在其他描写女性不幸"失身"的小说中,女性多半会选择自尽。当巫娘子也要如此时,贾秀才说："此非娘子自肯失身。这是所遭不幸,娘子立志自明。"而"那巫娘子见贾秀才干事决断,贾秀才见巫娘子立志坚贞,越相敬重"。② 夫妻恩爱如初。这里的描写也突破了传统的贞节观念。换言之,如果没有这种观念上的突破,也不可能有作品所谓"罕闻罕见"的情节。

《二刻拍案惊奇》卷一二《硬勘案大儒争闲气　甘受刑侠女著芳名》中,描写了宋代大儒朱熹为泄私愤,竟依仗权势,对妓女严蕊严刑拷打,罗织罪名,而严蕊不畏强权,坚不屈服。这一故事从南宋开始流传,凌濛初大致是依据宋末元初周密《齐东野语》卷一七《朱唐交奏本末》中的记载而加以改编的。③ 在改动中,凌濛初突出了朱熹的固执己见、挟私报复,并强化了严蕊的反抗精神,使前者气量狭小的人品与后者形成了鲜明的对比。小说写道：

>道学的正派,莫如朱文公晦翁。读书的人那一个不尊奉他,岂不是个大贤？只为成心上边,也曾错断了事。
>
>严蕊吃了无限的磨折,放得出来,气息奄奄,几番欲死,将息杖疮。几时见不得客,却是门前车马,比前更盛。只因死不肯招唐仲友一事,四方之人重他义气。那些少年尚气节的朋友,一发道是堪比古来义侠

---

① 凌濛初《二刻拍案惊奇》,齐鲁书社,1995年,第233页。
② 凌濛初《拍案惊奇》,齐鲁书社,1995年,第113、119页。
③ 参见谢谦《朱熹与严蕊：从南宋流言到晚明小说》,《四川师范大学学报》2010年第5期。

之伦,一向认得的要来问他安,不曾认得的要来识他面。所以挨挤不开。一班风月场中人自然与道学不对,但是来看严蕊的,没一个不骂朱晦庵两句。

后人评论这个严蕊,乃是真正讲得道学的。[①]

篇中的这些议论,非议大儒,抬高妓女,放在理学盛行的时代来看,确实具有惊世骇俗的味道。

3."二拍"之奇又表现在情节构思方面。

题材之奇、观念之新,都要通过具体的艺术手段来加以表现。在小说写作中,凌濛初善于利用各种叙述方式,将日常生活传奇化,努力制造"奇骇""奇巧""奇幻""奇异""奇诧"等艺术效果。概而言之,这又有以下几点较为突出:

首先,提炼人物的智慧因素,使情节在出人意表的进展中,获得超越流俗的思维水平。如《襄敏公元宵失子 十三郎五岁朝天》叙五岁孩童南陔被拐,竟然能靠自己的智慧脱离虎口:

> 却说那晚南陔在王吉背上,正在挨挤喧嚷之际,忽然有个人趁近到王吉身畔,轻轻伸手过来接去,仍旧一般驮着。南陔贪着观看,正在眼花撩乱,一时不觉。只见那一个人负得在背,便在人丛里乱挤将过去,南陔才喝声道:"王吉!如何如此乱走!"定睛一看,那里是个王吉?衣帽装束多另是一样了。南陔年纪虽小,心里煞是聪明,便晓得是个歹人,被他闹里来拐了,欲待声张,左右一看,并无一个认得的熟人。他心里思量道:"此必贪我头上珠帽,若被他掠去,须难寻讨,我且藏过帽子,我身子不怕他怎地!"遂将手去头上除下帽子来,揣在袖中,也不言语,也不慌张,任他驮着前走,却象不晓得什么的。

> 将近东华门,看见轿子四五乘叠联而来,南陔觑轿子来得较近,伸手去攀着轿幌,大呼道:"有贼!有贼!救人!救人!"那负南陔的贼出于不意,骤听得背上如此呼叫,吃了一惊,恐怕被人拿住,连忙把南陔撩下背来,脱身便走,在人丛里混过了。轿中人在轿内闻得孩子声唤,推开帘子一看,见是个青头白脸魔合罗般一个小孩,心里喜欢,叫住了轿,抱将过来,问道:"你是何处来的?"南陔道:"是贼拐了来的。"轿中人道:"贼在何处?"南陔道:"方才叫喊起来,在人丛中走了。"轿中人见

---

① 凌濛初《二刻拍案惊奇》,齐鲁书社,1995年,第255、266、268页。

他说话明白,摩他头道:"乖乖,你不要心慌,且随我去再处。"便双手抱来,放在膝上。①

这种沉着应对、机智逃脱魔掌的心智胆量,确实令人"拍案惊奇"。后来,他又协助官府捕获盗贼:

> 神宗道:"你今年几岁了?"南陔道:"臣五岁了。"神宗道:"小小年纪,便能如此应对,王韶可谓有子矣。昨夜失去,不知举家何等惊惶。朕今即要送还汝父,只可惜没查处那个贼人。"南陔对道:"陛下要查此贼,一发不难。"神宗惊喜道:"你有何见,可以得贼?"南陔道:"臣被贼人驮走,已晓得不是家里人了,便把头带的珠帽除下藏好。那珠帽之顶,有臣母将绣针彩线插戴其上,以厌不祥。臣比时在他背上,想贼人无可记认,就于除帽之时将针线取下,密把他中领缝线一道,插针在衣内,以为暗号。今陛下令人密查,若衣领有此针线看,即是昨夜之贼,有何难见?"神宗大惊道:"奇哉此儿!一点年纪,有如此大见识!朕若不得贼,孩子不如矣!待朕擒治了此贼,方送汝回去。"②

这里,皇帝与南陔的对谈显系想象之词,却将南陔的机智夸张到了无以复加的地步。

在小说的序跋中,我们经常可以看到,小说家们拟想的接受者是所谓——"愚夫愚妇"实际是社会下层民众。小说家们对智慧的推崇表现在两个方面:一是向民众夸耀精英阶层的智慧,最突出的就是塑造诸葛亮式的人物;二是提炼民众自身在日常生活中的生存经验。作为市井文化色彩相对于后来的文人化倾向更鲜明的话本小说,"二拍"对智慧的表现主要是后者,因而给人的启迪也更为突在。

其次,将生活的偶然性因素强化为改变命运的关键因素,使情节的发展具有一种不以人的意志为转移的奇特力量。例如《拍案惊奇》卷一二《陶家翁大雨留宾 蒋震卿片言得妇》是一篇喜剧意味十分浓厚的小说,其喜剧意味与情节冲突都建立在偶然性因素之上。作品叙蒋震卿生性倜傥佻达,不拘小节。一日同二客商在诸暨村遇雨,至一庄宅前,蒋震卿戏称:"此乃是我丈人家里。"庄主陶家翁怪其无礼,独让二客商进去避雨。蒋震卿被关在大门之外,自悔失言。适逢陶家翁之女不满父母为其所订婚约,约与表亲

---

① 凌濛初《二刻拍案惊奇》,齐鲁书社,1995年,第111页。
② 同上书,第113页。

之子王郎私奔,错将蒋震卿当成情郎,而蒋震卿则大喜道:"此乃天缘已定,我言有验。"二人竟成佳偶,并最终得到了陶家翁的认可。蒋震卿的一句戏言,加上与陶家翁之女私奔的巧合,不可思议地促成了二人的姻缘。在现实生活中,这样的事情是不太可能与正常的婚姻有什么因果联系的,但是在这篇小说中,作者却将它们巧妙地组合在一起,让人产生一种既在意料之外,又在情理之中的惊奇感。作品中陶家翁的阻挠,既是情节发展的反作用力,也代表了一种习惯思维。也就是说,他阻挠得越厉害,与事情向他始料不及的方向发展之间所形成的张力就越大,读者感受到的新奇感也越强。对于读者来说,偶然性事件其实就是未经思维逻辑化、艺术化的生活常态,当小说家向他们展示出偶然性事件所可能产生的结果时,也必然激发他们在现实生活中的想象力,而这正是凌濛初努力的方向。

再次,凌濛初还在日常生活中加入一些非现实描写,使社会矛盾的表现,在神秘、怪诞的叙事氛围中,获得惊心动魄的艺术效果。《王渔翁舍镜崇三宝　白水僧盗物丧双生》是一篇结构精巧的佳作。它的本事至迟在唐代已见雏形。唐代皇甫氏撰《原化记》中有一条记渔人在太湖网得一面铜镜,照形悉见其筋骨脏腑,投还水中,明日得鱼多于常时数倍。唐代韦叡撰《松窗杂录》有一则"浙右渔人"与此相似。而五代时王仁裕《玉堂闲话》中的"水中宝镜"故事增加了一个僧人问镜释秘的细节。这一情节类型终于在宋代洪迈《夷坚支戊》卷九《嘉州江中镜》中成型,由嘉州渔人王甲网得宝镜,引出寺僧、贪官等千方百计藏镜、仿制、谋夺、窃取,一波三折。而《二刻拍案惊奇》中的《王渔翁舍镜崇三宝　白水僧盗物丧双生》据《嘉州江中镜》进一步发挥,使宝镜成为诱发人类贪欲、造成一系列矛盾冲突的缘由与象征。故事的主体情节现实性极强,而贯穿其间的宝镜却被赋予了某种非现实性,围绕宝镜展开的争夺,其实与对任何其他东西的争夺并无二致。因此,宝镜在叙事上的作用,只不过是强化衬托争夺的激烈与荒谬。

《二刻拍案惊奇》卷一三《鹿胎庵客人作寺主　判溪里旧鬼借新尸》叙秀才直谅借宿鹿胎庵,夜半时分亡友刘念嗣忽然现身,称自己死后妻子改嫁,家产尽被带走,留下孤儿无人看顾,因此托请直谅告官处理。这一题材的现实性同样很强,但当中作者又穿插了一些恐怖描写。如在直谅答应托请后,刘念嗣亡魂仍紧追不舍,使直谅连惊带吓逃下山去,经与为人做佛事的庵主合验,才知刘念嗣是借尸还魂。事情惊动官府,终使刘念嗣遗孤得到妥善安置。虽然那种令人毛骨悚然的鬼魂描写带有迷信色彩,但在当时的文化背景下,这样的描写更能产生一种荒诞的效果,从而起到劝善惩恶的道德教育作用。"二拍"中还有不少类似的作品,如《拍案惊奇》卷一四《鬼对案杨化借尸》、卷三〇《李参军冤报前生》,《二刻拍案惊奇》卷一六《迟取券毛烈赖原钱》、卷二〇《贾廉访赝行府牒》、卷二四《庵内看恶鬼善神》等,都借助鬼魂描写所营造出的阴森恐怖气氛,实现"奇骇"的艺术效果与劝惩作用。

这当然不是说"二拍"中所有的非现实描写都是必要的或成功的。如《大姊魂游完宿愿 小姨病起续前缘》是唯一同时选入《拍案惊奇》和《二刻拍案惊奇》的作品,其入话与正话皆叙"姊姊亡故,不忍断亲,续上小姨"的故事。但作者在叙述中,为这种他所谓的"世间常事"加进了鬼魂与梦幻的描写,正话中吴兴娘死后,对未婚夫崔兴哥不能忘情,竟附魂于妹妹身体,与兴哥幽会而私奔。后来又将妹妹与兴哥撮合成婚,才飘然离去。凌濛初看中了故事的离奇性质,用他的话说:"从来没有个亡故的姊姊,怀此心愿,在地下撮合,完成好事的。"他认为,故事"怪怪奇奇,真真假假,说来好听";同时,又能表现"人生只有这个'情'字是至死不泯的"①主题。应该说,作者的叙述态度是严肃的,并不是为了张皇神怪,但在表现两姊妹的婚恋上,却多少有些漠视了主人公的现实主体性。

复次,凌濛初还善于构建情节跌宕起伏、峰回路转的发展脉络,并运用各种叙事手段,如悬念、突变、视点转换等因素,使情节充满奇谲莫测的戏剧性。

《拍案惊奇》卷一一《恶船家计赚假尸银 狠仆人误投真命状》本事依据《夷坚志补》卷五《湖州姜客》,原作叙卖姜小贩与王生争执,被殴几死。王生惧,待其复苏,礼送之。小贩与船家道及此事,船家遂生心骗得小贩东西,谎称小贩已死,敲诈王生。而《恶船家计赚假尸银》则略去了小贩与船家相遇一段,直接叙述船家前来敲诈,直到小贩最后再次经商过此,才将事件真相揭出。由于将原作的顺叙改为了倒叙,使故事形成了一种出人意料之感。同书卷一八《丹客半黍九还 富翁千金一笑》也是如此,在叙述富翁因好丹术而上当受骗的过程中,作者一直采用限知叙事,不仅让富翁蒙在鼓里,更使情节显得扑朔迷离。富翁最后如梦初醒,读者也在叙述中获得了诡奇的阅读享受。类似的如《二刻拍案惊奇》卷八《沈将仕三千买笑钱 王朝议一夜迷魂阵》、卷一四《赵县君乔送黄柑 吴宣教干偿白镪》等,都因作者叙述得法、巧妙布置而具有了神秘的艺术效果。

---

① 凌濛初《拍案惊奇》,齐鲁书社,1995年,第431—432页。

（三）"二拍"说"奇"

为了更具体地说明"二拍"追求的艺术之"奇"，我们再简略地分析几篇作品。

1. 命与运：《转运汉遇巧洞庭红　波斯胡指破鼍龙壳》

宋元以来，话本小说中有一类题材极受欢迎，就是所谓"发迹变泰"。《都城纪胜》记南宋都城临安的说话诸家，在"小说"类中，题材类别就提到了"如烟粉、灵怪、传奇、说公案，皆是朴刀、杆棒及发迹变泰之事"。可见，发迹变泰题材在当时的"小说"中已占有重要的位置。

从情节与人物来看，发迹变泰主要描写的是处于社会下层的人——包括文人、武士和市民等——由于个人的奋斗和某种特殊的机缘，社会地位为之改变，由穷困潦倒而富华富贵。显然，这种命运的转变过程，正是小说家出奇制胜的地方。《醒世恒言》卷一八《施润泽滩阙遇友》、卷三五《徐老仆义愤成家》分别表现了手工业者和短行商发迹。《拍案惊奇》卷一《转运汉遇巧洞庭红》就充分展示了这种命运转变的离奇。

《转运汉遇巧洞庭红》叙述的是一个处处碰壁的"倒运汉"文若虚随商人出行海外，奇迹般发财致富的故事。在入话和头回，作者反复强调了"人的命，天注定"的思想："人生功名富贵，总有天数。"故事的结局其实也意在说明这一点。但是，在从故事开始到结束的过程中，我们却看到了人物由"倒运"而"转运"的奇特经历。起初，作者略带戏谑地描写了文若虚的"倒运"——他虽生来心思慧巧，做着便能，学着便会，但实际上却并非如此：

> 一日，见人说北京扇子好卖，他便合了一个伙计，置办扇子起来。上等金面精巧的，先将礼物求了名人诗画，免不得是沈石田、文衡山、祝枝山拓了几笔，便值上两数银子。中等的，自有一样乔人，一只手学写了这几家字画，也就哄得人过，将假当真的买了，他自家也兀自做得来的。下等的无金无字画，将就卖几十钱，也有对合利钱，是看得见的。拣个日子装了箱儿，到了北京。

> 岂知北京那年，自交夏来，日日淋雨不晴，并无一毫暑气，发市甚迟。交秋早凉，虽不见及时，幸喜天色却晴，有妆晃子弟要买把苏做的扇子，袖中笼着摇摆。来买时，开箱一看，只叫得苦。元来北京历却在七八月，更加日前雨湿之气，斗着扇上胶墨之性，弄做了个"合而言

之",揭不开了。用力揭开,东粘一层,西缺一片,但是有字有画值价钱者,一毫无用。剩下等没字白扇,是不坏的,能值几何?将就卖了做盘费回家,本钱一空,频年做事,大概如此。不但自己折本,但是搭他非伴,连伙计也弄坏了。故此人起他一个混名,叫做"倒运汉"。①

不过,有关他"倒运"的种种描写,实际上是作者为了写他后来发迹变泰的铺垫。作者越是写他的"倒运",与他后来的发迹变泰的反差也就越大,从而将一个人"在实地上行,步步不着,极贫极苦的"与其后来"渺渺茫茫做梦不到的去处,得了一主没头没脑的钱财,变成巨富"形成鲜明对比,构成作品最强烈的吸引力。为此,作者还故设悬念:

> 恰遇一个瞽目先生敲着"报君知"走将来,文若虚伸手顺袋里摸了一个钱,扯他一卦问问财气看。先生道:"此卦非凡,有百十分财气,不是小可。"文若虚自想道:"我只要搭去海外要耍,混过日子罢了,那里是我做得着的生意?要甚么赍助?就赍助得来,能有多少?便宜怎地财爻动?这先生也是混帐。"②

这一描写超出了文若虚日常的生活经验,他的不为所动自属情理中的反应。但熟悉中国古代小说叙事手法的读者却不会放过这一预示,期待着作者如何将不可能变为可能。

接下来的具体叙述,虽然从情节线索上看较为单纯,却寓奇崛于平常之中。文若虚带上船的一筐"洞庭红"橘子,本来不过是他用来在船上解渴,答谢众人相助的,没想到在吉零国却奇货可居地赚了一千多两银子;商船避风荒岛,闲游中捡了一个大鼍壳,被在福建的波斯商人以五万两银子买下。前后两次发财,皆出意料之外,这固然表现了文若虚的"存心忠厚,该有此富贵"与时来运转,也自有其现实的基础。——为了让奇迹叙述得容易被读者所理解和接受,凌濛初还通过议论拉近"奇迹"与普通人的距离,当文若虚跳上荒岛时,他写道:

> ……只因此一去,有分交:十年败壳精灵显,一介穷神富贵来。若是说话的同年生,并时长,有个未卜先知的法儿,便双脚走不动,也拄个拐儿随他同去一番,也不枉的。③

---

① 凌濛初《拍案惊奇》,齐鲁书社,1995年,第6—7页。
② 同上书,第8页。
③ 同上书,第14页。

这一议论想要表明的其实是,每个人的"命"都是可以改变的,关键是你是否具备这种"运",而与"运"联系在一起的,有时只不过是一念之间的行动。这种对"命"与"运"的动态体认,从本质上说,是希冀通过冒险改变人生轨迹的幻想。由于市民社会从整体上还缺少这样的冒险精神,才使得凌濛初的描写带给当时的读者一种不可多得的惊喜。

2. 真与假:《同窗友认假作真　女秀才移花接木》

在艺术世界中,"真"与"假"的关系也是小说家热衷利用的一种手段,由于真伪莫辨,很容易制造误会,引发冲突,产生惊奇。对于喜剧性的作品来说,这样的真伪莫辨更为常见。《同窗友认假作真　女秀才移花接木》之"奇"即如题所述,在于"认假作真"。"真"与"假"的关系构成了小说最基本的情节发展动力。在小说中,凌濛初塑造了一位文武双全、婚姻自主的女子闻俊卿的形象。闻俊卿自幼女扮男装入学堂,习文弄武,与同学中的魏撰之和杜子中意气相投,学业相长。随着年龄的增长,闻俊卿"有意要在两个里头拣一个嫁他"。通过射箭订亲,她选定了杜子中。父亲卷入官场纠纷,被关进府狱中。闻俊卿依旧女扮男装,进京替父诉冤。在客栈,却为景小姐相中。经闻俊卿撮合,景小姐与魏撰之结为连理。

《同窗友认假作真　女秀才移花接木》有许多奇特之处。首先,作品对女子之才给予了大力的褒扬。女主人公闻俊卿女扮男装到学堂读书,"学得满腹文章,博通经史",改用"胜杰"之名,是"胜过豪杰男人之意"。不仅如此,从作品中描写她自定婚姻大事、代父进京诉冤等行为处事的胆识看,闻俊卿也远非当时的一般女性可比。所以,在篇尾,作者以诗赞叹道:"世上夸称女丈夫,不闻巾帼竟为儒。朝廷若也开科取,未必无人待贾沽。"虽然这样的描写和意识与男女平等的现代观念可能还有距离,但在当时的社会背景下,仍然是不同流俗的。而这正是本篇的一个出奇之处。

其次,以喜剧的方式表现婚姻自主的思想是这篇作品的主题。在进入正话时,凌濛初插入了一首诗:

> 从来女子守闺房,几见裙钗入学堂?
> 文武习成男子业,婚姻也只自商量。①

前面的着男装、习文武,为的都是"婚姻也只自商量"。闻俊卿在择偶时,几

---

① 凌濛初《二刻拍案惊奇》,齐鲁书社,1995年,第359页。

乎没有考虑父亲是否赞同。当她将私下与杜子中结合之事告知父亲,称:"已将身子嫁与,共他同归",她的父亲"无有不依",不但没有指责,反而高兴地说:"这也是郎才女貌,配得不枉了。"不只是闻俊卿自己选择了满意的丈夫,小说中的景小姐也是如此。凌濛初安排了这样一个场景,当闻俊卿投宿一客栈时:

> ……只见那边窗里一个女子掩着半窗,对着闻俊卿不转眼的看。及到闻俊卿抬起眼来,那边又闪了进去。遮遮掩掩,只不定开。忽地打个照面,乃是个绝色佳人。……傍晚转来,俊卿刚得坐下,隔壁听见这里有人声,那个女子又在窗边来看了。俊卿私下自笑道:"看我做甚?岂知我与你是一般样的!"正嗟叹间,只见门外一个老姥走将进来,手中拿着一个小榼儿。见了俊卿,放下椅子,道了万福,对俊卿道:"间壁景家小娘子见舍人独酌,送两件果子,与舍人当茶。"俊卿开看,乃是南充黄柑,顺庆紫梨,各十来枚。俊卿道:"小生在此经过,与娘子非亲非戚,如何承此美意?"老姥道:"小娘子说来,此间来万去千的人,不曾见有似舍人这等丰标的,必定是富贵家的出身。及至问人来,说是参府中小舍人。小娘子说这俗店无物可口,叫老媳妇送此二物来解渴。"俊卿道:"小娘子何等人家,却居此间壁?"老姥道:"这小娘子是井研景少卿的小姐。只因父母双亡,他依着外婆家住。他家里自有万金家事,只为寻不出中意的丈夫,所以还没嫁人。外公是此间富员外,这城中极兴的客店,多是他家的房子,何止十来处,进益甚广。只有这里幽静些,却同家小每住在间壁。他也不敢主张把外甥许人,恐怕做了对头,后来怨怅。常对景小娘子道:'凭你自家看得中意的,实对我说,我就主婚。'这个小娘子也古怪,自来会拣相人物,再不曾说那一个好。方才见了舍人,便十分称赞,敢是与舍人有些姻缘动了?"俊卿不好答应,微微笑道:"小生那有此福?"①

虽然景小姐错将闻俊卿当成了男子,但她自择佳偶,一旦选定又主动表达爱意的行为,确实也是让人刮目相看的。实际上,类似景小姐这样的择偶,历史上可能真的有过。《情史》卷二四"情迹类"有一条《选婿窗》,与景小姐故事颇相近:

> 李林甫有女六人,各有姿色。雨露之家,求之不允。林甫于厅事壁

---

① 凌濛初《二刻拍案惊奇》,齐鲁书社,1995年,第367页。

间,开一横窗,布以杂宝,幔以绛妙。常日使六女戏于窗下,每有贵族子弟入谒,林甫即使女于窗中自选可意者事之。①

不过,李林甫意在选贵族子弟为婿,与景小姐还是有所不同的。倒是《情史》的编者在上面这个故事下特意加了一条评语:"男女相悦为婚,此良法也。"凌濛初的描写与这一观点是一致的,可以说也是本篇的一个出奇之处。

再次,与"三言""二拍"中不少作品一样,《同窗友认假作真 女秀才移花接木》对人的正常情欲也作了正面的描写。作品中,杜子中发现闻俊卿原来是女性时,抑止不住喜悦之情,虽然前有"魏撰之望空想了许多时",他却以"从来说先下手为强"为由,与闻俊卿同居。其间用语不免有轻薄之意,描写也颇露骨,但基本格调还是健康的,并未越出人情之常。这在观念上显然有违正统思想,同样是本篇出奇之处。

如上所述,这篇小说的核心在于"真"与"假"。以上种种出奇之处,都是依托"认假作真"的情境而展开的。由于闻俊卿女扮男装,在故事的进展中,只有她处于一种知情的状态,其他三位重要角色杜子中、魏撰之、景小姐都一度不明真相。而他们"认假作真"的误会,便形成了一个又一个情节波澜。说到底,这是凌濛初匠心独运的巧妙安排。对于这种安排,重要的不是"真"与"假"也就是情节的现实性、合理性问题,而是"奇"不"奇"的问题。

3. 技与智:《刘东山夸技顺城门 十八兄奇踪村酒肆》和《神偷寄兴一枝梅 侠盗惯行三昧戏》

市民社会的生存之道离不开技能,所谓"行行出状元",其实就是对各行各业的技能所作的充分肯定。话本小说顺应这种崇尚技能的社会意识,往往也乐于表现各行各业神乎其技的能人巧匠,而与社会矛盾、人物性格联系在一起的竞技描写,也常常能给读者带来神奇的阅读感受。但是,"技"终究是一种形而下的熟能生巧的本领,理论上人人可得而习之。更关键的是获得、运用这种本领的智慧。因此,小说家在塑造高人巧技时,还会将着眼点放在他们过人的智慧上。显然,技与智都有超越现实秩序甚至超越道德规范的一面,将对"技"与"智"的赞美置于道德的边界,也是对小说家的挑战。读者通常期待看到的正是"随心所欲不逾矩"的反常行为,因为这才

---

① 詹詹外史评辑《情史》下册,春风文艺出版社,1986年,第814页。另,此事初见于五代王仁裕撰《开元天宝遗事》卷上。

是生活中最高境界的"技"与"智"。

先看《拍案惊奇》中的《刘东山夸技顺城门　十八兄奇踪村酒肆》,这篇小说讲述的是"强中自有强中手"的故事,这样的经验是普通民众都有的。凌濛初却将这一经验敷演得极为出色。作品一开始就描写刘东山原是北京巡捕衙门里一个缉捕军校的头,"此人有一身好本事,弓马熟娴,发矢再无空落,人号他连珠箭。随你异常狠盗,逢着他便如瓮中捉鳖,手到拿来"。这样的本领已令读者称奇。不过,这只是铺垫。在这篇小说中,刘东山不过是一个衬托性的人物,是作者安排的一个内视点。通过刘东山与十八兄的两次遭遇与观察,作者着意刻画的十八兄跃然纸上。

刘东山与十八兄的两次遭遇情形全然不同。头一次,刘东山自视甚高,但他的心气很快便被同行的少年即十八兄不动声色地压了下去:

>　　少年在马上问道:"久闻先辈最善捕贼,一生捕得多少? 也曾撞着好汉否?"东山正要夸逞自家手段,这一问揉着痒处,且量他年小可欺,便侈口道:"小可生平两只手一张弓,拿尽绿林中人,也不记其数,并无一个对手。这些鼠辈,何足道哉!而今中年心懒,故弃此道路。倘若前途撞着,便中拿个把儿你看手段!"少年但微微冷笑道:"元来如此。"就马上伸手过来,说道:"借肩上宝弓一看。"东山在骡上递将过来,少年左手把住,右手轻轻一拽就满,连放连拽,就如一条软绢带。东山大惊失色,也借少年的弓过来看。看那少年的弓,约有二十斤重,东山用尽平生之力,面红耳赤,不要说扯满,只求如初八夜头的月,再不能勾。东山惺恐无地,吐舌道:"使得好硬弓也!"便向少年道:"老弟神力,何至于此! 非某所敢望也。"少年道:"小人之力,可足称神? 先辈弓自太软耳。"东山赞叹再三,少年极意谦谨。①

待银袋为少年轻易掠去,刘东山已被少年高超的本领完全慑服。所以,当他第二次再见到少年时,立刻"吓得魂不附体"。不过,凌濛初并不是要写一个手段高强的强盗,甚至也不是要写一个神奇的侠客,他主要希望表现的是一种精神,一种出神入化的境界。所以,十八兄在刘东山的窥视、猜度中,显得神龙见首不见尾。直至篇尾,作者都没有揭明十八兄的身份,留给读者无尽的想象。而这样做的目的只有一个,那就是告诫世人——"人世休夸手段高":

---

① 凌濛初《拍案惊奇》,齐鲁书社,1995年,第58—59页。

> 那刘东山一生英雄，遇此一番，过后再不敢说一句武艺上头的话，弃弓折箭，只是守着本分营生度日，后来善终。可见人生一世，再不可自恃高强。那自恃的，只是不曾逢着狠主子哩。①

但是，作者似乎也并不满足于"技"的层面，在最后的篇尾诗，他又提到了"盗亦有道真堪述"。这"盗亦有道"，就是一种智慧。尽管作者对此点到即止，读者却从刘东山与十八兄的不同中体会到，他们的差别其实也是"技"与"智"的差别。

再看《二刻拍案惊奇》卷三九《神偷寄兴一枝梅　侠盗惯行三昧戏》。这篇小说描写的"神偷"，是一种类型化的形象，在话本小说中自成系列，除本篇之外，还有《宋四公大闹禁魂张》（《喻世明言》）、《一枝梅空设鸳鸯计》（《欢喜冤家》）、《归正楼》（《十二楼》）、《陌路施恩反有终》（《警寤钟》）、《莫拿我惯遭国法　成贼头屡建奇功》（《风流悟》）等。

《神偷寄兴一枝梅　侠盗惯行三昧戏》中的"懒龙"是一个"奇人"。小说夸张地描写他乃是其母梦与神道交感而生，具备"神偷"的各种素质："柔若无骨，轻若御风。大则登屋跳梁，小则扪墙摸壁。随机应变，看景生情。撮口则为鸡犬狸鼠之声，拍手则作箫鼓弦索之弄。饮啄有方，律吕相应；无弗酷肖，可使乱真。出没入鬼神，去来如风雨。""所到之处，但得了手，就画一枝梅花在壁上"，故人们又称他"一枝梅"。这是"技"的层面，在"智"的层面，他也不同于一般小毛贼，行事知进退，以偷窃为生，却"煞有义气"。他有一些基本原则："不肯淫人家妇女，不入良善与患难之家；许人说话，再不失信；亦且仗义疏财，偷来的东西，随手散与贫穷鱼极之人；最要薅恼那悭吝财主无义富人。"他把自己的行为看成是"损有余补不足"，是"天道当然"。他心目中的"天道"，与《刘东山夸技顺城门》中所标榜的"盗亦有道"是一个意思。其实，这也是小说家的狡黠。毕竟，赞美盗贼之徒不能突破社会的道德底线。所以，这种人物与题材本身也考验着小说家的"技"与"智"。

就《神偷寄兴一枝梅　侠盗惯行三昧戏》而言，凌濛初采用了一种串联式的结构，作品一共描写了"一枝梅"大大小小十几桩富有传奇色彩的偷盗事件，但又并非是杂乱无章的，在对"一枝梅"的一段总的概述后，接下来的情节大体可以分为六个单元，每个单元可以概括出一个次主题，结构则基本

---

① 凌濛初《拍案惊奇》，齐鲁书社，1995 年，第 64 页。

上也是由一个简单的概述加若干具体行盗事体组成的。概而言之,如下:

第一单元　助贫

概述:懒龙笑道:"吾无父母妻子可养,借这些世间余财聊救贫人。正所谓损有余补不足,天道当然,非关吾的好义也。"

1.阻织人周甲夫妻寻短见;2.助贫儿某舍。

第二单元　失手

概述:说话的,懒龙固然手段高强,难道只这等游行无碍,再没有失手时节?看官听说,他也有遇着不巧,受了窘迫,却会得逢急智生,脱身溜撒。

3.橱内学鼠;4.掐脚脱身;5.酱缸藏身。

第三单元　作戏

概述:虽如此说,懒龙果然与人作戏的事体多。

6.取鹦哥;7.取枕下钱;8.取壶;9.取被。

第四单元　消遣

概述:懒龙固然好戏,若是他心中不快意的,就连真带耍,必要扰他。

10.泻米;11.换帽。

第五单元　制贪

概述(缺)

12.无锡知县;13.吴江知县。

第六单元　株连

概述:懒龙名既流传太广,未免别处贼情也有疑猜着他的,时时有些株连着身上。

14.苏州府库失窃。

由此可见,看似散漫的叙事,实际上是有条理的。这一点,与上面提到的《宋四公大闹禁魂张》《一枝梅空设鸳鸯计》《归正楼》等一样,都可以看出作者的细心。当然,情节的主体是那些充满奇趣的偷盗行为,对此,凌濛初极尽夸张之能事,将神偷之技渲染得十分神奇。但是,从整体来看,他也力图从不同层面引导读者进入"智"的层面。篇首、篇尾诗是内容的升华,这是最高层面的"智":

剧贼从未有贼智,其间妙巧亦无穷。
若能收作公家用,何必疆场不立功?

> 世上于今半是君,犹然说得未均匀。
> 懒龙事迹从头看,岂必穿窬是小人！①

在对"一枝梅"的品格作总体评价时,小说中的另一首插入诗代表了这一层面的"智":

> 谁道偷无道？神偷事每奇。
> 更看多慷慨,不是俗偷儿。②

而在对具体偷盗行径加以评论时,小说中也有一首插入诗曰:

> 巧技承蜩与弄丸,当前卖弄许多般。
> 虽然贼态何堪述,也要临时猝智难。③

这三个依次递进扩散的智慧光环使读者既充分欣赏了神偷之"技",又提升了认识这一社会现象的"智",这才是"二拍"最为新奇的地方。

"二拍"对"奇"的追求,是话本小说情节艺术的一次总结与提升。当然,并不是所有的小说家都能理解或认同凌濛初对"奇"的追求。清代芝香馆居士根据《拍案惊奇》与《今古奇观》选编的《二奇合传》,专选劝诫色彩较浓的小说,并在回目下逐一加注"劝积德""劝孝悌""劝阴德""劝节孝""劝节烈""劝修持""劝敬老""劝安命""劝守分""劝节义""戒狂生""戒逞势""戒争产""戒负义""戒矜夸""戒轻薄""戒巧诈""戒夜游""戒邪僻""戒贪淫""戒暴怒""戒冶游"等,明确各篇话本小说劝诫主旨。他在《删定二奇合传叙》中指出:"夫以道备于五伦,庸德庸言,无奇者也。忠臣孝子,义夫节妇,率于性而励于行,历艰难辛苦而百折不回,不自以为奇也。奇之者,众人也。鬼神妙万物而为言,其有关于人心风俗者,或泄其奇以歆动鼓舞之,事奇而理不奇也。是书之所以奇者,谓于人伦日用间,寓劝惩之义,或自阽危顿挫时,彰灵异之迹。既可飞眉而舞色,亦足怵目而剚心,不奇而奇也,奇而不奇也,斯天下之至奇也。"尽管他也反复强调所谓"奇",但绕来绕去,不出"劝惩"之外,缩小甚至阉割了凌濛初所描写的"人伦日用"丰富而新奇的内涵。

---

① 凌濛初《二刻拍案惊奇》,齐鲁书社,1995年,第776、804页。
② 同上书,第780页。
③ 同上书,第788页。

四、清浊之间:《石点头》中的复杂人性

《石点头》篇幅不大,只有 14 篇作品,但在话本小说史甚至整个小说史上,都是一部比较特殊的作品集。这种特殊性不在于它有与"三言""二拍"不同的编撰方式,而在于它在描写人性方面,有着同时小说少有的复杂与深刻。当然,这种复杂与深刻并不意味着它已经做得很成功了,相反,也许说它表现出了一种由较为单一的人性描写向更为复杂的人性刻画的过渡更为合适。

(一)《石点头》成书片议

《石点头》的作者与成书都不甚清楚,其中有关作者及成书的问题值得关注。

先看作者问题。

《石点头》的各个版本,皆署"天然痴叟"著。这个"天然痴叟"究竟是谁,因无文献可征,无法确认。从龙子犹(冯梦龙)序中称"浪仙氏撰小说十四种,以此名编",则"天然痴叟"又有"浪仙"之名号。卢前《饮虹簃所刻曲》第四辑张瘦郎《步雪初声》,末附席浪仙曲三套。冯梦龙序《步雪初声》云:"野青氏年少隽才,所步《花间集》韵,既夺宋人之席,复染指南北调,感咏成帙,浪仙子从而和之,斯道其不孤矣。"可知浪仙氏即席浪仙也。① 由此,我们可以得到的信息是,席浪仙与冯梦龙应该是大体同时且有着相同旨趣的文人。实际上,在《石点头》14 篇作品中,有一半以上的本事见于被认为是冯梦龙所编的《情史》:

《石点头》	《情史》	原始出处
卷二《卢梦仙江上寻妻》	卷一《李妙惠》条	
卷五《莽书生强图鸳鸯侣》	卷三《莫举人》条	

---

① 胡士莹《话本小说概论》(中华书局,1980 年)首先作此论断,见此书下册第 505 页。

(续　表)

《石点头》	《情史》	原始出处
卷六《乞丐妇重配鸾俦》	卷一〇《周六女》	《夷坚支丁》卷九《盐城周氏女》条
卷九《玉箫女再世玉环缘》	卷一〇《韦皋》	《云溪友议》卷三《玉箫化苗夫人》条
卷一〇《王孺人离合团鱼梦》	卷一〇《王从事妻》	《夷坚丁志》卷一一《王从事妻》条
卷一一《江都市孝妇屠身》	卷一四《周迪妻》	《太平广记》卷二七〇《周迪妻□》
卷一二《侯官县烈女歼仇》	卷一〇《申屠氏》	
卷一三《唐明皇恩赐纩衣缘》	卷四《唐玄宗　僖宗》	孟棨《本事诗》之《情感》篇
卷一四《潘文子契合鸳鸯冢》	卷二二《潘章》	《太平广记》卷三八九《冢墓类·潘章》条

虽然《石点头》的本事多有更古老的出处，但天然痴叟依据的可能还是《情史》，《唐明皇恩赐纩衣缘》的本事初见于孟棨《本事诗》"情感"第一，其中的宫女诗作成为情节关节点：

> 沙场征戍客，寒苦若为眠。
> 战袍经手作，知落阿谁边？
> 蓄意多添线，含情更着绵。
> 今生已过也，结取后身缘。①

这首诗在《情史》中作：

> 沙场征戍客，寒苦若为眠。
> 战袍经手作，知落阿谁边？
> 蓄意多添线，含情更着绵。
> 今生已过也，重结后生缘。②

《石点头》最后一句作"愿结后生缘"，与《情史》更为接近。我们知道，冯梦龙的《醒世恒言》《新列国志》等作品都是苏州坊主叶敬池所刊，而《石点头》的原刻本也是叶敬池刻印的。这些都表明，《石点头》的创作与冯梦龙

---

① 孟棨《本事诗》，古典文学出版社，1957年，第6页。
② 詹詹外史评辑《情史》上册，春风文艺出版社，1986年，第117页。

确实可能存在"龙子犹序"之外的更深联系。美国学者韩南在其《中国白话小说史》中进一步推测,墨浪主人、天然痴叟、浪仙、髯翁或髯仙都是同一个人。他的作品不只《石点头》,《醒世恒言》中很可能也包含有他的作品。① 这一推测是有启发性的,可惜还缺乏直接的证据。

从作品来看,天然痴叟对苏杭、扬州一带较为熟悉,如上表所列《周迪妻》虽然提到了豫章、广陵,但都没有任何描写,而在《江都市孝妇屠身》中,对洪州即豫章的描写仍欠具体,对扬州的描写却丰富多了,甚至专门加了一大段赋文形容:

> 且说那扬州,枕江臂淮,滨海跨徐,乃南北要区,东南都会,真好景致。但见:
>
> 蜀岗绵亘,昆仑插云。九曲池,渊渊春水,养成就耸壑蛟龙。凿邗沟,滴滴清波,容不得栖尘蝼蚁。芍药栏前四美女,琼花台下八仙人。凋残隋花,知他是那一朝那一代遗下的碎瓦颓垣;选胜迷楼,都不许千年调万年存没用的朱甍画栋。盘古冢,炀帝坟,圣主昏君,总在土馒头一堆包裹。玉钩斜,孔融墓,佳人才子,无非草铺盖十里蒙茸。说不到木兰寺里钟声,何人乞食;但只看二十四桥月影,那个销魂。正是何逊梅花知在否,仲舒礼药竟安归。②

这种差别,似乎暗示出作者是这一带的人或者是长期生活在这一地区的人。

据冯梦龙序称:"石点头者,生公在虎丘说法故事也。小说家推因及果,劝人作善,开清净方便法门,能使顽夫佝子,积迷顿悟,此与高僧悟石何异。"力图有所教训劝惩,是那个时代小说共同的创作动机,但这有时又是套话。一篇小说的真正价值,包括它对读者所能起到的启发或警示作用,都来自于具体的文本。如果联系作品的题材内容及其表现,我们对天然痴叟的思想也多少可以有所推断。

再看《石点头》的成书与传播问题。

如果席浪仙与冯梦龙大体处于一个时代,那么,《石点头》与我们熟悉的"三言"成书的时间应相去不远。由于材料的缺乏,希望进一步明确刊刻时间就不太容易了。③ 有学者指出,从避讳的惯例上看,作品中不但避崇祯

---

① 韩南《中国白话小说史》(尹慧珉译),浙江古籍出版社,1989年,第118页。
② 天然痴叟《石点头》,吉林文史出版社,1986年,第231页。
③ 徐志平认为《石点头》的"撰写时间约在万历晚期到崇祯初期的这一二十年间",参见徐著《晚明话本小说〈石点头〉研究》第一章"导论"第三节"《石点头》写作的时代背景",台湾学生书局,1991年。

皇帝的讳,而且避万历皇帝的讳,这说明该书至少应该刻印于崇祯之后,但又应该在明代灭亡之前。另外,在避讳时,刻印者有时避"照"字,有时却不避,但"由"字却一直是避的,这说明此时应该已经到了崇祯后期,避万历、天启的讳已经要求不很严格,可是避崇祯皇帝的讳却很谨严。结合冯梦龙可能作序的时间,断定《石点头》的创作可能在万历末年到崇祯初年,但刻印应该在崇祯十年以后。① 这样的推断有一定道理,但从避讳的角度说,还是可以商榷的。

关于明代后期避讳情况,陈垣《史讳举例》指出:"万历而后,避讳之法稍密。""《日知录》:'崇祯三年,奉旨颁行天下,避太祖成祖庙讳及孝武世穆神光熹七宗庙讳,正依唐人之式。'又言:'崇祯二年,兵部主客司主事贺烺,以避皇太子名,改名世寿。而光宗为太子,河南府洛阳县及商州洛南县,并未尝改。'据此,则明讳之严,实起于天启崇祯之世。"② 具体来说,如武宗名朱厚照,"照"避为"炤",熹宗名朱由校,"校"避为"较",而熹宗、思宗名由校、由检,"由"避为"繇",等等。

那么,叶敬池刊《石点头》中的实际情形又如何呢?有关"照"字的情况如下:

---

① 王磊《石点头考论》,《求索》2004 年第 9 期。
② 陈垣《史讳举例》,中华书局,1957 年,第 165—166 页。

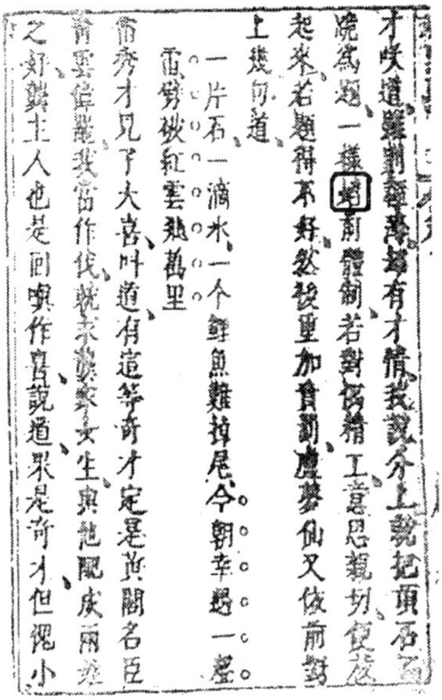

有关"由"字的情况如下:

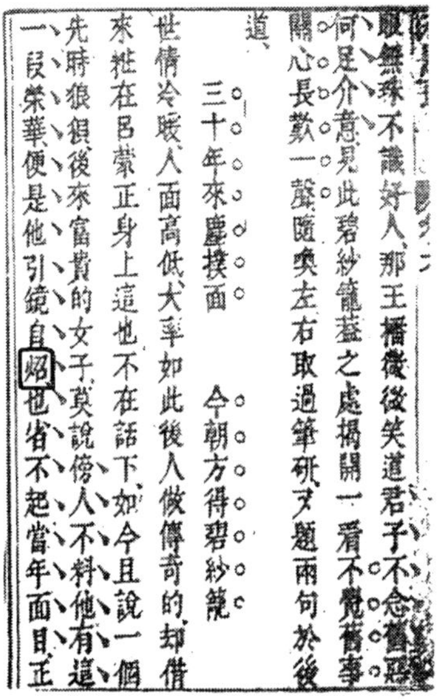

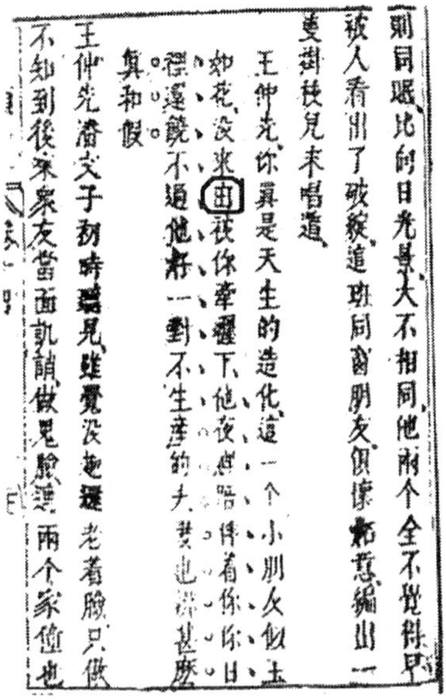

话本小说叙论 | 204

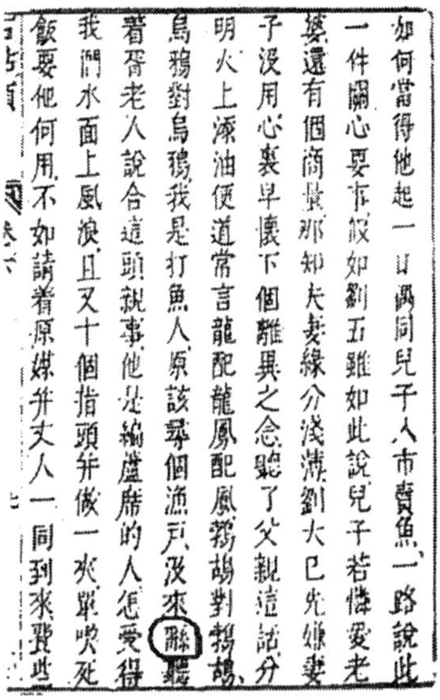

才吟道，雖則韓壽有才情，我說分上說起頭，石
曉為題，一樣照前體制，若對得精工，意思親切，便是
起來。若題得不好，終身重加責罰。盧夢仙又依前對
上幾句道：
一片石，一滴水，一个鮮魚難掉尾。今朝幸遇一鑿
雷劈破紅雲熱藕里
盧秀才見了，大喜，叫道：有這等奇才，定是黃閣名臣
青雲貴器。我當作伐，說來吳家文生與他，配成兩姓
之好，誰主人也是個喫作賈說道：果是奇才，但忒小

眼無珠不識好人，那王播後從笑道：君子不念舊惡
何足介意，見此碧紗籠蓋之處，揭開一看，不覺舊事
關心，長歎一聲，隨喚左右取過筆硯，又題兩句於後
道：
三十年來塵撲面
今朝方得碧紗籠
世情冷暖人面高低，大率如此。後人做傳奇的，卻借
來粧在呂蒙正身上，這也不在話下。如今且說一個
先時狼狽，後來富貴的女子，莫說傍人不料他有這
一段榮華，便是他引鏡自照，也省不起當年面目，正

有关“由”字的情况如下：

則同賤，比的日光景大不相同。他兩个全不覺得，早
被人看出了破綻，這班同窗朋友，俱懷妒忌，編出一
隻曲兒來唱道：
王仲先，你真是天生的造化，這一个小朋友似玉
如花，沒來由被你牽纏下，他夜夜陪伴着你，你日
日還饒不過他，將一對不生産的夫妻也，決甚麽
真和假。
王仲先潘文子到時，聽見雖覺沒趣，逐老着臉，只做
不知。到後來衆友當面訕誚，做鬼臉，漢兩个家俱也

如何當得他起。一日，偶同兒子入市賣魚，一路說此
一件關心要事，假如劉五雖如此說，兒子若得愛老
婆還有個商量。那知夫妻緣分淺薄，劉大巳先嫌妻
子沒用，心裏早懷下個離異之念，聽了父親這話，分
明火上添油，便道：常言龍配龍，鳳配鳳，鸞鵲對鸞鵲，
烏鴉對烏鴉。我是打魚人，原該尋個漁戶。沒來繇聘
着晉老人說合，這頭親事。他是編蘆席的人，怎受得
我們水面上風浪，且又十個指頭并做一夾，單吹死
飯，要他何用。不如請着原媒，并丈人一同到來，費些

从上面的书影我们可以看出，《石点头》中的"照""由"虽然有避为"炤""繇"的，但也有不避的，并不是"很谨严"的。这也并不奇怪，毕竟这是通俗小说，刊刻时难免有大意、松懈的情形。总之，仅仅根据避讳字，还不能更有效地校准《石点头》的刊刻时间。

《石点头》除叶敬池梓本外，还有带月楼刊本、同人堂本、府竹春堂小字本、光绪乙未上海书局石印本等多种刊本，在明清话本小说的传播中，版本不算少。值得注意的是，清代地方政府的禁毁小说书目中，也有《石点头》。这从一个侧面说明了它的流传程度，同时，也表明此书存在着明显与主流观念相违背的内容。其中有几篇涉及"同性恋"题材，或许是被禁毁的原因之一，但恐怕不止于此。

（二）《石点头》中的复杂人性及其小说史意义

韩南在《中国白话小说史》中评论《石点头》时说："浪仙的小说常常表现善恶之间的本质性的冲突。""浪仙以前的白话小说都是写的城镇中事。……浪仙的小说却描写了农村和农村劳动者。""浪仙的有些小说强调的方面似乎是双重的。一方面，按白话小说的惯例强调道德说教；另方面，又强调他所关心的社会问题。"①这几点可以说都十分精当。但最为关键的还是所谓"表现善恶之间的本质性的冲突"。在表现人性方面,《石点头》显示出与此前小说——不单是话本小说——不同的特点。

首先,《石点头》力图展现人性的本真状态,所谓本真状态就是不完全基于道德劝惩的立场审视人性在社会冲突中的本来面目与真实内心。

卷一〇《王孺人离合团鱼梦》描写了夫妻的离散复合,这个故事最早出自《夷坚丁志》卷一一《王从事妻》条:

> 绍兴初,四方盗寇未定,汴人王从事挈妻妾来临安调官,止抱剑营邸中。顾左右皆娼家,不为便,乃出外僦民居。归语妻曰:"我已得某巷某家,甚宽洁。明当先护笼箧行,却倚轿取汝。"明日遂行,移时而轿至,妻亦往。久之,王复回旧邸访觅,邸翁曰:"君去不数刻,遣车来。君夫人登时去,妾随之矣。得非失路耶?"王惊痛而反,竟失妻不复可寻。后五年,为衢州教授。赴西安宰宴集,羞鳖甚美。坐客皆大嚼,王食一脔,停箸悲涕。宰问故,曰:"忆亡妻在时,最能馔此。每治鳖,裙去黑皮必尽,切胾必方正,今一何似也。所以泣。"因具言始末,宰亦怅然。托更衣入宅,既出即罢酒,曰:"一人向隅而泣,满堂为之不乐。教授既尔,吾曹何心乐饮哉?"客皆去,宰揖王入堂上,唤一妇人出,乃其妻也,相顾大恸欲绝。盖昔年将徙舍之夕,奸人窃闻之,遂诈舆至女侩家,而货于宰,得钱三十万。宰以为侧室,寻常初不使治庖厨,是日偶然耳。便呼车送诸王氏,王拜而谢,愿尽偿元直。宰曰:"以同官妻为妾,不能审详,其过大矣。幸无男女于此,尚敢言钱乎。"卒归之。②

在《石点头》之前,这个故事也曾被《拍案惊奇》卷二七《顾阿秀喜舍檀那物》改编为入话,结构大体如本事。

与《王从事妻》及《顾阿秀喜舍檀那物》相比,《王孺人离合团鱼梦》不只篇幅大为扩展,更重要的是对女主人公的内心世界作了精细刻画。《王从事妻》及《顾阿秀喜舍檀那物》中,作者的叙事角度始终是围绕王从事展开的,王从事妻连姓氏都没有,篇中也几乎没有任何正面描写。但实际上,在这个故事中,经受最大折磨的恰恰是王从事妻。而这正是《王孺人离合团鱼梦》最值得注意的变化。当王从事妻乔氏被骗掳后,小说写道:

---

① 韩南《中国白话小说史》(尹慧珉译),浙江古籍出版社,1989年,第123、125页。
② 洪迈《夷坚志》第二册,中华书局,1981年,第631—632页。

乔氏大怒，劈面一个把掌，骂道："你这砍头贼，如此清平世界，敢设计诓骗良家妇女在家，该得何罪。"赵成被打了这一下，也大怒道："你这贼妇，好不受人抬举。不是我夸口说，任你夫人小姐，落到我手，不怕飞上天去，哪希罕你这酸丁的婆娘？要你死就死，活就活，看哪一个敢来与我讲话。"乔氏听了想道："既落贼人之手，丈夫又不知道，如何脱得虎口？罢，罢！不如死休！"乃道："你原来是杀人强盗，索性杀了我罢。"赵成道："若要死偏不容你死。"……

  乔氏此时，要投河奔井，没个去处；欲待悬梁自尽，又被这班人看守。真个求生不能生，求死不得死，无可奈何，放声大哭。哭了又骂，骂了又哭，捶胸跌足，磕头撞脑，弄得个头蓬发松，就是三寸三分的红绣鞋，也跳落了。赵成被他打了一掌，又如此骂，如此哭，难道行不得凶？只因贪他貌美，奸他的心肠有十分，卖他的心肠更有十分，故所以不放出虎势，只得缓缓的计较……原来赵成有一妻两妾，三四个丫头，走过来轮流相劝，将铜盆盛了热水，与他洗脸，乔氏哭犹未止。花氏道："铁怕落炉，人怕落圈。你如今生不出两翅，飞不到天上，倒不如从了我老爹罢。"乔氏嚷道："从甚么，从甚么？"那娘道："陪老爹睡几夜，若服侍得中意，收你做个小娘子，也叫做从；或把与别人做通房，或是卖与门户人家做小娘，站门接客，也叫做从。但凭你心上从哪一件。"

  乔氏听了，一发乱跌乱哭，头髻也跌散了，有只金簪子掉将下来，乔氏急忙拾在手中。原来这只金簪，是王从事初年行聘礼物，上有"王乔百年"四字，乔氏所以极其爱惜，如此受辱受亏之际，不忍弃舍。此时赵成又沰了几杯酒，欲火愈炽，乔氏虽则泪容惨淡，他看了转加娇媚，按捺不住，赶近前双手抱住，便要亲嘴。乔氏愤怒，拈起手中簪子，望着赵成面上便刺，正中右眼，刺入约有一寸多深。赵成疼痛难忍，急将手搭住乔氏手腕，向外一扯，这簪子随手而出，鲜血直冒，昏倒在地。可惜一团高兴，弄得冰消瓦解。①

上述描写虽然意在为乔氏辩护，但表现她的反抗心理与行为，还是有可信性的。而当乔氏被骗嫁王从古，作者又描写了她的心理：

  这婆娘扯个谎，口说："新任西安知县，结发已故，名虽娶妾，实同正室。你既不肯从我老爹，若嫁得此人，依旧去做奶奶，可不是好。"乔

---

① 天然痴叟《石点头》，吉林文史出版社，1986年，第203—204页。

氏听了细想道:"此话到有三分可听。我今在此,死又不得死,丈夫又不得见面,何日是了。况我好端端的夫妻,被这强贼活拆生分,受他这般毒辱,此等冤仇,若不能报,虽死亦不瞑目。"又想道:"到此地位,只得忍耻偷生,将机就计,嫁这客人,先脱离了此处,方好作报仇的地步。闻得西安与临安相去不远,我丈夫少不得做一官半职,天若可怜无辜受难,日后有个机会,知些踪迹,那时把被掠真情告诉,或者读书人念着斯文一脉,夫妻重逢,也不可知,报得冤仇,也不可知。但此身圈留在此,不知是甚地方,又不晓得这贼姓张姓李,全没把柄。"想了一回,又怕羞一回,不好应承,汪汪眼泪,掉将下来,就靠在桌儿上,呜呜咽咽的悲泣。

乔氏事到此间,只得梳妆,含羞上轿,虽非守一而终,还喜明媒正娶,强如埋没在赵成家里。要知乔氏嫁人,原是失节,但赵成家紧紧防守,寻死不得,至此又还想要报仇,假若果然寻了死路,后来那得夫妇重逢,报仇雪耻。当时有人作绝句一首,单道乔氏被掠从权,未为不是。①

与激烈反抗赵成不同,乔氏答应嫁给王从古,经历了一番内心的挣扎。而随后她在王从古衙斋郁郁不乐,以至"团鱼梦"中团鱼声言"不要爱惜我……不要怀念簪子……不要想着丈夫……"等场景与梦境,都渲染了乔氏的苦闷压抑。虽然作者的描写还有一些简单化,但较之此前同类作品在女性心理方面的空缺,本篇对乔氏前后不同心理的反映,仍然具有相当的真实性或合理性,表明作者力图将人物面对突如其来的事变时的感情因素作为情节发展内在的、真实的动力。

卷一三《唐明皇恩赐纩衣缘》叙唐玄宗雪天念及边关将士缺少御寒冬衣,命宫女缝制。宫女桃夫人手持针线,边缝边伤身感世,想着与其老死宫中,不如嫁守边战士。遂对天祷告,作诗一首,与一金钗一并缝入衣领内,并绣下"三十六阁象管桃夫人造"字样。后来,寒衣送到哥舒翰部下,桃夫人所缝之衣为将士王好勇分得。王好勇感觉领子僵硬,与李光普对换。李光普发现了金钗和诗稿,喜出望外。而王好勇后悔,与之争执,哥舒翰闻知,报于朝廷。唐玄宗本欲赐桃夫人死,因杨贵妃从中说情,乃将桃夫人配许李光普,封李光普为兵马司使。桃氏与光普白头偕老,子孙世代为官,尽享荣华富贵。前面提到过,这篇小说情节的本事出自唐孟棨《本事诗》"情感"第一:

---

① 天然痴叟《石点头》,吉林文史出版社,1986年,第205—206页。

开元中,颁赐边军纩衣,制于宫中。有兵士于短袍中得诗曰:"沙场征戍客,寒苦若为眠。战袍经手作,知落阿谁边?蓄意多添线,含情更着绵。今生已过也,结取后身缘。"兵士以诗白于帅,帅进之。玄宗命以诗遍示六宫,曰:"有作者勿隐,吾不罪汝。"有一宫人自言万死。玄宗深悯之,遂以嫁得诗人,仍谓之曰:"我与汝结今身缘。"边人皆感泣。①

让最不搭界的深宫怨女与边关孤兵产生婚恋,其实比人鬼恋、人仙恋还需要想象力。但唐传奇中却不乏这样的想象。《情史》卷四"情侠类"载录此条,并收僖宗时同类事,附上了这样的评语:

　　去一女子事极小,而令兵士知天子念边之情,其感发最大。所谓王道本乎人情,其则不远。②

这一评语反映了明代人对唐人艺术想象的理性思考,扯到了"王道人情",反而让故事原有的想象力显得有些夸张了。

《本事诗》与《情史》只有个别字句的差异,从这些差异看,《石点头》更大的可能是径取《情史》而非远承《本事诗》。不过,与其他话本相比,《石点头》对本事的发挥更大,皇室、爱情、战争等小说中讨巧的情节要素,在宫廷和边关两个空间都得到了充分的发挥,情节冲突与人物心理也作了相应的展开。如写宫女姚夫人受命做征衣时,开始想的是:"我又无丈夫在边,也去做这征衣,可不扯淡!"后来——

　　……却又思量:"我便千针万线做这征衣,知道付与谁人?"又道:"我今深居宫内,这军士远戍边庭,相去悬绝,有甚相干?我却做这衣与他穿着,岂不也是缘分!"又想道:"不知穿我这衣服的那人,还是何处人氏,又不知是个后生,是个中年,怎生见得他一面也好。"又转过一念道:"我好痴也!见今官家日逐相随,也无缘亲傍,却想要见千里外不知姓名的军士,可不是个春梦!"又想道:"我今闲思闲闷,总是徒然,不若题诗一首,藏于衣内,使那人见之,与他结个后世姻缘,有何不可?"③

描写这种反复思量,正是天然痴叟的惯用手法。而在描写边关兵士方面,

---

① 孟棨《本事诗》,古典文学出版社,1957年,第6页。
② 詹詹外史评辑《情史》上册,春风文艺出版社,1986年,第117页。
③ 天然痴叟《石点头》,吉林文史出版社,1986年,第279页。

《唐明皇恩赐纩衣缘》同样将王好勇与李光普的心理及冲突作了具体的描写,力图为这个夸张性的故事增加现实的与心理的真实性。

其次,立足于人性本真状态的描写,《石点头》还努力表现人性的矛盾与复杂性。

《莽书生强图鸳侣》叙举人莫谁何赴京赶考进士,途经扬州,溺于花柳。偶于观音殿得见斯员外之女紫英,遂施展各种手段,软硬兼施,终于使得紫英随之私奔。在小说中,莫谁何并不是才子佳人小说中常描写的那种不学无术的小人,当然,对他的急情好色,作者的叙述也不是正面的,如:

> 此时莫谁何意乱魂迷,无处起个话头。心生一计,说道:"我也净一净手,好拈香。"将手在盆中搅了一搅,就揭起褶子前幅来试手,里边露出大红衣服。原来莫谁何连日在观中闲游,妄想或有所遇,打扮得十分华丽。
>
> ……
>
> 莫谁何听了,心生一计,说道:"你小姐这话,只好吓乡里人,凭你斯员外利害,须奈何不得我远方举人。进来的门户,俱已塞断,就有家人伴当也飞不入来,也不怕你小姐飞了出去。还有一说,难道我央求了你小姐半日,白白就放了去,可不淡死了我。若不肯与我见礼讲话,卖路东西,也送些遮羞,才好让你去。不然就住上整年,也没处走。"①

我们看到,作者一再揭露他的用心不诡,他几乎就是靠了无赖手段,迫使紫英就范的。正如紫英的丫环说的:"我看这人行径,风流其实风流,刁泼其实刁泼。""风流"加"刁泼"便是其性格的基本特点。及至后来,莫谁何与紫英私奔二年后,想起当年"无赖事情,冷汗直流","良心还在,满面通红"。紫英也是如此。作为一个家教严格的大家闺秀,紫英知书达礼,谨守闺范,她一面呵斥莫谁何的不良用心,一面责备丫环莲英的大意疏忽。面对莫谁何的步步紧逼,她有所恐慌。特别是当莫谁何强行潜入她的房中,她更加害怕,"欲待出去,恐怕弄出事来,名声不好;欲待不出去,又恐执了绫帕为证,果然放刁撒泼,名声也不好"。然而在敷衍莫谁何时,她的潜意识也有一点半推半就的意思,小说也描写她"此时看了这个风流人物,未免也种下三分怜爱"的心理,并最终顺从了莫谁何的追求,与之私奔了。因此,我们在小说中看到的男女主人公,都表现出了一种复杂的人性。这正是作品超越

---

① 天然痴叟《石点头》,吉林文史出版社,1986 年,第 99、101 页。

"西厢记模式"的地方。在本篇的篇首诗中有两句曰:"带缺唾壶原不美,有瑕圭璧总非珍",这也许反映了作者对人性的认识,他描写的是"带缺唾壶""有瑕圭璧",是有缺陷的人生与人性。虽然不完美,不纯粹,却是真实的。

更为复杂的是《瞿凤奴情愆死盖》,描写了富商寡妻方氏、女儿凤奴与商人孙瑾的不伦之恋。作者既给予了方氏母女和孙瑾明显的同情,写出了他们虽然扭曲却真挚悲伤的相恋过程,又突出了他们内心的罪孽感,这一尖锐的叙事矛盾与观念冲突,冲击了传统的道德思维与审美心理,终因挑战人伦底线的人物关系,无法再向前推进一步并获得更深刻的人性力量。

再次,《石点头》中还有些作品触及了人性的阴暗面,并将人性阴暗面的揭示与情节发展结合起来,显示出人性与人生命运的深刻联系。

《感恩鬼三古传题旨》描写了一个人因嫉妒而导致人生毁灭的故事。作品中富阳书生仰邻瞻在报恩寺读书,应女鬼之托,考取功名为其安葬,女鬼感其大德,暗示考题。另一考生郑元同"根器浅薄,禀性又懒惰",本来打通关节,却因疾误考,失却功名,遂迁怒仰生,胡搅蛮缠,百般刁难,甚至大打出手,最终受到了惩处。在表现病态人格方面,这篇小说达到了古代小说所没有过的深度。

此外,如《贪婪汉六院卖风流》写贪鄙冷酷之人吾爱陶,《侯官县烈女歼仇》写凶悍阴毒的继母徐氏,都表现了人性丑恶的一面。

总起来说,《石点头》在描写人性、特别是人性的矛盾、复杂以及阴暗方面,确实有此前小说所不及处。但是,在这种描写中,我们也可以看到某种过渡性特点。天然痴叟一方面因袭着传统的道德叙述框架如因果报应等,另一方面又从现实生活出发,超越了旧的思维,力图更真实、全面地展现人性,这两者之间还缺乏协调与平衡,有时造成了小说内容的混乱。如果后续的小说家能够沿着他开辟的路走下去,也许话本小说,甚至中国古代小说都能打开一个新的局面,但很可惜,这样的回响我们没有听到。只在有的小说中略微有些相似处,如李渔小说中的复杂人性,《醉醒石》中所写的《高才生傲世失原形》对人性缺陷的表现,等等,不过,或者流于娱乐,或者归于劝惩,最终没有形成一种整体性的突破。也正因为如此,具有过渡性的《石点头》值得我们特别关注。

五、《西湖二集》:话本小说的地域性标本

明代后期周清源所编《西湖二集》是一部十分独特的话本小说集,这种独特性主要表现在它是第一部以特定地域为中心编撰的小说集。全书共34卷即34篇话本小说,题材都与西湖有关。在上编,我们曾论述过明代话本小说地域性凸显的问题,《西湖二集》就是这种地域性的产物。谈迁《北游录·纪邮上》即首提杭人周清源尝撰"西湖小说"[①],他所说的"西湖小说"也许只是《西湖二集》的泛称,但也可以视作一种地域小说的概念。同时,与之前的小说相比,《西湖二集》的文人主体性也表现得更为自觉和鲜明,这同样是值得关注的一个转向,而且这种转向与西湖文化也有关系。因此,将《西湖二集》看成是话本小说地域性的一个标本,并不为过。

鉴于"西湖小说"是小说史,特别是话本小说史上的一个普遍现象,为了便于突出《西湖二集》的特点与历史地位,本章对其他有关西湖的话本小说也连带论及。

(一)"西湖小说"产生的文化背景与文学基础

自隋文帝开皇九年(589)设置杭州起,经历代坚持不懈的开发,杭州早已形成一定规模。但就西湖而言,唐以前不见记载。中唐以后,湖山名胜相继形成,才逐渐成为游览之所。不过,当时杭州"繁雄不及姑苏会稽二郡"[②]。经吴越、两宋,特别是南宋的经营建设,杭州才后来居上。北宋杭州人沈括已声称:"杭为大州,当东南百粤之会,地大民众,人物之盛,为天下第一。"[③]由于杭州的特殊地位,它逐渐成为中国古代文化的一个交汇点,而西湖小说也因此具有了深广的文化背景与文学基础。在西湖小说中,中国

[①] 谈迁《北游录》,中华书局,1997年,第65页。
[②] 王明清《玉照新志》卷五,商务印书馆,1936年,第76页。
[③] 沈括《杭州新作州学记》,《长兴集》卷二四。

古代文化的方方面面都得到了生动的反映。

在杭州丰富的历史文化积淀中,佛教文化是一个极为重要的组成部分。杭州历代高僧大德辈出,古刹梵宇林立。浓厚的佛教气氛使得有关佛教的题材在西湖小说中也层出不穷。实际上,这可能也是西湖小说与东京小说的一个不同。东京小说中当然也有一些作品涉及佛教内容,但与西湖小说相比,就不那么突出了。据《东京梦华录》《都城纪胜》等书中所载宋代说话诸门类,其中"小说""讲史"等东京、杭州皆有,唯"说经""说参请"及"说诨经"等佛教意味明显的说话艺术不见于《东京梦华录》,只在《都城纪胜》《武林旧事》等书中才出现,它们极有可能是在杭州发展起来的。

不过,值得注意的是,西湖小说虽然有一些作品宣扬了佛教的思想,但并不完全是以弘扬佛法为目的的,毋宁说小说家所热衷表现的佛教题材往往与世俗生活或观念联系在一起。如《喻世明言》之《明悟禅师赶五戒》就从情欲和政治两个角度描写了一位高僧的传奇经历。也正因为如此,西湖小说所表现出来的佛教观念就不那么拘泥。比如杭州民间特重放生,《梦粱录》卷一二中就提到宋"以西湖为放生池"。后来,"放生池"成为西湖的一处名胜。① 不少西湖小说都写到了放生事。《西湖二集》之《寿禅师两生符宿愿》和《西湖佳话》之《放生善迹》更是以此作为主题的,显示出民间对佛教思想的接受和发扬。但同样是在《西湖二集》中,《巧书生金銮失对》又有另一种描写。主人公甄龙友在寺中与和尚大谈佛法,甚得寺僧敬重。正在此时,忽然走出一只母鸡,原来是寺中老师父要用鸡蛋蒸药吃。甄龙友称生平不喜吃斋把素,提出杀鸡为馔,并作了一篇颂道:

> 头上无冠,不报四时之晓;脚根欠距,难全五德之名。不解雄飞,但张雌伏。汝生卵,卵复生子,种种无穷;人食畜,畜又食人,冤冤何已!若要解除业障,必须割断六根,大众煎取波罗香水,先与推去头面皮毛,次运菩萨慧刀,割去心肠肝胆。咄!香水源源化为雾,镬汤滚滚成甘露,饮此甘露乘此雾,直入佛牙深处去,化身彼国极乐土。②

和尚看了居然大乐,说是:"鸡得此诗,死亦无憾矣。"这种圆滑、通脱的思想其实正是世俗文化对正统佛教的调侃。与此相似的还有《西湖佳话》之《南屏醉迹》所描写的济公,是一个带有明显市井色彩的和尚形象。济公小说

---

① 参见清翟灏等辑《湖山便览》卷三,上海古籍出版社,1998年。
② 周清源著,刘耀林等校注《西湖二集》上册,浙江人民出版社,1981年,第52—53页。

在古代小说中自成系列,堪称西湖小说孕育出的独特艺术形象。

　　道教的影响在杭州似乎不如佛教那么大,但也渊源有自。晋时葛洪传说就是在西湖旁边的山上修炼成仙,因而"葛岭"成为西湖的一大名胜,其事迹也屡为小说家提及。《西湖佳话》第一篇《葛岭仙迹》就是描写他的,这也许是西湖小说历史题材追溯最远的人物了。从小说家的角度说,葛洪几乎是一种象征,他代表了西湖文化的一个重要方面,以至他所处的时代变得并不那么重要了。所以,《葛岭仙迹》中有"葛洪在断桥闲走"这样的细节,而所谓"断桥",据《西湖游览志》卷二称"本名宝佑桥,自唐时呼为断桥"。就连本篇屡屡提及的"西湖"之称,也始见于唐人别集。① 作者的这种不经意的描写,实际上反映了小说家把西湖文化视为一个共时性整体的意识。对于仙家来说,时间更是了无障碍。流风所及,道教也成了西湖不可或缺的文化现象。至宋元话本,《西湖三塔记》等作品中"真人"降妖的类型化描写则透露出民间对道教的信仰。

　　西湖自古人文荟萃,骚人墨客留下了无数佳句名篇,它们大量出现在西湖小说中,在叙事性的文体中添加了抒情性的成分,为小说创造充满诗情画意的故事氛围提供了一个绝妙的基础。这一点在宋元话本中已有充分的体现,如《西湖三塔记》的入话,用尽诗词骈赋,反复赞美"西湖好处",为正话的凶险故事形成一种特殊的反讽性铺垫。又如《钱塘梦》情节十分简单,作品引诗作文,也是极力突出西湖的诗情画意。② 当然,对小说家来说,诗词的运用主要还是与小说的情节联系在一起的。比如白居易曾任杭州刺史,留下了二百多首咏赞西湖的诗作。《西湖佳话》之《白堤政迹》就采用了他的一些作品,但所用皆非泛泛的抒怀写景之作。事实上,白居易写西湖更为著名的《钱塘湖春行》《题灵隐寺与天竺寺》《春题湖上》等诗并未见用于小说中。小说突出描写了一段白居易与元微之为各自任所风景争气斗诗的情节,其中元、白诸诗俱见诗集,本事经作者略加点染发挥,诗意情趣并出。当然,作者的态度也并不拘泥,为了情节的需要,他也会如一般通俗小说家一样,随意杜撰和附会,如篇中的"一片温来一片柔"等诗,用意仍是为了突出西湖的山水之美。

　　在上编第六章,我们已简要地述及话本小说地域性发展的基本情况,其

---

① 参见翟灏等辑《湖山便览》卷一,上海古籍出版社,1998年。
② 此篇话本诸书都有记述,但原文不易见。胡士莹《话本小说概论》(1980年)据明刻《西厢记》附刊转录全文,可参看此书上册第339—442页。

中专门提到了与杭州及西湖有关的小说编刊,兹不复述。这里再略及杭州戏曲创作。《武林旧事》卷一〇《官本杂剧段数》一节,列举剧目 280 种,反映了南宋杂剧发达的程度,而这些剧目大多数应是在杭州创作或上演的。不但如此,从《都城纪胜》等书的记载来看,宋杂剧在杭州实现了质的飞跃。只是由于当时的剧本没有完整地保留下来,对这种飞跃我们还难以作出具体的描述与评价。到了元代,杭州一度成为北曲杂剧的中心,而温州杂剧也在杭州取得迅猛发展。据庄一拂《古典戏曲存目汇考》所载,杭州籍作家在宋元时代有 16 人,明代 32 人,清代 36 人,这还不包括曾寓居杭州的马致远、郑光祖、乔吉、秦简夫、李渔等重要的剧作家。而以杭州为题材的戏曲则不下一百部。① 这里既有与小说共同之处,也有不同之处。从共同之处说,戏曲、小说往往有相似的思想旨趣,如杭州人黄图珌的《看山阁乐府雷峰》上承话本小说,确立了白蛇戏的基本格局,稍后方成培的《雷峰塔》传奇则使这一题材对"情"的张扬达到了一个新的高度。从不同之处说,戏曲由于体制的原因以及文人创作的影响,题材与表现的生活内容较之小说略显单薄。如以杭州为背景的戏曲,一半以上是历史剧,像小说中那样生动的市井生活极少能在舞台上看到。不过,无论如何,作为白话小说的姊妹艺术,戏曲都是小说发展的一个值得重视的背景。虽然更多的时候是戏曲以小说为题材,但这种改编本身也会促使小说家追求情节的戏剧化,李渔的视小说为"无声戏"的观点,即由此产生。

西湖还有大量的其他文献,为小说家的创作提供了许多素材。周峰主编《杭州历史丛编》各卷②都收录了历代有关杭州的著述书目,其数量之多,令人称奇。刘一清《钱塘遗事》、汪砢玉《西子湖拾翠余谈》、田汝成《西湖游览志》、《西湖游览志余》等众多有关西湖的专著,对小说创作更有重要的意义。《西湖二集》就有不少作品是直接取材于《西湖游览志》《西湖游览志余》等地方文献的。③ 不过,需要特别强调的是,小说家在依据这些本事材料时,往往更强化它们的地域色彩,如《喻世明言》之《金玉奴棒打薄情郎》对杭州民俗民情有较生动的描写,其题材出处见《西湖游览志余》卷二三,该书只一处提到"杭丐者"而已,并无风土人情的具体细节;在《情史》卷二

---

① 参见钟婴《繁衍与衰歇转契孕高潮》,载《元明清时期的杭州》,浙江人民出版社,1997 年修订版。
② 《杭州历史丛编》,浙江人民出版社,1997 年修订版。
③ 《西湖二集》的题材来源可参见戴不凡《〈西湖二集〉取材来源》,载其《小说见闻录》,浙江人民出版社,1980 年。胡士莹《话本小说概论》第十四章第三节亦有考述。

同一故事中,甚至连这个"杭"字也不见了。《醒世恒言》之《陆五汉硬留合色鞋》的杭州地方色彩也很浓厚,而《情史》卷一八所引《泾林续记》中的本事,同样无一语提到杭州。这种情况除了文体或简约或铺张的原因外,更主要的恐怕还是由白话小说的接受者及其功能不同于文言笔记类小说决定的。

  杭州浓郁的文化特点不只表现在书面文献上,也是散布于街头巷尾、流荡在湖光山色间的一种传统和氛围。用《西湖佳话》作者自序的话说,就是"随在即是诗题,触处尽成佳话"。因此,小说家在选材与描写时很自然地受到当地文化背景的影响。如《喻世明言》之《沈小官一鸟害七命》就来自杭州的一个广为流传的故事。《七修类稿》卷四五在记述了这一故事后,特别提到"至今杭人以'沈鸟儿'为祸根云"①。又如《西湖佳话》之《三台梦迹》叙于谦事,以"梦"名篇,也与杭州民间传说有关。此前,明代小说《于少保萃忠传》结尾已提到于谦托梦,《三台梦迹》突出其事,并说万历以后"祈梦于祠下者,络绎不绝。祠侧遂造'祈梦所',彻夜灯烛直同白昼。诚心拜祷,其梦无不显应"②。李渔《连城璧》外编卷二也提到于祠求梦,无不奇验。而清代陆次云《湖壖杂记》称"于坟祈梦多奇应","于坟奇梦,不可胜述"。③可见,小说家看似微不足道的描写,也是有根有据的。

  实际上,有不少小说都提到作品所描写内容的地域背景和现实依据。《西湖二集》之《天台匠误招乐趣》称"此事传满了杭州,人人都当新闻传说"。同书《薰莸不同器》叙褚遂良事,结尾提到"至今杭州人因其忠直,所居之地,遂称为'褚堂地',以人重如此,至今香火不绝"。这些说法未必都真实可信。如《醒世恒言》之《乔太守乱点鸳鸯谱》径言故事发生在杭州,并声称"此事闹动了杭州府"。但据谭正璧《三言二拍资料》所录有关本事来看,故事原型系广州或昆山人,似与杭州无涉。作者这样移置的目的何在,不易查考。但结尾说所谓"鸳鸯错配"之事,杭州"街坊上当做一件美事传说",多少也反映出作者心目中杭州社会思想观念的通达。所以,重要的是,小说家的构思和描写与杭州人的思想感情息息相通。如《西湖二集》之《李凤娘酷妒遭天谴》极力夸张李凤娘的"酷妒",并描写了她下场的可悲。结尾处作者写道:"临安百姓并宫中之人,无有一个不说天有眼睛。"类似的

---

① 郎瑛《七修类稿》,上海书店,2001年,第471页。
② 古吴墨浪子《西湖佳话》,上海古籍出版社,1980年,第159页。
③ 陆次云《湖壖杂记》,光绪七年刊《武林掌故丛编》第八集。

话在西湖小说中可以说俯拾皆是。显然,这是作者的一种叙述策略,即希望借此显示自己与杭州人立场的一致,从而唤起人们对作品地域性的体认。

耐人寻味的是,西湖小说的发展似乎与西湖的兴废联系在一起。北宋苏轼大力整治了西湖①,南宋周淙、赵节斋也先后疏浚西湖。正是在这样的背景下,西湖小说出现了第一个高峰。而元朝廷对西湖废而不治,把西湖作为放生池,湖面遂渐壅塞,荒芜不堪。相应地在元末明初的一段时间内,西湖小说也略显萧条。直到明弘治年间杨孟瑛任杭州知府,再一次大规模疏浚西湖,不久西湖小说就迎来了新的高潮。还有一个耐人寻味的事实是,历史上治理西湖的官员大多青史留名,为人称颂,也屡为小说家所描写。白居易、苏轼等都是如此。而营建杭州城同样功不可没,却很少有人提起,并作为小说表彰的对象。例如钱镠曾两次扩建杭州城,形成了历史上杭州城的基本格局。虽然,钱镠是小说家极为重视的一个人物,但他修城建市的历史功绩,却往往被一笔带过。如《西湖二集》之《吴越王再世索江山》等都是如此。这种取材倾向实际上也反映出小说家们的趣味。

因此,我们在谈论文化背景的时候,不能忘记思想观念的影响。虽然在杭州文化发展的历史上,也曾出现过诸如《梦粱录》《西湖游览志》之类全面记述城市的书籍,但总的来说,文人对城市面貌的关注很少有超过对自然与人文景观的关注的。他们固然也享受着城市生活的舒适方便,在观念上却不能不持有一种对与城市生活相适应的风尚的批判态度。我们很容易在文人的集子中找到这样的句子,如苏轼说:"三吴风俗,自古浮薄,而钱塘为甚。虽室宇华好,被服粲然,而家无宿舂之储者,盖十室而九。"②类似的还有说"杭人素轻夸,好美洁"③,说杭州"习俗俘泊,趋利而逐末"④,等等。这些说法反映了一个共同的思想倾向,就是对城市消费文化的批判。这种批判几乎一直与杭州的发展联系在一起,只有晚明是一个例外。晚明文人一面继续保有文人固有的心态,对西湖的高雅推崇备至,并以此与所谓俗众划清界限;一面又秉承"好货好色"的时代风气,醉心于声色犬马的生活中。对此,袁宏道、张岱等人的著述中都有鲜明的体现。从根本上说,这恐怕还

---

① 1089年,苏轼第二次来杭,西湖近半被塞,遂上书朝廷《杭州乞度牒开西湖状》,力陈西湖不可荒废的五个理由,这是有关西湖的一篇著名的文献。文见《苏轼文集》第三册,中华书局,1986年,第863页。
② 苏轼《上吕仆射论浙西灾伤书》,《苏轼文集》第四册,中华书局,1986年,第1402页。
③ 参见《杭人好饰门窗什器》,《宋朝事实类苑》下册,上海古籍出版社,1980年,第789页。
④ 陈襄《杭州劝学文》,《古灵先生文集》卷一九,北京图书馆出版社,2005年。

是杭州城市个性的一种反映。对西湖小说来说,也当作如是观。也就是说,西湖特殊的文化背景已深入影响到了小说的基本性格。

(二)《西湖二集》的世俗文化特点

"雅"与"俗"的对立与交融是宋以后文学发展中经常出现的现象,但对此现象的性质乃至存在与否却时有争议。很多情况下,这种争议忽视了一个重要的事实,即所谓"雅"和"俗"都不是简单的艺术表象,甚至也不仅仅是文化品性与地位的问题,它们往往有着相对应的、特定的社会文化基础。只有从这种不断变化的社会文化基础出发,我们才能对"雅"与"俗"及其关系有更深刻的把握。就杭州而言,作为一个大都市,它在中国古代城市的发展中具有突出的代表性。它既有"市列罗绮竞豪奢"的商业气息,又有山水烟霞和诗酒风流的文化氛围。这双重性格自然也体现于西湖小说中,并构成了西湖小说特有的文化张力与艺术生命。

首先,西湖小说不同程度地具有世俗文化的特点。而这种特点的产生除了与白话小说的性质有关外,更与作品所反映的城市生活联系在一起。虽然小说不是社会史料,我们不可能从中找到对一个城市面面俱到的描写,但如果把有关作品联系起来看,还是可以得到一个较为鲜明和完整的城市印象。例如《西湖二集》之《寄梅花鬼闹西阁》中,就用一大段文字"把临安繁华光景表白一回"。对小说家来说,这种繁华景象远不是表面风光,它反映了市民对生于斯、长于斯的城市的热爱与自豪。更重要的是,它还与他们的日常生活密切相关,如果脱离了城市中以商业活动为中心的种种人际交往,作品中人物的生活将无以为继,作者的叙述也失去了依托。由于小说中的这种描写总是与社会生活的动态过程联系在一起的,反而可能比一般的史料更具体。比如中国古代的建筑多采用木材建筑,很容易引起火灾,在杭州这样的大城市尤其如此。《宋史·五行志》就记载南宋定都临安的一百四十多年间,共发生了三十多次重大火灾,这还是不完全的统计。最大的一次"延烧五万八千九十七家,城内外亘十余里,死者五十有九人,践死者不可计。城中庐舍九毁其七,百官多僦舟以居"①。《西湖二集》中有一篇《认回禄东岳帝种须》乃是据《西湖游览志余》卷二五相关记述敷演而来,其中就写道:

---

① 《宋史》,中华书局,1977年,第1382页。

> 话说杭州多火从来如此,只因民居稠密,砖墙最少,壁竹最多,所以杭州多火,共有五样:民居稠密,灶突连绵;板壁居多,砖垣特少;奉佛太盛,家作佛堂,彻夜烧灯,幢幡飘引;夜饮无禁,童婢酣倦,烛烬乱抛;妇女娇惰,篝笼失检。①

这篇小说的情节就是围绕一次火灾展开的。虽然对主人公周必大当宰相的描写有非现实的成分,但火灾之后官府的追究、法律的制裁等等细节,却也表现了古代城市管理的一个侧面。又比如在《型世言》之《吴郎妄意院中花 奸棍巧施云里手》中有这样一个细节。当一个姓赵的裁缝在钱塘县为邻居作证时,官员怀疑他是买通邻居:

> 赵裁缝慌道:"见有十家牌,张縠壳过了赵志,裁缝生理便是小的。"三府讨上去一看,上边是:周仁酒店 吴月织机 钱十淘沙 孙经挑脚 冯焕篾头 李子孝行贩 王春缝皮 蒋大成磨镜。②

这里所写的是城市中的里甲制度,也从一个侧面反映出当时杭州的社会构成。这也是在正史上不容易看到的生动记述。

实际上,小说家在作品中往往表现出对杭州的整体把握。例如在金木散人的《鼓掌绝尘》花集第十三回中,作者通过一个杭州人之口介绍说:"我杭州做生意的,高低不等。那有巨万本钱的,或做盐商,或做木客,或开当铺。此是第一等生意,本钱也大,趁钱也稳。其次,或贩罗缎,或开书坊,或锡箔,或机坊,或香扇铺,或卖衣铺,本钱极少,恰要数千金。外行人不识其中诀窍,便要折本。其作细小生意,只因时年荒歉,人头奸巧,只可捆捆拽拽,扯过日子,并没有一件做得的生意。"又说:"我这杭州人,其实奸狡。""我这杭州城里人分着上中下三等。""我这里杭州最要欺生的。"同时还对西湖美景津津乐道。这一切显示出作者对杭州的全方位认识,并成为作品的叙述基础。而与此相关,一些小说家还对在城市中出现的一些特有的社会现象抱有更浓厚的兴趣。如上面提到的《型世言》之《吴郎妄意院中花奸棍巧施云里手》就极为细致地描写了杭州城中一起复杂的婚姻诈骗案。不仅作品的人物是普通市民,而且城市生活的特点也是这一诈骗赖以发生的条件。对于类似的在城市中出现的新的犯罪形式,《西湖游览志余》卷二五曾有记载。可以想见,这种故事很容易获得同为市民的小说接受者的

---

① 周清源著,刘耀林等校注《西湖二集》下册,浙江人民出版社,1981年,第446页。
② 陆人龙《型世言》下册,新华出版社,1999年,第452页。

认同。

同时,在一些西湖小说中,还反映了杭州人特有的生活观念、文化心理和风俗特点。其中对风俗民情的描写非常多。如《西湖二集》之《寄梅花鬼闹西阁》写杭州酒楼、《宋高宗偏安耽逸豫》插入了杭州"游观买卖"和观潮两段风俗描写,无不细致入微,以至阿英在《〈西湖二集〉反映的明代社会》中说:"若细加择录编排,那是有一篇《杭州风俗志》好写的。"①本来,西湖地方文献很多,这种风俗描写可资借鉴的资料不少。但作者不是一般的袭用,也不只表现了对杭州的热爱,实际上也反映了明代文人共同的趋俗尚实态度。从小说叙述的角度看,这种风俗描写虽然有些是游离于情节之外的,如《邢君瑞五载幽期》写杭州清明插柳的风俗,但也有一些是与情节安排联系在一起的,如同书《李凤娘酷妒遭天谴》中就有这样的描写:

> 杭州风俗,每到七月乞巧之夕,将凤仙花捣汁,染成红指甲,就如红玉一般,以此为妙。……宋时谓之"金凤花",又名"凤儿花"。因李皇后小名凤娘,因此六宫避讳,不敢称个"凤"字,都改口称为"好女儿花"。②

接下来写到宫廷矛盾:

> 往常旧规,若是太上出游,官家定有一番进劝之礼,以奉太上皇饮酒肴馔并左右扈从人等。这日东园关市之时,绍熙帝偶然忘记,失了进劝之礼,那太上皇倒也全不在心上,只因左右要离间二宫,因这一件事,故意将数十只鸡丢将开去,四围乱扑,捉个不住,却又大声叫道:"今日捉鸡不着。"原来临安风俗,以侯人饮食名为"捉鸡",故意将这恶话说来激怒太上皇之意。③

这里的风俗描写都不是单纯的背景介绍,而是与情节安排和人物刻画联系在一起的。

又如《西湖二集》之《月下老错配本属前缘》写道:

> 话说杭州风俗,元旦五更起来,接灶拜天,次拜家长,为椒柏之酒以待亲戚邻里,签柏枝于柿饼,以大橘承之,谓之"百事大吉"。那金妈妈拿了这"百事大吉",进房来付与媳妇,以见新年利市之意。朱淑真暗

---

① 此文收录于阿英《小说闲谈》,上海古籍出版社,1981年。
② 周清源著,刘耀林等校注《西湖二集》上册,浙江人民出版社,1981年,第86页。
③ 周清源著,刘耀林等校注《西湖二集》下册,浙江人民出版社,1981年,第88页。

暗的道:"我嫁了这般一个丈夫,已够我终身受用,还有什么'大吉'?"杭州风俗,元旦清早,先吃汤圆子,取团圆之意。金妈妈煮了一碗,拿进来与媳妇吃。淑真见了汤圆子好生不快,因而比意做首诗道:

> 轻圆绝胜鸡头肉,滑腻偏宜蟹眼汤。
> 纵有风流无处说,已输汤饼试何郎。
> 那诗中之意无一不是怨恨,错嫁了丈夫之意。①

因本篇的主题是写朱淑真的不幸婚姻,这里突出描写杭州元旦"百事大吉""团圆"的风俗,正与其经历、心情形成巨大反差。

无论风俗描写与小说情节的关系如何,都是小说地域色彩的生动体现,而对西湖小说这种自觉意识越来越突出的地域小说来说,更是不可或缺的一部分。

由于杭州作为政治、文化、经济中心的开放性,历史上曾经有过大量外地人在动乱之时移民杭州,和平年代过往、寄居杭州的外地人也不在少数。而今天的本地人可能就是昨天的外地人。所以,西湖小说的地域性在包容中也充满了矛盾。这从小说中杭州人对外地人的态度就可以看出来。一方面,不少小说的主人公都是流寓杭州的外地人。如前面提到过的《卖油郎独占花魁》中的秦重和莘瑶琴,原来都是东京人,战乱中逃难到杭州;《西湖二集》之《侠女散财殉节》描写了蒙古人在杭州的生活;同书《巧妓佐夫成名》则描写了汴梁秀才与杭州妓女间的爱情婚姻。也许正是因为这种"五方杂处"的市民构成,《梦粱录》卷一八介绍杭州民俗时,特别称赞了杭州人对"外方人"的高谊。不过,在一些作品中我们也可以看到对外地人的歧视。《西湖二集》之《吹凤箫女诱东墙》就颇为典型。男主人公潘用中是闽中人,随父亲来临安听差。而女主人公黄杏春系宗室之亲,从汴京扈驾而来。这种因政治公务的迁居或暂住,正是当时临安作为政治中心的特点。两家人本来都不是杭州当地人,但黄家来得早,又是定居,所以被看作了杭州人,而潘家只是来听差的,就依然是"外方人"。而这居然成了这对才子佳人婚姻的最大障碍。至于《白娘子永镇雷峰塔》中,白娘子之所以钟情许宣,原因之一是"娘子爱你杭州人生得好",或许多少也包含了杭州人的自许吧?

此外,方言的运用在西湖小说中非常普遍。关于杭州方言,《西湖游览

---

① 周清源著,刘耀林等校注《西湖二集》下册,浙江人民出版社,1981年,第306—307页。

志》等书中有一些记载。小说中的方言出自人物之口,较之一般文献往往更为生动。《西湖二集》之《文昌司怜才慢注禄籍》叙及杭州人罗隐之语有灵应时,说因此"浙江人凡事称为'罗隐题破'者此也",这是一个与地方人物相关的俗语。又如《月下老错配本属前缘》形容蠢愚之人,就引杭州俗语道:"飞来峰的老鸦——专一啄石头的东西",这是一个与杭州地名相关的俗语。诸如此类,不一而足。这种地域性极强的俗语,外地人不只不会用,恐怕也不易懂。而方言俗语的大量使用,既加强了小说的地域性,也增添了作品的生活气息。

世俗文化最主要的体现当然还是思想观念的趋俗。比如《西湖二集》之《巧妓佐夫成名》,作者借人物之口发了很多议论,其中在文人的愤世嫉俗中就浸淫着世俗社会的思想意识。"巧妓"曹妙哥对穷书生吴尔知说:

> 你既会得赌,我做个圈套在此,不免叫几个惯在行之人与你做成一路,勾引那少年财主子弟。少年财主子弟全不知民间疾苦,撒漫使钱。还有那贪官污吏做害民贼,刻剥小民的金银,千百万两家私,都从那夹棍捞子、竹片枷锁终日敲打上来的,岂能安享受用? 定然生出不肖子孙嫖赌败荡。还有那衙门中人,舞文弄法,狐假虎威,吓诈民财,逼人卖儿卖女,活嚼小民。还有那飞天光棍,装成圈套,坑陷人命,无恶不作,积攒金银。此等之人,决有报应,冤魂缠身,定生好嫖好赌的子孙,败荡家私,如汤浇雪一般费用,空里得来巧里去,就是我们不赢他的,少不得有人赢他的。杭州俗语道:"落得拾蛮子的用。"①

这一番为赌博开脱的话,与社会主流意识格格不入,显然是作者站在民众立场发泄的对社会的不满。而把这样一个"骗人"的妓女称为"巧妓",并给予正面的描写,也反映了作者一定程度上对世俗社会观念的认同。

(三)周清源的文人气质与批判意识

有关周清源的材料很少,湖海士所作《西湖二集序》略及其生平经历:

> 予揽胜西湖而得交周子。其人旷世逸才,胸怀慷慨,朗朗如百间屋;至抵掌而谈古今也,波涛汹涌,雷震霆发,大似项羽破章邯,又如曹植之谈,而我则自愧邯郸生也。快矣乎! 余何幸而得此? 础础清原,西

---

① 周清源著,刘耀林等校注《西湖二集》下册,浙江人民出版社,1981年,第385页。

湖之秀气将尽于公矣。乃谓余曰："予贫不能供客,客至恐斫柱刲荐之不免,用是匿影寒庐,不敢与长者交游。败壁颓垣,星月穿漏,雪霰纷飞,几案为湿,盖原宪之桑枢、范丹之尘釜交集于一身,予亦甘之。而所最不甘者,则司命之厄我过甚,而狐鼠之侮我无端。予是以望苍天而兴叹,抚龙泉而狂叫者也。"余曰:"子毋然。司命会有转局,狐鼠亦有败时;且天不可与问,道不可与谋,子听之而已矣。"清原唯唯而去,逾时而以《西湖说》见示,予读其序而悲之。士怀才不遇,蹭蹬厄穷,而至愿为优伶,手琵琶以求知于世,且愿生生世世为一目不识丁之人,真令人慷慨悲歌、泣数行下也。岂非郡有司之罪乎?……周子间气所钟,才情浩瀚,博物洽闻,举世无两,不得已而借他人之酒杯,浇自己之磊块,以小说见,其亦嗣宗之恸、子昂之琴、唐山人之诗瓢也哉!观者幸于牝牡骊黄之外索之。①

由此,我们大概可以看出,周清源是一个贫寒不得志的才士。在《西湖二集》卷一《吴越王再世索江山》中有一段议论,也可以看作是周清源的夫子自道:

> 看官,你道一个文人才子,胸中有三千丈豪气,笔下有数百卷奇书,开口为今,闭口为古,提起这枝笔来,写得飕飕的响,真个烟雾缭绕、五彩缤纷,有子建七步之才、王粲登楼之赋,这样的人,就该官居极品、位列三台,把他住在玉楼金屋之中,受用些百味珍馐、七宝床、青玉案、琉璃钟、琥珀盏,也不为过。叵耐造化小儿,苍天眼瞎,偏锻炼得他一贫如洗,衣不成衣,食不成食,有一顿,没一顿,终日拿了这几本破书,"诗云子曰,之乎者也"个不了,真个哭不得,笑不得,叫不得,跳不得,你道可怜也不可怜!所以只得逢场作戏,没紧没要,做这部小说,胡乱将来传流于世。②

就其思想而言,我们大约只能从作品中推测一二,如《西湖二集》卷七《觉阇黎一念错投胎》的开场诗曰:

> 从来三教本同原,日月五星无异言。
> 堪笑世间庸妄子,只知顶礼敬胡髡。

---

① 周清源著,刘耀林等校注《西湖二集》上册,浙江人民出版社,1981年,第11页。
② 同上书,第3页。

这表明他认同的应是以儒家思想为主导的"三教合一"观念,对单纯痴迷佛教则不以为然。这种寒儒本色与才子心态使得文人小说家更愿意在小说中抒发个人的感受,而这种感受一半来自现实,一半来自书本,势必淡化或转移对生活本身的发现与描写。

事实上,如果从小说史的角度来看,西湖小说的世俗性似乎呈减弱的趋势,而文人色彩却不断强化。在《西湖二集》中,真正以市井社会为描写对象的作品只有《张采莲隔年冤报》数篇。而宋元话本中的西湖小说则无一例外地是以市民为主人公的。与此相似,明清之际的《欢喜冤家》文化品格较为特殊,从故事内容上看大都很浅俗,行文中却又不时流露出文人的思想观念。《西湖拾遗》只有一篇取自"三言",其他都选自《西湖二集》《西湖佳话》。这唯一的一篇,出自"三言"的《卖油郎独占花魁》,几乎完全袭用原作,只在结尾处删去了原作的"风月中市语"。但即使是这轻微的改动,也可以看出文人色彩的增强。事实上,当文人从事小说创作开始形成风气,市井社会的小说就自然氤氲出更浓厚的文人气息。

有关钱镠的作品也许就是一个很有代表性的个案。钱镠是杭州历史上一位重要的人物,很多西湖小说都提到过他。《喻世明言》中有一篇《临安里钱婆留发迹》,与话本小说中其他"发迹变泰"类作品有共同的思想倾向,那就是对成功者的艳羡。这种艳羡由于与成功者"发迹变泰"前卑微生活的描写结合在一起,更有一种现实的感染力。而《西湖二集》之《吴越王再世索江山》的内容就略有不同。① 作者说:

> 然吴越王发迹的事体,前人已都说过,在下为何又说?但前人只说得他出身封王的事,在下这回小说又与他不同,将前缘后故、一世二世因果报应,彻底掀翻,方见有阴有阳、有花有果、有作有受,就如算子一般,一边除进,一边除退,毫忽不差。

所谓"前人已都说过",很可能就是针对《喻世明言》而言的。周清源不把叙事重点放在"出身封王的事"上,而是着力表现因果报应,正是小说由市民社会的情趣向文人的观念世界转变的反映。而《西湖佳话》之《钱塘霸迹》所表现的文人性更加突出。在小说的开篇,作者有这样一段议论:

---

① 由于吴越王之于杭州的重要,我以为在《西湖一集》中就该写到他,从《二集》的排序看,前六篇均与君王有关,殊非随意编排;除《二集》卷一七提到过《一集》,连《二集》之序都无一语涉及《一集》,看上去也不近情理,以致我对未见传本的《一集》是否完整编辑刻印过,略有怀疑。

  草莽英雄乘时奋起而招集士卒,窃据一方,以成霸王之业,往往有人,不为难也,然皆侥幸得之,不旋踵即骄横失之;惟难在既成之后,能识时务,善察天心,不妄思非分以自趋丧亡,不独身享荣名而子孙且保数世之利如钱镠王者,岂易得哉! 嗟乎! 吾过西子湖滨,谒钱王祠而有感焉。①

  在篇尾,作者也表达了同样的"敬羡"心情。不但如此,在具体情节中,也可以看出作者的叙事态度。因为他看重的是英雄"既成之后"的作为,所以在叙述钱镠封王之前,对其混迹于市井的描写就一笔带过,而且赋予主人公"贩卖私盐,此小人无赖事也,岂大丈夫之所为"的思想,与《喻世明言》对此类故事的津津乐道迥异其趣。在结尾处,又突出了钱镠不理会风水先生的劝告坚持造宫殿于凤凰山的明智之举,很明显是为了表现作者对所谓"真正英雄"的理想。张岱《西湖梦寻》卷四《西湖南路钱王祠》也曾特别提到此事,可以印证文人思想的一致处。

  概括地说,文人色彩在西湖小说中主要表现在以下几个方面。首先,对西湖山水风景的颂扬,是有关作品共同的倾向。在《西湖二集》《西湖佳话》《西湖拾遗》诸书的序中,我们都可以看到小说家对西湖美景的激赏之词。《西湖二集》之《救金鲤海龙王报德》中曾描写玉帝颁下诏书曰:"表彰西湖山水,厥功懋焉。"这几乎就是作者的自许。所以,在众多作品中散见着对西湖山水的描写,它们构成了西湖小说一道独特的风景线。尤其是《西湖佳话》的立意,仿佛就是一部地方风物传说专集。

  其次,在文人作家笔下,历史题材更受重视。历史上与杭州有关的重要人物,是这些小说家取材的源泉之一。在《西湖二集》34 篇作品中,正话为明代题材的只有 7 篇,而且这 7 篇多数也是明前期的。最后一篇《胡少保平倭战功》虽然故事发生在嘉靖年间,但题材性质仍属于历史类。另外,在编排上,此书的前六篇都是与君王有直接关联的,接下来才是普通人的故事,与冯梦龙编"三言"把蒋兴哥置于宋仁宗、梁武帝之前有明显的不同,也反映出作者关注的重点。《西湖佳话》的情形也类似,这部小说集共有 16 篇作品,其中以佛道人物为主人公的有《葛岭仙迹》《南屏醉迹》《虎溪笑迹》《三生石迹》和《放生善迹》5 篇,以历史人物(文人儒士、帝王将相等)为主人公的有《白堤政迹》《六桥才迹》《灵隐诗迹》《孤山隐迹》《岳坟忠迹》《三

---

① 古吴墨浪子《西湖佳话》,上海古籍出版社,1980 年,第 217 页。

台梦迹》《钱塘霸迹》7篇,婚恋题材的则有《西泠韵迹》《断桥情迹》《梅屿恨迹》和《雷峰怪迹》4篇。这种题材分布同样明显地反映了文人的取材倾向,即世俗题材的故事大为减少。即使是《雷峰怪迹》这种因袭《白娘子永镇雷峰塔》而来的作品,也多少淡化了原作浓厚的市井气息。正如韩南指出的,作者"只是真心欣赏杭州文化史上的浪漫传说"而已。①

同时,用世热情与道德教训在一些文人创作的西湖小说中却有所增强。话本小说原本主要是市民的一种娱乐形式,对它的社会功用的重视是文人大量投入小说创作之后的事。在《西湖二集》中,我们甚至看到《戚将军水兵法》《海防图式》《救荒良法》之类,都附于相关的小说之后。这种对话本小说体裁大破其"格"的做法,正反映了作者的别有用心。至于小说正文中的议论,也多嬉笑怒骂,在《吴越王再世索江山》《宋高宗偏安耽逸豫》等中,周清源对前朝帝王的批判,即有借古讽今之意。又如《姚伯子至孝受显荣》里,周清源揭露元代社会的黑暗:

> 那时天下,也不是元朝的天下,是衙门人的天下,财主人的天下!你道怎么?只因元朝法度废弛,尽委之于衙门人役。衙门人都以得财为事,子子孙孙,蟠踞于其中。所以从来道:清官出不得吏人手。何况元朝昏乱之官,晓得衙门怎的来,前后左右,尽为蒙蔽不过,只要瞒得堂上一人而已。凡做一件事,无非为衙门得财之计,果然是官也分,吏也分,大家均分,有钱者生,无钱者死,因此百事朦胧,天下都成瞎帐之事。②

这种愤激之词,同样有警世意味。《胡少保平倭战功》借盗魁王五峰的话,批判色彩更鲜明:

> 如今都是纱帽财主的世界,没有我们的世界!我们受了冤枉那里去叫屈?况且糊涂贪赃的官府多,清廉爱百姓的官府少。他中了一个进士,受了朝廷多少恩惠,大俸大禄享用了,还只是一味贪赃,不肯做好人,一味害民,不肯行公道。所以梁山泊那一班好汉,专一杀的是贪官污吏!③

《祖统制显灵救驾》中也通过人物之口说:

---

① 韩南《中国白话小说史》(尹慧珉译),浙江古籍出版社,1989年,第209页。
② 周清源著,刘耀林等校注《西湖二集》上册,浙江人民出版社,1981年,第101页。
③ 周清源著,刘耀林等校注《西湖二集》下册,浙江人民出版社,1981年,第640页。

> 我见做官的人,不过做了几篇括帖策论,骗了一个黄榜进士,一味只做害民贼,掘地皮,将这些民脂民膏回来,造高堂大厦,买妖姬美妾,广置庄园,以为姬妾逸游之地。收畜龙阳、戏子、女乐,何曾有一毫为国为民之心,还要诈害地方邻里,夺人田产,倚势欺人。这样的人,猪狗也不值!①

《西湖二集》也是如此。如《觉阇黎一念错投胎》的入话,竟是近两千字的长篇大论,这种情形在早期的话本小说中也是很罕见的。即使在一些具体的世情描写中,我们也可以强烈地感受到作者的主观意志,如前引《巧妓佐夫成名》叙妓女曹妙哥有意将终身托付太学生吴尔如,便拿出私房钱,开导他设局骗赌。在积赚了许多钱财后,又劝其博取功名。因吴尔如才学平平,曹妙哥就教他用钱财行贿官府,打通关节,终于得中进士。曹妙哥开导吴尔如设局骗赌的一番话,看似歪理邪说,实际上却寄托了作者的讽世之意。后来,她又说:

> 你只道世上都是真的,不知世上大半多是假的。我自十三岁梳笼之后,今年二十五岁,共是十三个年头,经过了多少举人、进士、戴纱帽的官人,其中有得几个真正饱学秀才、大通文理之人?若是文人才子,一发稀少。大概都是七上八下之人、文理中平之士。还有若干一窍不通之人,尽都侥幸中了举人、进士而去,享荣华,受富贵。实有大通文理之人,学贯五经,才高七步,自恃有才,不肯屈志于人,好高使气,不肯去营求钻刺,反受饥寒寂寞之苦,到底不能成其一官……当今贿赂公行,通同作弊,真个是有钱通神。只是有了"孔方兄"三字,天下通行,管甚有理没理,有才没才。你若有了钱财,没理的变做有理,没才的翻作有才,就是柳盗跖那般行径、李林甫那般心肠,若是行了百千贯钱钞,准准说他好如孔圣人、高过孟夫子,定要保举他为德行的班头、贤良方正的第一哩。世道至此,岂不可叹?你虽读孔圣之书,那"孔圣"二字全然用他不着。随你有意思之人,读尽古今之书,识尽圣贤之事,不通时务,不会得奸盗诈伪,不过做个坐老斋头、衫襟没了后头之腐儒而已,济得甚事?

> ……况且如今世上戴纱帽的人分外要钱,若像当日包龙图这样的官,料得没有。就是有几个正气的,也不能够得彻底澄清。若除出了几

---

① 周清源著,刘耀林等校注《西湖二集》下册,浙江人民出版社,1981年,第557页。

个好的之外,赃官污吏不一而足,衣冠之中盗贼颇多,终日在钱眼里过日,若见了一个"钱"字,便身子软做一堆,连一挣也挣不起。就像我们门户人家老妈妈一般行径,千奇百怪,起发人的钱财,有了钱便眉花眼笑,没了钱便骨董了这张嘴。世上大头巾人多则如此,所以如今"孔圣"二字,尽数置之高阁。若依那三十年前古法而行,一些也行不去,只要有钱,事事都好做。

……如今你素无文名,若骤然中了一个进士,毕竟有人议论包弹着你。你可密密请一个大有意思之人做成诗文,将来装在自己姓名之下,求个有名目的文人才子做他几篇好序在于前面,不免称之赞之、表之扬之,刻放书版,印将出去,或是送人,或是发卖,结交天下有名之人,并一应戴纱帽的官人,将此诗文为进见之资。若是见了人,一味谦恭,只是闭着那张鸟嘴,不要多说多道,露出马脚。谁来考你一篇二篇文字,说你是个不通之人,等出了名之后,明日就是通了关节,中其进士,知道你是个文理大通之人,也没人来议论包弹你了。你只看如今黄榜进士,不过窗下读了这两篇臭烂括帖文字,将来胡遮乱遮,熬衍成文,遇着采头,侥幸成名,脱白挂绿,人人自以为才子,个个说我是文人,大摇大摆,谁人敢批点他"不济"二字来。①

让一个妓女作如此长篇大论,显然是作者借人物之口对现实社会的污浊与官吏制度的腐败作了全面的批判。通观《西湖二集》,如此高频率、高分贝的社会批判言论,充分表现了一个文人小说家的用世情怀。

值得注意的是,西湖小说中文人色彩的增强并不是孤立的现象。在明清之际的西湖戏曲中,这一点表现得更为明显。徐扶明曾将西湖戏曲分为六大类,其中绝大多数也是以历史人物为题材,并大量展示西湖佳景。② 一些具体作品的演变也十分突出。《醒世恒言》中的《卖油郎独占花魁》在叙述市井细民的情爱时,固然已经加进了一些文人习性,从主人公的命名("秦重"似寓"重情"之意)到其怜香惜玉的关键细节,都与小商贩身份略有出入。而李玉据以改编的传奇《占花魁》中,更将原作人物的身份、性格和结局都作了较大的改动,使之成了落难公子与小姐婚恋模式的翻版,小说中的商业气氛随之淡化。所以,西湖小说的文人色彩其实是与整个西湖文化的特点联系在一起的。

---

① 周清源著,刘耀林等校注《西湖二集》下册,浙江人民出版社,1981年,第387—389页。
② 徐扶明《西湖与戏曲》,载其《元明清戏曲探索》,浙江古籍出版社,1986年。

与创作倾向相关,文人创作的西湖小说在艺术方面也形成了自己的特点。首先,这些作品往往有统一的构思,作品间存在着内在的思想与艺术联系。如《西湖二集》卷一《吴越王再世索江山》末尾提到宋高宗,卷二的主人公就是宋高宗,与前一篇形成呼应之势。卷三《巧书生金銮失对》在卷四也被直接提及。这些都表明了作者创作的连贯性,是以前的小说集所罕见的。

　　其次,作家的主体表现得更为鲜明。在《西湖二集》中,我们看到作者塑造了才华横溢、个性张扬、放荡不羁的文人形象。如《救金鲤海龙王报德》中的杨维祯文名闻天下,生性鲠直,不愿做官,极爱山水,认为"天地间的山水,此是从来第一部活书",沉醉于"无春无冬、无日无夜不穷西湖之趣",赋诗赞美西湖,以至玉帝赞其"表彰西湖山水,厥功惫焉"①,当中其实包含着周清源自我精神的写照。与此同时,《西湖二集》的叙述语言在古代话本小说中可以说是最富感情色彩的。如《会稽道中义士》触目皆是这样的叙述:"话说元朝真是犬羊禽兽之俗。""还有一个党类杨琏真加,这个恶秃驴尤为利害。"②情绪之激愤,溢于言表。正因为这种主体性的加强,小说中的议论也随之大量增多。如同书《觉阇黎一念错投胎》的入话,竟是近两千字的长篇大论,这种情形在早期的话本小说中也是很罕见的。

　　与上一特点相关,不少作品情节淡化。如《西湖二集》之《天台匠误招乐趣》的情节性就很平淡,只简单叙述了一个工匠与尼姑的一夜幽会,没有复杂的矛盾和曲折的故事。与此相应的,文人小说的情节结构也比较松散,这在《西湖佳话》中一些历史题材的作品中表现最为明显。当然,西湖小说在结构上也表现出了一些新意。如上面提到的《天台匠误招乐趣》《邢君瑞五载幽期》都自觉运用了分层叙述的方式;同书《寿禅师两生符宿愿》中间部分有一处插入了一句"且听下回分解"。这与宋元话本《碾玉观音》中的类似套话不完全相同,后者应是说书体制的遗痕,而前者则隐约表现出话本小说的一种新的结构方式,稍后的话本小说多有分回叙述的安排,很可能就是由此发端的。③

　　需要补充说明的是,世俗性与文人色彩并不是矛盾的。这同样与杭州的地域文化特点分不开。杭州城内"参差十万人家"自不必说,而南宋以

---

① 周清源著,刘耀林等校注《西湖二集》下册,浙江人民出版社,1981年,第430、435页。
② 同上书,第491—492页。
③ 西湖小说艺术上的特点与话本小说的发展是一致的,参看拙文《文人精神的世俗载体》,《文学遗产》1998年第6期。

来,"湖上屋宇连接,不减城中"。① 所以,在《白娘子永镇雷峰塔》中,生药铺主管许宣忽然于壁上题诗,虽然与其身份教养不合,但置于西湖文化背景中,却也不令人感到特别突兀。而从文人的心理上说,杭州与西湖,城市山林互为表里,正是他们理想的家园。方回在提到南宋"钱塘诗人"恋恋西湖以终其生时,就说他们"当时升平,看人富贵,以一身混其中,亦不为大无聊也"②,这是很有代表性的。当杭州有西湖的陪衬,平添了一种文化气息;而西湖有杭州作为依托,也不只是湖光山色而已。对此,小说家深有感触。《豆棚闲话》中有这样一段有趣的议论:

> 天下的湖陂草荡,为储蓄那万山之水,处处年年却生长许多食物东西,或鱼虾菱芡草柴药材之类。就近的贫穷百姓,靠他衣食养活。唯有西湖就在杭州郡城之外,山明水秀。两峰三竺,高插云端。里外六桥,掩映桃柳。庵观寺院,及绕山静室,却有千余。酒楼台榭,比邻相接。画船箫鼓,昼夜无休。无论外路来的客商仕宦,到此处定要破费些花酒之资。那本地不务本业的游花浪子,不知在内嫖赌荡费多多少少。一个杭州地方,见得如花似锦,家家都是空虚。究其原来,都是西湖逼近郡城,每日人家子弟,大大小小,走到湖上,无不破费几贯钱的。③

正因为城市与湖山相互补充,使得西湖小说在精神内涵上左右逢源。俗时,不至于俗不可耐;雅时,又没有雅到不食人间烟火的地步。白居易《春题湖上》说得好:"未能抛得杭州去,一半勾留是此湖。"有了西湖垫底,文人小说家避免了在城市、山林中艰难取舍的尴尬,同时,也使得本来源于市井的通俗小说逐渐淡化了自身的特点。在欧洲,"城市与乡村在许多浪漫主义与现实主义小说中也互为对照,有时作为藏垢纳污的罪恶之所对立于田园诗般的净土,或作为魔术般致富的可能性对立于农夫的辛勤劳作,或作为权势之所对立于乡村人民的无权无势"④。这种对立在当时中国文人的观念中也已经明显存在,袁宏道在一篇小品文中曾这样写道:"余最怕入城。吴山在城内,以是不得遍观,仅匆匆一过紫阳宫耳。"他很欣赏紫阳宫石如水墨

---

① 周煇《清波杂志》卷三,中华书局,1994年,第117页。
② 方回选评,李庆甲集评校点《瀛奎律髓汇评》下册,卷三九,上海古籍出版社,1986年,第1471页。
③ 艾衲居士《豆棚闲话》,人民文学出版社,2006年,第19页。
④ 米克·巴尔《叙述学:叙事理论导论》(谭君强译),中国社会科学出版社,1995年,第49页。

画一般,感叹:"奈何辱之郡郭之内,使山林僻懒之人,亲近不得。"[1]不过,即使是这种明显的偏见,也没有在西湖小说中反映出来。或许,杭州贴近自然的城市个性从一开始就在一定程度上化解了上述对立。只是对立的化解对小说而言却未必是件幸事,至少,小说家可能因此失去了一个观察社会矛盾的角度和机会。

(四)作为小说场景的西湖

从艺术的角度看,西湖小说还有着叙事方面的独特意义,而这也是地域性中最值得关注的地方。众所周知,说话艺术往往直接面对特殊的城市接受群体,自然要用受众熟悉、喜欢的人物、故事和语言来迎合他们的兴趣。这种习惯在话本小说书面化后依然随处可见。举一个最简单的例子,在《白娘子永镇雷峰塔》开篇处,当提到杭州晋时"西门"时,作者称此"即今之涌金门";又说"山前有一亭,今唤做冷泉亭";在叙及许宣追荐祖宗时,又写道:"许宣离了铺中,入寿安坊、花市街,过井亭桥,往清河街后钱塘门,行石函桥,过放生碑,径到保叔塔寺……离寺迤逦闲走,过西宁桥、孤山路、四圣观,来看林和靖坟,到六一泉闲走。"[2]类似的叙述在有关小说中相当普遍。这种特别提示和一连串真实地名在叙述上的意义有一个先决条件,就是作者和读者对当地都非常熟悉,从而可以唤起受众的亲切感和现场感。

不言而喻,亲切感和现场感只是地域性之文学意义的一个方面。西湖对于小说更重要的作用,应该是它的场景性。我们知道,小说情节总是在一定的场景中展开的。所谓场景,就是人物活动的空间环境。需要说明的是,在近年出版的叙述学方面的译著中,"场景"经常用来翻译 scene 一词,而作为 scene 的"场景"则是与"概述"(summary)对应的,主要是指一种叙述或表现的方式。而这里所说的"场景",在这些译著中实际上约等于所谓"场所"即 place(location)。如《叙述学:叙事理论导论》一书就是如此。[3] 但我没有用"场所"而是用"场景"来指称人物活动或事件发生的环境,是因为

---

[1] 引自《四时幽赏录》(外十种),上海古籍出版社,1999 年,第 89 页。
[2] 冯梦龙《警世通言》,北京十月文艺出版社,1994 年,第 439—440 页。
[3] 实际上,在我有限的阅读范围内,很明显地感到在叙事理论中,对空间的关注远不如对时间、视点之类的关注。这一点厄尔·迈纳在《比较诗学》(王宇根、宋伟杰等译,中央编译出版社,1998 年)中曾经提到过。他批评说:"空间受到的注意少得可怜。"而且指出,在他供职的普林斯顿大学图书馆的公开目录里,人们会发现许多关于时间的主题目录,关于地点的却一条也没有。

"场所"一词过于僵硬和客观化,而"场景"则更为灵活,并带有一定的主观性。更重要的是,"场景"总是与一定的文化背景联系在一起,不是一个单纯的空间地点而已。所以,在我看来,它也更符合小说的实际。

对于空间环境的设置,在中国古代小说中,只有少数作品如《红楼梦》中的贾府和大观园等,完全出于作者匠心独运的编造。而现代小说从外国学来的什么"A 省 B 市 C 地"之类虚构地名,更是古代小说中所没有的。通常,小说家总是利用故事发生的"实际场所"作为情节展开的舞台。真实的场景与虚构的故事之间形成了一种特殊的逻辑关系,这不只是为了给人一种历史般的真实感,正如上文指出过的,对于地域性极强的作品来说,这也是为了唤起受众的亲切感和现场感。实际上,场景有时就是地域性最集中的体现。而同一场景在近似的描写中反复运用,不但营造出一种特殊的地域文化氛围,也为小说的情节安排提供了一个具有叙事学意义的环境。例如宋元以来以东京为大背景的话本小说中,颇有几篇场景是樊楼。樊楼是当时东京著名的酒楼[1],作为一个公共场所,它可以让各色人等汇聚一处,《赵伯升茶肆遇仁宗》甚至写到这个人来人往的酒楼竟得到皇帝的光顾。因此,樊楼便成了不同性质冲突展开的绝妙地点。如《闹樊楼多情周胜仙》就是一篇颇有代表性的作品,男女主人公的相识与自我介绍极富喜剧意味,而这种喜剧意味只可能产生于酒楼这样一个公众场合。而在《水浒传》第七回中,陆谦哄骗林冲到樊楼喝酒,樊楼的"阁儿"(单间)又成了阴谋与悲剧冲突展开的一个环境。由于樊楼几乎就是东京富丽繁华的缩影,所以宋代诗人刘子翚在《汴京纪事》诗中写道:"忆得少年多乐事,夜深灯火上樊楼。"在《杨师温燕山逢故人》中,樊楼就作为东京的象征,成了亡国之痛的深刻写照。与此相似,东京的灯市也经常作为一个富于变化的场景出现在小说中。如《志诚张主管》[2]中就描写了东京元宵端门灯市的情景;《张生彩鸾灯传》[3]入话则描写了东京灯市的一段艳遇,而其正话所述杭州灯市艳遇实际上也是前者的翻版。还有一个常见的场景是金明池。如《计押番金鳗产祸》《金明池吴清逢爱爱》等或以其发端、或以其为中心展开情节。此外,宋元以来,相国寺作为东京百姓交易和游乐的一个中心,小说中也时有描

---

[1] 据吴曾《能改斋漫录》《东京梦华录》等书记载,樊楼是北宋东京的一所规模宏大的酒楼。直到清代,赵翼《西湖怀古》"两堤灯火似樊楼"、钱谦益《金陵杂题》"灯火樊楼似汴京"等句,仍以樊楼作为富丽繁华的象征。

[2] 《警世通言》中题《小夫人金钱赠年少》。

[3] 见《熊龙峰四种小说》,《古今小说》中题《张舜美元宵得丽女》。

写。上述这些场景共同之处在于市井色彩都非常鲜明,这或许也是"东京小说"的一个特点。①

如前所述,西湖小说在发展中隐约表现出不同的观念意识。宋元话本中的西湖小说颇有一些是以市井社会作为故事场景的,如《错斩崔宁》,故事发生在城中箭桥一带,这里宋元以来就是繁华的街区。至《白娘子永镇雷峰塔》,人物的主要活动场所也主要是在市井街巷中。但在后来的发展中,西湖更多地成为小说家钟爱的场景。这与西湖小说世俗性减弱、文人性增强的总趋势是一致的。

虽然有时候场景只是一个人物活动的舞台,不过,从小说的叙述上看,场景则具有十分重要的结构意义。在西湖小说中,特定的场景往往是情节开始的契机。比如清明的扫墓,就是杭州的一个特殊的风俗。吴自牧的《梦粱录》卷二有这样的记载,是日——

> 官员士庶,俱出郊省坟,以尽思时之敬。车马往来繁盛,填塞都门。宴于郊者,则就名园芳圃奇花异木之处;宴于湖者,则彩舟画舫,款款撑驾,随处行乐。此日又有龙舟可观,都人不论贫富,倾城而出,笙歌鼎沸,鼓吹喧天,虽东京金明池未必如此之佳。觥酒贪欢,不觉日晚。红霞映水,月挂柳梢,歌韵清圆,乐声嘹亮,此时犹未绝。男跨雕鞍,女乘花轿,次第入城。②

这种万人空巷的景象是其他城市包括东京都难得一见的。它为人们的交往提供了一个机会。所以,在情节发展的序列中,这种郊游往往是情节的开始,而有关的场景则处于结构的表层,为人物活动提供了一个基本的环境,虽然不是情节展开的必然条件,却是一个不可或缺的前提。如《西湖三塔记》故事开头作者即声称:"今日说一个后生,只因清明,都来西湖上闲玩,惹出一场事来。直到如今,西湖上古迹遗踪,传诵不绝。"《白娘子永镇雷峰塔》中也说:"俺今日且说一个俊俏后生,只因游玩西湖,遇着两个妇人,直惹得几处州城,闹动了花街柳巷。"《熊龙峰四种小说》中的《孔淑芳双鱼扇坠传》描写得更为具体:

---

① 金明池之于东京的城市功能,约等于西湖之于杭州,但因其为人工开凿,规模小得多,与城市的联系似乎也更紧密。所以,《金明池吴清逢爱爱》结尾处说到去金明池游玩,是"入城",与去西湖要"出城"有所不同。

② 吴自牧《梦粱录》,《东京梦华录(五种合刊)》,中国商业出版社,1982年,第10页。

其时春间天气,景物可人,[徐景春]无以消遣。素闻山明水秀,乃告其父母,欲往观看。遂分付琴音童,肩挑酒垒,出到涌金门外,游于南北两山、西湖之上,诸刹寺院,石屋之洞,冷泉之亭,随行随观,崎岖险峻,幽涧深林,悬崖绝壁,足迹殆将遍焉。正值三月之望,桃红夹岸,柳绿盈眸。游鱼跳掷于波间,宿鸟飞鸣于树际。景春酒至半酣,仰见日落西山,月生东海,唤舟至岸,命琴童挑酒罇食罍,取路而归。还了舟银,迅步而行,至于漏水桥侧。琴童或先或后,跟着徐生。徐生忽然见一美人,娉婷先行,侍女随后。其女云鬟绿鬓,绰约多姿,体态妖娆,望之殆若神女。①

以上三篇男子所遇皆为妖鬼,而《西湖二集》之《邢君瑞五载幽期》则略有不同。这篇小说也有一大段文字铺陈杭州清明时节的繁华热闹,在这春意盎然、生机勃发的场景中,主人公邢君瑞的感情也凸显出来,"话说邢君瑞在苏堤上捱来挤去,眉梢眼底,不知看了多少好妇人女子"。但他很幸运,碰到的却是"仙女"。从这些作品的叙事看,已经形成了一个较为固定的模式:

时间:清明。这虽是风俗节令,但也与所谓春情勃发相关,是情爱故事产生的美好季节。

地点:西湖名胜。不但景致优美,而且游人众多,也是意外的情爱故事产生的先决条件。

人物:年青男子及在游玩中邂逅的美貌女性。

正是在这几近俗套的场景与人物安排中,男子的艳遇得以顺势展开。至于所遇或妖或仙,则反映了对这种艳遇又恐惧又期盼的复杂心理。②

与此相类似,杭州宗教文化十分兴盛,寺庙也是经常出现的一个场景,因为俗众往往要去那里烧香拜佛,也就有了与其他人发生联系进而产生矛盾的可能。所以《欢喜冤家》之《黄焕之慕色受官刑》一开始就写到明因寺因"光棍"生事,向官府求禁游客。但即使是偶然开禁,也不免出现僧俗或信众间的纠葛。在《白娘子永镇雷峰塔》中,如果许宣不是执意要去金山

---

① 王古鲁搜录校注《熊龙峰四种小说》,古典文学出版社,1958年,第63页。
② 明万历余象斗编纂《万锦情林》卷二中有一篇《裴秀娘夜游西湖记》,孙楷第《日本东京所见小说书目》推断为宋元旧本。其中叙述秀娘清明游西湖,对美男子一见钟情,最后结为夫妻。性别易位,而结局圆满,在同类型作品中颇为罕见。

寺,就不会遇到法海和尚,后来也不可能到净慈寺找他。在这里,寺庙就成了人物感情生活与"危机"的一个重要转折点。在西湖众多寺庙中,天竺寺是经常被描写到的寺庙之一。《西湖二集》之《巧书生金銮失对》就叙及甄龙友出游西湖,在天竺寺题诗。后来孝宗皇帝也驾幸天竺进香,看到了甄的题诗,大为赏识,特意召见了他。在这里,天竺寺可以说是沟通皇帝与普通人的一个桥梁,这正与上文提到的《赵伯升茶肆遇仁宗》中的"茶肆"相映成趣。同书《巧妓佐夫成名》也描写了男女主人公在天竺进香的相遇。也许由于寺庙本身的象征性,它作为场景的意义还可以用来收束情节。《卖油郎独占花魁》的结尾就是秦重与失散多年的父亲在天竺寺相会,为这个"重情"的故事涂上了一层淡淡的宗教色彩。

由此可见,场景在结构上的作用可谓丰富多彩、开阖自如。而且,由于场景作为客观存在的真实性,其功能意义绝不止于形式层面。它的安排首先要符合中国古代读者的欣赏习惯。我们知道,话本小说最初作为一种表演性伎艺,很重视现场效果的传达,这一点实际上与古典戏曲有相似的地方。中国戏曲特别重视情节的提炼,戏剧冲突起承转合的阶段性十分明显,因而场景安排也往往比较单纯,或者说与整个戏曲风格一样,有突出的写意性。例如后世戏曲家在改编《白娘子永镇雷峰塔》故事时,就突出了"断桥"这一场景,使之与整个爱情故事凄美哀婉的风格相一致。小说也是如此,《西湖佳话》中有一篇《断桥情迹》,也是爱情题材的作品,其中描写姑苏士人文世高因慕西湖佳丽,来到杭州,整日去湖上遨游——

> 信步闲行,偶然步至断桥左侧,见翠竹林中,屹立一门,门额上有一匾,曰:"乔木人家"。世高缓步而入,觉绿槐修竹,清阴欲滴;池内莲花馥郁,分外可人。世高缘景致佳甚,盘桓良久……忽见池塘之上、台榭之东,绿阴中,小楼内,有一小娇娥,倾城国色,在那里遮遮掩掩的偷看。①

实际上,本篇在上述引文中只有一处提到"断桥",但作者却以之名篇,足见重视。而对断桥人家景致的描写,更突出了作者的用意。对于篇中所描写的男女主人公爱情的悲欢离合来说,断桥显然也是一个富有隐喻意味的场景。

因此,虽然场景是一个客观存在,但是一旦作为小说形象世界的一部

---

① 古吴墨浪子《西湖佳话》,上海古籍出版社,1980年,第195页。

分,就不可避免地带有主观性。而小说家也往往能将场景能动化,调动其内在的文化内涵,使之本身就具有一定的意义或与整个形象世界的意义相吻合。例如钱塘江潮是杭州的重要景观之一,历代文人多有咏叹。《武林旧事》卷三"观潮"对观潮的热烈场面有具体记述。南宋亡后,王室不存,昔日杭州沿江一带被视同禁地的王室观潮处所悉向庶民开放,随人观赏,元代中秋节前后观潮都达到了万人空巷的程度。观潮的场面在不少小说中都出现过,如《西湖二集》之《宋高宗偏安耽逸豫》就详细描写了八月十八日的盛大观潮。《警世通言》之《乐小舍拼生觅偶》更是一篇极富象征意味的佳作。这篇小说的情节极为简单,它用夸张的笔墨描写了乐和对喜顺的强烈爱慕,而爱情高潮的展现就置于八月十八的潮生日。作者用了约占全篇六分之一的篇幅介绍江潮的情景,这不单是为了记述故事发生的背景,也是对人物的心潮澎湃作衬托。在这隆重的观潮活动中,男女主人公却只倾情于对方,于是就出现了与潮水一样惊心动魄的一幕:

> 却说乐和与喜顺娘正在相视凄惶之际,忽听得说潮来了。道犹未绝,耳边如山崩地坼之声,潮头有数丈之高,一涌而至。……那潮头比往年更大,直打到岸上高处,掀翻锦幕,冲到席棚,众人发声喊,都退后走。顺娘出神在小舍人(即乐和)身上,一时着忙不知高低,反向前几步,脚儿把滑不住,溜的滚入波浪之中。……乐和乖觉,约莫潮来,便移身立于高阜去处,心中不舍得顺娘,看定席棚,高叫:"避水!"忽见顺娘跌在江里去了。这惊非小,说时迟,那时快,就顺娘跌下去这一刻,乐和的眼光紧随着小娘子下水,脚步自然留不住,扑通的向水一跳,也随波而滚。他那里会水,只是为情所使,不顾性命。①

这可能是中国古代小说有关爱情最精彩的象征性描写之一。在小说的篇尾诗中,作者写道:"钟情若到真深处,生死风波总不防。"这就把上述描写的寓意揭示出来了。所谓江潮风波,既是实写,又是象征,它代表了这一对热恋中的情人所面对的难以克服的障碍和他们至死不渝的感情。而观潮虽然有危险,毕竟是一件不可多得的赏心乐事。因此,那热烈的气氛最终也成了颂扬伟大爱情的最佳场景。

如果我们翻阅明刊本《西湖二集》的插图,会发现一个有趣的现象,那就是有相当多的画面定位于湖边、水上、船上等,这些与西湖有直接关联的

---

① 冯梦龙《警世通言》,北京十月文艺出版社,1994年,第347页。

场景,从中不仅可以看到"西湖小说"与"东京小说"不同的取向,即从市井向自然的偏移,而且也隐约可以感受到向中国传统抒情文学的靠拢。当场景的选择和描写与诗歌中的意象表现接近时,西湖小说又折射出一种诗意的美,这也就是我在前面强调场景不同于场所的原因。质言之,场景绝不仅仅是一种形式上或结构上的要素,它是地域文化在小说叙述中的一个凝结。近十几年,叙事学理论在中国古代小说研究中运用得较为普遍,其基本术语都是从欧美移植过来的,并不完全符合古代小说的实际;而过于形式化的思路也阉割了小说的丰富性,不足以揭示小说叙述的真正成就。西湖作为小说场景的广泛出现,也许给了我们另一个启发,即我们可以从古代小说中提炼相关的命题,使之与形象构成、情节类型等研究相呼应,探讨中国小说独特的叙事特点及其理论表述。

在《西湖二集》之后,西湖小说的结集还有上面已多次提到的《西湖佳话》和《西湖拾遗》。《西湖佳话》全称《西湖佳话古今遗迹》,取材以西湖名胜为中心,16篇作品题为"葛岭仙迹""白堤政迹""六桥才迹""灵隐诗迹""孤山隐迹""西泠韵迹""岳坟忠迹""三台梦迹""南屏醉迹""虎溪笑迹""断桥情迹""钱塘霸迹""三生石迹""梅屿恨迹""雷峰怪迹""放生善迹",分叙葛洪、白居易、苏轼、骆宾王、林逋、苏小小、岳飞、于谦、济颠、远公、文世高、钱镠、圆泽、冯小青、白娘子、莲池的故事,所谓"西湖得人而题,人亦因西湖而传"。其中虽有部分作品来自以前的话本小说,如《白娘子永镇雷峰塔》之于《雷峰怪迹》,但旨趣上更加文人化了,文体上也与话本小说有所疏离。《西湖拾遗》则是一部小说选集,其中28篇取自《西湖二集》,15篇取自《西湖佳话》,1篇取自《醒世恒言》,编选者虽然对原文都作了不同程度的改动,但从总体上说并非创作,其意义只在说明西湖小说的影响与特殊的流传方式。此后,清代小说与西湖的关联性有所降低。实际上,即使在《西湖二集》中,也有一些作品与杭州或西湖并无直接联系,如其中《姚伯子至孝受显荣》的主人公是浙江严州府桐庐县人,故事也与杭州没什么关系,篇中只有"话说这桐庐县,在浙江上游,与杭州甚近"一句算是与杭州挂上了钩。同书《忠孝萃一门》,入话的王原和正话的王玮都与杭州无关。王玮是金华府义乌县人,金华与杭州同属浙江,这大约就是与西湖唯一的联系了。也就是说,小说家在创作时,有时并未过分拘泥于杭州一地。不过,从反面来看,这也许暴露了地域取材的褊狭,而且可能也是西湖小说最终衰落的一个原因。

但是,西湖小说在话本小说的发展史上占有重要的位置。作为中国古代小说史的一个环节,西湖小说的出现不是偶然的,它既是宋以后经济文化的产物,又与杭州的文化背景密切相关。虽然这并不是西湖小说特有的现象,但西湖小说却比其他地域的小说表现得更明显。而由于西湖小说的地域性涉及了语言、人物、风俗、心理等丰富内涵,它与小说的联系必然是多层面的。

就具体作品而言,西湖小说的重要性则不只在于这些作品反映的社会内容如何深广、艺术水平如何精湛——在这些方面,其他小说多有出于其右者。最值得重视的也许是,为什么杭州和西湖能造就如此广泛的创作群?而这些作品又以怎样的姿态折射出小说家们对区域文化以及特定城市生活的体认?如前所述,杭州在小说史上并不是一个独一无二的存在,但是,确实没有任何其他一个地方像杭州那样,在中国小说中得到了如此全面和鲜明的表现。这显然与杭州文化的个性分不开。不过,也正是由于这种个性,具体地说,就是西湖丰厚的文化积淀和优美的自然景观,在一定程度上也冲淡了杭州市井的世俗气息,并遮蔽了小说家审视城市社会新动向的眼光。当然,这不仅仅是小说家的局限,即使是晚明所谓思想最解放的文人,面对西湖,最终也还是遁入了高雅的精神世界,只消看一下张岱著名的《湖心亭赏雪》所流露出的孤芳自赏情趣就不难理解了。这也是为什么《儒林外史》描写"马二先生游西湖——全无会心"成为经典片断的原因。城市作为一种不可抗拒的社会实体在中国小说中打下深深的烙印,也许还要到了晚清才开始。当韩邦庆的《海上花列传》极为鲜明地把乡下人到上海"闯世界"作为具有象征意义的事件来描写时,城市就不只是一个喧嚣的场景了,它确确实实是一种新的文化。所以,传统的道德批判在韩邦庆那里,渐次让位于"个人感受"——一种在城市社会环境中形成的特殊心理与价值观念。[①] 这使我们想到欧洲都市化为现实主义作家提供的关于某人到大城市去寻求出路,却只落得惨败结局的主题。[②] 也许,宋明以来的城市与近代城市终究还是有很大的不同。从这一点来说,晚明与晚清虽然只有一步之遥,但至少对小说家来说,还是要跨越几百年。

---

① 王德威曾指出《海上花列传》"预言上海行将崛起的都市风貌","试图以一种真正对话方式,进行一场美德与诱惑的辩证"。洵为精当之见。参见其《想像中国的方法》,三联书店,1998年,第13、31页。

② 参见伊恩·P.瓦特《小说的兴起》(董红钧译),三联书店,1992年,第202页。

六、风土·人情·历史:《豆棚闲话》中的江南文化因子及生成背景

一部小说的文化内涵往往是很复杂的,作者的身份经历、知识背景、地域文化等,都会在作品中留下印迹。对《豆棚闲话》而言,江南文化①的影响具有极为重要的意义,这从此书第一则的开篇即可看出:

> 江南地土洼下,虽属卑温,一交四月便值黄霉节气,五月六月就是三伏炎天,酷日当空。无论行道之人汗流浃背,头额焦枯,即在家住的也吼得气喘,无处存着。上等除了富室大家,凉亭水阁,摇扇乘凉,安闲自在;次等便是山僧野叟,散发披襟,逍遥于长松荫树之下,方可过得;那些中等小家无计布摆,只得二月中旬觅得几株羊眼豆秧,种在屋前屋后闲空地边,或拿几株木头、几根竹竿搭个棚子,搓些草索,周围结彩的相似。不半月间,那豆藤在地上长将起来,弯弯曲曲依傍竹木,随着棚子牵缠满了,却比造的凉亭反透气凉快。那些人家或老或少,或男或女,或拿根凳子,或掇张椅子,或铺条凉席,随高逐低坐在下面,摇着扇子,乘着风凉。乡老们有说朝报的,有说新闻的,有说故事的。②

由于这个江南"豆棚"是作者有意设定的一个小说叙述场景,因此,它的存在与变化对全书有着多方面的隐喻作用,它是悠闲的、众声喧哗的,也是季节性的或者说临时的。就在这样一种氛围中,浸淫其中的风土、人情以及历史等江南文化因子得到了或隐或显的表现。

(一)解惑豆棚

《豆棚闲话》的康熙写刻本题"圣水艾衲居士编""鸳湖紫髯狂客评",

---

① 关于"江南"的范围,历史上有变动,其政治、经济、文学、气象、地理意义也不完全一致,本章指今苏南、浙北一带,参见《中国国家地理》2007年第3期《江南到底在哪里?》专辑中诸文。
② 艾衲居士《豆棚闲话》,人民文学出版社,2006年,第2页。

而乾隆四十六年(1781)书业堂刊本题"圣水艾衲居士原本""吴门百懒道人重订"。胡适《〈豆棚闲话〉序》中说:"鸳湖在嘉兴,圣水大概就是明圣湖,即杭州西湖。作者评者当是一人,可能是杭州嘉兴一带的人。"① 上海古籍出版社1982年版的《出版说明》则说:"杭州西湖旧名明圣湖,又今杭州慈圣院有吕公池,宋乾道年间,有高僧能取池水咒之以施,病者取饮立愈,号圣水池。如果艾衲居士所题圣水即指此,那么他可能是杭州人。"比胡适的"杭州嘉兴一带"又进一步缩小到了杭州。而胡士莹在《话本小说概论》中提到此书"或云为范希哲作",不知所据,原因之一可能也是因为范为杭州人。美国学者韩南则提出另一个杭州小说家王梦吉可能是《豆棚闲话》的作者。②

上述推测主要是围绕"圣水"即杭州这一说法衍生的,但这一说法并非没有问题。杜贵晨就指出:"'圣水'指'明圣湖'和'圣水池'未免过于牵强;倘确指此二处,则作'圣湖''圣池'较为自然。""若以'圣水'指'明圣湖',恐古今皆不知所云,'圣水池'的情况当亦如此。"他还以清初孙学稼自号"圣湖渔者"为证,说明"明圣湖"的省称。③ 而范希哲一号"西湖素岷主人",径以"西湖"标榜的小说家也极多,取意于"明圣湖"又改作"圣水",确实过于缠绕。

有鉴于此,杜贵晨据《水经注》及《豆棚闲话》中有"在下向在京师住过几年"语等,认为"圣水"最大的可能性是北京房山县的琉璃河,而作者的籍贯也应是房山县。不过,这一说法也存在问题。即以"圣水"论,有此称者不只一处。比如绍兴就有一处圣水,宋代嘉泰间曾任绍兴府通判的施宿撰《嘉泰会稽志》在介绍秦望山时说:

> 秦望山在县东南四十里,旧经云众岭最高者。《舆地广记》云:秦望在州城南,为众峰之杰……山上无甚高木,当由地迥多风所致,山南有谯,岘中有大城,王无余之旧都也。句践语范蠡曰:先君无余国在南山之阳,社稷宗庙在湖之南,山有三巨石屹立如笋,龙池冬夏不竭,俗号圣水,傍有崇福侯庙。④

---

① 欧阳哲生编《胡适文集》第八卷,北京大学出版社,1998年,第454页。
② 韩南《中国白话小说史》(尹慧珉译),浙江古籍出版社,1989年,第191、225页。顾启音在中华书局2000年版《豆棚闲话·醒梦骈言》前面的《豆棚闲话序说》中,持相同观点。
③ 杜贵晨《论〈豆棚闲话〉》,《明清小说研究》1988年第1期。除本文涉及的作者地域性问题外,杜贵晨有关小说中陈斋长与作者关系的论述,富有启发意义。
④ 此据台北成文出版社1983年影印清嘉庆十三年(1808)刊本。

秦望山为会稽名山,与府治相对,又称南山。其中提到"龙池冬夏不竭,俗号圣水",令人关注。这一记载在后来的《会稽县志》中也可见到,如明张元忭撰《会稽县志》卷二"山川"即有类似文字①,说明这一称谓源远流长,久为人知。如果杭州的"圣水池"可以为艾衲居士择取,绍兴的"圣水"也有同样的理由用来冠名取号,甚至可能性更大。

说艾衲居士为杭州人,还有一个旁证,那就是明清之际另一部小说集《跨天虹》题署"鹫林斗山学者初编""圣水艾衲老人漫订"。由于艾衲居士(老人)并非显赫人物,这不太可能是托名。所以,这个"鹫林斗山学者"应与艾衲居士有某种关系。《古本小说集成》影印《豆棚闲话》之《前言》(曹中孚撰)在提到艾衲居士时,除了明确说:"从署名前所冠之'圣水',可知其为浙江杭州人",进一步推测:"这种署法与另一种小说《跨天虹》卷前署名中之'鹫林斗山学者初编''圣水艾衲老人漫订'('鹫林'当指杭州灵鹫峰,即飞来峰),在手法上,有它的共通之处。"按,"鹫林"一词并不多见,《全唐文》卷一八三中录王勃《益州绵竹县武都山净慧寺碑》文中有"痛鹫林之殄瘁,悲象教之榛芜"。此处"鹫林"非指地名,当指佛寺而言,如同"鹫山"是古印度摩揭陀国灵鹫山的省称,相传释迦牟尼曾在此居住和说法多年,因代称佛地。而作为寺庙名的"鹫峰"则屡见不鲜,各地均有,如《全唐文》卷七四三录裴休《黄檗山断际禅师传心法要序》中有"有大禅师,法讳希运,住洪州高安县黄檗山鹫峰下",北京西城内原来也有一处鹫峰寺。所以,仅据"鹫林"就认定指杭州鹫峰寺,证据是不足的。何况即使此"鹫林"就是指杭州鹫峰寺,也不足以证明艾衲居士的籍贯。《跨天虹》与《豆棚闲话》在文体、语言、叙述风格上有明显的差别,作为小说作者的"鹫林斗山学者"应该不是艾衲居士的另一化名。

值得注意的是,《豆棚闲话》的评点者是"鸳湖紫髯狂客",重订者是"吴门百懒道人","鸳湖"为嘉兴鸳鸯湖省称,"吴门"则为苏州,或特指江苏吴县,这些地方都距有"圣水"的绍兴不远。其间是否存在着某种联系,倒是值得求索的。

这里,我们不妨再分析一下豆棚。豆棚本身没有地域性,北方也常见,连清代帝王诗中也可见到这种民间风物,如乾隆《御制诗集》初集卷四三《村行》:"韭圃松畦生意足,豆棚瓠架叶声乾。"同书三集卷六〇《西直门

---

① 此据台北成文出版社1983年影印明万历三年(1575)刊本。

外》:"匏架豆棚一例好,豳风图里课农行。"①不过,上文提到的杜贵晨却认为小说中的豆棚"不是著书的当时当地(指江南)习见之物,触发作者的应是北方的豆棚"。这可能就有些绝对了。他的一个根据是《豆棚闲话》之《弁言》所引的一首诗,艾衲居士是这样交代的:

> 吾乡先辈诗人徐菊潭有《豆棚吟》一册,其所咏古风、律绝诸篇,俱宇宙古今奇情快事,久矣脍炙人口,惜乎人遐世远、湮没无传,至今高人韵士每到秋风豆熟之际,诵其一二联句,令人神往。余不嗜作诗,乃检遗事可堪解颐者,偶列数则,以补豆棚之意;仍以菊潭诗一首弁之,诗曰:
> 闲着西边一草堂,热天无地可乘凉。
> 池塘六月由来浅,林木三年未得长。
> 栽得豆苗堪作荫,胜于亭榭反生香。
> 晚风约有溪南叟,剧对蝉声话夕阳。②

照杜贵晨看来,"池塘六月由来浅,林木三年未得长"所描写的"正是北方少雨,池塘水浅,林木懒长的状况"。其实南方伏旱时节,池塘水浅并不足为奇。实际上,所谓《豆棚吟》中的这两句诗,又见于钱塘僧人止庵的诗作,正是南方写实。据杭州人郎瑛记载:

> 元末高僧,四明守仁字一初、钱塘德祥字止庵,皆有志事业者也,遭时不偶,遂髡首而肆力于诗云。……止庵有《夏日西园》诗:"新筑西园小草堂,热时无处可乘凉;池塘六月由来浅,林木三年未得长。欲净身心频扫地,爱开窗户不烧香;晚风只有溪南柳,又畏蝉声闹夕阳。"皆为太祖见之,谓守仁曰:"汝不欲仕我,谓我法网密耶?"谓德祥曰:"汝诗热时无处乘凉,以我刑法太严耶?又谓'六月由浅''三年未长',谓我立国规模小而不能兴礼乐耶?'频扫地''不烧香',是言我恐人议而肆杀,却不肯为善耶?"皆罪之而不善终。③

这一故事流传较广,明万历年间进士蒋一葵《尧山堂外纪》中也记载钱塘僧

---

① 据《景印文渊阁四库全书》本《御制诗集》。
② 艾衲居士《豆棚闲话》,人民文学出版社,2006年,第1页。
③ 郎瑛《七修类稿》卷三四,文化艺术出版社,1998年,第429页。另据《明史》,德祥有《桐屿诗》一卷,未见。

德祥止庵被诏至京,以赋诗含讥讽被戮事,所引诗与《七修类稿》相同。① 这一材料不但说明"池塘"二句所描写的情景是南方的,还表明《豆棚闲话》将此诗说成徐菊谭作,有这样几种可能:

一、历史上确有一个徐菊谭,止庵化用了他的诗句。

二、有关止庵的故事是编造出来的,编造者借用了徐菊谭的作品。

三、止庵可能就是"徐菊谭"的法名。如此,由于艾衲居士称其为"吾乡先辈诗人",则此诗可为艾衲居士是钱塘人作旁证。

四、徐菊谭是艾衲居士杜撰出来的,在杜撰时化用了止庵的诗。

在这四种可能性中,笔者倾向于最后一种。

关于豆棚,还有一个细节被忽略了,那就是小说中写的是什么"豆"。除了前文所引"二月中旬觅得几株羊眼豆秧,种在屋前屋后闲空地边"外,第八则又写:

> 若论地亩上收成,最多而有利者,除了瓜蔬之外,就是羊眼豆了。别的菜蔬都是就地生的,随人践踏也不计较。惟有此种在地下长将出来,才得三四寸就要搭个高棚,任他意儿蔓延上去,方肯结实得多;若随地抛弃,尽力长来,不过一二尺长,也就黄枯干瘪死了。②

第九则云:

> 只有藊豆一种,交到秋时,西风发起,那豆花越觉开得热闹。结的豆荚俱鼓钉相似,圆湛起来,却与四、五月间结的瘪扁无肉者大不相同。俗语云:"天上起了西北风,羊眼豆儿嫁老公",也不过说他交秋时,豆荚饱满,渐渐到那收成结实,留个种子,明年又好发生。③

从上述引文可知,艾衲居士写的是藊豆,又称羊眼豆。据查,羊眼豆原产印度尼西亚,15世纪初叶(明宣德年间)引进我国,以其实形酷似湖羊之眼而命名。各地均有出产,但江南似乎更盛产,特别是湖州、乌程一带,为著名土产。明成化《乌程县志》卷四豆类下介绍:"羊眼豆,一名黑藊豆,架棚蔓

---

① 《豆棚闲话》第二则提到《野艇新闻》《杜柞林集》等,均无从查考,可能也是作者杜撰。又第十一则引寒山子《农家》诗云:"紫云堆里田禾足,白豆花开雁鹜忙。"亦未查得。元剧《四丞相高会丽春堂》第二折曲词有"紫云堆里月如眉"句。《高启集》卷一七《偶睡》中则有"白豆花开片雨余"句。

② 艾衲居士《豆棚闲话》,人民文学出版社,2006年,第77页。

③ 同上书,第88页。

生。"①乾隆《乌程县志》卷一三"物产":"白稨豆,又名羊眼豆,有赤白二色,俗又呼沿篱豆,亦名蛾眉豆。"②清顺治四年(1647)张履祥的《补农书》上记载:"予旅归安,见居民水滨遍报柳条,下种白扁豆,绕柳条而上,秋冬斩伐柳条,可为制栲栳之用。每棵可收豆一升。"③这也是江南一带种植白扁豆的实况。另外,《本草纲目》谷部第二十四卷中则对这种豆类有更详细的描述:

> 扁豆二月下种,蔓生延缠。叶大如杯,团而有尖。其花状如小蛾,有翅尾形。其荚凡十余样,或长或团,或如龙爪、虎爪,或如猪耳、刀镰,种种不同,皆累累成枝。白露后实更繁衍,嫩时可充蔬食茶料,老则收子煮食。子有黑、白、赤、斑四色。一种荚硬不堪食。惟豆子粗圆而色白者可入药,本草不可入药,本草不分别,亦缺文也。④

《豆棚闲话》第十则中引《食物志》对扁豆的记述,与《本草纲目》的上述记载几乎完全相同。⑤

这里,我还想补充讨论一下"豆棚"的象征性或隐喻意义。从古代文学作品来看,"豆棚"首先是农村生活的一个典型场景。文震亨《长物志》卷二"花木"中即有"豆棚菜圃,山家风味"的说法。对于小康人家,"春韭秋菘转瞬过,豆棚雨足麦风和","雀舌宜烹疏雨夜,豆棚欲话晚凉天"是一种安逸的生活景象。⑥但对贫寒人家来说,种豆却可能是赖以为生的一种手段。《郎潜纪闻三笔》卷二"沈征士不以贫窭废学"介绍吴江沈彤冠云,虽家计贫甚,精挈六经,"尝绝粮,其母采羊眼豆以供晚食。寒斋絮衣,纂述不倦。其所著《周官禄田考》诸书,皆有功经学。所遇如此,所诣如彼,孤寒牢落之士,无自摧颓矣"。

在明清小说中,有关豆棚的描写也时常可见,如《欢喜冤家》第八回叙东阳县中一人姓崔,去杭城途中投下宿店,其中就有"牧子牛衣,避在豆棚阴里"等描写。《八仙得道》第六十九回叙湖南省内宝庆、常德一带地方"诚夫因不耐孩子们烦躁,独踞短榻,在那豆棚之下躺着,离开众人约有百步之

---

① 此据《日本藏中国罕见地方志丛刊》二十六辑影印本。
② 此据《续修四库全书》七〇四册史部地理类影印本。
③ 此据《四库存目丛书补编》第八十册影印本。
④ 李时珍编纂,刘衡如、刘山永校注《本草纲目》下册,华夏出版社,2002年,第1023页。
⑤ 《豆棚闲话》所引《食物志》未详何书,李渔《闲情偶寄》中也曾提到过《食物志》。
⑥ 两诗分见《天咫偶闻》卷九、《履园丛话》卷八。

远。躺了一会儿,清风顿起,神意俱爽。诚夫不知不觉跑到梦里甜乡去了"。文言小说中也有类似描写,如《聊斋志异》中的《婴宁》叙王生"从媪入,见门内白石砌路,夹道红花,片片坠阶上,曲折而西,又启一关,豆棚花架满庭中"。

其次,豆棚也是江南文化的一个意象。如上所述,虽然各地都有豆棚,但在与江南有关的文学创作中,其出现的频率似乎更高一些。在明清江南一带的诗人笔下,豆棚的意象就经常使用。如明代浙江嘉善人钱继登有《浣溪沙》词:"蝉避浓炎静未哗,东邻伊轧缲丝车,豆棚瓜架野人家。翠荚嫩堪浮茗气,黄鸡肥欲待姜芽。闲搔短发日西斜。"①。清初江苏宜兴人陈维崧有《城头月》词:"冰轮偏向城头挂,河汉寥寥夜,一片关山,千秋楚汉,万帐更齐打。　何如移向东湖舍,照豆棚架,草响溪桥,水明山店,儿女追凉话。"②清初杭州人厉鹗有一首专写扁豆的《河传》词:"风飐月暗曲廊斜,别梦依依谢家,牵牛篱落挂青花,夭邪,豆棚闲着他,豆花八月吹凉雨,秋深处,剪响裁吴纻,犀镇帷,换袷衣,依稀,一檐香又肥。"③清代浙江海宁人查慎行的《豆棚为风雨所坏》则全面地描写了搭棚种植丝瓜扁豆的情形:

平生乏鲜肥,肉食非所慕,偶然营口腹,蓄念计必误。春种瓜豆苗,爱养邻孩孺,插竹就茆檐,缚绳使之固。初看弱蔓引,渐喜众叶布。丝瓜夏蕚结,落蒂甘于瓠。藊豆开独迟,白花待秋露。及兹绿垂荚,采摘在晨暮。夜来风雨狂,倾倒莫支拄。老饕自安分,物理庶可悟。托名得蛾眉,吁嗟难免妒。④

再次,由于田园生活一直为文人所向往,所以豆棚有时又成为文人闲散生活情趣的象征。明人蒋一葵《尧山堂外纪》卷八八载:

陈一夔,华亭人,与苏去二百里,于赵栗夫固乡人也。两人交甚厚,若兄弟然,无一会不俱者。一夔好作诗,酝藉典则,时有真诣语……田园意屡见。时各有互相赠答诗,一夔赠栗夫云:"菜市街西新卜居,豆棚瓜蔓共萧疏。胸中富有书千卷,谁笑家无儋石储。"栗夫得诗,仰面

---

① 此据见《明词综》,又见《御选历代诗余》卷七。
② 《四部丛刊》本《陈迦陵文集》。
③ 《四部丛刊》本《樊榭山房集集外词》。
④ 兹据《四部丛刊》本《敬业堂诗集》卷一三。

抚掌大笑,连称妙甚。众客传观,皆赏以为雅制。栗夫答云:"风流故与时情别,樽散偏于酒趣深。未老便为投绂计,知公天性在山林。"君谦笑云:"一夔未去,若据君言,则是一夔即今就去也。"栗夫戏曰:"吾欲促其去耳。"筵中为之一噱。①

"豆棚瓜蔓共萧疏"中流露出来的潇洒之气,油然而生。②

明代茂苑叶舟校《镌钟伯敬先生秘集》十七种之《谐丛》中有一条记载:

> 张灵嗜酒傲物,或造之者,张方坐豆棚下,举杯自酬,目不少顾,其人含怒去。复过唐伯虎,道张所为,且怪之,伯虎笑曰:"汝讥我。"③

豆棚下张灵的高傲,正是当时一些文人共有的情态。

《豆棚闲话》继承古代文学的传统,又有所发挥,在这部小说中,"豆棚"同样有着丰富而独特的文学意义:

1. 它是书院与书场的结合。作品第一则有一个人物说道:"今日搭个豆棚,到是我们一个讲学书院。"可见其书院性质。但同时,这个空间更是一个书场,所以,第二则云:"再说那些后生,自昨日听得许多妒话在肚里,到家灯下,纷纷的又向家人父子重说一遍。有的道:'是说评话造出来的。'"第八则云:"昨日,主人采了许多豆荚,到市上换了果品,打点在棚下请那说书的吃。"第十一则云:"今日还请前日说书的老者来,要他将当日受那乱离苦楚,从头说一遍。"第十二则云:"自从此地有了这个豆棚,说了许多故事,听见的四下扬出名去,到了下午,渐渐的挨挤得人多,也就不减如庵观寺院,摆圆场、掇桌儿说书的相似。"这些说法,都显示了豆棚作为一个书场的特点。

不过,小说中的豆棚又不是一般的书院或书场,它还是作者虚拟的一个饶有新意的公共舆论空间,第一则还有这样的描写:"那些人家或老或少、或男或女,或拿根凳子,或掇张椅子,或铺条凉席,随高逐低坐在下面,摇着扇子,乘着风凉。乡老们有说朝报的,有说新闻的,有说故事的。"在接下来

---

① 兹据《续修四库全书》子部第1194—1195册影印明刻本《尧山堂外纪》。
② 《列朝诗集》丙集第六、《明诗综》卷二九均录有陈章此诗。《列朝诗集》丁集第十六引邹迪光《沈长山山庄绝句三首》有"豆棚欹侧侵书架"句,宋荦《西陂类稿》卷九《过北兰寺四首》有"豆棚连曲牖,竹径转虚堂,图史心无着,茶瓜味总长"句,都表现了相同的情趣。
③ 此据陈维礼、郭俊峰主编《中国历代笑话集成》第一卷,时代文艺出版社,1996年,第386页。按,张灵,字梦晋,明中叶苏州画家,与唐寅比邻相善,又同为府学生员,故交谊最深。少与祝允明、唐寅、文徵明齐名,并称"吴中四子",性落拓嗜酒,好交游,醉即使酒作狂。

的各则中,我们看到,豆棚下不仅有讲故事的,也有围绕故事展开的思想交流、争论,话题广泛,议论风生。来这里的人既是听众,也是讲者,有着平等的言论权利。显然,这是一个带有理想色彩的舆论空间。作为理想,它又与中国古代无是无非的桃花源境界相通,第九则众人道:"我们坐在豆棚下,却象立在圈子外头,冷眼看那世情,不减桃源另一洞天也!"

2. 在《豆棚闲话》中,作者还随时将豆棚与特定题材的主旨联系起来,用豆棚作为阐释与叙事的引子。如第四则《藩伯子破产兴家》事涉果报,故一开始就写道:

> 古语云:"种瓜得瓜,种豆得豆。"分明见天地间阴阳造化俱有本根,积得一分阴骘才得一分享用,人若不说明白,那个晓得这个道理?今日,大家闲聚在豆棚之下,也就不可把种豆的事等闲看过。①

第八则的开头,则是作者借题发挥:

> 若论地亩上收成,最多而有利者,除了瓜蔬之外,就是羊眼豆了。别的菜蔬都是就地生的,随人践踏也不计较。惟有此种在地下长将出来,才得三四寸就要搭个高棚,任他意儿蔓延上去,方肯结实得多;若随地抛弃,尽力长来,不过一二尺长,也就黄枯干瘪死了。譬如世上的人,生来不是下品贱种,从幼就要好好滋培他,自然超出凡品;成就的局面也不浅陋。若处非其地,就是天生来异样资质,其家不得温饱,父母不令安闲,身体不得康健,如何成就得来?此又另是豆棚上一样比方了。②

第十则批判苏州浮华空虚的社会风气,作者又写道:

> 这也是照着地土风气长就来的。天下人俱存厚道,所以长来的豆荚亦厚实有味。惟有苏州风气浇薄,人生的眉毛尚且说他空心,地上长的豆荚,越发该空虚了。③

从这些描写看,豆棚不只是一个空洞的空间,作者还尽可能使之与情节产生某种意义上的联系。

3. 在《豆棚闲话》中,作者的描写还与豆类生长相联系,从而赋予作品

---

① 艾衲居士《豆棚闲话》,人民文学出版社,2006年,第35页。
② 同上书,第77页。
③ 同上书,第100页。

一种既有写实性又有象征性的时间感。我们看到,第一则所写二月中旬搭棚种豆,与前引《本草纲目》所写"二月下种"一致,随意中体现出一种生机与期待。第三则的描写是:"自那日风雨忽来,凝阴不散,落落停停,约有十来日才见青天爽朗。那个种豆的人家走到棚下一看,却见豆藤骤长,枝叶蓬松,细细将苗头一一理直,都顺着绳子,听他向上而去,叶下有许多蚊虫,也一一搜剔干净。"第六则的描写则是:"是日也,天朗气清,凉风渐至。只见棚上豆花开遍,中间却有几枝,结成蓓蓓蕾蕾相似许多豆荚。那些孩子看见,嚷道:'好了,上边结成豆了!'"到了第九则:"金风一夕,绕地皆秋。万木梢头,萧萧作响,各色草木临着秋时,一种勃发生机俱已收敛。譬如天下人成过名的、得过利的,到此时候也要退听谢事了。只有藊豆一种,交到秋时,西风发起,那豆花越觉开得热闹。结的豆荚俱鼓钉相似,圆湛起来,却与四、五月间结的瘪扁无肉者大不相同。俗语云:'天上起了西北风,羊眼豆儿嫁老公',也不过说他交秋时,豆荚饱满,渐渐到那收成结实,留个种子,明年又好发生。"第十一则继续围绕"秋"叙述:

> 所以丰年单单重一"秋"字。张河阳《田居诗》云:"日移亭午热,雨打豆花凉。"寒山子《农家》诗云:"紫云堆里田禾足,白豆花开雁鹜忙。"为甚么说着田家诗,偏偏说到这种白豆上?这种豆一边开花,一边结实。此时初秋天气,雨水调匀,只看豆棚花盛,就是丰熟之年。可见这个豆棚也,是关系着年岁的一行景物。①

到了第十二则,作者进一步写道:

> 老者送过溪桥,回来对着豆棚主人道:"闲话之兴,老夫始之。今四远风闻,聚集日众。方今官府禁约甚严,又且人心叵测,若尽如陈斋长之论,万一外人不知,只说老夫在此摇唇鼓舌,倡发异端曲学,惑乱人心,则此一豆棚未免为将来酿祸之薮矣。今时当秋杪,霜气逼人,豆梗亦将槁也。"众人道:"老伯虑得深远,极为持重。"不觉膀子靠去,柱脚一松,连棚带柱,一齐倒下。大家笑了一阵,主人折去竹木竿子,抱蔓而归。②

从搭棚种豆到拆棚去蔓,时序上经历了羊眼豆一个完整的生长期,兴致勃勃的开始,到小心谨慎的结局,又扣合了当时的社会环境。

---

① 艾衲居士《豆棚闲话》,人民文学出版社,2006年,第115页。
② 同上书,第141页。

有趣的是,《豆棚闲话》问世后产生了一定的影响,清代有一部文言小说集《小豆棚》体现了作者的效仿之意。而"豆棚闲话"本身也成了一个固定的词组,如《儿女英雄传》第十八回中有"当下那尹先生便把这段公案照说评书一般……那些村婆村姑只当听了一回'豆棚闲话'"。不知文康是否袭用了《豆棚闲话》书名。在顾震涛《吴门表隐》前面所引的诗中,也有"赢得村翁传故事,豆棚闲话晚凉天"的诗句,这种江南情景是与《豆棚闲话》相近的。

总之,盛产于江南的羊眼豆及豆棚的建筑,加上前面提到的会稽"圣水"以及"吴门""鸳湖"等,形成了一个较为明确的地域范围。如果从小说的实际描写来看,与这一地域也有重叠之处。虽然《豆棚闲话》涉及的地域较广,作者在第三则中也说到书中朝代、官衔、地名、称呼"不过随口揪着",不可过于指实,但其间隐约还是有一定的方位感的,如第一则"我同几个伙计贩了药材前往山东发卖",第四则"在下去年往北生意,行至山东青州府临朐县地方",第六则"那湖广德安府应山县,与那河南信相州交界地方,叫做恨这关",第八则"中州有个先儿,那地方称瞎子",第九则"在下向在京师住了几年",这些表述,都显示出叙述者以这些地方为外地的口吻,而其叙述立场显然是基于南方展开的。进而言之,十二篇作品中,只有一篇提到西湖,并没有以杭州为背景的作品;与苏州及相邻地区有关的题材、描写与语言,则在在提示我们,艾衲居士及其同好们当在狭义的江南一带寻找。

(二)数落苏州

《豆棚闲话》第十则《虎丘山贾清客联盟》最后的总评提了一个很有意思的问题:

> 艾衲遍游海内名山大川,每每留诗刻记,咏叹其奇,何独于姑苏胜地,乃摘此一种不足揣摩之人?①

很可惜,我们无法查证艾衲居士遍游海内名山大川的诗句。但是,这篇小说对苏州社会风气的辛辣讽刺,在整个《豆棚闲话》中确实相当突出。作者在开篇通过人物之口提到苏州风气浇薄时,这样确定了此篇故事的目的:"姑苏也是天下名邦,古来挺生豪杰,发祥甚多理学名儒,接踵不少。怎见得他

---

① 艾衲居士《豆棚闲话》,人民文学出版社,2006年,第114页。

风气浇薄？毕竟有几件异乎常情、出人意想之事，向我们一一指说。倘遇着苏州人嘴头刻薄，我们也要整备在肚里，尖酸答他。"这使我们想到第二则有一个与此相对的说法，当西施故里的"乡老"称西施只不过是个"老大嫁不出门的滞货"，大扫了一个来此寻美选女的"吴中"士夫宦的兴，众后生拍手笑道："这老老倒有志气占高地步，也省得苏州人讥笑不了。"时刻防备着应付"苏州人嘴头刻薄"。这种有意与苏州不良风气区隔的叙述立场，有两种可能性，一是作者就是苏州一带的人，这样的叙述与篇中所引的苏州竹枝词一样，体现了作者的刻意自嘲。这是可以找到旁证的，例如冯梦龙生于苏州（苏州府吴县籍长洲县人），天许斋本《喻世明言》又是在苏州刊印的。此书卷九《吴保安弃家赎友》中，在"酒肉弟兄千个有，落难之中无一人"处有一眉批："苏州人尤甚，可恨可笑。"这一批语是借题发挥的，与作品所述人物籍贯及活动范围并无关系。而我们知道，如果这一批语出于冯梦龙之笔①，显然是有感而发的，下笔之际似乎也是针对着当地的读者群的。事实上，艾衲居士对苏州的认知可能相当深细，如《豆棚闲话》第八则《空青石蔚子开盲》描写了空青产生的传说及其治眼疾的神奇功效。所谓空青，据说是一种碳酸盐类矿物蓝铜矿的矿石，成球形或中空者，在传统医学中经常使用，其中一个重要功能就是明目。早在宋词中就有"明眼空青"（黄庭坚）、"休觅空青眼自明"（向子諲）的词句，《普济方》《本草纲目》等书也有记载。但《豆棚闲话》此则故事由苏州城展开，却令人想到《吴门表隐》卷一中的一条记载："空青膏治目疾如神，东白塔子里赵渊世传。其九世祖瑢，正统初遇仙所遗。"

当然，还有另一种可能性，那就是作者生活在离苏州不远的乡间，对苏州人怀有某种"敌意"。这个地方也有可能就是上面提到那个有着"圣水"的西施之乡或盛产羊眼豆的乌程等地。

从小说的具体描写来看，这篇小说也是全书地域色彩最为鲜明的。这

---

① 胡万川《三言叙及眉批的作者问题》（《中国古典小说研究专集》2，台湾静宜文理学院中国古典小说研究中心编，联经出版事业公司，1980年）认为"三言"的编、叙、评、校均系冯梦龙。袁行云《冯梦龙"三言"新证》（《社会科学战线》1980年第1期）和陆树伦《冯梦龙研究》（复旦大学出版社，1987年）等也认定"三言"所署评校者"绿天馆主人""可一居士""无碍居士""墨浪主人"都是冯梦龙的化名。但也有不同的意见，杨晓东《〈古今小说〉序作者考辨》（《文学遗产》1991年第1期）就认为"绿天馆主人"应是江南名士叶有声。另外，从话本小说来看，提及苏州的作品不少，《喻世明言》有5篇，《警世通言》有9篇，《醒世恒言》有5篇，《初刻拍案惊奇》有8篇，《二刻拍案惊奇》有9篇，"三言""二拍"合计有36篇，这在话本小说中属于数量多的。

首先表现在小说的语言上,虽然在其他各篇也时有方言词汇,但《虎丘山贾清客联盟》中苏州方言的运用却极为突出,如下面一段:

> ……却不知老一早已梳洗停当,正在厨房下就着一个木盆洗脚,连声道:"不要进来。"强舍早已到了面前,吃了一惊道:"老一,我向来在你个边走动,却不晓得你生了一双干脚。"老一道:"小乌龟又来嚼蛆哉! 那亨是双干脚?"强舍道:"若勿是干脚,那亨就浸涨子一盆?"老一挠起脚来,把水豁了强舍一脸。骂道:"臭连肩花娘,好意特特送个孤老把你,到弄出多呵水来!"老一道:"真个?"即便拭子脚,穿上鞋与那衫子,出来接着。①

笔者不懂吴语,从相关文献中得知,"那亨""若勿"之类都是苏州方言。而值得称道的是,作者有意将方言、方音与小说的情节和人物刻画巧妙地融为一体,如篇中有这样一段:

> 马才道:"咱也不耐烦呷茶,有句话儿问你,这里可有唱曲匠么?"和尚语言不懂,便回道:"这里没有甚么鲳鱼酱。若要买玫瑰酱、梅花酱、虾子鲞、橄榄脯,俱在城里吴趋坊顾家铺子里有。"马才道:"不是。咱今日河下觅了一个船儿,要寻个弹弦子、拨琵琶、唱曲子的。"和尚方懂得,打着官话道:"我们苏州唱曲子的,不叫做匠,凡出名挂招牌的,叫做小唱,不出名、荡来荡去的叫做清客。"②

马才是"西北人",他与本地和尚的对话就反映了不同口音造成的误会,而这种误会不但增强了叙事的本真性,而且点出了和尚的油嘴滑舌,突出了马才作为外地人而受骗的可能性。

从总体上说,作者在引述苏州竹枝词时说的"略带吴中声口,仍是官话,便于通俗",也可以看作本篇最基本的语言风格。也就是说,作者在运用方言的分寸上掌握得较好,而运用方言的主要目的则是强化地域性。

对于这篇小说来说,地域性更突出的表现还是在入木三分地刻画苏州的世态人情上。作者以虎丘为背景,这是苏州最为著名的景点,但在他看来,这一景点多少有点名不副实:"苏州风俗全是一团虚哗,一时也说不尽。只就那拳头大一座虎丘山,便有许多作怪。"实际上,其他小说家也有类似的批评,如清代李百川《绿野仙踪》第十回也描写人物"后到苏州,又看了虎

---

① 艾衲居士《豆棚闲话》,人民文学出版社,2006年,第107页。
② 同上书,第105页。

丘,纯像人工杂砌,天机全无,不过有些买卖生意,游人来往而已。心中笑道:北方人题起虎丘,没一个不惊天动地,要皆是那些市井人与有钱的富户来往走动,他那里知道山水中滋味"。

虽然景致不足为奇,这座虎丘山却"养活不知多多少少扯空砑光的人",他们的买卖"一半是骗外路的客料,一半是哄孩子的东西"。不仅外地人称之为"空头",作品还特意引用了二十余首"本地有几个士夫才子"所作的竹枝词,"数落"虎丘山沿岸商家。姑举三首,以见一斑:

茶叶
虎丘茶价重当时,真假从来不易知。
只说本山其实妙,原来仍旧是天池。

相公
举止轩昂意气雄,满身罗绮弄虚空。
拼成日后无聊赖,目下权称是相公。

和尚
三件僧家亦是常,赌钱吃酒养婆娘。
近来交结衙门熟,篾片行中又惯强。①

竹枝词讽刺了苏州虚多实少的社会风气。这是一个背景,也是一种态度。在作了上面的铺垫后,作者的笔锋转向了重点讽刺的对象:

> 更有一班却是浪里浮萍,粪里臭蛆相似,立便一堆,坐便一块,不招而来,挥之不去,叫做老白赏。这个名色,我也不知当初因何取意。有的猜道说这些人,光着身子,随处插脚,不管人家山水园亭,骨董女客,不费一文,白白赏鉴的意思。一名篾片,又叫忽板。这都是嫖行里话头。譬如嫖客本领不济的,望门流涕,不得受用,靠着一条篾片,帮贴了方得进去,所以叫做"篾片"。大老官嫖了婊子,这些篾片陪酒夜深,巷门关紧,不便走动,就借一条板凳,一忽睡到天亮,所以叫做"忽板"。②

就情节而言,本篇并不复杂。作品叙西北商人马才到苏州寻欢作乐,与

---

① 艾衲居士《豆棚闲话》,人民文学出版社,2006年,第102—103页。其中《相公》一首,人民文学版没有,据上海古籍出版社1983年版《豆棚闲话》第110页引用。另外,上海古籍版《豆棚闲话》与人民文学版《豆棚闲话》此处还有别的文字差异,如《时妓》,上海古籍版后二句作"翠翘还映双飞鬓,露出犀簪两寸长",人民文学版为"梳来时式双飞鬓,满头茉莉夜来香"。

② 同上书,第104页。

清客们发生冲突,将清客们打落水中。老清客贾敬山得知此事后,欲筹组清客联盟,恰好有人通报,谢任回家的通政刘谦路过苏州,有意买些古董和唱戏的小子丫头。贾敬山当即凑上去,要将外甥女和邻家小囡假意卖给刘公。又有一个叫顾清之的清客主动要求为刘谦所买丫头小子教戏。贾敬山揭露顾清之行为不轨,刘谦得以发现顾与自己宠好的小子在行苟且之事,于是更加信任贾敬山,贾由此赚取不少好处,但所得银子竟为贼所盗偷。后因交不出刘谦要买的两个丫头,以致赔了亲生女儿,并与顾清之一同发配京口。

对于所谓的"苏空头",作者是十分轻蔑的。这在《豆棚闲话》第二则有就表现,其中嘲笑吴王夫差是苏空头:"(西施)学了些吹弹欲舞,马扁的伎俩,送入吴邦。吴王是个苏州空头,只要肉肉麻麻奉承几句,那左右许多帮闲篾片,不上三分的就说十分,不上五六分就说千古罕见的了。"

实际上,这也不只是作者个人的态度,在一些明清笔记文献与小说中,我们经常可以看到有关苏州社会风气浮华的记述与讽刺。明人谢肇淛在《五杂俎》卷三有所剖析:

> 姑苏虽霸国之余习,山海之厚利,然其人儇巧而俗侈靡,不惟不可都,亦不可居也!士子习于周旋,文饰俯仰,应对娴熟,至不可耐。而市井小人百虚一实,舞文狙诈,不事本业。盖视四方之人,皆以为椎鲁可笑,而独擅巧胜之名。殊不知其巧者,乃所以为拙也![①]

在众多记载中,有一个比较突出的问题是"苏空头"的制假贩伪,明代沈德符《万历野获编》卷二六"假骨董"条就说:"骨董自来多赝,而吴中尤甚,文士皆借以糊口。"不但古董如此,日常交易也如此。明代叶权《贤博编》说:"今时市中货物奸伪,两京为甚,此外无过苏州。卖花人挑花一担,灿然可爱,无一枝真者。杨梅用大棕刷弹墨染成紫黑色。老母鸡挦毛插长尾,假敦鸡卖之。浒墅货席者,术尤巧。"前引假茶叶竹枝词,在清代李汝珍《镜花缘》第六十一回还有详细的揭露:"近来,吴门有数百家以泡过茶叶晒干,妄加药料,诸般制造,竟与新茶无二……"

"苏空头"的另一个基本特点是夸夸其谈,言过其实。据《绣谷春容》所录"金陵六院市语"记载,"言说谎作'空头'"。对此,明清文学中也常有描写,如《陶庵梦忆》卷二《鲁藩烟火》记载一苏州人,自夸其州中灯事之盛,人

---

① 谢肇淛《五杂俎》,上海书店,2001年,第50页。

笑其诞。这似乎成了外地人心目中苏州人的一个形象特征，《笑林广记》卷一二有一个"两企慕"的笑话，就嘲笑苏州人的夸口：

> 山东人慕南方大桥，不辞远道来看。中途遇一苏州人，亦闻山东萝卜最大，前往观之。两人各诉企慕之意。苏人曰："既如此，弟只消备述与兄听，何必远道跋涉？"因言："去年六月初三，一人自桥上失足堕河，至今年六月初三，还未曾到水，你说高也不高？"山东人曰："多承指教。足下要看敝处萝卜，也不消去得，明年此时，自然长过你们苏州来了。"①

所以，在《初刻拍案惊奇》卷一《转运汉遇巧洞庭红　波斯胡指破鼍龙壳》中，苏州人文若虚在荒岛上看到一个巨大鼍壳，大惊道："不信天下有如此大龟！世上人那里曾看见？说也不信……今我带了此物去，也是一件希罕的东西，与人看看，省得空日说着，道是苏州人会调谎。"

明代以来还有不少笑话对"苏空头"加以讽刺。如明代"陈眉公先生"辑《时兴笑话》卷下有一则"苏空头"：

> 一帮闲苏州人，谓大老官曰："我为人替得死的。"一日，大老官病将笃，医生曰："非活人脑子不能救矣。"大老官曰："如此我得生矣。"遂谋之苏人，苏人曰："非是我不肯，我是'苏空头'，是没有脑子的。"②

《笑林广记》卷一二也有一个"苏空头"的笑话：

> 一人初往苏州，或教之曰："吴人惯扯空头，若去买货；他讨二两，只好还一两。就是与人讲话，他说两句，也只好听一句。"其人至苏，先以买货之法，行之果验。后遇一人，问其姓，答曰："姓陆。"其人曰："定是三老官了。"又问："住房几间？"曰："五间。"其人曰："原来是两间一披。"又问："宅上还有何人？"曰："只房下一个。"其人背曰："原还是与

---

① 游戏主人《笑林广记》，兹据《笑林广记二种》本，齐鲁书社，1996年，第230页。此则笑话《中国历代笑话集成》第四卷所收《笑林广记》无。
② 陈维礼、郭俊峰主编《中国历代笑话集成》第一卷，时代文艺出版社，1996年，第771页。另，这则笑话又见游戏主人辑《笑林广记》卷七"借脑子"：苏州人极奉承大老官，平日常谓主人曰："要小子替死，亦所甘心。"一日主病，医曰："病入膏肓，非药石所能治疗，必得生人脑髓配药，方可救痊。"遍索无有，忽省悟曰："某人平日常自谓肯替死，岂吝惜一脑乎？"即呼之至，告以故。乃大惊曰："阿呀，使勿得，吾里苏州人，从来无脑子个。"（《中国历代笑话集成》第四卷，时代文艺出版社，1996年，第149页）

人合的。"①

由于苏州人可能有此抬高价钱的习惯,明人传奇《杀狗记》第二十出中甚至出现了"我又不是苏州人,难道撒半价不成"这样的宾白。而大量的对苏州人的嘲讽调侃,也成为艾衲居士想象的一个基础。

值得称道的是,《豆棚闲话》在讽刺艺术的运用上也有创造性,如前引《虎丘山贾清客联盟》描写贾敬山得知刘谦要在苏州买些文玩古董,寻添几个小子丫头,"不觉颠头簸脑,不要说面孔上增捏十七、八个笑靥,就是骨节里也都扭捏起来。连声大叔长、先生短,乘个空隙,就扯进棚子里吃起茶来"。而他的介绍人向刘谦称扬道:"他技艺皆精,眼力高妙,不论书画、铜窑、器皿,件件董入骨里。真真实实,他就是一件骨董了。"但,当刘谦叫书童取那个花罇来与贾敬山赏鉴时:

> 那书童包袱尚未解开,敬山大声喝采叫好。刘公道:"可是三代法物么?"敬山道:"这件宝贝,青绿俱全,在公相宅上收藏,极少也得十七、八代了。'刘公笑道:"不是这个三代。"敬山即转口道:"委实不曾见这三代器皿,晚生的眼睛只好两代半,不多些的。"刘公又取一幅名公古笔画的《雪里梅花》出来与看,四下却无名款图书。敬山开口道:"此画公相可认得是那个?"刘公道:"宋元人的。不曾落款,到也不知。"敬山道:"不是宋元,却是金朝张敞画的。"刘公又笑一笑,道:"想是这书画骨董足下不大留心。"②

这一段描写极为生动,活现出贾敬山的"空头"木质。放在古代小说中看,其讽刺手法也富有创造性。

苏州的世态人情当然不是孤立的,作者在小说中写道:"俗语说的甚

---

① 陈维礼、郭俊峰主编《中国历代笑话集成》第四卷,第231页。相似的笑话还有冯梦龙辑《广笑府》卷一〇"苏州货":客有欲买苏州货者,或教之曰:"苏州人撒半价,视其讨价半酬之可也。"客信之,至绸缎店,凡讨二两者,只还一两,讨一两五钱者,只还七钱五分。店主恨甚,谓客曰:"若如此说,不消买得,小店竟送两匹与足下罢了。"客拱手曰:"不敢,不敢,学生只领一匹。"(《中国历代笑话集成》第一卷,第636页)另外,吴趼人在《二十年目睹之怪现状》第三十七回也有一个类似的笑话:"一个书呆子要到苏州,先向人访问苏州风俗。有人告诉他,苏州人专会说谎,所说的话,只有一半可信。书呆子到了苏州,到外面买东西,买卖人要十文价,他还了五文就买着了,于是信定了苏州人的说话只能信一半的了。一天,问一个苏州人贵姓,那苏州人说姓'伍'。书呆子心中暗暗称奇道,原来苏州人有姓'两个半'的。吴趼人称:"这个虽是形容书呆子,也可见苏州人之善于扯谎,久为别处人所知的了。"

② 艾衲居士《豆棚闲话》,人民文学出版社,2006年,第110页。

好——翰林院文章,武库司刀枪,太医院药方——都是有名无实的。"这一俗语又见于沈德符《万历野获编》。可见虚诈不实的风气相当普遍,因此,本篇虽是针对苏州的不良风气有感而发的,它的意义却不限于一时一地。

(三)唐突西施

如果说《虎丘山贾清客联盟》反映了现实的世态人情,《豆棚闲话》的第二则《范少伯水葬西施》则是以历史人物及故事为题材,从一个特殊的角度阐发作者对社会人生的认识。

范蠡与西施的故事是文学史上的热门题材。据记载,范蠡,字少伯,春秋末楚国宛三户人。其地在今河南南阳一带,但《范少伯水葬西施》却强调"即今吴江县地方,原自姑苏属县",意在拉近主人公与苏州的联系。范蠡出仕越国。公元前494年,句践伐吴,范蠡谏阻,不听,遂遭失败。范蠡随句践质吴三年,夫差劝其弃越投吴,委以重任,范不为所动,含垢忍辱,卑辞厚赂,终使句践化险为夷,平安返越。及归国,与文种鼎力辅佐越王。句践奋发图强,经"十年生聚,十年教训",终于兴越灭吴,完成称霸大业。灭吴后,范蠡功成身退,乘舟浮海,离越适齐,化名"鸱夷子皮",经商治产,获利千万,受任齐相。后弃官散财,间行至陶(今山东定陶西北),逐什一之利,复赀累千万,自号陶朱公。《史记》的《越王句践世家》和《货殖列传》及《越绝书》《吴越春秋》均有记述。

西施,姓施,名夷光,又称西子。春秋末期越国句无(今诸暨市)苎萝村人,以家住村西而得名,秀媚出众。句践自吴归国,卧薪尝胆,誓报吴仇。闻吴王淫而好色,乃使相者于苎萝山下得西施,"饰以罗縠,教以容步,习于土城,临于都巷,三年学服而献于吴"。吴王大悦,曰"越贡二女,乃句践之尽忠于吴之证也",宠爱有加。西施身在吴国,一心向越。句践灭吴班师回越,携西施而归。一说西施被越王视为亡国不祥之物,沉于江中;另一说西施归越后随大夫范蠡驾扁舟入五湖(今太湖),不知所终。①

与《介子推火封妒妇》《首阳山叔齐变节》一样,《范少伯水葬西施》也

---

① 关于西施的下落,历代说法不一,杨慎《太史升庵全集》卷六八《范蠡西施》有辨析。而在宋元以来的戏曲当中,西施也有"妖姬"、巾帼英雄、覆国罪人等不同形象,清代徐石麒《浮西施》还有西施被斥为妖孽而沉江的描写。参见金宁芬《我国古典戏曲中西施形象演变初探》,《文学遗产》2001年第6期。

是一篇历史题材的翻案小说。作者在展开叙述之前,特别提到了此一题材的经典作品《浣纱记》,但只将其看作是"戏文",却自我作古地通过人物之口说:

> 我却在一本野史上看见的,却又不同。说这西子住居若耶溪畔,本是一个村庄女子。那时做官的人看见富贵家女人打扮,调脂弄粉、高髻宫妆,委实平时看得厌了。一日山行,忽然遇着淡雅新妆波俏女子,就道标致之极,其实也只平常。又见他小门深巷,许多丑头怪脑的东施团聚左右,独有他年纪不大不小,举止闲雅,又晓得几句在行说话,怎么范大夫不就动心?那曾见未室人的闺女就晓得与人施礼,与人说话?说得投机,就分缕所浣之纱赠作表记?又晓得甚么惹害相思等语?一别三年,在别人,也丢在脑后多时了,那知人也不去娶他,他也不曾嫁人,心里遂害了一个痴心痛病。及至相逢,话到那国势倾颓,靠他做事,他也就呆呆的跟他走了。可见平日他在山里住着,原没甚么父母拘管得他,要与没识熟的男子说话,就说几句,要随没下落的男子走路,也就走了。①

接下来的故事框架虽然与历史记载基本吻合,但人物的动机、行为方式与作者的叙述方式都有了变化。特别是"功成身退"之际:

> 那知范大夫一腔心事也是侥幸成功……到那吴国残破之日,范大夫年纪也有限了,恐怕西子回国,又拖旧日套子断送越国,又恐怕越王复兴霸业,猛然想起平日勾当有些不光不明,被人笑话。……故此陡然发了个念头,寻了一个船只,只说飘然物外,扁舟五湖游玩去了……平日做官的时节,处处藏下些金银宝贝,到后来假名隐姓,叫做陶朱公。"陶朱"者,逃其诛也。不几年间成了许多家赀,都是当年这些积蓄,难道他有甚么指石为金手段,那财帛就跟他发迹起来?许多暧昧心肠,只有西子知道。西子未免妆妖作势,逞吴国娘娘旧时气质,笼络着他,那范大夫心肠却又与向日不同了,与其日后泄露,被越王追寻起来,不若依旧放出那谋国的手段,只说请西子起观月色。西子晚妆才罢,正待出来举杯问月,凭吊千秋,不料范大夫有心算计,觑着冷处,出其不意,当胸一推,扑的一声,直往水晶宫里去了。②

---

① 艾衲居士《豆棚闲话》,人民文学出版社,2006年,第16页。
② 同上书,第17—18页。

在上述描写中,西施不仅不美丽,而且是"一个老大嫁不出门的滞货";范蠡的清高形象也受到了玷污;而范蠡谋害西施,更彻底颠覆了《浣纱记》中的爱情叙述。虽然作者的这种描写可能更符合历史的事实,但这并不是作者的目的。作者的目的与本书的其他篇目、特别是那几篇历史题材作品一样,是为了"解豁三千年之惑",启发人们以更开放的眼光看待历史。艾衲居士力图以常人的眼光去审视历史,将被时间过滤成观念和符号的人物还原为有血有肉的普通人。于是,我们看到了历史的悖谬、真实的虚伪和人性的矛盾,而这可以说是超前的逆向思维赋予作品的深刻的启发意义。他对西施故事的重塑,就是如此。

其实,本篇的翻案也不是凭空产生的。为了给翻案作注脚,艾衲居士借老者之口称:"《野艇新闻》有《范少伯水葬西施传》,《杜柽林集》中有《洞庭君代西子上冤书》一段,俱是证见。"这两篇作品无从查证,不知是作者的狡狯之言,还是确有这样的依据。值得注意的是,明末清初戏曲作家徐石麒的杂剧《浮西施》,居然也描写了范蠡将西施沉于湖中。可惜他的生卒年也不详,所作与《豆棚闲话》之时间先后及是否有影响关系,难以遽定。不过,如果从更开阔的视野考察,范蠡与西施的故事确实存在翻案的基础。

如上所述,西施的结局,历史上就有两种说法,而本篇也可以说正是捏合这两种说法又加以发挥而成。而艾衲居士很善于在历史叙述的中缝隙寻找想象的空间。与《首阳山叔齐变节》一样,他也追溯至传统的经典。《孟子·离娄下》说:"西子蒙不洁,则人皆掩鼻而过之;虽有恶人,斋戒沐浴,则可以祀上帝。"对此,作者加以曲解,说这是因为西施"葬在水里,那不洁之名还洗不干净哩"。另一个曲解是:"他若不葬在水里,当时范大夫何必改名鸱夷子?鸱者,枭也;夷者,害也。西施一名夷光,害了西施,故名鸱夷。"

实际上,在历史文献中还有一些对此本事的更明确的异说,尤可注意的是,这些异说也与江南一带有关,也可以说构成了艾衲居士翻案的又一思想基础。如周密《齐东野语》卷七《鸱夷子见黜》记载:

> 吴江三高亭祠鸱夷子皮、张季鹰、陆鲁望。而议者以为子皮为吴大雠,法不当祀。前辈有诗云:"可笑吴痴忘越憾,却夸范蠡作三高。"又云:"千年家国无穷恨,只合江边祀子胥。"盖深非之。后有戏作文弹之者云:"匿怨友其人,丘明所耻;非其鬼而祭,圣经是诛。今有窃高人之名,处众恶之所,有识之士,莫不共愤,无知之魂,岂当久居。"又云:"范蠡,越则谋臣,吴为敌国。以利诱太宰嚭,而脱彼勾践,鼓兵却公孙雄,而灭我夫差。既遂厥谋,反疑其主。鄙君如乌喙,累大夫种以伏诛,目

己曰鸱夷,载西施子而潜遁。"又云:"如蠡者,变姓名为陶朱,诡踪迹于江海,语其高节则未可,谓之智术则有余。假扁舟五湖之名,居笠泽三高之首。况当此无边胜境之土,岂应著不共戴天之仇。"云云。①

虽然吴地有祭范蠡祠,但从周密所引批评诗文可知,也有不少人对此是不以为然的,并对范蠡的品节加以质疑。

张岱的《夜航船》卷四《考古部》有"女儿乡"条提到:

> 吴败越,句践与夫人入吴,至此产女而名。今误传范蠡进西施于吴,与之通而生女,殊为可笑。②

从这一记载我们可知,民间甚至有范蠡与西施私通而生女的传说,不论其倾向性如何,至少表明范蠡、西施的故事在历史上是有附会和改动的。

在文学创作中,也存在着或隐或显的变异以及发挥改造的可能。翟灏《通俗编》卷二二《妇女》引《复斋漫录》云:"情人眼里有西施,鄙语也。山谷取以为诗,其答益公春思云:'草茅多奇士,蓬荜有秀色,西施逐人眼,称心斯为得。'"③这一流传久远的谚语与黄庭坚的诗,无非是说西施之美,出于主观。《豆棚闲话》中说:"那时做官的人看见富贵家女人打扮,调脂弄粉、高髻宫妆,委实平时看得厌了。一日山行,忽然遇着淡雅新妆波俏女子,就道标致之极,其实也只平常。"强调的也是这种主观性。李渔《十二楼》之《奉先楼》第一回中更有一段否定西施的言论:

> 当初看做《浣纱记》,到那西子亡吴之后,复从范蠡归湖,竟要替他羞死!起先为主复仇,以致丧名败节,观者不施责备,为他心有可原;及至国耻既雪,大事已成,只合善刀而藏,付之一死,为何把遭瑕被玷的身子依旧随了前夫?人说她是千古上下第一个绝色佳人,我说她是从古及今第一个腆颜女子!④

这一说法,与艾衲居士的思路可以说是完全一致的。清况周颐《餐樱庑随笔》第十一则提到"大底剡溪之士,好为翻成案杀风景之言,往往芏可以槛,西施可以厉……"不知况周颐是否有所指,但也说明"西施可以厉"在翻案

---

① 周密《齐东野语》,中华书局,1983年,第115页。
② 张岱《夜航船》,四川文艺出版社,1996年,第95页。
③ 据《续修四库全书》经部194册影印本。另按,或谓《复斋漫录》即吴曾《能改斋漫录》,但今本《能改斋漫录》未见此条。
④ 李渔《十二楼》,上海古籍出版社,1992年,第149页。

文学中是不足为奇的。

在《范少伯水葬西施》最后,还有一段对苏轼西湖诗的评论,我们在明嘉靖进士唐时(浙江乌程人)《与徐穆公》信中可以看到类似的翻案之论:

> 西湖之妙,余能知之;而西湖之病,余亦能知之。昔人以西湖比西子,人皆知其为誉西子也,而西湖之病,则寓乎其间乎?可见古人比类之工,寓讽之隐,不言西湖无有丈夫气,但借其声称以誉天下之殊色,而人自不察耳……①

对艾衲居士来说,对西施故事作翻案不仅有一定的基础,也许还有现实的意义。甲申之变以后,明朝官员降清者不计其数,《豆棚闲话》中说范蠡"以吴之百姓,为越之臣子代谋吴国,在越则忠,在吴则逆。越王虽在流离颠沛之中,那臣子的本末、君臣的分际,却从来是明白在心里的"。这样的议论,在清初是发人深省的。

值得一提的是,对作者影响较大的可能还有另一种来自民间、传之久远,而且与江南有关的文化传统。作者为了"证明"范蠡水葬西施的真实性,又说:

> 至今吴地有西施湾、西施滨、西施香汗池、西施锦帆泾、泛月陂,水中有西子臂、西施舌、西施乳,都在水里,却不又是他的证见么?②

据历史文献记载,绍兴一带有大量越国遗迹,其中又有很多涉及西施故事。它们都可能强化作者的认识,触发作者的想象,如《吴越春秋》《越绝书》《嘉泰会稽志》等书记载"苦竹城"为范蠡子之封邑;"美人宫"则是句践教习美女西施、郑旦之所;此外还有"西施山"等等。但是熟悉江南一带自然环境的作者,却没有提及上述地名,而是有意罗列了上述与"水"有关的地名与名物。

这些与水有关的地名,有些是名胜,如锦帆泾。《吴郡志》卷一八载:"锦帆泾,即城里沿城濠也。相传吴王锦帆以游,今濠故在,亦通大舟。间为民间所侵,有不通处。"袁宏道《锦帆集》中也有一篇《锦帆泾》专记其地。但西施湾、西施滨、西施香汗池等地,未于文献中查证,不知是否确有其地。至于艾衲居士提到的那些名物特产,虽出于后人的附会,却也屡见记载,如叶矫然《龙性堂诗话》续集称:"天下凡物之尤美者,皆托喻西子,如称藕为

---

① 引自清周在浚编《赖古堂名贤尺牍新钞》卷七,《四库禁毁书丛刊》影印赖古堂刻本。
② 艾衲居士《豆棚闲话》,人民文学出版社,2006年,第18页。

西子臂,吴人呼河豚腹腴为西子乳,吾乡海错有西子舌是也。"

所谓"西子臂",明代陆容《菽园杂记》卷六云:"'一弯西子臂,七窍比干心。'咏藕诗也。相传卫文节公作,未知是否。"可见此一说法早已产生。

所谓西施舌,实为一种海产品,似蛤蜊而长,壳白,足突出长二寸许,如人舌,肉鲜美。宋胡仔《苕溪渔隐丛话》后集卷二四引《诗说隽永》云:"福州岭口有蛤属,号西施舌,极甘脆,其出时,天气正热,不可致远。吕居仁有诗云:海上凡鱼不识名,百千生命一杯羹,无端更号西施舌,重与儿曹起妄情。"(又见《诗话总龟》后集卷四九)西施舌甚得食客好评,如明周亮工《闽小记》卷二载:"画家有神品、能品、逸品,闽中海错,西施舌当列神品。"李渔《闲情偶寄》饮馔部也说:"所谓'西施舌'者,状其形也。白而洁,光而滑,入口咂之,俨然美妇之舌,但少朱唇皓齿牵制其根,使之不留而即下耳。此所谓状其形也。若论鲜味,则海错中尽有过之者,未甚奇特,朵颐此味之人,但索美舌而咂之,即当屠门大嚼矣。"清代词人朱彝尊《曝书亭集》卷二九还有一首《清波引》专咏西施舌。

所谓"西施乳",实为河豚腹中肥白的膏状物。胡仔《苕溪渔隐丛话》后集卷二四称,河豚"吴人珍之,目其腹腴为西施乳。予尝戏作绝句云:'蒌蒿短短荻芽肥,正是河豚欲上时,甘美远胜西子乳,吴王当日未曾知。'虽然,甚美必甚恶。河豚,味之美也,吴人嗜之以丧其躯;西施,色之美也,吴王嗜之以亡其国。兹可以为来者之戒"(又见《诗话总龟》后集卷四九)。宋赵彦卫《云麓漫钞》卷五、李时珍《本草纲目》鳞部卷四四、谢肇淛《五杂俎》卷九物部一、张大复《梅花草堂笔谈》卷七、李渔《闲情偶寄》饮馔部等也都有记载和描写。陶宗仪《南村辍耕录》卷九还说:"夫西施,一美妇也,岂乳亦异于人耶?顾千载而下,乃使人道之不置如此,则夫差之亡国非偶然矣。"

有关这些物产,梁辰鱼《浣纱记》第三十四出《思忆》有一段插科打诨:

〔净〕不要说大王爷见了娘娘欢喜。就是我前日娘娘要我做嘴。我勉强与他做得一做。满口儿都是香甜的。〔末〕说谎。难道娘娘要你做嘴。〔净〕你不晓得,福建前日进一种海味,唤做西施舌,被我偷些尝尝,妙不可言,这就是与娘娘做嘴一般了。〔末〕好话。〔丑〕娘娘前日乳痒,也央我搔乳,我便吮他一吮,不觉满身都麻瘿了。〔末〕又说谎,难道娘娘要你搔乳?〔丑〕不瞒你说,前日吴淞江进上河豚白来,唤做西施乳,大王爷吃剩了,也被我尝得一尝,妙不可言,这便是吃娘娘的乳一般了。〔末〕一发好淡话。若依二位这等说,我也曾枕娘娘的臂哩。〔净、丑〕却怎么?〔末〕前日金坛进上莲花藕,白又白,嫩又嫩,唤做西施臂。常时伏侍大王爷在水殿上,到夜间困倦打盹,就把他来做个枕头,这就是枕娘娘的臂一般了。①

这一段台词充满戏谑的意味。笔者在这里不厌其烦地引述上述材料,意在说明,西施早已成为古人的一个"意淫"的对象,而这种轻漫、随意,也形成了对其故事加以改造乃至颠覆的氛围。《世说新语·轻诋》有一句:"何乃刻画无盐以唐突西施也!"可见,"唐突西施"是古已有之的,只是有的唐突可能是无意的,是低水平的,或是狎玩的,而鸳湖紫髯狂客在第二则、第七则的评语中两度使用"唐突西施"一词,却表明这是艾衲居士的一种独特的艺术追求。

综上所述,豆棚之设展示了江南的自然特点及文化基础,对"苏空头"的批判从一个侧面表现了江南特定区域的世态人情,而西施的故事则反映了江南文化的历史传统,正是风土、人情、历史构成了《豆棚闲话》与江南文化的不解之缘,换言之,没有江南文化的影响,就不会有《豆棚闲话》这一富有特色的小说产生。

---

① 《梁辰鱼集》,上海古籍出版社,1998年,第546页。

下 编
名篇佳作说微

入 话

话本小说的历史构建在很大程度上依赖于话本小说经典作品的判定与阐释。

话本小说作品的经典化问题,本书在前两编已有所论及。作为一个文学接受的过程,它是话本小说长期传播的一个自然结果。举例来说,在话本小说的传播历史上,《醉翁谈录》曾经开列过一个"小说"的名单:

> 说《杨元子》《汀州记》《崔智韬》《李达道》《红蜘蛛》《铁瓮儿》《水月仙》《大槐王》《妮子记》《铁车记》《葫芦儿》《人虎传》《太平钱》《芭蕉扇》《八怪国》《无鬼论》,此乃是灵怪之门庭。言《推车鬼》《灰骨匣》《呼猿洞》《闹宝篆》《燕子楼》《贺小师》《杨舜俞》《青脚狼》《错还魂》《侧金盏》《刁六十》《斗车兵》《钱塘佳梦》《锦庄春游》《柳参军》《牛渚亭》,此乃为烟粉之总龟。论《莺莺传》《爱爱词》《张康题壁》《钱榆骂海》《鸳鸯灯》《夜游湖》《紫香囊》《徐都尉》《惠娘魄偶》《王魁负心》《桃叶渡》《牡丹记》《花萼楼》《章台柳》《卓文君》《李亚仙》《崔护觅水》《唐辅采莲》,此乃为之传奇。言《石头孙立》《姜女寻夫》《忧小十》《驴垛儿》《大烧灯》《商氏儿》《三现身》《火杴笼》《八角井》《药巴子》《独行虎》《铁秤槌》《河沙院》《戴嗣宗》《大朝国寺》《圣手二郎》,此乃谓之公案。论这《大虎头》《李从吉》《杨令公》《十条龙》《青面兽》《李铁铃》《陶铁僧》《赖五郎》《圣人虎》《王沙马海》《燕四马八》,此乃为朴刀局段。言这《花和尚》《武行者》《飞龙记》《梅大郎》《斗刀楼》《拦路虎》《高拔钉》《徐京落章(草)》《五郎为僧》《王温上边》《狄昭认父》,此为杆棒之序头。论《种叟神记》《月井文》《金光洞》《竹叶舟》《黄粱梦》《粉合儿》《马谏议》《许岩》《四仙斗圣》《谢涝落海》,此是神仙之套数。言《西山聂隐娘》《村邻亲》《严师道》《千圣姑》《皮箧袋》《骊山老母》《贝州王则》《红线盗印》《丑女报恩》,此为妖术之事端。也说黄巢拔乱天下,也说赵正激恼京师,说征战有《刘项争雄》,论机谋有《孙庞斗智》。新话说张、韩、刘、岳,史书讲晋、宋、齐、梁。《三国志》诸葛亮争雄,《收西夏》说狄青大略……①

---

① 罗烨《醉翁谈录》,辽宁教育出版社,1998年,第3页。

即使这个名单并未涵括当时书场上全部作品，它也可以看成是话本小说的第一份经典作品清单。事实上其中不少作品在后世的话本小说中仍有因袭，确有较高的艺术水平。

另一个话本小说的经典化名单或许可以《今古奇观》为代表。"三言""二拍"尤其是"三言"，本来经过了一定的筛选，《今古奇观》在此基础上又加挑选，其中选自冯梦龙编纂的《喻世明言》8篇，即《滕大尹鬼断家私》《裴晋公义还原配》《吴保安弃家赎友》《羊角哀舍命全交》《沈小霞相会出师表》《蒋兴哥重会珍珠衫》《陈御史巧勘金钗钿》《金玉奴棒打薄情郎》；《警世通言》10篇，即《杜十娘怒沉百宝箱》《李谪仙醉草吓蛮书》《宋金郎团圆破毡笠》《俞伯牙摔琴谢知音》《庄子休鼓盆成大道》《老门生三世报恩》《钝秀才一朝交泰》《吕大郎还金完骨肉》《唐解元玩世出奇》《玉娇鸾百年长恨》；《醒世恒言》11篇，即《三孝廉让产立高名》《两县令竞义婚孤女》《卖油郎独占花魁》《灌园叟晚逢仙女》《卢太学诗酒傲公侯》《李汧公穷邸遇侠客》《苏小妹三难新郎》《徐老仆义愤成家》《蔡小姐忍辱报仇》《钱秀才错占凤凰俦》《乔太守乱点鸳鸯谱》。选自凌蒙初编著的《初刻拍案惊奇》8篇，即《转运汉巧遇洞庭红》《看财奴刁买冤家主》《刘元普双生贵子》《怀私怨狠仆告主》《念亲恩孝女藏儿》《崔俊臣巧会芙蓉屏》《夸妙术丹客提金》《逞多才白丁横带》；《二刻拍案惊奇》3篇，即《女秀才移花接木》《十三郎五岁朝天》《赵县君乔送黄柑子》。这40篇作品，大体上体现了"三言""二拍"的思想艺术水平。

当然，上述篇目还遗漏了不少堪称经典的优秀作品。20世纪以来话本小说的研究，对话本小说经典又有了新的认识，如果我们以20世纪后半期出版的《话本选》等为例，可以看到出现了一些新的篇目，一些传统篇目也得到了新的阐释。而随着话本小说研究的进一步发展，既定的经典与新的接受体验又可能出现新的反差，这种反差直接关系着对话本小说历史发展的整体认识。从更为积极的意义上说，自觉地站在当代学术发展的高度，主动地对传统名篇加以新的诠释，探寻曾经被忽视的佳作，理应成为话本小说研究的一个重要角度。

事实上，对话本小说经典作新的检视，不仅是必要的，也是有可能的。具体来说，首先，近二十年来，文学史研究的理论方法发生了重大的变化，多元化的思路已经打开，单一的意识形态霸权话语受到文化学、叙事学、接受美学等多种研究方法的挑战，话本小说叙述的既定格局在作品诠释这一文学研究的基本层面日新月异的情况下，已具有了相当充分的、内在的变革动力。例如由于扬弃了"文学是阶级斗争的工具"这一庸俗社会学的机械理论,强调文学自身的特点与发展,文学与社会、政治的关系得到了更为全面的理解,人性的因素逐渐凸显,并成为文学史的中心之一。在这种新的理论思维指引下,我们对古代文学作品重新扫描,不断获得新的认识与评价,进而重新确立起它们在文学史上的地位。比如,以往谈到宋元话本,往往对《错斩崔宁》《碾玉观音》评价最高,这自然也有道理;但《金鳗记》在内涵与表现上实有超乎它们之上的地方,只是因为设定了一个因果报应的框架,很长一段时间不受重视。一旦拨开这一表层叙述结构的迷惑,我们完全可以给这篇作品以更高的评价。

其次,在近二十年的研究中,资料的整理与新资料的发现也为文学史研究打开了更广阔的新天地。《型世言》的发现也是如此,在明代后期出现的话本小说编纂热潮中,它与"三言""二拍"不同的题材取向与艺术风格,使小说史的叙述无法绕过它。应当强调的是,失传作品再度发现的意义不只是为小说史增添了一些文本而已,如果将由于各种原因曾经在事实上被人们所忽视的作品考虑在内的话,大量作品在研究中的缺席,正是导致文学史坐标系单一、陈旧的原因之一。正如佛克马、蚁布思在《文学研究与文化参与》中所说:"在影响经典的构成的诸多因素之中,文本的可得性(accessibility)也起到了重要的作用。非经典文本的不可得性阻碍或减慢了经典发生任何变化的速度。"[1]而今天,随着大量古本小说以各种形式整理出版,数码时代快捷的信息搜索方式又日益提高了"文本的可得性",这就为重建名著的坐标体系提供了前所未有的便利条件。

再次,与前两点相关,话本小说研究的空白不断填补,一大批以往被忽视、受冷落、遭误解的作家作品被刮垢磨光,得到了更为客观的认识与评价。比如在以往的小说史中,李渔的作品基本上是被一带而过的,而近二十年,对他的深入研究改变了人们的简单化认识,使他在文学史上重新占有了一席之地。

本编的用意就是对话本小说的经典作新的检视。其中贯穿着一个基本原则,那就是力图结合话本小说文本的实际,从不同角度发掘其中的历史价值。当然,这样的检视不是一蹴而就的,必然有许多遗漏;而且从根本上说,也还处于一个认识的过程中,并非确定不移的。

---

[1] 佛克马、蚁布思《文学研究与文化参与》(俞国强译),北京大学出版社,1996年,第49页。

一、话本小说情节艺术的范本
——谈《计押番金鳗产祸》

《警世通言》本篇题下注有旧名《金鳗记》,一般认为它是宋代话本。但篇中人物提及"东窗事发",系指秦桧密谋陷害岳飞败露事,此事此语至元代始广为流传,因此,本篇可能是由宋人所作复经后人修改的。至于故事发生在靖康元年(1126)稍后,而秦桧诬杀岳飞已是绍兴十一年(1141)的事,靖康时人用此典有违常情,在通俗小说倒并不鲜见。

小说的主要情节是围绕计押番女儿庆奴的婚恋展开的。在主要故事开始之前,作品有一个引子,叙北司官厅押番(衙役)计安钓得一条金鳗,乃金明池池掌,求计押番放其生,许以富贵,不然,则使其合家死于非命。计押番回家后,因事外出,归来,其妻已将金鳗煮食。接下来就是所谓"金鳗产祸"。靖康之难,计押番携妻女逃到临安,上班之余,又开了个酒店,雇周三帮工。不久,计押番发现女儿庆奴与周三有染,为遮丑,只得招赘周三。周三和庆奴想搬出去独立生活,故意偷懒、吵闹。计押番一气之下,告到官府,迫使周三休离庆奴。庆奴虽不情愿,却不敢反对。半年后,庆奴受父命与也在官府当差的戚青再婚,但戚青年纪太大,庆奴极为不满,整日吵闹,计押番无奈,又托人情经官府判离。戚青借酒使性,扬言要杀计押番。庆奴则被一位外地来京的官员李子由纳为妾。李子由待庆奴甚好,携其返回高邮家中,不料李子由的妻子对此很恼怒,把庆奴当粗使丫头。后来,李子由在外另找了一处房子安置庆奴,自己不时来幽会。因为寂寞,庆奴与李子由手下的张彬勾搭成奸,为李子由的幼儿佛郎发现。庆奴情急之下,勒死佛郎,与张彬私奔。张彬焦虑生病,两人只好在客店暂住,靠庆奴卖唱为生。以上是一条情节线索。

话分两头,作者又展开了另一条线索。周三被迫休离庆奴后,生活艰难。一次路过计押番家门前,计押番见他身上褴褛,动了恻隐之心,招待他进屋吃酒。当夜,周三潜入计家盗窃,被计押番妻子发现,只得杀了计押番夫妇后逃走。而众邻居联想到戚青曾扬言要杀人的话,将其捉去见官,戚青遂被当作凶手处死。

周三杀人后,逃到镇江。于是,两条情节线索交汇到一处。周三与庆奴相见后,重续旧好,张彬见状气死了。庆奴提出要回家,周三说明杀人真相,两人只得继续漂泊。而周三又病了,庆奴在卖唱时,被李子由家追来的人认出。周三和庆奴双双被捕处斩。

这是一篇现实性很强的小说,比《碾玉观音》《错斩崔宁》等公认的宋元话本公案类名篇似乎更为丰富深刻。它以足以展开为长篇小说的艺术容量,描绘了一幅动态的宋代市民生活画卷,不少内容是我们在史籍上不容易看到的日常生活。如官府小吏为生计从事第二职业、小伙计的生活情状、市民借婚姻高攀的愿望,以及女性的婚姻问题,包括女子无权决定自己的婚事,妻妾的矛盾、夺休制度等,尤其是后一点,是很值得关注的史料。当然,最主要的还是作品对周三、庆奴不幸经历和命运的表现。两个渴望幸福生活的年青人却走上了犯罪的道路,其间的悲欢离合与新旧社会观念的交替丝丝入扣,显示出作者对题材的把握达到了很高的思想水平。

假如小说真的可以分为行动小说(情节小说)、性格小说、观念小说、心理小说的话,那么本篇大体可以算作行动小说,也就是以人物的行动亦即情节为中心的小说。20世纪西方小说理论传入我国以后,一些人认为中国古代小说过分注重情节,不像欧洲小说对人物性格、心理有细致的描写。其实,情节与人物的性格、心理并没有天然的鸿沟。区别不应只在小说类型上找,更应从小说本身来找。也就是说,行动小说本身也有高下之分,而本篇则是其中的佼佼者,甚至可以说是宋元话本小说情节艺术的一个范本。在《计押番金鳗产祸》中,情节的进展几乎没有任何停顿,人物始终处于对命运的抗争与受命运摆布的矛盾情势中。而在具体叙述中,本篇也充分体现了说话艺人在编织故事、展开情节时的基本特点和手法。

说话艺人为了吸引"看官",总是力图使情节显得奇特。这种奇特既要骇人听闻,又要变幻莫测。《计押番金鳗产祸》就是如此。一条金鳗居然能说话,而且声言能报复,这本身就很离奇。当然,这种离奇还是浅层次的,但作者并没有停留在这一浅层次的离奇上,而是通过对普通人命运的深刻把握,直逼明中叶通俗小说成熟以后人们所认识到的出于"庸常"的"真奇"。作品描写一个市民的女儿三次嫁人,两次离异,又曾与人通奸、私奔。围绕她先后有多人丧生,其中有迫不得已的凶杀,也有内火攻心的气杀。死者有老人,有壮年,也有小孩。这种奸情加凶杀的故事对一般市民是很有吸引力的。据黄岩柏《中国公案小说史》(辽宁人民出版社,1991年)对颇具代表性的《龙图公案》的统计,在各类案件中,奸情类最多。而自古有所谓"近奸近杀"的说法,因而在这类题材中,死人的事也是经常发生的。不过,本篇的作者却不只是矜奇尚异,徒然渲染奸情与凶杀而已;相反,他更关心的应该是人物的命运。实际上,小说中许多看似离奇的描写,都有现实的基础。作者很注重刻画人物的心理。当人物的行动有了动机上的心理依据,则不但作为情节要素及其推动力的行动本身真实可信了,人物的性格也得以体现。在此基础上,如果人物的所作所为既有其必然性,又仿佛是始料不及情况下的偶然冲动,真实性就可能获得更加震撼人心的力量,并为叙述创造出一种意想不到的阅读效果与情节继续演进的动力。大而言之,周三、庆奴就是不情愿地走上了犯罪道路的,这一曲折过程不断挑战着接受者的心理预期;小而言之,如周三的杀计押番夫妇,也非出于他的本意或蓄谋。从小说的描写来看,周三对计押番捐弃前嫌,招待他吃酒是心怀感激的,并为自己当年的胡闹自责。计押番的善良和富于同情心与周三的内疚,构成了本篇一次动人的心理碰撞,是市民阶层人情味的生动体现。然而,当周三走在冷冷的深秋街头,想到自己难以度过严冬,不由自主地产生了去计家偷盗的念头。没想到行窃时被人察觉,在危急中才摸刀杀人。这一举动虽出人意料,也在情理之中。

无巧不成书,说话艺人除了追求情节之奇,还要讲究细节之巧。不过,《计押番金鳗产祸》中不少细节看似巧合,实际上同样包含着必然性。如周三与庆奴的邂逅相遇就是一个巧合。人海茫茫,劳燕分飞数载,又都是人命在身的逃犯,不得不东躲西藏,相会的机率本来很低,却偏偏走到了一起,这实在是极为偶然的事。但是,由于作者在前面铺垫得十分充分,读者并不感到牵强:如果不是张彬犯病,身为良家女子的庆奴是不会卖唱的,而卖唱要抛头露面,这就为与亡命他乡的周三相遇提供了一个机会。同样,如果不是庆奴后来被逼无奈继续卖唱,也不会被追捕她的人认出。因此,所谓"巧"实际上还是生活必然性的一种体现。作者屡用"千不合,万不合"这样的套话,也表明了这种强大的现实逻辑是如何不以人的意志为转移地左右着人们的生活。

将奇特、偶然的故事串连成一个有机体,情节就形成了跌宕起伏的动感,而叙述的曲折多变也是说话艺人普遍追求的。比如在本篇当中,李子由善待庆奴,读者正要为两经婚变的庆奴额手相庆,以为这个不幸的女子终于有了可靠的归宿,没想到接踵而至的却是更悲惨的迫害与毁灭。又如计押番招待周三,其厚道温润令人感动。谁知平静中也孕育着巨变,陡然发生的惨案立刻使情节波澜再起,与女主人公的遭遇遥相呼应。这种一波三折的情节,读来确有峰回路转之感。然而,情节的曲折也并非只是布局、结构等形式与技巧所能代替的,它实际上与人物的命运紧密相联。单从庆奴的经历来看就是如此。她追求自主的爱情与婚姻,却始终受制于父母之命,被迫离婚后,又经媒妁之言,一次是老夫少妻,感情上得不到满足;一次是为人做妾,饱受媵妾制度的压迫。她短暂而坎坷的一生,几乎遭遇了那个时代妇女所可能遭遇到的一切不幸。可见,曲折的情节其实有赖于作者对现实生活的深刻把握和高度概括。

在叙述中,作者还力求简洁明快。在"三言"中,《计押番金鳗产祸》是较短的一篇。对一些与主要情节关系不大的内容,作者绝不枝蔓。比如媒人来为戚青说亲后,计押番与妻子商量时说到他熟悉戚青。究竟怎样熟悉的,作者并没有细写。后来又提到李子由曾到计家喝酒,并看中了庆奴,这一情节小说也没有具体描写。作者之所以不正面描写,是因为上述情节与主要情节没有直接关系。也就是说,即使计押番不认识戚青,李子由没有见过庆奴,庆奴也多半要嫁过去的。但提到一笔也还是有必要的,前者说明计押番夫妇的慎重,后者暗示了李子由会善待庆奴。

最能体现话本小说情节艺术特点的还是庆奴、周三重逢时的叙述。前面说过,这是两条情节线索的交汇。当周三与庆奴相会时,他们对分开后各自的经历都不了解,所以互相说明就是很自然的事。但是,如果要复述两人经历,必然冗长。于是,作者采取了不同的手法。由于庆奴的经历中间插入了周三的故事,至此已相隔了一些篇幅,作者为了唤起"看官"的记忆(如果是在书场上,后到的听众可能没有听全前面的叙述),就由庆奴简单复述了分别后自己的经历。而周三的故事紧接着他们的相会,没有必要复述,作者就让他说"实不相瞒,如此如此",一笔带过了。

在整个故事的开篇,作者设置了一个金鳗产祸的报应框架:一条被计押番钓上来的金鳗警告计押番如不将其放生,一定要报复;但金鳗还是被不知原委的计押番妻子做成了菜。此后的故事就都是金鳗报复的结果。这个因果报应的框架除了其迷信意义外,在叙述上还起到了一个预示作用,即提醒看官们这将是一个非常惨烈的故事。因此,我们不妨把这看作是作者制造悬念的一种方法。同时,这个框架还有一种间离效果,一种使说话艺人可以以优越的态度讲述故事的风格。这种平静的态度增加了离奇故事的可信度。实际上,说话艺人的构思并没有受这个框架的约束。在结尾处,他就提到,如果只是报复,金鳗只该如它声称的那样,只让计家人偿命,如何又殃及周三、张彬、戚青、佛郎等无辜?故而他又说金鳗声言报复事虽当提防,但也"未知虚实"。然而,也许就是这个框架迷惑了一些研究者,使他们把这个故事等同于一个迷信故事。其实,这个故事本身在现实生活中的因果联系,作者揭示得清清楚楚,足以抵消佛教因果报应观念的影响。因为事实很简单,只要计押番依了庆奴和周三的愿望,让他们搬出去单过,一切都将顺顺当当。至于此后所发生的一切,前因后果也十分明显。

最后,还有一个细节也耐人寻味。虽然小说的时间跨度长达十数年,但有关时令的描写却呈顺序演进,其线索隐约可见。故事开始的时候,天气炎热,当是夏季。这个躁动不安的季节似乎暗示着危机的孕育。周三杀人时,正值深秋天气,凉气袭人,悲剧也急转直下。而当庆奴、周三被捕之际,已是漫天大雪的隆冬,寒意弥漫,人物也走到了生命的终点。尽管作者在这上面着墨不多,但略加点染,就与整个情节的律动相吻合,显示出把握情节叙述节奏的艺术匠心。当然,对市民身份、心理、性格、环境的准确把握,才是情节流程的核心,也是本篇成功的关键。

二、情感与道德的张力
——谈《杨思温燕山逢故人》

《杨思温燕山逢故人》(《喻世明言》卷二四)是一篇撼人心魄的悲剧作品。它描写了宋人杨思温靖康之难后流寓燕山。元宵灯节之夜,偶遇一大户人家侍女,很像义兄韩思厚之妻郑义娘。遂设法相见,郑义娘告诉他,事变时,为撒八太尉掠去,义不受辱。撒八太尉要把她卖给妓院,乃自缢梁间,为人救起,至今颈下还有瘢痕,被留下服侍撒八太尉之妻韩国夫人。数月后,杨思温又在一酒楼墙壁上看到韩思厚悼念亡妻郑义娘的题词,知郑义娘已死。随即找到奉使来燕的韩思厚,告诉他所见之事。韩思厚深感诧异,与杨思温同到韩国夫人处,却只见到一所荒弃的宅院,韩国夫人早已在前年死去。据知情者相告,郑义娘确已亡故,骨灰曾为韩国夫人收存。每逢阴雨,郑义娘的阴灵便要出现。韩思厚面对鬼魂,誓不另娶,并携郑义娘骨灰南下。后来结识因战乱丧偶而出家的女道士刘金坛,又生爱怜之意,娶归成亲。此举触犯了郑义娘与刘金坛亡夫的亡灵,鬼魂作祟,韩思厚与刘金坛落水而死。

表面上看,这是一个谴责负心的故事,作品中也确有这样的评论,如篇中"负心的无天理报应,岂有此理""叹古今负义人皆如此"云云。所以有些研究者也是这样看的,甚至将韩思厚当作"低下、卑琐"的负义人,说他"穷凶极恶地掘墓开盒,无情地将妻子的尸骨扔进扬子江"。① 其实,小说中分明写了韩思厚是在万般无奈的情况下,"只得依从"法官(道士)的建议,开坟抛骨,以避骚扰。后来还写他听到郑义娘的词"如万刃攒心,眼中泪下",并非无情之辈。韩思厚的做法本身确有过分的地方,但也有现实的原因,这个原因,大而言之,就是人们在战乱年代的生存困境。

靖康之难是历史上一次重大事变,很多文学作品都涉及了这一事变,本篇的内容也与此有关。不过,它没有正面描写那场战乱,而是痛定思痛,把

---

① 参见《明清小说鉴赏辞典》,浙江古籍出版社,1992 年,第 1013 页。

目光集中在普通人的命运上,着力展示战乱年代人们的悲欢离合,特别是由此产生的道德压力和精神折磨,从而大大提升了这一题材的意义。

众所周知,负心题材的作品在小说、戏曲中层出不穷,它们大多表现男子背弃糟糠之妻或旧时相好,另觅新欢,以图功名富贵,所谓"痴心女子负心汉"就是对这类作品的概括。但本篇的主人公却不是这样,其中一方已经故去,这种情况下的改嫁再娶,与移情别恋、喜新厌旧式的"负心"是不能同日而语的,也不应当简单加以斥责。"三言"中还有一篇《范鳅儿双镜重圆》,头回用的是《夷坚志》中的《徐信妻》,也是写靖康之变造成的夫妻离散。其中夫妻虽因离散而各自另成新婚,但最后还是破镜重圆,作品毫无不近人情的道德苛责,倒表现出可贵的同情与宽容。我们难以想象假使那篇作品中夫妻一方未与他人结婚,是否另一方也会面对道德与情感的困境?可以肯定的是,对小说家来说,道德的困境其实还容易解决些,无非是谴责一方的不贞不义,情感困境则比较复杂。《杨思温燕山逢故人》实际上表现的就是这样一个复杂的精神世界,道德和情感的双重困扰与冲突不但造成了人物悲伤与思念、执著与动摇、失望与负疚的感情碰撞,也构成了小说叙述充满张力的艺术情境。

郑义娘是义不受辱、自刎而死的,这种死当然是受社会肯定的节烈行为,现实中此类事也屡见不鲜。但对于每一个普通的人来说,在诀别人世时,不可能没有一点思想斗争,毕竟求生是人的本能。小说描写郑义娘鬼魂对杨思温说,她被撒八太尉掳至燕山,幸得韩国夫人相救而不死。这自然是鬼魂的闪烁其词。然而,这却未必不是自刎者在死前的一种心理企盼,只不过严峻的形势不容这种侥幸变为现实。而在迁骨之际,郑义娘的鬼魂又对杨思温说:"叔叔岂不知你哥哥心性?我在生之时,他风流性格,难以拘管。今妾已作故人,若随他去,怜新弃旧,必然之理。"显然,这也是郑义娘在自刎前会考虑的一个问题。在夫权社会,男女关系极不平等,贞节主要是对女性的片面要求,郑义娘的自刎其实是在别无选择的情况下的决绝行为。如果韩思厚是一个情真意切的丈夫,郑义娘也许会义无反顾。可他却是个"风流性格",为他守贞,势所必然,却不能无动于衷。小说中借老太婆之口说:"每遍提起,夫人须哭一番,和我道:'我与丈夫守贞丧身,死而无怨。'"不过,既然是哭着说的,就并非无怨。这一腔衷曲,终于化为鬼魂,成为监视丈夫的超现实的力量。

从韩思厚的角度来看也并不单纯,小说没有完整地展示他的性格的形成与发展,对于所谓"风流性格"也没有特别的描写;相反,作者浓墨重彩地

描写了他对妻子的一往情深,这在他的[御街行]词中表露得催人泪下:

> 合和朱粉千余两,捻一个,观音样。大都却似两三分,少付玲珑五脏。等待黄昏,寻好梦底,终夜空劳攘。　香魂媚魄知何往?料只在,船儿上。无言倚定小门儿,独对滔滔雪浪。若将愁泪,还做水算,几个黄天荡。①

连郑义娘的鬼魂也知道他"今在金陵,复还旧职,至今四载,未忍重婚"。而为了迁葬亡妻,他也尽心尽力。只是因为偶然遇到刘金坛,才使他的生活发生了改变。平心而论,他完全有开始新生活的权利。唯一不能为人接受或者说不能为当时读者接受,更进一步说不能为郑义娘鬼魂接受的是,他曾有誓在先:"贤妻为吾守节而亡,我当终身不娶,以报贤妻之德","若负前言,在路盗贼杀戮,在水巨浪覆舟"。然而这种誓言对人的压力其实并不是来自外在的神灵鬼魂,而是来自现实社会(连忠心耿耿的仆人也站出来指责韩思厚),来自当事人的内心,也就是前面所说的战乱年代人们的精神痛苦和道德压力。此前此后,中国古代小说中具有如此强烈情感力度的作品都不是太多的。

显然,作品中的这种情感力度只有与大变动时代相连才更深刻、更感人。而《杨思温燕山逢故人》最大的成功之处也正在于它极好地把个人的命运与国家、民族的命运联系在一起了,使个人的遭遇成为社会动荡的具体体现,又使社会动荡成为人物命运的原因和背景。

小说一开始循例有一段"入话",作者极力夸饰了宣和年间东京的元宵盛况。那种亮丽的色彩、渲腾的气氛、繁华的景象,与后面黯然神伤的故事形成鲜明的对比。北宋灭亡后出现的《东京梦华录》等书,在追忆东京繁华时,都具有同样的情怀。这种故国之思与全篇的民族感情汇为一体,充分显示了话本小说借助入话渲染场景、衬托情节的独特功能。事实上,金人南侵,北宋灭亡,无数百姓挣扎在征服者的铁蹄下,或者被掳掠到北方,或者流离失所,四处逃难。这种沦陷之痛和逃难之苦,我们在当时大量诗词中都可以鲜明地感受到。但限于文体特点,这些作品更多的还是一种义愤的抒发、气节的伸张。唯有在小说中,我们才更真切具体地看到了普通人在那场大灾难中的不幸,进而真正体会到那种不幸是如何锥心泣血般深入了民族的骨髓。如果说杨思温在燕京对东京佳节的怀恋,以及作品对大相国寺行

---

① 冯梦龙《喻世明言》,北京十月文艺出版社,1994年,第418页。

者、白樊楼"过卖"陈三儿等的描写,只是为了造成追念故土的民族感情氛围,那么,郑义娘的一灵不昧,诚如有的论者指出的那样,表现了国破家亡时殉身的鬼魂难以瞑目①,至于韩思厚的违弃盟誓,另结新欢,是否隐约地鞭挞了那些忘记死难者尸骨未寒、苟安于半壁江山醉生梦死的人,虽不烦苛求,却同样令人警醒,深切思考自己不可推卸的历史责任。

《杨思温燕山逢故人》在艺术上也极成功。首先,值得一提的是它富于散文意味的叙述方式。作品的题目是"杨思温燕山逢故人",但杨思温并不是作品的主人公,他只是一个见证人,一个情节发展的推动者,他的寻访郑义娘和燕山逢故人,突出了悲欢离合的情绪,而他本人并没有直接卷入矛盾,后半部分甚至被忽略不计了。尽管如此,他的出现却不可缺少。这不仅是因为没有他,郑义娘与韩思厚也许无缘"见面",更主要的是他赋予了作品特殊的叙述角度。作为小说中的人物,他仿佛是作品安排的一个内视点,读者可以由他窥探郑义娘、韩思厚的内心世界。他先后读到郑义娘、韩思厚的题词就是这一作用的体现。同时,由于他不是情节冲突的一方,把他作为一个中心,分散了情节冲突的紧张程度,使故事不至流于一般负心故事的简单报复,而在款款道来的叙述中,淋漓尽致地展现了人物内心的忧伤。所谓散文意味说到底表现为一种平易性、真实性、感受性,而不是通常小说家所热衷的离奇性、戏剧化,做到这一点,在容易矜奇尚异的鬼故事中尤其难得。

其次,本篇的抒情意味也很浓厚。作品中巧妙地安排了几首人物的诗词,这几首诗词不同于一般小说中常有的泛泛之作,它们不仅抒发了人物的心情,声情并茂,本身就堪称艺术佳品,更为全篇营造了一种抒情的气氛。如郑义娘的词[好事近]前后两次完整引用,随着情节的演进,感情色彩一次比一次强烈感人。"往事与谁论"的幽怨、"何计可同归雁"的期盼,最终变成了永远无法排遣的痛苦和绝望;而韩思厚先后从壁上阅读题词和听舟人演唱,虽然都出意料之外,但一主动、一被动,在心中引起的惊诧也变成了惊恐。如此饱满的感情表现,在话本小说中实不多见。当然,作品的抒情意味不只是诗词的穿插运用,而是弥漫于全篇的一种情绪。这种情绪就是与人物命运密切相关的悲怆和无奈。作品频繁地使用"情绪索然""独自无聊,昼长春困""感慨情怀,闷闷不已""嗟呀不已""情绪不乐""惆怅论心""终天之恨"之类词语,不断渲染感伤的基调。

再次,作品另一个突出的艺术成就是非现实形象构成的巧妙运用。在

---

① 参见《明清小说鉴赏辞典》,浙江古籍出版社,1992年,第1013页。

中国小说史上,鬼故事层出不穷。本篇的情节出于《夷坚丁志》卷九《太原意娘》,后者较简略。另外,《鬼董》卷一也有类似记载,但它特详于再娶报应事,落入了俗套,加上没有背景描写,也缺少《杨思温燕山逢故人》所具有的心理厚度。表面上看,本篇也不过是写阴魂不散,但由于情节本身的现实性很强,现实性与非现实性的交融造成了一种扑朔迷离的艺术效果。比如郑义娘的生死,小说就提供了两种说法:一是郑义娘鬼魂的自述,称自己遭掳被卖而自缢获救;一是韩思厚称仆人周义亲见其义不受辱、自刎而死。究竟是生是死,以及如何丧生,前半部分写得虚实不定,作品突出迷茫的夜色、荒败的空宅、凄楚的气氛,表现出飘忽不定、撼人心魄的感觉,而这正是人们在生离死别时挥之不去的心理特征。事实上,所谓鬼魂,有时就是人物心理的强化、外化。比如韩思厚后来被郑义娘鬼魂纠缠,未尝不可以看成他内疚心理的激烈反映。实际上,作者对鬼魂的态度也很明确,他不是作为一种怪异现象来描写的,正如郑义娘冤魂所表白的那样:"太平之世,人鬼相分;今日之世,人鬼相杂。"后来"法官"说"此冤抑不可治之,只好劝谕",都显示了作品从现实人情角度看待"鬼"的观念。因此,在具体描写中,郑义娘的鬼魂甚至可以出现在寺庙中,大大有违鬼避神灵的常理。而她所过处,风定烛明,依然是"媚脸如花,香肌似玉",不但不使人感到恐怖,反而有一种与众不同的美丽,这种美丽就是绵绵不绝的求生意志和令人惊叹的不屈人格。

三、天长地久的信义之交
——谈《范巨卿鸡黍死生交》

在中国古代文学中,友谊是一个永恒的主题,许多这方面的楷模、佳话历代传诵,脍炙人口。比如春秋战国时的俞伯牙和钟子期,就以一曲荡涤心灵的高山流水,演奏出千古文人知音梦;又如管仲因家境贫寒,与友人鲍叔牙分财利时经常多占,而鲍叔牙深知其为人,并不认为他贪婪,使管仲十分感激,也显示出超越世俗观念的相互理解与欣赏;东汉的陈重和雷义,先后被举荐,却相互谦让,这一被誉为"陈雷胶漆"的情谊与风节,同样为后人津津乐道。

还有一段旷古难寻、流芳百世的友谊,那就是东汉范巨卿与张元伯不受时空束缚、打破生死界限的交情。事见于《后汉书》卷八一范式(巨卿)本传。据此传记载,山阳范式,少游太学,为诸生,与汝南张劭(元伯)为友。二人并告归乡里,范巨卿与张元伯约定两年后去拜见他的父母。到了约会之日,张元伯请母亲设馔等候。其母以为"二年之别,千里结言",未必可信,而张元伯认为"巨卿信士,必不乖违"。届时,范巨卿果然如约而至,二人升堂拜饮,尽欢而别。后来张元伯染病,临死前叹曰:"恨不见吾死友!"远在异地的范巨卿忽然梦见张元伯以死相告,悲不自禁,于是千里迢迢赶去奔丧。未到时,丧事已举行,但在墓穴前,灵柩却无法安放。张母知张元伯之魂有所期待。这时只见有素车白马,号哭而来。张母望之曰:"是必范巨卿也。"范巨卿到后,痛致哀辞,参加葬礼的人都为之感动。在范巨卿的引领下,张元伯终于安然下葬了。不过,在本传中,范巨卿不仅对张元伯情深意长,还帮助过另一同学陈平子料理后事,当时的官员上书表彰范巨卿的品行,他却未应征辟。《后汉书》特将其事迹列在《独行列传》中,看重的正是他与众不同的美德,没有强调两人的交谊;而《搜神记》从史书中独取范、张交往的一段,遂引导故事向友谊主题发展。

在故事的发展中,杀鸡炊黍的细节也颇有意味。在《后汉书》中只提到张元伯请母亲"设馔以候之",并未点明鸡黍。然而,后人的一个小小发挥,却也为范、张友谊涂抹了另一种文化色彩。早在《论语·微子》中,就有隐者留子路宿,"杀鸡为黍而食之"的事,孟浩然的名句"故人具鸡黍,邀我至田家"则洋溢着美好的田园情趣。当范、张友谊与这一中国文化的绿色食品联系在一起以后,友谊纯朴、本真的一面就得到了更鲜明的体现。因而"鸡黍约"也就作为信义之交、友谊之会的象征,成了历代诗人习用的典故,如:

> 恨不具鸡黍,得与故人挥。(南北朝范云《赠张徐州谡》)
> 款曲鸡黍期,酸辛别离袂。(唐高适《赠别王七十管记》)
> 鸡黍无辞薄,贫交但贵情。(唐皇甫冉《与张諲宿刘八城东庄》)
> 鸡黍今相会,云山昔共游。(唐秦系《早秋宿崔业居处》)
> 鸡黍重回千里驾,林园暗换四年春。(唐白居易《答尉迟少监水阁重宴》)
> 良会若同鸡黍约,暂时不入酒杯空。(唐唐彦谦《道中逢故人》)
> 君归赴我鸡黍约,买田筑室从今始。(宋苏轼《送沈逵赴广南》)
> ……

元代宫天挺正是循着这一线索将范、张友谊搬上了舞台。他的杂剧《死生交范张鸡黍》表现范、张有鸡黍之会,张死后托梦给范,范赶去为他安葬,大致依史敷演。但随着隐逸情怀的引入,此剧突出了范、张友谊的政治色彩与文人主体意识。二人实因谄佞当政,乃同时辞归乡里,累召不就。为此,剧本特意增加了一个叫王韬的奸诈小人作为范、张二人的反衬;又增加了一个叫第五伦的官员求贤心切,从正面衬托范巨卿。在一扬一抑之间,无情地鞭笞与讽刺那些毫无信用、自私卑劣之徒,也抒发了对元代社会蔽塞才路的愤懑和清高之士决不与世浮沉的志向。换言之,秉性正直、声气相投,构成了范、张之谊的精神基础。他们继承儒家道统思想(这从剧中第一折的[混江龙][油葫芦]诸曲可以看得很鲜明),洁身自好,卓然独立。这在一定程度上体现出元代文学隐逸主题压倒了这一传统题材的友谊主题。不过,杂剧的艺术特点也强化了故事的抒情特质,而这对后世的范、张题材应该有所影响。如范巨卿面对张劭的坟院,为朋友的鬼魂担心,有这样一段唱词:

> 到春来,怎听那杜鹃啼山月晓?到夏来,怎禁那乱蝉声暮雨收?到秋来,怎听那寒蛩虫啾唧泣清秋?到冬来,你看那寒鸦万点都在老树

头! 这几件儿终年依旧,漫漫长夜几时休。①

歌词如泣如诉,忧伤感人。而这一曲情深似海的友谊之歌到了《喻世明言》中的《范巨卿鸡黍死生交》中,就表现得更加扣人心扉了。这篇作品残存于《清平山堂话本》中,当是从宋元话本发展而来。与元杂剧相比,它有两个重要的不同。

首先,它淡化了杂剧的政治色彩。在小说中,范、张二人,一个是未应试的秀才,一个是普通的商人,作者没有渲染他们怀才不遇、愤世嫉俗之类社会化思想,而是始终将其交往定位于一种没有任何外力影响的私人化的感情之上,从而剔除了附着在这一悠久友谊主题上的政治、教化等概念化因素,使信义之交上升为一种纯净的精神图腾,让读者在平凡的生活场景下,真切地体会范、张友谊极具震撼力的情感内涵。

这并不是说《范巨卿鸡黍死生交》就没有现实意义。宋元以来,特别是明中叶以后商品经济迅猛发展,社会上对讲信用、重然诺的传统道德有了更普遍的要求。冯梦龙对友谊题材的浓厚兴趣,就昭示了这一鲜明的时代感。事实上,在"三言"中,除了本篇之外,还有《羊角哀舍命全交》《俞伯牙摔琴谢知音》《施润泽滩阙遇友》等作品,都赞美了美好的友谊。这些作品在思想上、写法上也有相通的地方。如《羊角哀舍命全交》"说两个朋友,偶然相见,结为兄弟,各舍其命,留名万古",可以说与《范巨卿鸡黍死生交》如出一辙。值得注意的是,这些作品对友谊主题的弘扬,往往寄托了作者对现实的讽喻:《范巨卿鸡黍死生交》中就有"只恨世人多负约,故将一死见平生"诗句;《羊角哀舍命全交》的篇首诗云:"君看管鲍贫时交,此道今人弃如土";《俞伯牙摔琴谢知音》的篇首诗云:"浪说曾分鲍叔金,谁人辨得伯牙琴?于今交道奸如鬼,湖海空悬一片心。"明刊《警世通言》之《俞伯牙摔琴谢知音》,还有一条批语称:"古人交情如此,真令末世富贵轻薄儿羞杀。"凡此种种,无不表现了作者托古讽今的意图。特别是《施润泽滩阙遇友》,更将传统的信义与手工业者的道德意识联系在一起,为友谊注入了新的时代内容。可见,《范巨卿鸡黍死生交》虽然淡化了政治色彩,但它对真诚友谊的歌颂却不是抽象的、空泛的,而是包含了作者对现实人生的更深刻体认。

《范巨卿鸡黍死生交》与史实、志怪小说乃至元杂剧还有一个明显的不同,那就是它将范巨卿一人的信义变为两人共同的情感追求。如上所述,

---

① 宫天挺《死生交范张鸡黍》,《元曲选》,中华书局,1958 年,第 966 页。

《后汉书》因为突出的是范巨卿的"独行",没有说明范、张友谊的内在原因,而杂剧也只是一般性地描写了他们的志同道合,看不出二人友谊的个性因素,本篇则从一开始就强调了他们的感情基础。

据小说交代,张元伯赴洛阳应举。一日,投店宿歇,听到邻房有人呻吟,得知是应举秀才即范巨卿因患传染病,无人帮助,只能在那里等死。张元伯不信传染之说,请医用药为之调治,又亲自料理他的饮食,为此误了试期。范巨卿深感不安,张元伯却说:"大丈夫以义气为重,功名富贾,乃微末耳,已有分定。何误之有?"正是有了这一段特殊的经历,二人情如骨肉,结为兄弟,并有重阳鸡黍之约——如同《后汉书》未提"鸡黍"一样,原来他们也只是"共克期日",没有说明具体时间,现在将此约会之日定在"黄花红叶,妆点秋光"的重阳,也为作品增添了一种"每逢佳节倍思亲"的诗意。

与此相关,《范巨卿鸡黍死生交》还作了重大的一个改动,按本事所述,范巨卿届时未爽约,固然可以表现他的守信重诺;但本篇却偏先写其遗忘在先,然后自刎以践约,不但曲尽人情,更突出了信义之交的壮烈。范巨卿对张元伯说:

> 自与兄弟相别之后,回家为妻子口腹之累,溺身商贾中,尘世滚滚,岁月匆匆,不觉又是一年。向日鸡黍之约,非不挂心;近被蝇利所牵,忘其日期。今早邻右送茱萸酒至,方知是重阳。忽记贤弟之约,此心如醉。山阳至此,千里之隔,非一日可到。若不如期,贤弟以我为何物?鸡黍之约,尚自爽信,何况大事乎?寻思无计。常闻古人有云:人不能行千里,魂能日行千里。遂嘱咐妻子曰:"吾死之后,且勿下葬,待吾弟张元伯至,方可入土。"嘱罢,自刎而死。①

还有什么比以死相殉的友谊更动人心弦,撼人心魄?这浓重的一笔,不但表彰了范巨卿舍命全交的品质,也为作品进一步从张元伯的角度深化二人情深意长的友谊提供了一个机会,因为原本未死的范巨卿既已先张元伯而去,本来由他为张元伯料理后事的举动也就相应地落到了张元伯身上。张母认为"古人有云:囚人梦赦,渴人梦浆。此是吾儿念念在心,故有此梦警耳"。但张元伯却坚信范巨卿已为信义而死,这种超常的感应正折射着二人心有灵犀的默契。而张元伯决意追随范巨卿而去,则表现出在他的心目中,也如范巨卿一样,将信义看得比生命更贵重。他在辞别母亲时恳切地说:"劬于

---

① 冯梦龙《喻世明言》,北京十月文艺出版社,1994年,第268页。

国不能尽忠,于家不能尽孝,徒生于天地之间耳。今当辞去,以全大信。"接下来他的千里奔丧、以死酬友,就都是这个"信"字慷慨悲壮的践履。

当两个有着精金美玉般品质的人用生命铸就了一段生死不渝的情谊,作者也以无以复加的笔墨表明,构成友谊的理由不是财富和地位,甚至也不是什么志同道合,而是他们之间真诚的感动和永恒的承诺。作者在篇尾词[踏莎行]中赞叹道:

> 千里途遥,隔年期远,片言相许心无变。宁将信义托游魂,堂中鸡黍空劳劝。　月暗灯昏,泪痕如线,死生虽隔情何限。灵輀若候故人来,黄泉一笑重相见。①

这首词与《清平山堂话本》上原作的篇尾诗有所不同,在肯定二人一诺千金的信义之外,更渲染了一种心心相印、生死与共的深情。

在表现方式上,《范巨卿鸡黍死生交》也有一些与众不同的地方。直到杂剧,这一题材的描写基本上还遵循着历史叙述的格局。但在本篇中,作者却运用了非现实的笔法,强化范、张之谊的情感力度。如范巨卿前来赴约,读者与张元伯一样,起初并不知道范巨卿已死,只见:

> 候至更深,各自歇息。劭倚门如醉如痴,风吹草木之声,莫是范来,皆自惊讶。看见银河耿耿,玉宇澄澄,渐至三更时分,月光都没了。隐隐见黑影中,一人随风而至。劭视之,乃巨卿也。②

范巨卿的来到,让苦苦等待了一整天的张元伯无比欣喜,可是:

> 范式僵立不语,但以衫袖反掩其面。劭乃自奔入厨下,取鸡黍并酒,列于面前,再拜以进,曰:"酒肴虽微,劭之心也,幸兄勿责。"但见范于影中,以手绰其气而不食。③

这情景多少让读者有些诧异,熟悉传统文化语境的人可能已经产生了一种不祥之感。而当范巨卿终于说明自己"魂驾阴风,特来赴鸡黍之约":

> 言讫,泪如迸泉,急离坐榻,下阶砌。劭乃趋步逐之,不觉忽踏了苍苔,颠倒于地。阴风拂面,不知巨卿所在。④

---

① 冯梦龙《喻世明言》,北京十月文艺出版社,1994年,第271页。
② 同上书,第267页。
③ 同上书,第268页。
④ 同上。

重会之日,竟成永别之时,这令人黯然神伤的描写,将作品的情感之流推向了一个高潮。在上面提到的《羊角哀舍命全交》中,我们也看到过类似的且更为壮烈的描写:当义兄的鬼魂受荆轲强魂所欺凌,羊角哀竟自刎而死,以助友魂。《范巨卿鸡黍死生交》正与此有异曲同工之妙,作者通过对非现实的艺术手段的娴熟运用,为简单的情节注入了最深刻的灵魂和最真实的情感,表现出对人生关系与生命价值的深沉思考。

　　确实,《范巨卿鸡黍死生交》没有什么跌宕起伏的故事情节,也没有什么叱咤风云的英雄豪杰,但作者却将人物温情脉脉的渴求与壮烈雄浑的投入完美地融合在一起,使得凝重的叙述基调不时焕发出激情和现实相互交织的灿烂光辉,烘托出一座令人荡气回肠的人性丰碑。在话本小说中,我们看到了太多市井社会的委琐卑下、蝇营狗苟,只有在这种歌颂友谊的作品中,才领略到了久违的清纯。也许没有多少人会赞同《范巨卿鸡黍死生交》的主人公对友谊的那种近乎偏执的追求方式,不过,他们义无反顾的行为让每一个读者都不能不为之肃然起敬,并如范巨卿一样,忽然想起那也许已被遗失在尘世滚滚、岁月匆匆中的最珍贵的东西。

四、为市井细民写心
——谈《蒋兴哥重会珍珠衫》

假如一定要从话本小说中选出一篇代表作来,《蒋兴哥重会珍珠衫》的中选率很可能最高。夏志清的《中国古典小说导论》其至认为它是"明代最伟大的作品",并说它在表现人性上,超过了《金瓶梅》和《红楼梦》。即使去掉这个"最高分",它的最后得分也应该是名列前茅的。作品正面描写商人的家庭生活,细腻地表现了市民婚恋观念的新变化,充分反映了话本小说作为市民文学的特征。笑花主人在《今古奇观》的序中称话本小说"极摹人情世态之歧,备写悲欢离合之致",本篇足当此誉。冯梦龙将此篇列为《喻世明言》即"三言"第一篇,可能也因为对它情有独钟。

其实,小说中描写商人外出经商而后院起火,古已有之,唐代的《潇湘录》中有一篇作品题为《孟氏》,写的就是这样的故事:维扬大商常在外经商,其妻孟氏与一美少年吟诗传情,相好逾年。后大商自外归,孟氏与情人忧泣而别。这一故事的结构与《蒋兴哥重会珍珠衫》相似,只不过带有唐代独具的诗意特征。而明代这样的小说更多,如《玉堂春落难逢故夫》中山西商人沈洪外出,其妻皮氏与人通奸,以致谋杀亲夫。比较而言,《蒋兴哥重会珍珠衫》所写,既没有前者那样诗情画意,也没有后者那样淫邪狠毒,它所展现的只是一段普普通通的情感经历与家庭变故。这篇小说最值得称道的还是它的心理描写。

《蒋兴哥重会珍珠衫》心理描写的成功之处首先在于深刻地揭示出人物情感世界的复杂。王三巧虽然在丈夫蒋兴哥外出经商时与人有私情,但作者并没有把她简单地刻画成一个淫妇,而是细致地表现了她心理的变化过程。按作者的介绍,蒋兴哥与王三巧本是非常美满一对,"蒋兴哥人才本自齐整,又娶得这房美色的浑家,分明是一对玉人,良工琢就,男欢女爱,比别个夫妻更胜十分"。以至蒋兴哥"不与外事,专在楼上与浑家成双捉对,朝暮取乐。真个行坐不离,梦魂作伴"。当蒋兴哥提出要去广东料理生意时,作品特别用大段笔墨渲染了他们的难舍难分:

浑家初时也答应道该去,后来说到许多路程,恩爱夫妻,何忍分离?不觉两泪交流。兴哥也自割舍不得,两下凄惨一场,又丢开了。如此已非一次。光阴荏苒,不觉又捱过了二年。那时兴哥决意要行……浑家料是留他不住了,只得问道:"丈夫此去几时可回?"兴哥道:"我这番出外,甚不得已,好歹一年便回,宁可第二遍多去几时罢了。"浑家指着楼前一棵椿树道:"明年此树发芽,便盼着官人回也。"说罢,泪下如雨。兴哥把衣袖替他揩拭,不觉自己眼泪也挂下来。两下里怨离惜别,分外恩情,一言难尽。到第五日,夫妇两个啼啼哭哭,说了一夜的说话,索性不睡了。……浑家道:"官人放心,早去早回。"两下掩泪而别。兴哥上路,心中只想着浑家,整日的不瞅不睬。①

这看似琐细的笔墨,其实是作者匠心独运的铺垫。杨绛在评论《红楼梦》时说过一句很精彩的话:艺术是克服困难。作者将两人感情写得如此之深厚,实际上也是为自己设置的"困难",因为夫妻如此情深意长,按理说不会有移情别恋的事,但后面却又真真切切地发生了。而要使这一切变得合情合理,自然必须对人物心理有深入的体会。

王三巧本来谨守妇道,"数月之内,目不窥户,足不下楼"。但时间越长,思念也越长,特别是到了合家团圆的除夕,更是触景伤情,倍感凄楚。因为思夫心切,以至问卜算卦,为情节的进一步发展提供了一个心理动机:

大凡人不做指望,到也不在心上;一做指望,便痴心妄想,时刻难过。三巧儿只为信了卖卦先生之语,一心只想丈夫回来,从此时常走向前楼,在帘内东张西望。直到二月初旬,椿树抽芽,不见些儿动静。三巧儿思想丈夫临行之约,愈加心慌,一日几遍,向外探望。也是合当有事,遇着这个俊俏后生。②

这个俊俏后生是外地商人陈大郎,他与蒋兴哥穿着打扮十分相像,是王三巧误认的现实基础;而误认之际,"三巧儿见不是丈夫,羞得两颊通红,忙忙把窗儿拽转,跑在后楼,靠床沿上坐地,兀自心头突突的跳一个不住"。这一细节更写尽了少妇的羞涩。如果不是作者在开篇已经交代故事的发展趋势,读者很难想象这样一个本分的良家妇女会红杏出墙。而人物有违初衷的行为究竟怎样发生,令读者对其心理的转变充满了好奇,又使得本篇如叙

---

① 冯梦龙《喻世明言》,北京十月文艺出版社,1994年,第4页。
② 同上书,第6页。

家常的情节获得了与冲突激烈的作品一样扣人心弦的悬念。

促成这一转变的是薛婆的引诱。这一情节与《水浒传》及《金瓶梅》的"王婆贪贿说风情"颇为相似,其间极有可能存在借鉴关系。但与后者相比,在表现人物心理方面却有明显差别。"王婆贪贿说风情"给人印象最突出的是王婆,她定下所谓"挨光计",将勾引潘金莲的过程分为十个步骤,看上去非常细致,但落实起来却没有那么复杂。关键在于潘金莲一开始就被作者定位为"淫妇"。所以,她与急情贪色的西门庆几乎一拍即合,连一点半推半就的遮掩都没有。而王三巧则不然,《蒋兴哥重会珍珠衫》在描写薛婆老谋深算的同时,更突出地表现了一个难耐寂寞的少妇的心理感受及其微妙变化。

按照薛婆的计策,这是一个小火慢炖的过程。她先是在王三巧家门前与陈大郎假装买卖珠宝,大声喧哗,引起王三巧的注意,以便有机会进入王三巧家,也炫耀陈大郎的财富。接下来向王三巧推销珠宝,套近乎的机会就更多了。本来,一个封闭家中的少妇,很少有与人交往的机会,内心孤寂无聊,让人有乘虚而入之机。而薛婆又是那样精明,很快骗取不谙世故的王三巧的信任。数次登门,话题逐渐深入,她借机提醒王三巧,蒋兴哥这样的行商最可能有外遇。实际上是为王三巧移情别恋预设心理平衡。之后,又找机会在蒋家留宿,开始了更明显的劝诱,"凡街坊秽亵之谈,无所不至。这婆子或时装醉作风起来,到说起自家少年时偷汉的许多情事,去勾动那妇人的春心。害得那妇人娇滴滴一副嫩脸,红了又白,白了又红"。到了王三巧生日那天,说得更加煽情:"牛郎织女,也是一年一会,你比他到多隔了半年。常言道一品官,二品客。做客的那一处没有风花雪月?只苦了家中娘子。"这一次,王三巧没有再像起初那样反驳她:"我家官人到不是这样人。"而只是"叹了口气,低头不语"。无论她对薛婆猜度蒋兴哥的话信还是不信,对自己处境的怨艾却掩饰不住了。而薛婆越发露骨的挑逗,终于使王三巧春心荡漾,不能自持,与潜入卧室的陈大郎"狂荡起来",用薛婆的话来说,就是"开花结果"了。

至此,我们看到了一个与丈夫有着"如鱼似水,寸步不离"的感情且"甚是贞节"的良家妇女,怎样一步步"堕落"的过程。在波澜不惊的日常生活中,其实包孕着令人震撼的阴谋,更潜藏着足以改变命运的感情洪流。《蒋兴哥重会珍珠衫》的贡献就在于真切细腻和人性化地将这一洪流揭示出来了。这一贡献如果与它所依据的文言小说只有五百字的粗线条勾勒对比,可以看得更加明显。重要的还不在于话本小说所采用的白话叙事可以使作者作淋漓尽致的铺陈,而在于作者深刻地意识到人物的心理,尤其是人物在生活中可能变化的心理是一个最值得关注的艺术世界。特别是,尽管作者在潜意识中仍没有摆脱男性立场,但他却能设身处地地对女性心理加以细致揣摩和委婉曲折的刻画,这在古代小说中实属难能可贵。

在表现人物心理艺术手法方面,《蒋兴哥重会珍珠衫》有很多可圈可点的地方。例如作品中的空间安排就非常巧妙。小说以襄阳府枣阳县为情节展开的基本空间,但又在前面隐含着另一空间背景,即蒋家世代经商之地广东。而来自徽州新安县的商人陈大郎则代表了又一个空间的切入。薛婆摇唇鼓舌,用"异乡人有情怀"挑逗王三巧,说明地域性在这里确实被作者有意地加以利用了;这种利用还表现在陈三郎与王三巧的分别中,地域的距离成为两人情感的印证。如果同居一地,自不会出现那样难舍难分的场面;而陈三郎归而复返,又进一步表明他不同于一般的寻花问柳之辈。特别是蒋兴哥与陈大郎在苏州的邂逅相遇,为小说增加了另一个富于情感张力的空间背景。在这里,不仅陈大郎得以再次吐露异地相思之情,更强化了蒋兴哥的反应,在外地得知妻子有外遇的事,空间的距离造成时间上的缓冲,使他的心理表现显然比在当地听说可能导致的骤然暴发要更有深度。请看作品中的描写:

> (蒋兴哥)回到下处,想了又恼,恼了又想,恨不得学个缩地法儿,顷刻到家。连夜收拾,次早便上船要行。……催促开船,急急的赶到家乡,望见了自家门首,不觉堕下泪来。……在路上性急,巴不得赶回。及至到了,心中又苦又恨,行一步,懒一步。①

这可以说是中国古代小说中最具心理深度的空间描写,将人物内心的气恼、羞辱表现得异常感人。

实际上,蒋兴哥在离家前就因为王三巧"生得美貌"而叮嘱过她要小心"地方轻薄子弟"。所以,这种既在意料之中又出情理之外的侮辱,令他倍感痛悔。但是,他没有采取狂暴的举动——如同《简帖和尚》中的皇甫松、《水浒传》中的杨雄那样,在听到妻子与人通奸的传言后,立刻暴跳如雷,施以冷酷无情的报复。为了保全妻子的面子,他甚至没有说出休妻的理由,反而表现出了一种古代小说中少有的自责与宽容。不过,蒋兴哥对丫环的拷打以及领了一伙人"赶到薛婆家里,打得他雪片相似,只饶他拆了房子",又

---

① 冯梦龙《喻世明言》,北京十月文艺出版社,1994年,第22页。

说明他并非是一个没有血性的人。这看似矛盾的言行，正是作者表现人物内心冲突的一种有效方式。

此外，小道具的运用也是作者表现人物心理的手法。与所依据的文言小说相比，本篇增加了红纱汗巾和凤头簪子这两个小物件，有两个作用。陈大郎因不知蒋兴哥是王三巧之夫，托他带情书及一条汗巾和一根簪子给王三巧。蒋兴哥生气地把情书扯得粉碎，又折断玉簪。后来为了留作证据，才忍辱带回。而当他交给王三巧时，王三巧并不知是陈大郎送来的，她只能猜测："这折簪是镜破钗分之意；这条汗巾，分明教我悬梁自尽。他念夫妻之情，不忍明言，是要全我的廉耻。"于是，这两个小物件先是强化了蒋兴哥的愤怒，后又表现了王三巧的内疚，将人物不便明言、作者也难以复述的心理表现得真切动人。

正因为作者突出了心理描写，人物的塑造因而更具现实的深度。所以，即使是陈大郎与王三巧的感情，作品也渲染了他们一旦相好，同样"恩深义重，各不相舍"。分别前夕，更是"倍加眷恋，两下说一会，哭一会，又狂荡一会，整整的一夜不曾合眼"。王三巧甚至有与他私奔之意；将"珍珠衫"送给他，为的也是让他"穿了此衫，就如奴家贴体一般"。而陈大郎本是为劝惩设计的人物，但也不同于同类题材中的浮浪子弟，虽起初也不过是寻花问柳，后来却又情动于衷，以至分别时"哭得出声不得，软做一堆"；回家后一心只想着三巧儿，朝暮看着珍珠衫，长吁短叹，情怀撩乱。对这样的形象是无法加以简单的道德评判的。作者在开篇时曾谆谆告诫人们不可当第三者，"只图自己一时欢乐，却不顾他人的百年恩义，假如你有娇妻爱妾，别人调戏上了，你心下如何？"这种设身处地、将心比心的议论，不仅拉近了现实世界与艺术世界的关系，也使读者对陈大郎的行径产生由衷的警惕，而不只是出于一种义愤的摒弃。

本篇开头曾引述夏志清对《蒋兴哥重会珍珠衫》的激赏。实际上，在评论这篇作品时，他还提出了一个发人深思的假设，即如果中国小说沿着它的模式发展下去，一定会更加优秀。那么，《蒋兴哥重会珍珠衫》的模式在中国小说的发展中是否中止了呢？民国言情小说家刘云若有一部著名的长篇小说《红杏出墙记》，开篇与《蒋兴哥重会珍珠衫》颇有些相像。外出的丈夫突然回家，目睹了爱妻与好友间的私情。这种打击一如蒋兴哥所承受的，而主人公也同样采取了冷处理的办法。其间一连串爱恨交加的感情纠葛，看上去比《蒋兴哥重会珍珠衫》来得更为错综复杂和缠绵悱恻。我们无法知道刘云若是否看过《蒋兴哥重会珍珠衫》，但他确实有意与古代小说抗衡，声称自己的小说曲尽人情,故人无极善极恶(参见刘云若《春风回梦记·著者自叙》)。然而,如上所述,《蒋兴哥重会珍珠衫》的人物描写已然如此,那么,《红杏出墙记》究竟有没有超过《蒋兴哥重会珍珠衫》的地方?为什么它没有如"夏志清假说"那样,成为《安娜·卡列尼娜》式的杰作?依笔者一孔之见,恐怕还在对世俗精神的把握上。此书虽然采取的是通俗小说的叙述模式,但在具体表现上却羼入了更多的文人因素,以至在表现爱与恨、善与恶、情与欲、理智与冲动等方面,都带有明显的人为色彩与思理做派。作品中三人皆殉情而死的悲剧结局就使作者编造的痕迹达到了顶点。而这种悲剧的结局却是明代市民所不以为然的,他们的人生哲学正如王三巧的母亲开导女儿时所说:"你好短见!二十多岁的人,一朵花还没有开足,怎做这没下梢的事?莫说你丈夫还有回心转意的日子,便真个休了,恁般容貌,怕没人要你?少不得别选良姻,图个下半世受用。"这种执著于现世的生活欲望才是《蒋兴哥重会珍珠衫》的基调,也是它的作者"为市井细民写心"的原动力。而当通俗小说远离了这种原动力,恐怕也就不可能有更伟大的前途了。从这种意义上说,《蒋兴哥重会珍珠衫》也许真的可以说是独一无二的。

五、平中见奇的为官之旅
——谈《杨谦之客舫遇侠僧》

《杨谦之客舫遇侠僧》是《喻世明言》中一篇较为独特的作品，这首先表现在它不像一般的话本小说那样，有较为明显的道德教训。虽然话本小说在道德教训方面并非千篇一律，有些是一本正经地讲述一个道理，有些只是按照话本小说的惯例摆出一个教训的姿态，但在本篇当中，连一点轻描淡写的教训也没有，只是不疾不徐地描写了杨谦之的一次出仕经历而已，其间也没有什么大奸大恶、大起大伏。置之力求"可喜可愕、可悲可涕、可歌可舞"的话本小说艺术传统中（绿天馆主人《喻世明言叙》），这样的取材与叙述风格都显示出作者的匠心独运。当然，由于杨谦之是到当时认为蛮荒的地方去当官，因而作品在平淡的叙述中又带有一种神奇的色彩。小说题名"客舫遇侠僧"，因此，有的论著将本篇当作武侠小说的范本，这虽然不能说是买椟还珠，多少有些以偏概全。其实，在这篇小说中，侠僧只不过是个引子，是为了渲染奇异色彩而增加的叙述框架性人物。作品真正着意描写的是那个始终陪伴杨谦之的李氏，是她帮助杨谦之逢凶化吉遇难成祥，善始善终地完成了那一段曾经令杨谦之心悸的为官之旅，这样的奇女子形象在古代小说中是不可多得的。上面两个独特之处联系在一起，使《杨谦之客舫遇侠僧》成为小说史上一篇不应忽视的作品。

话本小说在创作上有一个规律，就是它们大多是依据此前或同时的文言小说改编成的，而《杨谦之客舫遇侠僧》却是"三言"中少数几篇目前尚未查到出处的作品。尽管我们不能由此证明它全然出于话本小说作者的戛戛独造，但文本中流露出的与众不同的艺术特点，仍然使熟悉小说史的读者对它格外垂青。从背景上看，小说的故事虽然发生在南宋建炎年间，但是从其中的典章制度等来看，却是明代的。如故事发生的安庄，宋代并未设县，明代始置安庄卫，治所在今贵州镇宁县。另外，在西南少数民族地区设置宣慰使等"土官"，也是明代的事，这也应是明人创作或加工过的确证。

《杨谦之客舫遇侠僧》的叙述干净利索。作者一上来就开门见山地叙述杨谦之得授贵州安庄县令。当时西南不如东部发达,加上中原意识作怪,人们对那里一直存有偏见。镇抚周望特意提醒他:"安庄蛮僚出没之处,家户都有妖法,蛊毒魅人。若能降伏得他,财宝尽你得了;若不能处置得他,须要仔细。尊正夫人亦不可带去,恐土官无礼。"风险与机遇并存,这一点杨谦之自然明白。他深知"蛮烟瘴疫,九死一生,欲待不去,奈日暮途穷,去时必陷死地"。一个看来没有什么背景的人,得授这样的官职,其滋味正形同鸡肋。倒是"尊正夫人亦不可带去"一语,耐人寻味。我们知道,冯梦龙编"三言"在题材上是作了大致归类的,经常将相关作品安排在一起,甚至标题上都两两对偶。在本篇之后,紧接着就是一篇题材相似的《陈从善梅岭失浑家》,叙述陈从善被委任为广东南雄巡检,携妻赴任。经过梅花岭时,妻子被猢狲精所夺。这也正是携妻同去蛮荒之地的危险所在。"正夫人"被掠,有伤风化与体统,携小妾就无妨了,古人贬谪或放官边鄙大多如此。这既反映了当时的社会现实与人们的思想观念,也为李氏的出场作了铺垫。

当杨谦之带着孤独与恐惧上路不久,就幸运地遇到了一个有法术的奇僧,而这个奇僧又为他引来一个二十四五岁的美貌佳人李氏,为小说掀开了神奇的一页。据作者交代,这李氏"非但生得妖娆美貌,又兼禀性温柔,百能百俐。也是天生的聪明,与杨公彼此相爱,就如结发一般"。有了李氏的枕席相伴,杨谦之自然免除了异乡为官的寂寞。但作者并不只是要写一个温柔的女性而已,紧接着,李氏就表现出了她的过人之处。由于她的及时提醒,杨谦之所乘坐的船躲过了一次狂风巨浪。而由于杨谦之不听她的告诫,误从盗贼手中买了一罐蒟酱,招来失主的追杀。幸好李氏施法术使追来的兵船"就如钉钉在水里的 般,随他撑也撑不动"。她又用当地的方言向追兵说明了原委,交还蒟酱,才算免了一场灾难。两次风波,一次是自然的,一次是社会的,从不同角度显示了她的才智与法术。李氏对杨谦之说:"今后只依着我,管你没事。"这一句话看似平常,但出自当时的女性之口,却又是不平常的。

杨谦之上任后,果然又遇到了两大挑战,这两大挑战正是当时在边地为官所可能遭遇的主要障碍。一个是当地的"妖人",再一个是"土官",其实就是与地方势力对立与依存的关系。杨谦之到任才三天,就有一个庞老人寻衅滋事,杨谦之为维护体面,喝令责打了他。据李氏说:"他正是来斗法的人!你若起身时,他便夜来变妖作怪,百般惊吓你。你却怕死讨饶,这县官只当是他做了。那门皂吏书,都是他一路,那里有你我做主?"而为了渲染妖人的凶险,作者采用了一些非现实的笔法加以点染,描写那个庞老人夜晚化作凶恶的大蝙蝠前来作祟。幸好李氏能施法术,镇住了妖邪。众乡邻替他求饶,说道:"实不敢瞒老爷,这县里自来是他与几个把持,不由官府做主。如今晓得老爷的法了,再也不敢冒犯老爷,饶放庞老人一个,满县人自然归顺!"由此,我们可以看得很清楚了,所谓"妖人"不过是对当地百姓的蔑称。在中国古代官本位的社会意识中,老百姓往往被诬作"顽民""刁民""妖民"等,而蛮荒之地的百姓当然更被视为冥顽不化。明代小说《王阳明出身靖乱录》在叙及王阳明因得罪刘瑾而被贬往贵州龙场时,就说当地"万山丛棘中,蛇虺成堆,魑魅昼见,瘴疠蛊毒,苦不可言。夷人语言,又皆鸠舌难辨。……夷俗尊事蛊神,有中土人至,往往杀之以祀神,谓之祈福。"①而清代赵翼曾出仕云贵两广,他的《檐曝杂记》中也记载了边外有人能变虎的奇谈②。这些偏见、误解其实正是上述幻想的现实基础。不过,透过荒诞描写的外表,作者实际上说明了为官"蛮邦",首先要处理好与当地百姓的关系,这一道理还是十分现实的。

另一个不能绕行的障碍是当地的宣慰司。明代在西南少数民族地区设置宣慰司,宣慰使为土司中最高官职,由本地人世袭。杨谦之到任后,典史就提醒他:"这里地方与马龙连接,马龙有个薛宣尉司,他是唐朝薛仁贵之后,其富敌国。僚蛮伧佬,只服薛尉司约束。本县虽与宣尉司表里,衙门常规,长官行香后,先去看望他,他才答礼,彼此酒礼往来,烦望长官在意。"李氏也告诫他说:"薛宣尉年纪小,极是作聪的。若是小心与他相好,钱财也得了他的。我们回去,还在他手里。不可托大,说他是土官,不可怠慢他。"显然,在这山高皇帝远的地方,不与这种权势者搞好关系,也是难以在当地站稳脚跟的。这一次,杨谦之完全照李氏的话去做了,并以自己的才学赢得了薛宣司的敬服。作者的用意似乎也在表明,缺少必备的文官才能和与人交往的本领,是无法胜任"蛮邦"的知县的。

制服了当地的凶顽,又结交了当地的权贵,杨谦之已无任何顾虑,可以放开手做他的父母官了。于是小说有了如下描写,让我们看清了从一开始就不断提到的"财宝尽你得了"是怎么一回事:

> 旧例:夷人告一纸状子,不管准不准,先纳三钱纸价。每限状子多,自有若干银子。如遇人命,若愿讲和,里邻干证估凶身家事厚薄,请知

---

① 冯梦龙编《三教偶拈》第一卷,《古本小说集成》本,上海古籍出版社,1992年,第47—48页。
② 赵翼《檐曝杂记》卷三,中华书局,1982年,第54页。

> 县相公把家私分作三股,一股送与知县,一股给与苦主,留一股与凶身,如此就说好官府。蛮夷中另是一种风俗,如遇时节,远近人都来馈送。杨知县在安庄三年有余,得了好些财物。①

杨谦之并不是一个贪官,没有挖空心思地搜刮民脂民膏,他只是按照"规矩"得些好处。所以,这时的他也就不劳李氏帮忙了。更有意思的是,当他致仕离任时,还要摆出清廉的样子。早前,他已将三年积下的财物寄托在薛宣慰家,所以当他离任时,有这样一个场面:

> 杨公回到县里来,叫众老人们都到县里来,说道:"我在此三年,生受你们多了。我已致仕,今日与你们相别。我也分些东西与你众人,这是我的意思。我来时这几个箱笼,如今去也只是这几个箱笼,当堂上你们自看。"众老人又禀道:"没甚孝顺老爹,怎敢倒要老爹的东西?"各人些小受了些,都欢喜拜谢了自去。起身之日,百姓都摆列香花灯烛送行。县里人只见杨公没甚行李,那晓得都是薛宣尉预先送在船里停当了。杨公只像个没东西的一般。

细按文意,作者似乎也并没有刻意讽刺的意味。在当时的人看来,为官一任,得些好处也是自然的事,稍加遮掩也在情理之中。其实,看惯了古代小说中不是清官就是贪官的描写,像杨谦之这样的形象反而显示出一种独特性。而作者能以平常心对待这一点,实际上折射出商品经济蓬勃发展时代的新观念。这在小说最后杨谦之与侠僧、李氏分割财产中可以看得更清楚:

> 长老主张把宦资作十分,说:"杨大人取了六分,侄女取了三分,我也取了一分。"各人都无话说。②

虽然杨谦之与侠僧和李氏早已建立了深厚的信任和情谊,但并不妨碍他们在财产问题上的"亲兄弟,明算账";由于人物都无贪鄙之心,这样的分割反而令人有一种清白之感。而杨谦之的为官之旅至此也变成了侠僧主导的一次颇有预见性的投资行为和公平合理的交易。

如上所述,《杨谦之客舫遇侠僧》是一篇非常平实的小说,从头至尾不过是叙述了一个普通官员赴任、在任、卸任的经历。但小说中也不乏平中见奇的地方。这种平中见奇除了前面所说的战妖斗怪,还有作者随意点染的

---

① 冯梦龙《喻世明言》,北京十月文艺出版社,1994年,第313页。
② 同上书,第315页。

异域风情。例如开篇叙及杨谦之辞朝时,曾向高宗皇帝献诗感叹"蛮烟寥落在东风,万里天涯迢递中""桄榔连碧迷征路,象郡南天绝便鸿",不仅表现了人物的心理,也形象地揭示了异乡的风情。如诗中提到的桄榔,是岭南特有的常绿乔木。欧阳炯《南乡子》中有"路入南中,桄榔叶暗蓼花红"的词句,与本诗意趣相近。苏东坡被贬琼州后,也曾在桄榔林里盖了几间茅屋居住,命名为"桄榔庵"。本篇作者代人物拟诗,抓住这一风物特征,一下子就将故事的场景、人物的心境和读者的感受拉到了那个"人语殊方相识少"的凄凉之地。又如篇中所写到的"蒟酱","出在南越国。其木似谷树,其叶如桑椹,长二三寸,又不肯多生。九月后,霜里方熟。土人采之,酿酝成酱,先进王家,诚为珍味",也为小说增添了一种奇异色彩。值得称道的是,这些描写在小说中都是点到即止,作者绝无矜奇尚怪之意,他力图表现的主要还是"庸常"中被人忽略的真奇。

李氏的形象就是如此。在她的身上,确实带有一种理想化的色彩:她有见识、会法术,显得高于现实生活中的女性;不过,她对杨谦之的关照呵护,乃至连杨谦之见薛宣慰的礼品都预先安排好了等细节,又体现出她对人情世故的洞察。她既普通,又精明;既像一个侠女,又与杨谦之有着朦胧的爱情意识。这样的女性形象在古代小说中并不多见,如果再举一例,那么《喻世明言》中另一名篇《沈小霞相会出师表》中的闻淑英略有几分神似。闻淑英也是以妾的身份,在丈夫落难时挺身而出与之同行的;一路上她还机智地与公差周旋,保护了丈夫的性命。比较而言,《沈小霞相会出师表》更现实、更严峻一点儿,而《杨谦之客舫遇侠僧》则更具有传奇性一点儿。也正因为如此,李氏比闻淑英别具一种飘逸洒脱的魅力。

实际上,对杨、李二人感情的描写,也是《杨谦之客舫遇侠僧》平中见奇处之一。无论是从人物的身份,还是从他们的相识过程以及最后的结局来看,这篇小说都不属于一般意义上的爱情婚姻类作品,因而也绝无爱情婚姻作品常有的那种矫揉造作。但是,其中又并非完全没有爱情、无关婚姻。两人结识后就彼此相爱,如同结发夫妻。此后也一直生活在一起,李氏处处表现出贤内助的品格。所以当最后侠僧说要带李氏走时,小说中才出现了一场令人为之动容的情感戏:

> 杨公听得说,两泪交流,大哭起来,拜倒在奶奶、长老面前,说道:"丢得我好苦,我只是死了罢!"拔出一把小解手刀来,望着咽喉便刎。李氏慌忙抱住,夺了刀,也就啼哭起来。长老来劝,说道:"不要哭了,终须一别。我原许还他丈夫,出家人不说谎。"杨知县带着眼泪,说道:

"财物恁凭长老、奶奶取去,只是痛苦不得过。"长老见这杨公如此情真,说道:"我自有处。且在船里宿了,明日作别。"杨公与李氏一夜不曾合眼,泪不曾干,说了一夜。到明日早起来,梳洗饭毕。李氏与杨公两个抱住,那里肯舍?真个是生离死别。李氏只得自上岸去了。杨公也开了船。①

对于李氏的身份,作品写得有些含糊。刚出场时,侠僧向杨谦之介绍时说:"他是我的嫡堂侄女儿,因寡居在家里,我特地把他来伏事大人。"到后来,侠僧要领回李氏时,又对杨谦之说:"他原有丈夫。我因见足下去不得,以此不顾廉耻,使侄女相伴足下,到那县里。……侄女其实不得去了,还要送归前夫。"但按后一种说法,前一种说法就是说谎了。作者似乎并不在意这种"穿帮",杨谦之也并没有提出这方面的疑问。因为侠客之为侠客,本来就有招来挥去的洒脱。从杨、李的感情来说,前面没有太多地描写他们的缠绵悱恻,后面也就没有过多地拖泥带水。回想当初"蛮邦薄宦一孤身"的战战兢兢,小说最后的结局对杨谦之来说也算得上顺利完美了。如果说还有一点遗憾的话,那就是这情非得已的分别。不同流俗的是,在结尾处作者还有一句话,说杨谦之回家后"又修书致意李氏,自此信使不绝"。让这一对不是夫妻却又曾风雨同舟的情侣在鱼雁传书中慢慢变老,说不上惊世骇俗,却多少有点令人称奇,这或许就是那个时代作者所能想到的最浪漫的事吧。

---

① 冯梦龙《喻世明言》,北京十月文艺出版社,1994年,第314—315页。

六、千年怨气一朝伸
——谈《闹阴司司马貌断狱》

2004年底,由台湾国光剧团演出的京剧《天地一秀才——阎罗梦》受到京沪戏曲界及高校青年学子的广泛好评。该剧叙述汉代书生司马貌,满腹经纶,一生潦倒,因不肯苟同于其他官吏卖官的行为,据理力争招来毒打,愤而写下怨词,惊动天地。于是他被派到阴间代理半日阎罗,力图在六个时辰之内重写生死簿,扭转乾坤。他重断汉初项羽、韩信旧案,牵引出关羽、曹操、宋太祖等人,上下古今,穿越时空。在一阵前世来生、因果纠缠之后,对人生有了另一番体悟。这出戏除了保留传统京剧的板式唱腔、身段服饰等之外,台词充满现代生活气息,内容也极具思辨色彩和哲理寓意。因此,主创者打出了一个十分响亮的旗号——"思维京剧"。

尽管《天地一秀才》给人耳目一新的感觉,但它的"思维"并不是凭空产生的,剧本的编创依据的是冯梦龙《喻世明言》中的《闹阴司司马貌断狱》。而就这篇小说而言,虽然与当代意识还有很大距离,但在古代小说中却也是别具一格的。

20世纪初,西方小说理论开始传入中国,那以后,人们逐渐形成了一种印象,即中国古代小说往往都特别重视故事情节,而这在一些人看来是逊色于西方小说对人物性格与心理的关注的。实际上,即以话本小说论,中国古代小说家的艺术追求也是多种多样的,《闹阴司司马貌断狱》就与一般的话本小说不同,它没有复杂的情节线索,只是描写了书生司马貌在阴司执法断狱的经历:司马貌资性聪明,德行端谨,因家境贫寒,无人提挈,以致怀才不遇,对种种是非不分的现象愤愤不平。一日,借酒浇愁,写成《怨词》一篇,声称"我若作阎罗,世事皆更正"。此事惊动天地诸神,玉帝决定由司马貌暂行阴司之权,审理疑难积案。其中最突出的是对三国局面的安排。司马貌将人犯逐一唤过,令其投胎出世,其中韩信尽忠报国,替汉家夺下大半江山,可惜衔冤而死,被发往曹嵩家托生,即为曹操,先为汉相,后为魏王,坐镇许都,享有汉家山河之半,以报前世之仇。而刘邦则托生为献帝,一生被曹操欺侮,以应前世君负其臣,来生臣欺其君以相报。英布投胎为孙权;彭越投胎为刘备。同时,司马貌又安排了几个人扶助刘备,蒯通为诸葛亮,许复为庞统,樊哙为张飞,项羽为关羽,纪信为赵云,而丁公则投胎为周瑜,等等。

很明显,小说的主体是非现实的,而司马貌的断狱过程也带有极强的观念色彩。除了将历史发展纳入因果报应的思想体系这样一种主观意志外,作品并没有独立演进的情节冲突与内在线索,人物性格也缺乏与情节发展相联系的复杂内涵。这种主要是通过幻想的形式表现对历史的认识态度与对现实的道德感受的创作,反映出话本小说作为一种娱乐形式的本质,并不局限于提供令人拍案惊奇的故事,有时也可能用来表达某种足以唤起公众兴趣的思想认识。

事实上,《闹阴司司马貌断狱》在小说史上也不是一个完全孤立的存在。从佛教传入中国以后,此类阴司断狱的故事在小说中就时常可见,只不过断狱的都是阎王罢了,而本篇之奇却在于让常人代行阴司之权,无疑为这一宗教故事模式增添了人性化的色彩。所谓人性化色彩,从根本上说,就是与话本小说文体相适应的下层民众与不遇文人的愤世嫉俗之情。这种情绪在宋元以后的通俗文学中屡见不鲜,比如本篇中,司马貌就有一段对社会不公与黑暗的批判:

> 阎君,你说奉天行道,天道以爱人为心,以劝善惩恶为公。如今世人有等悭吝的,偏教他财积如山;有等肯做好事的,偏教他手中空乏。有等刻薄害人的,偏教他处富贵之位,得肆其恶;有等忠厚肯扶持人的,偏教他吃亏受辱,不遂其愿。作善者,常被作恶者欺瞒;有才者,反为无才者凌压。有冤无诉,有屈无伸,皆由你阎君判断不公之故。①

这种指责,在元曲中就不乏先例。如《窦娥冤》中有一曲著名的《滚绣球》:

> 有日月朝暮悬,有鬼神掌着生死权。天地也只合把清浊分辨,可怎生糊突了盗跖颜渊:为善的受贫穷更命短,造恶的享富贵又寿延。天地也,做得个怕硬欺软,却元来也这般顺水推船。地也,你不分好歹何为地?天也,你错勘贤愚枉做天!哎,只落得两泪涟涟。②

窦娥是一个下层妇女,只能"两泪涟涟"。而文人却不同,他们知多识广,翻云覆雨,一向将褒忠贬奸、衡古论今视为自己的权柄与职责。明代徐渭的

---

① 冯梦龙《喻世明言》,北京十月文艺出版社,1994年,第522页。
② 关汉卿《窦娥冤》,《元曲选》第四册,中华书局,1958年,第1509页。

《狂鼓史》叙祢衡被害后,受阴间判官的敦请,面对曹操亡魂再次击鼓痛斥其种种罪行,就在借古讽今的曲词中,抒发了作者愤世嫉俗的怨恨。司马貌也是如此,作为一个读书人,虽然他的不平同样与个人经历有关,"即如我司马貌,一生苦志读书,力行孝弟,有甚不合天心处？却教我终身蹭蹬,屈于庸流之下。似此颠倒贤愚,要你阎君何用？"但这种怀才不遇的感受实为众多落魄文人共有的感情,明刊本《喻世明言》上就有一条批语称:"我胸中不平,都被他说尽。"而自为阎罗,更正世事则成为他们的一种愿望。正是这种融汇了底层民众不平意识的文人自负,成了小说叙述中的一种主导力量,它以重新解释历史事实的道德权柄,解构了至高无上的皇权,使那些曾经叱咤风云的英雄豪杰,任由作者随意驱遣,接受历史的审判。

在话本小说的作者和接受者看来,重新解释的历史不只是一时的幻想,而是真实的历史。所以"闹阴司司马貌断狱"的故事曾被作为《三国演义》前身《三国志平话》的开头。这有两种可能,一是《三国志平话》将单篇独立的话本"司马貌断狱"纳入自己的故事体系中;二是这个故事原本就是《三国志平话》的一部分,后来又从中分离出来了。无论哪种情况,对《三国志平话》而言,它都是与小说的整体构思联系在一起的,是这一讲史话本的叙述框架。超越叙事层面的框架是早期通俗小说家所热衷采用的结构方式。无论是短篇小说《计押番金鳗产祸》,还是长篇小说《水浒传》,都运用了这种结构。这种结构的意义就在于为小说定下一个基调。因此,当三国故事如火如荼地展开后,预先接受了"司马貌断狱"故事的读者,就能够以一种平静的态度面对历史既定的格局。

不过,对于一部纷繁的三国故事来说,这样的结构实在太过轻巧了。特别是当三国题材进一步发展后,那么多风云人物,只是一个书生的负气安排,越发显得轻重失当。所以,即使不从因果报应观念与中国古代历史注重"实录"的叙述传统的矛盾上说,只从叙述结构的畸轻畸重来说,《三国演义》删去了这一开头,也是十分合适的。当然,这并不意味着明清的作家完全放弃了这一幻想。戏曲方面,有《愤司马》《小江东》《大转轮》等发挥其事;小说方面,清代有一部名为《三国因》的作品,仍叙司马貌断狱故事,在《闹阴司司马貌断狱》的基础上,又增加了范增告陈平使反间计使自己为项羽、虞子期所屈杀等四案,使三国历史上的其他重要人物也都有了前因后果的安排。

至于让外人介入冥司断狱的情节,明清小说中还有其他作品采用过。这里不妨拿另一篇相似的作品作一点比较。在冯梦龙编《喻世明言》时,有意将《游酆都胡母迪吟诗》与《闹阴司司马貌断狱》编排在一起。《游酆都胡母迪吟诗》的故事也是一个读书人到阴司去明断是非。这个叫胡母迪的读书人一开始就表现得比司马貌拘谨,由于他审判的秦桧是中国历史上没有争议的"案犯",而作品所描写的又主要是秦桧在地狱所受刑罚,无关历史,所以,他只不过是亲历了一番冥间"善恶报应,忠佞分别不爽"而已。就描写而言,没有《闹阴司司马貌断狱》整顿天下、重置历史的气魄。冥官对他说:"某冥任将满,想子善善恶恶,正堪此职。某当奏知天廷,荐子以自代。"也不过是文人对"以子斯文,能持正论"的自我肯定与社会道德立场的确认。值得注意的是,清代《说岳全传》第七十三回所叙"胡梦蝶醉后吟诗游地狱"完全移植的是《游酆都胡母迪吟诗》。不过,《游酆都胡母迪吟诗》之于《说岳全传》,不同于《闹阴司司马貌断狱》之于《三国志平话》,是作为全书的开头即历史的起因,它基本上是处于情节的收束部分即作为历史的结果。因此,当《闹阴司司马貌断狱》从"三国"题材长篇小说中剥离出来,作品强化的是严峻的历史感,让历史在不受先入为主观念制约下按照本来面目发展;而《游酆都胡母迪吟诗》的纳入长篇小说,加强的却是作品的道德感,使历史最终得到一种超越现实的解释。这一去一取之间,我们可以看到同类描写的不同艺术功能。有趣的是,《西游补》第八、九回叙孙悟空"半日阎罗决正邪",审的也是秦桧一案,但描写得诙谐灵活,又别具风格,如:

> 秦桧道:"……咳!爷爷,后边做秦桧的也多,现今做秦桧的也不少,只管叫秦桧独独受苦怎的?"行者道:"谁叫你做现今秦桧的师长,后边秦桧的规模!"登时又叫金爪精鬼取锯子过来,缚定秦桧,解成万片。旁边吹嘘判官慌忙吹转。行者又看册子:"和议已决,秦桧挟金人以自重。"行者又叫:"秦桧,你挟金人的时节,有几百斤重呢?"秦桧道:"我挟金人却如铁打泰山一般重。"行者道:"你知泰山几斤?"秦桧道:"约来有千万斤。"行者道:"约来的数不确。你自家等等分厘看!"叫五千名铜骨鬼使,抬出一座铁泰山压在秦桧背上。一个时辰,推开看看,只见一枚秦桧变成泥屑。①

这种游戏之笔,将《游酆都胡母迪吟诗》的凝重化为笑谈,令读者另有一种"极畅快"的感觉。

如果从转世托生的角度看,则相关描写更不计其数。它们或解释人物

---

① 李前程校注《西游补》,昆仑出版社,2011年,第154—155页。

关系,以说明情节原委,如《醒世姻缘传》就设计了一个两世姻缘,冤冤相报的故事情节;《续金瓶梅》则让原著中人物转世托生,各自实现其报应。而一些名著的续书,为顺应"人情喜合恶离,喜顺恶逆"(晚清觚庵《觚庵漫笔》),也往往为小说重置人物结局,以快慰读者心理。如《后水浒传》让原著中屈死英雄再次托生,重张义帜;《红楼梦》的续书《绮楼重梦》也由警幻仙子安排,宝玉、黛玉重新投生,以完前缘,等等。究其实质,这些小说不过是由小说家充当了司马貌的角色。所不同的是,《闹阴司司马貌断狱》是站在道德评判的立场上,对历史作一种更加是非判然的确认,而上述作品则在很大程度上仅仅将立足点放在因果报应上,一定程度上扭曲了人们对现实矛盾的认识。

回到前面提到的"思维京剧"《天地一秀才》。当司马貌自恃才高,重塑历史,原以为可以让善恶各得其所,没想到最后每个角色都有难解之冤,以至帝王将相大呼:"还不如做个布衣书生!"而司马貌也才意识到世间并无绝对是非。一梦醒来,是迷失了方向,还是找到了出路,作者有意让观众继续"思维"下去。毋庸讳言,《闹阴司司马貌断狱》并没有达到这样的"思维"高度。不但它没有,其他明清同类作品也没有,其卓异之处可能仅仅在于为后世的"新思维"提供了一个出发点。问题是,《闹阴司司马貌断狱》所引导出的"新思维"如果只是对绝对是非的否定,那么,这种否定可能还不如小说中玉帝的理论来得彻底。当司马貌抒写怨愤时,玉帝恼羞成怒:"世人爵禄深沉,关系气运。依你说,贤者居上,不肖者居下;有才显荣,无才者黜落;天下世世太平,江山也永不更变了?岂有此理!小儒见识不广,反说天道有私。"按照玉帝的逻辑,存在的就是合理的,江山不可能永不更变,而改变的前提或动力就在于社会的不公。看来,人类一思考,上帝真的会发笑。也许,还是一些地方戏来得更直接爽快,如豫剧的《司马貌告状》,以大段唱词抒发司马貌的愤怒之情:

> 司马貌又写冤枉状,告天告地告上苍。头一笔挥笔不用想,几重天先告张玉皇。你既在上方把权掌,怎不与黎民除灾殃,人人说天心无私主公道,依我看你枉为至尊在天堂。二张状,怒气张。太白真人也荒唐,人间多少不平事,你察善恶怎不详。三张状,恨满腔,越思越恼阎罗王,生死权在你手掌,为何错判好人亡。四张状告财神公道不讲,散金银你为何也怕强梁。强人因有财和宝,横行霸道更猖狂。五张状告城隍失职失分,你为何受香烟不佑贫穷。六张状告文昌错掌文远,七张告魁星错点文人,八张状告土地诸事不问,九张状我再告家神是灶君,

告到了十张状心血滚滚,做神灵为什么曲直不分?恨上来把天神一一告尽,从玉皇我告到左右门神,张张大状用火焚。十纸随风飘满天乌云,恨不能驾长梯与天理论,恨不能凿地门告状入阴,恼上来我满院撒下无情火,司马貌我扑火死质问天君。①

由一段三国人物的是非恩怨,引申到对整个社会黑暗的不满,《闹阴司司马貌断狱》中"千年怨气一朝伸"的思想底蕴,至此可以说已经发挥得淋漓尽致了。

---

① 引自"梨园豫曲论坛·戏文唱词",http://www.henanxi.net/bbs/viewthread.php?tid=4625。

七、虚拟的历史公共空间
——谈《拗相公饮恨半山堂》

按照《都城纪胜》《梦粱录》的记载,宋元"说话"分为四家,此四家之说,向有争议。但其中"小说"类与"讲史"类因各自有不少作品保存下来,基本上是明晰的。值得注意的是,《醉翁谈录》的《小说开辟》在历数"小说"灵怪、烟粉、传奇、公案等门类的作品后,又提到了刘项争雄、孙庞斗智、诸葛亮雄材等显然属于历史范畴的题材。《小说开辟》应是"小说家"说书时共用的开场白,如果它不是如同书此前的《小说引子》特意标明"演史、讲经并可通用"的话,则表明"小说"中也有不少涉及历史的内容。这使我们很自然又联想到《都城纪胜》《梦粱录》中另一段著名的话:"最畏小说人,盖小说者能以一朝一代故事顷刻间提破。"除非小说中也有历史题材的作品,否则这句显然是与"讲史"相比较的话就没有意义了。因此,关键的问题可能是"小说"中的涉史作品与"讲史"在取材角度与表现方式上有何区别。

尽管"三言"不全是宋元话本,但它上承宋元话本小说而来,自无疑义。其中确实不乏与历史关系较切近的作品,如《史弘肇龙虎君臣会》《王安石三难苏学士》《赵太祖千里送京娘》《隋炀帝逸游召谴》等。从具体内容上来看,这些作品与"讲史"的区别是一望可知的。大致上,它们不以政治、军事冲突为中心,也不力图展现全景式的历史画卷,而是将历史人物置于一个私人化的生活空间中,以人物的性格为中心,特别是以接近普通人感情心态的日常故事为中心。这恐怕正是小说"能以一朝一代故事顷刻间提破"的原因。《警世通言》中的《拗相公饮恨半山堂》也许就有助于我们理解这一小说史的重要问题。

《拗相公饮恨半山堂》涉及王安石变法这一与整个宋朝盛衰相关的重大事件。但它没有直接正面表现变法的过程,而是在简要叙述了历史原委后,迅速将笔墨集中到王安石卸任后的旅途见闻上。《宋史·王安石传》最后叙及王安石因儿子去世,悲伤请辞,而神宗对他也有所厌恶,遂罢其相职。这在史书中是历史叙述的终点,而小说恰恰以此作为起点,显示出两者旨趣的不同。就小说而言,作者既可通过其旅途见闻从容回应历史事件,同时又能借此拓展历史叙述的空间。

这是一个在正史叙述中不可能涉及的空间。《宋史》本传在叙及变法招致反对时,曾引司马光语称"士夫沸腾,黎民骚动",但具体情形如何,并无详述。王安石抗章自辩,将问题上纲上线到"陛下"与"天下流俗"之权的轻重之争,使神宗听信于自己。后来,遇到天下大旱,饥民流离,神宗有意"尽罢法度之不善者",并提醒王安石"今取免行钱太重,人情咨怨,至出不逊语",王安石同样不以为然。众所周知,王安石有一个著名的"三不足"说:"天变不足畏,人言不足恤,祖宗之法不足守。"全然不把流俗之议放在眼里。说是力排众议也好,说是一意孤行也好,当他大权在握时,对反对的声浪自然可以听之任之;一旦失势,大鸣大放大批判大字报就如排山倒海般向他压来。这就是《拗相公饮恨半山堂》展开的艺术世界。而随着王安石的活动场所由权力中心转向一般社会,又为作品凸显民间的声音提供了一个机会。在作者的着意表现下,这一千秋功罪的评说过程,俨然成了中国古代社会难得一见的"公共空间"。

所谓"公共空间"(public sphere)是哈贝马斯在《公共领域的结构转型》中提出的概念,指18世纪欧洲社会人们可以议时议政、平等对话的共享空间,如各种沙龙、咖啡屋、剧场等。① 显然,在中国古代社会政治结构中,并不真正拥有这样的公共空间。虽然从先秦的"乡校"到东汉的太学再到明末的书院,读书人的清议多少有一些这样的性质,黄宗羲甚至设想过以学校为基础构建判断是非的舆论空间(《明夷待访录·学校》),但完全平等、不受约束且能影响时局的对话及其空间,在专制体制下是无法出现的。

不过,在小说家笔下却又不然。我们熟知的清代小说《豆棚闲话》就以"豆棚"为中心,虚拟了一个各色人物平等交流的"公共空间"。而《拗相公饮恨半山堂》则在更广大的范围内展开了这一公共空间,作者将在实际政治生活中以及为正史叙述传统所遮蔽和压抑而失语的民间社会描写成一股不可抗拒的精神力量。作为一个大权在握的强悍改革者,王安石对"流俗浮议"是深恶痛绝的。让这样的人在走下历史舞台后面临舆论的汪洋大海,本身就是辛辣的挖苦。从叙述上看,王安石的角色安排也很有意思,他既是旁观者,又是当事人;既是一个艺术形象,又是作者展开叙述的一个内视点:人物的功能意义与作品精神内涵得到了同步实现,这样的形象塑造在

---

① 参见哈贝马斯《公共领域的结构转型》(曹卫东译),学林出版社,1999年,第55页。

小说中还是不多见的。

且说王安石从一人之下万人之上的高位,顿入人间,决定微服前往金陵。手下人提醒过他,"倘或途中小辈不识高低,有毁谤相公者,何以处之?"这一提醒正暗示了手下人对这种"毁谤"早有耳闻。王安石却还没有完成角色意识的转换,声称:"常言'宰相腹中撑得船过',从来人言不足恤。言吾善者,不足为喜;道吾恶者,不足为怒。只当耳边风过去便了,切莫揽事。"这多少表明他仍然具有强者的自信。但是,这种自信却在一个个不期而至的讥刺中不断瓦解。一路之上,处处有诗讥诮,"怨词詈语遍于人间"。明刊《警世通言》的批者很细心地点出王安石共遭遇了七次嘲弄。其实细加统计,还不止此数。据岳珂《桯史》载,只有一处邮亭见诗;《钟离叟妪传》①也仅在邮亭外另增两处农舍。而本篇以后者为本,又描写了王安石在经纪人家、茶坊、道院、坑厕等处的见闻,所接触的人也包括不同阶层,强化了其代表性,而涉及面之广,几乎构成了一个完整的社会画卷。除了题诗外,更有直接批评,其中以一个连丧四子的老叟的指斥最为激烈:

> 自朝廷用王安石为相,变易祖宗制度,专以聚敛为急,拒谏饰非,驱忠立佞。始设青苗法以虐农民,继立保甲、助役、保马、均输等法,纷纭不一。官府奉上而虐下,日以箠掠为事。吏卒夜呼于门,百姓不得安寝。弃产业,携妻子,逃于深山者,日有数十。此村百有余家,今所存八九家矣。②

而小说前后反复渲染的王安石之子在阴间所受惩处及其对王安石的告诫,进一步将"怨气腾天"的民意转化为鬼神世界所捍卫的终极判断,使作品虚构的历史公共空间在"天怒人怨"的叙述中获得了无可置疑的权威性。虽然这一虚拟公共空间所传达的思想可能并没有跳出正统观念,但其基于民间立场的叙述,却表明了这篇小说真正的艺术价值。

与此相关,小说突出了王安石的性格与命运。王安石性格的"执拗",最早出于司马光之口,见邵伯温《邵氏闻见录》卷一二。而径以"拗相公"相呼,当是民间的说法。不过,由于作者并未正面表现王安石当政的故事,所谓"拗",在小说中只是一个标签而已。从实际描写看,作者却细致地表现了人物的内心波动。最初,王安石要雇肩舆骡马,听到有人对他"创立新

---

① 《钟离叟妪传》,载赵弼《效颦集》中卷。《明清善本小说丛刊初编》第二辑收入《效颦集》,天一出版社,1985年。

② 冯梦龙《警世通言》,北京十月文艺出版社,1994年,第47页。

法,伤财害民"的批评,担心被认出,只是"垂下眼皮"催促赶快走;接下来,在茶坊壁间看到一首讽刺诗,"默然无语,连茶也没兴吃了,慌忙出门"。在道院又看到类似的讽刺诗,他"将诗纸揭下,藏于袖中,默然而出。回到主人家,闷闷的过了一夜"。最具讽刺意味的是,在坑厕见土墙上也有白石灰题写的讽刺诗,他"觑个空,就左脚脱下一只方舄,将舄底向土墙上抹得字迹糊涂,方才罢手"。

随后,在驿站、在茅屋,各种讽刺挖苦纷至沓来,他的情绪更加"惨然不乐""面如死灰",以至"展转寻思,抚膺顿足,懊悔不迭","长吁短叹,和衣偃卧,不能成寐,吞声暗位,两袖皆沾湿了";特别是老妪婢女喂猪喂鸡,竟以"拗相公""王安石"相呼,令其感到倍受侮辱。而老妪的切齿之恨,更使他忧患过度,"容颜改变,索镜自照,只见须发俱白,两目皆肿,心下凄惨"。到了邮亭,他终于按捺不住内心的痛苦与愤怒,破口大骂起来:"何物狂夫,敢毁谤朝政如此!"然而,今非昔比,当听说众百姓欲持白梃将其杀而啖之时,惊恐得连饭都顾不上吃就狼狈逃走,这可以说成为压垮他精神世界的最后一根草。从此,他一蹶不振,终于饮恨而亡。

其实,历史上王安石是熙宁九年(1076)谢政归金陵的,直至元祐元年(1086)去世,赋闲十余年,并非如小说所写几天后便在半山堂饮恨而死。虽然下台后也有些寂寞,"今日江湖从学者,人人讳道是门生"①,但也不是像小说所写那样凄凉,比如他有一首《后元丰行》诗就写道:"乘兴欹眠过白下,逢人欢笑得无愁",表现了一种与民同乐的开朗心情。而到了明代,无论作者还是读者,对王安石也早已没有了如作品所揭示的那种痛恨,作者如此虚构,与其说是为了展示历史的真实,不如说是要凸显人心向背的力量。一个曾经如此强悍、如此执拗的人,因为轻视民意,民意最终成了他生命中不能承受之轻。在民众的口诛笔伐下,他陷入无尽的沮丧、悔恨、恐惧之中,以致精神彻底崩溃,这就是小说最震慑人心的悲剧意味。

在展现王安石心路历程的同时,本篇作者在人物塑造上的另一个值得称道的地方是没有将其一味丑化。相反,对于尚未走上权力巅峰的王安石,作品给予了很高的评价。他的才能、勤奋、地方政绩,都受人赞许。他微服

---

① 张舜民《哀王荆公》。王辟之《渑水燕谈录》卷一〇载:"荆国王文公,以多闻博学为世宗师。当世学者得出其门下者,自以为荣,一被称与,往往名重天下。公之治经,尤尚解字,末流务多新奇,浸成穿凿。朝廷患之,诏学者兼用旧传注,不专治新经,禁援引《字解》。于是学者皆变所学,至有著书以诋公之学者,且讳称公门人。故芸叟为挽词云:'今日江湖从学者,人人讳道是门生。'传士林。"

出行,惟恐惊动所在官府、骚扰居民以及手下人诈害民财等,也可谓宅心仁厚。听到老叟诉苦,他"亦觉悲酸";面对老妪指责,"暗暗垂泪";似乎都表明他良心未泯。这些描写不仅增加了人物的可信度,也使历史叙述在对人复杂性格的观照中,形成了一种强烈的反讽意味。"恁般一个好人",却落得个千夫所指的下场,不由得使人产生一种悲悯的情怀。

为此,作者在小说后面还特意渲染了王安石对"福建子"的怨愤,似乎也在为王安石作些开脱。不过,一旦涉及历史真实问题,又回到本文开头所提到的"小说"涉史作品与"讲史"的区别上来了。且不说王安石与吕惠卿的政治纠葛相当复杂,如果是讲史,必然遵循正史的叙述传统与格局,让王安石变法这一风起云涌的政治事件得到正面的反映,而本篇不仅在叙述起点上就与正史或讲史有别,甚至在素材的运用上也自有取舍。如《邵氏闻见录》卷九载韩琦疑王安石饮放逸事,后得知王实因夜读而未及盥漱,欲收之门下,"荆公终不屈,如召试馆职不就之类是也"。此书叙及这一故事乃是为后面所述王安石与韩琦的政治矛盾所作铺垫,而由于《拗相公饮恨半山堂》不以政治矛盾为重点,所以只取了韩琦误解事以突出王安石勤奋,对后半部分涉及政治矛盾的就弃而不用了。相反,对同样见于《邵氏闻见录》的王安石之子阴间受罪事及其深恨吕惠卿事,虽然可能属于"游谈无根,诬枉而失实"[①],作者却津津乐道。

从具体描写上看,作者也多有改造与发挥,有的甚至可能是至关紧要的。就王安石的形象而言,小说写他在鄞县任知县,"兴利除害,大有能声",大致符合实际,而基层工作经验又正是他后来厉行改革的思想基础,这在他的《上运使孙司谏书》等文章中可以看出。他任舒州通判时所作《感事》诗,也对农民处境的艰苦深致感慨。可见,王安石并不完全像小说描写的那样漠视民生疾苦。就变法而言,更不可一概而论。小说中反复渲染变法虐民,可能符合部分实情。但从王安石的初衷与变法实质来说,并非没有考虑民众的利益。即使受非议最多的青苗法,在推行时也受到了一些地区贫民的欢迎。[②] 而在制定和推行免役法的过程中,王安石曾向神宗陈述说:"议助役已及一年,须令转运使、提点刑狱、州、县体问百姓,然后立法;法成,又当晓谕百姓,无一人有异论,然后著为令。"[③]似乎对百姓意见在立法

---

① 参见蔡上翔《王荆国文公年谱考略》卷一五,载《王安石年谱三种》,中华书局,1994年。
② 参见邓广铭《王安石》,人民出版社,1997年,第148页。
③ 李焘《续资治通鉴长编》卷二二四,中华书局,2004年,第5444页。

中的作用也持慎重态度。客观地说,他之反对"流俗浮议",是有鲜明的针对性的。从苏辙批评他"破富民以惠贫民"来看,变法触犯的主要是官绅豪强的特权和利益,司马光的《乞罢条例司常平使疏》就是明显地站在"富者"立场上反对改革的。然而,我们在小说中看到的却不是来自这一阶层的反对声浪。换言之,小说虚拟的公共空间,可能不仅虚在代失语的农民立言,也虚在抹杀了真正的反对者的声音,或者说更虚在将真正的反对者的声音加诸失语的农民身上。

事实上,在话本小说的叙述形态里,叙述者始终都不是纯粹的民间角色,而是知识分子与民间艺人的混合,其驳杂的叙述语调,可能只意味着在主流文化引导下弱势群体声音的有限释放。关键在于,小说的目的不像正史那么单一执著。在《警世通言》中,还有一篇《王安石三难苏学士》,被冯梦龙有意与《拗相公饮恨半山堂》编排在一起,如果与后者对读,一定是饶有趣味的。作为取材于历史的话本小说,《王安石三难苏学士》同样没有正面表现重大政治冲突,作者的关注点也集中在人物的性格上。王安石与苏轼这两个天才人物碰在一起时,相互间的争强好胜之心撞击出充满机趣的火花,北宋政坛尖锐的党争于是淡化为文人的笔墨之争,智慧的较量取代了政治的敌对。耐人寻味的是,两篇作品对王安石的态度迥然不同。前者基本上是从正面描写王安石,王安石尚高居庙堂之处,权倾朝野,足以轻易决定别人的命运,苏轼在他面前终于服服帖帖了;而后者却从他的失势写起,表现了他饱受批判、包括苏轼的讥刺的痛苦。两种境遇,显示出两种不同的人生况味,反映了小说家对历史题材处理的灵活性。

八、衣冠暂解人间累
——谈《薛录事鱼服证仙》

卡夫卡在他的《变形记》中让主人公一觉醒来变成了一只大甲虫的描写，深刻地表现了现代社会人的异化。而在16世纪前后——如果不把更早的同题材文言小说算在内的话，一位中国的话本小说家竟也有类似的描写。在这位不知名的小说家笔下，主人公变成了一条金鲤鱼。虽然两者的差异很大，但无论是大甲虫还是金鲤鱼，小说家都是有意利用人的变形这种反常的形式，表达对社会与人生的独特认识。

《薛录事鱼服证仙》(《醒世恒言》卷二六)的情节是这样的：青城县主簿薛伟(薛录事)，廉谨仁慈，爱民如子。七夕，与夫人饮酒，受了风寒，发烧不醒。夫人请医问卜，都无效验。后来请道人李八百诊治，李八百说薛伟病不致死，并嘱只要胸口不冷，不可下棺，半月二旬，自然会苏醒。病到第七天，薛伟身上热极，便跳到沱江中取凉，因有羡鱼之意，竟变作一条金色鲤鱼，三江五湖，随意遨游，十分愉快。其间还有过跳龙门之举，可惜没有成功。后来不幸被渔民赵干钓去，又被官府夺去。薛伟的同僚为祈祷他回生，提议将鱼做成鱼鲊吃。薛伟身虽化鱼，但心如常人，只是无法让同僚明白。正当他焦灼万分时，厨工一刀把鱼头剁下，睡在病床上的薛伟猛然跳起，热病顿消。他将病中所历之事告诉众人，最后飘然而去。原来，薛伟本是善于鼓琴、骑着一条金鲤鱼的神仙琴高，他的妻子也是一个仙女。只因二人在仙界动了凡心，才双双贬谪人间。经李八百指引，终于重返仙籍。

如同许多话本小说一样，本篇也有出处，事见唐代传奇《续玄怪录》卷二。但是原作只是记录了一个怪诞的故事，别无深意。而本篇至少从题目上也可以看出主旨在于成仙弘道。所以，它比原作增加了李八百这个人物。此人《神仙传》卷二上有传。大概因为本篇故事发生在青城，而李八百又是蜀人，作者顺手拈来。不过，在《神仙传》中，李八百是授人以《丹经》，令人服药成仙的，而本篇李八百对薛伟说，"你须不是没根基的，要去烧丹炼火"，把外丹看得低一等，这当是时代变化使然。薛伟所谓的"根基"乃是指他的前身原是王母座前的琴高。这种"谪仙",传说和小说中所在多有。《神仙传·壶公》(《太平广记》卷一二)写壶公向费长房传授仙道时称:"我仙人也,昔处天曹,以公事不勤见责,因谪人间耳。卿可教,故得见我。"谪降人世后能不忘根本、度化世人,这是谪仙中的高者。《东游记》所写八仙如铁拐李、吕洞宾等,都是扮演过这类角色的谪仙。当然,更多的谪仙还是要等待"点醒"的,薛伟就是如此。从神仙的角度看,谪仙固然有过失,是受罚而降的;但从人的角度看,又不同于凡夫俗子。换言之,薛伟的"鱼服"就不是常人所能有的经历;纵有,也未必能从中悟道成仙。"谪仙"之说,一定程度上使作者忽略了对情节发生的原因的描写,从而也就影响了对人物命运的把握。不过,在谪仙模式的作品中,本篇还是别具一格的。《薛录事鱼服证仙》起初并没有说明薛伟是谪仙,这自然是他迷失本性的表现。但最后的成仙则与其说是他最后的精神归宿,不如说是话本为求情节完整、观念鲜明而设计的一种形式结构。毕竟像《续玄怪录》中的《薛伟》那样既无前因后果,又少教训意味的故事,是不符合话本小说的常规的。

与本事相比,《薛录事鱼服证仙》还有许多改动。在志怪小说中,本来就有不少记述人物回忆病中、梦中奇特经历的,如神志不清时在地狱的见闻之类。《续玄怪录》中的《薛伟》也是如此,薛伟因病做了一个噩梦,然后向同僚讲述其异。这种倒叙在篇幅较短的志怪小说中当然没有问题,放在话本小说中就容易头绪不清。更重要的是不便于作者展开情节。事实上,《薛伟》的叙述角度比较单一,只是薛伟的简单叙述,其他人物只是在他的叙述中连带提及,是他完成叙述的条件而已。《薛录事鱼服证仙》则不然,同僚和妻子的行动都不受制于薛伟的叙述,而处于与他平等的地位。这样,情节的铺展更加灵活自由,人物的心理也得以表现,从而丰富了作品的精神内涵。如渔户赵干、薛伟的同僚,虽然都只是陪衬人物,但由于在叙述层面上独立出来,不但具有自身的社会意义,对薛伟的衬托也更全面。

在艺术上,本篇采用了非现实的形象构成手法,颇得"出于幻域,顿入人间"之趣。就"鱼服"的构思来说,似可追溯到汉刘向《说苑·正谏》中记述的"白龙鱼服"的故事,大意是说白龙变成一条鱼,被渔民豫且误射中了眼睛。《警世通言》之《拗相公饮恨半山堂》用过这个典故,当王安石有意微服出行时,手下人提醒他:"相公白龙鱼服,隐姓潜名,倘或途中小辈不识高低,有毁谤相公者,何以处之?"这种贵人自掩真相以致遭人欺侮、伤害的经历,与《薛录事鱼服证仙》所写情景有相通之处。所不同的是,前者为个人的主动行为,后者是被动的结果。而就具体的幻化描写来说,在中国古代小说中,异类变为人类的情况十分普遍,人类变为异类的却相对较少。当然,神话中早有大禹化熊的记载,小说中也并非没有人类幻化的描写。唐代小说《宣室志》中李徵化虎就是一个著名的故事,《聊斋志异》之《阿宝》中阿宝魂寄鹦鹉也属此例。换言之,薛伟的变形,除了其本事出处以外,并不是前无古人后无来者的。尽管如此,本篇所展示的变化还是令人赞叹的。薛伟患热症,思量变鱼可得凉爽,转换自然;变鱼后的种种描写,也将鱼的情状表现得惟妙惟肖,其间穿插的众多有关鱼的神话传说及历史典故,更使生物化的鱼充分人文化,增强了作品的历史感;而随处点缀的幽默,又增添了作品的自然灵巧,如河伯告诫薛伟既变而为鱼,"无或失身,以羞吾党"等。而变形描写除了给人以新奇感外,内容上也自有其值得玩味的地方。《薛录事鱼服证仙》意味深长,绝不只是弘道证仙而已,关于作品的寓意,可以从两方面来把握。

首先,薛伟变形的描写体现了精神与现实两个世界如梦如幻的交错。作品在开篇提到"庄周曾作蝶,薛伟亦为鱼",表明作品的精神源头可以一直联系到庄子哲学。在庄子那里,现实与非现实的界线是不存在的。何为真,何为幻,也无法分辨。所以,薛伟醒来后声称:"我何曾死!只做得一个梦。"但从具体描写来看,作者又并没有拘泥于梦的框架。否则,薛伟之外的其他人并未随之入梦,如何能在他的"梦"中自由活动?因此,所谓"梦",其实只是为了表明"人生如梦"的意思。而对于薛伟来说,变为鱼以及此后所经历的一切,其实也是他在现实中可能甚或已经遭遇过的一切的心理凝缩式反映。其实,唐代写到人变鱼的小说不仅有《薛伟》,《酉阳杂俎》和《广异记》就分别叙及卢冉、张纵变鱼事①,卢、张二人有一个共同的地方,就是都嗜好吃鱼,变鱼实际上是一种报应。正因为如此,这两篇作品的内容也就仅限于此了。而《薛录事鱼服证仙》不然,薛伟的变鱼似乎没有来由,但作品中有这样两句诗:

衣冠暂解人间累,鳞甲俄看水上生。②

这实为点题之笔。渴望摆脱世俗的羁绊,是薛伟变形的深隐心理基础。不过,薛伟始料不及的是,鱼类的生活同样充满竞争与危险,鲤鱼跳龙门正是科举制的黄河版。而经不起鱼饵的诱惑,误上鱼钩,也是人类屡遭险境的根

---

① 参见谭正璧编《三言两拍资料》,上海古籍出版社,1980年,第512页。
② 冯梦龙《醒世恒言》,北京十月文艺出版社,1994年,第592页。

源。他不断感叹"同年之情淡薄如此"以及猜测"一定是妒忌我掌印"之类，估计也是现实中难免有过的想法。至于无穷无尽的懊悔，更是常人绝望时共有的心态：

> 这次磨快了刀来，就是我命尽之日了。想起我在衙，虽则患病，也还可忍耐，如何私自跑出，却受这般苦楚！若是我不见这个东潭，也不下去洗澡；便洗个澡，也不思量变鱼；便思量变鱼，也不受那河伯的诏书，也不至有今日！总只未变鱼之先，被那小鱼十分撺掇；既变鱼之后，又被那赵干把香饵来哄我，都是命凑着，自作自受，怎好埋怨那个！①

薛伟不是哲学家，他的追悔只是就事论事，没有上升到更高的哲学层面来反思，但小说的情节却足以令人警醒。渴望自由却自陷危局，为他祈生却偏要置他于死地，这种种不自觉的悖谬，构成了古代小说中少见的反讽意味。而精神与现实世界的不断闪回、重叠，也使作品达到了单纯的写实描写难以达到的心理深度。

与此相关，薛伟变形的描写还表现了一种人生的困境。在此类变形故事中，人物常陷于"有口难言"的困境中，这其实也是现实生活中人与人之间难以真正沟通、理解的曲折反映。这一点在中外文学中都有可资比较的传统。古罗马诗人奥维德的《变形记》第一章记述了朱庇特、朱诺和伊俄的神话故事。朱庇特占有了伊俄，为了瞒着妻子朱诺，就把伊俄变成了一只白牛，而伊俄想诉苦，却只能发出牛鸣。第三章又记述阿克泰翁冒犯了女神狄安娜，狄安娜就把他变成了一只麋鹿，他想说话也说不出来，甚至连他的猎犬也不认识他这个主人，以致把他咬死了。在这些故事中，变了形的人都无法与社会、自然保持或恢复固有的联系，或者说这种固有的联系被无情地摧毁了。正是由于这类变形具有如此深刻的哲学意味，所以常为后来的小说家所袭用。前面提到的卡夫卡就在他的《变形记》中描写主人公格里高尔噩梦醒来后发现自己变成了大甲虫。他内心明白，思维清晰，发出的声音却是叽叽喳喳的尖叫声。尽管他不断地在说，但是没有人听得懂他说些什么。他所受到的冷遇和折磨，形象地表现了资本主义社会下小人物的压抑感和孤独感。

在中国古代小说中，这种"有口难言"的变形描写也时常可见。《醉醒石》之《高才生傲世失原形》中怀才不遇的李微变虎后就有这种痛苦。在

---

① 冯梦龙《醒世恒言》，北京十月文艺出版社，1994年，第601页。

《聊斋志异》中,变形常被用作道德劝惩,《彭海秋》写傲不为礼的丘生被仙人变为马,"心亦醒悟,但不能言耳",蒲松龄说是"马而人,必其为人而马者也。使为马,正恨其不为人耳";《三生》写品行不端的刘孝廉被冥司罚作马,也是"心甚明了,但不能言",蒲松龄又说"毛角之俦,乃有王公大人在其中;所以然者,王公大人之内,原未必无毛角者在其中也"。不过,比较起来,《薛录事鱼服证仙》的寓意更丰富。它通过薛伟外形的变化,强化了人不被理解而又无法倾诉、表白的焦灼。我们看到,在作品中,薛伟一直在说,甚至是"说了又哭,哭了又说",人们却至多只能看见鱼的嘴巴在动而已。平时,他周围大概没有人敢对他的话置若罔闻,但虚与应付的未必没有。人人渴望理解,颐指气使惯了的人更希望自己的话一句顶一万句。这当然是不可能的。"有口难言"将这种失语的困境以及人与人无法交流的隔阂夸张到了极点,因而同样具有发人深省的思想深度。

总之,《薛录事鱼服证仙》是一篇十分精彩和深刻的作品。也许它还可以写得更好,作者为薛伟设计的成仙结局不但落入了俗套,也暴露出作者可能并没有充分意识到他的作品所具有的丰富内涵。他反复声称"识破幻形",目的只是为了求仙弃世,实际上是用超脱红尘的臆语打断了对人生的进一步探索。作者在开篇时显然有意夸饰薛伟是一个"百姓戴恩怀德"的好官,以便说明儒家的理想人格与人生都是不足道、不足恃的。那么,人生的价值究竟在哪里?如果是"衣冠暂解人间累",也许还不失警醒之意;如果只剩下逃遁这一条路,恐怕连作者也未必会做这样的选择。薛伟当年与夫人一同被贬、如今又一同升仙,这种圆满背后,跃动的其实还是一颗"夫妻双双把家还"的"凡心"。归根结底,《薛录事鱼服证仙》依然是一篇古代小说,而不是卡夫卡《变形记》式的现代小说。它对人生的思考最终还停留在"得"与"失"的功利判断上,而不是真正意义上的"真"与"假"或"存在"与"虚无"的哲学思辨。不过,既然它还具备写得更好的潜能,则不仅表明它已经写得很好了——因为低劣的作品给人的只是厌倦而不是遗憾,也表明今天的读者有可能从中获得超越时代的启示。词话中有"作者未必然,读者何必不然"的名言,小说阅读也不妨如此。

九、生死两难的屈辱与抉择
——谈《蔡瑞虹忍辱报仇》

"活着,还是死去?这是个问题。"哈姆雷特的精神困扰似乎已达到了人类自我叩问的极致。孰不知有一种人生,却是连选择生死的权利也没有的,那就是千百年来令古代中国妇女备受煎熬的全贞守节。所谓"饿死事极小,失节事极大","贞节"对女人来说,很长时间以来被认为是比生命更重要的品格。最极端的情况是,当女性面临强暴时,她唯一能做的就是义不受辱,誓死捍卫自己的贞节。明初高启撰《元史·列女传序》就明确地肯定烈女殉夫,称其"较于苟生受辱,与更适而不知愧者有间矣"。《明史》卷三〇二载"张烈妇"在大乱将临之际对女儿说:"妇道惟节是尚,值变之穷,有溺与刃耳。"蓝鼎元《女学》一书中也有女子"不幸而遭遇强暴之变,惟有死耳"的话。而清雍正间流行的《文昌帝君功过格》中,还有"遇强暴,誓死自全,无量功"与"陷身失节,无量过"的区分。可见,这些观点反映了明清社会的一个共识。

然而,在现实生活中,生与死有时并不是那么轻易就可以作出抉择的,《醒世恒言》之《蔡瑞虹忍辱报仇》就将女性在生死两难之际的屈辱表现得淋漓尽致。作品叙述少女蔡瑞虹随父赴任,途中遭遇水贼,全家被害,只有她因容貌美艳而被水贼霸占。蔡瑞虹为报毁家之仇,历尽恶人欺辱、诱骗、拐卖等劫难,忍辱含垢近十年,终于取得成功。而在此时,为了洗尽耻辱,她毅然结束了自己的生命。她的坚毅非凡、节孝两全,赢得了世人尊重,皇帝下令为她修立了一座节孝牌坊。

笔者曾经在一篇论文中专门讨论过古代小说中的"水贼占妻(女)型"作品[①],这一情节类型的标准形态是:一官员携家眷由水路赴任,船主心生不良,将官员推堕入水害死,并霸占其妻或女,冒充上任。若干年后,官员之

---

① 刘勇强《历史与文本的共生互动——以"水贼占妻(女)型"和"万里寻亲型"为中心》,《文学遗产》2000年第1期。

妻女或其遗腹子借机复仇。如唐代小说《原化记》之《崔尉子》、《乾撰子》之《陈义郎》,宋代《青琐高议》之《卜起传》,明代《警世通言》之《苏知县罗衫再合》等都属于这一类型。

在这类作品中,最引人注目的就是女性的遭际与命运。早期的作品一般较宽容,《崔尉子》中崔氏之妻"以不早自陈,断合从坐。其子哀请而免",《卜起传》结尾同样有"母不先告,连坐。其子诉讼,乃获免焉"的说法。可见,女子在夫死从贼生活十余年后,受指责的原因只是"不早自陈",而非失贞丧节。但后来的作品,妇女就无此幸运了。

最典型的变化是《西游记》中唐僧的出生故事。据小说所写,新科状元陈光蕊授江州州主,偕同妻子殷氏赴任。船家刘洪见殷氏美貌,陡起狠心,将船撑至没人烟处,把陈光蕊打死,推到江中。又逼迫殷氏屈从自己。刘洪遂假冒陈光蕊上任。殷氏因身怀有孕,勉强相从。孩子生下来后,为保全性命,只得放在木板上,推入江中,任其漂流。此子顺水流到金山寺,为长老救起,取名江流。江流长大后从母亲当年随身放置的血书中得知冤情,找到母亲。经母亲指点,又找到外公殷丞相,殷丞相督兵捉拿刘洪,活剜其心肝,祭祀陈光蕊。陈光蕊其实没死,早为龙王救助,此时竟从江中浮出。可是,就在团圆之时,殷氏却"从容自尽"。

但这一故事原貌并非如此。宋元南戏《陈光蕊江流和尚》已失传,据其残曲《永团圆》"菱花再合月再辉,鸾胶再续弦重理"推测,结局应是美满的。而元末明初的《西游记杂剧》中,殷氏虽屈从刘洪,难免"失节",最后仍得褒扬,封为"楚国夫人"。这种处理与另一情节类似的元杂剧《合汗衫》基本一致。后者所表现的也是丈夫遭歹人推入河中,妻子被霸占,十八年后"重整姻缘"的故事。

可是,明代以后诸作中,殷氏的命运就不同了。在朱鼎臣《唐三藏西游释厄传》里,殷氏忍辱报仇后即自缢,被救下。此后文字有脱漏,不得其详。但即便她能安度晚年,恐怕也抹不去人物和读者心中的一片阴影。到了前引百回本《西游记》中,殷氏就无可挽回地自尽了。

清代人似乎还有意另辟蹊径,以保全圣僧的体面。所以宫廷大戏《升平宝筏》叙殷氏抛子后即以无颜立于人世投江而死,早早地保持了清白。另一出戏《慈悲愿》中,殷氏也屡觅自尽,使贼人刘洪不敢侵犯,故未曾失节。

由此可以看出,在水贼占妻(女)型故事的演变中,大体上,唐宋讲的是"法",所以对妇女仅责以"不早自陈";元代讲的是"情",因此尽量安排美满结局;明清就主要是讲"理"了,于是只在"贞节"上做文章。个中变化,或许与理学影响的日益扩大有关。

当然,除了自尽,小说戏曲中也时见其他安排。比如《剪灯余话》中有一篇《芙蓉屏记》,叙写丈夫崔某被水贼推入水中后,其妻王氏逃进尼庵,未遭玷污,所以与丈夫有团圆之会。而前曾提及的《苏知县罗衫再合》,特意描写水贼有一善良弟弟,放走了被害人之妻郑氏,郑氏同样栖身尼庵,最终与丈夫"罗衫再合"。《醒世恒言》之《大树坡义虎送亲》描写更绝,作者竟安排水贼上岸为老虎所食。诸如此类描写,目的其实只有一个,就是为了保全妇女贞节。

以情理推论,在现实生活中,弱女悍夫,逃脱实属不易,失贞在所难免。如仍要维护女性的正面形象,最大的漏洞就是唐宋小说中提到的"不早自陈"。在报仇雪恨之前的十几年,莫名其妙地拖延,确实不合情理。因此,在小说中,我们又看到了另一种女性形象。如唐传奇《谢小娥传》中的谢小娥,为报父、夫被杀之仇,隐忍多年,终于机智战胜水贼。冯梦龙《智囊》特把这一故事列在"闺智部",并称赞"其智勇或有,其坚忍处,万万难及"。稍后凌濛初《初刻拍案惊奇》将其敷演成《李公佐巧解梦中言》,也突出了谢小娥"又能报仇,又能守志"的经历。

而如果能报仇雪恨,失贞也不是绝对不能原谅的。明张翼《农田馀话》卷上记载,张士诚时嘉兴某夫妇行舟时遭二兵劫,杀夫取船。女诡从兵而去,至平江后诉衙,使二兵就法。江盈科《雪涛阁集》卷一四《妇制盗》叙明隆庆间洞庭湖盗劫客,并以死胁迫被害者妻妾,二妇不得已从之,后趁盗魁诞日醉酒,上岸告官,使群盗伏法。这几位妇女机警大胆,忍辱报仇,都颇得赞赏。而《蔡瑞虹忍辱报仇》更是这种"忍辱报仇"的代表作。其事并见《九朝野记》《青泥莲花记》等多部笔记,可见颇受世人推重。

对于"忍辱报仇",《情史》卷一"情贞类"补遗中有一段议论耐人寻味:"妇人自裁,乃夫死后第一干净事,况迫于强暴,计无复之者乎!若所夫尚在,又当委曲以求再合,非甚不得已,不必幸幸怀怒,争寻结局以明志也。"①这段话既明确又含糊,明确的是要妇人"自裁"以求"干净";含糊的是怎样才算"不得已",又如何"委曲"?蔡瑞虹的经历可以说为此做了注脚:最重要的是报仇。不忍辱则无法报仇,因报仇而可以原谅忍辱。虽然报仇是情节的结局,其实却是作者构思的起点。不能想象如果没有报仇,这类作品的

---

① 詹詹外史评辑《情史》上册,春风文艺出版社,1986 年,第 35 页。

创作将如何进行。因为,作者实际上原谅的是女子被迫"失贞"的过程,而不是"失贞"本身。往深里说,这是儒家"权变"思想的活学活用。所以《蔡瑞虹忍辱报仇》的篇尾诗云:"报仇雪耻是男儿,谁道裙钗有执持。堪笑硁硁真小谅,不成一事枉嗟咨。"对硁硁小谅的否定,确实也反映了某种思想的解放。

遗憾的是,这种解放是相当有限的。其极限在明末清初另一部很有影响的小说《金云翘传》中表现得最为明显。这部小说同样描写了一个民女为救父、弟而沦落风尘,由于能屈能伸,最终报仇雪恨。为此,天花藏主人在序中指出,王翠翘为救父而失身,不能算作失贞,所谓"身免焉,而心辱焉,贞而淫矣;身辱焉,而心免焉,淫而贞矣"①,关键看当事人的态度。此书把一个失身为娼的女子称为"千古烈妇",而且让她与情人再续旧盟,没有走上蔡瑞虹式的绝路,都体现了通权达变的思想观念。尽管如此,在小说看似开通的结尾,也并没有赋予王翠翘本来就应有的正常人的生活权利。她无法摆脱曾经受辱蒙羞的阴影,婚姻只是名义上的而已。相比之下,《蔡瑞虹忍辱报仇》连这一步也没有走到,它甚至将《九朝野记》所载本事中朱生携蔡女归家卒老的结局也改掉了,刻意安排蔡瑞虹从容自尽。此前作品中也一再写到蔡瑞虹是在"忍辱偷生",这无异于说,她的生命早已不属于她了。蔡瑞虹在临死前写给丈夫的诀别信中竟欣然说:"妾虽死之日,犹生之年。"令人想到上面提到的《芙蓉屏记》,《情史》卷二"情缘类"在采录这一故事时,认定在各种条件下王氏必死无疑,而如果不能与丈夫相见,"虽生犹之乎死"。可见,在男性霸权话语下,女性的生存完全没有独立意义。

许多话本小说习惯采用一种预示性叙述,例如在同类型的作品《苏知县罗衫再合》中,头回之后,作者即声称:"今日说一桩异闻,单为财色二字弄出天大的祸来。后来悲欢离合,做了锦片一场佳话。"既为"佳话",情节当然不可能惨烈。而《蔡瑞虹忍辱报仇》却没有这样的预示,反倒使读者对情节的结局有一种贯穿始终的期待,增加了作品引人入胜的感染力。但由于蔡瑞虹从一开始就想到了死,而且在作品中不断提及,又为上述期待规定了一个方向,使得作品的所有描写,都在主人公抱定必死的信念后,成了悲剧的铺垫。当然,只要作者客观地描写蔡瑞虹"忍辱偷生"的过程,就必然涉及她在背负传统道德压力下面对复杂生活境遇的内心世界,而这是以前的同类小说中很少看到的,比如《西游记》中的殷氏,与水贼共同生活了十

---

① 丁锡根编《中国历代小说序跋集》下册,人民文学出版社,1996年,第1252页。

八年,其内心世界就无一字写及。而在《蔡瑞虹忍辱报仇》中,我们多多少少还是可以看到蔡瑞虹心理的微妙变化。在最初面临强暴时,她敢于怒斥水贼,拼死反抗,表现得异常刚烈。只是想到一死了之,"冤沉海底,安能瞑目",才决定顽强地活下去。后被富商卞福的家人发现,她正因突遇惨祸,无门申诉,一见卞福,"犹如见了亲人一般,求他救济",对卞福发誓为她报仇的虚诺自然"信以为真,更不疑惑"。而且她也更现实了,继续活下去的理由是"父母冤仇事大,辱身事小。况已被贼人玷污,总今就死,也算不得贞节了。且待报仇之后,寻个自尽,以洗污名可也"。没想到结果却是被贩卖到了妓院,离报仇的愿望更远了。这时的她,就只有以死抗争了。妓院老板见她拒不接客,将其转嫁给胡悦。此人是武昌太守亲戚,由于这种特殊身份,又声称已托太守发通缉令捕获水贼,由不得蔡瑞虹不信以为实,谁知又遭欺瞒。不过,也正是在这种坎坷中,蔡瑞虹的心智逐渐成熟起来。

蔡瑞虹与朱源的结合是小说的重头戏。她对朱源态度的转变,细腻地反映了一个被侮辱与被损害的女性的矛盾心理与情感。她与朱源的相识是因为被迫参与到胡悦所设的"美人局"。这种"美人局"在宋以后的小说中经常写到,乃是市井社会出现的一种新的犯罪形式。它是以美人为诱饵,引诱独身男子上钩,然后乘机拐走其钱财。朱源本是个普通的读书人,蔡瑞虹见其人材出众,举止闲雅,不禁为他受骗惋惜,内心也有懊悔之念。特别是面对朱源的体贴,她"转觉羞惭,蓦然伤感,想起幼时父母何等珍惜,今日流落至此,身子已被玷污,大仇又不能报,又强逼做这般丑态骗人,可不辱没祖宗。柔肠一转,泪珠簌簌乱下"。在反复比较胡悦与朱源二人后,她深感朱源忠厚善良,才是有可能替她报仇之人。经过"左思右想,疑惑不定",直到深夜才拿定主意,说明真情。至此,一个饱经摧残的女性,终于完成了她曲折的心路历程。后面的情节已经发展到了无须、也难以表现蔡瑞虹更多的屈辱了。出乎读者意料的是,峰回路转后的一片光明竟成了悲剧结局的另一种铺垫。朱源对她的情义、妻妾间的和睦、幼子的可爱,都无法抹去蔡瑞虹"失节贪生,贻玷阀阅"的自卑。当"无情风波兼天涌"时,她可以幸免于难;而在风平浪静后,她却为"男德在义,女德在节。女而不节,行禽何别"的"闺训"结束了自己短暂而苦难的一生。

很难说蔡瑞虹诀别人世的心理与行为有多大的可信度。说其假,这种事例史不绝书;说其真,当中理胜于情的成分又过于明显。至少从小说创作的角度看,作者认同的贞节观,哪怕是较为开通的贞节观,也妨碍了对情节内涵的深入开掘,他更习惯于将蔡瑞虹的不幸仅仅当成一般的社会问题来描写，所以才着意将《九朝野记》中仅有的一个蔡女会朱生的片断大加发挥，通过蔡瑞虹的曲折经历，串联起各色人等，从而展现广阔的社会图景。首先，蔡家遭遇水贼就反映了当时的交通安全缺乏保障。明张应俞《江湖奇闻杜骗新书》曾为"在船骗"单列一类，并称"溪河本险危之地，柁公多蠢暴之徒"。书中《船载家人行李逃》《娶妾在船夜被拐》都写到了新官赴任，水路遭骗之事，足见《蔡瑞虹忍辱报仇》中的相关描写具有一定的普遍性。接下来，蔡瑞虹被卞福骗占，受悍妇欺凌，被卖给人贩子，又转卖到妓院，则从不同角度表现了那个时代女性可能遭遇的种种不幸。而胡悦先受人诈骗，后设局骗人的行径，更反映了全社会自上而下的黑暗。应当说，与同类题材作品往往缺乏对社会现实的体察相比，《蔡瑞虹忍辱报仇》的上述描写，即使只作为蔡瑞虹悲剧的背景来看，也并不是没有意义的。

  问题是，那个黑暗社会让蔡瑞虹承受的主要是肉体的苦难，而她心灵的屈辱却是传统的思想文化所强加的。在这双重压力之下，她所能抉择的始终不是生或死，而是什么时候死。这一点可怜的抉择，在成就了她那个时代的"生的伟大，死的光荣"同时，也为腐朽的礼教文化留下了一个"以理杀人"（戴震语）的永久耻辱。作者显然还没有意识到他所描写的蔡瑞虹自尽而得旌表，说轻点儿是《儒林外史》中王玉辉鼓励女儿殉夫那样的迂腐，说重点儿就是《狂人日记》中"吃人者"的帮凶了。可惜这只能是后世读者的认识。——据小说交代，故事发生在明代宣德年间；而那个满怀崇敬心情的小说家，则大约是在一百年以后将蔡瑞虹送上礼教的祭坛的。那以后，又是近五百年过去了，蔡瑞虹的节孝牌坊想必也早已坍塌了。

十、宁知钟爱缘何许
——谈《叠居奇程客得助　三救厄海神显灵》

在中国古代小说中有很多仙女下凡的故事，《搜神记》里就有不少这样的作品，如《白水素女》描写了一个叫谢端的人，恭谨自守。天帝哀其少孤，特遣天汉中白水素女相为守舍炊煮。又如《董永》叙董永父亡，无以葬，乃自卖为奴。缘其至孝，天帝令织女作为董永之妻助其偿债。此外，还有《天上玉女》等。这些故事大都带有明显的民间传说意味，所以仙女垂青的也多是本分的农民。将满足基本生活愿望的内心期待外化为来自上苍的奖赏，赋予了此类作品朴素的道德寓意。而在后世文人的写作中，这种奖赏的意味渐渐淡去。有时，神女向帝王眉目传情，投怀送抱，使旷世艳遇成了烙在崇高权威上的红唇之印，如宋玉的《高唐赋》《神女赋》等作品中，都有此种美轮美奂的铺陈。有时，男主人公又摇身变为白面书生，清冷的书斋则被当作他们"意淫"的场景。如唐人传奇中的《郭翰》《封陟》就是如此。前者与织女欣然成欢，后者却对仙女的劝诱无动于衷，在这一推一拒中，我们看到了小说家对"仙女下凡"模式翻云覆雨的灵巧运用，也看到了读书人的自得与自负。

在爱情文学的世界中，似乎只有一类人物从来没有过这种幸运，那就是商人。由于传统的"重本轻末"观念及汉代以来就长期奉行的"抑商"基本国策的影响，商人一直饱受歧视，社会地位十分地下。而"商人重利轻离别"的恶评又使他们在谈情说爱的时候总是扮演不光彩的角色。不要说仙女，就是妓女对商人也往往弃如敝屣。正如郑振铎在他那篇《论元人所写商人、士子、妓女间的三角恋爱剧》的著名论文中指出过的那样，虽然由于宋元以来商品经济的发展，商人的地位有所提高，在情场上也有"初奏凯歌"的时候，但在这个三角恋爱模式中，最终还是受到无情的嘲弄和唾弃。马致远的杂剧《青衫泪》就虚构了白居易与妓女裴兴奴的悲欢离合故事，其间穿插了茶商刘一郎与鸨母的欺骗干扰，而裴兴奴重才轻利、弃商从儒，与白居易共享荣光，刘一郎则不仅"干相思九万里"，还"流窜遐方"。

直到明代中后期,这种情况才发生了变化,最著名的首推"三言"中的《卖油郎独占花魁》。小说委曲动人地叙述了一个普通的卖油郎,如何以一腔痴情,博得花魁娘子芳心的过程。虽然在写法上还略带文人的矫情,但小市民能超越传统的鄙夷,如同做买卖那样,精明地打理自己的幸福生活,确实是一种值得炫耀的胜利。这当然不是偶然的,《二刻拍案惊奇》中的《叠居奇程客得助　三救厄海神显灵》也许更具有象征意义。在这篇小说中,一个美丽的海神竟然主动委身于一个商人,这就打破了上述"仙女下凡"模式的传统写法。所以在小说中,作者自我设问:"不知精爽质,何以恋凡生?"在小说的篇尾诗中又写道:

> 流落边关一俗商,却逢神眷不寻常。宁知钟爱缘何许?谈罢令人欲断肠。①

俗而商,商且俗,却有神仙眷顾,令时人除了感慨,不免还有"宁知钟爱缘何许"的疑惑。正是在这感慨与疑惑中,我们看到了一种具有时代特点的微妙转变,也体会到一种富有生命活力的新鲜感。

实际上,《叠居奇程客得助　三救厄海神显灵》不同于一般的爱情小说,作者津津乐道的其实是商业活动而不是感情纠葛。徽商程宰,与兄程案携数千金,到东北为商。往来数年,时乖运塞,屡遭挫折,因耗折了资本,只得为其他大商贾掌管账目。在一个风雨暴作的寒夜,他倍感"客中荒凉"。黑暗中忽然豁然明朗,在美妙的音乐声里,年轻美丽的海神降临了,温情款款,自荐枕席,声称与程宰"凤缘甚久,故来相就",语话缠绵,恩爱万状。于是"两人绸缪好合,愈加亲狎",海神"人定即来,鸡鸣即去,率以为常,竟无虚夕"。如上所述,这里的人仙相遇情景,在中国古代小说中早已形成套路,唯一异乎寻常的是,光彩照人的女神此番下顾的对象不过是一个无才无德的俗商。且看小说中所写的环境:

> 土坑上铺一带荆筐,芦席中拖一条布被。欹颓墙角,堆零星几块煤烟;坍塌地垆,摆缺绽一行瓶罐。浑如古庙无香火,一似牢房不洁清。②

这样破败荒凉的所在,竟然成了令人目眩神迷的爱情舞台,在以往的文学作品中实属罕见。

从程宰的角度说,与神女的艳遇自是其落魄在外、归家无期的美梦,本

---

① 凌濛初《二刻拍案惊奇》,齐鲁书社,1995年,第756页。
② 同上书,第746页。

不足为奇。而作者也无意局限于爱情描写,笔锋一转,就正面叙述起另一种更为稀奇的经商致富之路来。程宰不胜嗟叹地把往年贸易亏本,以致流落于此的经历告诉海神,海神虽嘲笑他"正在欢会时,忽然想着这样俗事来,何乃不脱洒如此!"但并无轻蔑之意,反而非常理解地说:"这是郎的本业,也不要怪你。"并欣然表示"你若要金银,你可自去经营,吾当指点路径,暗暗助你"。于是,程宰就在海神的指点下,连续做成了三笔大生意。第一次是有人贩药材到辽东,诸药多卖尽,独有黄柏、大黄两味卖不出去。程宰按海神的话低价购进,不久,辽东疫疠盛作,这两味药一时紧缺,价钱腾贵,程宰以十几两本钱赚了五百余两。第二次,有个荆州商人贩彩缎到辽东,途中遭雨淋湿,多发霉生斑,没有一匹颜色完好的,海神又让程宰买进。不到一个月,江西宁王宸濠造反,朝廷急调辽兵南讨。因军队要置办戎装旗帜之类,缎匹价格猛涨,程宰除了本钱五百两,纯利就达千金。第三次更奇特,有个苏州商人因故急于回家,剩有六千多匹粗布,海神再次叫程宰尽数买回。次年明武宗皇帝驾崩,天下人多要戴国丧。辽东远在塞外,地不产布,人人要件白衣。一匹粗布就卖得七八钱银子,程宰这六千匹又卖了三四千两。据小说交代,"如此事体,逢着便做,做来便希奇古怪,得利非常,记不得许多。四五年间,展转弄了五七万两,比昔年所折的,到多了几十倍了"。这一次次成功,其实不过反映了捕捉商机、囤积居奇的商业规律,所谓"人弃我堪取,奇赢自可居。"作者只是将这种商业规律叙述为海神异乎常人的先见之明,形式上虽然有些离奇,内容却极为现实。

在"二拍"中,这种描写并不是孤立的。如前所述,《拍案惊奇》的第一篇《转运汉遇巧洞庭红　波斯胡指破鼍龙壳》就为我们展示了一个同样富于传奇性的海外贸易活动。事实上,凌濛初在这篇小说中还表现了一种新的社会价值观。当众商人海外归来,进入波斯胡的店中:

> 元来波斯胡以利为重,只看货单上有奇珍异宝值得上万者,就送在先席。余者看货轻重,挨次坐去,不论年纪,不论尊卑,一向做下的规矩。船上众人,货物贵的贱的,多的少的,你知我知,各自心照,差不多领了酒杯,各自坐了。单单剩得文若虚一个,呆呆站在那里。主人道:"这位老客长不曾会面,想是新出海外的,置货不多了。"众人大家说道:"这是我们好朋友,到海外耍去的。身边有银子,却不曾肯置货。

今日没奈何,只得屈他在末席坐了。"①

直到次日波斯胡发现了那个价值连城的鼍龙壳,才对文若虚刮目相看,以礼相待。这一情节正好与《叠居奇程客得助　三救厄海神显灵》所写的"徽州风俗,以商贾为第一等生业,科第反在次着"相呼应:

> 徽人因是专重那做商的,所以凡是商人归家,外而宗族朋友,内而妻妾家属,只看你所得归来的利息多少为重轻。得利多的,尽皆爱敬趋奉。得利少的,尽皆轻薄鄙笑。犹如读书求名的中与不中归来的光景一般。程宰弟兄两人因是做折了本钱,怕归来受人笑话,羞惭惨沮,无面目见江东父老,不思量还乡去了。②

值得称道的是,凌濛初的上述描写大多是客观的,并无明显的贬意。在《二刻拍案惊奇》的另一篇作品《赠芝麻识破假形　撷草药巧谐真偶》中,他还借人物之口明确表示了"经商亦是善业,不是贱流"的观点。因此,在许多场合下,凌濛初笔下的商人形象也是正面的。如《程元玉店肆代偿钱　十一娘云岗纵谭侠》《韩侍郎婢作妇人　顾提控掾居郎署》中,都描写了忠厚老成、慷慨急难的徽商。而凌濛初之所以能做到这一点,从根本上说,应当是基于他比其他明代小说家对商业活动有着更清醒的认识。如前所引,在《二刻拍案惊奇》之《进香客莽看金刚经　出狱僧巧完法会分》中,他就发过这样一通议论:

> 原来大凡年荒米贵,官府只合静听民情,不去生事。少不得有一伙有本钱趋利的商人,贪那贵价,从外方贱处贩将米来;有一伙有家当囤米的财主,贪那贵价,从家里廒中发出米去。米既渐渐辐辏,价自渐渐平减,这个道理也是极容易明白的。最是那不识时务执拗的腐儒做了官府,专一遇荒就行禁粜、闭粜、平价等事。他认道是不使外方籴了本地米去,不知一行禁止,就有棍徒诈害,遇见本地交易,便自声扬犯禁,拿到公庭,立受枷责。那有身家的怕惹事端,家中有米,只索闭仓高坐,又且官有定价,不许贵卖,无大利息,何苦出粜?那些贩米的客人,见官价不高,也无想头。就是小民私下愿增价暗籴,惧怕败露受责受罚。有本钱的人,不肯担这样干系,干这样没要紧的事。所以越弄得市上无米,米价转高,愚民不知,上官不谙,只埋怨道:"如此禁闭,米只不多;

---

① 凌濛初《拍案惊奇》,齐鲁书社,1995 年,第 17 页。
② 凌濛初《二刻拍案惊奇》,齐鲁书社,1995 年,第 740—741 页。

如此抑价,米只不贱。"没得解说,只囫囵说一句救荒无奇策罢了。谁知多是要行荒政,反致越荒的。①

很明显,凌濛初在这里反对在国家经济生活中一味地采取行政手段,而对商业活动的特点及其社会作用持有一种比较公允的见解。这样的见解在当时的社会背景下是难能可贵的。

当然,受时代的局限,作者还不可能对商业活动有完全科学的认识。而作者的立意通常也只在一个"奇"字上。所以,《转运汉遇巧洞庭红　波斯胡指破鼍龙壳》里流露了命定的思想,作品中反复说:"命若穷,掘得黄金化作铜;命若富,拾着白纸变成布。""分内功名匣里财,不关聪慧不关呆。果然命是财官格,海外犹能送宝来。"在《叠居奇程客得助　三救厄海神显灵》中,则将生财之道依托于神灵的启示。为此,作者还有意渲染了程宰之兄及众商人对程宰的不理解,赋予了现实的商业活动以神秘色彩。

不过,这种神秘色彩只是附着在世俗之欲上的一层涂料而已。再往下看,主宰人物内心的仍然是对现实挥之不去的依恋。程宰致富后,故事并没有结束。作品再次描写程宰与海神深厚的感情,那"美人与程宰往来,已是七载,两情缱绻,犹如一日"。但有了钱的程宰,却不免产生了思乡之情,说是想要"一见妻子",海神听罢,不觉惊叹道:"数年之好,止于此乎?"追叙往时初会与数年情爱,每说一句,哽咽难胜。程宰也为之感动,大声号恸,自悔失言,恨不得将身投地,将头撞壁,两情依依,不能相舍。海神终究不是"二奶",再美满的人神之恋也有"大数已终"的时候。分手之际,海神含泪吩咐道:"你有三大难,今将近了,时时宜自警省,至期吾自来相救。"而"程宰此时神志俱丧,说不出一句话,只好唯唯应承,苏苏落泪而已"。"程宰不胜哀痛,望着空中禁不住的号哭起来。"

与初会时的相悦成欢一样,上述煽情的场面很快又成了表现海神灵异的一个过场戏。在归家途中,程宰果然先是遇到"大同军变",接着又险遭牢狱之灾,最后还差一点因风浪葬身水底,这一切天灾人祸可以说写尽了行商之苦。这些描写与"二拍"中的另一篇作品《乌将军一饭必酬　陈大郎三人重会》的情节有相似之处,在后者中,王生三次外出经商,或遇多重狂风巨浪,或遭强盗打劫,也是历尽风险。当时的思想家李贽曾充满同情地说:"且商贾何鄙之有?挟数万之资,经风涛之险,受辱于关吏,忍诟于市易,辛

---

① 凌濛初《二刻拍案惊奇》,齐鲁书社,1995年,第3—4页。

勤万状,所挟者重,所得者末。"①正是出于这种同情,凌濛初进一步描写了程宰在海神救护下,逢凶化吉,遇难呈祥。而在满足情感需求的同时,既能指点致富门径,又能救难释厄,这样的女性,恐怕也只有神灵才能担当吧。

耐人寻味的是作者在小说结尾处的一个交代。早在分手之时,海神就说程宰有三难,但"过了此后,终身吉利,寿至九九,吾当在蓬莱三岛等你来续前缘。……后会迢遥,勉之!勉之!"而且是"叮宁了又叮宁,何止十来番"。但作者却没有再写二人的重逢,反而说海神"此后再不见影响了"。这样的处理是有违中国古代小说同类题材叙事模式的,程宰既得遇海神,应当是有仙根的,作者最后却又说"程宰无过是个经商俗人,有何缘分?"殊不知程宰不能成仙得道,对海神来说,至少当初是有点明珠暗投了。然而,如此写法也许正折射出商人更注重现世的心理。这与作者删去它所依据的文言小说《辽阳海神传》中程宰与海神讨论天堂地狱、因果报应等大段对话同一旨趣。毕竟抽象的大道理和来世的期盼,都比不上现世的幸福更实际。作者一直强调故事的真实性,主要目的其实也并不在神仙鬼怪之事的有无,而在于神仙鬼怪能给人带来什么。

这样看来,孤寂中对温馨甜蜜的情爱渴望与追求物质利益的俗欲,实际上构成了程宰这一行商生活中相互斥拒的磁力两极,而他并没有陷入两难的抉择中,这虽然在一定程度上影响了人物刻画的心理深度,却也向我们展现了那个时代真正的主题:如果海神不能帮助程宰致富,那她与路边野花又有何区别?既然她最与众不同的地方是在显灵救厄,她作为女性的存在就不过是一种鱼和熊掌兼得的点缀。也就是说,当"仙女下凡"故事中一而再、再而三地植入了致富的奇遇,与其说延续的是那个古老的、富有神秘色彩的美梦,不如说是在"出于幻域,顿入人间"的跳跃中,瓦解了这一流传千古的经典模式,并昭示着一种新的价值观念和对这种观念悲天悯人式的体谅。

---

① 李贽《又与焦弱侯》,《焚书》卷二,中华书局,1975 年,第 46 页。

十一、心上人
——谈《心坚金石传》及其流变

中国古代,人们习惯上以"心"为思维器官,小说更登峰造极,将这一观念坐实。《西游记》第七十九回叙及孙悟空在比丘国戏弄妖道时,剖腹掏心,一刀下去,竟从胸腹里滚出一堆心来,什么红心、白心、黄心、悭贪心、利名心、嫉妒心、计较心、好胜心,等等,但其中没有妖道索要的"黑心"。因此,他向昏君说:"我和尚家都是一片好心。"这一描写把人的复杂心理外化为各种实在的"心",想象之奇,令人有匪夷所思的感觉。

与此相反,《红楼梦》第八十二回也有一段奇特的心理描写,叙述黛玉梦中责怪宝玉无情无义,宝玉为了向黛玉表白心曲,急得拿刀往胸口一划,谁知在胸腔却找不到心,宝玉大叫:"不好了,我的心没有了。"且不说以此噩梦隐喻宝、黛不同的心理特征在艺术上是否可取,耐人寻味的是,如果宝玉没有"失心",黛玉又能看见什么呢?是像孙悟空那样,在一堆心中找出一颗"爱心",还是别的什么东西?

别的东西,大概只能是所谓"心上人"或"心中人"。这本是汉语形容恋人相爱至深的一个非常美好的词,现在很难查找其最早出处,但是在明代小说《心坚金石传》中却有十分形象的描写。这篇小说出自陶辅编撰的《花影集》。此书前有明正德年间的序,序中称《剪灯新话》为前人作品,可知其作于正德前、《剪灯》后。小说叙述的是元代书生李彦直与妓女张丽容的爱情悲剧。李彦直与张丽容以诗传情,私订终身,并争得家长首肯。婚期将至时,丽容却被本路参政阿鲁台强征献予右相。彦直父子奔走上下,谋之万端,终莫能脱。丽容被送京路上,彦直徒步追随三千余里,终夜号泣,以致气绝而死,丽容也自缢于舟中。阿鲁台大怒,命人焚其尸,惟心不灰。其中有一小物如人形,其色如金,其坚如玉,衣冠眉发,纤悉皆具,宛然一李彦直。阿鲁台叹玩不已,又命人并发彦直尸焚之,其中也有一个金石般的张丽容。小说着重描写了李彦直执情专一,对张丽容以死抵御强暴的坚贞行为也寄予了强烈的同情。二人精诚所至,竟在心中凝聚成坚如金石的对方形象,而当两个人像合为一处时,又化为血水。作者解释说:"男女之私,情坚志恪,而始终不谐,所以一念感结,成形如此。既得合为一处,情遂气伸,复还旧物,理或有之。"这正是古人以心为思维器官观念的体现。虽然设想并不科学,但这种非现实的描写却充分显示了刻骨铭心的情爱超乎寻常的力量,感人至深。较之诗文中屡屡写到的"比翼鸟""连理枝"之类,确实独出心裁。

《心坚金石传》从文体上应属于新体传奇小说。说是"新体",是因为这一类小说除了上承文言传奇小说的传统,又受话本小说影响甚大,自《青琐高议》到《剪灯新话》,乃至元明风行一时的中篇传奇小说,自成系列。因其内容和形式都更接近通俗小说,在传播上也与通俗小说有不解之缘。即如本篇,流传就十分广泛,且不断被改编。明何大抡编《燕居笔记》、赤心子编《绣谷春容》和詹詹外史编《情史》等都有收录。唯《情史》文字稍简略。但细按文意,又不似简单删节,或另有所本。另外,《情史》在所录本篇前后,还录有两篇相关作品。一为《化铁》,叙一有美姿容的商人,泊舟西河下,与岸上高楼中女子眉目传情。后来商人货尽而去,女竟相思成疾而死。死后火化,心中一物,不毁如铁,只见其中有舟楼相对,隐隐如有人形。这一细节与《心坚金石传》可谓同一机杼。而另一篇则叙一妇人性好山水,日日临窗玩视,遂成心疾。死而焚之,惟心不化,其坚如石,中有山水树木,如工笔画一般。作者说:"夫山水无情之物,精神所注,形为之留,况两情之相感乎。"与《心坚金石传》相呼应。或谓此事又见于《程子遗书》,称其为波斯女子故事,今本《遗书》未见;而《情史》本条则有波斯胡识宝情节。复证之以南朝梁吴均《续齐谐记》中《阳羡书生》男子口中吐出一女子、女子口中又吐出一男子的描写,或许"心上人"的设想还有异域文化的影响也未可知。

不过,以"金石"比喻坚贞不渝之情的说法,在中国古代典籍中却是古已有之的,古诗文不难检索出"金石之交""金石不渝""金石友""金石契"之类词语。《全唐诗》中托名西施的《谢王轩》有"当时心比金石坚,今日为君坚不得"的诗句,其中的"心比金石坚"或许可以看作陶辅《心坚金石传》设譬取喻的来源。

但是,早期的"心上(中)人"未必都与爱情有关,唐韦应物的《答崔都水》诗云"亭亭心中人,迢迢居秦关",其中的"心中人"即就一般的友情而言。另外,禅宗语录中也有类似的说法,道原的《景德传灯录》卷一二云:"汝等诸人肉团心上有一无位真人,常向诸人面门出入。"这里的"心上人"则是所谓"真人"。

后来,"心上(中)人"逐渐专指情人。宋代黄庭坚有一首《少年心》词:

> 对景惹起愁闷,染相思,病成方寸。是阿谁先有意?阿谁薄幸?斗顿恁、少喜多嗔。　合下休传音问,你有我,我无你分。似合欢桃核,真堪人恨,心儿里、有两个人人。①

词中借桃核之"仁"引出"心儿里、有两个人人"的联想,表达了强烈的相思之情。元明以来,喻指恋人的"心上人"已十分流行,如关汉卿的杂剧《谢天香》第四折有"你情知谢氏是我的心上人,我看你怎么相见"的宾白,《二刻拍案惊奇》之《赵县君乔送黄柑》中也有"你向来有了心上人,把我冷落了多时"的说法。

不管是"金石交",还是"心上人",原本都是一种比喻性说法。《心坚金石传》第一次将这一比喻具象化,因而获得了一种撼人心魄的艺术效果。——这里,恐怕还有一个附带的文化背景不能忽视,那就是火化的习俗。宋元时期,火化曾在中原地区盛行一时,至明清官府则严禁火化。联系《心坚金石传》以及下面将要涉及的多篇小说看,火化本身就是一种不幸。真情的见证竟要以生命为代价,这恐怕才是"心上人"描写最令人感慨欷歔的地方。而《心坚金石传》的描写也因此仿佛是在通俗文学的湖水中投进一粒石子,激起了一圈又一圈涟漪。

明万历年间出现过一部传奇戏《霞笺记》,就是据《心坚金石传》改编而成的。这部传奇前半部分情节基本与《心坚金石传》相同,后半部分却落入大团圆的老套中。叙述丽容入丞相府后,因夫人奇妒,转献于太后,而伏侍宫主。彦直入京,考中状元,丽容向宫主求情,因得放出,与彦直成婚。有了这样美满的结局,当然也就无需"心上人"的意象了,而作品也因此失去了一个极为难得的抒情场面。只有剧中彦直有诗云"似此两情金与石",还依稀保留了一点原作的寓意。也许,小说中的"心上人"意象并不便于舞台上的表演,所以,尽管这部戏与小说原作相比有所缺失,当时却颇获好评,如祁彪佳《远山堂曲品》称赞说:"传青楼者,唯此委婉得趣。"当然,也有人不以为然,如吕天成《曲品》中既肯定它"搬出甚激切,想见钟情之苦",又批评它"但词觉草草,以才不长故"。所谓"钟情之苦"的部分,实际上正是它继承和发扬《心坚金石传》的部分。而"词觉草草",则不完全是"才不长"的缘故,易悲为喜,才是关键所在。无法否认的是,这种大团圆心理在明清两代是很有市场的。清代又有人将《霞笺记》改为同名的中篇小说,完全因袭了

---

① 《全宋词》,中华书局,1965 年,第 409 页。

传奇的内容包括大团圆结局。虽然此书长达十二回,描写远较《心坚金石传》漫长丰富,但艺术上缺少开拓,殊不足道。作为隔代遗传,它的作者甚至可能没有看到过《心坚金石传》的原作。

让人感到莫名其妙的是,《心坚金石传》居然被纳入了公案小说当中。明代安遇时编《百家公案》第五回《辨心如金石之冤》就几乎原封不动地移植了《心坚金石传》。只是作者将故事改在宋仁宗时,人物关系也相应地作了一点调整,"本路参政阿鲁台"变成了"本省参政周宪",并请出包公,惩处了以势作恶者。这篇小说既保留了原作的悲剧结局和"心上人"意象,又为作品留下了一个光明的尾巴。作品最后称"后来李彦秀与张丽容托生于宋神宗之世,结为夫妇,盖亦天道有知,报应之速也",以另一种虚幻的圆满冲淡了悲剧的意味。

相比之下,清代话本小说《跻春台》中的《心中人》,也是从《心坚金石传》演变出来的,改动就大多了,在内容与形式上也都别具一格。这篇小说中胡长春的父亲是穷教书匠,张流莺的父亲张锦川是普通的医生,两人自幼定亲。没想到张锦川在给一过路官的小妾看病时,此妾为官员正妻陷害致死,而张锦川蒙冤入狱。流莺卖身为奴,营救父亲。又乘便会晤长春,二人对天盟誓,永不负约另婚。谁知正德皇帝出诏选美,县官为图高官重任,欲献流莺。接下来的情节就与《心坚金石传》基本相仿。从作品的叙述可以看得出来,作者在改编原作时,大量增加了这一对情人的出身背景描写,强化了他们作为普通人的感情基础,为后面的悲剧作了更充分的铺垫。同时,作者还突出了流莺的反抗性。如面对县官的威逼,流莺说:

> 大老爷呀!奴的心与金石同坚同固,不后他掀天势王法如炉。奴已曾将此身置之外度,你就有三尺剑难把心诛。①

由于通篇作品韵散相间,这一段话可能是由艺人演唱出来,其果决的语意,在现场表现当更为强烈。同样,长春追随流莺进京的过程中,作者也通过人物的韵白,将其悲愤渲染到了极点:

> 想起我贤德妻肝肠痛断,不由我这一阵心如箭穿。自幼儿结姻亲遂我心愿,谁不称天生的一对凤鸾。那知妻卖了身又遭磨难,进县来偏遇着天杀昏官。……昏官呀,昏官!做此事你胜如把我头砍,做此事你犹似挖我心肝。昏官呀,昏官!倘将妻献宫帏去把君伴,我情愿破性命

---

① 刘省三编辑《跻春台》,江苏古籍出版社,1993年,第315页。

去到阴间。拉昏官到三曹前来对案,我要你千万动难把身翻。①

这种悲痛欲绝的控诉,较之《心坚金石传》简洁的叙述更富于感染力。而有了如此感人的渲染,后面的"心坚金石"描写也更具震撼力。遗憾的是,这篇小说的结尾也有一个如同上面那篇公案小说一样的尾巴,历尽苦难的情人,居然一个投生皇宫,成为公主,另一个投生相国府,理所当然地成为了驸马,"以结前缘"。《跻春台》的作者不太可能看过《百家公案》这样简陋的书,自欺欺人,竟也"心有灵犀",代代相通,使人徒增感慨。

上述作品艺术性虽有高低,基本情节结构却没有大的变化,倒是在明末《石点头》中有一篇《瞿凤奴情愆死盖》,让我们看到了一个迥然不同的故事。这篇小说叙述寡妇方氏与年轻商人孙谨私通,因方氏年长孙谨,担心孙谨将来嫌弃自己,竟劝说女儿凤奴也与孙谨相好。这种乱伦之恋自然不见容于社会。不过,当族人打着维护风化的旗号将方氏母女告官时,其真实用意却是觊觎方氏的家产,作品由此展开了对妇女在宗族中受欺凌地位的深刻描写,这在此前的小说中很少见的。而这种地位实际上也应是方氏私通行为的一个社会原因,作为一个社会的弱势者,她自然会有寻求保护的心理或需要,而这多少使她得到了读者的一点同情。

《瞿凤奴情愆死盖》后半部分描写的凤奴与孙谨的关系,同样复杂得使人难以简单置评。虽然一开始两人的关系有违常情常理,但随着不断的接触,感情逐渐加深,以至到了难舍难分、生死不渝的程度。与方氏遭受族人欺凌一样,凤奴与孙谨的爱情也受到了宗法社会的压制。凤奴后来被迫嫁人,却拒不成亲,作者赞叹道:"生死靡他已定盟,总教磨折不移情",表现了鲜明的同情意识。孙谨也为她的真情打动,作出决绝的行动。两人先后殉情而死,尸体焚化时,胸前各有一块烧不化,正是各自的形象。这个"心上人"的悲剧结尾使我们对作者没有将整篇作品写成一个美好的爱情作品产生一种强烈的遗憾。我们甚至不妨设想,如果这篇小说析为两篇作品,分别描写两个婚恋故事,也许都不失为佳作。但是,合成一篇,特别是母女的身份,让美好的爱情笼罩在乱伦的阴影下。两不相宜的情节,最终造成的是接受与评价上的困惑与窘迫。说是"情愆死盖",其实既不能抚慰殉情者,也无法得到社会原谅。

那么,作者为什么会作这样安排呢?表面上看,他的用意也是道德教

---

① 刘省三编辑《跻春台》,江苏古籍出版社,1993年,第316页。

训,但这不过是话本小说家竞相标榜的套话,不必完全当真。对真实不加掩饰的表现,才是作品最引人注目的地方。如上所述,这篇作品深刻地反映了宗法社会女性命运的无奈与不幸,表现了作者对生活独到的认识。如果与《心坚金石传》等对生活的简约化描写相比,这一点尤其可圈可点。只可惜,道德无法说明全部的社会问题实质与人物心理动机,真实又缺少提炼,凄美的结局因此显得突兀而无所附丽,从而造成了整篇小说真、善、美的失衡。

如果把眼界放得开阔一些,《瞿凤奴情衍死盖》的上述描写可能与晚明时代的社会风尚有关,当时的文学作品在表现人的情欲时,往往缺少节制。在冯梦龙辑《山歌》中有一首题为《次身》的作品就这样唱道:

> 姐儿心上自有第一个人,等得来时是次身。无子馄饨面也好,捉渠权时点景且风云。①

如此赤裸裸地表现"心上人"让位于"身上人",至少在文学作品中是以前少见的。所以,晚明既有《金瓶梅》这样描写纵欲滥淫的作品,也有《牡丹亭》这样近乎唯美主义的抒情之作,而《瞿凤奴情衍死盖》恰恰有意将这两方面结合起来了。虽然作者试图表现更为复杂人性的努力是值得称道的,但他的尝试实在不能说特别成功。看来,单凭一个美好的想象是不足以构成一篇有深度的小说的。不过,在那样一个时代,能将相爱的人放在心上,已属难得的事了。

---

① 《明清民歌时调集》上册,上海古籍出版社,1987年,第280页。

十二、且寻且哭甘酸楚
——谈描写王原寻父的三篇话本小说及"万里寻亲型"在清代的流变

《二十四孝》中有一个朱寿昌弃官寻母的故事。朱母刘氏,原是其父之妾。朱寿昌七岁时,刘氏被嫡母赶出朱家。此后,朱寿昌多方打听,音讯全无。后来,他在广德军任职时,辞官不做,告别家人,发誓寻母。历尽艰辛,终于在同州找到离散五十年的生母。这是宋代的一个真实故事,《宋史》《续通鉴长编》及多种笔记皆有记载。据《梦溪笔谈》卷九称,当时"士人为之传者数人,丞相荆公(王安石)而下,皆有《朱孝子诗》数百篇"。宋吴曾《能改斋漫录》卷一○记述了稍后几年张吉父三度入蜀寻父事,同样引起众人感慨题诗,足见社会对寻亲的关注。影响之大,遂使后世效法者日众。《明史·孝义传》在列举事亲尽孝行为时,首提"万里寻亲",足见这已成为常见故事,从而奠定了古代小说戏曲描写"万里寻亲型"情节的基础。这一情节类型的标准形态是:某人的父母在其幼时因故流落他乡,当其长大后,立志寻亲,不远万里,终于骨肉团圆。

李贽《续藏书》卷二四"孝义名臣"记王原寻父王珣事,在明代广为人知。其事并见《文安县志》、《国朝献征录》卷一一二、何乔远《名山藏》卷九八、《明史》卷二九七本传等,江盈科《雪涛阁集》卷二还有《王孝子》诗,咏赞其"且寻且哭甘酸楚"的孝行。据李贽记载,王珣离家是因为"贫甚,苦于里役",而王原寻见他时,他又说:"委妻子二十年,何颜复见汝母乎!"十分感人。

王原寻父王珣事在明末成为小说家的一个热门题材。周清源《西湖二集》卷三一《忠孝萃一门》即用其为入话。由于只是入话,篇幅有限,周清源没有作超出史实的更多发挥。

天然痴叟编《石点头》则将其敷演成《王本立天涯求父》。在众多万里寻亲型作品中,《王本立天涯求父》应当说是较好的一篇。好就好在它不只描写了王原的寻亲,而且也写到了父子两代人离家出走的前因后果。当王珣把自己难以承受的痛苦和责任转嫁到妇孺身上时,他始终无法摆脱负疚之感,也被作者讥讽为"见识微"。但是,当王原做出几乎同样的行为时,作品就一味地歌颂了。王原的母亲对他说:"父母总是一般,我现在此,你还未曾孝养一日,反想去寻不识面的父亲!这些道理尚不明白,还读甚么书,讲甚么孝?"这样的诘问王原是无法回答的。尽管如此,王原走得还是心安理得,最后还得到了多子多福多寿的好报。从这里,我们可以看到"孝"是如何左右着作者的创作。事实上,从一开始,万里寻亲型作品就注定了是以"孝"为转移的。本篇没有回避"情"与"理"的冲突,已属难得了。

与《王本立天涯求父》相类似的还有陆人龙《型世言》卷三的《避豪恶懦无远窜　感梦兆孝子逢亲》,它也是敷演王原寻亲之事的。在《西湖二集》中,王原寻亲的描写是重点;在《石点头》中,王珣的离家出走与王原的寻亲在篇幅上基本相当;而在《避豪恶懦无远窜　感梦兆孝子逢亲》当中,王喜(即王原父)的被迫出走及流离失所的痛苦却是情节最突出的地方。作者写道:

> 但百姓有田可耕,有屋可住,胡乱过得日子,为何又有逃亡流徙的?却不知有几件弊病:第一是遇不好时年,该雨不雨,该晴不晴;或者风雹又坏了禾稼,蝗虫吃苗麦,今年田地不好,明年又没收成,百姓不得不避荒就熟。第二是遇不好的官府,坐在堂上,只晓得罚谷罚纸,火耗兑头,县中水旱也不晓得踏勘申报,就申报时,也只凭书吏,胡乱应个故事。到上司议赈济,也只当赈济官吏,何曾得到平人。百姓不得不避贪就廉。第三是不好的里递,当十年造册时,花分诡寄。本是富户,怕产多役重,一户分作两三户,把产业派向乡官举监名下,那小户反没处挪移,他的徭役反重,小民怕见官府,毕竟要托他完纳,银加三,米加四,还要津贴使费。官迟他不迟,官饶他不饶,似此咀啮小民,百姓也不能存立。①

这就深刻地揭示了贫民逃亡的社会原因。正如篇末鲁国男子评语所说:"王原有传,与此大同小异,而其中叙里胥之横,失路之悲,可云曲至。"由于角度转变,这篇作品对普通农民的描写也很精细。当王喜出逃后,小说中有这样一段:

> 王喜起了身,霍氏正抱着王原,坐在家里愁闷。那张老三因为王喜

---

① 陆人龙《型世言》,新华出版社,1999年,第157页。

冲突了崔科,特来打合他去陪礼。走来道:"有人在么?"霍氏道:"是谁?"张老三还道王喜在。故意逗他要道:"县里差夫的。"那霍氏正没好气,听了差夫只道是崔科,忙把王原放下,赶出来一把扭住张老三道:"贼忘八,你打死了咱人,还来寻甚么?"老三道:"嫂子是咱哩。"霍氏看一看,不是崔科,便放了老三道:"哥在那厢?"霍氏道:"说与崔科相打,没有回来。"老三道:"岂有此理,难道是真的?"霍氏道:"怎不真,点点屋儿,藏在那里?不是打死,一定受气不过投河了。"张老三道:"有这等事,嫂子你便拴了门,把哥儿寄邻舍家去,问崔科要尸首,少也诈他三五担谷。"果然,霍氏依了赶去。恰好路上撞着崔科,一把抓住道:"好杀人贼哩,你诓了咱丈夫钱,不与他请粮,又打死他。"当胸一把,连崔科的长胡子也扭了。崔科动也动不得,那霍氏带哭带嚷,死也不放。张老三却洋洋走来大声道:"谁扭咱崔老爹,你吃了狮子心哩!"霍氏道:"这贼忘八打死咱丈夫,咱问他要尸首。"老三道:"你丈夫是谁?"霍氏道:"王喜。"老三道:"是王喜,昨日冲撞咱崔老爹,我今日正要寻他陪礼。"霍氏道:"这你也是一起的,你阎罗王家去寻王喜,咱只和你两个县里去。"扯了便走。张老三道:"嫂子他昨两个相打,须不干咱事。"霍氏道:"你也须是证见。"霍氏把老三放了,死扭住崔科,大头撞去。老三假劝随着一路,又撞出一个好揽事的少年,一个惯劈直的老者,便丛做一堆。霍氏道:"他骗咱丈夫一百钱,不与丈夫请粮。"崔科道:"谁见来?"霍氏便一掌打去道:"贼忘八,先是咱一件衫当了五十钱,你嫌少,咱又脱了条裙,当五十钱。你瞎里,不瞧见咱穿着单裤么?"这老者道:"崔大哥,你得了他钱,也该与他开。"霍氏道:"是晚间咱丈夫气不愤的,去骂他一家子拿去,一荡子打死,如今不知把尸首撩在那里?"指着老三道:"他便是证见,咱和他县里去。"①

这一情节栩栩如生地刻画了一个村妇内心的愤怒与应对机智,足与《喻世明言》之《沈小霞相会出师表》中的闻淑女相媲美。这篇小说对贫苦农民生活困境的生动表现,不只在《型世言》中极为突出,就是放在整个话本小说的发展中看,也是值得称道的。寻亲故事往往还与佛教相关联,不外借佛法以显示孝子的虔诚,唯独此篇描写王喜皈依佛门,乃是饱经磨难、求生无路后的心灵追求,较之那些着意宣扬佛教的,更为深刻。

---

① 陆人龙《型世言》,新华出版社,1999年,第160—161页。

王原事在清代仍时常为人提及。《清诗铎》卷一〇缪沅《王孝子诗》就是根据他的事迹创作的叙事诗。清代还有一个著名的黄孝子寻亲事,有关的记载也往往提到王原事,应了《石点头》中"好与人间做样看"的话头。事实上,清代寻亲之作达到了一个高潮,形成了历史与文本共生互动的又一文化奇观。例如纪昀《阅微草堂笔记》卷一八记艾子诚寻父事较平实动人。艾父偶与人斗,击之踣,误以为死,惧而逃。与王原不同的是,艾孝子是在母亲以疾卒后才踏上寻亲之路的。另外,李宝泰《蒿生文集》中有《胡孝子寻亲记》(据天目山樵《儒林外史评》);王卓《今世说》卷一"徐敬庵"条记徐数千里求父之遗骸事;李塨《颜习斋先生年谱》等也记述了著名思想家颜元寻父辽东事;《清诗铎》卷二〇引余京作《毕孝子宁古塔负祖父骨归里诗》更咏赞了两代孝子的感人事迹。诸如此类,不一而足(清代尚有演谢孝子、冯孝子等人寻亲传奇数种,皆不传①)。

　　在这些当中,明末清初苏州人黄孔昭寻亲事流传最广,堪称王原之后的寻亲题材新热点。黄向坚本人曾撰有《寻亲纪程》《滇还纪程》详述其事。据清顾公燮《消夏闲记摘抄》载:"明孝廉黄云美,周忠介公门人也,为云南大姚令。鼎革后,其子向坚,于干戈载道之中,跋涉山川,迎二亲回苏。自顺治二年暮出门,至十年始归故里。"②《娱目醒心编》之《走天涯克全子孝感异梦始获亲骸》则称:"孝子徒步万里,历尽艰苦,寻其二亲以归。闻者争相敬慕,或作传纪,或为诗歌,甚至演为传奇。"诗如清初王抃《巢松集》有《赠孝子黄端木》,概述其事;传记则有归庄据黄向坚记述而撮其要写成《黄孝子传》等;传奇指的当是李玉《万里圆》。

　　很明显,黄孝子的名播天下刺激了文学家的创作欲望。但这种欲望主要并不是出于对孝子寻亲之艰辛的体贴,而是出于对其孝心的认同。所以,尽管有如此丰富的本事,相关作品却无惊人之作。如上面提到的《走天涯克全子孝 感异梦始获亲骸》,除了简单敷演了人所共知的事实,几乎没有什么真正的文学性描写。

　　值得一提的倒是《儒林外史》第三十八回中的一段耐人寻味的郭孝子寻亲的描写。在全书高潮祭泰伯祠后,紧接着就是郭孝子故事。不过,这与其说为士人烟消云散的悲剧气氛注入了一丝活力,不如说是作者在轰轰烈烈的梦幻后的一种退守。"孝"可以说是吴敬梓道德追求的底线(此书五十

---

① 参见徐扶明《元明清戏曲探索》,浙江古籍出版社,1986年,第192页。
② 顾公燮《消夏闲记摘抄》卷上《黄孝子》,《涵芬楼秘笈》第二集。

五回,计有八回以孝义立题)。在此之前,他嘲讽了范进、马二先生、权勿用等人在"孝"上面的虚伪主张与行为,郭孝子寻亲虽然并不是对他们的反衬,却表现了作者的执著。客观地说,这一段描写与全书的水准是不相称的。就宣扬"孝"而言,也并不比上述其他作品更突出。郭孝子一个喷嚏吓死老虎的细节,几乎令读者以为是精彩的反讽。然而,他的豪杰气概及众多正面人物对他的推崇毕竟更鲜明地体现了作品的倾向,昭示出作者的眼光终究在传统道德的笼罩下。唯郭孝子的父亲原本是作者辛辣讽刺过的反面角色王惠,以及王惠作为曾降宁王的伪官和受文字狱牵连的钦犯而显示出"孝"与"忠"的龃龉,反映了作者超乎常人的胸襟和见识。

万里寻亲型是很符合中国古代小说和戏曲情节布局常规与指向的:原本正常生活的人在面对社会道德被损害或破坏的厄运时,顽强拼搏,终于取得圆满的结果。本来,从结构上说,万里寻亲型的时空背景本来具有很大的开放性,通过主人公的曲折经历可以串联丰富的矛盾冲突。实际上,这种"旅程的情节"是最古老和最普遍的情节之一[①],极便于展开广阔的社会描写。它很容易使人联想到 16 世纪兴起于西班牙的流浪汉小说(picaresque narrative),流浪汉漫长的冒险生涯与插曲式(episodic)结构,为展示丰富的社会生活提供了很好的机会,也为表现理想追求的浪漫与虚幻创造了伸缩自如的空间。不但如此,它实际上还具有被寻者、寻访者和苦守者三个叙事焦点,充分运用散点透视的笔法并借助游历型的叙述框架,能够反映多角度的人生问题,较之流浪汉小说更胜一筹。例如在《镜花缘》中,唐敖之女小山在得知父亲失踪后,立意随林之洋出海寻访。这一过程断断续续贯穿了大半部小说,虽然"孝"仍是情节的外在动力,但其间穿插大量饶有情趣的描写,并与唐敖等人在殊方绝域的奇特见闻相呼应,成为一种生动活泼的结构线索。不过,更多的万里寻亲型作品在以寻亲为线索时,还是集中于"孝"的表现,将本事散文化的叙述完全移植在小说戏曲中,叙述时间往往大大短于故事的实在时间,造成了整体结构的松散。叙事的密度冲击了叙事的深度和力度,而情节类型所蕴涵的丰富性,不可避免地在故事零散、片断的呈现中消耗殆尽。本来有可能产生鸿篇巨制的题材,只在人伦关系层面给人们留下一些赞叹而已。其间自然有精细的描写和令人动容的场面,但始终没有超出单一的主题。

从叙述学的角度来看,故事(story)与情节(plot)是两个不同的概念。

---

① 参见韦勒克、沃伦《文学理论》,三联书店,1984 年,第 243 页。

本事提供的只是一个故事,而故事可以有各种不同的讲法,这就呈现为各种不同的情节。基本相同的故事和大致一样的讲法,使得万里寻亲型作品总给人大同小异之感。而变化本来是不难做到的,有时,只要调整一下叙述中心就能呈现不同的面貌。例如,从孝子的家眷或被寻者来讲述这一故事,就会产生新的意义。《醒世恒言》之《李玉英狱中诉冤》中,李雄牺牲于战场,其后妻为害死前妻之幼子,竟以孝义相劝,令其冒险去寻父亲遗骸,就别具深意。但这不过是小说中一个并不重要的细节。许多小说家和戏曲家却常常表现出将深度的现实转化为平面的情节的美学平庸。把故事当作了情节的全部意义,因而失去了超越现实兴趣、眼光和能力,是他们共同的致命弱点。如《八洞天》首篇《收父骨千里遇生父 裹儿尸七年逢活儿》,情节不可谓不离奇,但思想却甚肤浅,盖因作者一心一意只在强调孝养父母而没有深入挖掘题材的丰富内涵。

而缺乏生活化的细节描写也是一些作品不感人的原因之一。对万里寻亲型来说,这一问题更为突出。因为在这类作品中,意义早已凌驾于一切虚构之上。虚构常常只是观念的图解。最典型的例子是孝子与虎遭遇的雷同描写。《娱目醒心编》之《走天涯克全子孝 感异梦始获亲骸》中老虎和山魅都不敢侵犯孝子士元:

> 一日,行至黄昏时候,茫无宿处,路旁见一石洞,钻身入去,宿了一宵。天明看时,只见满地毛骨,血痕点点,起身便走。走过数里,才见人家。居人见他来得早,便问:"客人,昨夜宿在何处?"士元告他宿处。人皆吐舌道:"此是老虎洞,如何宿在里头?"有的道:"此位客人,想是铜皮铁骨的,老虎不要吃他。"有的道:"你看他背上所负的榜,是个寻亲孝子,所以老虎不敢害他性命。"
>
> 又一日,贪走失路,寻不着宿店,遇一破寺,推门进去,见殿上十数个长大汉子坐在里头饮酒,两旁排列刀仗,一见士元,便喝道:"你是何人?敢来窥探!"士元战兢兢答道:"是求宿的。"有人看见他背上有字,仔细一认,便对众人道:"这人却是个孝子,不要害他。"又道:"想你没吃夜膳?"便与饭吃,教他宿在廊下。初更时候,只见众人俱执刀仗而去,五鼓才回。又有人叫他道:"天色将明,你该去了。此处是小路,往南数里方是大路。"士元如言而行,果是大路。
>
> 又尝于深山僻处见一妇人,通体精赤,长发数尺,散披肩上,向士元看了一回,走入深林中去了。问之居人,居人道:"此是山魅,见孤身客人,便要趓去求合,能致人死!想你是个孝子,故不来相犯。"所遇奇奇

怪怪可骇可怕之事,如此者甚多,不能殚述。士元一心寻骨,全无一些阻怯。①

《儒林外史》中的郭孝子更"一掌就把虎头打掉了"(三十八回);而《镜花缘》中老虎从孝女头上撺过,"二人把头摸了一摸,喜得头在颈上"(四十九回),就令读者有谐谑之感了。本来,孝子与猛兽的搏斗,正是表现人的信念和力量的大好机会,却被作者游戏般仅仅用作了"孝可格天"的象征性描写,不能不说是个遗憾。

有趣的是,20世纪初,商务印书馆出版了一本林纾译《美洲童子万里寻亲记》。此书乃一美国人所作回忆录,叙述自己少年时,只身从美国赴欧洲寻父母的经历。他的寻亲是因为不能忍受监护人(姐夫)的虐待,动机与中国孝子不尽相同,而且叙述上也处处突出自己冒险远行的奇特经历,并不始终围绕父母展开故事。但这样一篇动人的散文,却被林纾冠以"万里寻亲"的名目,用来向当时青年中的新意识发难。他在为这篇作品作的序中,将其与中国古代的万里寻亲故事相提并论,力图以外国人的"父子天性"反驳所谓"一时议论方欲废黜三纲,夷君臣,平父子,广其自由之涂辙"。作为接受者,林纾确实"别具慧眼",当新青年们对传统的万里寻亲故事"斥其陈腐"时,他竟从异国他乡找到了一个"新瓶"来装"旧酒"。只可惜这一古老的情节类型并没能借尸还魂,却成了新旧观念转变浪潮中一丝不起眼的波纹。

---

① 草亭老人《娱目醒心编》,上海古籍出版社,1988年,第10—11页。

十三、从才子佳人到风尘知己
——谈《七松园弄假成真》

宋元以来,才子佳人故事一直是小说戏曲的热门题材,明末清初更盛极一时,这期间问世的才子佳人小说有几十部,它们如同其中一部小说的题名一样,表现了寒儒小说家们的"飞花艳想"。但梦想终归是梦想,即以不少小说都描写过的"洞房花烛夜,金榜题名时"为例,在现实生活中原本是屈指可数的。周亮工在《书影》卷九列举明代少年及第奉旨归娶诗后就说:"明朝二百六十余年,少年及第归娶者不数人。"[1]乾隆时,还发生过一个鲁迅调侃为"最有趣的"风雅案件。有个叫冯起炎的秀才,看中了姨母的女儿,竟然趁乾隆拜谒雍正陵墓时,一向皇帝献书,二请皇帝助其婚姻,结果却被加上"狂妄"的罪名,发往黑龙江为奴。用鲁迅的话说,这"不过着了当时通行的才子佳人小说的迷,想一举成名,天子做媒,表妹入抱而已",只是结局大不妙。[2]

既然佳人难求,小说家们转而热衷写起所谓"风尘知己"来。其实,才子与妓女的结缘,在宋元以来的小说戏曲中早已屡见不鲜。青楼文学多半都晃动着才子们风流倜傥的身影,而且每每得到极力的美化。《喻世明言》中的《众名姬春风吊柳七》很有代表性。柳永生前才名盖世,死后十分寂寞,幸有满城妓女为其料理后事,一代"风流首领"也算死得其所了。那"满城妓家无一人不到,哀声震地"的场面,与其说是妓女们吊唁才子之逝,不如说是作者虚构的一场才子的心灵祭奠与自我膜拜。从作品渲染"可笑纷纷缙绅辈,怜才不及众红裙"的怨艾中,我们能够强烈感受到"风尘知己"在才子精神生活中的重要,这几乎可以说是他们期待社会认可的底线了。难怪清代小说家兀自不肯罢休,在才子佳人小说之后,又把所谓狭邪小说推到了高潮。

---

[1] 周亮工《书影》,上海古籍出版社,1981年,第239页。
[2] 鲁迅《且介亭杂文·隔膜》,《鲁迅全集》第六卷,人民文学出版社,2005年,第44页。

作为小说史家，鲁迅曾从题材的演进揭示小说从才子佳人向风尘知己的嬗递。在他看来，"人情小说"由才子佳人而至《红楼梦》，已达顶峰。之后的小说家"特以谈钗黛而生厌，因改求佳人于倡优，知大观园者已多，则别辟情场于北里而已"（《中国小说史略》第二十六篇）。这一观点符合当时小说创作实际，很有启发性。不过，无论是现实的打击还是小说题材周期性的更替，所引起的小说创作的转变都不是一朝一夕间发生的，而在这种转变中，清初白话短篇小说集《照世杯》中的《七松园弄假成真》非常引人注目。它的前半部粉碎了才子佳人的梦想，后半部则遁入了风尘知己的梦想，形象地昭示了上述小说题材与类型的发展，因而在小说史上占有独特的位置。

据明朱国祯《涌幢小品》卷一记载："撒马儿罕在西边，其国有照世杯，光明洞达，照之可知世事。"这大约是《照世杯》书名所本，显示出作者"酌元亭主人"颇有些自负。而集中四篇作品，各具特色，确实能从不同角度刻画世相，洞照幽微，真切鲜明。其中《七松园弄假成真》虽不出才子佳人小说基本格局，但构思新奇，曲尽人情，具有相当强的可读性。作者在开篇声称："情字必须亲身阅历，才知道个中的甘苦。"因而围绕苏州才子阮江兰的亲身阅历，一波三折地展示了才子们在追求爱情过程中的悲酸与欢欣，并折射出才子心态与社会价值观念的变迁，符合作者通过小说把握世态风俗的用意。

作为才子，阮江兰自然是"生得潇洒俊逸，诗词歌赋，举笔惊人"。因此在婚姻之事上，期望值甚高，担心"倘配着一个村姬俗妇，可不憎嫌杀眉目，辱没杀枕席么"。因艳羡西施，所以决意去山阴探访名姝。他的这一行为在才子佳人小说中是有先例可循的，比如《定情人》中，四川才子双星也不肯草草决定婚姻，于是以游学为名，"自去寻亲"，经湖广，至闽浙，终于在山阴找到足以定己之情的"当对"者。才子们的这种豪迈举动，想必不是生活中的读书人敢于轻易尝试的，因而是带有明显浪漫主义特点的理想化描写。从小说史上看，它实际上继承了晚明文学"以情反理"的精神。尽管才子们不如此前小说中的市井之辈那么放肆无忌，但为了个人的感情追求，知书达理的他们居然也跳出书斋，云游天下，不能不令人刮目相看。可以说，推崇"才情"，反抗世俗，提倡任性而为，弘扬坚贞执著，是才子佳人小说共同的精神诉求，也是它们的价值所在。《七松园弄假成真》的篇首诗说"有情不遂莫若死"，就是对这种"情"的表彰。不过，强烈的主体性，也使得才子们由情感追求的执著转为精神的迷狂。在迷狂的精神世界里，不管遇到多少波折、障碍，才子们总能排除万难，去争取胜利。然而如上所述，现实生活中并没有那么多才貌双全的佳人可以让才子如愿以偿。当才子佳人小说还处于方兴未艾之际,《七松园弄假成真》却清醒地挑破了才子们的美梦,确实是它不同流俗的地方。

据小说叙述,激情满怀的阮江兰徐徐步入城来,看见一所宅第,上有石刻的"香兰社"三个大字。一打听,才知道是妇女做诗会。这正是他梦寐以求的情境。没想到他抖擞精神闯进雅集,却成了众美人的"嬉笑之具"。她们假意邀请他加入诗社,将其灌醉,又唤侍女"涂他一个花脸","侍女争各拿了朱笔、墨笔,不管横七竖八,把阮江兰清清白白赛安岳、似六郎的容颜,倏忽便要配享冷庙中的瘟神痘使。仆役们走来,抬头拽脚,直送到街上"。请看他是如何从梦中醒来的:

> 那街道都是青石铺成的,阮江兰浓睡到日夕方醒,醉眼朦胧,只道眠在美人白玉床上。渐渐身子寒冷,揉一揉眼,周围一望,才知帐顶就是天面,席褥就是地皮。惊骇道:"我如何拦街睡着?"立起身来,正要踏步归寓,早拥上无数顽皮孩童,拿着荆条,拾起瓦片,望着阮江兰打来。有几个喊道:"疯子!疯子!"又有几个喊道:"小鬼!小鬼!"阮江兰不知他们是玩是笑,奈被打不过,只得抱头鼠窜。①

这一段充满辛酸和讽刺意味的描写,象征性极强,堪称作品的点睛之笔。我们知道,清代女子结诗社的情形十分普遍,这也成为才子佳人小说常见的场面,《红楼梦》中的描写尤为生动。不过,阮江兰不是后来的贾宝玉,除了一腔自视甚高的才学,并没有贾宝玉那种高贵的身份。所以,他的"石头记"就不是那块人见人爱的通灵宝玉,而只能是一片冰凉的青石街道。面对"摧残才子"的无情现实,阮江兰终于认识到:"可见佳人心事原不肯将才子横在胸中。况小弟一介寒素,那里轮流得着,真辜负我这一腔痴情了。"

得知阮江兰败兴而归,他的朋友张少伯建议说:"吾兄要发泄痴情,何不到扬州青楼中一访?""从来多才多情的,皆出于青楼。"这一番点拨,令阮江兰大为开窍。于是,他又重新开始了面向青楼的"美的历程"。这其实也是作者的立意所在,在小说的开篇,他就发过一通议论:"众人都知道妓女的情假,我道是妓女的情最直;众人都知道妓女的情滥,我道是妓女的情最专;众人都知道妓女的情薄,我道是妓女的情最厚。这等看起来,古今有情种子,不要在深闺少艾中留心注目,但在青楼罗绮内广揽博收罢了。"耐人

---

① 酌元亭主人《照世杯》,上海古籍出版社,1985年,第6页。

寻味的是,为什么"不要在深闺少艾中留心注目"? 作者的解释意味深长:

> 盖为我辈要存天理、存良心,不去做那偷香窃玉,败坏闺门的事。便是闺门中有多情绝色美人,我们也不敢去领教。但天生下一个才子出来,他那种痴情,虽不肯浪用,也未必肯安于不用。只得去寄迹秦楼,陶情楚馆,或者遇得着一两个有心人,便可偿今生之情缘了。①

分明是吃不着葡萄,却连说葡萄酸的勇气都没有,还要假撇清,装出一副道貌岸然的样子,这当然很可笑,这种可笑甚至多少影响了作者更充分地表现其居于才子立场的自嘲精神。不过,在这段话中,那种退而求其次的委屈昭然若揭。事实上,在小说的后半部分也不乏冷峻之笔。本来是阮江兰先住进七松园的,没想到来了一个花花公子,却命园主人强行迫使阮江兰腾房让屋,而他只有无可奈何地退让。更令他愤愤不平的是,花花公子身边还有一个绝代佳人畹娘,他想:

> 世间有这等绝色,反与蠢物受用。我辈枉有才貌,只好在画图中结交两个相知,眼皮上饱看几个尤物,那得能够沐浴脂香,亲承粉泽,做个一双两好? 总之,天公不肯以全福予人。隔世若投人身,该投在富贵之家,平平常常学那享痴福的白丁,再不可做今世失时落运的才子了。②

这种愤世嫉俗之情和对畹娘的爱慕,使他稀里糊涂地上了那个应公子的圈套。应公子让小厮假意代畹娘约会阮江兰。阮江兰兴高采烈地去赴约。待月西厢下的"张生",却冷不丁被当成盗贼毒打了一顿。——如果作者不把圈套当圈套来写,而是当成真情实况来写,让阮江兰再一次明珠暗投,那么,《七松园弄假成真》很可能以其对《西厢记》所创造的经典爱情模式的反讽式戏拟,连同前面对才子佳人小说的颠覆,成为小说史上一篇表现才子命运的真正佳作。

不过,才子的心是玻璃做的,站在才子立场上的小说家似乎不忍心让那颗已经破碎了一次的心再受迎头一击。笔锋一转,他就开始将那些碎块重新黏合,为才子营造出另一个温柔富贵之乡。畹娘不但有花容月貌,更有爱才之心。接到畹娘的情书,起初阮江兰还误以为又是应公子戏弄,写信去质问公子。不料公子大怒,逐出畹娘。阮江兰这才明白畹娘乃是真心,懊悔不已地赶往妓院,与畹娘结亲。

---

① 酌元亭主人《照世杯》,上海古籍出版社,1985年,第1—2页。
② 同上书,第9页。

十三、从才子佳人到风尘知己

其实,写到这里,作者还有机会结束"瞒"和"骗"的游戏。在叙及阮江兰囊空如洗,饱受老鸨的冷落、恶少的轻侮后,本来可以将"弄得阮江兰似香火无主,冷庙里的神鬼"作一番如他当初被抛街头那样的嘲讽性描写,无奈作者心有未惬,再次一笔宕开,急不可待地为他安排了一个救星。还是那个张少伯,闻其遭遇,赶来为畹娘赎身。接下来的描写,更有点故弄玄虚的味道了,张少伯激怒阮江兰,使其发愤读书。而闭门苦读的结果,自然是金榜题名。张少伯遂安排畹娘与之团圆。至此,阮江兰终于梦想成真了。

单从描写上看,上述内容尽管难免画蛇添足之感,倒也被作者安排得合情合理、天衣无缝。阮江兰对畹娘的将信将疑,以及由误会造成的悬念,使得小说的后半部同样富有波澜,引人入胜。而这也恰恰是我们深为作者遗憾的地方,因为以他编织故事的本领与表达技巧,他应该具有使《七松园弄假成真》成为才子佳人小说名副其实的"升级版"的能力。可惜他到底未能免俗,还是选择了千年不变、千部一腔的大团圆。太过美好的结局,让人一眼就看出那不过又是一个色彩斑斓的肥皂泡,而被他抻得过长的小说后半部则成了吹这个肥皂泡的平庸姿态。这正是:红楼梦方醒,青楼梦又浓。

幸而还有一个吴敬梓,让我们对清代文人的思维水平还不至于彻底失望。在《儒林外史》中,这位伟大的小说家有一段极为老辣和警策的描写,叙述一个落魄到测字为生的"呆名士"丁言志,只能跑到妓院去献诗求教,结果却出乎想象:

> 丁言志也摇着扇子晃了出来,自心里想道:"堂客也会看诗,那十六楼不曾到过,何不把这几两测字积下的银子,也去到那里顽顽?"主意已定,回家带了一卷诗,换了几件半新不旧的衣服,戴一顶方巾,到来宾楼来。乌龟看见他象个呆子,问他来做甚么。丁言志道:"我来同你家姑娘谈谈诗。"乌龟道:"既然如此,且秤下箱钱。"乌龟拿着黄杆戥子,丁言志在腰里摸出一个包子来,散散碎碎,共有二两四钱五分头。乌龟道:"还差五钱五分。"丁言志道:"会了姑娘,再找你罢。"
>
> 丁言志自己上得楼来,看见聘娘在那里打棋谱,上前作了一个大揖。聘娘觉得好笑,请他坐下,问他来做甚么。丁言志道:"久仰姑娘最喜看诗,我有些拙作,特来请教。"聘娘道:"我们本院的规矩,诗句是不白看的,先要拿出花钱来再看。"丁言志在腰里摸了半天,摸出二十个铜钱来,放在花梨桌上。聘娘大笑道:"你这个钱,只好送给仪征丰家巷的捞毛的,不要玷污了我的桌子!快些收了回去买烧饼吃罢!"丁

言志羞得脸上一红二白,低着头,卷了诗,揣在怀里,悄悄的下楼回家去了。①

豌娘与聘娘处境、心性自然各不相同,但如果从读书人的遭际来说,鸨母和妓女的那句"来做甚么"可能更符合当时的实际。一介寒士,得不到佳人的芳心,又凭什么赢得妓女的眷顾呢?从才子的角度说,把青楼当成精神归宿,已经再无退路了,而妓女们即使不都像聘娘那样刻薄地奚落他们的穷酸,也未必会心甘情愿地成为他们失魂落魄时的"慰安妇",这恐怕是《七松园弄假成真》的作者没有想到或不愿承认的。

在小说结尾处,作者说"阮江兰汗流浃背,如大梦方醒"。其实,他何尝真的醒了。连那个丁有志是否能清醒,吴敬梓也没有明写。但作为小说家的吴敬梓却是清醒的,这是"酌元亭主人"无法相比的,也是他的一大批后继者无法相比的。

---

① 吴敬梓著,李汉秋辑校《儒林外史》(汇校汇评),上海古籍出版社,2010年,第659—660页。

十四、一队夷齐下首阳
——谈《首阳山叔齐变节》

伯夷、叔齐是历史上著名的节义之士,他们认为武王伐纣是以臣弑君的叛逆行为,在周灭商后,耻食周粟,退隐首阳山,采薇蕨而食,以致饿死山中。在传统文化的语境中,他们是坚守正义、不畏强权的象征。所以《论语》中有"伯夷、叔齐饿于首阳之下,民到于今称之"的感叹。后世的文学作品对他们也备加歌颂。例如明代的《封神演义》就单立一回《首阳山夷齐阻兵》,描写他们在武王军前慷慨陈词,叙及二人耻食周粟事,更沿袭《论语》式的赞扬:"至今人皆啧啧称之,千古犹有余馨。"直到清初,义士的崇高形象才遭到了彻底的颠覆和无情的亵渎。当时问世的小说集《豆棚闲话》,里面有一篇《首阳山叔齐变节》,竟以嘲戏的笔调描写叔齐耐不住饥饿与寂寞,下山归顺周朝去了。

《首阳山叔齐变节》的描写虽然令人有石破天惊之感,但也并非空穴来风。在小说结尾处,作者艾衲居士借众人之口云:"怪道四书上起初把伯夷叔齐并称,后来读到'逸民'这一章书后,就单说着一个伯夷了。其实是有来历的,不是此兄凿空之谈。"①所谓"四书"云云,语焉不详。据查,《论语》中夷、齐往往并称,而《孟子》中则经常单提伯夷一人。《史记》中详述夷、齐的事迹,题目也只标称《伯夷列传》,而非《夷齐列传》。后来,如韩愈《伯夷颂》、王安石《伯夷论》等,都省略了叔齐。本来,文献中的这种差别可能只是表达上的习惯所致,未必有什么深意,却为小说家在历史的缝隙中发挥想象提供了一种可能。在这篇作品中,它就成为叔齐动摇的一个理由:

> 此来我好差矣!家兄伯夷乃是应袭君爵的国主,于千古伦理上大义看来,守着商家的祖功宗训是应该的。……但我却是孤竹君次子,又比长兄大不相同,原可躲闪得些。前日粗心浮气,走上山来,只道山中

---

① 艾衲居士《豆棚闲话》,人民文学出版社,2006 年,第 76 页。

> 惟我二人,也还算个千古数一数二的人品。谁料近来借名养傲者既多,而托隐求征者益复不少,满山留得些不消耕种、不要纳税的薇蕨资粮,又被那会起早占头筹的采取净尽……猛然想起人生世间,所图不过名利二字。我大兄有人称他是圣的、贤的、清的、仁的、监的,这也不枉了丈夫豪杰。或有人兼着我说,也不过是顺口带挈的。若是我趁着他的面皮,随着他的跟脚,即使成得名来,也只做个趁闹帮闲的饿鬼。……如此算来,就象地上拾着甘蔗楂的,渐渐嚼来,越觉无味。①

这看似游戏之笔,实际上却触及了人的行为动机这一核心问题。

如果说上面的诛心之言还是作者的借题发挥,那么,在传统文化对夷、齐异口同声的赞美中,偶尔也出现过一些不和谐音。换言之,《首阳山叔齐变节》对叔齐形象的改塑其实也是其来有自的。早在南北朝时,就有人对夷、齐提出质疑。《殷芸小说》记载:

> 汉武帝见画伯夷、叔齐形象,问东方朔:"是何人?"朔曰:"古之愚夫。"帝曰:"夫伯夷、叔齐,天下廉士,何谓愚耶?"朔对曰:"臣闻贤者居世,与时推移,不凝滞于物。彼何不升其堂,饮其浆,泛泛如水中之凫,与彼俱游?天子毂下,可以隐居,何自苦于首阳?"上嘿然而叹。②

照东方朔的看法,夷、齐简直成了不识时务、食古不化的典型。又据汉代刘向《列士传》载,夷、齐在首阳山陷于困境时:"天遣白鹿乳之。径由数日,叔齐腹中私曰:'得此鹿完啖之,岂不快哉!'于是鹿知其心,不复来下。伯夷兄弟,俱饿死也。"(《列士传》今不传,此据佚名《珊玉集》所引转录)这里,更揭露了叔齐的贪婪心理。而宋代辛弃疾的《玉楼春》词中有这样两句:"伯夷饥采西山蕨,何异捣虀餐杵铁。"意思是,如果单就真实性而言,伯夷采蕨充饥,如同捣菜而把铁杵也吃下去一样,是不可能的。明末清初周亮工在其《书影》卷一〇也引姚福语,对伯夷叩马而谏事提出了质疑。从文化发展的角度说,这些评论和传说都为《首阳山叔齐变节》的描写埋下了伏笔。

不但如此,古代文人还有作翻案文章的习惯,如王安石的名篇《读孟尝君传》,就将历代传颂的养客之士,讥讽为鸡鸣狗盗之徒的领袖;而在元代散曲中,对圣贤的嘲戏成为一种时尚;明中后期的通俗文学中,诋君毁圣、轻蔑权威的思想风气更达到了高潮。用冯梦龙《广笑府序》中的话来说,无论

---

① 艾衲居士《豆棚闲话》,人民文学出版社,2006年,第69—70页。
② 《殷芸小说》,上海古籍出版社,1984年,第62页。

是尧与舜、汤与武之类帝王,还是龙逢、比干之类忠臣烈士,乃至儒、释、道三教的神灵,无一不可以肆意嘲笑。他还提到:"也有什么巢父许由夷与齐,只这般唧唧哝哝的,我也那里工夫笑着你。"①这种前所未有的放肆,不但冲击了以往高高在上的偶像,也瓦解了种种清规戒律,使人们的精神世界得到极大的解放。

冯梦龙标榜的这种精神在明末清初依然余波荡漾。贾凫西的《木皮词》就是一个很独特的作品,作者声称"从古来争名夺利的不干净,教俺这老子江湖白眼看"。于是,他以睥睨一切的眼光解构传统的历史叙述。其中,对武王伐纣就给予了充分肯定,而对夷、齐"倡仁义士之正论"却并不以为然。在这一点上,《豆棚闲话》与《木皮词》是心有灵犀、一脉相承的。艾衲居士力图"解豁三千年之惑"(第十二则),故而"莽将二十一史掀翻,另数芝麻账目"(天空啸鹤《叙》),大作翻案文章,堪称上述文化传统的发扬光大。这部篇幅不大的小说集,除了《首阳山叔齐变节》,还有几篇相似的作品,如《介子推火封妒妇》《范少伯水葬西施》等,也都谈古论今,在对历史人物的全新诠释中,探讨人物可能被历史粉饰或遮蔽的真实心理,别开生面而又不失情理。

值得注意的是,《首阳山叔齐变节》的描写不仅有悠久的文化传统,还有特殊的现实针对性。随着社会的稳定,清政府通过编纂书籍、举行博学鸿词试等措施,使知识界对新政权产生了文化认同感。许多过去拒不仕清的明朝遗民纷纷转变态度,投身清廷,各逞长才。有人作打油诗描摹这些屈节事仇者的形迹与心态。据褚人获《坚瓠戊集》卷三所引诗曰:

> 圣朝特旨试贤良,一队夷齐下首阳。家里安排新雀帽,胸中打点旧文章。当时深自愧周粟,今日翻思吃国粮。非是一朝思改节,西山薇蕨已吃光。②

此诗流传极广,又见于独逸退士编《笑笑录》、葛煦存编《诗词趣话》及《文苑滑稽谈》等书,只是文字小有不同。唯王应奎《柳南续笔》卷二所引差别较大:"一队夷齐下首阳,几年观望太凄凉。早知薇蕨终难咽,悔煞无端谏武王。"③突出了凄凉心境,别有意味。而对那些科场失意的人,此书有诗嘲讽道:"从今决意还山去,薇蕨堪嗟已吃光。"(这两首诗又见曹家驹《说梦》,亦

---

① 《中国历代笑话集成》第一卷,时代文艺出版社,1996年,第542页。
② 褚人获辑《坚瓠集》第二册,上海古籍出版社,第379页。
③ 王应奎《柳南随笔 续笔》,中华书局,1983年,第165页。

有所不同)此外,《柳南随笔》卷四也记述姜宸英曾作诗讽刺变节求仕之人:"北阙已成输粟尉,西山犹贡采薇人。"①上述讽刺诗无一例外都用夷、齐变节作比,可以说与《首阳山叔齐变节》有异曲同工之妙。只不过后者是小说,对于遗民的转变过程有更具体的描写:想当初——

> 那城中市上的人也听见夷、齐扣马而谏,数语说得词严义正,也便激动许多的人,或是商朝在籍的缙绅、告老的朋友,或是半尴不尬的假斯文、伪道学,言清行浊。这一班始初躲在静僻所在,苟延性命,只怕人知。后来闻得某人投诚、某人出山,不说心中有些惧怕,又不说心中有些艳羡,却表出自己许多清高意见,许多黠刻论头。日子久了,又恐怕新朝的功令追逼将来,身家不当稳便。一边打听得夷、齐兄弟避往西山,也不觉你传我,我传你,号召那同心共志的走做一堆,淘淘阵阵,鱼贯而入。②

如今,当叔齐下山时——

> ……到一市镇人烟凑集之处,只见人家门首俱供着香花灯烛,门上都写贴"顺民"二字。又见路上行人有骑骡马的,有乘小轿的,有挑行李的,意气扬扬,却是为何?仔细从旁打听,方知都是要往西方朝见新天子的。或是写了几款条陈去献策的,或是叙着先朝旧职求起用的,或是将着几篇歪文求征聘的,或是营求保举贤良方正的,纷纷奔走,络绎不绝。③

其间反差之大,恍若隔世。而作者的调侃揶揄之中,不乏辛辣尖刻。

不过,也许因为时代变迁,艾衲居士的思想也存在矛盾。他一方面蔑视叔齐变节的阴暗卑污心理,另一方面又为这种行为开脱。在叙及秉持"天理王纲"的"顽民"与背信弃义的众兽辩论不休、各不相让时,有一位"齐物主"降临了,他将两边的说话仔细详审,开口断道:

> 众生们见得天下有商周新旧之分,在我视之,一兴一亡,就是人家生的儿子一样,有何分别?譬如春夏之花谢了,便该秋冬之花开了,只要应着时令,便是不逆天条。若据顽民意见,开天辟地就是个商家到底不成,商之后不该有周,商之前不该有夏了。你们不识天时,妄生意念,

---

① 王应奎《柳南随笔 续笔》,中华书局,1983年,第68页。
② 艾衲居士《豆棚闲话》,人民文学出版社,2006年,第68页。
③ 同上书,第72页。

> 东也起义,西也兴师,却与国君无补,徒害生灵!①

这一番话其实主要是针对不肯屈服的"顽民"说的。在这一前提下,叔齐的背恩事仇、不忠不孝,自然也可以视为"应天顺人,也不失个投明弃暗"之举。

问题是,这是一个二律背反的命题。认可了叔齐的与时俱进,必然置坚守者于抱残守缺的境地。而这不但与影响士人千百年的气节观念大相径庭,也与作者描写叔齐变节的出发点不尽符合,其中的矛盾绝非一通"齐物"的高论所能化解。因此,《首阳山叔齐变节》在"戏说"历史的同时,不由自主地逼近了一个更为严峻的主题,在叔齐变节的过程中,作者实际上揭示了人在道德理想与欲望诱惑的双重压力下无法回避的内心挣扎。清贫与孤独是所有矢志于理想的人都必然面对的一种灵魂试炼。当初,夷、齐互相推让,连王位都抛弃了,这种崇高品德殊非凡人所能理解。《论语·述而》中却有一段耐人寻味的话,子贡问孔子,夷、齐有过怨悔吗?孔子断然地回答:"求仁而得仁,又何怨?"但是,在现实生活中,有子贡那样疑惑的人恐怕不在少数。艾衲居士正是力图以常人的眼光去审视历史,将被时间过滤成观念和符号的人物还原为有血有肉的普通人。于是,我们看到了历史的悖谬、真实的虚伪和人性的矛盾,而这可以说是超前的逆向思维赋予作品的深刻的启发意义。

正因为如此,在小说的艺术表现上,《首阳山叔齐变节》也与一般的话本小说有所不同,作者不重情节而重细节,因为情节的流程很容易制约思想的表现,而细节却更便于作者的寄托与阐发。当夷、齐上山时,连山中野兽也为他们的气节所感动,戢毛敛齿,匿迹藏形,"全不想扑兔寻羊、追獐超鹿的勾当"。而当叔齐有意下山时,众兽又在他的一番花言巧语开导下,恢复了茹毛饮血的本性,于是共奉叔齐为"指迷恩主"。这种寓言化的细节,涉笔成趣,旁敲侧击,既以禽兽暗喻叔齐的品格,更辛辣地讥讽了当时"口似圣贤,心同盗跖"的虚伪世风。

最值得称赏的,恐怕还在于《豆棚闲话》的那个"闲"字。尽管《首阳山叔齐变节》取材于历史,却并不像历史小说家那样渴求"以史为鉴"的思考,也没有话本小说常有的道德教训和正言谠论,始终在轻松随意地说闲话、抒闲情、寄闲趣。豆棚下,既有书场的热闹,又有书院的氛围;既以新奇的故事

---

① 艾衲居士《豆棚闲话》,人民文学出版社,2006年,第75页。

取悦大众,又以高贵的精神诉求迎合在野的文人。由于排除了任何功利的目的,处处表现出一种乡间的、自然的游戏心态,因而体现了难得的平等交流和宽容。所以,与《豆棚闲话》中的其他作品一样,这篇小说也采用了灵活的叙述角度,叙述者与接受者间的讨论构成了一种众声喧哗的思想表现方式。他们营造出一个共同的意识,就是不在圣贤面前缩手缩脚。对他们来说,历史情境的重现与其说是为了还原历史的本真,不如说是要表达一种对自我的肯定。只有当神圣的东西不再具有居高临下的姿态时,每个人的精神才可能获得前所未有的解放。如上所述,作者对叔齐固然有讥讽之意,却也不是要一本正经地宣扬什么气节,即使是那个"齐物主"的一番高谈阔论,也不能与作者的思想等同。特别是到了《豆棚闲话》的最后一篇《陈斋长论地谈天》,作者在虚拟的儒、释、道思想交锋中,让所有执其一端的人都感到兴味索然,表明了他善于消解却无意建构的思想特点,这反而使作品带有了些许现代小说自由开放的意趣。

说到这里,我们不能不提到鲁迅的小说《采薇》。这篇作品题材与《首阳山叔齐变节》相同,风格上也极尽诙谐幽默之能事,甚至有的细节也颇为相似,如在鲁迅笔下,新朝军队进城后,见到百姓门上都贴着"顺民"二字,就与前引《首阳山叔齐变节》的描写相仿佛。与艾衲居士一样,鲁迅也继承了中国文化的传统,那个叔齐想吃白鹿的传说,就被他巧妙地援引进作品中。不过,与艾衲居士相比,鲁迅更关注的是夷、齐的生存状况。因此,他并没有彻底颠覆夷、齐固有的形象,而是将那种坚守的尴尬难堪渲染出来。一个女人听夷、齐声称不食周粟后,斩钉截铁地说道:"普天之下,莫非王土。你们在吃的薇,难道不是我们圣上的吗!"这一质疑虽然也见诸前代典籍,经鲁迅的着意点染,却更加鲜明地暴露出夷、齐的精神窘境,冲击力也远比生理上的饥饿或欲望的诱惑来得更强烈。尽管没有证据表明鲁迅借鉴了《豆棚闲话》,但在两者之间,我们却不难发现一种观念的承续与发展。而"故事"也正是在这种不断的"新编"中,折射出思想史的光芒。

十五、戏梦人生
——谈《谭楚玉戏里传情 刘藐姑曲终死节》

明末清初,小说、戏曲创作都发展到了高潮阶段,而能将这两种文体都运用得得心应手,李渔可以说是第一人。这不仅因为他在小说、戏曲两方面都有杰出的创作,更因为他力图打通两种文体的畛域,融合它们各自的艺术特点。

从各体文学"同源而异派"的观点出发(《闲情偶寄》卷一《词曲部》),李渔一方面视小说为"无声戏",另一方面又认为"稗官为传奇蓝本"(《合锦回文传》第二卷素轩回末评),而在小说创作中,则有意识地引入戏曲的因素与精神。他的小说集《无声戏》就是体现这一文体观念的代表作,其中的第一篇《谭楚玉戏里传情 刘藐姑曲终死节》更是小说、戏曲融合的优秀之作。这篇小说还曾被李渔亲自改编为戏曲《比目鱼》,随后又有人重新改编成小说。虽然将小说与戏曲等同的看法在清代不只李渔一人,当时出现的《纸上春台》《笔梨园》等小说,正与"无声戏"的说法同一机杼,不过,像《谭楚玉戏里传情》这样同一题材的作品在小说、戏曲间交替转化,在中国文学史上实属不可多得的奇观,因而也是我们透视两种文体特性及其相互转化可能性的生动标本。

从《谭楚玉戏里传情》来看李渔小说创作与戏曲的关系,大致表现在三个层面。首先,它具有与戏曲相同的创作理念。这种理念有两点最为重要,一是创新,即追求故事与表达的双重新奇。李渔认为,"物惟求新""非奇不传"(《闲情偶寄》卷一《词曲部》),"传奇一道,尤是新人耳目之事",要让观众有闻所未闻、见所未见的感觉(同上卷四《演习部》)。因此,无论是在小说还是在戏曲创作中,他都刻意求新,并以此自负,声称"当世耳目为我一新"(《一家言》卷三)。例如话本小说历经数百年演变,已逐渐形成较为固定的结构,头回与正话寓意相关,但故事并不相连,而在本篇中,两者却连为一体。用李渔的话说:"别回小说,都要在本事之前,另说一桩小事,做个引子。独有这回不同,不须为主邀宾,只消借母形子,就从粪土之中,说到灵芝上去,也觉得文法一新。"至于内容所叙谭楚玉不顾世俗偏见,弃文从戏,与刘藐姑暗自相恋,借戏传情,以至出生入死,终成眷属,较之当时流行的才子佳人小说的常见模式,人物身份与行为方式也显得十分别致。

　　李渔小说、戏曲创作还有一个共同的理念,就是追求喜剧意识。在《风筝误》中,他明确提出"传奇原为消愁设",并自称:"唯我填词不卖愁,一夫不笑是吾忧。举世尽成弥勒佛,度人秃笔始堪投。"同样,近欢远愁、乐以忘忧也是他小说创作的目的与特点,《谭楚玉戏里传情》描写一对相爱至深的恋人,因有富翁从中作梗,遭遇难以逾越的障碍,不得不双双投水殉情。在其他小说家笔下,这种情不由己的情境也许会变幻出许多恩恩怨怨、凄凄惨惨来。事实上,刘藐姑的投江与《杜十娘怒沉百宝箱》中杜十娘的投江,就有相似之处。但后者是一个惊心动魄的悲剧,作者倾力打造的所有情节可以说都是为"怒沉"作的铺垫;而《谭楚玉戏里传情》不然,谭、刘被逼赴水的场面与其说是矛盾的不幸结局,毋宁说是由悲入喜的契机和过程。在作者轻快的叙述中,读者绝不会相信他们就此走上了绝路。果然,当李渔一笔宕开,又一个灿烂的新天地展现在读者眼前,而读者毫无突兀之感。不用说刘藐姑回乡认母令人喜出望外,甚至当年那个逼婚的富翁也得到了谭楚玉的格外宽容,说是:"若非此公一激之力,不但姻缘不能成,就连小弟,此时还依旧是个梨园,岂能飞黄腾达至此?此公非小弟之仇人,乃小弟之恩人也。"真可谓皆大欢喜。

　　其实,即使在矛盾激化时,李渔也没有渲染冲突。谭、刘投江后,刘绛仙要状告富翁倚仗财势逼死女儿。富翁把千金聘礼送与绛仙,又加上一二千金弥合众人,就平安无事了。对恶人的惩罚,只不过是让其人财两空而已。因而,矛盾的高潮并非情节的高潮,余波荡漾的后续情节,自谭、刘二人获救、成婚乃至谭楚玉中第、做官,依然好戏连台,风光无限。与冯梦龙等人习惯在小说中拉扯上一番惩恶扬善的道德教训不同,李渔小说中绝少一本正经的正言谠论,贯穿始终的是风趣的语言、热闹的场面、欢快的情绪。而他最自负的也是以喜剧手法杜撰故事和叙述故事的才能。

　　其次,李渔在《谭楚玉戏里传情》中还引入了丰富的戏曲因素。李渔在总结戏曲创作的规律时,曾提出"脱窠臼""立主脑""密针线""减头绪"等一系列具体的主张,他的戏曲作品也大多关目新颖、情节奇特、结构单纯、布局巧妙、语言风趣。这些主张和艺术特点同样也反映在他的小说中。《谭楚玉戏里传情》篇幅不算短,但情节十分集中,谭、刘二人的悲欢离合构成了小说的中心线索,其他人、事都围绕他们的奇特经历,招来挥去,绝无枝蔓。作品语言借鉴戏曲表演中的插科打诨,也很诙谐幽默,充满机趣。对人物心理的一些直接描写,如谭楚玉懊悔学戏一段,与戏曲中人物的独白如出一辙。

李渔还常常参照戏曲角色的设置,让小说人物也带有生、旦、净、丑等戏曲角色的类型化特征与功能。在本篇中,李渔更巧妙地将戏曲角色融入人物的性格刻画中。谭楚玉为了接近刘藐姑,得知戏班子里缺少一个大净的角色,主动要求入班顶替。一旦进入戏班,又得陇望蜀。声称自己本意是要通过演戏,发泄胸中块垒,"只说做大净的人,不是扮云长,就是扮楚霸王,虽然涂几笔脸,做到慷慨激烈之处,还不失我英雄本色。那里晓得十本戏文之中,还没有一本做君子,倒有九本做小人。这样丧名败节之事,岂大丈夫所为,故此不情愿做他"。刘绛仙夫妇为挽留人才,任其挑选角色。谭楚玉遂将所有角色评品了一番:"老旦贴旦,以男子而屈为妇人,恐失丈夫之体。外脚末脚,以少年而扮做老子,恐销英锐之气。只有小生可以做得,又往往因人成事,助人成名,不能自辟门户,究竟不是英雄本色,我也不情愿做他。"戏班师父听出了他的意思:"照他这等说来,分明是以正生自居了,我看他人物声音,倒是个正生的材料。"就谭楚玉而言,他想演正生,是为了争取与刘藐姑演对手戏的机会。但这一番对角色的评品,也是作者对人物性格的定位。

不但如此,李渔在这篇小说中还巧妙地创建了戏曲传统与小说情节的同构关系,强化了作品的戏剧效果。最突出的是当富翁企图倚仗财势占有刘藐姑时,刘藐姑假装答应,提出再演一出《荆钗记》。《荆钗记》描写继母逼迫钱玉莲嫁给有钱人孙汝权,钱玉莲坚决不从,抱石投江。此剧在当时可以说家喻户晓,所以富翁说:"你要做荆钗,难道把我比做孙汝权不成?"而对刘藐姑这样一个女演员来说,受到戏曲的启发,也是很自然的事。如前所述,李渔是把悲剧当喜剧来写的,因此,刘藐姑投江只不过是对钱玉莲投江的模仿秀,是作者为她精心策划的一场看似危险、其实安全的精神蹦极。行文至此,李渔犹感不足,又在后面安排了刘绛仙重演《荆钗记》。当她演到投江时,声泪俱下,母女相认的感情基础得到肯定,大团圆的局面也就水到渠成了。《谭楚玉戏里传情》与《荆钗记》在情节上的同构,为这篇喜剧意味浓厚的小说涂抹上了一层悲剧色彩。不过,由于同构的只是其中一个片断,李渔足以从容地化悲为喜,使戏曲延伸小说的情感内涵,增强读者对作品的认同。

《谭楚玉戏里传情》所反映的小说与戏曲的关系还有一层更深的含义,

即李渔在小说情节的设计与观念的表达上,将戏曲的虚设世界与如梦如幻的人生对应。本来,"真"与"假"就是李渔小说和戏曲制造喜剧冲突的常用手法。如《风筝误》中冒名顶替、弄虚作假、以假乱真所形成的误会与巧合,构成了李渔这一名剧最重要的戏剧冲突。而在这篇小说中,"真"与"假"有着更复杂的感情因素。无论是谭楚玉的投身戏班,还是刘藐姑的投江自尽,他们的人生都像是一出自编自导的戏剧;而在舞台上,才有他们期待的真实人生。两人假戏真做,戏里传情:"做到风流的去处,那些偷香窃玉之状,偎红依翠之情,竟像从他骨髓里透露出来,都是戏中所未有的,一般人看了无不动情;做到苦楚的去处,那怨天恨地之辞,伤心刻骨之语,竟像从他心窝里面发泄出来,都是刻本所未载的,一般人听了,无不堕泪。"因为他们不只是在演戏,更是在演自己,以至"把精神命脉都透露出来"了。所以,当刘绛仙指责女儿把舞台上的夫妻认作现实中的夫妻是在做梦时,刘藐姑回答道:"我当初只因不知道理,也只说做的是戏,开口就叫他丈夫。如今叫熟了口,一时改正不来,只得要将错就错,认定他做丈夫了。"

从小说的实际描写来看,这种人生与戏剧的重叠,也使小说获得了独特的审美情趣。前半段,谭、刘二人借戏真做,可以说是在戏剧中寻找生活,欢快中略带着现实的苦涩;后半段,他们时来运转,母女相认就在眼前,谭楚玉却道:"若还遽然与他相见,这出团圆的戏,就做得冷静了。"于是,特意安排了另一场戏中戏,让刘绛仙在《荆钗记》中再受感动。这可以说又是在生活中制造戏剧了,忧伤中平添了一种欢乐。而无论苦与乐,都处在真假虚实之间。前半段假中有真,后半段真中带假。其间多少寄寓了一些人生如梦、人生如戏的况味,有一点"世界大戏场,人生小舞台"的思想,从而使作品有了一点值得回味的余地。在小说的结尾处,叙及谭楚玉听了莫渔翁一番傲世之论,决意归隐,作者还有这样一段议论:

> 谭楚玉原是有些根器的人,当初做戏的时节,看见上台之际,十分热闹,真是千人拭目,万户倾心。及至戏完之后,锣鼓一歇,那些看戏的人,竟象要与他绝交的一般,头也不回,都散去了。可见天地之间,没有做不了的戏文,没有看不了的闹热,所以他那点富贵之心,还不十分着紧。如今又被莫渔翁点化一番,只当梦醒之时,又遇一场棒喝,岂有复迷之理。①

不过,这种戏梦人生的理论在小说中是点到即止的,李渔追求的主要还

---

① 李渔《连城璧》,上海古籍出版社,1995年,第17页。

是戏剧性的效果,与曹雪芹"假作真时真亦假,无为有处有还无"的命意相比,他对"真"与"假"的领悟与表现都还停留在表面。尽管他也有丰富的阅历、微妙的体验、高超的技巧,但他非常清楚小说世界与现实人生的距离,就是观众与舞台的距离。所以,他更乐意写那种也许不深刻,但肯定好看的小说。从另一个角度说,所谓"真"与"假"恐怕也是参不透的。硬要去参,恐怕就只能如林黛玉所说"无立足境,是方干净"了。所以《红楼梦》是悲剧,而绝不作思考状的李渔始终是一个快活的小说家。如果我们在李渔的小说中期待一个有深度的故事,那可能找错了对象;假如我们只是想轻松一下,李渔的小说却完全可以满足我们。

也许出于对《谭楚玉戏里传情》的青睐,这篇小说又被李渔亲自改编成了传奇《比目鱼》。两相对比,传奇篇幅大大加长,以字数论,较《谭楚玉戏里传情》多出四倍以上。从中我们可以看出戏曲与小说在处理相同题材时的不同手法。从小的方面看,剧中《改生》一出,刘藐姑有意在排戏时答复谭楚玉,假作练唱,将心事款款唱出;而小说中,二人却以文言对答,掩人耳目。这种区别就典型地反映了不同文体表现方式的不同。传奇中还有很多热闹的场面,如谭、刘二人投江后,幻化为比目鱼,与神仙土地、虾螺蟹鳖载歌载舞,气氛热烈,也显示出与小说不同的表现特点。从大的方面看,《比目鱼》在谭、刘的爱情故事外,大大强化原作中莫渔翁的戏,将小说中一个普通的渔民改写成一个退隐的官僚,拓展了场面,丰富了剧情。同时,传奇对人物性格也做了一些改造,原作中那个无名无姓的富翁,本来只是贪图女色而已,并未涉及其他劣迹,但在传奇中,他不仅是导致藐姑投江、楚玉殉情的罪人,而且平素鱼肉乡里、作威作福、狗仗人势。至于刘绛仙利欲熏心的性格,传奇也有辛辣的嘲讽:她在女儿死后,毫无痛惜之心,却想借此机会再敲诈钱万贯。人物性格的极端化,增强了戏剧冲突与演出效果。如《利逼》一出,刘藐姑本来准备向父母表明心迹,刘绛仙却已决定将其嫁给钱万贯,两相顶撞,藐姑甚至"解带系颈欲缢";小说中却没有如此激烈的冲突。

如果说戏曲创作要更多地考虑演出效果,小说文本则可能更充分地体现李渔的个性特点。这一点在稍后由传奇《比目鱼》改编成的一部中篇小说中得到了进一步的印证(此书依传奇分上、下卷而分为上、下部,即《戏中戏》《比目鱼》)。如果拿这部小说与最初的《谭楚玉戏里传情》相比,二者同为小说,但还是存在差别。李渔是一个主体创作意识非常强的作家,《谭楚玉戏里传情》中就浸润着鲜明的李渔思想风格,某些地方甚至可以看出他的身影,如对打抽丰的评论等,这一特征在传奇中仍有所体现。但中篇小说的作者就缺少了这种感同身受的意识。书中平浪侯令谭、刘二人暂居水晶宫成婚团圆事,不见于小说原作,与传奇极力渲染的"村爹"也大异其趣。关键在于,改编者缺少李渔的喜剧天才,原作乃至传奇中生动有趣的场面变成了平铺直叙。如果说《谭楚玉戏里传情》是一粒饱满的喜剧种子,在传奇《比目鱼》中得到了发扬光大,在小说《戏中戏》《比目鱼》中却萎缩了下去。

十六、因果报应的柔性化
——谈《狭路逢》

一般认为,话本小说在清代走向了衰落,而导致衰落的一个重要原因是道德教训的加重。其实,清代短篇白话小说的道德教训是一个很复杂的现象,其中确有一些作品训诫连篇,不堪卒读。但也有一些作品的道德教训较之以前的话本小说非但没有加重,反而减弱了、变调了,如李渔的《无声戏》《十二楼》以及艾衲居士的《豆棚闲话》等都是如此。最值得关注的是,即使所谓道德教训,内涵上也往往有所不同。作为道德教训思想基础之一的因果报应观念,在清代短篇白话小说中就发生了微妙的变化。小说集《人中画》中的《狭路逢》就鲜明地体现了这一变化。

这篇小说的内容这样的:湖广商人李天造丧妻后,携子春荣外出做生意。遇风浪船覆落水,幸而得救。春荣则逆流而上,为季寡妇收留,认为义子。天造在苏州帮助一个生意折本的商人傅星摆脱了纠葛,又委托他去芜湖贩卖货物。傅星售得银两,念及因负债外出,女儿被乡宦掠为人质,竟卷款而去。后来,春荣参加科考,途中救护了一位遭受欺凌的少女,此女正是傅星之女。傅星归来,遂令女儿与春荣结亲,而天造也在神明帮助下,得与春荣重逢,并与季寡妇再婚。

《狭路逢》的篇首有一首《眼儿媚》词,其词云:"任他伎俩千般秘,天道却昭临。得还他得,失终我失,试看而今。"篇尾也有"心肠坏尽成何用,德行修来自不差。试看物皆归故主,又赔一个女如花"的诗句,可见作者始终强调天道赏罚与因果报应的思想。从作者给"傅星"的命名谐音"负心",也可以看出他对这一人物的批判态度。但是,耐人寻味的是,小说结束时,不但李天造自此之后一家和顺,傅星也暖衣饱食,安享晚年。这种让负心之人居然也得到善终的描写,与此前小说热衷渲染因果报应之惨烈,迥异其趣。

众所周知,因果报应的观念源远流长,既有中国本土思想资源,更与佛教的传播有关。早在《周易》中,就有"积善之家必有余庆,积不善之家必有余殃"的说法,类似的思想还散见于许多典籍中,如《国语·周语》中的"天道赏善而罚淫",《韩非子·安危》中的"祸福随善恶",等等,都体现了善恶必报的观念。而佛教传入中国,更使因果报应观念深入人心。按照佛教的理论,一切事物的生成、存在都与他事物存在着因缘果报的关系,所谓"此有故彼有,此生故彼生"。而众生则在三界(欲界、色界、无色界)不断流转,转生于天、人、畜生、饿鬼、地狱、阿修罗六道(六趣)。在此业报轮回的过程中,人的行为即所谓"业"是一个决定性的因素。每个人的善恶言行都是"因",总会得到相应的报作为"果",由此也就形成了一种关乎人生道德伦理的因果联系。人只有止恶行善,才能出离三界、摆脱轮回。

但是,在现实社会中,人的穷通、寿夭等,有时并不与人的道德水平的高下一致。为了解释这些不合理现象,慧远在他著名的《三报论》《明报应论》等文章中,进一步论证了善恶报应"乃必然之数",并引佛经宣称:"业有三报,一曰现报,二曰生报,三曰后报。现报者,善恶始于此身,即此身受。生报者,来生便受。后报者,或经二生、三生、百生、千生,然后乃受。"也就是说,人们在现世的言行,决定了来生的果报;而今生的处境则受制于前世的善恶。这就将因果报应的时间向过去及未来作了超出个人体验的延伸,不但使因果报应理论更能自圆其说,也使之具有了更强的神秘性,因而对人更具警惕力。此后,道教也大讲因果报应,北宋末年以后出现的《太上感应篇》《阴骘文》等,就从道教的角度普及因果报应思想。《太上感应篇》第一句就是"祸福无门,惟人自召;善恶之报,如影随身"。书中还精确地说:"一日有三善,三年,天必降之福;一日有三恶,三年,天必降之祸。"至此,因果报应成了全社会普遍接受的思想。从本质上讲,因果报应说是为了唤起人们的道德自律,加强对人们道德生活的约束,让人们自觉地避恶趋善,追求人生的完美和道德的高尚,以期来世的善报,它既体现了宗教扶世化俗的伦理使命意识,也反映了一种广泛的对社会规范的心理期待。而种种如形影相随、声响相应的报应传说,则使它具备了渗透于社会伦理生活各个方面的可能性。

正是在这一文化背景下,小说成了表现因果报应"信而有征"的重要手段。魏晋南北朝时期的《宣验记》《冤魂志》《幽明录》等志怪小说集中,都不乏明因果、示报应的作品。这些作品多半是表现恶有恶报的,让人在入地狱、变畜生或饿鬼的恐怖中,感受到一种心灵的震慑。宋元以后的通俗小说中,涉及因果报应的更为普遍。与早期志怪小说多有宣教弘法的立意不同,通俗小说由于注重日常生活的描写,进一步反映了宗教思想与世俗道德实践的结合。就话本小说而言,其中的因果报应主要有三种情形。一是由于对神灵礼敬与否的态度,受到神灵直接的奖惩。这在较早的话本小说中时常可见,如《计押番金鳗产祸》故事的表层结构中,主人公因为误伤金明池池掌,招致这一水神的严厉报复。二是由于人的善行,得到神灵的奖赏。三是由于人的恶行,受到神灵的惩治。这两种情形也就是所谓"善有善报,恶有恶报",它们在话本小说中可以说不胜枚举。如《娱目醒心编》卷九《赔遗金暗中获隽 拒美色眼下登科》两回各述一故事,就是将两种报应对举。不过,从总体上看,话本小说中似乎也是以描写恶报的为多,而且往往写得比较惨烈,大约这样一可耸动听闻,二能警示世人,作品娱乐、劝惩的双重功能同时得以实现。

经过历代小说家的努力,"善有善报,恶有恶报;不是不报,时候未到"的信念早已家喻户晓。而在小说的艺术世界中,因果报应也成了一种叙事策略。当作为道德观的因果报应思想与作为叙事结构和情节的因果关系达到了契合,作品内在的逻辑性也就得到了突出。一篇作品展示的情节,往往就是一个有因有果的道德实践过程。各环节的前因后果环环相扣,不但昭示着某种道德观念,也显示着结构的谨严有序。古代小说叙述结构大多有头有尾,完整封闭,固然与人们的欣赏习惯有关,也与因果报应的思想有关。

不过,如果从早期的小说一路读下来,我们会发现,清代小说家开始不那么依赖因果报应这一情节布局中的惯例因素。他们也会描写因果报应,赏善罚恶的观念也没有改变,比如上面所说的三种报应,《狭路逢》都有涉及:李天造对项王神灵的态度,成为人物命运的转折点;他的积德行善,也是他老来得子的原因;而傅星的忘恩负义,更是他蒙羞受辱的原因。因此,由因果报应而逐渐展开的线性时空,依然是本篇人物生命与作品情节共同的流程。但是,在不少清代小说中,那种毫厘不爽的报应有时不过是传统小说谋篇布局的惯性思维的体现,因而可能只具有装饰性的意义。与此相关,在描写"善有善报"时,清代小说家照例是写得喜气洋洋的;对"恶有恶报",却不再刻意渲染了。如李渔的《谭楚玉戏里传情》中那个逼婚的富翁,原是个毁人婚姻、致人死命的小人,非但没有如《杜十娘怒沉百宝箱》中角色性质相近的那个孙富一样受到死的报复,反而得到了受害者谭楚玉的格外宽容。另一部清代话本小说集《鸳鸯针》表现得更为明显,它的第一卷《打关节生死结冤家 做人情始终全佛法》写主人公徐鹏子屡经小人陷害,等到权柄在握,却"一味以德报怨,全不记怀冤仇二字",原谅了几乎置他于死地的恶人。第二卷《轻财色真强盗说法 出生死大义侠传心》中的主人公时大来同样饱受折磨,但后来也表现出了宽容大度。作品特意为作恶多端的贪官任某安排了一个貌美心善的女儿,又让他的宿敌侠客风髯子与其女成婚,并将他接来同住,更可谓"相逢一笑泯恩仇",完全没有通俗小说中常见的那种除恶务尽的愤激情绪。

  清代短篇白话小说的作者为什么会如此描写呢?可能与他们的身份与态度有关。一般来说,这些文人小说家虽然可能科场失意,怀才不遇,对社会不公有所不满,但毕竟受过良好教育,正统观念影响很深,看问题的眼光也比较现实,对因果报应的认识也比社会下层灵活些。如果与同时的《聊斋志异》对比,这一点或许可以看得更鲜明。相对而言,蒲松龄作为一个乡村知识分子,立场更传统,也更民间化,这两方面都使得他在表现因果报应时,沿袭了以往小说中那种不可抗拒的尖锐态度。在他笔下,因前生多恶行导致的轮回是切切实实的变马作犬,如《三生》;而一个忤逆行为得到的报应是化身为猪,游街市众,如《杜小雷》。至于像《狭路逢》所写的侵吞财产行为,在蒲松龄的《果报》中竟引出了"剖腹流肠"的自残,用作者的话说:"果报如此,可畏也夫!"如上所述,这种严厉本来也是白话小说家惯用的态度,但在《狭路逢》中却终于柔化为一点羞于见人的耻辱。当傅星与李天造重逢时,作者写道:"傅星早羞得满面通红,立脚不定,往里就走,连连叫道:'羞死我也,羞死我也!'正是:'假饶掬尽湘江水,难洗今朝满面羞。'"——只有文人才会将面子问题看成严重的问题,这与那种变牛作马入地狱的残酷惩处相比,实在温柔敦厚多了。实际上,本篇所谓的报应,甚至分辨不出是赏是罚。当傅星之女嫁了李春荣,据作者说是傅星"又赔一个女如花"。但女儿得嫁如意郎君,何尝又不是一件美事?否则傅星不会积极主动地促成此事。而且这样一段婚姻,也为后来的大团圆铺平了道路。

  应该说,在宽容的同时,清代小说家对现实的认识也更平实了。《八洞天》中有一篇《正交情》,也写了一个叫甄奉桂的人为贪财而忘恩负义,后来他多食厚味而患背疽,又误信医生之言,多吃人参进补,以致发胀而死。从报应的角度说,这是因为他"坏了心肝五脏,故得此忌症"。但作者又进一步解释说:"他若不曾掘藏,到底做豆腐,那里有厚味吃,不到得生此症。纵然生此症,那里吃得起人参,也不到得为医生所误。"显然,所谓果报不爽在作者那里是另有符合现实逻辑的理解的。这正如同样写了很多因果报应故事的纪昀所说的那样:"君疑因果有爽耶?夫好色者必病,嗜博者必贫,势也;劫财者必诛,杀人者必抵,理也。"(《阅微草堂笔记》卷八)不把由因得果这一生活中常见的现象神秘化,而认为它是势所必然、理所应得的,体现的其实是一种现实的因果论。

从《狭路逢》的描写看,我们也尽可以感受到作者的宽容与平实。比如在写傅星卷款而去时,作品细致地展现了他内心的矛盾:

> 这夜事在心头,翻来覆去只是睡不着。心下想道:"我一生从未曾见这些银子,今日既到我手,却又交还别人,几时再得他来?况我女儿又当在别人家受苦,若拿这银子回去,赎了女儿,招个女婿,教他做个生意,养我下半世,岂不是晚年之福?若硁硁然执了小信,回去交还他,他不过称我一声好人。难道肯将这银子分些与我不成?"又想道:"只是李老爱我一片美情,我如何负他?若欲负他的银,恐天理难容。"又想一想道:"天下之财,养天下之人,那有定属?前日在他,便是他的;今日在我,便是我的。若定然该是他的,他就不该托我,今既托我,自是他误。我既到手,再要还他,岂非又是我误?况且李老尚有千金在手,还是个财主,不至穷苦,假如他桐油不长,两处只卖得千金,他也罢了。我这财主是落得做的。"又想道:"是便是这等,只是日后怎好相见?"又想道:"人世如大海一般,你东我西,那里还得相见?"[①]

经过这种反复算计,傅星才决定悄然而去。初衷既是为了救女,符合人之常情;救女之后,又以银赠婿,也算物归原主。因为没有挖空心思的恶意侵吞,所以在事情暴露时,亲情自然而然地就成了那一点道德瑕疵的涂改液。作者通过李春荣、李天造之口,从多方面为傅星辩护:"此事乃小婿与令爱婚姻有分,故幻出一段机缘,岳父若不如此,何能凑合?""亲翁虽负于我,然培植小儿一段高谊也可相偿了。"是非感当然还在,但对人物行为的看法却圆转多了。事实上,《狭路逢》在其他方面也显示出了宽容的态度,如对李天造与寡妇季氏的再婚就是如此。得到宽容的傅星说:"季氏寡居,天造丧偶,无意同居一室。岂可令小女有不合卺之公姑,岂可令小婿有不同床之父母?"众人认为他所说的,"又近人情,又合天理"。这一让鳏夫寡妇顺势结合的描写,破除了传统的礼法束缚。这也表明,作品中的所谓宽容,与清代其他小说的同类描写一样,有可能是一种正在形成中的涉及方方面面的新思维。

由于《狭路逢》采用了宽容的态度和平视的眼光,使小说朴实无华的叙述更逼近了人性的真实。说到底,傅星虽然损人利己,却并非有意作恶,更没有恶贯满盈到不受报应不足以平民愤的地步,他只是一个普普通通的人,

---

[①] 《古本平话小说集》上册,人民文学出版社,1984年,第311页。

有一点普通人的私心而已。让普通人在一段曲折的经历中感受善恶必报在心灵上的折射,也许更能传达出因果报应的真谛。换言之,因果报应的柔性化,也可以说是人们正确认识自我与社会的一个开始。从这一角度看,清代话本小说衰落的原因,绝不仅仅是道德教训的加重,毋宁说是相反,正是上述因果报应的柔性化,稀释了话本小说道德教训的强度,使小说内在的情节张力得到舒缓甚至瓦解,这应该说是一种进步。问题是,这种张力本来是与话本小说体制相适合的一种叙事策略。当一种传统受到挑战,理应有另一种更令人信服的思想武器出来填充,清代小说家只走了前一步,还没有迈出后一步,这可能才是话本小说衰落的真正原因。

十七、"掘藏"的梦想与现实
——谈《桂员外途穷忏悔》和《正交情》

中国古代早就有埋金藏银的习惯,掘藏的行为也古已有之,并衍生出相关的风俗信仰,从而成为小说家热衷描写的题材或被作为惯用的情节设置。关于这一点,拙文《掘藏:从民俗到小说》①已有详论,兹不赘。概而言之,埋金藏银有不同情形:安全方便,又能备不时之需,这是埋金藏银的一般动机;生性吝啬又贪婪聚财者也常有此举;为了私蓄或争夺家财而秘藏之的也不在少数。此外,还有的埋金藏银是为子孙或家人长远计,不得不暂时隐瞒财产。《警世通言》之《桂员外穷途忏悔》即写道:"父亲施鉴是个本分财主,惜粪如金的。见儿子挥金不吝,未免心疼。惟恐他将家财散尽,去后萧索,乃密将黄白之物,埋藏于地窖中,如此数处,不使人知。待等天年,才授与儿子。从来财主家往往有此。"后一句可见其普遍性。除了父替子孙谋算的,《警世通言》之《赵春儿重旺曹家庄》还写了妻为夫谋算的。原为妓女的春儿为帮助败家子的丈夫重新做人,虽有巨资,秘而不宣,艰苦度日。待丈夫有志为官时,她才把埋了十五年的千金发掘出来,助夫成功,堪称贤妻典范。盗贼为隐匿赃物而埋金藏银者,小说亦多有描写。清石成金《雨花香》第三十一种《三锭窟》就涉盗贼埋银事。

有埋金藏银的,就有掘藏的。恰如宋张端义《贵耳集》下引古语曰:"饶君且恁埋藏却,煞有人曾作主来。"(清金埴《不下带编》亦有此语)掘藏者既代不乏人,遂成普遍心理。

至宋代,掘藏已成风俗。苏轼《仇池笔记》卷下《盘游饭谷董羹》曰:"江南人好作盘游饭,鲊脯脍炙无不有,埋在饭中,里谚曰'掘得窖子'。"此种饮食,正表明了大众的期待。类似的记载还有不少。

明代,"掘藏"几乎成了发财致富的代名词。即以"三言"为例,不但有多篇涉及此类情节,更常用此词,如《喻世明言》之《杨八老越国奇逢》:"乞

---

① 《文学遗产》1997 年第 6 期。

食贪儿,蓦地发财掘藏。"《醒世恒言》之《张廷秀逃生救父》:"只道他掘了藏,原来却做了这行生意,故此有钱。"同书《一文钱小隙造奇冤》:"共得了十二文,分明是掘藏一般。"《徐老仆义愤成家》:"莫不做强盗打劫的,或是掘着了藏?""都传说掘了藏,银子不计其数。"《杜子春三入长安》:"也有说他祖上埋下的银子,想被他掘着了。""掘藏"一词如此频繁地使用,也反映明代中期以后追金逐利的社会心理。更值得注意的是,明末清初还出现了所谓"藏神"。

综观有关掘藏的资料,可以发现"掘藏"主题有两个显著的特点。一是它与人的道德品质密切相关。《醒世恒言》之《施润泽滩阙遇友》的掘藏描写就很典型地体现了道德劝惩的意图。施复拾金不昧,勤劳致富,买了一处房产,在挖织机机坑时,挖到一坛米,甚感奇怪。据《警世通言》之《桂员外途穷忏悔》,埋银覆以米,银子不会流失(这一细节或可作为两篇作品同出冯梦龙的旁证)。一般人掘到此,恐怕都会想到掘藏了。而施复不作此想,见出他的老实本分。唯其如此,他才能得到米下的千金私藏。后来,他"愈加好善",很快又买了一所房产,再次掘得更多的藏银。一面是拾金不昧的传统美德,一面是急切的发家愿望,这两者的结合,构成了新的市民意识。作品的劝善性质正是建立在这一思想基础上的,为古老的掘藏梦想注入了新的血液。

不过,道德问题也不能简单化。在《滕大尹鬼断家私》中,滕大尹装神弄鬼,在指挥掘藏时,声称倪太守将千金作为酬谢,实际上遗嘱中只说是三百两。滕大尹隐瞒真相,多占了七百两。这样的官,居然被称作"贤明",可能反映了明代道德观念的变化。他虽然有巧取之嫌,毕竟也为梅氏母子作了主。然而,从传统观念来看,他却很难算作地地道道的清官。因此,《龙图公案》卷八《扯画轴》题材与之相同,但滕大尹换成了著名清官包公,情况就不一样了。倪守谦遗嘱千金为谢,包公却分文不取,送给梅氏作养老之资。这才是所谓"真廉明"。不过,在现实生活中,真正能做到断绝物欲的,可能只有真正的佛道之徒,所以《喻世明言》之《张道陵七试赵升》描写赵升砍柴发现一窖金子,因思出家之人要黄金何用,便将山土掩覆,顺利越过了成仙的一关。小说篇尾诗曰:"世人开口说神仙,眼见何人上九天?不是仙家尽虚妄,从来难得道心坚。"这与其说是弘扬道心,不如说是对俗欲的自嘲。

掘藏的另一个显著特点是往往带有神秘色彩。按照许多小说所写,金银被掘之前,总有怪异现象出现,或是金钱自身显灵,或是埋金藏银者的鬼魂显灵,或是护钱神或财神之类显灵。与此相关,谁能掘藏是命定的,且所掘金银数量乃至掘藏之时都是固定的。显然,定数论与前述道德观是对立的。从道德观角度看,只有道德高尚的人才能掘藏,虽不排除天赐神授的因素,但关键还是要看人的品行。定数论则不然,掘藏与否,完全看一个人的运气,与个人品德无直接关系。尽管如此,两者仍有结合的可能:在《施润泽滩阙遇友》中,施润泽两次掘藏,固然是对其品行的奖赏;后来,作者又特意虚构了一个薄有寿家藏八锭银子一再投奔施润泽的奇特情节,以说明"银子赶人,麾之不去;命里无时,求之不来"的道理。换言之,施润泽的发财既因品行,又靠命运,核心则都是劝人安守本分。掘藏的非分之想被纳入道德化和神秘化的框架中,反而促成了安守本分的说教,这种转变确实是喜剧性的,而小说则在这种转变中起到了一个中介作用。它从民俗撷取素材,在将其艺术化后,又以鲜明的倾向昭示大众。事实上,掘藏在人们观念中的道德化和神秘化,正好与小说讲劝惩、重奇幻的传统相吻合。因此,它成为小说常见的情节类型也就不足为奇了。

以上介绍了埋金藏银与掘藏的基本观念,下面我们就具体分析一下两篇掘藏题材话本小说。一篇是《警世通言》卷二五《桂员外途穷忏悔》,一篇是《八洞天》卷五《正交情:假掘藏变成真掘藏 攘银人代作偿银人》。这两篇话本小说在主题和情节上十分相似,基本情节都是一个生活贫困的人得到一个富而好礼的人帮助,在后者提供的住房里掘了藏,却忘恩负义,做出许多伤天害理的事,结果都招致报应。

关于主题,《桂员外途穷忏悔》的篇首诗为其定下了基调:"交游谁似古人情?春梦秋云未可凭""陈雷义重逾胶漆,管鲍贫交托死生"。《正交情》既以"正交情"名篇,自与此诗同一机杼,而且也在开篇用鲍叔牙、陈重、雷义等古人之友谊反衬当今世人缺乏交情。

在细节上,两篇话本也有一些值得注意的相似之处。比如《桂员外》的主人公姓"桂",而《正交情》的主人公则名"甄奉桂",岂奉桂员外为榜样乎?两个同样性质的人物姓名中有同一字,难免启人疑窦:这只是巧合吗?

还有一个细节更值得注意,那就是两篇作品的人物在掘藏之前,都有祭藏神的描写。在《桂员外途穷忏悔》中,桂生去算命,"断得有十分财采。夫妻商议停当,买猪头祭献藏神"。结果真的掘了藏。而《正交情》中,甄奉桂以掘藏为名行骗,声称欲掘藏,惜无钱祭藏神。盛好仁当即借给他五钱银子,为使盛不疑惑,甄奉桂还买了三牲,安排纸马、点起香烛,做出祭藏神的样子。后来,他越骗越大,冯乐善把大空房让给他住。如同桂生祭藏神前看见白鼠钻入地中,他则看到一白盔白甲神人钻入墙下。于是,与妻子商议后,他"真个祭了藏神",这次果然掘得三瓮银子。

藏神为何许神灵,文献无载。《桂员外途穷忏悔》中没有具体说明。清初李玉根据《桂员外》改编的传奇《人兽关》第九出《获藏》中有"小生扮藏神",并称:"小圣乃职掌都天宝藏库财帛司是也。"而《正交情》中说"财帛司就是藏神了"与此一致,也是把财神等同藏神。不过,在民间信仰中,由财帛司代司藏神之职,还是另有藏神,似难遽断。前引《嘉莲燕语》记吴俗掘藏前向灶神祝,说明藏神尚未从灶神分化开来,自然也非一般财神;《七修类稿》"金有定数"条又曾提及办三牲祭守财神事,此守财神或即藏神,或与《瓠剩·藏金券》中"金甲神"相类,但也不同于普通财神;《子不语》卷二三《广东官署鬼》里又写到"白鸡成群,入树下不见",群婢笑曰:"非鬼也,藏神也,掘之必得金银。"似乎也别有藏神,而与财神不同。反过来看,只有《桂员外途穷忏悔》的改编作品《人兽关》与《正交情》才把藏神等同财神,其间是否也有因袭呢?事实上,在别的小说中,笔者尚未见到有这种明确的祭藏神描写。两篇话本不约而同写及此,恐怕也不是偶然的巧合吧?

鉴于上述事实,我怀疑《正交情》受到了《桂员外途穷忏悔》的影响。不过,《正交情》即使真的受了后者影响,也不是它的简单模仿,如同《桂员外途穷忏悔》以《觅灯因话》卷一《桂迁梦感录》为本事(《桂迁梦感录》无祭藏神事,可知此神出现当在明末),却是全新的创作一样,因此,把两篇作品加以比较,可以看出它们在思想艺术上的差别,而这种差别,或许正体现话本小说在文人创作中的发展轨迹。

从思想上看,两篇话本都有很强的现实性,充分发挥了小说的劝惩功能。它们都以掘藏为契机,描写人物性格与命运的转变,从而揭示因果报应的道理。将有关作品联系起来分析,不难看出因果报应态度的逐渐强化。在《桂员外途穷忏悔》依据的《桂迁梦感录》中,描写桂迁忘恩负义后,又迫于赋税沉重而被人鼓动去买官,结果反遭欺骗,"夫负人之与负于人,一也"。桂迁由此醒悟,"三分其财产,遂为会稽名家"。虽然他之受骗也算报应,其实事出有因,各不相属,而且仍为"名家",结局并不坏。《桂员外途穷忏悔》则不然,桂生不仅被骗,其后又因悔婚施家,女儿"不为妻反为妾",也是他"欺心的现报"。而且,他最终被排除在"东吴名族"之外,晚境凄凉。这就比《桂迁梦感录》多了一层报应。不过,他到底还是因忏悔而得善终,总算有一条生路。《正交情》又进一步,甄奉桂死于恶疾,家财也为人夺,归还原主,报应之烈,至此无以复加。

耐人寻味的是,《正交情》的报应虽彻底,现实性却未因此减弱,毋宁说较之《桂员外途穷忏悔》更强。甄奉桂死于恶疾,其实与他的所作所为没有必然联系,作者这样写道:

> 原来他患了背疽,此乃五脏之毒,为多食厚味所致;二来也是他忘恩负义,坏了心肝五脏,故得此忌症。不想误信医生之言,恐毒气攻心,先要把补药托一托,遂多吃了人参,发胀而殂。①

按照作者的解释,他若不曾掘藏,哪里有厚味吃,也就不会生此症,当然也不会为医生所误,更谈不上忘恩负义,天理不容。所以,还是掘藏误了他。这种说法固然牵强,却并非全无道理,较之《桂员外途穷忏悔》中用举家化犬之梦以应"犬马相报"之誓,还是平实可信的。而且,《桂员外途穷忏悔》的报应系于一念之间,桂生完全由噩梦而醒悟,于情于理都缺少铺垫。相比之下,《正交情》在展开善恶必报的观念时,编造了一个非常完满的故事,其间虽多巧合,如小桃在郗家为义女,溺水俊哥又为郗待徵救起,盛俊巧遇冯乐善等,但从整个情节看,还是天衣无缝的。换言之,《正交情》虽然在宣扬报应方面比《桂员外途穷忏悔》有过之而无不及,但在具体表现报应时,却没有流于简单化,而是巧妙地编织在一个合乎逻辑的情节架构中。这样,它在思想上的牵强、固执就被跌宕有致的故事软化、稀释了。这一点与李渔等同时代小说家的作品很相像,表现了话本小说发展到圆熟阶段的特点,那就是清代小说家不像明代以前的小说家,只习惯从生活中寻找可惊可骇之事(这从"三言""二拍"多有本事出处可略见一斑),他们还善于编造生活中未必实有却同样可惊可骇之事。如果单就这一点而言,清代小说家更富于创作性,而这种创作的代价则可能是脱离生活。事实上,有不少清代话本因为有过于明显的编造痕迹而失去了应有的感染力。《八洞天》中的《劝匪躬》让男仆生乳育幼主、太监感动神仙长胡须就是典型的一例。《正交情》之所以还有很强的现实性,除了故事本身的生活化以外,与它所采用的掘藏题材的传统性也有关吧?

在叙述上,两篇作品也体现了话本的共同特点,例如它们都采用了说书人的口吻,运用全知视角叙述情节。但在藏金细节上,又有微妙区别,显示出叙述方式的变化。若与《桂迁梦感录》对比,尤为明显。后者属文言小说系统,虽然文言小说也广泛采用全知视角,但由于受史传实录精神影响更

---

① 五色石主人《八洞天》,书目文献出版社,1985年,第94页。

大,在叙述上往往有所克制。对桂迁所掘之金,只由其妻提到"此施氏地,安知非施氏所瘗?即不然,彼藉口于己之地,固以为分内物也",并未明言果系谁埋。《桂员外途穷忏悔》则一开始就说是施鉴密埋,"不使人知"。既然"不使人知",作者何从得知?后来施还从祖房内找到一个账簿,上有记载,算是一个交代。而《正交情》在写及奉桂掘藏时却称"原来这银子本是昔年刘厚藏私埋下的。他见儿子刘辉不会作家,故不对他说。到得临终时说话不出,只顾把手向地下乱指。刘辉不解其意,不曾掘得"。因此,刘辉或其他人都无法确证藏主。然而作者依据全知视角的惯例,并未理会其间的漏洞,连补充交代也没有加。

采用全知视角使得话本叙述者的倾向往往很鲜明,而且采用得越充分也就越鲜明。《桂员外途穷忏悔》中就可以看出明显的贬恶扬善倾向,而《正交情》更为突出。在《桂员外途穷忏悔》中,作者的议论性文字不多,比较明显的只是篇首、篇尾诗,而《正交情》作者除首尾点题之外,还随时插入议论,实在表现出其基于世俗民众的态度。

从话本发展史看,宋元话本中直接的议论不很多。即使是"三言"中,议论也还有限。议论的大量增加是从"二拍"开始的,也就是说,是随着个人创作成分的增加而增加的。清代话本多出于文人作家之手,议论更加普遍。从《桂员外途穷忏悔》到《正交情》正可看出这一变化。

如果不算个别引入掘藏情节的长篇小说,在以掘藏为核心情节的作品中,《桂员外途穷忏悔》和《正交情》是笔者所见到的两篇最长的小说。因此,它们比较充分地揭示了掘藏题材的诸多表象,尤其是《正交情》,将发财的梦想、暴发户的狡猾、官员的贪婪等描写得淋漓尽致。不过,统观有关古代小说,主题尚不出道德层面,虽也间涉人生命运,但较多着眼于浅表的穷通贫富遭际,未能深刻剖析其中的哲学与历史意义,而在那一埋一掘之间,原本蕴涵着极为丰富复杂的社会心理。也就是说,掘藏题材的内涵并未开掘殆尽。

直到鲁迅的《白光》,描写一个叫陈士成的老童生,因科举蹇滞,十分沮丧。神情恍惚中又想起祖母说过祖宗是巨富,埋过无数银子,并留下一条暗示埋银之处的谜语。他时常揣测,也掘过几次。此番落第,他忽然感到眼前白光闪动,遂认定是银钱显灵,又开始发掘。当然,他没有掘到。伴着极度的失望和永存的侥幸,陈士成投身于浩大闪烁的白光中,那是一片湖水的反光。鲁迅赋予了传统小说的情节类型以现代意识,于此,我们也看到了古代小说与现代小说间的深层联系。

参考书目

一、话本小说原著（按作品出现先后排列）

《敦煌变文校注》，黄征、张涌泉编著，中华书局，1997年。
《京本通俗小说》，上海古籍出版社，1988年。
《清平山堂话本校注》，洪楩辑，程毅中校注，中华书局，2012年。
《熊龙峰刊行小说四种》，上海古典文学出版社，1958年。
《明刻话本四种》，载《古本平话小说集》，人民文学出版社，1984年。
《喻世明言》，冯梦龙编刊，北京十月文艺出版社，1994年。
《警世通言》，冯梦龙编刊，北京十月文艺出版社，1994年。
《醒世恒言》，冯梦龙编刊，北京十月文艺出版社，1994年。
《拍案惊奇》，凌濛初撰，齐鲁书社，1995年。
《二刻拍案惊奇》，凌濛初撰，齐鲁书社，1995年。
《欢喜冤家》，西湖渔隐撰，北京师范大学出版社，1993年。
《石点头》，天然痴叟撰，上海古籍出版社，1985年。
《型世言》，陆人龙撰，新华出版社，1999年。
《西湖二集》，周清源撰，浙江人民出版社，1981年。
《今古奇观》，抱瓮老人辑，人民文学出版社，1980年。
《鸳鸯针》，华阳散人撰，春风文艺出版社，1984年。
《醉醒石》，东鲁古狂生撰，上海古籍出版社，1985年。
《无声戏》，李渔撰，人民文学出版社，2006年。
《十二楼》，李渔撰，人民文学出版社，2006年。
《照世杯》，酌玄亭主人撰，上海古籍出版社版，1985年。
《清夜钟》，撰者不详，载《古本平话小说集》，人民文学出版社，1984年。
《人中画》，撰者不详，载《古本平话小说集》，人民文学出版社，1984年。
《豆棚闲话》，艾衲居士撰，人民文学出版社，1984年。
《五色石》，笔炼阁主人撰，书目文献出版社，1985年。

《八洞天》,五色石主人撰,书目文献出版社,1985年。
《西湖佳话》,古吴墨浪子辑,上海古籍出版社版,1984年。
《西湖拾遗》,陈树基辑,浙江古籍出版社,1985年。
《娱目醒心编》,杜纲撰,上海古籍出版社,1988年。
《跻春台》,刘省三编辑,百花文艺出版社,1988年。
《古体小说钞》(宋元卷、明代卷),程毅中编著,中华书局,1995年。
《宋元小说家话本集》,程毅中辑注,齐鲁书社,1997年。
《中国话本大系》,江苏古籍出版社,1990年起多年陆续出版。
《古本小说丛刊》,中华书局,1987—1991年陆续出版。
《古本小说集成》,上海古籍出版社,1990年起多年陆续出版。

二、其他古代文献(按音序排列)

《百川书志》,高儒撰,上海古籍出版社,2005年。
《晁氏宝文堂书目》,晁瑮撰,上海古籍出版社,2005年。
《传奇》,裴铏著,周楞伽辑注,上海古籍出版社,1980年。
《大唐三藏取经诗话》,李时人校注,中华书局,1997年。
《东京梦华录》,孟元老撰,中华书局,2004年。
《剪灯新话外二种》,瞿佑等著,古典文学出版社,1957年。
《绿窗新话》,皇都风月主人编,周楞伽笺注,上海古籍出版社,1991年。
《明成化说唱词话丛刊》,朱一玄校点,中州古籍出版社,1997年。
《青泥莲花记》,梅鼎祚纂辑,黄山书社,1998年。
《青琐高议》,刘斧撰辑,上海古籍出版社,1983年。
《情史》,詹詹外史评辑,春风文艺出版社,1986年。
《少室山房笔丛》,胡应麟撰,上海书店出版社,2001年。
《四库全书总目》,永瑢等撰,中华书局,1995年。
《太平广记》,李昉等编,中华书局,1995年。
《太平御览》,李昉等编,中华书局,1995年。
《万锦情林》,三台馆山人编,大众文艺出版社,2002年。
《西湖游览志》,田汝成辑撰,上海古籍出版社,1980年。
《西湖游览志馀》,田汝成辑撰,上海古籍出版社,1980年。
《绣谷春容》(含《国色天香》),赤心子、吴敬所编辑,江苏古籍出版社,1994年。
《夷坚志》,洪迈撰,中华书局,1980年。

《云斋广录》，李宪民撰，中华书局，1997年。
《直斋书录解题》，陈振孙著，上海古籍出版社，2005年。
《醉翁谈录》，罗烨撰，古典文学出版社，1958年。

三、今人研究专著（按音序排列）

《敦煌变文话本研究》，李骞著，辽宁大学出版社，1987年。
《敦煌文学源流》，张锡厚著，作家出版社，2000年。
《发迹变泰》，康来新著，台北大安出版社，1996年。
《冯梦龙新论》，龚笃清著，湖南人民出版社，2002年。
《冯梦龙研究》，陆树仑著，复旦大学出版社，1987年。
《冯梦龙研究》，聂付生著，学林出版社，2002年。
《佛教与唐五代白话小说研究》，俞晓虹著，人民出版社，2006年。
《古代白话小说形态发展史论》，南开大学出版社，2002年。
《韩南中国小说论集》，韩南著，北京大学出版社，2008年。
《话本小说的历史与叙事》，王昕著，中华书局，2002年。
《话本小说概论》，胡士莹著，中华书局，1982年。
《话本小说史》，欧阳代发著，武汉出版社，1997年。
《话本小说史》，萧欣桥、刘福元著，浙江古籍出版社，2003年。
《话本小说文体研究》，王庆华著，华东师范大学出版社，2006年。
《话本小说叙事研究》，罗小东著，学苑出版社，2002年。
《话本楔子汇说》，庄因著，台北联经出版事业公司，1978年。
《话本叙录》，陈桂声著，珠海出版社，2001年。
《话本与才子佳人小说之研究》，胡万川著，台北大安出版社，1994年。
《话本与古剧》，谭正璧著，上海古籍出版社，1985年。
《李渔评传》，俞为民著，南京大学出版社，2004年。
《李渔小说戏曲研究》，胡元翎著，中华书局，2004年。
《李渔新论》，沈新林著，苏州大学出版社，1997年。
《凌濛初考论》，赵红娟著，黄山书社，2001年。
《凌濛初考证》，徐永斌著，江苏人民出版社，2010年。
《凌濛初研究》，徐定宝著，黄山书社，1999年。
《〈六十家小说〉研究》，常金莲著，齐鲁书社，2008年。
《陆人龙、陆云龙小说创作研究》，井玉贵著，中国社会科学出版社，2008年。

《马隅卿小说戏曲论集》,中华书局,2006年。
《明代小说史》,陈大康著,上海文艺出版社,2000年。
《明清时代之社会经济巨变与新文化——李渔时代的社会与及其"现代性"》,张春树、骆雪伦著,王湘云译,上海古籍出版社,2008年。
《明清文人话本研究》,傅承洲著,人民文学出版社,2009年。
《明清易代与话本小说的变迁》,朱海燕著,华中科大出版社,2007年。
《清初前期话本小说之研究》,徐志平著,台湾学生书局,1998年。
《逡巡于雅俗之间——明末清初拟话本研究》,宋若云著,中国社会科学出版社,2006年。
《三言二拍叙事艺术研究》,罗小东著,中国社会科学出版社,2010年。
《三言二拍研究》,朱全福著,暨南大学出版社,2012年。
《三言二拍语言研究》,谭耀炬著,巴蜀书社,2005年。
《三言话本与拟话本研究》,温孟孚著,中国社会科学出版社,2005年。
《三言两拍传播研究》,程国赋著,中国社会科学出版社,2006年。
《三言两拍资料》,谭正璧编,上海古籍出版社,1985年。
《书坊主作家陆云龙兄弟研究》,顾克勇著,中国社会科学出版社,2010年。
《说稗集》,吴组缃著,北京大学出版社,1987年。
《说唱义证》,吴文科著,中国文学出版社,1994年。
《说书史话》,陈汝衡著,人民文学出版社,1987年。
《宋代话本研究》,台湾大学《文史丛刊》,台湾大学文学院,1969年。
《宋金说唱伎艺》,于天池、李书著,陕西人民教育出版社,2009年。
《宋元平话集》,丁锡根点校,上海古籍出版社,1990年。
《宋元小说史》,萧相恺著,浙江古籍出版社,1997年。
《宋元小说研究》,程毅中著,江苏古籍出版社,1998年。
《唐代变文——佛教对中国白话小说及戏曲产生的贡献之研究》,梅维恒著,杨继东、陈引弛译,中西书局,2011年。
《通俗小说的历史轨迹》,陈大康著,湖南出版社,1993年。
《戏曲小说丛考》,叶德均著,中华书局,2004年。
《戏曲小说书录解题》,孙楷第著,人民文学出版社,1990年。
《小说旁证》,孙楷第著,人民文学出版社,2000年。
《虚实空间的移转与流动——宋元话本小说的空间探讨》,金明求著,台北大安出版社,2004年。

《雅俗之间——李渔的文化人格与文学思想研究》,黄果泉著,中国社会科学出版社,2007年。

《元明小说戏曲关系研究》,涂秀虹著,上海三联书店,2004年。

《元杂剧与小说关系研究》,徐大军著,河南人民出版社,2006年。

《中国白话小说史》,韩南著,浙江古籍出版社,1989年。

《中国古代公案小说史论》,苗怀明著,南开大学出版社,2005年。

《中国古代文言小说总集研究》,秦川著,上海古籍出版社,2006年。

《中国古代小说百科全书》,刘世德主编,中国大百科全书出版社,1998年。

《中国古代小说书目研究》,潘建国著,上海古籍出版社,2005年。

《中国古代小说总目》,石昌渝主编,山西教育出版社,2004年。

《中国古代小说总目提要》,朱一玄等编著,人民文学出版社,2005年。

《中国近代白话短篇小说研究》,小野四平著,上海古籍出版社,1997年。

《中国近世白话短篇小说叙事发展研究》,张勇著,云南大学出版社,2006年。

《中国历代小说序跋集》,丁锡根编著,人民文学出版社,1996年。

《中国历史小说的艺术流变》,纪德君著,中国社会科学出版社,2002年。

《中国通俗小说总目提要》,明清小说研究中心编,中国文联出版公司,1997年。

《中国文言小说史稿》,侯忠义著,北京大学出版社,1994年。

《中国文言小说总目提要》,宁稼雨撰,齐鲁书社,1996年。

《中国小说理论史》,王汝梅、张羽著,浙江古籍出版社,2001年。

《中国小说史略》,鲁迅著,人民文学出版社,1975年。

《中国小说通史》,李剑国、陈洪主编,高等教育出版社,2006年。

《中国小说源流论》,石昌渝著,三联书店,1995年。

《走向世俗——宋代文言小说的变迁》,凌郁之著,中华书局,2007年。

(说明:单篇参考论文已随文注明,兹不复列。)

后　记

　　宋元说话艺人在表演完一篇"小说"后，往往以"话本说彻，权作散场"结尾。我完成本书稿时，却没有这么洒脱。虽然这本书稿所包含的第一篇文章发表于1994年，作为国家社科基金项目（原立项名为《话本小说的文本诠释与历史构建》，项目号05BZW033）也进行了多年。但我还是感到有不少遗憾，不仅还有一些专题应当写，也设计出了初步写作思路，却终于没有写出来；就是已经写出来的，也有各种各样的遗憾——项目完成评审后，国家社科基金办曾将几位未署名的专家评审意见转给了我。我既感谢他们的鼓励之词，也感谢他们提出的修改建议。可惜教务繁忙，用心不专，未能做得尽如人意。

　　应当说明的是，由于本书部分章节曾作为前期成果以不同形式独立发表，统稿时虽稍加整饬，但因各篇各有其逻辑性与论证需要，个别论述与例证恐间有重复，尚乞谅察。另外，在拙著《中国古代小说史叙论》中，上编第四章"说唱艺术的初潮"、第五章"说话艺术的繁荣"、下编第三章"短篇白话小说的新发展"等，与话本小说的发展与特点有直接关联，为避雷同，相关问题兹不复论，亦乞谅察。

　　本稿下编曾在《文史知识》刊载，感谢刘淑丽女士在编发这些稿件时的辛勤工作！撰写这组稿件之初，我曾提出《文史知识》一向有"诗文欣赏"的栏目，没有小说方面的专栏，建议另设一个"小说丛谈"的专栏，编辑部竟也同意了，2004年至2005年，几乎让我唱了两年的独角戏，令人感佩。

　　艾英女士为本书担任编辑工作。此前，拙著《中国古代小说史叙论》和笔者主编的《古代文化典籍选读》也都是由她编辑的。非常感谢她一直以来的帮助！

　　感谢北京市社科出版基金为本书的出版提供资助。

　　"话本说彻"，谈何容易；"权作散场"，期有来日。

刘勇强
2013年6月21日于奇子轩